中华奇趣诗钞

王喜成　王笑楠　评注

海燕出版社
·郑州·

图书在版编目（CIP）数据

中华奇趣诗钞 / 王喜成，王笑楠评注. —郑州：海燕出版社，
2023.12

ISBN 978-7-5350-9130-7

Ⅰ.①中⋯　Ⅱ.①王⋯　②王⋯　Ⅲ.①古典诗歌－诗集－中国
Ⅳ.①I222

中国国家版本馆CIP数据核字（2023）第017251号

中华奇趣诗钞
ZHONGHUA QIQU SHICHAO

出版人：李　勇		美术编辑：徐　婷
策　划：董中山		责任印制：邢宏洲
责任编辑：郭六轮		责任印制：贾伍民
责任校对：屈　曜　吴　萌　康若怡		排版制作：吴　沛

出版发行：海燕出版社
　　　　　地址：河南自贸试验区郑州片区（郑东）祥盛街27号　邮编：450016
　　　　　网址：www.haiyan.com
　　　　　发行部：0371-65734522　总编室：0371-63932972
经　销：全国新华书店
印　刷：河南瑞之光印刷股份有限公司
开　本：720毫米×1020毫米　1/16
印　张：30.25
字　数：460千字
版　次：2023年12月第1版
印　次：2023年12月第1次印刷
定　价：60.00元

如发现印装质量问题，影响阅读，请与我社发行部联系调换。

　　诗是语言的花朵、文学的精灵、思想的翅膀，滋养着灵魂，堪称语言王冠上的明珠。她或典雅或绮丽，或激荡或幽怨，或雄浑或凄婉，是概括生活、凝练真情的一幅画卷，是人类心灵的栖息地，是精神贵族的奢侈享受。"粗缯大布裹生涯，腹有诗书气自华"（苏轼《和董传留别》）。

　　中国的诗歌源远流长。它是上古时代人们在劳动生产、两性相恋、原始宗教等活动中产生的一种表达形式，是当时社会生活的反映，在其他文学形式尚处于胎眠时期，它就脱颖而出了。如果从《诗经》算起，其历史已有三千多年。《尚书·虞书·舜典》云："诗言志，歌咏言，声依永，律和声。"《礼记·乐记》云："诗，言其志也；歌，咏其声也；舞，动其容也；三者本于心，然后乐器从之。"早期，诗、歌与乐、舞是合为一体的。诗为歌词，在表演活动中需配以音乐、舞蹈而歌唱，后来诗、歌、乐、舞各自发展，独立成体，诗与歌统称为诗歌。诗歌怡悦性情，陶冶灵魂，诗歌之美，沁人心脾，诗中有画，画中有诗。一首诗，就是一幅画，就是五颜六色，沉淀着，招摇着，渲染着。一首词，就是一支曲，缠绵着，飘浮着，萦绕着。一首令，就是一支箫，陶醉着，期待着，飞翔着。因此说，诗歌是中华民族文明史上的一颗璀璨明珠，是中华文化百花园里的一支绚丽奇葩，是迷醉心怀的一种精神智慧。

　　诗歌的发展历程五彩斑斓。在形式上，它从三言、四言到五言，继而到六言、七言与杂言，句式日渐增多，但主要还是五言和七言。在体裁上，它有古体和新体，有古风、律诗、绝句等类；或者说从诗经到楚辞，到乐府，到唐诗宋词元曲，都一脉相承。历代诗歌风格各异。如有《诗经》的写实，《楚辞》的浪漫，汉魏古诗的"风骨"，齐梁新体的"声律"，乐府民歌的清新，六朝文人诗的藻绘，唐诗的浑雅丰腴，宋词的婉转流丽等。诗歌的格调光怪陆离，或高古典雅，或纤秾绮丽，或雄浑豪放，或凄婉缠绵，或旷达飘逸，或悲慨疏野，或清奇超诣，或含蓄沉着，或冲淡流动，或洗练劲健。诗歌数量也数不胜数，仅唐诗数量就达五万多首，唐朝诗人达 2873 位之多，唐朝时堪称天下皆诗，当时也涌现了一大批彪炳史册的圣手巨擘，如李白、杜甫、白居易、王维、柳宗元、韩愈、刘长卿、杜牧、李商隐等，光灿古今。譬如李白，现代台湾诗人余光中说他，"酒入豪肠，七分酿成了月光，余下的三分啸成剑气，绣口一吐，就半个盛唐。"历代诗歌创作各具特色，启功先生曾风趣地说，唐以前的诗是"长"出来的，唐人的诗是"嚷"出来的，宋人的诗是"想"出来的，宋以后的诗是"仿"出来的。

诗歌的特性是"妙不可言"。其寥寥数言，往往千锤百炼，浑然天成，似只为妙手偶得。它或拔山盖世，有"扫千军，倒三峡，穿天心，透月窟"之力；或清讴微吟，能"笼天地于形内，挫万物于笔端"；或明修栈道，暗度陈仓；或东日西雨，无晴有晴；或戏谑幽默，令人忍俊不禁；或匠心独运，使人啧啧称奇。诗具有不尽的容量和弹性，善于暗示，诱发联想，写意传神，能"状难写之景如在目前，含不尽之意见于言外"（北宋欧阳修《六一诗话》）。李戏鱼说，"诗在有字句处，诗之妙在无字句处"（《中国画论·神韵说》）。闻一多先生说："诗这种东西的长处就在于它有无限度的弹性，变得出无穷的花样，装得尽无穷的内容。"南宋姜夔认为，诗之高妙有四种："一曰理高妙，二曰意高妙，三曰想高妙，四曰自然高妙。碍而实通，曰理高妙；出事意外，曰意高妙；写出幽微，如清潭见底，曰想高妙；非奇非怪，剥落文采，知其妙而不知其所以妙，曰自然高妙"（《白石道人诗说》）。欲诗之妙，则殊为不易，既"要通，又要不通，要不通之通。"因诗人写景状物，"往往只取片时之感觉，纳入文字，不俟说明，骤见似无理，而奇句却由此而生"（胡小石《杜甫小笺》）。敦煌曲子词中有一首《菩萨蛮》，词云："枕前发尽千般愿，要休且待青山烂。水面上秤锤浮，直待黄河彻底枯。白日参辰现，北斗回南面。休即未能休，且待三更见日头。"词中叠用六种自然界绝不可能出现的事情作为盟誓，表达海枯石烂永不变心的真挚爱情。此词近似荒唐无理，"细按则有趣味"，正是"无理"之理。因为人们绝不会去指责诗人在作品中罗列的那些根本不可能出现的事情，反而具有了特殊的审美效应，正所谓"不通之通""无理而妙"。

诗歌的特质是不循常理。其一是反概念化。诗歌的语言不是通常我们所理解的语言。通常的语言是传递信息，力求词义准确，边界清晰。但诗歌的语言可能正好相反，要尽可能含蓄蕴藉，有诸多含义，耐人寻味。正如清代浦起龙评价杜甫的《丽人行》说："无一讥刺语，描摹处语语讥刺；无一慨叹处，点逗处声声慨叹"（《读杜心解》）。诗的组合可以"扭断语法的脖子"，它是错综、灵动的，能多元组合，追求最佳组合效果。诗歌为了追求新、巧、奇、警的效果，可以超逻辑，超语法，打破规则，改变词性，颠倒词序，省略句子成分等。如日常语言说"我吃苹果"，诗歌语言可以说"我吃书""我吃石头""我吃朝霞满天"等。诗歌可以摒弃"现成的、优美的"词语，如说"我饿了"，可以说"我的饥饿像蚂蚁在肚子里爬"，刻意把概念消解掉，是语言的魔方，虽然看似语无伦次，但实则峰断云连，意若贯珠。其二是语言可实行"乾坤大挪移"。诗歌在表达上可以从某一具体感觉，转化到使用眼、耳、鼻、舌、身的通感来表达。如形容燕语有时快利如"剪"，形容莺声有时圆润如"丸"，形成感觉错位，而且如此一来，往往出奇制胜，达到意想不到的效果。人们所熟知的宋祁《玉楼春》"红杏枝头春意闹"一句，一开始有人颇不以为然，认为此句"'闹'字极粗极俗，且听不入耳"（李渔《窥词管见》）。但王国维先生很是激赏，认为"著一'闹'字，而境界全出"（《人间词话》），这恰是通感之效。同时，诗歌的表达方式往往不是直接去说，而是用试探的、迂回的、侧面的、反概念化的方式去说。如此一来，其言说就意在言外了，能够"不着一字，尽得风流"。

诗歌的精魂是奇趣妙意。所谓"奇"，包括奇妙、奇异、奇怪、奇特、奇巧、奇奥等。所谓"趣"，包括兴趣、妙趣、天趣，是指诗歌的义理、旨趣及情致、情韵等，诗的立意在新、深、奇、巧。奇趣是中国古代诗歌学的一个重要概念，其内涵主要体现在"理趣""雅趣""谐趣"和"境与意会"等方面。诗学中所谓的奇趣，是一种匠心独运以达于天公般的创造，是常人难以企及的一种自然而然的艺术高境，而不是机械地用巧逞奇，刻意为之。苏轼在评价柳宗元《渔翁》一诗时说："诗以奇趣为宗，反常合道为趣。"这里所谓的"反常合道"，就是超乎常规，违背常理，但却又合乎情理、合乎逻辑，使人感到新颖奇突，别出心裁，这是诗歌美学的重要原则。这里的"反常"是说要违背正常的思维和逻辑，"合道"是说要在"反常"的同时不能违背规律。因诗歌最忌人云亦云，所以"奇趣"的获得总是与"反常"分不开的。因此，奇趣的精义在于新人耳目、出人意表，但又非荒唐、怪诞，而是契于自然之道。上文所说的《渔翁》一诗，此书中所选中的诗歌，皆有这种特点。

诗歌创作的"三昧"是真性情。"诗缘情而绮靡"。《毛诗序》云："诗者，志之所之也，在心为志，发言为诗。情动于中而形于言。言之不足，故嗟叹之；嗟叹之不足，故咏歌之；咏歌之不足，不知手之舞之足之蹈之也。"它说明，诗歌的中心任务是抒情，只有能够宣泄真情的诗方为好诗。"诗穷而后工",也是诗界名言,它突出强调了诗人感受的深刻性和丰富性。司马迁曾经说:"西伯拘而演《周易》;仲尼厄而作《春秋》;屈原放逐,乃赋《离骚》;左丘失明,厥有《国语》……《诗》三百篇,大底圣贤发愤之所为作也"(《报任安书》)。它说明,只有"身之所历,目之所触,发于心著于声,迫于中之不能自已",才能"金石悬而宫商鸣也"(黄宗羲《黄孚先诗序》)。故文学界有"愤怒出诗人"的说法,有"国家不幸诗家幸,赋到沧桑句便工"的诗句。因此,只有深入实际,深入生活,有切肤之痛,切身之感,才能感悟人生真谛,探视人性深度,写出高雅诗篇。同时,只有自然流露,率情任性,信口而出,如刘邦项羽,困厄乌江之际,得志还乡之时,慨然而歌,这样才能有好诗歌、名诗歌,才能受到人们的称赏。诗的极致在入神。宋代严羽说:"诗而入神,至矣!尽矣!蔑以加矣!"诗之创作需有胸怀和慧口。明代陆时雍在《诗镜总论》中说:"诗有灵襟,斯无俗趣矣;有慧口,斯无俗韵矣。乃知天下无俗事,无俗情,但有俗肠与俗口耳。"

中原大地是诗歌的沃土。中国第一部诗歌总集《诗经》,就是在当时周朝的首都洛阳集成的;《诗经》中的十五国国风,其中有九国描写的是河南风情。春秋战国时期,楚辞起于中原,继而风靡天下。之后,诗歌流派纷呈,漫汗洋溢。如汉代时,贾谊创立了骚体赋,张衡首开了七言诗。三国至六朝,阮瑀、应玚是"建安七子",谢灵运成为山水诗鼻祖,谢朓成为"永明体"泰斗,庾信成为"宫体诗"巨擘,钟嵘创作出中国第一部诗论专著《诗品》。到唐代,更是涌现了"诗圣"杜甫,"诗魔"白居易,"诗鬼"李贺,"诗豪"刘禹锡,"五言长城"刘长卿,"小李杜"李商隐等。还有,"上官体"以河南人命名,"沈宋体"因河南人取号,岑参、孟郊皆享誉天下。宋元以后,中原大地上也出现了许多著名的诗词作家、戏剧家、小说家,如南宋的陈与义,元代的郑廷玉，明代的李梦阳、何景明，清代的侯方域、李绿园等。作为"诗圣"故里的中原大地，弘扬诗歌文化，建设文化强省，在当今时代我们责无旁贷。

本书在编写指导思想和评注方式上，都以展现奇趣性和哲理性为宗旨，着力在"奇"与"趣"上做文章，同时也兼顾思想性、知识性、启示性、价值性。所选的诗歌，既有流传最早的先秦诗歌，又有清末的近代诗歌；既有短到一句成诗的诗歌，又有长达数百句的诗歌；既有"反弹琵琶"式的，又有充满哲理式的；既有经典、高雅的名作、史诗，又有诙谐幽默、不拘一格的打油诗、一字诗、数字诗、回文诗、藏头诗等等，无不体现"奇"与"趣"的特征。在本书中，我们看到了一批独具匠心的名人大家，他们每每妙笔生花，出奇制胜；看到了名人笔下的名人，他们又往往因不同角度、不同侧面、不同认识、不同观点，形象迥然不同，甚至截然相反，确实让人服膺诗家之绝妙与智慧。

白居易云："天意君须会，人间要好诗。"如何不负先贤之望？谚云："熟读唐诗三百首，不会吟诗也会吟。"我们不妨多读、多写、多学、多练，在读中、写中、学中、练中找到技巧，找到方法，找到规律，"百炼钢化为绕指柔"。愿本书能对读者的学习、认识有所助益。

编　者

2021 年 11 月

目录

宋

先秦汉魏晋南北朝

大风

飞扬威加海

内兮归故乡

安得猛士兮

守四方

弹　歌①

先秦·佚名

断竹，续竹；飞土，逐宍②。

注释：

①弹歌（dàn gē）：古歌谣名。

②宍（ròu）："肉"的古字。关于"肉"的读音，《辞海》上注读音rù。

【点评】

这是一首上古歌谣。此歌谣产生于原始社会和奴隶社会早期民间，是《诗经》以前人民的口头创作。这类作品在思想内容上的最大特色是与现实生活的紧密联系。在艺术形式上具有字句简短、语言质朴和节奏明快的特点。据《吴越春秋》记载，春秋时期，越国的国君勾践向楚国的射箭能手陈音询问弓弹的道理，陈音在回答时引用了这首《弹歌》。《吴越春秋》为东汉赵晔所著，成书较晚。但从《弹歌》的语言和内容推测，这首歌很可能是从原始社会口头流传下来而经后人整理成的。

这首反映原始社会狩猎生活的诗歌，句短调促、节奏明快。全诗只有八个字，却写出了从制作工具到进行狩猎的全过程，是诗歌中最短的古诗。从诗中可知，制作工具共分两步。先是"断竹"，即砍伐竹子。其过程应当是原始先民首先在茂密的竹林里砍伐竹子。继而是"续竹"，即砍伐后削枝、去叶、破竹成片等，并通过其他工具和方式制成弹弓。工具制成后，接下来是如何打猎。这主要也分两步。先是"飞土"，应当是把泥弹装到弓上打出去，一旦打中飞禽或是走兽，人们便向猎获物奔去。"逐宍"便是指追捕受伤的鸟兽。

根据古人类学研究，人类学会制作弓弹之类的狩猎工具，已是原始社会的新石器时代。那时的人类究竟是怎样进行生产劳动和生活的，只能从残存的原始洞岩壁画和上古歌谣以及考古发现中去探寻。在这一点上，这首古老的《弹歌》起到了活化石的作用。因为有了它，后人才得以窥见洪荒时代先民们的一些生产生活图景。

这首歌谣大量运用了省略、多用和巧用动词的表现手法，不仅每一句的主语"我们"都省略了，更主要的是场景之中以及场景之间的次要过程也省略了。每句以一个动词带出，使画面富于动感，且很容易唤起人们对动作前后过程的联想。此诗两字一顿，节奏明快，凝重有力，生动反映了先民们的劳动和狩猎场面。

 《诗经》

中国最早的一部诗歌总集，收集了西周初年至春秋中叶（前11世纪至前6世纪）的诗歌，共三百一十一篇。其中，六篇为笙诗，即只有标题，没有内容，反映了周初至周晚期约五百年间的社会面貌。《诗经》的作者佚名，绝大部分已经无法考证，传为尹吉甫采集、孔子编订。《诗经》在先秦时期被称为《诗》，或取其整数称《诗三百》。西汉时被尊为儒家经典，始称《诗经》，并沿用至今。《诗经》在内容上分为《风》《雅》《颂》三个部分。《风》是周代各地的歌谣；《雅》是周人的正声雅乐，又分《小雅》和《大雅》；《颂》是周王庭和贵族宗庙祭祀的乐歌，又分为《周颂》《鲁颂》和《商颂》。孔子曾概括《诗经》宗旨为"无邪"，并教育弟子读《诗经》以作为立言、立行的标准。《诗经》内容丰富，反映了劳动与爱情、战争与徭役、压迫与反抗、风俗与婚姻、祭祖与宴会，甚至天象、地貌、动物、植物等方方面面，是周代社会生活的一面镜子。

无 衣①

先秦·佚名

岂曰无衣？与子同袍②。王于兴师③，修我戈矛。与子同仇④！
岂曰无衣？与子同泽⑤。王于兴师，修我矛戟。与子偕作⑥！
岂曰无衣？与子同裳⑦。王于兴师，修我甲兵⑧。与子偕行⑨！

注释：

①无衣：是《诗经》中的一首诗，即《国风·秦风·无衣》。

②袍：长袍。

③王：此指周天子。兴师：起兵。

④同仇：共同对敌。

⑤泽：通"襗"，指贴身的衣服。

⑥偕作：同作，共起。

⑦裳：下衣，此指战裙。

⑧甲兵：铠甲与兵器。

⑨偕行：同往。

【点评】

秦襄公七年（周幽王十一年，前771年），周王室内讧，导致戎族入侵，攻进镐京，周王室土地大片沦陷，秦地靠近王畿，根据周天子要求，秦君率众奋起反击。此诗即是秦人攻逐犬戎时，兵士间团结友爱、同仇敌忾的战歌。

这首诗表达的是，虽然秦人兵甲不足，但只要王命一下，每一个大秦男儿都会同目标、共进退地杀敌，没有胆怯，没有退缩。它唱尽了秦国军民团结互助、共抗外敌的高昂士气和乐观精神，也写尽了"尚气概，先勇力，忘生轻死"的老秦人精神，是一曲激昂慷慨、同仇敌忾的秦人爱国主义战歌。

当时的秦国位于今甘肃东部及陕西一带。那里木深土厚，民性厚重质直。班固在《汉书·赵充国辛庆忌传赞》中说秦地"民俗修习战备，高上勇力，鞍马骑射。故秦诗曰：'王于兴师，修我甲兵，与子偕行。'其风声气俗自古而然，今之歌谣慷慨风流犹存焉。"朱熹《诗集传》载："秦人之俗，大抵尚气概，先勇力，忘生轻死，故其见于诗如此。"这首诗意气风发，豪情满怀，反映了当时秦地人民的尚武精神。在大敌当前、兵临城下之际，他们以大局为重，与周王室保持一致，一听"王于兴师"，就一呼百诺，紧跟出发，团结友爱、协同作战，表现出崇高无私的品质和英雄气概。

这首诗突出的特点是以气概取胜。诵读此诗，不禁为诗中火一般燃烧的激情所感染，那种慷慨激昂的英雄主义气概令人心驰神往。诗中每一章的开头都采用了问答式的句法。一句"岂曰无衣"，似自责，似反问，洋溢着不可遏止的愤怒与愤慨，仿佛在人们复仇的心灵上点上一把火，于是无数战士同声响应："与子同袍""与子同泽""与子同裳"，该诗语言也富有强烈的动作性："修我戈矛""修我矛戟""修我甲兵"使人想象到战士们在磨刀擦枪、舞戈挥戟的热烈场面，非常激励人心。所以，这首诗以其高亢的精神境界和独特的表现方式，在《诗经》众多战争题材作品中格外受到人们的重视和赞扬。

弹铗①歌

先秦·佚名

长铗归来乎，食无鱼②。
长铗归来乎，出无车③。
长铗归来乎，无以为家④。

注释：

①弹铗（jiá）：拍打宝剑。弹，敲打，拍打。铗，剑。

②食无鱼：所吃的饭菜中没有鱼。

③出无车：外出时没有可供乘坐的车。

④无以为家：没有能力养家。

【点评】

这首诗以一句成诗而著名。其大意是："长剑啊我们回去吧！没有鱼吃。长剑啊我们回去吧！外出没有车子。长剑啊我们回去吧！没有能力养家。"由于诗歌属于早期的先秦时代，语意跳跃性很大，如果不了解相关背景，理解起来比较困难；同时诗歌的含义也比较简单，就是反映作者对主人给他的待遇有意见：饭菜中没有鱼，外出没有车子，没有养家的钱粮。形式上是三句，实际上只一句：待遇不好，我们回去吧。吟咏时则是一唱三叹。此诗对后世影响非常大。

如，《战国策·冯谖客孟尝君》载，齐国有一个人叫冯谖（xuān），一天他对孟尝君说要寄居在他的门下为食客，孟尝君问他有什么特长，他回答说没有。孟尝君又问他有什么本事，他又回答说没有。孟尝君听后笑了笑，但还是接纳了他。按照孟尝君的待客惯例，其门客按能力分为三等：上等（车客）出有车；中等（门下之客）食有鱼；下等（草具之客）食无鱼。孟尝君的管家认为主人看不起冯谖，就让他吃粗劣的饭菜。过了一段时间，冯谖就倚着柱子弹着自己的长剑，唱起了《弹铗歌》。他分别唱了三次，孟尝君也果然三次改善了对他的待遇。后来冯谖竭尽自己所能所长为孟尝君做事，演绎了一系列故事，看似荒诞，但在关键时候都发挥了重大作用，使得孟尝君做了几十年丞相而没有发生什么祸患。所以《战国策》认为，这都是由于冯谖的计谋和功劳。

又如，新中国成立后，著名民主党派人士柳亚子因一些事情对毛泽东主席产生了误解和不满，因而写了一首《感事呈毛主席》的诗而发牢骚："开天辟地君真健，说项依刘我大难。夺席谈经非五鹿，无车弹铗怨冯欢。头颅早悔平生贱，肝胆宁忘一寸丹。安得南征驰捷报，分湖便是子陵滩。"其中便有"无车弹铗"的典故。此诗一是奉承，二是抱怨，且是怄气式的，表示自己要学东汉的名士严子陵而隐居了。毛主席看后给老朋友柳亚子回了一首《七律·和柳亚子先生》："饮茶粤海未能忘，索句渝州叶正黄。三十一年还旧国，落花时节读华章。牢骚太盛防肠断，风物长宜放眼量。莫道昆明池水浅，观鱼胜过富春江。"柳亚子看到这首诗的内容后便消去了不满，这也成了名人间唱和的一段佳话。

由于诗歌的特性在于以简代繁，以少胜多，所以后人对于这首诗评价相当好。明代李东阳在《怀麓堂诗话》中说："古歌辞贵简远，大风歌止三句，易水歌止二句，其感激悲壮，语短而意益长。弹铗歌止一句，亦自有含悲饮恨之意。"因而，"诗人之妙，在一唱三叹，其意已传，不必言之繁而绪之纷也。"（陆时雍《诗镜总论》）

荆轲

（？—公元前227），战国末卫国（今河南省淇县）人。先世为齐贵族，迁于卫，卫人称庆卿。秦灭卫，亡至燕，燕人称荆卿、荆叔。秦灭韩、赵后准备攻燕，燕国太子丹谋刺秦王嬴政。为此结交荆轲之友田光，田光因而荐之。燕王喜二十八年（公元前227年），燕国以秦国亡将樊於期首级和内夹匕首之督亢（今河北易县、涿州、固安一带）地图出使秦国，欲乘机行刺。向秦王献图时，图穷匕见。荆轲行刺未成，被杀。对荆轲的行为，自古以来评价不一。有人说荆轲是舍生取义的壮士，也有人说他是亡命徒，还有人说他是古代的恐怖分子。

易水歌

先秦·荆轲

风萧萧①兮，易水②寒；
壮士一去兮，不复还。

注释：

①萧萧：指风声。兮，语气词，相当于现在的"啊"。

②易水：指水名，源出河北省易县，是当时燕国的南界。

【点评】

这是一个身赴虎穴、自知不能生还的壮士的慷慨悲歌。

全诗仅两句。第一句写临别时的环境，萧瑟的秋风，寒冽的易水，一派悲壮苍凉的气氛。景物描写中渗透着歌者的感情。第二句则表现了英雄赴难义无反顾的献身精神。

现在流传的诗是四句。后边两句是："探虎穴兮，入蛟宫；仰天呼气兮，成白虹。"说当时荆轲唱完前两句后仰头长叹，只见天空上出现了一道彩虹，给他击筑伴奏的高渐离也变了一个音调，荆轲就继而唱出了后面的那两句，声调更加激越。派他刺秦的燕太子丹也感动得跪在地上向荆轲敬酒。但人们一般认为这是后人添加的。

这首诗语言平易、简练，借景抒情，情景交融，是古代诗歌中的一曲绝唱，表现了一位赴死壮士的慷慨无畏，其决绝的情绪，令人为之悚然。荆轲也以此短短两句诗而名垂千古。

项羽

（前232—前202），名籍，字羽，秦下相（今江苏省宿迁市）人，中国古代著名军事思想"勇战派"代表人物，与"谋战派"孙武、韩信等齐名。秦二世元年（前209年）从叔父项梁在吴（今江苏省苏州市）起义，项梁阵亡后他率军与秦军多次激战，最后通过巨鹿之战摧毁了秦军主力章邯军队。秦亡后他自立为西楚霸王。后与刘邦进行了四年的楚汉战争，公元前202年兵败垓下，自刎乌江。历史上，项羽一直被誉为中国古代最勇猛的战将。

垓下^①歌

秦·项羽

力拔山兮气盖世。时不利兮骓^②不逝。
骓不逝兮可奈何！虞^③兮虞兮奈若何！

注释：

①垓（gāi）下：古地名，在今安徽省灵璧县南。

②骓：意为顶级宝马。

③虞：即虞姬。奈若何，该把你怎么办。若，你。

【点评】

　　楚汉战争末期，霸王项羽被围在垓下，屡战不胜，尤其是韩信用"四面楚歌"之计，令项羽军心涣散，战力丧失。一次临战前，项羽看着即将永别的美人虞姬，看着心爱的乌骓战马，悲从中来，唱出了这首慷慨激越的《垓下歌》。之后，项羽率部突围，终因兵力单薄，最后失败自刎于乌江之畔（今安徽省和县长江段西）。

　　《垓下歌》是项羽在进行必死之战前的绝命诗，既充溢着无与伦比的豪气、霸气，又蕴含着满腔深情与无奈叹息。以短短的四句，表现出如此丰富的内容和复杂的感情，堪称奇绝。

项羽是将门之子，少年英雄，力能扛鼎。他胸怀大志，在反秦战争中，冲锋陷阵，所向披靡，打了无数的大仗恶仗，灭秦后自立为西楚霸王，不可一世。因而他自诩："力拔山兮气盖世"，极为自负。但也因为太骄傲了，夸大了个人力量，因而也埋下了失败的种子。项羽打仗有两宝，一是方天画戟，二是乌骓战马。然而在垓下之战时，连乌骓宝马也不肯前进了，他认为这是天意，是天时不利，天要亡他，因而极为悲怆，当然也不服气。其实，在其一生的征战中，他多逞匹夫之勇，既不审时度势，更不善于用人，屡屡犯下重大错误，因而他的失败是不可避免的。于此值得一说的是，项羽在失败面前，还可以完全置个人生死于不顾，却依然在关心、忧虑着眼前跟随自己的美人虞姬，可以说英雄气长，儿女情也不短，其"虞兮虞兮奈若何"的歌声，反映了他对虞姬无比深沉和刻骨铭心的爱。应该说，这首诗篇幅虽短，但气势如虹，缠绵无尽，因而给人留下了极为深刻的印象。

刘邦

（前256或前247—前195），字季，沛县丰邑中阳里（今江苏省徐州市丰县）人。中国历史上杰出的政治家、战略家和军事指挥家，汉朝开国皇帝，汉民族和汉文化的伟大开拓者之一，对汉族的发展以及中国的统一具有突出贡献。

大风歌①

秦汉·刘邦

大风起兮云飞扬，
威加海内兮归故乡②，
安得猛士兮守四方③？

注释：

①大风歌：这是汉高祖刘邦击破叛军英布后，回到故乡沛县，在与父老乡亲饮酒时唱的一首歌。

②"威加"句：威，即威望，权威。加，施加。海内，四海之内，即天下。

③"安得"句：安得，即怎样得到。守，守护，保卫。四方，指代国家。

【点评】

公元前196年，淮南王英布起兵叛汉，刘邦亲自出征，很快击败了英布并将其杀死。在得胜还军途中，刘邦顺路回到故乡沛县，把昔日的朋友、尊长、晚辈都召来，共同欢饮十数日。一天酒酣，刘邦一面击筑，一面唱着这一首自己即兴创作的《大风歌》。

这首诗既抒发了作者远大的政治抱负，也表达了他对国事忧虑的复杂心情。此诗仅由三句构成，是中国诗歌史上非常罕见的。其中的第一句"大风起兮云飞扬"，最令人拍案叫绝。作者并没有直接描写他与他的麾下在恢宏的战场上是如何歼剿重创叛乱的敌军，而是非常巧妙地运用大风飞扬和狂卷的乌云来暗喻这场惊心动魄的战争画面。假如说项羽的《垓下歌》表现了失败者的悲哀，那么《大风歌》就显示了胜利者的悲壮。但此诗的最后一句则表达了他此时的真实心情：打江山难，守江山更难！如何让自己与将士们辛苦打下的江山基业，不在日后他人的觊觎中得而复失，这是他日夜思考的问题。

因为刘邦在建立大汉前后，不但有秦军和劲敌项羽，而且还先后出现了一批叛将，如雍齿、曹无伤、韩王信、彭越、韩信、陈豨（xī）、英布、卢绾、陈狶等，这让刘邦不胜心寒。所以，胜利回到故乡后，去哪里挑选出更加精良的勇士来巩固自己的江山？这又是他最大的希冀和深感不安的地方。因此，这首歌的前两句是踌躇满志，第三句却透露出一种焦灼。总的说，这首诗苍莽雄放，既有作者统一天下后的踌躇满志，又有对家国兴亡的担忧，当然亦不乏王者之风。

 曹操

（155—220），字孟德，小名阿瞒，沛国谯县（今安徽省亳州市）人，东汉末年杰出的政治家、军事家、文学家、书法家，三国曹魏政权的缔造者。曹操精兵法，善诗歌，散文亦清峻整洁，开启并繁荣了建安文学，鲁迅称其为"改造文章的祖师"。曹操还擅长书法，尤工章草，唐朝张怀瓘在《书断》中评其为"妙品"。

龟虽寿

东汉·曹操

神龟虽寿①，犹有竟②时。

腾蛇③乘雾，终为土灰。

老骥伏枥④，志在千里。

烈士暮年⑤，壮心不已⑥。

盈缩⑦之期，不但⑧在天；

养怡⑨之福，可得永年⑩。

幸甚至哉⑪，歌以咏志。

注释：

①神龟：传说中的通灵之龟，能活几千岁。寿，这里指长寿。

②竟：终结，这里指死亡。

③腾蛇：传说中与龙同类的神物，能乘云雾升天。

④老骥伏枥：骥，良马，千里马。伏，趴，卧。枥，马槽。

⑤烈士：有远大抱负的人。暮年，晚年。

⑥已：停止。

⑦盈缩：指人的寿命长短。盈，满，引申为长。缩，亏，引申为短。

⑧但：仅，只。

⑨养怡：指调养身心，保持身心健康。怡，愉快、和乐。

⑩永年：长寿，活得长。永，长久。

⑪幸甚至哉：庆幸得很，好极了。幸，庆幸。至，极点。

【点评】

曹操是东汉末年著名的政治家、军事家、文学家，该诗作于东汉建安十二年（207年）曹操平定乌桓叛乱、消灭袁绍残余势力之后，这时他五十三岁。在古代，这已是高龄之年。虽然刚刚取得了北伐乌桓的胜利，但作者一想到一统天下的宏愿尚未实现，自己已届暮年，人生短促，时不我待，因而感慨良多。

这首诗所要表达的是，神龟虽能长寿，但也有死亡的时候。腾蛇尽管能乘雾高飞，终究也会化为土灰。年老的千里马虽然伏在马槽旁，它的雄心壮志仍然是驰骋千里。有远大抱负的人到了晚年，奋发思进的雄心也不会止息。人的寿命长短，不只是由上天所决定的。只要自己调养好身心，也可以益寿延年。

尽管此时诗人已近高龄，虽然也在为生命的有限而感慨，但他一点也不悲观，仍在以不断进取的精神激励自己建功立业。诗中"盈缩之期，不但在天；养怡之福，可得永年"的思想和"老骥伏枥，志在千里。烈士暮年，壮心不已"的豪迈，融哲理思考、慷慨激情和艺术形象于一炉，具有唯物和辩证思想，深刻体现了曹操老当益壮、锐意进取的精神风貌，历来为人们所称道、所传颂。

这首诗在文学上也开辟了一个诗歌的新时代。西汉以来，文人们把主要精力放在了没完没了地注释儒家经书上，经学繁荣，文学严重退化。以曹操为代表的"建安七子"，鞍马为文，文学之风开始兴起，后人将他们这种"梗概而多气"、充满激情、爽朗刚健的诗歌风格，称为"建安风骨"。这首诗在当时影响很大，对建安文学的兴起具有开创之功。

汉乐府

汉乐府，汉族民歌音乐。乐府初设于秦朝，是当时"少府"下辖的一个专门管理乐舞演唱教习的机构。公元前112年，正式成立于西汉武帝时期。它的职责是采集民间歌谣或文人的诗来配乐，以备朝廷祭祀或宴会时演奏之用。由此搜集整理的诗歌，后世就叫"乐府诗"，或简称"乐府"。是继《诗经》《楚辞》而起的一种新诗体。后来有不入乐的也被称为乐府或拟乐府。

生年不满百

汉乐府

生年不满百①，常怀千岁忧②。

昼短苦夜长，何不秉烛游③！

为乐当及时，何能待来兹④？

愚者爱惜费⑤，但为后世嗤⑥。

仙人王子乔⑦，难可与等期⑧。

注释：

①"生年"句：人的一生不到百年。

②千岁忧：为千年之事而忧虑。

③秉烛游：犹言作长夜之游。秉：执也。

④来兹：意为"来年"，或以后。因为草生一年一次，所以训"兹"为"年"。

⑤惜费：指吝啬钱财。

⑥嗤：讥笑，嘲笑。

⑦王子乔：传说黄帝后裔，东周灵王姬泄心的太子，本名姬晋，字子乔，世称王子晋或王子乔，是王氏的始祖，也是古代传说中的仙人。

⑧期：意为等待。

【点评】

这是汉代乐府《古诗十九首》中的一首，五代时收入梁代昭明太子萧统编纂的《昭明文选》，作者姓名已不可知，其中的五言诗一般认为是东汉时期的作品。

这首诗以松快的旷达之语，对世间的一些人予以嘲讽：一类是针对吝啬聚财的"惜费"者。这方面占了全诗的主要篇幅。此类人如《诗经·唐风》"山有枢"一诗所讥刺的："子有衣裳，弗曳弗娄（穿裹着）；子有车马，弗驰弗驱。宛其死矣，他人是愉。"他们只管苦苦地聚敛财货，就是不知道及时享受。这些人所忧虑的，无非是子孙后代的生计问题。这在作者看来，简直愚不可及。因为他们的"惜费"，无非是养育了一批游手好闲的子孙。当这些不肖子孙挥霍无度时，他们未必会感激祖宗，说不定还在嗤笑祖先不会享福呐。其嘲讽之尖刻，大有对愚者的"唤醒醉梦"之力。另一类是针对那些仰慕成仙者。对于神仙的企羡，从秦始皇到汉武帝，都干过许多蠢事。就是汉代的平民，也津津乐道于王子乔被仙人接上嵩山、终于驾鹤而去的传说。但这种得遇神仙的期待，到了也终于被发现只是一场空梦，正如《古诗十九首·驱车上东门》所说："服食求神仙，多为药所误。不如饮美酒，被服纨与素。"所以，对那些一直做"成仙"梦的人，诗人这里已无须多费笔墨，只是顺手一带就此收束。其最终之意，还在于要"唤醒"那些"惜费"者，使其为之脖颈一凉。

这里需要辨析的是，诗中提到的"为乐当及时"的"乐"应当如何理解？据研究，这里的"乐"与一般的理解有所不同。诗人所说的"游"及"乐"，并不都是那种酒池肉林、醉生梦死般的放纵，而是当时所风行的文人雅士的寄情山水、把酒言诗。当然其中也包含有士人不得志的失意之殇。总的来说，这首诗颇有哲理。其基本态度大抵是对于汉末社会动荡不安、人命危浅的苦闷生活的一种抗议或反动。

上 邪①

汉乐府

上邪！
我欲与君相知②，长命无绝衰③。
山无陵④，江水为竭，
冬雷震震⑤，夏雨雪⑥，
天地合⑦，乃敢⑧与君绝。

注释：

①上邪（yé）：天啊！上，指天。邪，语气助词，表示感叹。

②相知：相爱。

③"长命"句：命，古与"令"字通，"使"的意思。衰，衰减、断绝。

④陵：山峰、山头。

⑤震震：形容雷声。

⑥雨雪：降雪。雨，名词活用作动词。

⑦天地合：天与地合在一起。

⑧乃敢：才敢。"敢"字是委婉的用语。

【点评】

  这首诗是《铙歌十八曲》之一，属于汉乐府《鼓吹曲辞》。拟以女子口吻，描写忠贞不渝、誓死不二的爱情。

  "上邪！我欲与君相知，长命无绝衰。"此诗起笔突兀，气势不凡，指天发誓，是打定主意后做出的更加坚定誓言。既见其情之炽烈，又透出压抑已久的郁愤。此三句虽未进行形象刻画，但一个情真志坚、忠贞刚烈的女子形象已跃然读者面前。为了证实她的矢志不渝，她接连举了五种自然界不可能出现的变异："山无陵，江水为竭，冬雷震震，夏雨雪，天地合。"意思是说：要想背叛我们的誓言，除非出现山平了，江水干了，冬日里雷声阵阵，夏天里大雪纷纷，天与地合在一起。女主人公充分发挥她的想象力，一件比一件想得离奇，一桩比一桩不可思议。到"天地合"时，她的想象已经失去控制，漫无边际地想到人类赖以生存的一切环境都不复存在了。这种缺乏理智、夸张怪诞的奇想，是这位痴情女子表达爱情的特殊形式。而这些根本不可能出现的自然现象都被抒情女主人公当作"与君绝"的条件，无异于说"与君绝"是绝对不可能的。

  这首诗诗短情长，撼人心魄。是一首用热血乃至生命铸就的爱情篇章，其语言句式短长错杂，随情而布。音节短促缓急，字句跌宕起伏。其由爱情激发的火焰犹如岩浆喷发不可遏制，激情逼人。在中国古代，一个女子在束缚极严的社会环境下，能够写出这么率直大胆、炽热粗豪的爱情诗，是非常令人惊奇的。

  此诗对后世影响很大。如敦煌曲子词中的《菩萨蛮》在思想内容和艺术表现手法上都明显地受到它的启发："枕前发尽千般愿，要休且待青山烂。水面上秤锤浮，直待黄河彻底枯。白日参辰现，北斗回南面，休即未能休，且待三更见日头。"不仅对坚贞专一的爱情幸福的追求如出一辙，并且连续用多种不可能来说明一种不可能的艺术构思也是完全相同的。

后代的诗评家对此诗极为称赏。清代张玉谷说："首三，正说，意言已尽，后五，反面竭力申说。如此，然后敢绝，是终不可绝也。迭用五事，两就地维说，两就天时说，直说到天地混合，一气赶落，不见堆垛，局奇笔横。"（《古诗赏析》卷五）王先谦说："五者皆必无之事，则我之不能绝君明矣。"（《汉铙歌释文笺证》）明代胡应麟说："上邪言情，短章中神品！"（《诗薮》）

长歌行①

汉乐府

青青园中葵②，朝露待日晞③。

阳春布德泽④，万物生光辉。

常恐秋节⑤至，焜⑥黄华叶衰。

百川⑦东到海，何时复西归？

少壮不努力，老大徒⑧伤悲！

注释：

①长歌行：汉乐府曲题。是指"长声歌咏"为曲调的自由式歌行体。

②葵：作为蔬菜名，指古代一种重要的蔬菜。李时珍《本草纲目》曰："葵菜古人种为常食，今之种者颇鲜。"此诗中的"葵"即指此。

③朝露：清晨的露水。晞（xī），天亮，引申为阳光照耀。

④"阳春"句：露水和阳光都充足的时候。阳，温和。露水和阳光都是植物所需要的，都是大自然的恩惠，即所谓的"德泽"。布，布施，给予。德泽，恩惠。

⑤秋节：秋季。

⑥"焜（kūn）黄"句：形容草木枯黄的样子。焜，光明。华（huā），同"花"。衰（cuī）：凋零。

⑦川：河流。

⑧徒：白白地。

【点评】

  此诗是汉乐府诗的其中一首。诗人采取"托物起兴"手法，由园中葵菜的蓬勃生长推而广之，写到整个自然界，由于有春天的阳光、雨露，万物都在闪耀着生命的光辉，到处是生机盎然、欣欣向荣的景象。然而转眼春去秋来，万物经历了春生、夏长，到了秋天，它们成熟了，昔日生机勃勃的叶子变得焦黄枯萎，丧失了活力。人生又何尝不是如此，由青春勃发而长大，而衰老，这是一个不可移易的自然法则。接着诗人又从时序的更替联想到宇宙的无尽时间和无垠空间，时光像东逝的江河，一去不返，并继而由对宇宙的探寻转入对人生价值的思考。自然界的万物只要有阳光雨露，秋天自能结实；人却不同，没有自身努力是不能成功的。因此，"少壮不努力，老大徒伤悲"。

  诗人用"常恐秋节至"，表达对"青春"稍纵即逝的珍惜，其中一个"恐"字，表现出人们对自然法则的无能为力，感叹青春凋谢的不可避免。认为光阴如流水，一去不复返，因而人们要珍惜时光，珍惜青春年华，及时努力，不要等老了再后悔，那时已于事无补，空走世间一趟。此诗富含哲理，出言警策，催人奋进。

  🌸 **左思**

  （约250—约305）字太冲，齐国临淄（今山东省淄博市临淄区）人，西晋著名文学家。左思自幼其貌不扬却才华出众。晋武帝时，因妹妹左棻被选入宫，举家迁居洛阳，任秘书郎。其《三都赋》曾轰动一时，造成了"洛阳纸贵"。晋惠帝时，依附权贵贾谧，为文人集团"二十四友"的重要成员。永康元年（300），因贾谧被诛，遂退居宜春里，专心著述。后齐王司马冏召为记室督，不就。太安二年（303），因张方进攻洛阳而移居冀州，不久病逝。

咏史（其二）

晋·左思

郁郁涧底松①，离离山上苗②。

以彼径寸茎③，荫此百尺条④。

世胄蹑高位⑤，英俊沉下僚⑥。

地势使之然，由来非一朝⑦。

金张藉旧业⑧，七叶珥汉貂⑨。

冯公岂不伟⑩，白首不见招⑪。

注释：

① "郁郁"句：郁郁，即严密浓绿的样子。涧底松，比喻才高位卑的寒士。涧，两山之间的沟谷。

② "离离"句：离离，指下垂的样子。山上苗，指山上的小树。

③ "以彼"句：彼，指山上苗。径寸茎，即一寸粗的树茎。

④ "荫此"句：荫，即遮蔽。此，指涧底松。条，树枝，这里指树木。

⑤ "世胄"句：胄（zhòu），指后代子孙。世胄，世家子弟。蹑（niè），履、登。

⑥ "英俊"句：英俊，指才能出众的人。沉下僚，沉没于下级官员。

⑦ "地势"二句：是说这种情况恰如涧底松和山上苗一样，是地势造成的，这种传统由来已久了。

⑧ "金张"句：金，指汉代金日磾（jīn mì dī）。他家自汉武帝到汉平帝，七代为内侍（见《汉书·霍光金日传》）。张，指汉代张汤。他家自汉宣帝以后，有十余人为侍中、中常侍。《汉书·张汤传》载："功臣之世，唯有金氏、张氏，亲近贵宠，比于外戚。"

⑨ "七叶"句：七叶，指七代。珥（ěr）：在耳朵上插戴之意。珥汉貂：汉代侍中、中常侍的帽子上，皆插貂尾。这两句是说金、张两家的子弟凭借祖先的基业，七代做汉朝的高官。

⑩ "冯公"句：冯公，指汉代冯唐。他曾经指责汉文帝不会用人，年老了还只能做中郎署长的小官。伟，奇。

⑪ "白首"句：招：召见。意思是说年老了还不被重用。

【点评】

左思的《咏史》诗共八首，这是第二首。这些诗并非专门咏叹古人古事，而很多情况下是抒写自己郁郁不得志的情怀的。这首诗即写在东汉后期和魏晋以来门阀制度下，有才能的人，因为出身寒微而受到压抑，而世家大族子弟不管有无才能却占据要位，造成"上品无寒门，下品无势族"的社会不公平现象。

诗中"郁郁涧底松"等四句，以比兴手法表现了当时人间的不平。以"涧底松"比喻出身寒微的士人，以"山上苗"比喻世家大族子弟。仅有一寸粗的山上树苗竟然遮盖了涧底百尺长的大树，从表面看来，写的是自然景象，实际上诗人借此隐喻人间的不平。

"世胄蹑高位"等四句，写当时的世家大族子弟占据高官之位，而出身寒微的士人却沉没在低下的官职上。这种现象就好像"涧底松"与"山上苗"一样，是地势使他们如此，其由来已久了，不是一朝一夕的事。在这里，作者从自身的遭遇出发，以形象的语言，对门阀制度所造成的不合理现象进行了猛烈抨击。

"金张藉旧业"等四句，其中的金，指金日磾家族；张，指张汤家族。据《汉书·霍光金日传》载，汉武帝、昭帝、宣帝、元帝、成帝、哀帝、平帝七代，金家都有内侍。张，指张汤家族。据《汉书·张汤传》载，自汉宣帝、元帝以来，张家为侍中、中常侍、诸曹散骑、列校尉者凡十余人。"功臣之世，唯有金氏、张氏，亲近贵宠，比于外戚"。这是一方面。另一方面是冯公，即冯唐。他是汉文帝时人，很有才能，可是直到年老也只能做中郎署长这样的小官。在这首诗中，作者借咏史而咏怀，从而抒发心中的愤懑。此诗通篇运用对比手法，内容由隐至显，层层递进，表达得十分深刻生动。

 吴隐之

（？—414），字处默，鄄（juàn）城（今山东省鄄城县）人，东晋名士。善于谈论，博涉文史，以儒雅显名，因得吏部尚书韩康伯赏识，被推荐出仕，历任散骑常侍、著作郎。东晋元兴元年（402年），出任龙骧将军、广州刺史，领平越中郎将。他赴广州就职时特意经过"贪泉"，饮水赋诗以明志。吴隐之在广州任职时清操愈厉，力矫贪渎时弊，后官至光禄大夫。他为官以清廉著称，史书称其"美姿容，有清操"。

酌贪泉①

晋·吴隐之

古人云此水，一歃怀千金②。
试使夷齐③饮，终当不易心。

注释：

①贪泉：据《晋书·良吏传》记载，当时派到广州当官的皆多贪赃黩货，衙门贿赂公行。晋安帝时，朝廷欲除弊政，派吴隐之出任广州刺史，吴隐之上任走到离广州三十里地的石门时，见到一泓清泉，人们却名之曰"贪泉"。当地传说，即使清廉之士，一饮此水，就会变成贪得无厌之人。

②"一歃（shà）"句：歃，即用嘴吸取。怀，思，想念。千金，大量钱财。

③夷齐：指伯夷、叔齐。他们是商代末年孤竹国国君的两个儿子。为避让君位，两人逃往周国。周武王出兵讨伐商纣王，伯夷、叔齐谏阻未成。周代商后，伯夷、叔齐"义不食周粟"，饿死首阳山，被古代认为是道德高尚的典范。

【点评】

这首诗首先铺陈一个由来已久的传说，即谁饮了广州这贪泉之水，谁心里就要产生牟取千金的欲望。诗人素以清廉见称，不信邪道，他来到清泉边，深有感触地对身边亲人说："不见可欲，使心不乱。越岭丧清，吾知之矣！"为此，他酌泉赋诗，成就一段佳话。他认为，是否贪腐，肯定在个人而不在泉

水。人人所言的"贪泉之水"，如果让素称高士的伯夷、叔齐来饮会如何？他们曾经视富贵如浮云，连人世间大富大贵的国王宝座都争相推让，宁可饿死于首阳山亦不食周粟，即使饮了此水，也照样不会改变他们高尚的道德情操。

　　吴隐之这首诗不信歪理，以古鉴今，言简意赅，真挚动人。尤其作者敢于酌泉明志，迎接考验。此后，他在广州任职数年，果然没有因为饮了这贪泉之水而变成贪官。《晋书》说他"及在州，清操愈厉，常食不过菜及干鱼而已，帷帐器服皆付外库，时人颇谓其矫，然亦终始不易。"由于他整饬纲纪，以身作则，广州风气大为改观。皇帝诏书嘉奖他"处可欲之地，而能不改其操，飨（xiǎng）惟错之富，而家人不易其服"，是一位难能可贵的清官。

陶渊明

　　（365或372或376—427），字元亮，又名潜，私谥"靖节"，世称靖节先生。浔阳柴桑（今江西省九江市西南）人。东晋末至南朝宋初期伟大的诗人、辞赋家。曾任江州祭酒、建威参军、镇军参军、彭泽令等职，最末一次出仕为彭泽令，八十多天便弃职而去，从此归隐田园。他是中国第一位田园诗人，被称为"古今隐逸诗人之宗"，有《陶渊明集》。

杂　诗
晋·陶渊明

人生无根蒂①，飘如陌②上尘。

分散逐风转，此已非常身③。

落地④为兄弟，何必骨肉亲！

得欢当作乐，斗酒聚比邻⑤。

盛年⑥不重来，一日难再晨。

及时⑦当勉励，岁月不待人。

注释：

①蒂：瓜、果、花等与秧蔓或枝茎相连的地方叫蒂。

②陌（mò）：田间东西方向的道路，这里泛指路。

③非常身：不是原来的、经久不变的身体了。

④落地：刚生下来。

⑤"斗酒"句：斗，这里是指一种酒器，即斗卮（zhī）。比邻，近邻。

⑥盛年：壮年。

⑦及时：趁此时机。

【点评】

　　陶渊明的"杂诗"是一组，共有十二首，这是第一首，慨叹人生之无常，感喟生命之短暂。因而要"不拘流例，遇物即言"。

　　这首诗以当时黑暗的政治为背景，以个人丰富的阅历和独到的感受与思维，起笔即发出命运之不可把握的慨叹。指出，人生在世就好像无根之木、无蒂之花，又如大路上随风飘转的尘土，命运变幻莫测、漂泊不定，种种遭遇和变故，使得每一个人都不是最初的自我了。既然这样，那又何必在乎骨肉之亲，血缘之情呢。人来到这个世界上都应该成为兄弟，遇到高兴的事就应当作乐，有酒就应该聚在一起共饮。人的壮年不会第二次到来，一天之内没有第二个早晨。趁着好年华勉励自己吧，光阴流逝一去不返，是不会等待任何人的。这首诗通篇读来，使人不禁有迷惘、沉痛之感，加深了对人生的悲剧性认识。但诗的后边内容也有一种新的人生觉醒，即在怀疑和否定旧有传统标准和信仰价值的条件下，有对人的生命、意义、命运的重新发现、思索和追求。

　　对于诗的结尾四句："盛年不重来，一日难再晨。及时当勉励，岁月不待人。"时常被人们用来勉励年轻人要抓住时机，珍惜光阴，努力学习，奋发上进。但其实是一种"郢书燕说"。在这首诗中，陶渊明的本意与上述理解是大相径庭的，他是鼓励人们要活在当下，及时行乐。既然生命这么短促，人生这么不可把握，社会这么黑暗，欢乐又这么难得，对于生活中偶尔出现的这一点点欢乐，就应该倍加珍惜，不要轻易放过，要抓住它尽情享受。究竟该如何看待这种及时行乐思想？恐怕我们只能将其放在特定的历史环境下加以考察，认识到它的特殊背景、意义和内涵，不可一概而论，也不能片面理解而为之误导。

饮酒（其五）

晋·陶渊明

结庐①在人境，而无车马喧②。

问君何能尔③？心远④地自偏。

采菊东篱下，悠然⑤见南山。

山气⑥日夕佳，飞鸟相与⑦还。

此中有真意⑧，欲辨⑨已忘言。

注释：

①结庐：建造房舍，这里指居住的意思。人境，人来人往、人烟繁杂之处。

②车马喧：车马喧闹之声，指世俗交往的喧扰。

③"问君"句：君，这里指作者自己。何能尔，为什么能这样。

④心远：即心中远离名利之场，超尘脱俗。

⑤悠然：闲适淡泊的样子。

⑥山气：山间的云气。

⑦相与：结伴。

⑧真意：从大自然里悟到的人生真谛。

⑨欲辨：想辨别出来。

【点评】

这首诗以平淡之语，写秋日晚景，叙归隐之乐，道生活哲理，既富于情趣，又饶有理趣，达到了情、景、理的统一。

诗歌作者陶渊明早岁满怀建功立业之理想，几度出仕以实现匡时济世的抱负。但官场的险恶，世风的污浊，整个社会的腐败黑暗，使他意识到"真风告逝，大为（伪）斯兴"，于是便毅然选择了洁身自好、守道固穷的道路。一旦做了这样的选择，他便彻底放开了。尽管自己"结庐在人境"，没有遁入山林，仍然生活在世人居住的环境中，但也彻底摆脱了世俗的束缚，没有了车马之喧的烦恼，心中不再念名利场之得失，精神上"心远地自偏"了。正所谓

"小隐隐于野，大隐隐于市"。只要无欲无求，不一定非要到山野林泉去，就是生活在繁华都市中，也照样能找到一份宁静。由于此诗起句便托意高妙，寄情深远，故前人盛赞其"词彩精拔"。

诗中"采菊东篱下，悠然见南山"等句，写诗人归隐后精神世界和自然景物浑然契合的那种悠然自得的神情。诗人东篱边随便采菊，偶见南山美景与飞鸟结伴而还，于是便悟出返璞归真的哲理。对于这两句诗，古人评价非常高。南宋张戒说："'采菊东篱下，悠然见南山'，此景物在目前，而非至闲至静之中，则不能到，此味不可及也。"结句"此中有真意，欲辨已忘言"，也是名句。言诗人已从大自然中领悟到了人生的真谛，但这种意趣只能意会，不可言传，也无需叙说。《庄子·外物》篇认为，"荃者所以在鱼，得鱼而忘荃；蹄者所以在兔，得兔而忘蹄；言者所以在意，得意而忘言。"故"至情言语即无声"。它充分体现了诗人安贫乐道、励志守节、淡远静穆的高尚情操。

张文姬

（生平籍贯不详），著名文学家鲍照之妻，南朝宋代女诗人。其诗多为咏物，文采斐然，颇有寄托。尤其是她在丈夫消极颓废时以白鹭为题，写了一首著名的劝慰诗进行勉励，一时传为佳话。

双槿①树
南北朝·张文姬

绿影竞扶疏②，红姿相照灼③。
不学桃李花，乱向春风落。

注释：

①槿：指木槿树。

②扶疏：枝叶繁茂分披的样子。

③照灼：光芒四射；闪耀。

【点评】

　　木槿花夏秋始开，本诗作者抓住它的这一生物习性，生发出新奇意境，把它与桃李花相比，特点就迥然不同了。桃李花固然美丽可爱，但它们只能春开春落，匆匆而过，落得热闹而已，岂如木槿花绿影婆娑，互相映衬，红姿闪耀，光芒四射，而且由夏到秋，郁郁葱葱，不会像桃李花那样随波逐流，可谓与众不同。正是木槿花能独立于流俗之外，持身于孤傲之中，具有特立品格，备他花之不备，故令人情有独钟，可赞可叹。诗中第三句一个"学"字，幽默含蓄，飘逸洒脱；第四句一个"乱"字，入木三分，为之不屑，尽显诗家慧眼、风人之旨。

沙上鹭

南北朝·张文姬

沙头一水禽，鼓翼扬清音^①。
只待高风便^②，非无云汉心^③。

注释：

①"鼓翼"句：鼓翼，即扇动翅膀。扬清音，即引吭高歌。

②高风便：大风到来，意谓时机到来。

③云汉心：直冲碧空的雄心。

【点评】

　　这是一首咏物诗。一般来说，咏物之作，高者赋神，次者摹形，但这首诗形神兼备。首先作者以寥寥几字生动描绘出沙洲上白鹭引吭高歌、振翅欲飞的鲜活姿态，寓意深刻，借以劝慰自己丈夫鲍照要耐心等待"高风便"，同时表示深信丈夫胸怀大志，具备云汉之心，希望他积极进取，抓住时机，定能一展抱负、直上云霄。

　　此诗慧眼独具，能敏锐地观察到鹭鸟虽然尚在沙头栖居，但有冲天之志，也有冲天之能，只是要等待时机，不要丧失信心，希望就在前面。诗歌充分表达了一位妻子对丈夫的理解、信任和支持。

陆凯

（？—约504），字智君，北魏代（今河北省涿鹿县）人。鲜卑族，事迹不详。

赠范晔①

南北朝·陆凯

折花逢驿使②，寄与陇头人③。

江南无所有，聊赠一枝春④。

注释：

①范晔：字蔚宗，顺阳山阴（今河南省淅川县）人，南朝宋史学家、散文家。

②驿使：古代递送官府文书的人。

③陇头人：即陇山人，在北方的朋友，指范晔。陇山，在今陕西省陇县西北。

④"聊赠"句：意为只能寄去一枝代表春色的梅花。赠，寄赠。一枝春，指梅花，也代指江南春色。

【点评】

　　这首诗当是陆凯率兵南征度梅岭时所作。他在戎马倥偬中登上梅岭，正值梅花开放，回首北望，想起了陇头好友范晔，就折梅赋诗，让北去的驿使送给友人。

　　此诗虽短，却包含无限的情感与趣味。陆凯身在江南，适值梅开之时思念故友，寄点什么聊表思慕之情呢。应该说，江南是文物之邦，物丰文萃，可寄之物甚多。但作者认为，别的礼物似乎都不适宜，都太庸俗，唯有代表清雅俊逸、有傲骨之风、为报春而来的梅花是最适当的，因而遥遥千里以寄。而梅花也象征即将到来的春天，折梅而寄，就是把高洁、美好、春天寄给了朋友，这是多么高雅的意趣。"一枝春"作为梅花的象征，平淡中显出了高尚的意境。寄梅正是诗人的诚挚情怀，也象征他们之间的崇高友谊。

　　这首诗构思精巧，清晰自然，富有情趣。用字虽然简单，细品则春的生机及情意如现眼前。它把怀友的感情，通过借物寄喻，在特定的季节，特定的环境中，把抽象的感情与形象的梅花结为一体，把梅花的凌寒绽放和友人的高洁情操联系在了一起。

陶弘景

（456—536），字通明，南朝梁代丹阳秣陵（今江苏省南京市）人，自号华阳隐居，著名的道教思想家、医学家、文学家，南朝皇帝很看重他，每每与他商量国家大事，因而他被人称"山中宰相"。其作品有：《本草经集注》《集金丹黄白方》《二牛图》《华阳陶隐居集》等。

诏问山中何所有赋诗以答

南北朝·陶弘景

山中何所有？岭上多白云。
只可自怡悦，不堪持赠君。

【点评】

这是著名道士、隐士陶弘景在山中隐居时回答南朝齐高帝萧道成诏书所问而写的一首诗。

陶弘景作为一代高士一直隐居山中，萧道成劝其出山入仕，对他放弃功名、隐居林泉的行为颇不以为然，问他山中有什么割舍不下的好东西而不出山？诗人不好硬顶，也不能不答，因而便含蓄巧妙地说："岭上多白云。"这个回答，看似平平淡淡，实际意蕴丰富，恰到好处。山中固然没有华轩高屋，没有钟鸣鼎食，没有荣华富贵，只有轻轻淡淡、飘飘渺渺的白云，但这正是作者的志趣所在。诗中还进而指出："只可自怡悦，不堪持赠君。"意思是说，我的志趣就是这白云青山林泉，可惜我无法让您理解个中的情趣，就像这山中白云悠悠，我却无法用手拿着赠给您一样。诗人以这种方式委婉地表达了谢绝之意。对于这样的回答，齐高帝也不好再说什么了。此诗写得轻淡自然，韵味隽永，体现了一位高士超凡脱俗、品格高洁、风神飘逸的奇韵真趣，故为历代传诵。

王籍

　　（生卒年月不详），字文海，琅邪临沂（今山东省临沂市）人。有文才，不得志，因其《入若耶溪》一诗，而享誉诗史。齐末为冠军行参军，累迁外兵记室。梁朝天监末任湘东王萧绎咨议参军，迁中散大夫等。王籍诗歌学谢灵运，《南史·王籍传》称"时人咸谓康乐之有王籍，如仲尼之有丘明，老聃之有庄周"。

入若耶溪①
南北朝·王籍

舳舻何泛泛②，空水共悠悠③。
阴霞生远岫④，阳景逐回流⑤。
蝉噪林逾静⑥，鸟鸣山更幽⑦。
此地动归念⑧，长年悲倦游⑨。

注释：

①若耶溪：在浙江省绍兴市东南，发源于离城区四十四里的若耶山（后称化山），沿途纳三十六溪溪水，北入鉴湖。

②"舳（yú）舻（huáng）"句：舳舻，即舟名，是一种木船。泛泛，船行无阻。

③空水：指天空和若耶溪水。

④"阴霞"句：阴霞，指山北面的云霞。若耶溪流向自南而北，诗人溯流而上，故曰"阴霞"。远岫（xiù），远处的峰峦。

⑤"阳景"句：阳景，指太阳在水中的影子。"景"是"影"的本字。回流，船向上游行进时岸边倒流的水。

⑥"蝉噪"句：噪，指许多鸟或虫子乱叫。逾，同"愈"，更加。

⑦幽：宁静、幽静。

⑧归念：归隐的念头。

⑨长年悲倦游：诗人多年以来已厌倦仕途，为此而感到悲伤。倦游，厌倦仕途而思归隐。

【点评】

这首诗远处写山，近处写水，以云霞衬群山，以日影照流水，山水相映，境界奇美。诗人不仅能使境界极富层次感和色彩感，而且能将静景化动景。如，诗句"阴霞生远岫，阳景逐回流"中，一个"生"字，不仅突出云霞的动态美，而且赋予云霞以情趣；一个"逐"字，人的行为赋予日影，仿佛日影像诗人一样正在追逐着回流，想跟舻艎一起行进，到上游去探美之究竟。这是从视角落笔。更绝的是从听觉落笔，即诗句"蝉噪林逾静，鸟鸣山更幽"。这是通过以动显静的手法来渲染山林的幽静，被称为"文外独绝"，此句也因此被千古传诵。在意境上，此诗一方面极赞若耶溪的美景，让人心旷神怡，美不胜收；另一方面又从反面着笔，说明若耶溪的美景不但没有给人以喜情，反而引出悲绪，激起诗人归隐的念头。这样的收结，诗意奇崛，出乎意料。

此诗之后，采用以动写静、以响托幽手法的诗作不断涌现，而且都或多或少受了它的影响。像唐代王维的"倚杖柴门外，临风听暮蝉"，杜甫的"春山无伴独相求，伐木丁丁山更幽"，都是用声响来衬托静的境界，而这种表现手法正是王籍的首创。现代国学大家钱锺书先生在《管锥编》中对王籍的这种笔法评价说："寂静之幽深者，每以得声音衬托而愈觉其深。"

薛道衡

（540—609），字玄卿，河东汾阴（今山西省万荣县）人。历仕北齐、北周。隋朝建立后，任内史侍郎，加开府仪同三司。炀帝时，出为番州刺史，改任司隶大夫。他和卢思道齐名，在隋代诗人中艺术成就最高，今存《薛司隶集》一卷。

人日^①思归

南北朝·薛道衡

入春才七日^②，离家已二年。
人归落雁后^③，思发^④在花前。

注释：

①人日：古代农历正月初一为鸡日，初二为狗日，初三为猪日，初四为羊日，初五为牛日，初六为马日，初七为人日。

②入春才七日：即人日。古人把春节当成春天开始，故言"入春"。

③"人归"句：落（là），即落在……之后。传说鸿雁是正月开始从南方返回北方。

④思发：想回家的念头。

【点评】

　　这首诗清淡而灵动。诗的前两句说的是刚过了年才七天，一想自己已来了两年。因为新年一过，不管是实际上已经两年或者仅仅是两个年头，都可以说是两年，甚至还可以把旧年的最后一天和新年的第一天的两天时间也戏称为"两年"，诗人在这里把跨年头这个茬口作了巧妙运用，可以说也是一种幽默和智慧。诗的后两句是说归家的日期虽然落在了鸿雁北归之后，但自己想回家的念头却是在春花开放之前就已经有了，绝不比鸿雁开始北归的时间晚，只是自己因种种原因没办法回去。

　　这首小诗写出了远在他乡的游子在新春佳节时刻渴望回家与亲人团聚的普遍心理，或自己在异乡有度日如年之感，总之诗人即景生情，以平实自然、精巧委婉的语言，表达出深刻细腻的情感体验，且景中寓情，情中带景，情景交融，很有意味。最后的"人归……后"与"思发……前"比附，也非常轻灵有趣，如同妙手天成。

大鹏

风起扶摇直

上九万里

假令风歇时

下来犹能簸

 **虞世南**

（558—638），字伯施，越州余姚鸣鹤（今浙江省慈溪市）人，南北朝至隋唐时期书法家、文学家、诗人、政治家。虞世南生性沉静寡欲，执着且向学，历仕陈、隋两代。李世民灭窦建德后，引虞世南为秦王府参军、记室参军、弘文馆学士，与房玄龄等共掌文翰，为"十八学士"之一。虞世南虽容貌怯懦、弱不胜衣，但性情刚烈，直言敢谏，深得李世民敬重。虞世南善书法，与欧阳询、褚遂良、薛稷并称"唐初四大书家"。其所编的《北堂书钞》被誉为唐代四大类书之一，是中国现存最早的类书之一。

蝉

唐·虞世南

垂緌饮清露①，流响出疏桐②。
居高声自远，非是藉③秋风。

注释：

①"垂緌（ruí）"句：垂緌，即古人结在颌下的帽缨下垂部分，蝉的头部伸出的触须，形状与其有些相似。清露：纯净的露水。古人以为蝉是喝露水生活的，其实是刺吸植物汁液的。

②"流响"句：流响，指连续不断的蝉鸣声。疏，开阔、稀疏。

③藉：凭借。

【点评】

这是一首咏物诗，具有浓郁的象征性。蝉声之所以能够远传，一般人往往以为是借助于秋风传送。但诗人在这里却别有会心，强调这是由于"居高"而自能致远。其蕴含的意思是：立身品格高洁的人，并不需要某种外在的凭借（如权势地位、有力者的帮助等），自能声名远播。正像曹丕在《典论·论文》中所说的那样："不假良史之辞，不托飞驰之势，而声名自传于后。"他突出强调了人格的力量和高度的自信，表现出一种从容不迫的风度与气韵。

虞世南是唐初重臣，凌烟阁二十四勋臣之一，博学多能，高洁耿介，能够直言善谏，为贞观之治作出了重大贡献，但他从不傲慢，唐太宗对其称赞有加。《蝉》这首诗包含着诗人的夫子自道，清高自持，光明正大，不攀不附。李世民称他有"五绝"（德行、忠直、博学、文辞、书翰），并赞叹说："群臣皆如虞世南，天下何忧不理！"

这首诗与骆宾王的《在狱咏蝉》，李商隐的《蝉》成为唐代文坛的"咏蝉"三绝。清人施补华在《岘佣说诗》中指出："诗三百篇比兴为多，唐人犹得此意。同一咏蝉，虞世南'居高声自远，非是藉秋风'，是清华人语；骆宾王'露重飞难进，风多响易沉'，是患难人语；李商隐'本以高难饱，徒劳恨费声'，是牢骚人语。比兴不同如此。"这三首诗都是唐代托咏蝉以寄意的名作，由于作者地位、遭际、气质的不同，虽同样工于比兴寄托，却呈现出殊异的面貌，构成富有个性特征的艺术形象。清人沈德潜对这首诗评价说："咏蝉者每咏其声，此独尊其品格。"（《唐诗别裁》）可谓是破的之论。

李世民

（599—649），唐高祖李渊和窦皇后的次子，唐朝第二位皇帝，杰出的政治家、军事家、战略家。唐朝建立后，李世民官居尚书令、右武侯大将军，受封为秦国公，后晋封为秦王，先后率部平定了薛仁杲（gǎo）、刘武周、窦建德、王世充等割据势力，在唐朝的建立与统一过程中立下赫赫战功。武德九年（626年），李世民发动玄武门之变，射杀太子李建成和四弟李元吉，不久高祖李渊退位，李世民登基，改元贞观。李世民为帝后，积极听取群臣意见，对内以文治天下，虚心纳谏，厉行节约，劝课农桑，使百姓能够休养生息，国泰民安，开创了中国历史上著名的贞观之治。

赐萧瑀
唐·李世民

疾风知劲草①，板荡识诚臣②。

勇夫安识义③，智者必怀仁④。

注释：

①"疾风"句：疾风，即大而急的风。劲草，强劲有力的草。

②"板荡"句：指政局混乱或社会动荡，即动乱之世。诚臣，忠诚可靠的臣子。

③"勇夫"句：勇夫，即有胆量的人。安识义，怎么懂得为国为民为天下社稷的大道理呢？安，怎么能够。

④"智者"句：智者，即有远见卓识的人。必怀仁，心中必定怀有仁爱。

【点评】

　　这首诗褒扬了大臣萧瑀忠诚仁义，大智大勇。萧瑀是唐朝初期的著名功臣，名列凌烟阁功臣第九位，曾六任宰相，刚正不阿，光明磊落，唐贞观十七年（643年），以特进、金紫光禄大夫致仕，李世民对其赞佩有加，赠诗予他，并说："卿之忠直，古人不过。"对于萧瑀的功勋人品，李世民引用《后汉书·王霸传》中汉光武帝刘秀赞誉王霸的话："颍川从我者皆逝，而子独留努力，疾风知劲草。"后世遂用以比喻只有经过危难或战乱的严峻考验，才能识别出谁的意志坚强，谁是忠诚可靠者。后句的"板荡"乃《诗经·大雅》中两篇作品的名称。《板》《荡》二诗讥刺周厉王无道，败坏政局，后以"板荡"代指政局变乱。正所谓"沧海横流，方显英雄本色"，只有经过猛烈大风和动乱时局的考验，才能看出什么样的草是强劲的，什么样的人是忠诚的。不仅如此，李世民还进一步告诉人们，那些一勇之夫怎么懂得为国为民为天下社稷的大道理呢？只有胸中富有大智慧、眼光高远的人，心中才会怀有仁德和仁心。因此说，只有勇猛是不够的，还要智勇双全，有远见卓识，才算是国之大才。

　　全诗四句皆对仗，对偶工整而自然。其中"疾风"一联，是历来传诵的名句，富含哲理，成为人们经常引用的警句成语。

卢照邻

（约637—约686），字昇之，自号幽忧子，幽州范阳（今河北省涿州市）

人。卢照邻出身望族，曾为邓王府典签，又出任益州新都（今四川省成都附近）尉。在文学上，他与王勃、杨炯、骆宾王号为"初唐四杰"，卢照邻尤工诗歌骈文，以歌行体为佳，不少佳句传诵不绝。

长安古意^①

唐·卢照邻

长安大道连狭斜^②，青牛白马七香车^③。

玉辇纵横过主第^④，金鞭络绎向侯家^⑤。

龙衔宝盖承朝日^⑥，凤吐流苏带晚霞^⑦。

百尺游丝^⑧争绕树，一群娇鸟共啼花。

游蜂戏蝶千门^⑨侧，碧树银台万种色。

复道交窗作合欢^⑩，双阙连甍垂凤翼^⑪。

梁家^⑫画阁中天起，汉帝金茎^⑬云外直。

楼前相望不相知，陌上相逢讵相识^⑭。

借问吹箫向紫烟^⑮，曾经学舞度芳年。

得成比目^⑯何辞死，愿作鸳鸯不羡仙。

比目鸳鸯真可羡，双去双来君不见。

生憎帐额绣孤鸾^⑰，好取门帘帖双燕^⑱。

双燕双飞绕画梁，罗帷翠被郁金香^⑲。

片片行云著蝉鬓^⑳，纤纤初月上鸦黄^㉑。

鸦黄粉白车中出，含娇含态情非一。

妖童宝马铁连钱^㉒，娼妇盘龙金屈膝^㉓。

御史府中乌夜啼，廷尉门前雀欲栖^㉔。

隐隐朱城临玉道^㉕，遥遥翠幰没金堤^㉖。

挟弹飞鹰杜陵北^㉗，探丸借客渭桥西^㉘。

俱邀侠客芙蓉剑^㉙，共宿娼家桃李蹊^㉚。

娼家日暮紫罗裙，清歌一啭口氛氲^㉛。

北堂夜夜人如月^㉜，南陌朝朝骑似云^㉝。

南陌北堂连北里^㉞，五剧三条控三市^㉟。

弱柳青槐拂地垂，佳气红尘^㊱暗天起。

汉代金吾^㊲千骑来，翡翠屠苏鹦鹉杯^㊳。

罗襦^㊴宝带为君解，燕歌赵舞^㊵为君开。

别有豪华称将相，转日回天^㊶不相让。

意气由来排灌夫^㊷，专权判不容萧相^㊸。

专权意气本豪雄，青虬紫燕坐春风^㊹。

自言歌舞长千载，自谓骄奢凌五公^㊺。

节物风光^㊻不相待，桑田碧海^㊼须臾改。

昔时金阶白玉堂^㊽，即今惟见青松在。

寂寂寥寥扬子^㊾居，年年岁岁一床书^㊿。

独有南山桂花发，飞来飞去袭人裾。

注释：

①古意：六朝以来诗歌中常见的标题，表示这是拟古之作。

②狭斜：指小巷。

③七香车：用多种香木制成的华美小车。

④"玉辇"句：玉辇，本指皇帝所乘的车，这里泛指一般豪门贵族的车。主第，公主府第。第，房屋。帝王赐给臣下房屋有甲乙次第，故房屋称"第"。

⑤"金鞭"句：络绎，即往来不绝，前后相接。侯家：封建王侯之家。

⑥"龙衔"句：车上张着华美的伞状车盖，支柱上端雕作龙形，如衔车盖于口。宝盖，即华盖。古时车上张有圆形伞盖，用以遮阳避雨。

⑦"凤吐"句：车盖上的立凤嘴端挂着流苏。流苏，以五彩羽毛或丝线制成的穗子。

⑧游丝：春天虫类所吐的飘扬于空中的丝。

⑨千门：指宫门。

⑩"复道"句：复道，又称阁道，宫苑中用木材架设在空中的通道。交窗，有

036

花格图案的木窗。合欢，马缨花，又称夜合花。这里指复道、交窗上的合欢花形图案。

⑪"双阙"句：阙，即宫门前的望楼。甍（méng），屋脊。垂凤翼，双阙上饰有金凤，做垂翅状。

⑫梁家：指东汉外戚梁冀家。梁冀为汉顺帝梁皇后兄，以豪奢著名，曾在洛阳大兴土木，建造宅第。

⑬金茎：铜柱。汉武帝刘彻于建章宫内立铜柱，高二十丈，上置铜盘，名仙人掌，以承露水。

⑭"楼前"两句：写士女如云，难以辨识。讵（jù），同"岂"。

⑮"借问"句：吹箫，借用春秋时萧史吹箫的故事。向紫烟，指飞入天空。紫烟，这里指云气。

⑯比目：鱼名。古人用比目鱼、鸳鸯鸟比喻男女相伴相爱。

⑰"生憎"句：生憎，言最恨。帐额，帐子前的横幅。孤鸾，象征独居。鸾，传说中凤凰一类的神鸟。

⑱"好取"句：好取，意为"愿将"。双燕，象征自由幸福的爱情。

⑲"罗帷"句：罗帷，即罗帐。翠被，翡翠颜色的被子，或指以翡翠鸟羽毛为饰的被子。郁金香，这里是一种名贵的香料。这句的意思是指罗帐和被子都用郁金香熏过。

⑳"片片"句：行云，形容发型蓬松美丽。蝉翼，古代妇女的一种发式，类似蝉翼的式样。

㉑"纤纤"句：初月上鸦黄，指额头上用黄色涂成弯弯的月牙形，是当时女性面部化妆的一种样式。鸦黄，嫩黄色。

㉒"妖童"句：妖童，泛指浮华轻薄子弟。铁连钱，指马的毛色青而斑驳，有连环的钱状花纹。

㉓"娼妇"句：娼妇，这里指上文所说的"鸦黄粉白"的豪贵之家的歌儿舞女。盘龙，钗名。此处指金屈膝上的雕纹。屈膝，铰链。用于屏风、窗、门、橱柜等物，这里是指车门上的铰链。

㉔"御史"二句：写权贵骄纵恣肆，御史、廷尉都无权约束他们。御史，官

名，司弹劾。乌夜啼，与下句"雀欲栖"均暗示执法官门庭冷落。廷尉，官名，掌刑法。

㉕"隐隐"句：朱城，指宫城。玉道，指修筑得讲究漂亮的道路。

㉖"遥遥"句：翠幰（xiǎn），指妇女车上镶有翡翠的帷幔。金堤，坚固的河堤。

㉗"挟弹"句：挟弹，指打猎的场面。杜陵：在长安东南，汉宣帝陵墓所在地。

㉘"探丸"句：探丸借客，指行侠杀吏、助人报仇等蔑视法律的行为。借客，指助人。渭桥，在长安西北，秦始皇时所建，横跨渭水，故名。

㉙芙蓉剑：古剑名，春秋时越国所铸。这里泛指宝剑。

㉚"共宿"句：娼家，即妓女。桃李蹊，指娼家的住处。蹊，小径。

㉛"清歌"句：啭，即宛转歌唱。氛氲，香气浓郁。

㉜"北堂"句：北堂，指娼家。人如月，形容妓女美貌。

㉝"南陌"句：南陌，指妓院门外。骑似云，形容骑马的来客云集。

㉞北里：即唐代长安平康里，是妓女聚居之处，因在城北，故称北里。

㉟"五剧"句：五剧，即交错的路。三条，通达的道路。控，引，连接。三市，许多市场。"五剧""三条""三市"都是用前人成语，其中数字均非实指。

㊱佳气红尘：指车马杂沓的热闹景象。

㊲金吾：即执金吾，汉代禁卫军官衔。唐代设左、右金吾卫，有金吾大将军。此泛指禁军军官。

㊳"翡翠"句：屠苏，即美酒名。鹦鹉杯，即海螺盏，用南洋出产的一种状如鹦鹉的海螺加工制成的酒杯。

㊴罗襦：丝绸短衣。

㊵燕歌赵舞：战国时燕、赵二国以"多佳人"著称，歌舞最盛。此借指美妙的歌舞。

㊶转日回天：极言权势之大，可以左右皇帝的意志。天，喻皇帝。

㊷灌夫：字仲孺，汉武帝时期的一位将军，勇猛任侠，好使酒骂座，交结魏其

侯窦婴，与丞相武安侯田蚡不和，终被田蚡陷害，诛族。排，排挤。

㊸萧相：指萧望之，字长倩，汉宣帝朝为御史大夫、太子太傅。汉元帝即位，辅政，官至前将军，他曾自谓"备位将相"。后被排挤，饮鸩自尽。

㊹"青虬（qiú）"句：青虬、紫燕，均指好马。虬，本指无角龙，这里借指良马。紫燕：骏马名。坐春风：在春风中骑马飞驰，极其得意。

㊺"自谓"句：凌，即超过。五公，张汤、杜周、萧望之、冯奉世、史丹，皆为汉代著名权贵。

㊻节物风光：指节令、时序。

㊼桑田碧海：即沧海桑田，喻指世事变化很大。

㊽金阶白玉堂：形容豪华宅第。

㊾扬子：汉代扬雄，字子云，在长安时仕宦不得意，曾闭门著《太玄》《法言》等书。

㊿一床书：指以诗书自娱的隐居生活，言避世隐居之意。

【点评】

这首诗名托"古意"，实抒今情。它的题材、用语与五代时梁简文帝、文学家萧纲《乌栖曲》等齐梁宫体诗非常接近，但思想感情却大不相同。诗的写法近似汉赋，对描写对象极力铺陈渲染，并略带"劝百讽一"之意（所谓"劝百讽一"，是形容规劝的言辞远远比不上引诱的言辞。即本来是在劝人要警戒，但结果却成了引诱人）。由于南朝时的宫体诗受贫血而畸形的宫廷生活影响，催生了颓废畸变的诗风，以至整个社会风气都被毒化了。唐朝建立后，新的统治者和大臣们总结南朝灭亡的教训，其中一条就是沉溺于亡国之音。于是，初唐的卢照邻就竭力予以振兴，开始创作属于大唐的声音——《长安古意》。

这首长诗可分为四大部分。第一部分（从"长安大道连狭斜"到"娼妇盘龙金屈膝"）铺陈长安豪门贵族争竞豪奢、追逐享乐的生活。第二部分（从"御史府中乌夜啼"到"燕歌赵舞为君开"）主要以市井娼家为中心，写形形色色人物的夜生活。第三部分（从"别有豪华称将相"至"即今惟见青松在"）写长安上层社会除追逐难于满足的情欲而外，别有一种权力欲，驱使着文武权臣互相倾轧。第四部分即末四句，在上文今昔纵向对比的基础上，再作横向的对比，以穷愁著书的扬雄比喻作者自己，与长安豪华人物形成鲜明对照。其中，"得成比目何辞死，愿作鸳鸯不羡仙"两句，堪称千古名句。意思是：只要能和心爱的人厮守在一起，就是死了也心甘情愿；只要能和心爱的人厮守在一起，愿做凡人而不羡慕神仙。其诗意可谓一绝，对后世也影响甚大。

此诗作为洋洋洒洒的七古巨制，主要采用赋法创作，但并非平均使力、铺陈始终，而是有重点、有细节地描写，回环照应，详略得宜，感情充沛，力量雄厚；而结尾又颇具兴义，耐人含咏。它一般以四句一换景或一转意，诗韵更迭转换，形成生龙活虎般的节奏。同时，在转意换景处多用连珠格（如"……好取门帘帖双燕。双燕……""……纤纤初月上鸦黄。鸦黄……"），或前分后总的复沓层递句式（如"北堂夜夜人如月，南陌朝朝骑似云。南陌北堂……""意气由来排灌夫，专权判不容萧相。专权意气……"），使意换辞联，形成一气到底而又缠绵往复的旋律。这样，就结束了陈隋"音响时乖，节奏未谐"的现象，"一变而精华浏亮；抑扬起伏，悉谐宫商；开合转换，咸中肯綮"（胡应麟《诗薮》内编卷三）。此诗虽尚有六朝余习，但词彩华艳富赡，大体上能服从新的内容需要，故不伤于浮艳。在宫体余风尚炽的初唐诗坛，卢照邻"放开粗豪而圆润的嗓子"，唱出如此歌声，压倒那"四面细弱的虫吟"，被誉为"不废江河万古流"，在七古发展史上是可喜的新声。

对于此诗，后人尤其是明代人的评价相当高。如陆时雍在《唐诗镜》中说："端丽不乏风华，当在骆宾王《帝京篇》上。"周珽在《唐诗选脉会通评林》中引周敬语说："'通篇格局雄远，句法奇古，一结更绕神韵。盖当武后朝，淫乱骄奢，风化败坏极矣。'照邻是诗一篇刺体，曲折尽情，转诵间令人起惩时痛世之想。"顾璘在《批点唐音》中说："此片铺叙长安帝都繁华，宫室之美，人物之盛，极于将相而止，然而盛衰相代，唯子云安贫乐道，乃久垂令名耳。"胡应麟更是极口赞叹："七言长体，极于此矣！"现代的闻一多先生称其为"宫体诗的自赎"，"真有起死回生的力量"。

惠能

（638—713），俗姓卢氏，三岁丧父，家境艰贫，稍长以伐薪卖柴为业养母度日。二十四岁时辞母出家，往蕲州黄梅东山参拜佛教禅宗五祖弘忍大师。初为行者，随众劳役，踏碓（duì）舂（chōng）米。后因写《菩提偈》而备受弘忍赏识，嘱付衣法，成为禅宗六祖。因当时佛教内部争夺宗祖地位十分激烈，惠能曾多次遇险。弘忍入灭后，惠能又隐居了十五年才开始传法受戒，此后演化佛法三十余年，成为著名的高僧大德。武则天及唐中宗闻其名声，曾多次敕书征召入京，他都以老病相辞。惠能的核心思想有二：一是自有佛性说，二是顿悟成佛说。在世界佛教史上，他是一个把中西佛教思想融会贯通的佛学思想家。

菩提偈①

唐·惠能

菩提本无树②，明镜亦非台③。
本来无一物，何处惹尘埃④？

注释：

①菩提偈：诠释佛教教义的歌偈。菩提，梵文的音译，意译为"觉"或"智"，旧译也作"道"。指对佛教教义的理解，或是通向佛教理想的道路。偈，和尚唱颂的歌称为"偈"。

②树：这里指菩提树，意译为"觉树"或"道树"。相传佛教始祖释迦牟尼在此树下证得菩提，觉悟成道，故称此树为菩提树。菩提原本比喻智慧。

③"明镜"句：明镜比喻清静之心。据《资持记》："坐禅之处，多悬明镜，以助心行。"通常用以比喻佛与众生感应的中介。台，指放置明镜的地方。

④尘埃：佛教术语，指人间的一切世俗事务。按出家人的观点，世务不净，故称尘世。

【点评】

　　这是佛教禅宗六祖惠能大师的一个四句偈，是从神秀的偈子中引申出来的。

　　关于这首诗的来历，据敦煌写本《六祖坛经》载，禅宗五祖弘忍"一日唤门人尽来"，要大家"各作一偈"，并给大家说："吾向汝说，世人生死事大，汝等终日只求福田，不求出离生死苦海，自性若迷，福何可救？汝等各去自看智慧，取自本心般若之性，各作一偈，来呈吾看。若悟大意，付汝衣法，为第六代祖。"弘忍的上首弟子神秀在门前写了一偈道："身是菩提树，心如明镜台。时时勤拂拭，莫使有尘埃。"（称"无相偈"）弘忍看到后，说"汝作此偈，见即未到"，"若觅无上菩提，即未可得"，因而要他"更作一偈"。惠能和尚知道后，先"请人一读"神秀的偈语，然后自己也作了一偈，让人书于墙上。弘忍看过后心中赞赏，但为了不让人嫉妒惠能，便不经意说："亦未见性。"

　　据传，惠能少孤而艰难困苦，于市卖柴为生。及闻一客诵《金刚经》而心有所悟，遂赴五祖处学法。弘忍看到的惠能这首偈的意思是：菩提本来就是个觉道，又有什么树在那里呢？若有树，那菩提就变成物了，其实它是无形无相的。明镜也根本没有台，若有个台则又有所执着，所谓"应无所住，而生其心"，怎么还需要有个台呢？根本是什么都没有，既如此那尘埃又从哪里生出来呢？所以五祖弘忍认为，人们之所以心还有挂碍、有尘埃，是因为人们的心对世界万事的表象还有所住，故人会有烦恼，进而产生贪嗔痴，无法明心见性，得到真正的自在。因为世界上万物都是终须败坏的，是虚妄的，不应该用太多的心思去留恋它。万物虽为我所用，但非我所属。心无所住，无所挂碍，即是无心无尘。因而他认可惠能的觉悟。

　　其实，惠能偈同神秀偈一样，都是唯心主义，只是惠能是主观唯心主义，神秀是客观唯心主义，他们俩的分歧主要是修行方法上有较大区别。神秀强调"时时勤拂拭"，主张"拂尘看净"，后人称之为"渐修派"。神秀的修行方法没有得到弘忍认可，故弘忍没有将衣钵传给他而传给了惠能。因惠能主张的是"见性成佛"，属"顿悟派"，这深得弘忍认可。但由于当时神秀为五祖的上座和尚，势力强大，惠能在此难以存身，因此五祖让他带着衣钵悄悄离开。后来惠能历尽艰险来到岭南建立了南华寺（坐落于广东省韶关市曲江区马坝镇），从而成为禅宗六祖，亦是禅宗南派的创始人。惠能的"顿悟说"认为，"愚人"与"智人"，"善人"与"恶人"，"常人"和"佛"之间，没有不可逾越的鸿沟。从"迷"到"悟"，仅在一念之间。这种"放下屠刀，立地成佛"的思想，不仅对中国佛教的演变产生了巨大作用，而且对于后来的中国哲学理论也有着重大影响。

李峤

（约645—约714），字巨山，赵州赞皇（今河北省赞皇县）人，唐朝宰相。早年进士及第，历任安定小尉、长安尉、监察御史、给事中、润州司马、凤阁舍人、麟台少监等职。武周时期，依附张易之兄弟。中宗年间，依附韦皇后和梁王武三思，官至中书令、特进，封为赵国公。唐睿宗时，贬为怀州刺史，以年老致仕。唐玄宗时，再贬滁州别驾，迁庐州别驾。李峤生前以文辞著称，与苏味道并称"苏李"，又与苏味道、杜审言、崔融并称"文章四友"，晚年成为"文章宿老"。先后历仕五朝，趋炎附势，史家评价以贬抑居多。

中秋月二首

唐·李峤

其一

盈缺青冥外①，东风万古吹②。
何人种丹桂③，不长出轮枝④。

其二

圆魄⑤上寒空，皆言四海⑥同。
安知千里外⑦，不有雨兼风⑧。

注释：

①"盈缺"句：盈缺，指月亮的盈亏变化。青冥，形容青苍幽远。指青天。

②"东风"句：东风，即东方刮来的风，这里指春风。万古，犹远古，即自古以来。

③何人种丹桂：什么人在月亮上种了丹桂树？

④不长出轮枝：为什么枝干不长出月轮之外？

⑤圆魄：指中秋圆月。

⑥四海：指全国，天下。

⑦"安知"句：安知，即哪里知道。千里，指很远的地方。

⑧雨兼风：借指人生的无常和艰辛。

【点评】

　　这首诗的核心和精华在第二部分。诗人认为，此时此地虽然明月当空，但又怎见得千里之外的此时彼地"不有雨兼风"呢？由于世界的复杂性，人们对事物认识的局限性，能否正确认识，并不完全取决于持这种认识的人数多寡，即便是人人"皆言"为是的，也并非正确无疑。因此，看问题最忌以此代彼，以偏概全，以对局部、片面的现象描述代替对整体或本质的探求。见到此时此地皓月当空而想象四海皆同，那肯定难以准确。这首诗通过咏月揭示了一个真理：世界上的事物千差万别，千变万化，不可能全都一样。要善于多角度看待问题，敢于大胆质疑。

　　作者写此地有月光，彼地有风雨，当然是意在风雨，而非赏月。由于李峤曾三度任职宰相，对政坛风云变幻十分敏感，由此推度，高空中虽然还是一轮明月照射大地，但谁又晓得在什么地方、什么时候没有风狂雨骤出现呢？

风

唐·李峤

解落三秋叶①，能开二月②花。

过江千尺浪，入竹万竿斜③。

注释：

①"解落"句：能吹落。解，解开，这里指吹。三秋，这里指秋季。

②二月：指农历二月。这里代表春季。

③"过江"二句：意思是大风吹过江面能卷起千尺巨浪，吹入竹林能让万竿竹子倾斜。

【点评】

风，本是看不见摸不着的自然界物象，人们司空见惯，平平常常，但作者独具慧眼，写出了风不一般的力量和神奇。

这首诗没有直接描写风之形态与外显特点，而是通过外物在风的作用下原质或原态的改变去表现风之柔情与强悍。风是善变的，有柔弱，又有彪悍；风是多情的，姿态丰盈，令万竹起舞。由于诗人对物态常识的熟知与了然，因而他能熟练地通过外物的形变来显发风的特点，即通过以间接描写来表现风的种种情态，让人真切感受到风的魅力与特点。

此诗妙在以风为题，通篇却不见一个风字。虽然没有风字出现，但每一句又都表达了风的作用。如果将四句诗连续起来，还表达了"世风"和"人风"，反映了人世间的欢乐与悲伤。作者通过这短短的四句诗，把自然界物象在风的作用下所产生的变换，鲜活而传神地表现了出来。

刘希夷

（651—约679），字延之（一作庭芝），汝州（今河南省汝州市）人。唐高宗上元二年（675年）进士，善弹琵琶。其诗以歌行见长，多写闺情，辞意柔婉华丽，且多感伤情调。传说他的《代悲白头翁》写出后，其舅宋之问看到有"年年岁岁花相似，岁岁年年人不同"句喜欢非常，要据为己有，希夷不允，宋之问竟遣人将其谋害。《全唐诗》存其诗一卷。

代悲白头翁①

唐·刘希夷

洛阳城东桃李花，飞来飞去落谁家？

洛阳女儿惜颜色，坐见落花长叹息。

今年花落颜色改，明年花开复谁在？

已见松柏摧为薪②，更闻桑田变成海③。

古人无复洛城东，今人还对落花风。

年年岁岁花相似，岁岁年年人不同。

寄言全盛红颜子，应怜半死白头翁。

此翁白头真可怜，伊昔红颜美少年。

公子王孙④芳树下，清歌妙舞落花前。

光禄池台文锦绣⑤，将军楼阁画神仙⑥。

一朝卧病无相识，三春行乐在谁边？

宛转蛾眉⑦能几时？须臾鹤发乱如丝⑧。

但看古来歌舞地，唯有黄昏鸟雀悲。

注释：

①代悲白头翁：为白发老人所悲伤。代，拟。即这是一首拟古乐府诗。

②松柏摧为薪：松柏被砍伐作柴火。

③桑田变成海：喻变化巨大。

④公子王孙：旧时贵族、官僚，王公贵族的子弟。

⑤"光禄"句：光禄，即光禄勋。用东汉马援之子马防的典故。意谓生活非常奢侈。文锦绣：指以锦绣装饰池台。文，装饰之意。

⑥"将军"句：将军，指东汉贵戚梁冀，他曾为大将军。楼阁画神仙：《后汉书·梁冀传》载：梁冀大兴土木，建造府宅，楼阁皆雕梁画栋。

⑦宛转蛾眉：本为年轻女子面部的妆，此代指青春年华。

⑧"须臾"句：须臾，即一会儿。鹤发，白发。

这首诗写的是一位女子从青春年少到白发老人的过程。咏叹青春易逝、富贵无常。诗歌构思独创，抒情宛转，语言优美，堪称名篇。白头翁在这里不是指白发老汉，而是白发妇人。

此诗的特点是融会汉魏歌行、南朝近体，及梁、陈宫体的艺术经验，而自成一种清丽宛转的风格。它还汲取乐府诗的叙事间发议论、古诗的以叙事方式抒情的手法，巧妙交织运用各种对比，发挥对偶、用典的长处，是诗歌艺术上的突出成就。诗中最精彩的句子是"年年岁岁花相似，岁岁年年人不同"，比喻精当，语言精粹，令人警醒。"年年岁岁"与"岁岁年年"的颠倒重复，不仅排沓回荡，音韵优美，更在于强调了时光流逝的无情事实和听天由命的无奈情绪，真实动情。"花相似"与"人不同"的形象比喻，耐人寻味。

此诗创作一年后，作者刘希夷被人谋害。他生前并未成名，死后却名声大震。据《大唐新语》载，唐人孙季良编选《正声集》，"以刘希夷诗为集中之最，由是大为时人所称"。

郭震

（656—713），字元振，以字行，魏州贵乡（今河北省邯郸市大名县）人，唐朝名将、宰相。郭震进士出身，授通泉县尉，后得到武则天的赞赏。在担任凉州都督期间，加强边防，拓展疆域，大兴屯田，使凉州地区得以安定、发展，更兼任安西大都护。唐睿宗继位后，郭震入朝，历任太仆卿、吏部尚书，又加封兵部尚书、拜同中书门下三品，进爵馆陶县男。唐玄宗开元元年（713年），再次拜相，并辅助玄宗诛杀太平公主党羽，兼任御史大夫，进封代国公。不久，因故被流放新州（今广东省云浮市新兴县），后在赴任饶州司马途中，抑郁病逝。

米囊花①

唐·郭震

开花空道胜于草②，结实何曾济得民③。

却笑野田禾与黍④，不闻弦管过青春⑤。

注释：

①米囊花：即罂粟花。

②"开花"句：空道，即空说。胜，强过。

③"结实"句：结实，指结出果实。济，造福。

④禾与黍：禾，一般指谷子，即粟，后泛指一切粮食作物。有时也专指稻子。黍，结子淡黄色，去皮后称黄米，比小米稍大，煮熟后有黏性。

⑤"不闻"句：不能听着弦管音乐而度过青春年华。

【点评】

　　历史上的罂粟及其制品从唐代开始由国外传入中国。其路线大致有两条：一是官方路线——朝贡。二是阿拉伯商人将罂粟种子带进中国。时人称罂粟为"米囊花""阿芙蓉""莺粟"等。唐朝人因为罂粟花开得娇艳美丽，大多将其用作观赏植物，被达官贵人种植在庭院里。随着"贵人们"引领风尚，罂粟花开始逐渐被广泛栽培。及至晚唐时期，罂粟已经在大江南北普遍种植。虽然罂粟花鲜艳美丽，但从其蒴（shuò）果上提取的汁液，加工以后则是毒品；罂粟壳等植株部分亦不同程度地含有吗啡等物质，如若将其加入汤汁等食物中，容易使人产生依赖，形成瘾癖，慢性中毒，严重的危害身体健康。值得一提的是，自唐至明的千余年间，罂粟、鸦片在中国更主要是为了药用及观赏，而不是把它当成骄奢淫逸的放纵之物。真正造成危害的，是清朝鸦片战争前后，鸦片从国外的大量输入。

　　在这首诗中，"结实何曾济得民！"是全诗的文眼。诗人认为，"野田禾与黍"才是真正"结实济得民"的，但它们却"不闻弦管过青春"。古代贵人赏花常伴以音乐，禾黍无花令人欣赏，当然就无从听到弦管之音了，尤其是它们还遭到无耻"小人们"的嘲笑。此诗表面上谈花议草，实则抨击时弊，讥讽世俗。即借米囊花名实不符，讽刺居显位者无益于民，反讥笑无位之士寂寂一生，是一首发泄内心不平的感慨之作，可谓立意深刻。同时，此诗以米囊花为题，通篇在"米"字上做文章，却未着一个"米"字，且从反面入手，堪称文笔绝妙。

蛩①

唐·郭震

愁杀离家未达人②，一声声到枕前闻。
苦吟莫向朱门③里，满耳笙歌④不听君。

注释：

①蛩（qióng）：蟋蟀或蝗虫的别名。

②未达人：仕途尚未发达的人。

③朱门：指古代王侯贵族的府第大门漆成红色，以示尊贵，后泛指富贵人家。

④笙歌：指宴乐、歌舞。

【点评】

这首诗以丰富的阅历和锐利的眼光，针对一些人的认识误区言辞剀（kǎi）切、一针见血。诗歌以蟋蟀叫声起兴，而这种叫声让离家外出寻求仕途出路尚未发达的人不胜愁苦。但作者告诫人们，这时候作为一个贫穷之人，不要幻想向富贵人家诉苦，以求得他们的同情和施舍，没有任何用处的！富贵者整天只是沉溺于宴乐、歌舞，怎么肯听你痛苦的呻吟呢！它提示人们必须自立自强，依靠、攀附别人是根本行不通的，说理明白，很能令人警醒。

贺知章

（659—约744），字季真，唐越州永兴（今浙江省杭州市萧山区）人，少时就以诗文知名。武则天证圣元年（695年）中乙未科状元，授予国子四门博士，迁太常博士。后历任礼部侍郎、秘书监、太子宾客等职。为人旷达不羁，有"清谈风流"之誉，晚年尤纵，自号"四明狂客""秘书外监"。属于盛唐前期诗人，又是著名书法家。与张若虚、张旭、包融并称"吴中四士"。贺知章诗文以绝句见长，除祭神乐章、应制诗外，其写景、抒怀之作风格独特，清新潇洒，著名的《咏柳》《回乡偶书》等诗，千古传诵。

采莲曲

唐·贺知章

稽山罢雾郁嵯峨①，镜水②无风也自波。
莫言春度芳菲尽③，别有中流采芰荷④。

注释：

①"稽山"句：会稽山的省称。嵯峨，山高峻貌。

②镜水：镜湖之水。即平静、明净的水面。

③"莫言"句：春度，谓春天已经度尽。芳菲，芳香的花草。

④"别有"句：中流，即水流的中央。芰（jì）荷，菱叶与荷叶。

【点评】

这首诗以稽山云雾、镜湖自波起兴，描绘了一幅名山胜水图。当年大禹与诸侯汇聚于此，计议商讨治水方略，初名"会计山"，后称"会稽山""稽山"。此山群峰连绵、云雾缭绕、郁郁葱葱，非常壮美。与之相映成趣的镜湖，传说也是大禹治水时因在这里铸镜而得名，其湖水平如镜，更能无风自波，堪称奇景。此时虽然是春尽夏临，百花已谢，芳菲不再，似乎已无风景可言了，但诗人巧妙一转，悠然指出夏天依然有比春天更好的景色。在这首诗中，那湖中大片的荷叶、荷花及采摘菱角、莲子的姑娘泛舟中流，悠然自得，形成了一道人与自然交融相映的风景线，而这样的乐趣美景又有什么能够比拟呢？诗歌一波三折，趣味横生。

 **张若虚**

（约670—约730），扬州（今江苏省扬州市）人，曾任兖州兵曹。唐中宗神龙年间与贺知章等以吴越文士扬名京都，与贺知章、张旭、包融并称"吴中四士"。开元年间尚在世。其诗描写细腻，音节和谐，清丽开宕，富有情韵，在初唐诗风的转变中有重要地位。但受六朝柔靡诗风影响，常露人生无常之感。诗作大部散佚，《全唐诗》仅存二首，其一为《春江花月夜》，另一首诗是《代答闺梦还》。其中《春江花月夜》是一篇脍炙人口的名作，它沿用陈隋乐府旧题，抒写真挚动人的离情别绪及富有哲理意味的人生感慨。语言清新优美，韵律宛转悠扬，洗去了宫体诗的浓脂艳粉，给人以澄澈空明、清丽自然的感觉，被誉为"孤篇盖全唐"。

春江花月夜

唐·张若虚

春江潮水连海平，海上明月共潮生。

滟滟①随波千万里，何处春江无月明！

江流宛转绕芳甸②，月照花林皆似霰③。

空里流霜④不觉飞，汀⑤上白沙看不见。

江天一色无纤尘⑥，皎皎空中孤月轮⑦。

江畔何人初见月？江月何年初照人？

人生代代无穷已⑧，江月年年只相似⑨。

不知江月待何人，但见⑩长江送流水。

白云一片去悠悠⑪，青枫浦上⑫不胜愁。

谁家今夜扁舟子⑬？何处相思明月楼⑭？

可怜楼上月徘徊⑮，应照离人妆镜台⑯。

玉户⑰帘中卷不去，捣衣砧⑱上拂还来。

此时相望不相闻⑲，愿逐月华⑳流照君。

鸿雁长飞光不度，鱼龙潜跃水成文㉑。

昨夜闲潭㉒梦落花，可怜春半不还家。

江水流春去欲尽，江潭落月复西斜㉓。

斜月沉沉藏海雾，碣石潇湘无限路㉔。

不知乘月㉕几人归，落月摇情㉖满江树。

注释：

① 滟滟：波光荡漾的样子。

② 芳甸：芳草丰茂的原野。甸，郊外之地。

③ 霰（xiàn）：天空中降落的白色不透明的小冰粒。形容月光下春花晶莹洁白。

④ 流霜：飞霜，古人以为霜和雪一样，是从空中落下来的，所以叫流霜。在这里比喻月光皎洁，月色朦胧、流荡，所以不觉得有霜霰飞扬。

⑤ 汀：沙滩。

⑥ 纤尘：微细的灰尘。

⑦ 月轮：指月亮，因为月圆时像车轮，所以称为月轮。

⑧ 穷已：穷尽。

⑨ 江月年年只相似：另一版本为"江月年年望相似"。

⑩ 但见：只见、仅见。

⑪ 悠悠：渺茫、深远。

⑫ 青枫浦上：青枫浦，是一个地名，今湖南省浏阳市境内有青枫浦。这里泛指游子所在的地方。浦上，水边。

⑬ 扁舟子：飘荡江湖的游子。扁舟，小舟。

⑭ 明月楼：月夜下的闺楼。这里指闺中思妇。

⑮ 月徘徊：指月光偏照闺楼，徘徊不去，令人不胜其相思之苦。

⑯ 离人妆镜台：离人，此处指思妇。妆镜台，梳妆台。

⑰ 玉户：形容楼阁华丽，以玉石镶嵌。

⑱ 捣衣砧：捣衣石、捶布石。

⑲ 相闻：互通音信。

⑳ 逐月华：逐，指追随。月华，月光。

㉑文：同"纹"。

㉒闲潭：幽静的水潭。

㉓复西斜：此中"斜"应为押韵读作"xiá"（洛阳方言是当时的标准国语，"斜"在洛阳方言中就读作xiá）。

㉔碣石、潇湘：一南一北，暗指路途遥远，相聚无望。潇湘，潇水与湘江。无限路：极言离人相距之远。

㉕乘月：趁着月光。

㉖摇情：摇，摇撼；情，离情；即落月摇撼离情，使之缀满江树也。

【点评】

　　《春江花月夜》为乐府吴声歌曲名，相传为南朝陈后主所作，原词已不传，后来隋炀帝也曾作过此曲。张若虚这首为拟题作诗，与原先的曲调已不同，是此类诗中最为著名的一首。

　　这首诗沿用陈隋乐府旧题，运用富有生活气息的清丽之笔，以月为主体，以江为场景，描绘了一幅幽美邈远、惝恍迷离的春江月夜图，抒写了游子思妇真挚动人的离情别绪以及富有哲理意味的人生感慨，表现了一种迥绝的宇宙意识，创造了一个深沉、寥廓、宁静的境界。全诗共三十六句，每四句一换韵，通篇融诗情、画意、哲理为一体，意境空明，想象奇特，语言自然隽永，韵律宛转悠扬，洗净了六朝宫体的浓脂腻粉，具有极高的审美价值，素有"孤篇盖全唐"之誉。

　　全诗紧扣春、江、花、月、夜的背景来写，而又以月为中心和主体。"月"是诗中情景兼融之物，它跳动着诗人的脉搏，在全诗中犹如一条生命纽带，通贯上下，触处生神，诗情随着月轮的生落而起伏曲折，组成了完整的诗歌形象，展现出一幅充满人生哲理与生活情趣的画卷。在此诗中，江与月这两个主题被反复拓展，不断深化，并通过与春、夜、花、人的巧妙结合，构成了一幅色美情浓斑斓迷离的春江夜月图。诗人没有局限于一轮江月，而是把一种复杂的人类情感贯穿始终。无论是初月的明媚、高月的皎洁还是斜月与落月的迷离缠绵，抑或楼头月的徘徊、镜中月的清影、帘内月的倾注、砧上月的流照，无一不打上情感的烙印。诗篇中最富哲理的思考和句子是："江畔何人初见月？江月何年初照人？人生代代无穷已，江月年年只相似。"诗人在此处神思飞跃，极力探索人生哲理与宇宙的奥秘，同时又别开生面，翻出新意。这首诗在章法上以整齐为基调，以错杂显变化。全诗共分为九组，每九句一小组，一组九韵，另一组必定转用另一韵，像九首绝句。在句式上，大量使用排比句、对偶句和流水对，起承转合皆妙，文章气韵无穷。

这首诗如同光耀千古的一轮高天朗月，照亮了盛唐的路，催生了诗国的灿烂。后人对其评价之高无以复加，如晚明钟惺谓："浅浅说去，节节相生，使人伤感，未免有情，自不能读，读不能厌。……将'春江花月夜'五字炼成一片奇光，分合不得，真化工手。"（明代钟惺、谭元春《唐诗归》卷六）清初王夫之谓："句句翻新，千条一缕，以动古今人心脾，灵愚共感。"（《唐诗评选》卷一）清初毛先舒谓："张若虚'春江潮水'篇，不著粉泽，自有腴姿，而缠绵蕴藉，一意萦纡，调法出没令人不测，殆化工之笔哉！"（《诗辩坻》卷三）清末王闿运谓："张若虚《春江花月夜》用西洲格调，孤篇横绝，竟为大家。李贺、商隐，挹（青士注：音邑，斟酌也，汲取也）其鲜润；宋词、元诗，尽其支流。"（《湘绮楼说诗》卷一）梁启超先生谓："这首诗读起来令人飘飘有出尘之想。'江畔何人初见月？江月何年初照人？''谁家今夜扁舟子？何处相思明月楼？'这类话真是诗家最空灵的境界。全首读来，固然回肠荡气；但那音节既不是哀丝豪竹一路，也不是急管促板一路，专用和平中声，出以摇曳，确是三百篇正脉。"（《中国韵文里头所表现的情感》）闻一多先生谓："在这种诗面前，一切的赞叹是饶舌，几乎是渎亵。……这是诗中的诗，顶峰上的顶峰。……孤篇压全唐。"（《唐诗杂论·宫体诗的自赎》）所以，一生仅留下两首诗的张若虚，也因这一首诗，"孤篇横绝，竟为大家"。

张九龄

（673或678—740），字子寿，号博物，韶州曲江（今广东省韶关市）人。唐朝开元名相、政治家、文学家、诗人。景龙初年，进士及第，授校书郎。唐玄宗即位，迁左补阙，得到宰相张说奖拔，拜中书舍人，迁中书侍郎、同平章事，迁中书令，开元盛世的最后名相。他举止优雅，风度不凡。富有胆识和远见，忠耿尽职，秉公守则，直言敢谏，选贤任能，不徇私枉法，不附权贵，为"开元之治"作出了积极贡献。张九龄诗风清淡，以素练质朴的语言，寄托深远的人生慨望，对扫除唐初所沿袭的六朝绮靡诗风，贡献尤大。著有《曲江集》，誉为"岭南第一人"。

赋得①自君之出矣

唐·张九龄

自君之出矣②，不复理残机③。
思君如满月④，夜夜减清辉⑤。

注释：

①赋得：凡摘取古人成句为题之诗，题首多冠以"赋得"二字。

②君之出矣：夫君离家。之，助词，无实际意义。

③"不复"句：不复，即不再。理残机，理会织布机。

④满月：农历每月十五夜的月亮。

⑤"夜夜"句：减，即减弱，消减。清辉，指皎洁的月光。

【点评】

　　诗的题目"自君之出矣"，是古乐府杂曲歌辞名，源于汉末诗人徐干的《室思》。其中一首有"自君之出矣，明镜暗不治。思君如流水，无有穷已时"的句子，写情晓畅隽永，清新自然，深受后人的激赏。从南北朝到隋唐，仿作层出不穷，不仅题名取自徐干的诗，技法也仿徐诗。

　　诗中前两句"自君之出矣，不复理残机"，意思是自从你远行以后，"我"对身边所有的事都提不起兴致，也懒得再去理会织布机了，哪怕是上面的布还没有织完。后面"思君如满月，夜夜减清辉"两句，用月亮渐渐残缺喻女子的容颜因思念而慢慢消瘦，说明女主人日日夜夜思念，宛如那团团圆月，在逐渐减弱其光辉，进而变成了缺月。意思是美好的青春年华因思念而日益憔悴，现在已容光不再、黯淡无华了。即通过由满月到残月的比喻，暗示思念之深、思念之切。

这首诗语言质朴，含蓄宛转，感情真挚，比喻新奇，形象生动，感人至深。

 王之涣

（688—742），字季凌，晋阳（今山西省太原市）人，后徙绛县（今山西省新绛县）人。为人豪放不羁，常击剑悲歌，其诗多被当时乐工制曲歌唱，名动一时。他常与高适、王昌龄等相唱和，以善于描写边塞风光著称。其代表作有《登鹳雀楼》《凉州词》等。

凉州词二首①（其一）

唐·王之涣

黄河远上白云间②，一片孤城万仞山③。
羌笛何须怨杨柳④，春风不度玉门关⑤。

注释：

①凉州词：又名《出塞》，为当时流行的一首曲子《凉州》配的唱词。凉州，属唐陇右道治所在姑臧县（今甘肃省武威市凉州区）。

②"黄河"句：黄河远上，意为远望黄河的源头。远上，远远向西望去。

③"孤城"句：孤城，指孤零零的戍边的城堡。仞，古代的长度单位，一仞相当于周代七尺或八尺。一尺等于十寸，亦等于三分之一米。

④"羌笛"句：羌，即羌族，指古代主要分布在甘肃、青海、四川一带的少数民族。羌笛，羌族乐器，属横吹式管乐。何须，何必。杨柳，指的是《折杨柳》曲。古诗文中常以杨柳喻送别事。

⑤"春风"句：不度，吹不到。玉门关，汉武帝置，因西域输入玉石取道于此而得名。故址在今甘肃敦煌西北小方盘城，是古代通往西域的要道。

这首诗是作者初到凉州，面对黄河、边城的辽阔景象，又听着《折杨柳》曲，有感而发，写成了这首诗。

此诗首句"黄河远上白云间"抓住远眺的特点，勾勒出西北边塞辽阔雄奇的景象，写得神思飞跃，气象开阔。次句"一片孤城万仞山"，写塞上的孤城，突出了戍边之地的荒凉萧瑟境遇，为后面刻画戍守者的心理提供了一个典型环境。后面两句"羌笛何须怨杨柳，春风不度玉门关"，不仅是描绘边地的自然环境，而且有讽刺之意。明代杨慎在《升庵诗话》中说："此诗言恩泽不及于边塞，所谓君门远于万里也。"即诗人写那里没有春风，是借自然暗喻安居于繁华帝都的最高统治者不体恤边情，置远出玉门关戍守边境的士兵于不顾。然而，诗人还是用豁达的语调排解道：羌笛何须老是吹奏那哀怨的《折杨柳》曲调呢？要知道，玉门关外本来就是春风吹不到的地方，哪有杨柳可折啊！说"何须怨"，并不是没有怨，而是说不要怨，没有用。如此一来，诗意便更加含蓄，更有深意了。

这首诗调苍凉悲壮，虽极力渲染戍卒不得还乡的怨情，但丝毫没有半点颓丧消沉的情调，充分表现了盛唐时期人们宽广豁达的胸襟。诗中用语委婉精确，表达思想感情恰到好处。历代诗评家对其评价非常高，有人甚至称它是盛唐绝句的"压卷之作"。

登鹳雀楼①

唐·王之涣

白日依山尽②，黄河入海流③。
欲穷千里目④，更⑤上一层楼。

注释：

①鹳雀楼：旧址在山西省永济市，前对中条山，下临黄河。传说常有鹳雀在此停留，故有此名。

②"白日"句：白日，指太阳。依，依傍。尽，消失。

③入海流：向大海方向流去。

④"欲穷"句：欲，即想要的意思。穷，尽，使达到极点。千里目，眼界宽阔。

⑤更：再。

【点评】

　　该诗是唐代诗人王之涣仅存的六首绝句之一。作者早年进士及第，曾任过冀州衡水县主簿，不久因遭人诬陷而罢官，不到三十岁的王之涣从此过上了访友漫游的生活。这首诗是他三十五岁时写下的，表现了诗人不凡的胸襟和抱负，也反映了盛唐时期人们积极向上的进取精神。

　　这首诗的独特之处有四：一是写景。写远山，写近水，写白日，写高楼。写得恢弘壮阔，气势磅礴。二是写胸襟。从登高望远中反映出盛唐人不同凡响的胸襟抱负和积极向上的精神风貌。三是写哲理。一般地说，诗歌不能生硬、枯燥、抽象地说理，但不是不能说哲理。这首诗采用的是"景入理势"，把道理与景物、情事融化得天衣无缝，使读者并不觉得它在说理，而道理已自在其中了。四是属对极工。这是一首全篇用对仗的绝句，它的前两句"白日"和"黄河"两个名词相对，"白"与"黄"两个色彩相对，"依"与"入"两个动词相对，构成了形式上的完美。而且语句极为工整，气势充沛，一意连贯，又厚重有力，且没有对仗的痕迹。所以，清代沈德潜在《唐诗别裁》中说，此诗"四语皆对，读来不嫌其排，骨高故也"。俞陛云也在《诗境浅说续编》中说，此诗"二十字中，有尺幅千里之势"。

　　此诗中的"欲穷千里目，更上一层楼"一联，更是千古名句。它既别翻新意，出人意表，又与前两句诗承接得十分自然、十分紧密。诗句看来只是平铺直叙地写出了这一登楼的过程，但却含意深远，耐人寻味，道出了要站得高才能看得远的哲理。由于王之涣这首诗写得大气纵横、虚实相生，且情理兼备，是运用形象思维显示生活哲理的典范，故清末章太炎夸它是"绝句之最"，《唐诗三百首》也将其作为五绝的开篇之首。

李颀

（？—约753），汉族，望出赵郡（今河北省赵县），家居河南颍阳（今河南省登封市），开元十三年（725年）进士，做过新乡县尉等小官，其诗以写边塞题材为主，风格豪放，慷慨悲凉，七言歌行尤具特色。与王维、高适、王昌龄等人皆有唱和。主要作品《李颀集》。

送魏万之京①

唐·李颀

朝闻游子唱离歌②，昨夜微霜③初渡河。

鸿雁不堪愁里听，云山况是客中过④。

关城树色催寒近⑤，御苑砧声向晚多⑥。

莫见长安行乐处⑦，空令岁月易蹉跎⑧。

注释：

①"送……京"：魏万，又名魏颢，上元初进士。曾隐居王屋山，自号王屋山人。之，到达。京，指京城长安。

②"朝闻"句：游子，指魏万。离歌，离别的歌。

③微霜：薄霜，指秋意已深。初渡河，刚刚渡过黄河。魏万家住王屋山，在黄河北岸，去长安必须渡河。

④"鸿雁"二句：设想魏万在途中的寂寞心情。客中，即作客途中。

⑤"关城"句：关城，指潼关城。树色，有的版本作"曙色"，黎明前的天色。催寒近，寒气越来越重，一路上天气愈来愈冷。

⑥"御苑"句：御苑，即皇家花苑，代指长安。砧声，捣衣声。向晚多，愈接近傍晚愈多。

⑦"莫见"句：勉励魏万及时努力，不要虚度年华。

⑧蹉跎：此指虚度年华。

【点评】

这是一首送别诗，意在抒发别离的情绪。首联用倒戟法落笔，点出出发前，微霜初落，深秋萧瑟；颔联写离别的秋天，游子面对云山，黯然神伤；颈联介绍长安晚秋的景色，暗寓此地不可长留；末联以长者风度，嘱咐魏万，长安虽乐，不要虚掷光阴，要抓紧成就一番事业。诗人把叙事、写景、抒情融合在一起，以自己的心情来设想、体会友人跋涉的艰辛，表现了诗人与友人之间深切的友情，抒发了诗人的感慨，并及时对友人进行劝勉。全诗自然真切，情深意长。

此诗以长于炼句与平和中正而为后人所称道。诗人把叙事、写景、抒情交织在一起，表现运用倒装手法，加强、加深了描写。诗句优雅、优美，流畅圆润，音节、境界都处理得非常好，是唐诗特色的典型代表。宋代严羽在《沧浪诗话·诗辩》中说："盛唐诗人惟在兴趣，羚羊挂角，无迹可求。故其妙处，透彻玲珑，不可凑泊，如空中之音，相中之色，水中之月，镜中之象，言有尽而意无穷。"

诗中的魏万曾求仙学道，隐居王屋山。唐玄宗天宝十三年（754年），因慕李白之名，南下到吴、越一带寻访，最后在广陵与李白相遇，计程不下三千里。李白很赏识他，并把自己的诗文让他编成集子。临别时，还写了一首《送王屋山人魏万还王屋》的长诗送他。魏万比李颀晚一辈，然而两人是情意密切的"忘年交"。

王昌龄

（？—756），字少伯，京兆长安（今陕西省西安市）人。盛唐著名边塞诗人，后人誉为"七绝圣手"。早年贫贱，困于农耕，年近不惑，始中进士。初任秘书省校书郎，又中博学宏词，授汜水尉，因事贬岭南。与李白、高适、王维、王之涣、岑参等交厚。开元末返长安，改授江宁丞。被谤谪龙标（今湖南省洪江市）县尉。安史乱起，为刺史闾丘晓所杀。其诗以七绝见长，尤以登第之前赴西北边塞所作边塞诗最著，有"诗家夫子王江宁"之誉。明代王世贞以为可以与李白七绝"争胜毫厘"（《艺苑卮言》卷四）。

出 塞

唐·王昌龄

秦时明月汉时关，万里长征人未还。

但使龙城飞将在①，不教胡马渡阴山②。

注释：

①"但使"句：但使，即只要。龙城，指匈奴祭天集会的地方。飞将，指汉朝名将李广。匈奴畏惧他的神勇，称他为"飞将军"。

②阴山：中国内蒙古自治区中部山脉，东西走向，包括狼山、乌拉山、色尔腾山、大青山等。

【点评】

　　这是一首慨叹边塞战事不断，国无良将的边塞诗。诗人一下笔便以雄浑苍凉的笔调勾画出一轮明月冷照边关的画面。又妙用"秦""汉"二字分别修饰"关""月"，于是在读者面前展现出一个具有广阔悠久时空的意境。后面两句意谓切盼起用像李广那样英勇善战的名将解除边患，既暗寓着对当时朝廷用人失当、将领无能的不满，更表现出同仇敌忾的爱国豪情，冀望有"龙城飞将"出现，平息胡乱，安定边防。全诗以平凡的语言，唱出雄浑豁达的主旨，气势流畅，一气呵成，吟之令人叫绝。明人李攀龙推奖它是唐代七绝的压卷之作。

从军行七首（其二）

唐·王昌龄

琵琶起舞换新声①，总是关山②旧别情。

撩乱边愁听不尽③，高高秋月照长城。

注释:

①"琵琶"句:琵琶,一种弹奏乐器。新声,新的歌曲或曲调。

②关山:边塞。此指《关山月》曲调。

③"撩乱"句:撩乱,即心里烦乱。边愁,久住边疆的愁苦。

【点评】

　　这首诗是王昌龄《从军行》七首诗中的第二首,它通过写边塞军旅生活的一个片段即军中宴乐,表现征戍者深沉、复杂的感情。

　　首句"琵琶起舞换新声",是说军中随着舞蹈的变换,琵琶又翻出新的曲调。然而不管怎样翻新,每每听到《关山月》的曲调时,总会激起边关将士久别怀乡的忧伤之情,因此说"总是关山旧别情"。"撩乱边愁听不尽",是说那曲调叫人又怕听,又爱听,永远动情,故扰得人心烦乱不宁。最奇妙之处是诗的前三句似乎已经把意思说尽了,再说已很难出新,诗人在这里宕开一笔,另辟蹊径,以景结情:"高高秋月照长城。"即结句忽然出现了一个月照长城的苍茫景象,这样就使得诗情得以进一步升华。可以说,这种绝处生姿的笔法是最见功力的,正是诗人的这种"以不尽尽之","思入微茫,似脱实粘"高超手法,使这首诗成为唐代七绝的上乘之作,达到了人们常说的少说比多说好,不说比说好,"不着一字,尽得风流"的境界。

李白

　　(701—762),字太白,号青莲居士,又号"谪仙人",唐代伟大的浪漫主义诗人,与诗圣杜甫并称"李杜"。李白为人爽朗大方,爱饮酒作诗,喜交友,被后人誉为"诗仙",有《李太白集》传世,诗作中多以醉时所写,代表作有《望庐山瀑布》《行路难》《蜀道难》《将进酒》等多首。李白所作词赋,就其开创意义及艺术成就而言,享有极为崇高的地位。

江上吟①

唐·李白

木兰之枻沙棠舟②，玉箫金管坐两头③。

美酒樽中置千斛④，载妓⑤随波任去留。

仙人有待乘黄鹤⑥，海客无心随白鸥⑦。

屈平⑧辞赋悬日月，楚王台榭⑨空山丘。

兴酣落笔摇五岳⑩，诗成笑傲凌沧洲⑪。

功名富贵若长在， 汉水亦应西北流⑫。

注释：

①江上吟：李白自创之歌行体。江，指汉江。

②"木兰"句：木兰，即辛夷，香木名，可造船。枻（yì），同"楫"，舟旁划水的工具，即船桨。木兰枻、沙棠舟，形容桨和船的名贵。

③玉箫金管：用金玉装饰的箫笛。此处指吹箫笛等乐器的歌妓。

④"美酒"句：樽，即盛酒的器具。置，盛放。千斛，形容船中置酒极多。古代十斗为一斛。

⑤妓：歌舞的女子。

⑥乘黄鹤：用黄鹤楼的神话传说。黄鹤楼故址在今湖北省武汉市武昌西黄鹤山上，下临江汉。旧传仙人子安曾驾黄鹤过此，因而得名。一说是费文祎乘黄鹤登仙，曾在此休息，故名。

⑦"海客"句：海客，即海边的游人。心，此处为机巧之心。

⑧屈平：即屈原，名平，战国时楚国大诗人。

⑨台榭：台上建有房屋叫榭。泛指楼台亭阁。楚灵王有章华台，楚庄王有钓台，均以豪奢著名。

⑩"兴酣"句：诗兴浓烈。五岳，指东岳泰山，西岳华山，南岳衡山，北岳恒山，中岳嵩山。此处泛指山岳。

⑪"诗成"句：凌，即凌驾，高出。沧洲，江海。古时称隐士的居处。

⑫ "汉水"句：汉水，发源于今陕西省宁强县，东南流经湖北襄阳，至汉口汇入长江。汉水向西北倒流，比喻不可能的事情。

【点评】

这首诗以江上的遨游起兴，表现了诗人对庸俗、局促的现实的蔑弃，和对自由、美好的生活理想的追求。既有夸饰的、理想化的具体描写，有一种超世绝尘的气氛；又从反面说明功名富贵不会长在，并带着尖锐的嘲弄意味。全诗形象鲜明，感情激扬，气势豪放，音调嘹亮，无论在思想上还是艺术上，都能充分显示出李白诗歌的特色。

诗中描绘的江上之舟，是足以尽诗酒之兴，极声色之娱的，是一个超越了纷浊的现实的、自由而美好的世界。在此可以忘却机巧之心，物我为一，比那眼巴巴望着黄鹤的神仙还要自在，这是一种理想的生活。作者自信地认为，历史上屈原的词赋至今可与日月争光；但显赫的楚王宫观台榭，只成了满目荒丘。当今之时，自己落笔可摇动五岳，诗成之后，啸傲之声能直凌沧海。诗人的这番描绘，活画出他藐视一切，傲岸不羁的神态。在诗的最后，作者不正面说功名富贵不会长在，而是从反面假设，更加强了否定的力量。此诗读起来跌宕多姿，一片神行，显示出不尽的力量。

这首诗的思想内容，基本上是积极的。但另一方面，诗人把纵情声色、恣意享乐作为理想的生活方式而歌颂，则是不可取的。这正是李白思想的矛盾之处，有其一定的原因，也是他的局限性，我们可不必苛求古人。

上李邕①

唐·李白

大鹏②一日同风起，扶摇③直上九万里。
假令④风歇时下来，犹能簸却沧溟水⑤。
世人见我恒殊调⑥，闻余大言⑦皆冷笑。
宣父⑧犹能畏后生，丈夫⑨未可轻年少。

注释：

①上李邕：上，呈上。李邕（yōng）（678—747），字泰和，广陵江都（今江苏省江都县）人，著名书法家、文学家。

②大鹏：庄子《逍遥游》中神鸟的形象，"其大也不知几千里"。这是寓言，更是一种哲学思想。

③扶摇：由下而上的大旋风。

④假令：假使，即使。

⑤"犹能"句：簸却，即激起。沧溟，大海。

⑥"世人"句：恒，即常常。殊调，非同寻常的言行。

⑦大言：说大话，自命不凡。

⑧宣父：即孔子，唐太宗贞观十一年（637年）诏尊孔子为宣父。

⑨丈夫：古代男子的通称，此指李邕。

【点评】

　　这首诗开篇激昂高调，作者以"大鹏"自比。大鹏是庄子《逍遥游》中的神鸟，传说这只神鸟翅膀拍下水就是三千里，扶摇直上，可高达九万里。李白深受庄子影响，其作品中永远都有最浪漫的幻想，"大鹏"这一意象也经常在他的作品中出现。

　　此诗构思奇特，气吞山河。首先表现了李白此时豪情满怀、直冲云霄的志向。表示即使没有一些人的帮助，他也照样能在政坛纵横驰骋，造成巨大影响。这一方面是他的盖世才华、无比自信使然，另一方面也是因受到时任北海太守李邕的慢待或者误会而发牢骚。李白认为，他的宏大抱负，常常不被世人所理解，被当做"大言"来耻笑。但像如李邕这样的名人也竟与凡夫俗子一样不识人才，这是太说不过去的，太傲慢无礼了，于是就抬出孔夫子识拔后生的故事来对李邕进行揶揄、讽刺。它既是李白对自己遭受轻慢的一种回敬，也显示出青年李白的桀骜和锐气。

　　其实，历史上李邕亦是一个侠义豪迈、天纵英才的人物，而且对后辈多为照顾。对于这样一位名士，李白竟毫不客气，指名直斥，足见其"不屈己、不干人"、笑傲权贵的胆量和本色，当然其中可能也有一些误解。

日出入行①

唐·李白

日出东方隈②，似从地底来。

历天又入海，六龙所舍安在哉？

其始与终古不息，人非元气③，安得与之久徘徊④？

草不谢荣于春风，木不怨落于秋天。

谁挥鞭策驱四运⑤？万物兴歇皆自然。

羲和⑥！羲和！汝奚汩没于荒淫之波⑦？

鲁阳何德⑧，驻景挥戈？

逆道违天，矫诬实多⑨。

吾将囊括大块，浩然与溟涬同科⑩！

注释：

①日出入行：乐府旧题。

②隈（wēi）：山的曲处。

③元气：中国古代哲学家常用术语，指天地未分前的混沌之气，被认为是最原始、最本质的因素。

④"安得"句：人怎能与日出日落一样的长久呢？之，指前文所说的日出日落。

⑤四运：即春夏秋冬四时。

⑥羲和：传说中为日神驾车的人。

⑦"汝奚汩（gǔ）没"句：汩没，即隐没。荒淫之波，指大海。荒淫，浩瀚无际貌。

⑧"鲁阳"句：《淮南子·冥览训》说鲁阳公与韩国酣战，时已黄昏，鲁阳公援戈一挥，太阳后退三舍（一舍三十里）。

⑨"逆道违天"二句：逆道违天，即违背天道或自然规律。矫诬，自欺欺人。

⑩"吾将"二句：我将要与天地合而为一，把浩然与元气融为一体。大块，指

自然天地。《庄子·齐物论》："夫大块喻气，其名为风。"成玄英疏，"大块者，造物之名，自然之称也。"溟涬（mǐng xìng），谓天地未形成前的浑然元气。同科，同类。

【点评】

汉代乐府中有《日出入》篇，咏叹的是太阳出入无穷，而人的生命有限，于是幻想骑上六龙上天成仙。李白的这首诗反其意而作，认为日出日落、四时变化，都是自然规律的表现，而人是不能违背和超脱自然规律的，只有委顺它、适应它，同自然融为一体，这样才符合天理人情。

这首诗的大意是，太阳从东方升起，似从地底而来。它年复一年，日复一日，穿过天空，没入西海。自古以来，从来如此。人不是元气，怎能与太阳一样地天长地久呢？花草不对春风的爱抚表示感谢，落叶也不对秋风的凋残表示埋怨。哪里有谁挥鞭驱赶着四时运转呢？其实万物的兴衰旨由自然。羲和呀羲和，是谁要你载着太阳落入大海的？鲁阳公有什么德行，竟能挥戈驻日？这些传说逆道违天，实在是荒谬绝伦！我将要与天地合而为一，浩然与元气融为一体。

诗中最出彩的地方是连用两个诘问句，对传说中驾驭太阳的羲和和挥退太阳的鲁阳公予以怀疑，投以嘲笑：羲和呀羲和，你怎么会沉埋到浩渺无际的波涛之中去了呢？鲁阳公呀鲁阳公，你又有什么能耐挥戈叫太阳停下来？在这里，李白不仅继承了屈原浪漫主义的表现手法，而且比屈原更富于探索精神。他不单单是提出问题，更重要的是在回答问题。既然宇宙万物都有自己的规律，那么硬要违背这种自然规律（"逆道违天"），就必然是不真实的，不可能的，而且是自欺欺人的了（"矫诬实多"）。在李白看来，正确的态度应该是：顺应自然规律，同自然（即"元气"，亦即"溟涬"）融为一体，混而为一，在精神上包罗和占有（"囊括"）天地宇宙（"大块"）。人如果做到了这一点，就能够达到与溟涬"齐生死"的境界了。

此诗把述事、抒情和说理结合起来，既跳开了空泛的抒情，又规避了抽象的说理，而是情中见理，理中寓情，情理相互生发。诗中频频出现神话传说，洋溢着浓郁而热烈的浪漫主义色彩，而诗人则在对神话传说中人事的辩驳、揶揄和否定的抒写中，把"天道自然"的思想轻轻点出，显得十分自如、贴切，情和理契合无间。诗篇采用了杂言句式，从二字句到九字句都有，不拘一格，灵活自如。其中又或问或答，波澜起伏，表达了深刻的哲理，而且具有很强的论辩性和说服力。

越中①览古

唐·李白

越王勾践破吴②归，义士还家尽锦衣③。
宫女如花满春殿④，只今惟有鹧鸪⑤飞。

注释：

①越中：指会稽，春秋时期越国曾建都于此。故址在今浙江省绍兴市。

②勾践破吴：春秋时期吴、越两国争霸。公元前494年，越王勾践为吴王夫差所败，此后他卧薪尝胆二十年，终于公元前473年灭吴。

③锦衣：华丽的衣服。《史记·项羽本纪》："富贵不归故乡，如衣绣夜行，谁知之者？"后来演化成"衣锦还乡"一语。

④春殿：宫殿。

⑤鹧鸪：鸟名。叫声凄厉，音如"行不得也哥哥"。

【点评】

这是一首怀古诗。首句"越王勾践破吴归"句点明题意，说明所怀古迹的具体内容。在吴越兴亡史中，以越王"十年生聚"卧薪尝胆的事件最为著名。但此诗却不说此事，以"归"统领全诗，只写灭吴后班师回朝如何，即下面的战士衣锦还乡、欢庆胜利。而且后来越宫中亦如吴宫一样，美女如云，轻歌曼舞，纵情享乐。然而如今什么样呢？破败的只有几只鹧鸪在飞。全诗通过昔时的繁盛和眼前凄凉的对比，表现了人事变化和盛衰无常的主题。

此诗的突出特色有两点，一是将昔时的繁盛和今日的凄凉，通过具体的景物作了鲜明对比，使读者感受特别深切。如此诗前面所写过去的繁华与后面所写现在的冷落，对照极为强烈，前面写得愈着力，后面转得也就愈有力。二是为了充分表达主题思想，诗人对这首诗的艺术结构也作出了不同于一般七绝的安排。一般的诗作转折点都安排在第三句，而这首诗的前三句却一气直下，直到第四句才突然转到反面，就显得格外有力量，有神采。这种写法，若不是笔力雄健的诗人，是难以挥洒自如的。

 王维

（701？—761），字摩诘，号摩诘居士，先世为太原祁县（今属山西）人，其父迁居于蒲州（今山西省运城市永济西南蒲州镇），遂为河东人。唐开元十九年（731年），王维状元及第。历官右拾遗、监察御史、河西节度使判官。唐玄宗天宝年间，王维拜吏部郎中、给事中。安禄山攻陷长安时，王维被迫受伪职。长安收复后，被责授太子中允。唐肃宗乾元年间任尚书右丞，故世称"王右丞"。王维参禅悟理，学庄信道，精通诗、书、画、音乐等，以诗名盛于开元、天宝间，尤长五言，多咏山水田园，与孟浩然并称"王孟"，有"诗佛"之称。书画特臻其妙，后人推其为"南宗"山水画之祖。苏轼评价其："味摩诘之诗，诗中有画；观摩诘之画，画中有诗。"代表诗作有《相思》《山居秋暝》等。著作有《王右丞集》《画学秘诀》。

息夫人

唐·王维

莫以今时宠，难忘旧日恩。

看花满眼泪，不共楚王言。

【点评】

这首诗是王维的咏史讽时诗。据史料记载：唐明皇的哥哥宁王李宪，夺取了一位卖饼人的妻子。一天，李宪宴客，把卖饼人召进府，女子见了丈夫，凄然泪下，王维见状当场写下了这首诗。

诗歌模拟息夫人的口吻说：不要以为你今天对我的宠爱，就能使我忘掉旧日我们老夫妻的感情。即使这里遍地都是鲜花，我也只能以泪眼观看，并且永远难以与您有共同的语言，同您亲密交谈。诗人在这里突出了旧恩难忘，显示了淫威和富贵并不能彻底征服弱小者的灵魂。

唐代孟棨（qǐ）《本事诗》载："宁王宪（玄宗兄）贵盛，宠妓数十人，皆绝艺上色。宅左有卖饼者妻，纤白明晰，王一见属目，厚遗其夫取之，宠惜逾等。环岁，因问之：'汝复忆饼师否？'默然不对。王召饼师使见之。其妻注视，双泪垂颊，若不胜情。时王座客十余人，皆当时文士，无不凄异。王命赋诗，王右丞维诗先成，云：'莫以今时宠，难忘旧时恩。看花满眼泪，不共楚王言。'王乃归饼师，使终其志。"

可以说，此诗虽句句叙事，但句句抒情，表达委婉含蓄，而又情理俱到。既吟咏了史事，又讽喻了现实，塑造了一个受屈辱但又在沉默反抗的妇女形象，揭露了统治者的荒淫无耻。世人对此诗的评价观点不一。清代潘德舆说："王（维）虽不著议论，究无深味可耐咀含，鄙意转舍盛唐而取晚唐矣。"（《养一斋诗话》）而文阳在《南窗琐记》中则说："王诗'莫以'、'不共'云云，态度鲜明，何谓无判断乎？王右丞以一诗成全他人，真智且仁也。"

终南别业

唐·王维

中岁颇好道①，晚家南山陲②。
兴来每独往，胜事③空自知。
行到水穷处④，坐看云起时。
偶然值林叟⑤，谈笑无还期⑥。

注释：

①"中岁"句：中岁，即中年。好（hào）道，这里指喜好佛教。

② "晚家"句：晚家，即晚年才安家。南山，这里指终南山。陲，边缘，旁边。

③胜事：美好的事情。

④水穷处：水流的尽头。穷，穷尽。

⑤值林叟：值，即遇到。叟，老翁。

⑥无还期：没有回还的准确时间。

【点评】

王维晚年官至尚书右丞，由于"安史之乱"后朝廷政局变化反复，他看到仕途艰险，便想超脱这个烦扰的尘世，开始吃斋奉佛，过着亦官亦隐的生活。这首诗即写于这一时期。

这首诗没有描绘具体的山川景物，而重在表现诗人隐居山间时悠闲自得的心境。诗的前六句自然闲静，诗人如同一位不食人间烟火的世外高人，不问世事，视山间为乐土。不刻意探幽寻胜，而随时随处领略大自然的美好。结尾两句，引入人的活动，带来生活气息，显出诗人天性淡逸悠闲，超然物外的风采，同时亦富含哲理。

王维诗有两大特点：一是诗中有画、画中有诗，苏东坡对此有高度评价；二是富于禅机禅意，文学史上尊他为"诗佛"。王维在这首诗中有两句话最为经典："行到水穷处，坐看云起时。"表面的意思是登山时溯流而上，走到最后溪流不见了。登山者索性坐下来，观看云起云飞。实际的蕴涵则极为丰富，既有自然的，也有人生的，还有社会的，深为后代诗家所赞赏。近人俞陛云说："行至水穷，若已到尽头，而又看云起，见妙境之无穷。可悟处世事变之无穷，求学之义理亦无穷。此二句有一片化机之妙。"（《诗境浅说》）从艺术上说，这两句诗也是一幅天然山水画。《宣和画谱》指出："'行到水穷处，坐看云起时'及'白云回望合，青霭入看无'之类，以其句法，皆所画也。"

汉江临泛①

唐·王维

楚塞三湘接②，荆门九派通③。

江流天地外，山色有无中。

郡邑浮前浦④，波澜动远空。

襄阳好风日⑤，留醉与山翁⑥。

注释：

①汉江：即汉水，流经陕西汉中、安康，湖北十堰、襄阳、荆门、天门、潜江、仙桃、孝感，到汉口流入长江。

②"楚塞"句：楚塞，即楚国边境地带，这里指汉水流域，此地古为楚国辖区。三湘，湖南有湘潭、湘阴、湘乡，合称三湘。一说是漓湘、蒸湘、潇湘总称三湘。

③"荆门"句：荆门，这里为山名，即荆门山，在今湖北省宜都县西北的长江南岸，战国时为楚之西塞。九派，九条支流，长江至浔阳分为九支。这里指江西九江。

④"郡邑"句：郡邑，指汉水两岸的城镇。浦，水边。

⑤好风日：风景天气好。

⑥山翁：晋代竹林七贤之一山涛的幼子，西晋将领，镇守襄阳，有政绩，好酒，每饮必醉。这里借指襄阳地方官。

【点评】

唐开元二十八年（740年），时任殿中侍御史的王维，因公务去南方，途径襄阳。此诗是诗人在襄阳城欣赏汉江景色时所作。

这首诗首联写众水交流，密不间发；颔联开阔空白，疏可走马；颈联由远及近，远近相映，笔墨酣畅；尾联直抒胸臆，可比作画上题字。全诗以淡雅的笔墨描绘了汉江周围壮丽的景色，表达了诗人追求美好境界、希望寄情山水的思想感情。诗歌采取的几乎全是白描的写意手法，从大处着墨，于平凡中见新奇，将登高远眺、极目所见的山川景物写得极为壮阔飞动，奔放雄伟，全诗犹如一巨幅水墨山水，意境开阔，气魄宏大。

此诗的最精彩之处是颔联："江流天地外，山色有无中。"此句以山光水色作为画幅的远景：汉江滔滔远去，好像一直涌流到天地之外去了，两岸重重青山，迷迷蒙蒙，时隐时现，若有若无。诗中着墨极淡，却给人以伟丽新奇之感，其效果远胜于重彩浓抹的油画和色调浓丽的水彩，气韵极为生动。明代诗评家王世贞对此句评价说："'江流天地外，山色有无中'，是诗家俊语，却入画三昧。"其"天地外""有无中"即为诗歌平添了一种迷茫、玄远、无可穷尽的意境，正所谓"含不尽之意见于言外"，显示出十分空灵的大家风范。

杂诗三首（其二）

唐·王维

君自故乡①来，应知故乡事。
来日绮窗前②，寒梅著花未③？

注释：

①故乡：家乡。这里指作者的故乡。

②"来日"句：来日，即来的时候。绮窗，雕刻花纹的窗户。

③"寒梅"句：寒梅，冬天绽放的腊梅。著花未，开花没有？著（zhuó）花，开花。未，用于句末。

【点评】

这首诗是作者这组诗的第二首，表现了诗人思念故乡的情怀。诗的一开头，是主人公久在异乡，忽然遇上一个来自故乡的旧友，首先激起的强烈的思乡之情。前面两句正是以一种不加修饰、接近于生活的自然状态的形式，传神地表达了诗人的这种感情。"故乡"一词迭见，表现了思乡之殷；"应知"云云，近乎啰嗦，却表现出作者急切了解家乡之事的心情，是一种儿童式的天真与亲切。这种写法把作者在特定情形下的感情、心理、神态、口吻表现得栩栩如生。

关于要问的"故乡事"，是可以开出一张长长的清单的。初唐王绩写过一篇《在京思故园见乡人问》，他的问乡人，从朋旧童孩、宗族弟侄、旧园新树、茅斋宽窄、柳行疏密一直问到院果林花，总共问了十多个问题，仍意犹未尽。这固然也很精彩，深受人们好评。而这首诗却化繁为简，独问乡人："来日绮窗前，寒梅著花未？"其实作者问了多少，绝不仅限于此，只是诗歌表达，到此戛然而止，这是诗人的独创，也是其高明之处。

"看似寻常最奇崛"。古代诗歌中有一种看似质朴而平淡的作品，甚至质朴到不用任何技巧，实际上这样的诗却包含着最高级的技巧。像这首诗中的独问寒梅，就是一种通过特殊体现一般的典型化技巧，而这种技巧正是所谓寓巧于朴，即诗中的那种多问不如少问，少问不如不问。所以王维的这一问远比王绩的那十多问更能让人们记得住，让人们印象深刻。也正是这样一问，才使这首诗妙趣横生，令人回味无穷。

崔颢（hào）

（？—754），汴州（今河南省开封市）人。唐玄宗开元十一年（723年）进士，官至太仆寺丞，天宝中为司勋员外郎。最为人称道的是他的《黄鹤楼》，据说李白见到后连说"妙！妙！"并为之搁笔。《全唐诗》收录其诗四十二首。他秉性耿直，才思敏捷，其作品激昂豪放，气势宏伟，著有《崔颢集》。

黄鹤楼①

唐·崔颢

昔人已乘黄鹤去②，此地空③余黄鹤楼。
黄鹤一去不复返，白云千载空悠悠④。
晴川历历汉阳树⑤，芳草萋萋鹦鹉洲⑥。
日暮乡关⑦何处是？烟波江上使人愁。

注释：

①黄鹤楼：故址在湖北省武汉市武昌区。传说古代有一位名叫黄子安的仙人，在此乘鹤登仙。

②"昔人"句：指传说中的仙人黄子安。因其曾驾鹤过黄鹤山，遂建楼。乘，驾；去，离开。

③空：只。

④悠悠：飘荡的样子。

⑤"晴川"句：晴川，指晴日里的原野。川，平原；历历，清楚可数。汉阳，即现在的湖北省武汉市汉阳区，与黄鹤楼隔江相望。

⑥"芳草"句：芳草，即香草。这里指春草。萋萋，形容草木长得茂盛。鹦鹉洲，在湖北省武汉市武昌区西南。据《后汉书》记载，汉末黄祖担任江夏太守时，在此大宴宾客，有人献上鹦鹉，此地故称鹦鹉洲。

⑦乡关：即故乡。

【点评】

　　这是一首吊古怀乡之作。诗人登临名胜黄鹤楼，泛览眼前景物，即景生情，信手拈来，一泻千里，其气概之苍莽，感情之真挚，境界之高妙，堪称千古佳作。该诗首联在融入仙人乘鹤的传说中，描绘了黄鹤楼的近景，从而使诗境蒙上一层神奇色彩。颔联在感叹"黄鹤一去不复返"的抒情中，描绘了黄鹤楼的远景。颈联游目骋怀，直接勾勒出黄鹤楼外江上明朗的日景。尾联徘徊低吟，间接呈现出黄鹤楼下江上朦胧的晚景。诗篇所展现的画面，交替出现的有近景、远景、日景、晚景，变化奇妙，气象恢宏；相互映衬的有仙人黄鹤、名楼胜地、蓝天白云、晴川沙洲、绿树芳草、落日暮江，形象鲜明，色彩缤纷。全诗创构出具有悠久的时间感和广阔空间感的意境，在诗情中充满画意。

　　此诗的突出特点是前半首用散调变格，后半首又整饬归正。前四句看似脱口而出，顺势而下，随意浑朴，而且不合律诗规范，是古体诗句法，但由于一气呵成，又有一种特别的流动感和荡气回肠的音乐效果，能使读者"手挥五弦，目送归鸿"，急忙要读下去。诗人在这里的原则是以立意为要和"不以词害意"，因而不顾了平仄、对仗等的要求。当然在后半首中，诗人出句又极为严整优美，字字和谐绝妙，所以这首诗成了七律中高唱入云的佳作。正如《红楼梦》中林黛玉教香菱作诗时所说的，"若是果有了奇句，连平仄虚实不对都使得的"。此外，诗中采用散文笔法，两用"去""空""悠"三字，四用"黄鹤"意象，以及双声、叠韵和叠音词或词组的多次运用，造成了声音铿锵，清朗和谐，极富音乐美。

由于此诗写得意境开阔、气魄宏大，风景如画，情真意切，因而被人们推为题黄鹤楼的绝唱。元代辛文房《唐才子传》记李白登黄鹤楼本欲赋诗，因见崔颢此作，为之敛手说："眼前有景道不得，崔颢题诗在上头。"南宋诗评家严羽也说唐人七言律诗，当以此为第一。清代沈德潜评此诗说："意得象先，神行语外，纵笔写去，遂擅千古之奇。"（《唐诗别裁》卷十三）

高适

（约700—765），字达夫、仲武，渤海蓚（今河北省景县）人，后迁居宋州宋城（今河南省商丘市）。唐代著名的边塞诗人，曾任刑部侍郎、散骑常侍、渤海县侯，世称高常侍，有《高常侍集》等传世，其诗笔力雄健，气势奔放，洋溢着盛唐时期所特有的奋发进取、蓬勃向上的时代精神。高适与岑参并称"高岑"。后人又把高适、岑参、王昌龄、王之涣并称"边塞四诗人"。

别董大①

唐·高适

千里黄云白日曛②，北风吹雁雪纷纷。
莫愁前路无知己，天下谁人不识君③。

注释：

①别董大：别，即告别。董大，唐玄宗时著名的琴客董庭兰。在兄弟中排行第一，故称"董大"。

②曛（xūn）：昏暗。

③君：指董大。

【点评】

　　赠友送别诗，对象是当时全国著名的七弦琴琴师董庭兰。盛唐时胡乐盛行，然而能欣赏七弦琴这类古乐的人不多，高适精通七弦琴，与董庭兰是好友。但这时的高适很不得志，到处浪游，常处于贫贱的境遇之中。在这首送别诗中，高适却以开朗旷达的胸襟，豪迈自信的语调，把令人悲伤的临别赠言说得慷慨激昂，鼓舞人心。

　　诗中前两句大笔勾勒出荒寒景色，其中染上离情和失意者的悲愁，但又显得雄阔，别有一种生气。后两句突作转折，从眼前的分别推开，写出了朴质豪爽的宽慰，勉励之词，声情慷慨，既是对朋友的劝慰，更是千古名句。话说得十分响亮，于慰藉中充满了信心和力量，从而激励朋友抖擞精神去奋斗、去拼搏，同时也展现了诗人开阔的胸襟和达观的情怀。

张谓

　　（？—约778），字正言，河内（今河南省沁阳市）人。生平散见《唐诗纪事》卷二五、《唐才子传》卷四。其诗辞精意深，讲究格律，诗风清正，多饮宴送别之作。代表作有《早梅》《邵陵作》《送裴侍御归上都》等。

早 梅

唐·张谓①

一树寒梅白玉条，迥临村路傍溪桥②。

不知近水花先发，疑是经冬③雪未销。

注释：

①此诗作者，一说为张谓，一说为戎昱，还有其他说，争论较多。

②"迥临"句：迥（jiǒng），远。傍，靠近。

③经冬：经过冬天。

【点评】

这首诗咏梅，其内容主要是突出一个"早"字，为此作者营造了一个远望似雪非雪的迷离恍惚之境。诗作虽然不长但趣味横生，一个"迥"字，一个"傍"字，写出了"一树寒梅"独开的环境；而它之所以早发，则是因为它远离村路而"近水"的缘故。其诗妙处在最后一句："疑是经冬雪未销"，诗人竟把梅花开放看做是经冬未消的白雪，意境和趣味独到。

古代梅与雪常常在诗人笔下结成不解之缘。如唐代许浑《闻薛先辈陪大夫看早梅因寄》诗云"素艳雪凝树"，这是形容梅花似雪。而张谓的诗句则是疑梅为雪，着意点是不同的。这首诗对后代甚有影响，如宋代王安石的《梅花》诗云"遥知不是雪，为有暗香来"，也是疑梅为雪，和此篇意境异曲同工。张谓此诗，从似玉非雪、近水先发的角度，写出了早梅的形神，并且透过表面写出了诗人与寒梅在精神上的契合，读者可透过转折交错而领略其诗中悠然的韵味和不尽的意蕴。

杜甫

（712—770），字子美，自号少陵野老，祖籍湖北襄阳，出生于河南巩县（今河南省巩义市）。杜甫与李白合称"李杜"，杜甫也常被称为"老杜"。后世还称其杜拾遗、杜工部，也称他杜少陵、杜草堂。杜甫少年时代曾先后游历吴越和齐赵，其间曾赴洛阳应举不第，由于官场不得志，他亲眼目睹了唐朝上层社会的奢靡与危机。安史之乱爆发后，杜甫先后辗转多地归附朝廷。乾元二年（759年）杜甫弃官入川，但他仍然心系苍生，胸怀国事。杜甫创作了《登高》《春望》《北征》以及"三吏""三别"等名作，在中国古典诗歌上影响深远，被后人称为"诗圣"，他的诗被称为"诗史"。杜甫共有约一千五百首诗歌被保留下来，大多集于《杜工部集》。

前出塞①九首（其六）

唐·杜甫

挽弓当挽强②，用箭当用长③。

射人先射马，擒贼④先擒王。

杀人亦有限⑤，列国自有疆⑥。

苟能制侵陵⑦，岂⑧在多杀伤。

注释：

①前出塞：杜甫先后写过两组《出塞》诗，先写九首，后又写五首，加"前""后"以示区别。《前出塞》是写天宝末年哥舒翰征伐吐蕃一事，意在讽刺唐玄宗的开边黩武，本篇原列第六首。

②挽强：指拉强弓。

③用长：指用长箭。

④擒贼：指捉拿敌方的人。

⑤亦有限：即也是有个限度的。

⑥"列国"句：列国，指各个国家。疆，领土边界。

⑦"苟能"句：苟能，即假使能够。侵陵，侵犯，欺凌。

⑧岂：难道。

【点评】

这首诗的前半部，很像是当时军中流行的作战歌诀，两个"当"字，两个"先"字，妙语连珠，开人胸臆，提出了作战步骤的关键所在，强调部伍要强悍，士气要高昂，对敌要有方略，智勇须双全，人们赞它"似谣似谚，最是乐府妙境"。然而这只是衬笔，后半部诗人才直抒胸臆，发出振聋发聩的呼声。他认为，拥强兵并非只为杀伐，"制侵陵"应有限度，不能乱动干戈，更不应以穷兵黩武为能事。要坚持"止戈为武"思想，可以以战去战，以强兵制止侵略，但不能轻启战端，兵连祸结，这才是安边良策。

在写作手法上，诗人以通俗而富含哲理的谣谚体开势，讲如何练兵用武，怎样克敌制胜；后面却急转直下，写如何节制武功，如何力避杀伐等。诗人既主张拥有强兵，但又要以"制侵陵"为限，不能为战而战，肆行杀戮，如此才符合民众利益。浦起龙在《读杜心解》中指出："上四（句）如此飞腾，下四（句）忽然掉转，兔起鹘（gǔ）落，如是！如是！"这里所说的"飞腾"和"掉转"，是指作品中的气势与波澜；这里所说的"兔起鹘落"，是指在奔腾气势中自然逼出"拥强兵而反黩武"的深邃题旨。在唐人的篇什中，以议论取胜的作品较少，而本诗却以此见称；它以立意高、正气宏、富哲理、有气势而博得好评。

登　高①

唐·杜甫

风急天高猿啸哀②，渚清沙白鸟飞回③。

无边落木萧萧下④，不尽长江滚滚来。

万里悲秋常作客⑤，百年多病独登台⑥。

艰难苦恨繁霜鬓⑦，潦倒新停浊酒杯⑧。

注释：

①登高：农历九月九日为重阳节，历来有登高习俗。

②猿啸哀：指猿猴凄厉的叫声。《水经注·江水》引民谣云："巴东三峡巫峡长，猿鸣三声泪沾裳。"

③"渚清"句：渚，指水中的小洲，水中的小块陆地。鸟飞回，鸟在急风中飞舞盘旋。回，回旋。

④"无边"句：落木，指秋天飘落的树叶。萧萧，指草木飘落的声音。

⑤"万里"句：万里，指远离故乡。常作客，长期漂泊他乡。

⑥百年：犹言一生，这里借指晚年。

⑦"艰难"句：艰难，这里兼指国运和自身命运。苦恨，极恨，极其遗憾。苦，极。繁霜鬓：增多了白发，如鬓边着霜雪。繁，增多。

⑧"潦倒"句：潦倒，即衰颓，失意。这里指衰老多病，志不得伸。新停，刚

刚停止。杜甫晚年因病戒酒，所以说"新停"。

【点评】

此诗作于唐代宗大历二年（767年）秋天，杜甫时在夔州（今重庆市奉节县），这一年他五十六岁。重阳节这天，他独自登上夔州白帝城外的高台，登高临眺，萧瑟的秋江景色，引发了他身世飘零的感慨，渗入了他老病孤愁的悲哀。这首诗极尽他沉郁顿挫之能事，使人读来感伤之情喷涌而出，如火山爆发而一发不可收。

这首诗前半部写景，描写登高的所见所闻，笔触细密生动，诗句凝练；后半部抒情，抒发登高的感慨，一波三折，一唱三叹。首联用"风急"二字带动，大有"空谷传响，哀转久绝"的意味，在寓静于动中构造了一幅以冷色调着墨的绝妙水墨画，一开头就写成了千古佳句。颔联集中表现夔州秋天特征：江水苍茫无际，木叶萧萧而下；透过沉郁悲凉的气氛，显示出神入化之笔力，大有"建瓴走坂""百川东注"之磅礴气势，为"句中化境"，"古今独步"。颈联把诗人飘泊无定的生涯，苍凉恢宏的秋景，独在异乡为异客的惆怅交融在一起，使人深感其无限之悲伤，且有"雄阔高浑，实大声弘"的效果。尾联凸显诗人备尝艰难潦倒之苦，国难家愁，再加上因病断酒，悲愁就更难排遣。诗歌本来于前六句"飞扬震动"，到此处却"软冷收之，而无限悲凉之意，溢于言外"。

此诗艺术水平极高，四联八句，句句皆对。如诗中的天、风，沙、渚，猿啸、鸟飞，天造地设，自然成对。句中又有对偶，多用双声、叠韵与叠字，如"落木""长江""萧萧""滚滚""艰难""潦倒""新停"等。不仅上下两句对，而且还有句中自对，像首联的上句"天"对"风"，"高"对"急"；下句"沙"对"渚"，"白"对"清"，读来富有节奏感。经过诗人提炼，十四个字，字字精当，无一虚设，用字遣词，"尽谢斧凿"，达到了奇妙难名的境界。而且，"一篇之中，句句皆律，一句之中，字字皆律"。不只"全篇可法"，同时"用句用字"，"皆古今人必不敢道，决不能道者"。所以，明代诗评家胡应麟在《诗薮》中赞誉它是"旷代之作"，其精光万丈，是古今七言律诗之冠。

咏怀古迹五首（其三）

唐·杜甫

群山万壑赴荆门^①，生长明妃^②尚有村。

一去紫台连朔漠^③，独留青冢^④向黄昏。

画图省识春风面^⑤，环佩^⑥空归夜月魂。

千载琵琶作胡语^⑦，分明怨恨曲中论^⑧。

注释：

①荆门：山名，在今湖北省宜都西北。

②明妃：指王昭君。据《一统志》记载："昭君村，在荆州府归州东北四十里。"其地址，即在今湖北省秭归县的香溪。

③"一去"句：去，即离开。紫台，汉宫，紫宫，宫廷。连，通、到。朔漠，北方的沙漠。

④青冢：指王昭君的坟墓。

⑤省识春风面：省识，略识。春风面，形容王昭君的美貌。

⑥环佩：古代随身携带的玉器装饰物。

⑦"千载"句：千载流传她作的胡音琵琶曲。

⑧"分明"句：曲中倾诉的分明是满腔悲愤。

【点评】

唐大历元年（766年），杜甫从夔州出三峡，到达江陵（今湖北省荆州市），先后游历了宋玉宅、庾信古居、昭君村、永安宫、先主庙、武侯祠等古迹，对于古代的才士、国色、英雄、名相深表崇敬，写下了《咏怀古迹五首》，以抒情怀。本诗是这组诗中的第三首。

这首诗借咏昭君村、怀念王昭君来抒写自己的怀抱。诗人有感于王昭君的遭遇，寄予了自己深切的同情，同时表现了昭君对故国的思念与怨恨，并赞美了昭君虽死，魂魄还要归来的精神，从中寄托了诗人自己的身世及爱国之情。

诗中的精彩之处是：首联发端突兀，"群山万壑赴荆门，生长明妃尚有村"。清人吴瞻泰在《杜诗提要》中说：这"是七律中第一等起句，谓山水透迤，钟灵毓秀，始产一明妃。说得窈窕红颜，惊天动地。"也就是说，杜甫正是为了抬高昭君这个"窈窕红颜"，要把她写得"惊天动地"，所以才借高山大川的雄伟气象来烘托她。颔联用字非常巧妙。如"连"和"向"字用得如笔下有神，包括其他字也用得极为讲究。像看到"紫台"和"朔漠"，自然就会联想到离别汉宫、远嫁匈奴的昭君在万里之外，在异国殊俗的环境中，一辈子所过的生活。而写到昭君死葬塞外，用"青冢""黄昏"这两个词，尤其具有大巧若拙的艺术匠心。颈联和尾联写王昭君怀念故国之心，永远不变，虽骨留青冢，但魂灵还会在月夜回到她生长的父母之邦，这是千百年来世代积累和巩固起来的对自己乡土和祖国的最深厚感情。全诗叙事明确，形象突出，寓意深刻。

杜甫当时正"飘泊西南天地间"，远离故乡，处境和昭君相似。因为"书信中原阔，干戈北斗深"，故乡洛阳对他来说虽然不像昭君出塞那样远隔万里，但仍然是可望而不可即的地方。他寓居在昭君的故乡，正好借昭君当年思念故土、夜月魂归的形象，寄托自己想念故乡的心情。

船下夔州郭宿，雨湿不得上岸，别王十二判官①

唐·杜甫

依沙宿舸船②，石濑③月娟娟。
风起春灯乱④，江鸣夜雨悬。
晨钟云外湿⑤，胜地石堂烟⑥。
柔橹⑦轻鸥外，含凄觉汝贤。

注释：

① "船下……判官"：船下，船开往。郭，城外。宿，过夜。判官，官名。唐制，特派担任临时职务的大臣可自选中级官员奏请充任判官，以资佐理。

②舸船：方言，大船；此处指作者所乘之船。

③石濑〔lài〕：水为石激形成的急流。

④"风起"句：风起，即风刮起来。春灯，春夜的灯。

⑤"晨钟"句：晨钟，指清晨的钟声。云外，云层之外。此指高山之上的寺中。

⑥胜地：名胜之地。

⑦柔橹：谓操橹轻摇。亦指船桨轻划之声。

【点评】

　　此诗是唐大历元年（766年）杜甫自云安（今重庆云阳）移居夔州（今重庆市奉节县）时所作。当时杜甫与家人将东西搬上船后，因天色已晚，便宿于云安郭外的船上。当晚下了大雨，因雨湿路滑不能上岸与王十二判官作别，于是写下这首诗向帮助他的友人致意。

　　这首诗从入夜写到天明开船，首联写石濑，写月色，颔联写夜雨江景，颈联写清晨之所闻见，尾联写别情。全诗层次分明，寓意高远，含蓄隽永。最有特色的是此诗中的颈联，其"晨钟云外湿"的"湿"字是用通感法来写的。所谓"通感"，又叫"移觉"，是在描述客观事物时，用形象的语言使感觉转移，将人的听觉、视觉、嗅觉、味觉、触觉等不同感觉互相沟通、交错，彼此挪移转换，将本来表示甲感觉的词语移用来表示乙感觉，使意象更为活泼、新奇的一种修辞格式。在通感中，颜色似乎会有温度，声音似乎会有形象，冷暖似乎会有重量。如说"光亮"，也说"响亮"，仿佛视觉和听觉相通，如"热闹"和"冷静"，感觉和听觉相通，这种方法具有特殊的表现力。此诗通过通感法，联通了人的触觉和听觉，传神地写出了夜雨过后，钟声重浊的特点，暗示诗人沉重怅惘的心绪，极富表现力。

　　对于此诗，历代诗评家高度赞赏。如：清代黄生在《唐诗矩》中指出，此诗"前后二截格。只羡轻鸥，不得别王意却在言外。用意精深，运笔松远。五、六如此点'雨''湿'字，七、八如此写不得上岸意，浑沦透脱，真是前无古人，后无来者。"明代李攀龙、叶羲昂在《唐诗直解》中指出，此诗"无一字着象，无一字不写景。"明代王夫之在《唐诗评选》中说此诗"深润细密，杜出峡诗方是至境"。清代叶燮在《原诗》中说："《夔州雨湿不得上岸》作'晨钟云外湿'句，以晨钟为物而湿乎？云外乏物，何啻（chì）以万万计，且钟必于寺观，即寺观中，钟之外，物亦无算，何独湿钟乎？然为此语者，因闻钟声有触而云然也。声无形，安能湿？钟声入耳而有闻，闻在耳，止能辨其声，安能辨其湿？曰'云外'，是又以目始见云，不见钟，故曰'云外'。然此诗为雨湿而作，有云然后有雨，钟为雨湿，则钟在云内，不应云外也。斯语也，吾不知其为耳闻耶？为目见耶？为意揣耶？俗儒于此，必曰：'晨钟云外度'，又必曰：'晨钟云外发'，决无下'湿'字者。不知其于隔云见钟，声中闻湿，妙语天开，从至理实事中领悟，乃得此境界也。"

岑参

（约715—770），荆州江陵（今湖北省荆州市）人。岑参早岁孤贫，从兄就读，遍览史籍。唐玄宗天宝三年（744年）进士，初为率府兵曹参军。后两次从军边塞，先在安西节度使高仙芝幕府掌书记；天宝末年，封常清为安西北庭节度使时，为其幕府判官。代宗时，曾任嘉州刺史（今四川省乐山市），世称"岑嘉州"。岑参工诗，长于七言歌行。对边塞风光、军旅生活，以及少数民族的文化风俗有亲切的感受，故其边塞诗尤多佳作。风格与高适相近，后人并称"高岑"。

山房春事①二首（其二）

唐·岑参

梁园②日暮乱飞鸦，极目③萧条三两家。
庭树不知人去尽，春来还发④旧时花。

注释：

①山房春事：山房，营造于山野的房舍、别墅。春事，春色、春光。

②梁园：又名兔园，俗称竹园，西汉梁孝王刘武所建，故址在今河南省商丘市东，周围三百多里。园中有百灵山、落猿岩、栖龙岫、雁池、鹤洲、凫渚，宫

观相连，奇果佳树，错杂其间，珍禽异兽，出没其中。

③极目：纵目，用尽目力远望。

④发：开放。

【点评】

　　这首诗是吊古之作。西汉梁孝王曾在梁园中设宴，一代大才子枚乘、司马相如等应召而至。到了春天，这里是百鸟鸣啭，繁花满枝，车马接轸，士子云集。就是这样一个繁盛所在，而如今所见，则是"日暮乱飞鸦""萧条三两家"。

　　在这首诗中，梁园的萧条是诗人所要着力描写的。但诗的前两句已经把话说尽，再继续写下去势必只能叠床架屋、难以出新了。诗人于紧要处别开生面，不说自己深知物是人非，却从对面翻出，说是"庭树不知"；不说此时梁园颓败，深可伤悼，却说花树偏在这一片萧条之中依然开出当年的繁花。这种以乐景写哀情，相反而相衬，效果倍增，反衬手法十分巧妙，诗人的吊古之情也就愈见伤痛了。

韩翃

　　（719—788），字君平，南阳（今河南省南阳市）人，唐朝"大历十才子"之一。天宝十三年（754年）考中进士，宝应年间在淄青节度使侯希逸幕府中任从事，后随侯希逸回朝，闲居长安十年。建中年间，因作《寒食》诗被唐德宗所赏识，因而被提拔为中书舍人。韩翃诗笔法轻巧，写景别致，在当时广为传诵。诗多写送别唱和题材，如《韩君平诗集》。《全唐诗》录存其诗三卷。

同题仙游观①

唐·韩翃

仙台初见五城楼②，风物凄凄宿雨③收。
山色遥连秦树晚，砧声④近报汉宫秋。

疏松影落空坛静，细草香闲小洞幽。

何用别寻方外⑤去，人间亦自有丹丘⑥。

注释：

①同题仙游观：仙游观，在今河南嵩山逍遥谷内。唐高宗为道士潘师正所建。

②五城楼：《史记·封禅书》记方士曾言："黄帝时为五层十二楼，以候神人于执期，命曰迎年。"这里借指仙游观。

③宿雨：隔夜的雨。

④砧声：在捣衣石上捣衣的声音。

⑤方外：神仙居住的世外仙境。

⑥丹丘：传说中神仙所居之处，昼夜长明。

【点评】

　　这首诗是一首游览题咏之作，描绘了雨后仙游观高远开阔、清幽雅静的景色，盛赞道家观宇胜似人间仙境，诗人认为这地方就是神仙所居的丹丘妙地，不用再去寻觅他方了，表达了作者对闲适生活的向往。

　　作者以此诗称赞见到的仙游观，正是宿雨初收、风物凄清的时候。暮霭中，山色与秦地的树影遥遥相连，捣衣的砧声，似在报告着汉宫进入了秋天。疏疏落落的青松投下纵横的树影，道坛上空寂宁静，细草生香，洞府幽深。整首诗有远景，有近景，着力刻画的是道观幽静的景物。韩翃此诗，通过对景物的艺术再现，表达了诗人心境的空灵和出世之念。此诗给人的启示是：何必去寻找世外的仙境，人世间就有美好的桃源。过去我们总渴求树梢上的果子，向往天上的星河，我们喜欢的人，好像总是在遥远的地方。可是，后来我们才知道，其实，最美的风景就在身边，最好的人就在眼前。与其追逐远方，不如珍惜眼前的人。全诗语言工美秀丽，音调宛转和鸣，读来朗朗上口。

李冶

　　（约730—784），字季兰，乌程（今浙江省湖州市吴兴区）人。童年即显诗才，后为女道士，晚年被召入宫中，至兴元元年（784年），因曾上诗叛将朱泚（cī），被唐德宗下令乱棒扑杀。李冶与薛涛、鱼玄机、刘采春并称"唐代四大女诗人"。诗以五言擅长，多酬赠遣怀之作，《唐诗纪事》卷七八有云："刘长卿谓季兰为女中诗豪。"

八 至

唐·李冶

至近至远东西^①，至深至浅清溪^②。
至高至明日月^③，至亲至疏夫妻^④。

注释：

① "至近至远"句：意思是东与西这两个方向，说近是最近的，说远也是最远的。至，最。东西，指东、西两个方向。
② "至深至浅"句：意思是清澈的溪水可能是最深的，也可能是最浅的。
③ "至高至明"句：意思是太阳和月亮从地面上看是最高的，也是最明亮的。
④ "至亲至疏"句：意思是夫妻关系可能是最亲密的，也可能是最疏远的。疏：生疏。

【点评】

　　这首诗的作者李冶是一个女道士，她曾经恋上一个僧人。此诗充满人生感悟，可能因此有感而作。此诗首字"至"字在诗中反复出现了八次，故题名曰"八至"。

　　此诗和一般讲究起承转合的诗不同，语言淡致，平白如话，但平中见奇。诗的前三句层峦叠嶂，但只是一个过场，其存在就是为了衬托最后一句："至亲至疏夫妻。"这话比一般的情诗情词要深刻得多，可算是情爱诗文中的至理名言。因为，世间的事非常复杂，伉俪情深固然有之，貌合神离而同床异梦者也大有人在，正所谓"爱有多深，恨有多深"，不相爱的夫妻间心理距离又是最难以弥合的，因此堪称"至疏"。如果说诗的前两句妙在饶有哲理和兴义，那么最后一句则专在针砭世情，极为冷峻。此诗富含理趣，即使隔了千年，也依然能引起人们的共鸣，堪称一绝。

 孟郊

（751—815），字东野，湖州武康（今浙江省德清县）人，先世居汝州（今河南省汝州市），唐代著名诗人，早年隐居嵩山。孟郊两试进士不第，中进士后任溧阳县尉。由于不能施展他的抱负，遂放迹林泉间，徘徊赋诗，有"诗囚"之称。后受河南尹郑余庆之荐，任职河南府（治所在今河南省洛阳市），所以他的晚年生活多在洛阳度过。孟郊为人耿介倔强，与韩愈诗风较近，其诗多写世态炎凉，民间苦难，也喜压险韵、窄韵，意象壮伟瑰怪。孟郊与贾岛齐名，人称"郊寒岛瘦"。

登科①后

唐·孟郊

昔日龌龊不足夸②，今朝放荡思无涯③。
春风得意④马蹄疾，一日看尽长安花。

注释：

①登科：唐朝实行科举考试制度，考中进士称及弟，经吏部复试取中后，授予官职称登科。

②"昔日"句：龌龊（wò chuò），原意是肮脏，这里指窘迫的处境。不足夸，不值得夸耀、提起。

③"今朝"句：放荡，指自由自在，不受约束。思无涯，即兴致高涨、思绪万千。

④"得意"句：指考取功名，称心如意。疾，即飞快。

【点评】

唐贞元十二年（796年），已经四十六岁的孟郊奉母命第三次赴京科考，这次终于金榜题名。放榜之日，孟郊喜不自胜，作此诗表达难以抑止的激动心情，也给后人留下了两个耳熟能详的成语："春风得意"与"走马观花"。

诗的一开头就直接倾泻心中的狂喜，说以往那种生活上的困顿和思想上的不安再也不值得一提了，此时黄榜高中，终于扬眉吐气、自由自在，真是说不尽的畅快。此时诗人不仅活灵活现地描绘了自己而且也几乎是所有举子们高中后的得意之态，可谓情与景会，意到笔成，酣畅淋漓地表达了新科进士的得意之情。

按唐制，进士科在秋季举行，发榜则在下一年春天，全国各地的举子们一直住在长安城里等待。到放榜时，正是春风轻拂，鲜花盛开的时节。城东南的曲江、杏园一带春意正浓，朝廷安排新科进士们在这里宴集同年，长安全城欢声雷动，"公卿家倾城纵观于此"。诗人在这里既是写长安自然的盛春花海，更是突出了自我感觉上的称心如意，放荡不羁。本来，偌大的一个长安城，春花无数，"一日"是不可能"看尽"的。然而，人逢喜事精神爽，诗人认为当日的马蹄也格外轻疾，仿佛就能把长安所有的春花都看尽。此诗虽无似理却很有情，因为写出了真情实感，所以人们也就不觉得荒唐了，并成为千古名句。

杨巨源

（生卒年月不详），字景山，后改名巨济。河中（今山西省永济市）人。唐贞元五年（789年）进士。初为张弘靖从事，由秘书郎擢太常博士，迁虞部员外郎。出任凤翔少尹，复召授国子司业。长庆四年（824年），辞官退休，执政请以为河中少尹，食其禄终身。

城东早春

唐·杨巨源

诗家清景在新春①，绿柳才黄半未匀②。
若待上林花似锦③，出门俱是看花人④。

注释：

①"诗家"句：诗家，即诗人的统称，并不仅指作者自己。清景，清秀美丽的景色。新春，即早春。

②"绿柳"句：才黄，指刚刚露出嫩黄的柳眼。匀，均匀，匀称。

③"若待"句：上林，指上林苑，故址在今陕西省西安市西，建于秦代，汉武帝时加以扩充，为汉宫苑。诗中用来代指唐朝京城长安。锦，五色丝织成的绸缎。

④"出门"句：俱，即全，都。看花人：外出赏花的人。

【点评】

这首诗是作者在长安城东游赏时对所见早春景色的赞美。首句一个"清"字用得非常贴切，这里不仅指早春景色本身的清新喜人，也兼指这种景色刚刚开始显露出来，还没有引起人们的注意，所以环境非常清幽。但最为灵光的是第二句：早春时，柳叶新萌，其色嫩黄，诗人抓住了"半未匀"这种景象，使人仿佛见到绿枝上刚刚露出的几颗嫩黄的柳眼，那么清新宜人。它不仅突出了"早"字，而且把早春之柳的风姿勾画得非常逼真。即早春时节，气候寒冷，百花尚未绽开，唯柳枝新叶，冲寒而出，最早为人们带来了春天的消息。写新柳，恰好抓住了早春景色的特征。后面一联由于前面已将早春之神写出，故用"若待"两字一转，从对面着笔，用芳春的秾丽景色，与上联形成鲜明对照，更衬托了早春的"清景"，堪称匠心独运。

此诗集清极、秾极之景于一篇，格调轻快，构思巧妙。诗篇特从"诗家"的眼光来写，更富理趣，即诗人必须努力发现新东西，写出新境界，不能人云亦云。此诗描写春色也只以柳芽一处而概括早春全景，而后用仲春之繁花似锦来反衬早春，更显出此诗的独特与诗人的慧眼。

张籍

（约767—约830），字文昌，苏州（今属江苏）人，少时侨寓和州乌江（今安徽省和县）人，世称"张水部""张司业"。唐贞元十五年（799年）在长安进士及第。元和元年（806年）调补太常寺太祝，与白居易相识，互相

切磋，对各自的创作产生了积极影响。十五年后，迁秘书郎。长庆元年（821
年），任国子博士，后迁水部员外郎，又迁主客郎中。大和二年（828年），迁
国子司业。张籍为韩愈大弟子，其乐府诗与王建齐名，并称"张王乐府"。代
表作有《秋思》《节妇吟》《野老歌》等。

节妇①吟·寄东平李司空师道②

唐·张籍

君知妾③有夫，赠妾双明珠。

感君缠绵④意，系在红罗襦⑤。

妾家高楼连苑起⑥，良人执戟明光里⑦。

知君用心如日月⑧，事夫誓拟同生死⑨。

还君明珠双泪垂，恨不相逢未嫁时。

注释：

①节妇：能守住节操的妇女，特别是对丈夫忠贞的妻子。吟，一种诗体的名
称。

②李司空师道：即李师道，时任平卢淄（zī）青节度使。司空，官职。这一句
是作者自注。

③妾：古代妇女对自己的自称或谦称，这里是诗人的自喻。

④缠绵：情意深厚。

⑤罗襦：丝织的短衣、短袄。罗，一类丝织品，质薄、手感滑爽而透气。襦，
短衣、短袄。

⑥"高楼"句：即耸立的高楼连接着园林。苑，帝王及贵族游玩和打猎的风景
园林。起，矗立着。

⑦"良人"句：良人，旧时女人对丈夫的称呼。执戟，指守卫宫殿的门户。
戟，一种古代的兵器。明光，本汉代宫殿名，这里指皇帝的宫殿。

⑧"知君"句：用心，指动机目的。如日月，光明磊落的意思。

⑨ "事夫"句：事，即服侍、侍奉。拟，打算。

【点评】

这首诗通篇运用比兴手法，委婉地表明自己的态度。其含义有两层，表面是写一个为丈夫守节的贞妇，是一首抒发男女情事之言情诗；实际是诗人借此表达自己对朝廷、对国家的忠心，是一首政治抒情诗。

"安史之乱"后，全国叛军虽被平定，但藩镇割据则成了唐王朝的一大毒瘤。各个藩镇拥兵自重，独霸一方，并且用各种手段在全国争相网罗人才，勾结、拉拢文人和中央官吏。李师道是当时藩镇之一的平卢淄青节度使，又冠以检校司空、同中书门下平章事的头衔，气焰盛大。张籍是韩愈的大弟子，他同其师一样坚决主张维护国家统一、反对藩镇割据。这首诗便是一首为拒绝李师道收买而写的名作。

诗中所说的"双明珠"是李师道用来拉拢、引诱作者为其所用的厚重"礼物"，包括权势地位、富贵荣华等。对此，作者予以委婉的拒绝，就如同一个节妇要守住自己的贞操一样，不会再投靠其他人了。这是因为当时李师道是个势力很大、手段残忍的藩镇将领，此前朝中宰相武元衡因坚决主张强势对抗藩镇，就是被李师道派人刺杀的，此时作者不想直接开罪于他，因而就写了"恨不相逢未嫁时"等句，以人妇之口表示：虽然我知道你待我是真心，但我已发誓与丈夫生死与共，很遗憾在我未嫁之前没能遇到你。从而一语双关，巧妙地给予了拒绝，以免过于强硬而得罪李师道。

此诗词浅意深，言在意外，含蓄地表达了诗人的政治立场。诗题命为《节妇吟》，即用以明志。全诗情理真挚，心理描写细致入微，委婉曲折而动人。据说由于这首诗情词恳切，连李师道本人也颇受感动，不再勉强。

唐宋时期，人们对这首诗评价很高。南宋刘克庄在他的《后村诗话》中曾言"张籍《还珠吟》为世所称"，北宋姚铉在编写《唐文粹》的时候，还将其放在《贞洁》一类中。然而到了明清时期，却出现了不同声音。对其争议最大的是诗歌中"还君明珠双泪垂，恨不相逢未嫁时"两句。明朝学者唐汝询在《唐诗解》中说："系珠于襦，心许之矣，以良人贵显而不可皆是以却之。然还珠之际，涕泣流连，悔恨无及，彼妇之节不几岌岌乎？"即明明收了人家东西，这怎么可能是"节妇"呢？甚至还有人专门写诗反驳张籍："还君明珠恨君意，闭门自咎涕涟涟。"但不管明清文人如何评价，这首诗依然影响巨大。

韩愈

（768—824），字退之，河阳（今河南省孟州市）人，世称"韩昌黎""昌黎先生"。唐代杰出的文学家、思想家、哲学家，政治家。唐贞元八年（792年），韩愈登进士第，两任节度推官，累官监察御史。元和十二年（817年），出任宰相裴度的行军司马，参与讨平"淮西之乱"。元和十四年（819年），因谏迎佛骨一事被贬至潮州。晚年官至吏部侍郎，人称"韩吏部"，去世后谥号"文"，故称"韩文公"。韩愈是唐代古文运动的倡导者，被后人尊为"唐宋八大家"之首，与柳宗元并称"韩柳"，有"文章巨公"和"百代文宗"之名。后人将其与柳宗元、欧阳修和苏轼合称"千古文章四大家"。他提出的"文道合一""气盛言宜""务去陈言""文从字顺"等散文写作理论，对后人很有指导意义。著有《韩昌黎集》四十卷、《外集》十卷等。

调①张籍

唐·韩愈

李杜文章在②，光焰万丈长③。
不知群儿④愚，那用故谤伤⑤。
蚍蜉撼大树⑥，可笑不自量！
伊⑦我生其后，举颈遥相望。
夜梦多见之，昼思反微茫。
徒观斧凿痕⑧，不瞩治水航。
想当施手时⑨，巨刃磨天扬。
垠崖划崩豁，乾坤摆雷硠。
唯此两夫子⑩，家居率荒凉。

帝欲长吟哦，故遣起且僵。

翦翎送笼中，使看百鸟翔。

平生千万篇，金薤垂琳琅。

仙官敕六丁，雷电下取将。

流落人间者，太山一毫芒。

我愿生两翅⑪，捕逐出八荒。

精诚忽交通⑫，百怪入我肠。

刺手拔鲸牙⑬，举瓢酌天浆。

腾身跨汗漫，不著织女襄。

顾语地上友⑭，经营⑮无太忙。

乞君飞霞佩⑯，与我高颉颃⑰。

注释:

①调：调侃，调笑，戏谑。张籍，唐代诗人、官员，历任太常寺太祝、水部员外郎、国子司业等。

②"李杜"句：李杜，指李白、杜甫。文章，此指诗篇。

③"光焰"句：犹如万丈光芒照耀了诗坛。

④群儿：指"谤伤"李白、杜甫的那些人。

⑤"那用"句：故，陈旧的。谤，诽谤；用诋毁之辞去中伤。

⑥"蚍蜉（pí fú）"句：蚍蜉，即白蚁，属于一种体形较大的蚂蚁。常用来指自不量力的人。

⑦伊：发语词。

⑧"徒观"二句：比喻李杜诗篇如同大禹治水疏通江河，后人虽能看到其成就，却无法目睹当时鬼斧神工的开辟情景。徒观，能够看到。瞩，目睹。

⑨"想当"四句：遥想当年他们挥动着摩天巨斧，山崖峭壁一下子劈开了，被阻遏的洪水便倾泻出来，天地间回荡着山崩地裂的巨响。垠（yín）崖，犹悬崖。划，劈开。雷硠（láng）：如雷般的山崩之声。硠，石头撞击声。

⑩"唯此"以下十二句：就是这样的两位夫子，处境却大抵冷落困顿；仿佛是

天帝为了要他们作诗有所成就，就故意让他们崛起而又困顿。他们犹如被剪了羽毛囚禁于笼中的鸟儿一样，不得展翅翱翔，只能痛苦地看着外边百鸟自由自在地飞翔。他们一生写了千万篇优美的诗歌，如金薤（xiè）美玉一样美好贵重，但其中多数好像被天上的仙官派遣神兵收取去了一样，流传在人间的，只不过是泰山的毫末之微而已。翦翎（jiǎn líng），剪除羽翎；常比喻才能不得施展。金薤，书。古有薤叶书。又有薤叶形的金片，俗语称"金叶子"，喻文字之优美。琳琅，美玉。此以金玉喻"李杜文章"，并言李杜诗篇播于金石。六丁、雷电，皆传说之天神。

⑪"我愿"二句：意思是说自己恨不得生出两个翅膀，追求他们的境界，哪怕出于八方荒远之地。八荒，即普天之下。古人以为九州在四海之内，四海又在八荒之内。

⑫"精诚"二句：意思是说自己终于能与前辈诗人精诚感通了，于是千奇百怪的诗境便进入心里。交通，精诚感通。百怪，千奇百怪的想法。

⑬"刺手"四句：意思是反手拔出大海中长鲸的利齿，高举大瓢，畅饮天宫中的仙酒，忽然腾身而起，遨游于广漠无穷的天宇中，自由自在，发天籁之音，甚至连织女所制的天衣也不屑去穿了。汗漫，指广大，漫无边际。织女襄，织女所织的天衣。喻指华美的诗赋文章。

⑭地上友：指张籍。

⑮经营：此谓构思。

⑯"乞君"句：乞君，即请求你。霞佩，仙女的饰物，借指飞翔的翅膀。

⑰颉颃（xié háng）：鸟上下飞翔。亦指不相上下。上飞曰颉，下飞曰颃。

【点评】

这首诗热烈高歌李白、杜甫诗歌艺术的杰出成就，也突出反映了韩愈诗风艰深奇崛、险怪重浊的特点。中唐时期，诗坛上一度盛行王（维）、孟（浩然）和元（稹）、白（居易）诗风，李白和杜甫的诗歌往往不被重视，甚至还受到一些人的贬损。有鉴于此，韩愈奋起维护李、杜在诗歌中的地位，并给予极高评价。

这首诗笔势波澜壮阔，恣肆纵横，如长江大河浩浩荡荡，奔流直下，而其中又曲折盘旋，激溅飞泻，变态万状。在命题立意、结构布局、遣词造句上，处处显示出作者独具的匠心。尤其是诗中充满了探险入幽的奇思冥想。如："想当施手时，巨刃磨天扬。垠崖划崩豁，乾坤摆雷硠。"用大禹凿山导河来形容李、杜下笔为文，这种匪夷所思的奇特的想象，绝不是一般诗人所能有的。又如："我愿生两翅，捕逐出八荒。"好像他长出了如云般的长翮大翼，乘风振奋，出六合，绝浮尘，去探索李、杜艺术的精魂。结果是："百怪入我肠"。既有"刺手拔鲸牙，举瓢酌天浆"，又有"腾身跨汗漫，不著织女襄"。可谓下海上天，想象极其神奇。

此诗中最著名的是首句："李杜文章在，光焰万丈长。"堪称赞美李、杜的千古名言和千年定评，并讥斥诋毁李、杜的那些人是多么的无知与可笑。诗中盛赞李、杜诗歌的高度成就，感叹自己生于李、杜之后，只好在梦中瞻仰他们的风采了。最后恳切劝导老朋友张籍不要钻到书堆中寻章摘句，要大力向李、杜学习。此诗乃"论诗"之作。作者通过丰富的想象和夸张、比喻等表现手法，在塑造李白、杜甫及其诗歌的艺术形象的同时，也塑造出作者其人及其诗歌的艺术形象，生动地表达出诗人对诗歌的一些精到见解。

韩愈在中唐诗坛上开创了一个重要流派。其诗歌多"不平之鸣"，喜压险韵、窄韵，意象壮伟瑰怪，诗境奇崛雄豪。清初诗论家叶燮《原诗》说："韩诗为唐诗之一大变。其力大，其思雄。"他在这首诗中，以其雄健的笔力，凌厉的气势，驱使宇宙万象进入诗中，表现了宏阔奇伟的艺术境界。这对纠正唐朝大历以来诗坛软熟浅露的诗风，是有着积极作用的。

游城南十六首·遣兴

唐·韩愈

断送①一生惟有酒，寻思百计不如闲。

莫忧世事兼身事，须著②人间比梦间。

注释：

①断送：谓度过、消磨时光之意。

②须著：应该将。须，应该。著，即"着、把、将"之意。

【点评】

　　"遣兴"即抒发情怀。这是一首抒情小诗。韩愈是唐代大儒，以孟子的继承人自许，一向积极用世，其诗"为唐诗之一大变。其力大，其思雄。"开创了中唐诗坛的一个重要流派。但此诗却写得颇具超世之姿，是一道莫名的风景。

　　这首诗的大意是，打发一生时光最好的东西只有酒，思量做什么事都不如闲暇无事舒服。不要忧虑世上和自身的那些琐事，应该将人生当作做梦一样度过。此诗中的"断送"一词用法独特，它不是现代意义上的"断送"意思，而是消磨、打发时光之意。整个诗的意境也与此相同。从诗中流露出的情绪看，应当是韩愈在政治上遭受打击后的作品，有一种归隐思想。他在这里把喝酒与闲适当作了人生追求，说明内心充满了忧愤，而且只有在酒醉时才可以忘掉痛苦，表现了此时突出的消极避世思想。而"断送"一词的运用，则与韩愈诗歌多用奇绝险怪字眼的特点相吻合，总能让人出乎意料。

　　宋代时，黄庭坚曾将此诗"断送一生惟有酒"句，和韩愈《赠郑兵曹》中的"破除万事无过酒"诗句，各隐去一个"酒"字，填入自己的《西江月》词中，成了著名的集句"隐字联"："断送一生惟有，破除万事无过。"甚有谐趣幽默、不落痕迹之妙。

白居易

　　（772－846），字乐天，号香山居士，又号醉吟先生，祖籍山西太原，到其曾祖父时迁居陕西渭南，本人生于河南新郑。白居易与元稹共同倡导新乐府运动，世称"元白"，与刘禹锡并称"刘白"。白居易的诗歌题材广泛，形式多样，语言平易通俗，有"诗魔"和"诗王"之称。官至翰林学士、左赞善大夫。代表诗作有《长恨歌》《卖炭翁》《琵琶行》等。白居易的诗风以平易为特点，用语质朴明白，音调朗朗上口，深受大众欢迎。

放言①五首（其三）

唐·白居易

赠君一法决狐疑②，不用钻龟与祝蓍③。

试④玉要烧三日满，辨材须待七年期⑤。

周公⑥恐惧流言日，王莽谦恭未篡时⑦。

向使⑧当初身便死，一生真伪复⑨谁知？

注释：

①放言：言论放肆，不受拘束的意思。

②"赠君"句：这里指元稹。法：办法，方法。决：判定。狐疑：狐性多疑，此指犹豫不定。

③"不用"句：钻龟与祝蓍（shī），是古人占卜的方法，钻龟壳后看其裂纹占卜吉凶，或拿蓍草的茎占卜吉凶。这里是指求签问卜。蓍，多年生草本植物，全草可入药，茎、叶可制香料。

④试：试验，检验。白居易在这首诗中自注："真玉烧三日不热，豫章木生七年而后知。"烧玉典出《吕氏春秋》："故君子之容，纯乎其若钟山之玉，桔乎其若陵上之木。"汉·高诱注："钟山之玉，燔以炉炭，三日三夜，色泽不变。"

⑤"辨材"句：辨，辨别，鉴别。材，木材，这里指枕木和樟木。豫章木典故引用《史记正义》："正义案《活人》云：'豫，今之枕木也。章，今之樟木也。二木生至七年，枕樟乃可分别。'"期，期限。

⑥周公：姬旦，周武王弟，成王的叔父。成王年幼为王，周公摄政，管叔蔡叔等人散布流言，说周公要害成王，于是周公躲避了起来。后来成王发现流言是假的，便迎接周公回来，平定了管叔蔡叔等人的叛乱。

⑦"王莽"句：王莽，汉元帝皇后侄。王莽在篡夺政权之前，为了收揽人心，常以谦恭退让示人，后来终于篡汉自立，改国号为"新"。篡，篡位，臣子夺取君主的权位。

⑧向使：假如，如果，假使。

⑨复：又。

【点评】

　　唐宪宗元和五年（810年），元稹被贬为江陵士曹参军。元稹在江陵期间，写了五首《放言》诗来表示他的心情。元和十年（815年），白居易被贬为江州司马。这时元稹闻讯后写下了充满深情的诗篇《闻乐天授江州司马》。白居易在贬官途中，写下五首《放言》诗来奉和。此诗为第三首。

　　这是一首富有理趣的奉和诗。它以极通俗的语言说出了一个道理：对人、对事要想得到全面认识，都要经过时间的检验，纵观整个历史去衡量、去判断，而不能只根据一时一事的现象下结论，否则就会把光明正大的周公当成篡权者，把窃国大盗王莽当成谦恭的君子了。诗人表示像他自己以及友人元稹这样受诬陷的人，是经得起时间考验的，因而应当多加保重，等待"试玉""辨材"期满，自然会澄清事实，辨明真伪，如同"疾风知劲草，路遥知马力"。这是用诗的形式对元稹也是对他自身遭遇的不忿与表白。

　　诗的意思极为明确，出语却曲折委婉。从正面、反面叙说"决狐疑"之"法"，都没有径直点破。前者举出"试玉""辨材"两个例子，后者举出"周公"、"王莽"两个例子，让读者思而得之。这些例子，既是论点，又是论据。寓哲理于形象之中，以具体事物表现普遍规律，小中见大，耐人寻思，读之有味。

寄韬光禅师①

唐·白居易

一山门作两山门，两寺②原从一寺分。

东涧水流西涧水，南山云起北山云。

前台花发后台见，上界钟声下界闻③。

遥想吾师行道处④，天香桂子落纷纷⑤。

注释：

①韬光禅师：杭州灵隐寺僧人。

②两寺：指下天竺寺与中天竺寺，位于浙江杭州，建于五代时期。

③"上界"句：上界，指天上。下界，人间。

④"遥想"句：师，这里是对佛教徒的尊称。行道，指宣扬佛教教义。

⑤"天香"句：天香，指拜佛的香烟。桂子，桂花，是对桂花拟人化的爱称。

【点评】

这首诗作于宝历初年，当时诗人任苏州刺史，写下这首诗寄给杭州天竺寺的韬光禅师。

此诗写杭州北高峰的下天竺寺与中天竺寺。天竺三寺，是杭州的著名景点。天竺三寺中，下天竺寺建造最早，中天竺是从下天竺中分出来的，所以说"两寺原从一寺分"。诗歌从云、水写起，把两座名寺联系在一起：东西涧水，南北山云。连续使用叠字，对仗工整，妙语如珠，诗味回环无穷，读起来亦如行云流水，创格章法奇特。

写作诗词，一般要避免重复，但白居易在这首诗中偏偏有意使用重复句法。全诗前六句，每一句都在刻意造成重复的效果，如此一来，反倒有一种跳动连贯的音韵美。如：一个山门，两座寺院，东西南北，前后上下，顿拓无限空间，生出十方无界的超然感觉。东涧水流，从更东边来看，就是西涧水。南北山云，前后台花，上下界钟，你中有我，我中有你，皆是一体。在这里，其引申出来的含义更耐人寻味。诗中所谓的东西南北，前后上下等都只是一些概念，并无实义。但如果执着于这些概念，那么东涧水流只能是东涧水，西涧水流只能是西涧水了。如果无所执着，跳出相对的束缚，切入绝对圆融的自性真如，那就是东涧何妨流西涧水，同时也不妨西涧流东涧水。全诗浑然天成，禅韵缭绕，是一首于禅于诗皆臻妙境的佳作。后来苏轼到天竺寺游玩，盛赞白居易的这首诗，称其在此所写的诗句"空咏连珠吟叠璧"，这"连珠""叠璧"，就是形容白居易诗反复重沓的表现手法。

游紫霄宫七言八句

唐·白居易

水洗尘埃道未尝^①，甘于名利两相忘。

心怀六洞丹霞客^②，口诵三清紫府章^③。

十里采莲歌达旦，一轮明月桂飘香。

日高公子还相觅，见得山中好酒浆。

注释：

①尝（cháng）：古同"尝"。

②丹霞客：这里指仙人或道士。

③紫府章：这里指道家经典。紫府，仙人或道士居住的宫殿。

【点评】

这是白居易所写的"半字连珠"（顶真体）诗，也是一首现存最早的藏头诗。诗中描述了游览紫霄宫时所看到的仙洞、仙山、明月和香桂琼浆等。诗中每句的第一字，都隐藏于前句的末一字中。这是利用汉字中合体字多的特点，从前句末一字分离出其中的一个"部件"，作为次句的首字，所以称为藏头诗或藏头拆字诗。

所谓藏头诗，又名"藏头格"，大致有三种形式：一是在前面只说景、情，不说题意，而在最后一联点明题意；二是每句诗的第一个字藏在上一句的最后一个字；三是将全诗主旨藏在各句之首。其他比较有名的藏头诗还有：《水浒传》中"智多星"吴用"智赚玉麒麟"，宋代才女朱淑真救父诗，元代关汉卿《望江亭》剧中诗等。

施耐庵《智多星智赚玉麒麟》诗："芦花丛中一扁舟，俊杰俄从此地游，义士若能知此理，反躬难逃可无忧。"《水浒传》中的卢俊义乃河北俊杰，他不仅急公好义，乐善好施，济人危困，而且武艺高强，名闻四海，人称"河北玉麒麟"。梁山泊义军头领宋江一心想招取他上山造反，但谈何容易。为达这个目的，"智多星"吴用扮成一个算命先生来到卢俊义庄上，谎称卢近期有

"血光之灾"，口占四句卦歌并让他端书在家宅墙上。卦歌里把"卢俊义反"四个字巧妙地暗藏于四句之首，卢俊义未能察知。后来这四句诗被官府拿到后到处捉拿卢俊义，终于把卢俊义逼上梁山。

宋代才女朱淑真救父诗："月移西楼更鼓罢，（不打更），渔夫收网转回家。（不打鱼），卖艺之人去投宿，（不打锣），铁匠熄炉正喝茶。（不打铁），樵夫担柴早下山，（不打柴），飞蛾团团绕灯花。（不打茧），院中秋千已停歇，（不打秋千），油郎改行谋生涯。（不打油），毛驴受惊碰尊驾，乞望老爷饶恕他。"这首诗的故事说，一天，朱淑真的父亲骑驴外出，不小心冲撞了州官大轿，州官要拿他治罪。朱淑真闻讯后，急忙为父亲求情。州官听闻朱淑真很有才气就想试试她，便以"不打"为题，让她当堂作诗，如能作出好诗，就赦其父无罪。朱淑真当场作了这一首"不打"诗。这首诗共十句，从上到下分别暗含了八个"不打"之意，到最后一句点题，恳请州官不要打其父亲。州官听罢，自然惊喜异常，便释放了其父。

元代关汉卿的《望江亭》中写一对青年男女：谭记儿和白士中，剧中有这样一段对话：谭记儿："愿把春情寄落花，随风冉冉到天涯。君能识破风兮句，去妇当归卖酒家。"白士中："当垆卓女艳如花，不记琴心走天涯。负却今朝花底约，卿须怜我尚无家。"这两段对话其实各是一首藏头诗。前一首每句首字连起来是"愿随君去"。后一首每句首字连起来是"当不负卿"。两人以此定情，十分巧妙。

在中国旧文体中，除了常见的诗、词、曲以外，还存在大量排列奇巧的另类诗歌——杂体诗词。具有代表性的是藏头诗、打油诗、回环（文）诗、剥皮诗、离合诗、宝塔诗、字谜诗、辘轳诗等，有几十种之多。虽然这种诗中有些不登大雅之堂，但可以传达作者某种特有的思想内涵，非常有趣，也深受人们喜爱，所以代代流传。

对酒^①五首（其二）

唐·白居易

蜗牛角上争何事^②，石火光中^③寄此身。

随富随贫^④且欢乐，不开口笑是痴人。

注释：

①对酒：多指古人酒兴之至作诗示怀之意。由唐时白居易兴起，渐而作为一种诗作题材为历代文人墨客所沿用。

②"蜗牛角上"句：典自《庄子·杂篇·则阳》。

③石火光中：石头碰撞的火光中。

④随富随贫：不论贫富。随，任凭，随是。

【点评】

唐开成七年（841年，亦即会昌元年）武宗李炎即位，这一年元旦，年老体弱的白居易写了五首七言绝句《对酒》，这是其中第二首。

这首诗充满了庄子思想。诗歌一开头即引用了庄子的一则寓言：一次梁惠王与齐威王订立盟约，齐威王违背盟约后，梁惠王大怒，打算派人刺杀齐威王，于是将军、大臣各抒己见，争执不下。这时，有个叫戴晋人的道家之徒来见梁惠王。他说："大王您知道有一种名叫蜗牛的小动物吗？"梁惠王回答："知道。"晋人说："蜗牛的角上有两个国家，左角上的叫触国，右角上的叫蛮国。这两个国家经常为争夺地盘而发生战争。每次战争后，总是尸横遍野，死亡好几万人；取胜的国家追赶败军，常常要十多天才能回来。"惠王说："呀！这都是您瞎编的吧！"晋人说："请允许我来为您证明。您的想象在广阔的宇宙中有边界吗？"惠王说："没有。"晋人说："您的想象在宇宙中任意驰骋，而一回到现实，您能够到达的地方却只限于四海九州之内。拿现实的有限与想象的无穷相比，岂不是若有若无，微不足道吗？"惠王说："你说的也对。"晋人说："在我们所能够到达的疆域里有一个魏国，魏国迁都大梁后才有梁国，有梁国才有梁王。梁王与蛮氏，有什么不同吗？"惠王想了想说：

"好像也没有什么不同。"这个典故说明，在大千世界中，人们其实都是很渺小的。如果用人的眼光看，蜗牛角上的"触国"与"蛮国"之战有必要吗？世上有多少事情人们必须要去争呢？

白居易在这首诗中认为，人活在世界上，就好像局促在那小小的蜗牛角上，空间是那样的狭窄，还有什么好争的呢？人生短暂，就像石头相撞的那一瞬间所发出的一点火光，人的一生一瞬间就过去了。一个人不论穷富，不必太过斤斤计较，应该放宽胸怀，努力保持心情愉快，这才是处世之道。此诗是白居易晚年在尝尽人生酸甜苦辣后的体悟，典故和思想都来自庄子，所蕴含的哲理令人振聋发聩，促人猛醒。

花非花①

唐·白居易

花非花，雾非雾。
夜半来，天明去。
来如春梦几多时②？
去似朝云无觅处③。

注释：

①花非花：词牌名称，由白居易自度成曲。

②"来如"句：来如，即"来的时候就像"。几多时，没有多少时间。

③"去似"句：朝云，此借用楚襄王梦巫山神女典故。意思是梦去的时候如早晨飘散的云彩，无处可寻。

【点评】

这是白居易写的一首杂言古诗。表达的是对人生如梦幻泡影，如雾亦如电的感慨，表现出一种对于生活中存在过而又消逝了的美好的人与物的追念、惋惜之情。全诗由一连串的比喻构成，描述隐晦而又真实，朦胧中又有节律整饬与错综之美。后人曾谱为曲子，广为流传。

前两句"花非花，雾非雾"，首先给人一种捉摸不定的感觉。"非花""非雾"均系否定，却包含一个不言而喻的前提：似花、似雾，因此说这是两个灵巧的比喻。继而是"夜半来，天明去"，应是在说梦。"夜半来"者春梦也，春梦虽美却短暂，于是引出一问："来如春梦几多时？""天明"见者朝霞也，云霞虽美却易幻灭，于是引出一叹："去似朝云无觅处。"

尽管此诗只见喻体不知本体，就像一个耐人寻思的谜。但在《白氏长庆集》中有《真娘墓》及《简简吟》二诗。其中《真娘墓》中写道："霜摧桃李风折莲，真娘死时犹少年。脂肤荑手不坚固，世间尤物难留连。难留连，易销歇，塞北花，江南雪。"《简简吟》中写道："二月繁霜杀桃李，明年欲嫁今年死。""大都好物不坚牢，彩云易散琉璃碎。"这二诗均为悼亡之作，它们末句的比喻与此诗末两句的比喻也几乎一模一样。而这首诗又在集中《简简吟》之后，这就告诉读者，此诗应是与《简简吟》同一类的诗作。

这首诗语意双关，富有朦胧美是其最大特点。雾、春梦、朝云，这几个意象都是朦胧、飘渺的，意象之间又故意省略了衔接，显出较大的跳跃性，文字空灵、精练，使人咀嚼不尽，显示了诗人不凡的艺术功力。

刘禹锡

（772—842），字梦得，洛阳（今河南省洛阳市）人，唐代著名文学家、哲学家。唐贞元九年（793年）进士及第，初在淮南节度使杜佑幕府中任记室，后入朝为监察御史。贞元末，他与柳宗元、陈谏、韩晔等结交于王叔文，形成了一个以王叔文为首的政治集团。"永贞革新"失败后被贬，先后任朗州司马、连州刺史、夔州刺史、和州刺史、主客郎中、礼部郎中、苏州刺史等职，卒后赠户部尚书。刘禹锡诗文俱佳，涉猎题材广泛，有"诗豪"之称。他与韦应物、白居易并称"三杰"。哲学著作有《天论》三篇，论述天的物质性，分析"天命论"产生的根源，具有唯物主义思想。

秋词（其一）

唐·刘禹锡

自古逢秋悲寂寥①，我言秋日胜春朝②。
晴空一鹤排云③上，便引诗情到碧霄④。

注释：

①悲寂寥：悲叹景色萧条。

②春朝：春天。

③排云：指排开云层。排，推，有冲破的意思。

④碧霄：青天。

【点评】

悲秋是历代文人的惯常话题，自战国宋玉之后不胜枚举。因为秋天人们往往只看到一片萧条，感到寂寥、死气沉沉。但诗人却反其道而行之，认为秋天比万物萌生的春天还好。他以独到的视角，独特的慧眼，看到在秋日的晴空之上，一只振翅高举的鹤排云直上，矫健凌厉。虽然这只鹤是孤单的，但它的顽强奋斗冲破了秋天的肃杀，为大自然别开生面。在他的笔下，这只鹤是不屈志士的化身，是奋斗精神的体现，所以诗人说"便引诗情到碧霄"。

刘禹锡是中唐时代的政治明星，因为参加"永贞革新"被贬朗州（今湖南省常德市），时年三十四岁。他当时正值春风得意之时，一觉醒来却被赶出了朝廷，其苦闷可想而知。但诗人笃信佛教，细研哲理，能通过哲学性的思考，把生活中的愁恨化解为一种具有历史深度的感悟，从有限的时空中跳转出来，在更高的层面上展现一种孤高豪迈之情。此诗一扫古来逢秋而悲的固化情绪，让人们领略了秋日里别具诗情的壮丽图卷，更反映了一种情怀，堪称诗歌佳作。尤其是诗人在遭逢人生低谷之际，不以为苦，反而乐观从容，豪情满怀，这种人生态度很值得称赞。刘禹锡的诗风也很有特点，其怀古诗和政治讽刺诗语言平易，寓意深远，人称"诗豪"。

竹枝词①二首（其一）

唐·刘禹锡

杨柳青青江水平，闻郎江上唱歌声。

东边日出西边雨，道是无晴却有晴②。

注释：

①竹枝词：乐府近代曲名，又名《竹枝》，原为四川东部一带民歌。刘禹锡根据民歌创作新词，多写男女爱情和三峡风情，流传甚广。

②"道是"句：道，说。晴，与"情"谐音，即"爱情"的意思。

【点评】

　　《竹枝词》是古代四川东部的一种民歌，人们边唱边舞，用鼓和短笛伴奏。赛歌时，谁唱得最多，谁就是优胜者。刘禹锡任夔（kuí）州刺史时，非常喜爱这种民歌，他学习屈原作《九歌》的精神，采用当地民歌曲谱，制成新的《竹枝词》，以描写当地山水风俗和男女爱情。在写作上，此诗体多用白描手法，少用典故，语言清新活泼，生动流畅。

　　这首诗描写一个青春少女在杨柳青青、江平如镜的春日里，听到情郎歌声所产生的内心活动。表达手法以多变的春日天气来造成双关，"道是无晴却有晴"一句，诗人用谐音把天气之天"晴"和男女之爱"情"这两件不相关的事物十分巧妙地联系在一起，具有独特的含蓄之美，对于表现女子那种含羞不露的内在感情，十分贴切自然。可以说，这首诗把谐音和诗意的双关方法运用到了出神入化的境界，因而最后的两句诗一直为后世人们所喜爱的千古佳句。

酬乐天扬州初逢席上见赠①

唐·刘禹锡

巴山楚水凄凉地②，二十三年弃置身③。

怀旧空吟闻笛赋④，到乡翻似烂柯人⑤。

沉舟侧畔⑥千帆过，病树前头万木春。

今日听君歌一曲⑦，暂凭杯酒长精神⑧。

注释：

①"酬乐天……见赠"：酬，即酬答，答谢，这里指以诗相答。乐天，指白居易，字乐天。见赠，送给我。

②巴山楚水：指四川、湖南、湖北一带。古时四川东部属于巴国，湖南北部和湖北等地属于楚国。刘禹锡被贬后，迁徙于朗州、连州、夔州、和州等地，这里用"巴山楚水"泛指这些地方。

③"二十三年"句：从唐顺宗永贞元年（805年）刘禹锡被贬为连州刺史，至宝历二年（826年）冬应召，约二十二年。因贬地离京遥远，实际上到第二年才能回到京城，所以说二十三年。弃置身，指遭受贬谪的诗人自己。弃置，贬谪。置，放置。

④"怀旧"句：怀念故友。吟，吟唱。闻笛赋，指西晋向秀的《思旧赋》。三国曹魏末年，向秀的朋友嵇康、吕安因不满司马氏篡权而被杀害。后来，向秀经过嵇康、吕安的旧居，听到邻人吹笛，不禁悲从中来，于是作《思旧赋》。序中说：自己经过嵇康旧居，因写此赋追念他。刘禹锡借用这个典故怀念已死去的王叔文、柳宗元等人。

⑤"到乡"句：到，到达。翻似：倒好像。翻，反而。烂柯人，指晋人王质。相传晋人王质上山砍柴，看见两个童子下棋，就停下观看。等棋局终了，手中的斧柄（柯）已经朽烂。回到村里，才知道已过了百年。同代人都已经亡故。作者借这个故事表达世事沧桑，人事全非，暮年返乡恍如隔世的心情。

⑥沉舟侧畔：意谓沉船的旁边。这里的"沉舟"，与下句的"病树"，都是诗人的自比。

⑦歌一曲：指白居易的《醉赠刘二十八使君》。

⑧长（zhǎng）精神：振作精神。长，增长，振作。

【点评】

　　刘禹锡于"永贞革新"失败后，被贬到外地一去二十多年。宝历二年

（826年）才应召回京。冬天途经扬州，与同样被贬的白居易初次相遇。白居易在筵席上写了一首诗《醉赠刘二十八使君》相赠："为我引杯添酒饮，与君把箸击盘歌。诗称国手徒为尔，命压人头不奈何。举眼风光长寂寞，满朝官职独蹉跎。亦知合被才名折，二十三年折太多。"刘禹锡亦写诗回赠。

此诗从白居易诗的话头谈起，抒发了自己被贬谪的一腔悲凉："巴山楚水凄凉地，二十三年弃置身。"如今回来后，恍如隔世，许多老朋友都已故去，自己只能徒然吟诵"闻笛赋"表示悼念。诗中用王质烂柯的典故，一方面暗示自己被贬谪时间之长，同时又表现世态变迁，以及回归后的生疏与怅惘，含义十分丰富。

白居易赠诗中有"举眼风光长寂寞，满朝官职独蹉跎"两句，颇为刘禹锡抱不平。刘诗则以"沉舟侧畔千帆过，病树前头万木春"应答，以沉舟、病树比喻自己，既清冷惆怅，又坚定达观。沉舟侧畔，有千帆竞发；病树前头，正万木皆春。意思是自己虽屡遭贬谪，新人辈出，却也令人欣慰，表现出他豁达的胸襟。这既体现了诗人的坚定信念和乐观精神，又富含哲理，表明新事物必将取代旧事物，可谓神来之笔。因为这两句诗意象新鲜生动，境界壮阔，闪烁着历史辩证法的思想火花，所以历来被广泛传诵，并赋予新的意义。

后代对刘禹锡的"沉舟侧畔千帆过，病树前头万木春"两句诗评价很高。如白居易的《刘白唱和集解》说："'沉舟侧畔千帆过，病树前头万木春'之句之类，真谓神妙，在在处处，应当有灵物护之。"清代赵执信的《谈龙录》说："诗人贵知学，尤贵知道。东坡论少陵诗外尚有事在，是也。刘宾客云：'沉舟侧畔千帆过，病树前头万木春。'有道之言也。"清代沈德潜的《唐诗别裁集》说："'沉舟'二语，见人事不齐，造化亦无如之何！悟得此旨，终身无不平之心矣。"清代俞陛云的《诗境浅说》："梦得（刘禹锡）此诗，虽秋士多悲，而悟彻菀（yù）枯。能知此旨，终身无不平之鸣矣。"

酬乐天①咏老见示

唐·刘禹锡

人谁不顾②老，老去有谁怜。

身瘦带频减③，发稀冠④自偏。

废书⑤缘惜眼，多灸⑥为随年。

经事还谙⑦事，阅人如阅川⑧。

细思皆幸⑨矣，下此便翛然⑩。

莫道桑榆⑪晚，为霞尚满天⑫。

注释：

①酬乐天：作诗酬答白居易。乐天：白居易，字乐天。

②顾：念，指忧虑、担心。

③带频减：指腰带多次缩紧。带：腰带。

④冠：帽子。

⑤废书：丢下书本，指不看书。

⑥"多灸"句：灸，艾灸，在穴位燃艾灼之。中医的一种治疗方法。随年，适应身老体衰的需要，这里指延长寿命。

⑦谙：熟悉。

⑧阅人如阅川：意谓阅历人生如同积水成川一样。典自陆机《叹逝赋》："阅水以成川，水滔滔而日度；世阅人而为世，人冉冉而行暮。"阅，经历。

⑨幸：幸运，引申为优点。

⑩"下此"句：下此，指改变对衰老的忧虑心情。下，攻下，等于说解决了这个焦虑心理。翛（xiāo）然，自由自在、心情畅快的样子。

⑪桑榆：日落时光照桑榆树端，因以指日暮，比喻晚年。

⑫霞：霞光，这里指晚霞，代指老年。

【点评】

刘禹锡和白居易是好朋友。晚年，他们都患有眼疾、足疾等病，看书、行动多有不便。面对这样的晚景，白居易产生了消极、悲观的情绪，给刘禹锡写了一首《咏老赠梦得》诗，谈自己的感受："与君俱老矣，自问老何如？眼涩夜先卧，头慵朝未梳。有时扶杖出，尽日闭门居。懒照新磨镜，休看小字书。情于故人重，迹共少年疏。唯是闲谈兴，相逢尚有余。"刘禹锡读罢，即写了这首诗以回赠。

　　诗中开头两句承接白居易原诗而来，表示了作者对白居易"咏老"思想的回应，说明在对"老"的看法上颇有同感，读来非常亲切。然而其后六句意思则发生了巨大转折，"经事还谙事，阅人如阅川。细思皆幸矣，下此便翛然。莫道桑榆晚，为霞尚满天。"诗情到此为之一振。它的意思是说，人老了经历的事多，理解也深刻透彻，看人也像看山河一样，一目了然，有很深的洞察力。而且思考深刻，认识全面，浓缩着人生精华。字里行间充满着辩证思想，也充分表达了作者对老朋友的关爱和劝勉。尤其是最后两句，强调不要说日到桑榆已是晚景，其实它放出的晚霞还可以照得满天通红、灿烂无比！这是一种极为深情的比喻，表现了一种豁达乐观、积极进取的人生态度，此句也是千古名句。

赏牡丹①

唐·刘禹锡

庭前芍药妖无格②，池上芙蕖③净少情。
唯有牡丹真国色④，花开时节动京城⑤。

注释：

①牡丹：著名花卉。古无"牡丹"之名，统称"芍药"，后以"木芍药"称"牡丹"。一般谓"牡丹"之称在唐以后，唐以前已见于记载。

②"庭前"句：芍药，为一种多年生草本植物，初夏开花，形状与牡丹相似。

妖无格：妖娆美丽，但缺乏标格。妖：艳丽、妖媚。格：骨格，标格。

③芙蕖（qú）：即荷花。

④国色：倾国倾城之美色。原意为一国中姿容最美的女子，此指牡丹雍容华贵、仪态美艳。

⑤京城：指唐朝的神都洛阳。

【点评】

这首诗是盛赞牡丹的。诗中出现了三种名花：芍药、芙蕖和牡丹。本来芍药和芙蕖也是名花，诗人却有所偏爱，认为芍药妖娆有余而格调不高，芙蕖纯洁美丽但缺少情趣。诗人虽然更推许牡丹，但他一开始并没有直接说出，而是采用抑彼扬此的反衬之法，运用对比，将芍药的无格、芙蕖的少情与牡丹的国色天香——对比描写，突出了牡丹的雍容华贵。同时，作者从侧面进行烘托，写牡丹花开时的情景：整个京城为之轰动，从而衬托了牡丹的非同寻常。由于唐人对牡丹的钟爱，故从唐朝开始牡丹便成为花中之王了。

李绅

（772—846），字公垂，祖籍亳州谯县（今安徽省亳州市），出生于湖州乌程县（今浙江省湖州市），唐朝宰相、诗人。唐宪宗元和元年（806年）中进士，补国子助教，后历任中书侍郎、尚书右仆射、淮南节度使等职，会昌六年（846年）在扬州逝世，追赠太尉，谥号"文肃"。李绅与元稹、白居易交游甚密，为新乐府运动的参与者。青年时目睹农民终日劳作而不得温饱，以同情和愤慨的心情，写出《悯农二首》，流传甚广，千古传诵，被誉为悯农诗人。

答章孝标

唐·李绅

假金方用真金镀，若是真金不镀金。

十载长安得一第①，何须空腹用高心②。

注释：

①得一第：指通过科举考上进士。

②空腹用高心：腹中空空却只是幻想。高心：心气高傲，这里指幻想。

【点评】

　　在这首诗中，诗人以一种非常纯粹，也非常直接的语言，把对于人生的看法写得非常直白，并指出如何去做一个真诚的人。诗的头两句开门见山，亦颇含哲理：在这个世界上，只有那些假的东西，才需要人们去包装，如果是真实的东西，根本不需要包装，也不屑于包装。这两句话既真诚又犀利，强调做人要诚实，不要去刻意包装自己，如果那样的话，那就是十足的虚伪。后两句诗指出，一个人经过了十年苦读，是能够金榜题名、进士及第的。你如果腹中空空、只是一味地空想，那怎么能够实现呢。李绅这首诗开头的两句堪称经典，明确地告诉人们，做人要真诚，不能够虚伪，做学问尤其如此，不能只做一个空想家，要做实干家，只有这样才能成功。

李翱

　　（772—836），字习之，陇西成纪（今甘肃省秦安东）人，唐朝中期大臣、文学家、哲学家、诗人。贞元十四年（798）进士及第，后历任国子博士、史馆修撰、考功员外郎、礼部郎中。得到宰相李逢吉举荐，出任庐州刺史等。唐文宗时期，外任为郑桂潭襄四州刺史、检校户部尚书、山南东道节度使。曾从韩愈学古文，推进古文运动。著有《复性书》《李文公集》。

赠药山高僧惟俨①

唐·李翱

炼得身形似鹤形②，千株松下两函经。
我来问道无余说，云在青天水在瓶。

注释：

①"赠……惟俨"：药山，即药山寺，在今湖南省津市市棠华乡境内，即慈云寺，俗呼药山寺。惟俨，别号药山，唐代高僧。惟俨是禅宗南宗青原系僧人，

曹洞宗始祖之一。他在药山寺弘法达30年之久，博通经伦，时誉甚高。

②鹤形：形容人体清瘦，有仙风道骨，如鹤之飘逸姿态。

【点评】

唐会昌初年，山南东道节度使李翱久闻药山惟俨禅师道行高深。一天专门到寺中拜访，但禅师端坐蒲团，不理不睬。时间一久，李翱面有愠色说："见面不如闻名啊！"说完起身就走。这时，禅师冷冷地说："太守怎么能贵耳贱目呢！"意思是说，你为什么耳朵听的就很宝贵，而亲眼见的就是低贱呢？为什么你只相信耳朵，不相信眼睛呢？李翱一听觉得有理，就转身回来礼拜，并恳切地问道："什么是戒定慧？"禅师伸出手指，指上指下，然后问："懂吗？"李翱说："不懂。"禅师说："云在青天，水在瓶！"李翱若有所悟：原来道就在青天的云上，瓶里的水中！道在一草一木、一山一谷，道在宇宙间一切事物中。开悟后他当即提笔写了这首诗。意为：物我本性，本来就是这样子，没有理由，也不要改变，一切顺其自然。之后，李翱又为惟俨写下第二首七绝："选得幽居惬野情，终年无送亦无迎。有时直上孤峰顶，月下披云啸一声。"盛赞禅师不恋红尘，不慕富贵，清净孤傲，洒脱自然。以上诗句富含哲理，妙在感悟，也是传诵千古的名句。

钱起

（约720—约782），字仲文，吴兴（今浙江省湖州市）人。初为秘书省校书郎、蓝田县尉，后任司勋员外郎、考功郎中、翰林学士等。曾任考功郎中，故世称"钱考功"，与韩翃、李端、卢纶等号称"大历十才子"。钱起长于五言，词彩清丽，音律和谐。钱起当时诗名很盛，其诗多为赠别应酬、流连光景、粉饰太平之作，与社会现实相距较远。然其诗具有较高的艺术水平，风格清空闲雅、流丽纤秀，尤长于写景，为大历诗风的杰出代表。

省试①湘灵鼓瑟

唐·钱起

善鼓云和瑟②，常闻帝子③灵。

冯夷④空自舞，楚客⑤不堪听。

苦调凄金石⑥，清音入杳冥⑦。

苍梧来怨慕⑧，白芷⑨动芳馨。

流水传潇浦⑩，悲风过洞庭⑪。

曲终人不见⑫，江上数峰青⑬。

注释：

①省试：科举中的礼部试，在唐、宋、金、元时称省试，在明、清时称会试。考试在京城举行，由尚书省的礼部主持，每三年一次，逢辰戌丑未年为正科，遇皇室庆典加恩科，一般安排在二、三月进行，因此又称"春试"。

②"善鼓"句：鼓，一作"拊"，即弹奏。，云和，古山名。《周礼·春官大司乐》："云和之琴瑟。"

③帝子：屈原《九歌·湘夫子》："帝子降兮北渚。"此处帝子指尧女，亦即舜之妻。

④冯（píng）夷：传说中的河神名。

⑤楚客：指屈原。此处指远游的旅人。

⑥金石：金，指钟类乐器。石，指磬类乐器。

⑦杳冥：指遥远的地方。

⑧苍梧：山名，在今湖南省宁远县境内，又称九嶷山。传说舜帝南巡，崩于苍梧，此代指舜帝之灵。

⑨白芷：伞形科草本植物，高四尺余，夏日开小白花，有芬芳的香味。

⑩潇浦：指湘江岸边。

⑪悲风过洞庭：悲苦的风吹过洞庭湖。

⑫人不见：指不见鼓瑟的湘水女神。

⑬江上数峰青：只见江上雾气消散，露出几座青翠的山峰。

【点评】

　　这首诗为钱起唐玄宗天宝十年（751年）参加进士考试时所作。省试诗有其特定的格式，要求为五言律诗，六韵十二句，并限定诗题和用韵。由于省试诗限定了题目和内容，又对声韵要求十分苛严，此类诗鲜有传诵人口的佳作。钱起这首诗是一首千古称赏的名篇。

　　此诗中包含着一个美丽的传说——舜帝死后葬在苍梧山，其妃子因哀伤而投湘水自尽，变成了湘水女神；她常常在江边鼓瑟，用瑟音表达自己的哀思。因而作者在开头两句就概括题旨，点出曾听说湘水女神擅长鼓瑟的传说，并暗用《九歌·湘夫人》"帝子降兮北渚"的语意，描写女神翩然而降湘水之滨，她愁容满面、轻抚云和之瑟，弹奏起如泣如诉的哀伤乐曲。动人的瑟声首先引来了水神冯夷，他激动地在湘灵面前伴乐狂舞。继而诗人着意渲染瑟声的感染力，即其哀婉的声音，能使坚硬的金石为之凄楚，可以响遏行云，使天地为之悲苦，草木为之动情，并形成一股强劲的悲风，顺着流水，刮过八百里洞庭湖。

　　这首诗的最精彩之处还在结尾："曲终人不见，江上数峰青。"《旧唐书·钱徽传》称这十个字得自"鬼谣"，意为神来之笔。其妙处：一是突然转折，出人意料。在尽情地描写乐曲的表现力之后，使乐曲在高潮中戛然而止，诗境也从虚幻世界猛然拉回到现实世界。二是呼应开头，首尾圆合。全诗从湘水女神出现开始，以湘水女神消失告终，形成一个有机的整体。三是以景结情，余音袅袅。诗的前面大部分篇幅都是运用想象的画面着力抒写湘水女神的哀怨之情，结尾一笔跳开，描写曲终人散之后，画面上只有一川江水，几峰青山。这极其省净明丽的画面，给读者留下了无限思索回味的空间。而一切的一切，都在不言之中了。

柳宗元

　　（773—819），字子厚，河东解县（今山西省运城西南）人，世称"柳河东"。"唐宋八大家"之一，唐代文学家、哲学家、散文家和思想家，因官终柳州刺史，又称"柳柳州"。柳宗元与韩愈并称"韩柳"，与刘禹锡并称"刘柳"，与王维、孟浩然、韦应物并称"王孟韦柳"。柳宗元一生留诗文作品达六百余篇，其文章的成就大于诗。骈文有近百篇，散文论说性强，笔锋犀利，讽刺辛辣。游记写景状物，多所寄托，有《河东先生集》。代表作有《江雪》《溪居》《渔翁》。

江 雪

唐·柳宗元

千山鸟飞绝①，万径人踪灭②。

孤舟蓑笠翁③，独钓寒江雪。

注释：

①绝：无，没有。

②"万径"句：万径，虚指，指千万条路。人踪，人的脚印。

③蓑笠：蓑衣和斗笠。蓑衣，用草编织成的厚厚的像衣服一样能穿在身上用以遮雨的雨具。斗笠，用竹篾编成的帽子。

【点评】

这首诗是柳宗元参加"永贞革新"失败后被贬为永州（今湖南省零陵市）司马时写的。在永州十年的贬谪生涯非常严酷，但柳宗元并没有被险恶的环境所压垮。这首诗就是他着意描绘的一幅渔翁寒江独钓图：在下着大雪的江面上，没有任何生命的迹象，只有一叶小舟，一个渔翁，独自在寒冷的江心垂钓。它表达了作者在高压政治环境下顽强不屈的品格。

诗中前两句画出寥廓、严寒、死寂的背景。在这里，诗人用飞鸟远遁、行人绝迹的景象渲染出一个酷寒死寂的境界，隐喻了诗人被贬后所受到的险恶、冷酷的政治形势；后面两句刻画了一个特立独行的渔翁形象，这正是诗人自身的写照，它曲折地显示了诗人虽处境孤独，但凛然无畏、傲岸不屈的精神面貌。诗中为了突出主要的描写对象，诗人不惜用一半篇幅去描写背景，而且使这个背景尽量广大寥廓，几乎到了浩瀚无边的程度。因为背景越广大，主要的描写对象就显得越突出。诗中的点睛之笔是"寒江雪"三字，它把全诗前后两部分有机地联系起来，不但形成了一幅凝练概括的图景，也塑造了渔翁完整突出的形象。此诗还把精雕细琢和极度夸张错综地统一在一起，更彰显了其独有的艺术特色。

与浩初上人同看山寄京华亲故①

唐·柳宗元

海畔尖山似剑铓②，秋来处处割愁肠③。
若为化得身千亿④，散上峰头望故乡⑤。

注释：

①"与浩初……亲故"：与，同。浩初，作者的朋友，潭州（今湖南省长沙市）人，龙安海禅师的弟子。时从临贺到柳州会见柳宗元。上人，对和尚的尊称。山，指柳州附近山峰。京华，京城长安。亲故，亲戚、故人。

②"海畔"句：畔，边。柳州在南方，距海较近，故称海畔。剑铓（máng），剑锋，剑的顶部尖锐部分。

③"秋来"句：秋，即秋季。割，断。愁肠，因思乡而忧愁，有如肝肠寸断。

④"若为"句：若，假若。化得身千亿，柳宗元精通佛典，同行的浩初上人又是和尚，作者自然联想到佛经中"化身"的说法，以表明自己思乡情切。千亿：极言其多。

⑤"散上"句：散上，即飘向。峰头，山峰的顶端。望，遥望。故乡，这里指长安。

【点评】

柳宗元被贬湖南永州十年后不但没有回到朝廷，而且又被分发到更加遥远的当时荒蛮之地广西柳州去，这首诗便是他到柳州后所作。诗题标明"寄京华亲故"，意在诉说自己惨苦的心情、迫切的归思，希望在朝旧交能够施一援手，使他不至葬身瘴疠之地。

此诗前两句描述作者思乡的感受。在诗人的眼里，海边的尖山像一把把锋利的剑在割着诗人愁苦的心肠。特别是秋季，草木变衰，登山临水，触目伤怀，更使人百感交集，愁肠寸断。关于诗中第一句的写法，苏轼在《东坡题跋·书柳子厚诗》中说："仆自东武适文登，并行数日。道旁诸峰，真如剑铓。诵子厚诗，知海山多奇峰也。"可见"海畔尖山似剑铓"一句首先是写实，是贴切的形容，同时又是引起下句奇特联想的妙喻。即剑铓似的尖山，这一惊心动魄的形象，对荒远之地的逐客，真有刺人心肠的感觉。后两句因与他同行的浩初上人是和尚，柳宗元是精通佛典的，所以他巧妙地运用佛教中化身的说法，表示倘若自己能化身为千万个柳宗元，那么就可以站在千万个峰头上远眺自己的故乡了。诗人通过这种奇异的想象和独特的艺术构思，把埋藏在心底的抑郁之情，不可遏止地倾吐了出来。其抒情方式，是属于严羽《沧浪诗话》里所说的"沈著痛快"一类。

关于柳宗元，苏轼认为，他的诗风一方面"发纤秾于简古，寄至味于淡泊"；另一个方面像悬崖峻谷中凛冽的潭水，经过冲沙激石、千回百折的过程，最后终于流入险阻的绝涧，渟滀（tíng chù）到彻底的澄清。冷冷清光，鉴人毛发；岸旁兰芷，散发着幽郁的芬芳。但有时山洪陡发，瀑布奔流，会把它激起跳动飞溅的波澜，发出凄厉而激越的声响，使人产生一种魂悸魄动的感觉（见《书黄子思诗集后》）。因为"永贞革新"失败后，柳宗元在政治上不断遭受沉重打击，使得他心情愤激难平，终年生活在忧危愁苦之中。《新唐书》本传说他"既窜斥，地又荒疠，因自放山泽间。其堙（yīn）厄感郁，一寓诸文"。所以他的诗里一连串的奇异想象，正是他那"堙厄感郁"心情的写照。而此诗中诗人跳动飞溅的情感波澜恰如"山洪陡发，瀑布奔流"，由于是真情奔迸，因而产生了强烈的艺术感染力。

元稹

（779—831），字微之，别字威明，洛阳（今河南省洛阳市）人，北魏宗室鲜卑拓跋部后裔，少有才名，聪明过人。唐贞元九年（793），明经及第，授左拾遗，进入河中幕府，擢校书郎，迁监察御史，一度拜相。太和五年（831）

去世，时年五十三岁，追赠尚书右仆射。元稹与白居易同科及第，结为终生诗友，共同倡导新乐府运动，世称"元白"，形成"元和体"。诗词成就巨大，言浅意哀，扣人心扉。代表作有传奇《莺莺传》《菊花》《离思五首》《遣悲怀三首》等。

离思五首（其四）

唐·元稹

曾经沧海难为水①，除却巫山不是云②。
取次花丛懒回顾③，半缘修道半缘君④。

注释：

①"曾经"句：曾经，即曾经到临。沧海，大海。难为水，不算什么水。语句化用孟子"观于海者难为水"（《孟子·尽心篇》），意思是说，曾经看过茫茫的大海，其他那些细流都算不上什么水了。

②"除却"句：除却，即除了。不是云，借用宋玉《高唐赋》里"巫山云雨"的典故。这里的意思是说，除了巫山上的彩云，其他云彩都不足观。

③"取次"句：取次，即随便，任意。这里是匆匆经过或漫不经心路过的样子。花丛，喻众多美貌女子。

④"半缘"句：半缘，此指"一半是因为……"。修道，指修炼道家之术。此指修道之人讲究清心寡欲。

【点评】

这首诗最突出的地方，就是采用巧比曲喻的手法，淋漓尽致地表达了主人公对已经失去的心上人的深深感情。诗的头两句表面上是说看过"沧海水""巫山云"之后，其他地方的水和云已经很难再入诗人眼底了，实际上是隐喻他们夫妻之间的感情有如沧海之水和巫山之云，其深广和美好是世间无与伦比的。其诗句意境深远，情感炽烈，且含蓄蕴藉，不仅是后来人们表达爱情深厚、坚贞永固的名句，还是用来形容阅历丰富、眼界极高的名句。后面的两句以花喻人，意为即使走进百花盛开、清馨四溢的花丛里，也懒于回首欣赏那些映入眼帘的花朵，表示对女色再无留恋眷顾之心，这既是因为自己看破红尘而开始修道，也是因放不下当年夫妻深厚的感情，而无意于男欢女爱了。

元稹的这首诗，不但取譬极高，抒情强烈，而且用笔巧妙。既词意豪壮，有悲歌传响、江河奔腾之势，为人们所千古传诵；又张弛自如，变化有致。可以说，言情而不庸俗，瑰丽而不浮艳，悲壮而不低沉，具有巨大的影响和艺术感染力，创造了唐人绝句中的绝胜之境。

行　宫

唐·元稹

寥落古行宫①，宫花②寂寞红。
白头宫女③在，闲坐说玄宗④。

注释：

①"寥落"句：寥落，即寂寞冷落。行宫，皇帝在京城之外的宫殿。这里指当时东都洛阳的皇帝行宫上阳宫。

②宫花：行宫里的花儿。

③白头宫女：据白居易《上阳白发人》，一些宫女天宝末年被"潜配"到上阳宫，在这冷宫里一闭四十多年，成了白发宫人。

④"闲坐"句：说，即谈论。玄宗，指唐玄宗。

【点评】

这首五绝是唐元和四年（809年）元稹在东都洛阳任监察御史时写的。全篇描写宫女的不幸遭遇。诗篇虽然短小精悍，却具有深邃的意境、隽永的诗味，不但倾诉了宫女无穷的哀怨之情，更寄托了作者深沉的盛衰之感。

诗中荒凉冷落的行宫和宫女的凄凉身世、寂寞心境相映衬，春天的红花与宫女的白发相对比，既突出了宫女被幽闭的哀怨，也隐寓着诗人对世事变迁、国家盛衰的深沉感伤。诗中叠用三个"宫"字，音节嘹亮，一气流贯，又有助于增加一种单调、悲凉的情调。

　　此诗表现手法高妙。一是以少总多。全诗二十个字，地点、时间、人物、动作，全都表现出来了，可谓短小精悍，字字珠玑，构成了一幅非常生动的画面：那些当年花容月貌的宫女，被禁闭在这冷落的古行宫中，成日寂寞无聊，看着宫花，青春消逝，红颜憔悴，白发频添。她们与世隔绝，别无话题，只能回顾天宝时代玄宗的遗事，此景此情，令人凄绝。二是以乐景写哀情。诗中所要表现的是凄凉哀怨的心境，但却着意描绘红艳的宫花，红花美景与凄寂心境相映衬，突出了宫女被禁闭的哀怨之情。王夫之《姜斋诗话》云："以乐景写哀，一倍增其哀。"元稹的这首《行宫》正是以乐景作含蓄反衬的典型代表。同时，这首诗空灵蕴藉，精警动人，通过平实的语言给人以想象的天地，历史沧桑之感尽在不言中。宋人洪迈《容斋随笔》评此诗"语少意足，有无穷之味"。

蚁

唐·元稹

时术①功虽细，年深祸亦成。
功穿漏江海②，蚕食困蛟鲸。
敢惮榱梁蠹③，深藏柱石倾④。
寄言持重者⑤，微物莫全轻⑥。

注释：

①时术：指蚁子，小虫等。

②漏江海：指穿透、漏掉江海之水。

③"敢惮"句：意谓蚁虫不停地蛀蚀，房梁和椽子都将被它们蛀空。榱（cuī），椽子。

④"深藏"句：意谓蚁虫深藏在地下打洞，房子的柱石也会被它们蛀倒。

⑤持重者：意谓掌握大权的人。

⑥"微物"句：意谓小的祸患也不要轻视。

　　元稹曾写过咏蚊子、蟆子、蚂蚁等小昆虫的咏物诗。这些诗都不在于一般的描摹物态、而意在以物寓意，警世戒俗。这首诗对蚁的外形、活动未着一字，只就其"性"予以铺陈，归入立意："寄言持重者，微物莫全轻"——要负担起重任的人，不可以轻忽微细的祸害，要防微杜渐。

　　诗中指出，"时术功虽细，年深祸亦成"，不要看蚁虫的蛀啮之术很细微，但天长日久，终将酿成祸患。它们钻洞打穴，可以使江海的水漏掉，能够叮咬庞大无比的蛟龙鲸鱼，会把屋梁蛀蚀、柱石蛀空，使大厦倾倒。所以蚁虫的力量看似微小，但它们数量众多，坚持不懈，如不警惕，亦可造成重大危害。

　　这首诗意在以物言理，写物只是手段，言理才是目的。此诗所讲的理符合事物由量变到质变的规律和小可以转化为大的辩证法，告诫人们切莫轻视小的变化，千里之堤毁于蚁穴。所以为政者要谨小慎微、防微杜渐。诗中用托物言志的夸张手法写蚁的习性和道理，恰如刘熙载在《艺概》中所说的，做到"不即不离"，顾及物情和事理两方面，理由物出，理不离形，因而这首诗既是文学作品又是劝诫之作。

贾岛

　　（779—843），字浪（阆）仙，幽州范阳（今河北省涿州市）人。早年出家为僧，号无本，自号"碣石山人"。据说在洛阳的时候，因当时有命令禁止和尚午后外出，贾岛作诗发牢骚，被韩愈发现其才华。后受教于韩愈，并还俗参加科举，但累举不中。唐文宗时候被排挤，贬做遂州长江县（今四川省遂宁市大英县）主簿，故称贾长江。唐武宗会昌年初，由普州司仓参军改任司户，未任病逝。

寻隐者不遇①

唐·贾岛

松下问童子②，言③师采药去。

只在此山中，云深不知处④。

注释：

①寻隐者不遇：寻，寻访。隐者，隐士，隐居在山林中的人。古代指不肯做官而隐居在山野之间的人。一般指贤士。不遇，没有遇到，没有见到。

②童子：没有成年的人，小孩。在这里是指"隐者"的弟子、童仆。

③言：回答，说。

④"云深"句：云，指山上的云雾。处，行踪，所在。

【点评】

贾岛是素以苦吟出名的诗人，在锤字炼句和谋篇构思方面均煞费苦心，此诗就是一个著例。

这首诗的突出特点是寓问于答。首句"松下问童子"，必有所问，而这里把问话省去了，只从童子所答"师采药去"几个字而可想见当时松下所问的是"师往何处去"。后面两句是童子还对我说，就在这座大山里，但又把"何处去采药"这一问句省略掉，而以"只在此山中"的童子答辞，把问句隐括在内。最后一句"云深不知处"，又是童子答复究竟在何处采药的问题。在这首诗中，明明三番问答，至少须六句方能表达的，贾岛采取了以答句包含问句的手法，精简为二十个字，可见其"推敲"功夫。

同时，此诗抒情于平淡中见深沉。一般访友，问知他出，也就扫兴而返了。但这首诗中，一问之后并不罢休，又继之以二问三问，其言甚繁，而其笔甚简，以简笔写繁情，益见其情深与意切。而且这三番答问，逐层深入，表达感情有起有伏。"松下问童子"时，心情轻快，满怀希望；"言师采药去"，答非所想，一坠而为失望；"只在此山中"，在失望中又萌生了一线希望；及至最后一答："云深不知处"，就惘然若失，无可奈何了。此诗还非常注意造型与色调。诗中的青与白、松与云，使人未见隐者先见其画，而茫茫白云，捉摸无从，令人生起秋水伊人无处可寻的浮想，由此映衬出作者感情的与物转移。

张祜（hù）

（约785—约852），字承吉，清河（今河北省清河县）人。家世显赫，有"海内名士"之誉。早年曾寓居姑苏。长庆中，令狐楚表荐之，不报。辟诸侯府，为元稹排挤，遂至淮南寓居，爱丹阳曲阿地，隐居以终。张祜的一生，在诗歌创作上取得了卓越成就。"故国三千里，深宫二十年"，张祜以是得名，《全唐诗》收录其三百四十九首诗歌。

宫词二首（其一）

唐·张祜

故国①三千里，深宫②二十年。
一声何满子③，双泪落君④前。

注释：

①故国：故乡。此为代宫女而言。

②深宫：指皇宫。

③何满子：唐教坊曲名。《乐府诗集》载白居易语："何满子，开元中沧州歌者，临刑进此曲以求赎死，竟不得免。"《何满子》曲调悲绝，白居易《听歌六绝句何满子》诗中说它"一曲四词歌八叠，从头便是断肠声。"

④君：此指唐武宗。

【点评】

唐武宗宠信善歌才人孟氏，后值武宗病重之时，孟才人侍其侧，武宗问之曰："我或不讳，汝将何之？"孟才人对曰："若陛下万岁之后。无复为生。"当时，武宗令其于病榻之前歌《何满子》一曲，声调凄咽，闻者涕零。

不久，武宗驾崩，孟才人哀痛数日而死。张祜为孟才人殉情之事写了三首诗，这是其中一首。

这首诗与其他宫怨诗迥然不同。它直叙其事，直写其情，短短二十个字展示了一幅宫中生活全图。作者在前半首里，以举重若轻、驭繁如简的笔力，把一个宫人远离故乡、幽闭深宫的整个遭遇浓缩在短短十个字中。这两句诗，不仅有高度的概括性，而且有强烈的感染力；不仅把诗中女主角的千愁万恨一下子集中地显示了出来，而且是加一倍、进一层地表达了她的愁恨。后半首诗写怨情，以一声悲歌、双泪齐落的事实，直截了当地写出了诗中人埋藏极深、蓄积已久的怨情。大多数宫怨诗都是把宫人产生怨情的原因写成是由于见不到皇帝或失宠于皇帝。但这首诗却反其道而行之，它所写的怨情，是在"君前"、在歌舞受到皇帝赏识的时候迸发出来的。如同刘皂在《长门怨》中所说的"不是思君是恨君"。

此诗在艺术形式上，以"三千里"表距离，以"二十年"表时间，以"一声"写歌唱，以"双泪"写泣下，对仗工稳，且句句都用数目字，给读者以极深刻的印象，也使诗句特别精炼有力。与张祜同时期的诗人杜牧也非常欣赏这首诗，他在一首酬张祜的诗中写道："可怜故国三千里，虚唱歌词满六宫。"由此可见这首诗在当时的影响。

李贺

（790—816），字长吉。福昌（今河南省宜阳县）人，祖籍陇西郡。唐朝中期浪漫主义诗人，与诗仙李白、李商隐并称为"唐代三李"，后世称李昌谷。李贺门荫入仕，授奉礼郎，仕途不顺，醉心于诗歌创作。作品想象极为丰富，引用神话传说，托古寓今，后人誉为"诗鬼"。二十七岁英年早逝。李贺是继屈原、李白之后，中国文学史上又一位颇享盛誉的浪漫主义诗人，有"太白仙才，长吉鬼才"之说。留下了"黑云压城城欲摧""雄鸡一声天下白""天若有情天亦老"等千古佳句。著有《昌谷集》。

苦昼短

唐·李贺

飞光飞光①，劝尔一杯酒②。

吾不识青天高，黄地③厚。

唯见月寒日暖，来煎人寿④。

食熊则肥⑤，食蛙则瘦⑥。

神君⑦何在？太一⑧安有？

天东有若木⑨，下置衔烛龙⑩。

吾将斩龙足，嚼龙肉，使之朝不得回⑪，夜不得伏。

自然老者不死，少者不哭。

何为服黄金、吞白玉⑫？

谁似任公子⑬，云中骑碧驴？

刘彻茂陵多滞骨⑭，嬴政梓棺费鲍鱼⑮。

注释：

①光：飞逝的光阴。南朝梁沈约《宿东园》诗："飞光忽我遒，岂止岁云暮。"

②"劝尔"句：语出《世说新语·雅量》："晋代孝武帝司马曜时，天上出现长星（即彗星），司马曜有一次举杯对长星说：'劝尔一杯酒，自古哪有万岁天子？'"

③青天、黄地：语出《易·坤》："夫玄黄者，天地之杂色也，天玄而地黄。"

④煎人寿：消损人的寿命。煎：煎熬，消磨。

⑤"食熊"句：古人以熊掌和熊白（熊背上的脂肪）为珍肴，富贵者才能食之。

⑥蛙：代指贫穷者吃的粗劣食品。

⑦神君：汉时有长陵女子，死后被奉为神，称神君。汉武帝病时曾向她乞求长

生。

⑧太一：天帝的别名，是天神中的尊贵者。战国宋玉《高唐赋》："醮诸神，礼太一。"

⑨若木：古代神话传说中的树名，东方日出之地有神木名扶桑，西方日落处有若木。屈原《离骚》："折若木以拂日兮。"王逸注："若木在昆仑西极，其华照下地。"

⑩衔烛龙：传说中的神龙，住在天之西北，衔烛而游，能照亮幽冥无日之国。屈原《天问》："日安不到？烛龙何照？"王逸注："天之西北有幽冥无日之国，有龙衔烛而照之。"这里借指为太阳驾车之六龙。

⑪不得：不能。

⑫服黄金、吞白玉：道教认为服食金玉可以长寿。《抱朴子·内篇·仙药》："《玉经》曰：服金者寿如金，服玉者寿如玉。"

⑬任公子：传说中骑驴升天的仙人。

⑭"刘彻"句：刘彻，即汉武帝，信神仙，求长生，死后葬于茂陵。《汉武帝内传》："王母云：刘彻好道，然神慢形秽，骨无津液，恐非仙才也。"滞骨，残遗的白骨。

⑮"嬴政"句：嬴政，即秦始皇。《史记·秦始皇本纪》："始皇崩于沙丘平台。丞相斯为上崩在外，恐诸公子及天下有变，乃秘之，不发丧。棺载辒凉车中，……会暑，上辒车臭。乃诏从官，令车载一石鲍鱼，以乱其臭。"梓棺，古制天子的棺材用梓木做成，故名。鲍鱼，盐渍鱼，其味腥臭。

【点评】

此诗作于元和（806—820年）年间。当时，唐宪宗李纯"好神仙，求方士"（《资治通鉴》），为了追求长生不老之药，竟然到了委任方士为台州刺史的荒唐地步。皇帝如此，上行下效，求仙服药、追求长生，成了从皇帝到大臣的普遍风气。李贺此诗即为讽喻此事而作。

此诗的前十句（从开头至"太一安有"）为第一段，主要有两层意思：一是对年命短促的慨叹，二是以理智的态度看待人生。诗的第二段（中间八句，从"天东有若木"至"少者不哭"）、第三段（最后六句，从"何为服黄金"

至结尾）分别对这层意思加以发挥，在更高的层次上重复、升华了第一段的主旨。从诗中可以看出诗人超脱出了一己私念，对人生，对社会怀着一种大悲悯，只是说出口来却是一阵阵冷嘲热讽。诗中有诸多疑问句，安排在段落衔接之处，起着增强语气与感情色彩的作用，使诗歌富于一种波澜起伏的动感。尤其是作者作了一个大胆的设想：斩断神龙的腿，把龙肉吃了，太阳无法运行，昼夜不再更替，时间也就凝固不动了。如此，生命得以永存，人们也不必为此哀伤了。这虽是想象，但极富智慧和冲击力，也使诗歌得到了升华。加上诗中处处用典，和青天、黄地、白玉、黄金、碧驴等多种色彩的调和搭配，形成了李贺诗歌独特的艺术境界。这首诗没有很多的藻饰，也不着意于景致的描绘，但由于诗中充沛的激情和丰富的艺术手法，使得这首议论性很强的诗歌显得回旋跌宕而又玩味无穷。

古代统治者求仙长生的举动，是想维持长久的统治，永远享受奢华的生活。为了达到这个目的，他们不惜劳民伤财，虚耗国库，使这种愚昧的举动升级为一场全国性的灾难，危害特别严重。当时，唐宪宗任命一个名叫柳泌的江湖术士为台州刺史。大臣们进谏，他却说："烦一州之力，而能为人主致长生，臣子亦何爱焉。"（《资治通鉴》卷二四〇）可见已到了执迷不悟的程度。这种迷信的风气又在统治阶层中蔓延开来，甚至有因服食中毒身亡的。李贺有意提出秦皇汉武，对他们的求仙加以讽刺，这对那些迷信的人来说，不啻是当头棒喝。

当代的钱锺书先生评论李贺说："其于光阴之速，年命之短，世变无涯，人生有尽，每感怆低徊，长言永叹。"（《谈艺录》十四）李贺诗歌常常涉及这方面的内容，而看法较全面、议论较透彻的，当数《苦昼短》。

许浑

（约791—约858），字用晦，唐代润州丹阳（今江苏省丹阳市）人，晚唐最具影响力的诗人之一。他一生专攻律诗，题材以怀古、田园诗为佳，艺术则以偶对整密、诗律纯熟为特色。诗中多描写水、雨之景，后人拟将他与诗圣杜甫齐名，曾以"许浑千首湿，杜甫一生愁"评价，但人们认同度并不高。

咸阳①城西楼晚眺

唐·许浑

一上高城②万里愁，蒹葭杨柳似汀洲③。

溪云④初起日沉阁，山雨欲来风满楼。

鸟下绿芜秦苑夕⑤，蝉鸣黄叶汉宫秋⑥。

行人莫问当年事，故国东来渭水流⑦。

注释：

①咸阳：今属陕西。咸阳旧城在西安市西北，汉时称长安，秦汉两朝在此建都。隋朝时向东南移二十城建新城，即唐京师长安。唐代咸阳城与新都长安隔渭水相望。

②高城：指咸阳城西楼。

③"蒹葭"句：蒹葭，指芦苇一类的水草。汀洲，水边之地为汀，水中之地为洲。

④溪云：即磻溪边的乌云。此句下作者自注："南近磻溪，西对慈福寺阁。"

⑤"鸟下"句：夕阳下，飞鸟落到长着绿草的秦朝苑圃中。

⑥"蝉鸣"句：秋蝉在挂着黄叶的汉宫的树上鸣叫着。

⑦"故国"句：故国，指秦汉故都咸阳。东来，指诗人自东边而来，而不是渭水流过来。渭水，渭河水。

【点评】

诗人在唐宣宗大中三年（849年）任监察御史的时候，大唐王朝已经"日薄西山、气息奄奄"了。一个秋天的傍晚，他登上咸阳古城楼观赏风景，见太阳西沉，乌云滚滚，诗人各种感伤袭上心头，于是写下了这首诗。

诗人登楼望远，以一个"愁"字，奠定了全诗基调。即在暮色苍茫中，一轮红日正在西沉，蓦然间大风刮起，咸阳西楼上凄风呼啸，一场山雨眼看就要来临。这既是对自然景物的描写，也是对唐王朝日薄西山、危机四伏没落局势的勾勒。"山雨欲来风满楼"也成为千古名句。在这里，诗人把历史的演进，王朝的更替，世事的沧桑变化，从"万里"推向"千古"，吊古伤感之情油然而生。而最后的感古伤今悲凉景象，尤其令人唏嘘。

全诗情景交融，景中寓情，诗人通过对景物的描写，赋予抽象的感情以形体，在呈现自然之景的同时又抒发了对家国衰败的无限感慨，以及对历史和现实的深刻思考。诗歌景别致而凄美，情愁苦而悲怆，意蕴藉而苍凉，为唐人登临诗篇之佳作。

谢亭①送别

唐·许浑

劳歌②一曲解行舟，红叶青山水急流③。

日暮酒醒人已远，满天风雨下西楼④。

注释：

①谢亭：又叫谢公亭，在安徽省宣城市北面，南齐诗人谢朓任宣城太守时所建。他曾在这里送别朋友范云，后来谢亭就成为宣城著名的送别之地。

②劳歌：原本指在劳劳亭（旧址在今江苏省南京市南面，也是一个著名的送别之地）送客时唱的歌，后来遂成为送别歌的代称。

③"红叶"句：叶，一作"树"。水急流，暗指行舟远去。

④西楼：即指送别的谢亭。

【点评】

这是一首送别诗。诗的前后两联分别由两个不同时间和色调的场景组成，前联以青山红叶的明丽景色反衬别绪，后联以风雨凄凄的黯淡景色正衬离情，笔法富于变化。

在这首诗中，友人乘舟离去，许浑唱歌送行，朋友走远后，诗人小憩了一会儿。一觉醒来，已是薄暮时分。暮色的苍茫黯淡，风雨的迷蒙凄清，酒醒后的蒙眬，追忆别时情景所感到的怅惘空虚，顿时被凄黯孤寂包围，无法承受，于是他默默无言地独自从风雨笼罩的西楼上走了下来。西楼，即指送别的谢亭，古代诗词中"南浦""西楼"都常指送别之处。在此时此处，挚友的别离，像是身体被掏空了一样，朋友不在的日子，生活只剩对下次见面的期待和向往，人称这是最为孤寂结局的一首诗。此诗借景寓情，以景结情，比起直抒别情的难堪来，不但更富含蕴，更有感染力，而且使结尾别具一种不言而神伤的情韵，故深受人们称道。

刘方平

（758年前后在世），洛阳（今河南省洛阳市）人。唐朝天宝前期曾应进士试，又欲从军，均未如意，从此隐居颍水、汝河之滨，终生未仕。与皇甫舟、元德秀、李颀、严武为诗友，为萧颖士赏识。工诗，善画山水。其诗多咏物写景之作，尤擅绝句，其诗多写闺情、乡思，善于寓情于景，意蕴无穷。其《月夜》《春怨》《新春》《秋夜泛舟》等都是历来为人传诵的名作。

春　怨

唐·刘方平

纱窗①日落渐黄昏，金屋②无人见泪痕。
寂寞空庭③春欲晚，梨花满地不开门。

注释：

①纱窗：蒙纱的窗户。

②金屋：汉武帝幼时，曾对长公主（武帝姑母）说："若得阿娇（长公主的女儿）作妇，当作金屋贮之。"这里指妃嫔所住的华丽宫室。

③空庭：幽寂的庭院。

【点评】

这是一首宫怨诗。诗中第二句"金屋无人见泪痕"是其点睛之笔，也是全诗的中心句。"金屋"典自汉武帝幼小时愿以金屋藏阿娇（陈皇后小名）的故事，表明所写之地是一个深宫，所写之人是幽闭其中的宫女。下面"无人见泪痕"五字，是说其人身在幽宫纵然以泪洗面也无人得见，这正是宫人命运最可悲之处。诗中用七个字就把其中人物的身份、处境和怨情都写出了，而其他三句则都是围绕这一句、烘托这一句的。

这首诗的写法是由内及外，由近及远，从屋内的黄昏渐临写屋外的春晚花落，从近处的杳无一人写到远处的庭空门掩。为了深化诗篇意境，诗人还采取了重叠渲染、反复勾勒的手法，把诗中人无依无伴、与世隔绝的悲惨处境写到无以复加的地步。此外，这首诗还在层层烘托诗中人怨情的同时，又以象征手法点出了美人迟暮之感，从而进一步显示出诗中人身世的可悲、青春的暗逝。末句的"梨花满地不开门"也大有意趣，对诗中之人起了巧妙的陪衬作用，使人泣与花落两相衬映，同时也暗含在晚春之日暮时分，虽见满地飘落的梨花但无人，即使有人也无心打扫，从而使诗篇更深曲委婉，味外有味。

刘皂

（生平事迹不详），约唐德宗贞元年间在世，咸阳（今陕西省咸阳市）人，生活于中晚唐时代，代表作是《渡桑干》。

渡桑干①

唐·刘皂

客舍并州已十霜②，归心日夜忆咸阳③。
无端更渡桑干水④，却望并州是故乡。

注释：

①桑干：即桑干河。

②"客舍"句：客，做客，即旅行在外。舍，居住。并州，即今太原一带。十霜，一年一霜，故称十年为"十霜"。

③"归心"句：归心，即返回老家的心情。咸阳，陕西咸阳是作者的故乡。

④"无端"句：无端，即没来由，不知为什么。更渡，再渡过。

这首诗初写客居并州已经十年了，无时无刻不想着回去。后写不知什么缘故却渡过了离家乡更远的桑干河，因为这里离家乡更远、回家更不容易了，这时反觉得客居十年的并州已是家乡了。这应该是一种日久生情的自然情感，但更是一种理想无法实现而希图求其次的复杂心理。诗人以"十霜"表达十年，已含冷峻之意；以"无端更渡"四字表达更值得玩味。这是一种难以言表、欲说还休的心情。

这首诗的突出特点在于互相映衬，婉转关情。本来，诗人过去只感到十年的怀乡之情，日夜不息。然而当他还要再到离家乡更远的地方去的时候，他所在的并州却成了他的第二故乡。此时不仅"忆咸阳"已不再是唯一，甚至还只能"望并州"了，其意味十分复杂。清代黄生在《唐诗摘钞》中指出："在并州且忆故乡，今渡桑干，望并州已如故乡之远，况故乡更在并州之外乎？必找此句，言外之意始尽。"清代岳端《寒瘦集》对此诗甚为激赏，说它"自起到结，句句相生，字字相应，章、句、字三法无一不妙。"清代周容也在《春酒堂诗话》中说："'客舍并州'一绝，结构筋力，固应值得金铸耳。"

杜牧

（803－853），唐代诗人。字牧之，京兆万年（今陕西省西安市）人，宰相杜佑之孙。大和二年（828年）进士，授宏文馆校书郎。多年在外地任幕僚，后历任监察御史，黄州、池州、睦州刺史等职，后入为司勋员外郎，官终中书舍人。以济世之才自负。诗文中多指陈时政之作。写景抒情的小诗，多清丽生动。以七言绝句著称。人谓之小杜，和李商隐合称"小李杜"，以别于李白与杜甫。著有《樊川文集》二十卷传世。杜牧诗中每每感慨盛世之不再，充满迟暮黄昏的情调，极秾（nóng）艳幽香之美，预示着一个诗歌创作的伟大时代的结束。

题乌江亭

唐·杜牧

胜败兵家事不期①，包羞忍耻是男儿②。

江东子弟多才俊，卷土重来未可知③。

注释：

①事不期：事前不可预料。

②包羞忍耻：意谓忍辱负重。

③卷土重来：重整旗鼓，再杀回来。

【点评】

　　杜牧对于勇猛善战、曾经战无不胜的项羽在垓下之战中不敌刘邦，拒绝乌江亭长的渡河之请自刎而亡一事颇不以为然。他认为，战场上没有常胜将军，胜败乃兵家常事，难以预料。即使战败了若能够忍辱负重，百折不挠，经得起胜利，也经得起失败，能屈能伸，才是真正的男子汉大丈夫。江东子弟中人才济济，以项羽的勇武、能力和威望，如果当时渡过乌江去重整旗鼓再杀回来，到底谁输谁赢还很难说。这个说法固然是一种假设，历史也很难假设，但并非没有道理，后世有不少人认同此种说法。

　　项羽是历史上最著名的战将和英雄，历代描写、评价他的诗篇不胜枚举。如：唐代韩愈《过鸿沟》："龙疲虎困割川原，亿万苍生性命存。谁劝君王回马首，真成一掷赌乾坤。"孟郊《和令狐侍郎、郭郎中题项羽庙》："碧草凌古庙，清尘锁秋窗。当时独宰割，猛志谁能降。鼓气雷作敌，剑光电为双。新悲徒自起，旧恨空浮江。"胡曾《咏史诗·乌江》："争帝图王势已倾，八千兵散楚歌声。乌江不是无船渡，耻向东吴再起兵。"于季子《咏项羽》："北伐虽全赵，东归不王秦。空歌拔山力，羞作渡江人。"宋代辛弃疾《虞美人》："当年得意如芳草，日日春风好。拔山力尽忽悲歌，饮罢虞兮从此奈君何。人间不识精诚苦，贪看青青舞。蓦然敛袂却亭亭。怕是曲中犹带，楚歌声。"杜牧此诗，对项羽的评价具有独特性和标志性意义。

赤　壁

唐·杜牧

折戟沉沙铁未销^①，自将磨洗认前朝^②。

东风不与周郎便^③，铜雀春深锁二乔^④。

注释：

①"折戟"句：折戟，折断的戟。戟，古代兵器。销，销蚀。

②"自将"句：将，拿起。磨洗，磨光洗净。认前朝，认出戟应当是东吴破曹时的遗物。

③"东风"句：东风，指火烧赤壁时传说诸葛亮借东风的典故，为后世附会。周郎，指周瑜，字公瑾，年轻时即有才名，人称周郎。后任吴军大都督，曾参与赤壁之战并为此战役中的主要人物。

④"铜雀"句：铜雀，即铜雀台，曹操在今河北省临漳县建造的一座楼台，楼顶有大铜雀，台上住姬妾歌妓，是曹操暮年行乐处。二乔：东吴乔公的两个女儿，一嫁江东之主孙策，称大乔，一嫁军事统帅周瑜，称小乔，合称"二乔"。

【点评】

这首诗是作者游览赤壁（今湖北武昌西南赤矶山）古战场时看到了当年的战争遗物，有感于三国时代的英雄成败而发表自己的独特看法。

这首咏史兼抒怀之作，巧妙地发挥了诗歌特别是绝句的长处，小处落墨，小中见大。诗人从沉埋沙中的一柄小小折戟兴起思古幽情，富于诗意地引出赤壁大战，以及这次重大战役中的主要人物，并引发出新颖的议论。诗人认为，在赤壁之战中，风流倜傥的孙吴联军主帅周瑜用火攻战胜了数量上远远超过己方的敌人，而其之所以能用火攻取胜则是因为在决战时刻，恰好刮起了强劲的东风，所以这是战争成败的关键。如果不是当时有东风吹来会怎么样？结果恐怕会恰恰相反："东风不与周郎便，铜雀春深锁二乔。"这是一种反向的大胆想象，当然是文学手法，因为历史是不能假设的。但这里作者想要表现的，则是自己与众不同的眼光和观点。此诗语言生动形象，突出表现在次句，这一句的七个字中有四个是动作神态："将""磨""洗""认"，其中"认"字尤妙，怀古深情，一字传出。后面的"铜雀春深"二句，诙谐蕴藉，而"'春深'二字，下得无赖，正是诗人调笑妙语。"（清·薛雪《一瓢诗话》）

唐朝的中后期，藩镇割据矛盾突出，唐王朝与吐蕃的关系也很紧张，诗人素有政治军事智慧，也曾向朝廷提出过一些重要建议，但不见效果。杜牧在这首诗里，通过"铜雀春深"这一极为形象性的诗句，以小见大，正是他在艺术处理上独特的成功之处。当然，他也过分强调了东风的作用，须知"天时不如地利，地利不如人和"。其实，他之所以这样写，恐怕用意还在于抒发一种自负知兵、英雄无用武之地的慨叹，借史事以吐其胸中抑郁不平之气。

题桃花夫人①庙

唐·杜牧

细腰宫②里露桃新，脉脉③无言几度春。
至竟息亡缘底事④？可怜金谷坠楼人⑤。

注释：

①桃花夫人：即息夫人。息夫人姓妫（guī），春秋时陈侯之女，嫁给息国国君，称为息妫。楚文王喜欢息妫美貌，于是灭掉息国，强纳息妫为夫人。

②细腰宫：指楚王宫。《后汉书》："楚王爱细腰，宫中多饿死。"露（lù）：绽放。息妫庙，唐时称"桃花夫人庙"，故诗用"露桃"。

③脉脉：默默；无言。据《左传》载，息夫人被楚文王强纳夫人后，一直一言不发。

④"至竟"句：至竟，即究竟。息亡，息国灭亡。缘，因为。底事，什么事。

⑤金谷坠楼人：指绿珠。绿珠是西晋大富豪石崇的爱妾，石崇住在金谷园（今河南洛阳附近）中，生活豪侈，歌妓很多。当时赵王伦专政，一天，赵王伦的亲信孙秀派人来向石崇要绿珠。石崇说："绿珠是我所爱，不能送人。"孙秀

生气，于是矫诏逮捕石崇。石崇被捕时，对绿珠说："我现在为你获罪了。"绿珠说："我就死在你面前以报答你。"遂投楼下而死。

【点评】

这首诗作于杜牧任黄州刺史时，一次他途经息夫人庙，曾题诗凭吊。作者借褒扬绿珠坠楼的贞烈，意在含蓄讽刺息夫人面对强权的苟且偷生。

此诗以"楚王好细腰，宫中多饿死"的典故传说指刺了楚王的荒淫，以息夫人心念故国默默无语度过多少冬春，表达出她对故国故君的思念以及自身的悲痛。然而第三句突然转折，由脉脉含情的描述转为冷冷的一问："至竟息亡缘底事？"这一问如同利剑出鞘，寒光逼人。同时又引出另一个女子来：西晋大富豪石崇之宠妾绿珠。绿珠其事与息妫类似，但绿珠对权势的反抗是那样刚烈，相形之下息夫人则只见懦弱了。这里既无对绿珠的一字赞语，也无对息妫的一字贬词，只是慨然一叹："可怜金谷坠楼人！"但褒贬高下就俱在了，含义颇深。诗人在此对世人所熟知的息夫人故事重作评价，见解可谓新颖独到，而且出语含蓄，在温柔敦厚中不失讽喻之旨，可谓咏史之佳作。不过，诗人在这里对一位弱女子进行指斥，应该说有过苛之嫌。

这首诗的高明之处是，诗人把对息夫人的指责转化为对绿珠刚烈的赞美，不但使读者较容易接受，也使诗意境界有所升华，显示出其妙手之功。清代赵翼在《瓯北诗话》中对杜牧和这首诗评价说："杜牧之作诗，恐流于平弱，故措辞必拗峭，立意必奇辟，多作翻案语，无一平正者。方岳《深雪偶谈》所谓'好为议论，大概出奇立异，以自见其长'也。如《赤壁》云：'东风不与周郎便，铜雀春深锁二乔。'《题四皓庙》云：'南军不袒左边袖，四老安刘是灭刘。'《题乌江亭》云：'胜败兵家事不期……卷土重来未可知。'此皆不度时势，徒作异论，以炫人耳，其实非确论也。唯《题桃花夫人庙》……以绿珠之死，形息夫人之不死，高下自见，而词语蕴藉，不陡露讥讪，尤得风人之旨耳。"

题宣州开元寺水阁阁下宛溪夹溪居人①

唐·杜牧

六朝文物草连空②，天淡云闲今古同③。

鸟去鸟来山色里，人歌人哭④水声中。

深秋帘幕千家雨，落日楼台一笛风⑤。

惆怅无日见范蠡⑥，参差烟树五湖东⑦。

注释：

①"题……居人"：宣州，唐代州名，在今安徽省宣城市一带。开元寺，建于东晋，初名永安寺，唐开元二十六年（738年）改名开元寺。水阁，开元寺中临宛溪而建的楼阁。宛溪，又叫东溪，在宣州城东。夹溪居人，夹宛溪两岸居住着许多人家。

②"六朝"句：六朝，指吴、东晋、宋、齐、梁、陈六个朝代。文物，指礼乐典章等。

③"天淡"句：淡，即恬静。闲，悠闲。

④人歌人哭：指人生之喜庆吊丧，即生死过程。

⑤笛风：笛声随风飘动。

⑥范蠡：春秋末政治家，字少伯，楚国宛（今河南省淅川县）人，越国大夫，辅佐越王勾践灭吴，后功成身退，泛舟五湖。之后又游于齐国，改名鸱（chī）夷子皮。到陶（今山东省菏泽市定陶区）后，又改名陶朱公，以经商致富，曾三致千金，被誉为商圣。

⑦"参差"句：参差，谓高低不齐的样子。五湖，这里指太湖及其相属的漏（gé）湖、洮（táo）湖、射湖、贵湖等四个小湖的合称。

【点评】

这首诗作于唐文宗开成年间，当时杜牧任宣州（今安徽省宣城市）团练判官。城东有宛溪，城东北有敬亭山，城中有开元寺，原名永乐寺。这已是作者第二次来宣州了。

此诗从登临览景写起，生发古今联想，造成一种笼罩全篇的气氛，似乎自古至今"鸟去鸟来""人歌人哭"，没有发生什么变化。但联系诗人经历看，则有很深的哲学和思想内涵。飞鸟在山色里出没，固然向来如此，而人歌人哭，代表了人由生到死的过程，具有很深的人世变易之感。与"六朝文物草连空"相映照，那种文物不见、风景依旧的感慨，自然就愈益强烈了。客观世界是持久的，而歌哭相送的一代代人生却是有限的。这使得诗人沉吟低回不已，心头浮动起对范蠡的怀念。

此诗把山水风物描写得厚重沉郁，同时在其中织入"鸟去鸟来山色里""落日楼台一笛风"这样一些明丽景象，使得这首诗呈现出明朗、健爽的色彩与低回惆怅交互作用，很好体现出了杜牧诗歌的深沉拗峭特色。

题商山四皓庙①一绝

唐·杜牧

吕氏强梁嗣子柔②，我于天性岂恩仇。
南军不袒左边袖③，四老安刘是灭刘④。

注释：

①商山四皓庙：商山在陕西省商县东南，地形险要，景色幽胜。秦末汉初时，东园公、甪里先生、绮里季、夏黄公四人隐居于此，年皆八十余，时称"商山四皓"。

②"吕氏"句：《汉书·吕皇后传》："吕后为人刚毅。"又："太子为人仁弱，高祖以为不类己，常欲废之。"

③"南军"句：《文献通考》："汉京师有南北军之屯，南军，卫尉主之，掌宫城门内之兵；北军，中卫主之，掌京城门内之兵。高后时，吕禄为将军，掌北军；产为相国，掌南军。"《汉书·高后纪》："太尉勃入北军，行令军中曰：'为吕氏右袒，为刘氏左袒！'军皆左袒。勃遂将北军。然尚有南军。丞相平召朱虚侯章佐勃，章从勃请卒千人，入未央宫掖门，击产杀之。"

④"四老"句：《汉书·张良传》："上欲废太子，立戚夫人子赵王如意。吕后恐，不知所为，乃使建成侯吕择劫良为画计。良曰：'此难以口舌争也。顾上有所不能致者四人，四人年老矣，皆以上嫚侮士，故逃匿山中，义不为汉臣。然上高此四人。诚令太子为书，卑词安车固请，宜来，来以为客，时从入朝，令上见之，则一助也。'于是四人至……从太子，年皆八十有余，须眉皓白，衣冠甚伟。……上乃惊曰：'吾求公，避逃我，今公何自从吾儿游乎？'四人曰：'……太子仁孝，恭敬爱士，天下莫不延颈愿为太子死者，故臣等来。'曰：'……我欲易之，彼四人辅之，羽翼已成，难动矣。'……竟不易太子。"

【点评】

　　这是一首咏史诗。诗人采用与《赤壁》《乌江亭》诗一样的假设手法，翻出一番独特、新颖的历史见解：如果当时掌管京城长安宫城门内的南军不支持周勃安刘诛吕，那么"商山四皓"也是无力安刘的；如果仅仅依靠商山四皓，刘氏就会被诸吕灭掉。问题是历史不能假设，也不能重复。任何事后的假设，都可能有其更合理的一面，但也只能是假设而已。不过，后人在借鉴历史时，各种假设就有了现实的意义。杜牧此诗除了强调历史具有某些偶然性外，还可说明政治斗争具有很大的冒险性，而人心之向背，往往在关键时候起决定作用。

　　此诗以诸吕拥兵谋乱为根据，认为其根源恰恰就在汉孝惠帝，是他的柔弱致使诸吕过度骄恃纵肆。作者认为，如果当时果真天下易姓，"四皓"则为灭刘之罪人。此诗风格别致，内容清新，思考独到，启人深思。

紫薇花

唐·杜牧

晓迎秋露一枝新，不占园中最上春①。
桃李无言②又何在，向风偏笑艳阳人③。

注释：

①上春：早春。

②桃李无言：意谓桃花、李花虽不说话，不夸耀自己，然而由于非常艳丽，人们都来欣赏它们。

③艳阳人：指在艳阳春天里开的花。

【点评】

作者经历了从唐宪宗至唐宣宗六朝，曾任中书舍人，因而被称为"紫薇舍人杜紫薇"。当时正处于"牛李党争"激烈的时期，诗人不趋炎附势，独守刚直节操，恰似紫薇不争不惧的谦逊品格。

在自然界中，紫薇花夏季开放，花期开谢相续，长达三四个月之久，人称"百日红"。杜牧这首诗围绕着紫薇花的这一特点着笔，赞美其不争的品格。诗中言紫薇花迎着秋露开放，为人间装点夏秋的景色。它不与百花争春，但一旦开放就百日不败。诗中的最精彩之处是："桃李无言又何在"，这句诗典自司马迁《史记·李将军列传》："桃李无言，下自成蹊。"意谓桃花、李花开得鲜艳靓丽，它虽然并不自夸，但却引得人们纷纷前来观赏，以致树下都踩出了一条小路。然而杜牧在这里却一反其念，以桃花李花来反衬紫薇花的美德和开花时间之长，一下子翻出了新意。意思是那些争着在春天开放、曾经很招人的桃花、李花哪里去了，如今世上只有紫薇花向着寒冷的秋风开放了。其实，作者在这里既是在赞美不争的紫薇花，更是在赞美如紫薇花一样不争的人。

宋代苏轼云："诗以奇趣为宗，反常合道为趣。"（宋·魏庆之编：《诗人玉屑》卷十引）所谓"反常"必须以"合道"为前提，方能构成奇趣。诗中第三句之谓，既反常又合道，堪称奇趣。这首被人们誉为咏紫薇诗中的佳作，由于设想奇异，扩大了诗的张力和戏剧效果，所以使人玩味无穷。

赠别二首（其二）

唐·杜牧

多情却似总无情①，唯觉樽②前笑不成。

蜡烛有心还惜别，替人垂泪到天明。

注释：

①"多情"句：意谓多情者满腔情绪，一时无法表达，只能无言以对，倒像彼
此无情。

②樽：酒樽，古代盛酒的器具。

【点评】

这是杜牧在扬州时为一位歌妓所写的赠别诗，描绘他们在分离时的难分难
舍之情。

"黯然销魂者，唯别而已矣！"这是南朝江淹曾经概括的最经典的离别
之情。诗人要同所爱分别了，自然也是如此。但这种感情如何表现，前人多用
"悲""愁"二字。而杜牧则不用此等字眼，他用一种近乎白描的手法，却把
离别时的情感写得极为生动、深刻。"多情却似总无情"，明明是多情，偏从
"无情"着笔。别筵上，二人凄然相对，像是彼此无情似的，这是情人离别时
最真切的体现。"唯觉樽前笑不成"，要写离别的悲苦，却又从"笑"字入
手。举樽道别，强颜欢笑，却挤不出一丝笑容来。这种看似矛盾的情态描写，
把诗人内心的感受，说得委婉尽致，极有情味。

在诗人的眼中，由于是带着极度感伤的心情看事物，所以一切都带上了感
伤的色彩。"蜡烛有心还惜别，替人垂泪到天明。"诗人在这里巧妙地把蜡烛
的烛芯变成了"惜别"之心，好像那彻夜流溢的烛泪，就是在为男女主人的离
别而伤心。这种写作手法，就是南朝刘勰（xié）所说的："属采附声，亦与心
而徘徊。"（《文心雕龙·物色》）

杜牧这首诗，用精练流畅、清爽俊逸的语言，表达了悱恻缠绵的情思，风
流蕴藉，意境深远，余韵不尽。尤其是结尾两句，堪称千古名句。

李商隐

（813—858），字义山，号玉溪（谿）生，又号樊南生，怀州河内（今河
南沁阳）人。李商隐二十五岁时由令狐楚的儿子令狐绹（táo）推举得中进士，

不久令狐楚死，他得到王茂元的器重，王将女儿嫁给了他。因为王茂元是牛僧孺、李德裕党争中"李党"的重要人物，而令狐绹属于"牛党"，因此李商隐陷入"牛李党争"的政治旋涡而备受排挤，一生困顿不得志。他是晚唐乃至整个唐代为数不多的刻意追求诗美的诗人，不但擅长诗歌写作，骈文文学价值也很高，和杜牧并称"小李杜"，与温庭筠并称"温李"。其诗构思新奇，风格秾丽，尤其是一些爱情诗和无题诗写得缠绵悱恻，优美动人，广为传诵。但部分诗歌过于隐晦迷离，难于索解，至有"诗家总爱西昆好，独恨无人作郑笺"之说。

贾　生①

唐·李商隐

宣室求贤访逐臣②，贾生才调更无伦③。
可怜夜半虚前席④，不问苍生问鬼神。

注释：

①贾生：指贾谊（前200—前168），西汉著名政论家、文学家，世称贾生。
②"宣室"句：宣室，指汉代长安城中未央宫前殿的正室。逐臣，被放逐之臣，指贾谊曾被贬谪。才调，才华气质。
③"可怜"句：可怜，意为可惜、可叹。虚，徒然，空自。

【点评】

这是一首托古讽时诗，意在借贾谊的遭遇，抒写诗人怀才不遇的感慨。也通过"不问苍生问鬼神"这个主题，揭露晚唐皇帝服药求仙，荒于政事，不能任贤，不顾民生的昏庸无能。

汉文帝时，贾谊任太中大夫，力主改革弊政，提出了著名的《陈政事疏》（即《治安策》）等，很受文帝重视。后来因故被贬为长沙王太傅，三年后召回。贾谊回到长安时，正当朝廷刚刚举行过祭祀典礼，接受神的福佑。文帝见到贾谊回朝，即在未央宫前殿的正室——宣室，向贾谊询问如何看待鬼神之事，贾谊以其博学多识一一作出回答，直至半夜已过，文帝犹兴致不减，并移膝向前更靠近贾谊问个不停，结束后还说："吾久不见贾生，自以为过之，今不及也。"以前，人们对贾谊贬长沙一事议论很多，诗人们多以此为话题发表议论；"宣室夜对"当时非常轰动，也是一般文人心中值得大加渲染的君臣遇合之事。但杜牧对此独具只眼，另辟蹊径，特意选取"问鬼神之本"一事，翻出了一段新警透辟、发人深省的议论。

此诗采取欲擒故纵之法，一开始特标"求""访"，似赞文帝求贤意愿之切、之殷，待贤态度之诚、之谦。紧接着隐括文帝对贾谊的推服赞叹之词，完全从正面着笔，丝毫不露贬义。甚至继续推向高峰，把文帝当时那种虚心垂询、凝神倾听以至于"不自知膝之前于席"的情状描绘得惟妙惟肖。但最后却狂泻而下，射出了直击鹄的一箭——"不问苍生问鬼神"。即汉文帝虚心垂询的不是治国安民之道，而是"鬼神"问题！何其本末倒置和荒唐。这是文学上的反跌法："抬得高，摔得重"。可以说，整首诗在正反、扬抑、轻重、隐显、承转等方面，都蕴含着高超的艺术方法。

此诗意表面上是在讽刺汉文帝，因为当时对鬼神问题重视不重视还是有重大关系的，后来到汉武帝时的"巫蛊之祸"就是反面的例子。而实际上诗人的主要用意并不在此，而是有借此讽时之意。晚唐时候，许多皇帝大都崇佛媚道，服药求仙，不顾民生，不任贤才，诗人的矛头所指，显然是当时现实中那些"不问苍生问鬼神"的统治者。在寓讽时主的同时，又寓有诗人自己怀才不遇的深沉感慨。诗人夙怀"欲回天地"的壮志，但偏遭衰世，沉沦下僚，故他诗中每发"贾生年少虚垂涕"之慨。这首诗中的贾谊，也多有诗人自己的影子。

马嵬（其二）

唐·李商隐

海外徒闻更九州①，他生未卜此生休。
空闻虎旅传宵柝②，无复鸡人报晓筹③。

此日六军同驻马④，当时七夕笑牵牛⑤。
如何四纪⑥为天子，不及卢家有莫愁⑦。

注释：

①"海外"句：此用白居易《长恨歌》"忽闻海外有仙山"句意。指杨贵妃死后居住在海外仙山上，虽然听到了唐王朝恢复九州的消息，但人神相隔，已经不能再与唐玄宗团聚了。九州：战国时齐国的邹衍声言除中国的九州外，海外还有九个同样大的"九州"。

②"空闻"句：虎旅，指跟随唐玄宗入蜀的禁军。宵柝（tuò），又名金柝，夜间报更的刁斗。

③"无复"句：鸡人，皇宫中报时的卫士。汉代制度，宫中不得畜鸡，卫士候于朱雀门外，传鸡唱。筹，计时的用具。

④"此日"句：那一天跟随唐玄宗入蜀的禁军都住在马嵬坡。

⑤牵牛：牵牛星，即牛郎星。此指牛郎织女的故事。

⑥四纪：四十八年。岁星十二年一周天为一纪。唐玄宗在位四十五年，约为四纪。

⑦莫愁：古代洛阳女子，嫁为卢家妇，婚后生活幸福。萧衍《河中之水歌》："河中之水向东流，洛阳女儿名莫愁。莫愁十三能织绮，十四采桑南陌头。十五嫁作卢家妇，十六生儿字阿侯。卢家兰室桂为梁，中有郁金苏合香。"以此对平民女子莫愁婚嫁生活的幸福与帝、妃爱情悲剧进行对比。

【点评】

这是一首政治讽刺诗。作者从白居易的《长恨歌》说起，锋芒直指前朝皇帝唐玄宗。诗中辛辣地指出：不是听说杨贵妃还在"九州"之外的仙山上吗，但又有什么用处呢？正是负责保卫皇帝和贵妃安全的禁军兵变，贵妃被缢死，才使得"无复鸡人报晓筹"，李、杨再不能享受安适的宫廷生活了。那一年的这个时候，正是玄宗与杨妃"密相誓心"，讥笑牵牛、织女一年只能相见一次的七夕节，何其可笑。一个当了四十多年皇帝的唐玄宗竟然保不住自己的爱妃，还不如作为普通老百姓的卢家能保住会"织绮""采桑"的妻子莫愁。

此诗格调既与《长恨歌》不同，不认同它的爱情基调；又揭露了唐玄宗迷恋女色、荒废政事，导致天下大乱；更讥笑唐玄宗表面上立下要与杨贵妃生生世世、永为夫妻的誓言，实际上到了关键时候还是只顾自己、不得不同意赐死杨贵妃，作者对此批判得入木三分。

嫦　娥①

唐·李商隐

云母屏风烛影深②，长河渐落晓星沉③。
嫦娥应悔偷灵药，碧海青天夜夜心④。

注释：

①嫦娥：原作"姮娥"，今作"嫦娥""常娥"，神话中的月亮女神，传说是夏代东夷首领后羿（yì）的妻子。

②"云母"句：云母屏风，指以云母石制作的屏风。云母，一种矿物，板状，晶体透明有光泽，古代常用来装饰窗户、屏风等物。深，暗淡。

③"长河"句：长河，即银河。晓星，晨星。

④"嫦娥应悔"二句：嫦娥应该后悔偷吃了长生不老之药，如今独处，空对碧海青天而夜夜孤寂寒心。

【点评】

诗人李商隐终身处于"牛李党争"的夹缝之中，一生很不得志。"牛李党争"中的一个重大问题是太监当权，本诗就是讽刺那种太监当权的黑暗以及皇权的旁落。

世间传说，嫦娥原是后羿的妻子。一次，后羿从西王母处得到了长生不死药，放在家里被嫦娥偷吃了，嫦娥当即飞升月宫，成了仙子。然而，在这孤寂的广寒宫里，陪伴嫦娥的只有玉兔和被玉帝罚下来砍树不止的吴刚，寂寞的嫦娥心情又能如何呢？想必也懊悔当初偷吃不死药吧！以致年年夜夜，幽居月宫，面对碧海青天，寂寥清冷之情难以排遣。

诗中所抒写的孤寂感以及由此引起的"悔偷灵药"式的情绪，当是诗人独特的人生感受。在当时黑暗污浊的现实包围中，诗人精神上力图摆脱尘俗，追求高洁的境界，而追求的结果往往使自己陷于更加孤独的境地。清高与孤独的孪生，以及由此引起的既自赏又自伤，既不甘变心从俗，又难以忍受寂寞煎熬的复杂心理。故此是"嫦娥应悔偷灵药，碧海青天夜夜心"，这与其说是对嫦娥处境心情的深情体贴，不如说是主人公自己寂寞的心灵独白。

乐游原①

唐·李商隐

向晚意不适②，驱车登古原③。
夕阳无限好，只是近黄昏。

注释：

①乐游原：在长安（今陕西省西安市）城南，是唐代长安城内地势最高地。汉宣帝立乐游庙，又名乐游苑、乐游原，登上它可望长安城。乐游原在秦代属宜春苑的一部分，得名于西汉初年，直至中晚唐之交，乐游原仍然是京城人游玩的好去处，文人墨客也经常来此作诗抒怀。

②不适：不悦，不快。

③古原：即乐游原。

【点评】

　　这是一首久负盛名的佳作。诗人傍晚时心情不好，于是驱车登上高敞的古原上眺望，但见壮伟的长安城阙和秀丽的山川原野，都沐浴在夕阳灿烂辉煌的金色余晖之中，景象宏阔壮美。但一转念想到黄昏已近，这一切美好的景象都将消失于暗夜笼罩之中，又不胜惆怅感伤。诗歌表面上赞美黄昏前的原野风光，实际上是表达自己对国家、前途的一种感受。诗中"夕阳无限好，只是近黄昏"句，千古称颂。

　　这首诗既可以解读为慨叹："晚景虽好，可惜不能久留。"也可以解读为

"诗人的一腔热爱生活，执着人间，坚持理想而心光不灭的一种深情苦志。"（周汝昌语）清代纪晓岚的评价更是深刻：诗人"百感茫茫，一时交集，谓之悲身世可，谓之忧时事亦可。"因为此时已至晚唐，危机四伏，矛盾重重，诗人透过当时唐帝国的状况，已预见到严重的社会危机，家与国的情感交织，能不使他慨然兴叹？！

天　涯
唐·李商隐

春日在天涯①，天涯日又斜。
莺啼②如有泪，为湿最高花。

注释：

①天涯：意为在天的边缘处，比喻距离很远。

②莺啼：黄莺的啼叫声。

【点评】

李商隐因为夹在牛僧孺与李德裕的"牛李党争"中，处境极为尴尬，因而一生困顿，所以郁闷落寞之情也贯穿了他的一生。

这首诗说的是，诗人漂泊在天涯海角，踽（jǔ）踽独行，而且日复一日，没有尽头，春天眼看就将尽了。当此之时，诗人听到了黄莺的啼叫之声，那本来是非常婉转悦耳的，但诗人却觉得是在啼哭。诗歌所要寄托的意蕴，既有对美好事物的无限留恋，也有对国家和生命正在凋零的一片无奈；既是形体的，也是精神的；既关系个人，也关系国家，所以是怎么都无法排遣的。

诗中名句"莺啼如有泪，为湿最高花"，想象奇妙，宛转曲折，非常耐人寻味。为何"最高花"会引起诗人的深情关注呢？这是因为树梢顶上的花，也就是开到最后的花，意味着春天已尽，美好的事物即将消逝。而且树梢顶上的花，上无庇护，风狂雨骤，"峣峣者易折"，这与富有才华、而潦倒终身的诗人命运又是多么相似！因而诗人寄慨殊深，蕴藏着极深沉凄婉的感情与悲伤。

 温庭筠

（约801—866），字飞卿，太原祁（今山西省祁县）人。富有天赋，文思敏捷；每入试，押官韵，八叉手而成八韵，所以也有"温八叉"之称。然恃才不羁，又好讥刺权贵，多犯忌讳，取憎于时，故屡举进士不第，长被贬抑，终生不得志。工诗，与李商隐齐名，时称"温李"。其诗辞藻华丽，秾艳精致，内容多写闺情。其词艺术成就在晚唐诸词人之上，为"花间派"首要词人，对词的发展影响较大。在词史上，与韦庄齐名，并称"温韦"。

商山①早行

唐·温庭筠

晨起动征铎②，客③行悲故乡。

鸡声茅店④月，人迹⑤板桥霜。

槲叶⑥落山路，枳花明驿墙⑦。

因思杜陵梦⑧，凫雁满回塘⑨。

注释：

①商山：山名，在今陕西省商洛市东南山阳县与丹凤县交会处。

②征铎：车行时悬挂在马颈上的铃铛。铎，大铃。

③客：旅行在外。这里指游子。

④茅店：用茅草盖成的旅店。

⑤人迹：地面上人走过的印迹。

⑥槲（hú）：一种落叶乔木。

⑦"枳花"句：枳，也叫"臭橘"，一种落叶灌木或小乔木。明，指照亮。驿墙，驿站的墙壁。

⑧"因思"句：杜陵，一个地名，在今陕西省西安市东南，汉宣帝筑陵于东原上，因名杜陵，这里指长安。此句意思是回想昨夜梦见杜陵的美好情景。

⑨"凫（fú）雁"句：凫，即野鸭；雁，一种候鸟；回塘，即岸边曲折的池

塘。意思是一群群鸭雁，正嬉戏在岸边的湖塘里。

【点评】

这首诗名为"早行"，但整首诗正文没有出现一个"早"字，而是通过霜、茅店、鸡声、人迹、板桥、月这六个意象，把一个山村黎明特有的景色，细腻而又精致地描绘了出来。全诗语言明净，结构缜密，情景交融，含蓄有致，字里行间都流露出游子在外的孤寂之意和浓浓的思乡之情，是唐诗中的名篇。其中，诗中最受推崇的是颔联："鸡声茅店月，人迹板桥霜。"

这两句诗皆用名词组合，如：鸡声、茅店、月、人迹、板桥、霜，句中没有一个动词，但诗意浑然天成。在这联诗中，用"鸡声茅店月"五个字，便把旅客住在茅店里，听见鸡鸣就爬起来看天色，看见天上有月亮，就收拾行囊，准备赶路等很多内容，都绘声绘色地表现了出来。它有声有色，情景宛然在目，意境寂静凄清，真切地传达出旅途的辛苦，对仗又工整自然，是"意象具足"的佳句，历来为人们所传诵。同时，这首诗的诗句与盛唐时的大气磅礴相比，以谨严精细著称，已成为晚唐诗风的代表。

菩萨蛮①

唐·温庭筠

小山重叠金明灭②，鬓云欲度香腮雪③。懒起画蛾眉④，弄妆⑤梳洗迟。

照花前后镜，花面交相映。新帖绣罗襦，双双金鹧鸪⑥。

注释：

①菩萨蛮：词牌名。

②"小山"句：小山，是一种眉妆的名目，指小山眉，弯弯的眉毛。亦有一种理解为：小山是指屏风上的图案，由于屏风是折叠的，所以说小山重叠。金：指唐时妇女眉际妆饰之"额黄"。明灭：隐现明灭的样子。此句的解释历来多种多样、不一而足。

③"鬓云"句：鬓云，像云朵似的鬓发。度：覆盖。欲度：将掩未掩的样子。

152

香腮雪：雪白的面颊。

④蛾眉：女子的眉毛细长弯曲像蚕蛾的触须，故称蛾眉。

⑤弄妆：梳妆打扮。

⑥鹧鸪：鸟类的一种，在古诗词里具有特殊的文化含义或象征。词中的鹧鸪是指贴绣上去的图画。

【点评】

这是一首传统所说的秾艳词，词中一格。此词以精致的构思和精美的语言，写闺中思妇独处的情怀，刻画出一位典型环境中的典型女性形象。

这首词通篇描写女子的睡眠、懒起、画眉、照镜、穿衣等一系列娇慵的容貌情态和服饰，意象密集而艳丽，设色浓厚，结构清晰，线条明白，炫人眼目。此词写闺怨之情，却不着一字点破，而是通过主人公起床前后一系列的动作、服饰，让读者由此去窥视其内心隐秘。结尾那件双鹧鸪的罗襦，暗示出女子孤独寂寞的心境。这首词不仅充分体现了温庭筠词密丽浓艳的风格，而且以咏物衬人情，表现含蓄，堪称高妙。

鹧鸪是古诗词中一个非常重要的鸟类意象。鹧鸪形态美丽，叫声动人，被赋予了多种意义：既可以寄寓离愁，也可以抒发悲愤，还能用来表达富贵意象，有着极为复杂的意蕴。在古人眼中，鹧鸪是一种有灵性的动物，是古人情思的一种寄托。从古至今，带有鹧鸪意象的词作数不胜数，选择鹧鸪入诗词的人们，都在其中寄予了许多种类不同却同样真挚动人的情感。鹧鸪的叫声听起来像是"行不得也哥哥"，诗文中常用以表达离别的伤感惆怅或是对故乡的思念。如唐朝李益的《扬州送客》："南行直入鹧鸪群，万岁桥边一送君。"张籍的《玉仙馆》："楚客天南行渐远，山山树里鹧鸪啼。"如此等等。此词吟唱跌宕飞动，抑扬顿挫；表现巧妙，尽得神理，实为奇绝之笔，对后世影响很大。

更漏子①

唐·温庭筠

玉炉香，红烛泪，偏照画堂②秋思。眉翠薄，鬓云③残，夜长衾④枕寒。

梧桐树，三更雨，不道⑤离情正苦。一叶叶，一声声，空阶滴到明。

注释：

①更漏子：词牌名，内容是歌唱午夜情事。

②画堂：华丽的内室。

③鬓云：鬓发如云。

④衾（qīn）：被子。

⑤不道：不管、不理会的意思。

【点评】

　　这首词上片写华堂锦室与美丽的思妇。其中，前三句写室内，炉烟袅袅，蜡烛滴着红泪，照着满堂秋意，本来就难以成眠的佳人，被这明暗不定的烛光搅得更加愁肠百结。后三句以视觉、知觉、触觉等多种感觉不厌其烦地强化主人公的难眠，针脚很是绵密。下片从室内转到室外，写人的所闻，写法非常独特。秋夜三更冷雨，点点滴在梧桐树上，这离情之苦没有人可以理解。秋雨连绵不停，正如思妇的离情连绵无尽，这当然不是"一个愁字了得"。

　　此词一波三折，融情入景，步步深入。这首词上片秾丽，下片疏淡，浓淡相间，在温词中很有分量，很有代表性。清代李冰若在《栩庄漫记》中说："飞卿此词，自是集中之冠。"

朱庆馀

　　（生卒年月不详），名可久，字庆馀，以字行，越州（今浙江省绍兴市）人，喜老庄之道。宝历二年（826）进士，官至秘书省校书郎。曾因行卷张籍得到赞赏而声名大振。

近试上张水部①

唐·朱庆馀

洞房昨夜停红烛②，待晓堂前拜舅姑③。

妆罢低声问夫婿，画眉深浅入时无④。

注释：

①张水部：即张籍，曾任水部员外郎。

②"洞房"句：洞房，即新婚卧室。停红烛，让红烛通宵点着；停，留置。

③舅姑：古代指公婆。

④"画眉"句：深浅，即浓淡。入时无，是否时兴、时髦。这里指文章是否合适。

【点评】

唐代，科举中的礼部试不糊名。因此，知贡举等主试官员除详阅试卷外，有权参考举子平日的作品和才誉决定去取。当时，在政治上、文坛上有地位的人及与主试官关系特别密切者，皆可推荐人才，参与决定名单名次，世人谓之"通榜"。因而，应试举人为增加及第的可能和争取好名次，多将自己平日的诗文加以编辑，写成卷轴，在考试前送呈有地位者，以求推荐，时称"行卷"。被用来行卷的诗即为"行卷诗"。

朱庆馀的这首诗即为"行卷诗"。其内涵有两层：一是中国古代风俗，女子头一天晚上结婚，第二天清早要去拜见公婆。为了讨得喜欢，新娘要用心梳妆，装扮之后到底合适不合适，新娘没有把握，还得问一问身边的丈夫，请他参谋一下，当然也有可能是一种自我表现。从表面或这个意义上说，这首诗写得非常精细，刻画入微，活灵活现。二是作者以新妇自比，以新郎比张籍，以公婆比主考官，借以征求张籍对他所作的行卷的意见。这才是诗的核心，是其要真正表达的意思，极为含蓄，又完全在不言中。全诗以"入时无"三字为灵魂，将作者紧张不安的心绪表达得非常巧妙，令人惊叹。

在看完这首诗后，张籍也会心地作了回答，而且也是以诗的形式："越女新妆出镜心，自知明艳更沉吟。齐纨未足时人贵，一曲菱歌敌万金。"（《酬朱庆馀》）这里张籍将朱庆馀比作一位采菱姑娘，相貌既美，歌喉又好，受到人们的赞赏是必然的，暗示他不必为这次考试担心。后来朱庆馀果然高中，传为一段佳话。在以上诗中，朱的赠诗写得好，张的回复也答得妙，可谓珠联璧合，成为千古美谈。

陈陶

（约812—888），字嵩伯，自号"三教布衣"，岭南（今两广一带）人，一作鄱阳（今江西省鄱阳）人，又作剑浦（今福建省南平市）人。早年游学长安，研究天文学，于诗也颇有造诣。举进士不第，遂耽情于山水之间，曾漫游江西、福建、江苏、浙江、河南、四川、广东等地。唐宣宗大中年间，隐住洪州西山（在今江西省南昌市新建区），不知所终。陈陶终身处士，广有诗名。其诗多为旅途题咏或隐居学仙之词，消极出世思想较浓，但也有部分投赠权贵、干谒求荐之作。《全唐诗》录其诗二卷。

陇西行^①（其二）

唐·陈陶

誓扫匈奴不顾身，五千貂锦^②丧胡尘。
可怜无定河^③边骨，犹是深闺^④梦里人。

注释：

①陇西行：古代乐府《相和歌·瑟调曲》旧题，内容写边塞战争。陇西，即今甘肃、宁夏陇山以西的地方。

②貂锦：汉代羽林军穿锦衣貂裘，这里借指精锐部队。

③无定河：在陕西省北部，是陕西榆林地区最大的河流，它发源于定边县白于山北麓，上游叫红柳河，流经靖边新桥后称为无定河。

④深闺：旧时指富贵人家的女子所住的闺房，这里指战死者的妻子。

【点评】

这组诗共四首，这是第二首。此诗首二句以精练概括的语言，叙述了一个慷慨悲壮的激战场面。唐军誓死杀敌，奋不顾身，但结果五千将士全部丧生"胡尘"。"誓扫""不顾"，表现了唐军将士忠勇敢战的气概和献身精神。部队如此精良，战死者达五千之众，足见战斗之激烈和伤亡之惨重。接着，诗人笔锋一转，逼出正意："可怜无定河边骨，犹是春闺梦里人。"这里没有直写战争带来的悲惨景象，也没有渲染家人的悲伤情绪，而是匠心独运，把"河边骨"和"春闺梦"联系起来，写闺中妻子不知征人战死，仍然在梦中去会已成白骨的丈夫，使全诗产生震撼心灵的悲剧力量。知道亲人死去，固然会引起悲伤，但确知亲人的下落，毕竟是一种告慰。而这里，长年音讯杳然，征人早已变成无定河边的枯骨，妻子却还在梦境之中盼他早日归来团聚。灾难和不幸降临到身上，不但毫不觉察，反而满怀着热切美好的希望，这才是真正的悲剧。

这首诗的精华之处也正在后两句："无定河边骨"和"春闺梦里人"。一边是现实，一边是梦境；一边是悲哀凄凉的枯骨，一边是年轻英俊的战士；虚实相对，诗情凄楚，用意工妙，吟来令人潸然泪下，造成了强烈的艺术效果。

明代杨慎认为，此诗化用了汉代贾捐之《议罢珠崖疏》"父战死于前，子斗伤于后，女子乘亭鄣，孤儿号于道，老母、寡妻饮泣巷哭，遥设虚祭，想魂乎万里之外"的文意，称它"一变而妙，真夺胎换骨矣"（《升庵诗话》）。贾文着力渲染孤儿寡母遥祭追魂、痛哭于道的悲哀气氛，写得沉痛而富有情致。文中写家人"设祭""想魂"，已知征人战死。而这首诗中的少妇则认为丈夫还活着，丝毫不疑其已经死去，几番梦中相逢，诗意更深挚，情景更凄惨，因而也更能使人一洒同情之泪。王夫之在《姜斋诗话》中说："以乐景写哀，以哀景写乐，一倍增其哀乐。"这首诗中的"深闺梦里人"就是以乐景写哀情的突出典型。

 雍陶

（约789—873以前），字国钧，成都人，工于辞赋。少贫，遭蜀中乱后，播越羁旅，唐大和八年进士及第，大中六年，授国子毛诗博士。与贾岛、殷尧藩、无可、徐凝、章孝标友善，以琴樽诗翰相娱，留长安中。大中末，出刺简州，时名益重，自比谢宣城、柳吴兴，后为雅州刺史。有《唐志集》五卷，今传。

望月怀江上旧游

唐·雍陶

往岁曾随江客船[①]，秋风明月洞庭边。
为看[②]今夜天如水，忆得当时水似天。

注释：

① "往岁"句：往岁，往年。岁，年。江客船，江上客行之船。

② 为看：因为看到。为，因为。

【点评】

　　此诗贵在妙设时空，即在一个空间里，回忆到另一个时间，进入到另一个空间。这样一首很平常的诗，一个平常的小景致，就写出一种味道来，把我们带入了另一个时空。这就是中国诗歌的艺术时空：从有限向无限拓展。短短的二十八字中有两个空间，其组合就是天和水、水和天，其意境非常美，也很奇妙，这是一种艺术的力量。

郑畋（tián）

　　（823—882），字台文，荥阳（今河南省荥阳市）人，会昌二年（842年）进士及第。刘瞻镇北门，辟为从事。瞻作相，荐为翰林学士，迁中书舍人。乾符中，以兵部侍郎同平章事，寻出为凤翔节度使，因拒黄巢有功，授检校尚书左仆射。性宽厚，能诗文。《全唐诗》录其诗十六首。

马嵬坡①

唐·郑畋

玄宗回马②杨妃死，云雨③难忘日月新。

终是圣明天子事，景阳宫井④又何人。

注释：

①马嵬坡：即马嵬驿，因晋代名将马嵬曾在此筑城而得名，在今陕西兴平市西，为杨贵妃缢死的地方。

②回马：指唐玄宗由蜀还长安。

③云雨：出自宋玉《高唐赋》"旦为朝云，暮为行雨"，后引申为男女欢爱。此句意谓玄宗、贵妃之间的恩爱虽难忘却，而国家却变一新。

④景阳宫井：故址在今江苏省南京市玄武湖边。南朝的昏愦后主陈叔宝听说隋兵已经攻进城来，就和宠妃张丽华、孙贵嫔躲在景阳宫井中，结果还是被隋兵俘虏。

【点评】

唐玄宗天宝十四年（755年），安禄山以诛奸相杨国忠为借口突然起兵，为起兵平叛，唐玄宗被迫无奈赐杨贵妃自缢，史称"马嵬之变"。郑畋作为唐僖宗朝在政治上颇有建树之人，对唐玄宗与杨贵妃之事颇有感慨。唐僖宗广明元年（880年）他在凤翔陇右节度使任上写下此诗。

这是一首咏史诗。诗的首两句写玄宗"回马长安"时，杨妃死已多时，意谓"重返"长安是以杨妃之死换来的。尽管山河依旧，然而却难忘怀旧日之情，表达了玄宗欣喜与长恨兼有的复杂心理。后面两句以南朝陈后主在陈朝灭亡时偕宠妃张丽华、孔贵嫔躲在景阳宫的井中，终为隋兵俘虏的事，意谓如果不是当时赐死杨妃，玄宗可能也和后来的陈后主一样是躲进"景阳宫井"中亡国的下场，因此言其是"圣明"之举。可以说，对比唐玄宗马嵬坡赐死杨贵妃的举动，诗对玄宗有体谅，也有婉讽。

唐代人们对杨妃之死，颇有深责玄宗无情无义者。郑诗即为此而发，表达自己的看法。上联暗示马嵬赐死杨妃，事出不得已，虽时过境迁，玄宗仍未忘旧情。下联说这"终是圣明天子事"，提示要人们谅解玄宗当时的处境。所以作者既对玄宗有所同情，说他是"圣明天子"，扬得很高；结尾又以昏愦的陈后主作陪衬，当然也有讽意，只不过话说得委婉，耐人玩味罢了。人称郑畋此诗能"出己意"，又"用意隐然"，在咏史诗中堪称佳作。

罗邺（yè）

（825—？），字不详，余杭（今浙江省杭州市）人，父为盐铁吏，家赀（zī）钜（jù）万。罗邺素有文学名，长律诗，笔端超绝，有"诗虎"之称。在咸通、乾符年间，时宗人罗隐、罗虬俱以声格著称，遂齐名，号称"江东三罗"。其诗写身世之感，颇有理趣。著有诗集一卷，《新唐书艺文志》传于世。

叹流水二首（其一）

唐·罗邺

人间莫谩①惜花落，花落明年依旧开。
却最堪悲是流水，便同人事去无回。

注释：

①莫谩（màn）：不要随便。谩，轻慢、随便。谩，同"漫"。

【点评】

这首诗以流水喻时间，核心为惜时而作。当年唐代女诗人杜秋娘曾作《金缕衣》："劝君莫惜金缕衣，劝君惜取少年时。花开堪折直须折，莫待无花空折枝。"意含珍惜美好时光与珍惜青春年华之意。文人们也常常为春季百花凋落而惋惜，罗邺在他们的基础上翻出新意，认为春去春会来，花谢花会开，这是自然规律，不必为之惋惜。而流水是一去不复返的，时间、人事正如流水一样，一去永不回还，因此，这才是真正值得珍惜的。这首诗充分反映了罗邺这位屡试不第诗人的心路历程和紧迫感，作者强调要珍惜时间，因为它比任何东西都重要。

 曹松

（828—903），字梦徵（zhēng），舒州（今安徽省潜山市）人。早年曾避乱栖居洪都西山，依建州刺史李频，李死后，流落江湖。曹松诗作，风格似贾岛，工于铸字炼句。因他生活在社会底层，故同情劳动人民的苦难，憎恶战争。曹松不满现实但又热衷功名，多次参加科举应试，直到唐昭宗天复元年（901年）才以七十一岁高龄考中进士。因同榜中王希羽、刘象、柯崇、郑希颜等皆年逾古稀，故时称"五老榜"。曹松被授任校书郎，后任秘书省正字。终因风烛残年，不久谢世。著作有《曹梦徵诗集》三卷。

己亥①岁二首·僖宗广明元年

唐·曹松

泽国②江山入战图，生民何计乐樵苏③。
凭君莫话封侯事④，一将功成⑤万骨枯。
传闻一战百神愁⑥，两岸强兵过未休。
谁道沧江⑦总无事，近来长共血争流。

注释：

①己亥：为唐僖宗乾符六年（879年）的干支年号。

②泽国：泛指江南各地，因湖泽星罗棋布，故称。

③樵苏："樵"指打柴，"苏"指割草。意为最基本的普通生活。

④"凭君"句：凭君，即请您。封侯事，封侯拜将之事。

⑤功成：即建立大功。

⑥"传闻"句：传闻，即传说。百神，众多神灵。

⑦沧江：指江流，江水。以江水呈苍色，故称。

唐朝末年，藩镇割据、农民大起义，常年兵连祸结，原来主要在北方地区，后来又殃及江汉流域，全国大片河山都绘入战争的地图上。此时此刻，到处兵荒马乱，普通百姓能平安地打柴、割草都是莫大的幸福了，这个时候就请您不要再谈封侯之事了。要知道，一个人的封侯拜将、功成名就是建立在千百万人的尸骨之上的。连年的战争岂止百姓无比恐惧，就连众神灵一听说要开战都悲愁戚戚，原来很太平的大江两岸，现在却连年混战，江水混着血水在争先东流啊。

"凭君莫话封侯事"，是指乾符六年（879年）镇海节度使高骈以在淮南镇压黄巢起义军的"功绩"而受到封赏，而其受封无非是"功在杀人多"。面对着血流成河、白骨成山的悲惨现实，作者在这里恳求：行行好吧，再别提封侯的话啦。词苦声酸，令人心悸。"一将功成万骨枯"，更是一篇之警策。它词约而义丰，与张蠙（pín）《吊万人冢》中"可怜白骨攒孤冢，尽为将军觅战功"相比，字数减半而意味倍添。它不仅同样含有"将军夸宝剑，功在杀人多"（刘商《行营即事》）的现实内容；还更多一层"士卒涂草莽，将军空尔为"（李白《战城南》）的意味，即将军封侯是用士卒的白骨换取的。并且，一句之中运用了强烈的对比手法："一"与"万"、"荣"与"枯"，尤其是"骨"字的运用极为形象骇目。全诗写出了战争对人民造成的深重灾难和浩劫，以冷峻深邃的目光洞穿了战争的实质，写得力透纸背，入木三分。

中秋对月

唐·曹松

无云世界秋三五①，共看蟾盘②上海涯。
直到天头天尽③处，不曾私照一人家。

注释：

①三五：即十五，意谓中秋节。

②蟾盘：指月亮。蟾宫、冰盘等都是古人对月亮的美称。

③天头天尽：古人认为天圆地方，天和地都是有尽头的。

【点评】

　　这首诗起笔似较平淡，只是一般描写中秋时的月夜景色，但继而笔锋一转，从月色皎皎转到了月色无私上，意蕴大增，内涵无限，月光洒遍天涯海角，既照富人，也照穷人，不偏不私，即使是帝王也是一样毫不偏袒，"一人"之谓正寓此意。此诗体现了诗人渴望天下大同、万物平等的思想。作者还有类似题材诗歌《月》一首："寥寥天地内，夜魄爽何轻。频见此轮满，即应华发生。不圆争得破，才正又须倾。人事还如此，因知倚伏情。"亦甚蕴理趣。

罗隐

　　（833—909），字昭谏，新城（今浙江省杭州市富阳区）人。自大中十三年（859年）底开始至京师应进士试，先后历十多次不第，为人疏狂不羁。黄巢起义爆发后，避乱隐居九华山，光启三年（887年），五十五岁时归乡依吴越王钱镠（liú），历任钱塘令、司勋郎中、给事中等职。五代后梁开平三年（909年）去世，享年七十七岁。

西　施①

唐·罗隐

家国兴亡自有时②，吴人何苦怨西施。

西施若解③倾吴国，越国亡来又是谁？

注释：

①西施：生卒年月不详，春秋时越国美女，自幼随母浣纱江边，天生丽质，倾国倾城。吴越争战中被越国献于吴王夫差，吴王从此沉溺酒色，荒于国政，后被越国所灭。西施与王昭君、貂蝉、杨玉环并称为"中国古代四大美女"，有

"沉鱼落雁之容，闭月羞花之貌"。

②"家国"句：家国，即家与国，这里指国家。自有时，表示吴国灭亡自有其深刻的原因。时，即时会，指促成家国兴亡成败的各种复杂因素。

③解：懂得，理解。

【点评】

历史上咏西施的诗篇不少把吴国灭亡的原因归咎于女色，所谓"红颜祸水"，并以此为统治者开脱失败罪责。罗隐这首诗的特异之处，就是用坚强的逻辑力量幽默地反对传统观念。认为促成家国兴亡成败的因素林林总总，非常复杂，吴国之所以灭亡，自然有其内部复杂深刻的原因，如骄奢淫逸、任用奸佞、好大喜功等，而不应只归咎于西施个人。

这首诗破除了"女人是祸水"的论调，闪射出新的思想光辉。其手法也是唐人咏史怀古诗常用的"翻案法"，这种方式为重大的历史人物或事件翻案，固然可以使议论新颖，发人所未发，有独到之处，但要做到不悖情理，为人认同，为人称道，却是很不易的。罗隐以其高超的笔法做到了这一点，这也正是该诗之奇妙所在。

雪

唐·罗隐

尽道丰年瑞①，丰年事若何②。

长安有贫者，为瑞不宜③多。

注释：

①"尽道"句：尽，都、全。道，说。丰年瑞，预兆丰年的祥瑞。丰年，丰收的年景。

②若何：如何，怎么样。

③宜：需要，应该。

【点评】

这首诗以《雪》为题，立意不在吟咏雪景，而是借题发挥，表达了诗人的独特见解，流露出对统治者的不满和对劳苦大众的同情。

"瑞雪兆丰年"是一般人的思维和说法，但本诗作者却不拘常理，他看到更多的是大雪天那些饥寒交迫的贫苦百姓极为艰难的生活。达官显贵、富商大贾可以在酒酣饭饱、围炉取暖中观赏雪景，而普通百姓只会在大风雪中遭受更大的痛苦。因立场不同，处境不同，人的认识和感受也是不一样的。所以"尽道丰年瑞"怕是未必，别说风雪亦食人，即使丰年又如何？唐代末叶，苛重的赋税和高额剥削，使农民无论丰歉都处于同样悲惨的境地。"二月卖新丝，五月粜新谷""六月禾未秀，官家已修仓""山前有熟稻，紫穗袭人香。细获又精舂，粒粒如玉珰。持之纳于官，私室无仓箱"都是当时的写照。因此，诗人这里在冷冷地提醒那些富贵人家：当你们在享受着山珍海味，在高楼大厦中高谈瑞雪兆丰年时，恐怕早就忘记了帝都长安还有许许多多食不果腹、衣不蔽体、露宿街头的"贫者"，他们说不定盼不到"丰年瑞"所带来的好处，就会被所谓的"丰年瑞"给冻死了。看吧，一夜风雪，明日长安街头会出现多少"冻死骨"啊！所以，"为瑞不宜多"啊。

雪究竟是祥瑞，还是灾难，离开一定的前提条件，是很难辩论清楚的。诗人抓住"丰年瑞"这个话题，巧妙地作了反面文章。此诗的突出之处，不仅在于主题思想深刻，而且构思新颖，绝对不落历代咏雪诗的俗套。诗中处处语含讥讽，即使轻描淡写，诙谐幽默，而其中所包含的讥刺之情亦是冰腾跃如，给人以强烈的冷峻之感。

鹦 鹉

唐·罗隐

莫恨雕笼翠羽残①，江南地暖陇西②寒。

劝君不用分明语③，语得分明出转④难。

注释：

①"莫恨"句：雕笼，即雕花的鸟笼。翠羽残，笼中鹦鹉被剪去了翅膀。

②陇西：陇山（六盘山南段别称）以西，古代传说为鹦鹉产地，俗称其为"陇客"。

③"劝君"句：君，指笼中鹦鹉。分明语，学人说话说得很清楚。

④出转：指从笼子里出来获得自由。

【点评】

　　这首诗作于罗隐投靠江东，受到吴越王钱镠礼遇之时。他尽管投靠了钱镠，选择"偏安江南"，但是仍然思念长安，没有忘记报效唐皇的夙愿。他很苦闷，但又无从发泄，这首小诗便是在这种情况下写出的。

　　三国时候名士祢（mí）衡为人恃才傲物，先后得罪过曹操与刘表，到处不被容纳，最后又被遣送到江夏太守黄祖处。在一次宴会上，祢衡即席写就《鹦鹉赋》，托物言志，假借鹦鹉以抒述自己托身事人的遭遇和忧谗畏讥的心理。罗隐的这首诗，命意与之相类。

　　诗中"劝君不用分明语，语得分明出转难"两句非常有名。鹦鹉的特点是善于学人言语，这两句就抓住这一点加以生发。诗人以告诫的口吻对鹦鹉说："你还是不要说话过于清楚吧，表现太好的话你想出去就更难了！"这里含蓄的意思是必须慎言。当然，鹦鹉本身是无所谓出语招祸的，这是作者的自况。因罗隐有长期养成的愤世嫉俗思想和好为讥刺习气，恐一时难以改变，而祢衡当年就是因言被杀，所以诗人有这种心理是很自然的。罗隐生当唐末纷乱之世，虽然怀有匡时救世的抱负，但屡试不第，流浪大半辈子，无所遇合，到五十五岁时投奔割据江浙一带的钱镠，才算有了安身之地。他这时的处境，跟这只笼中鹦鹉颇有些相似之处。这首诗就是写他那种自嘲而又自解的矛盾心理。

　　这首咏物诗借用向鹦鹉说话的形式来吐露自己的心曲，劝鹦鹉实是劝自己，劝自己实是抒泄自己内心的悲慨，淡淡说来，却意味深长。

帝幸蜀①

唐·罗隐

马嵬山色翠依依，又见銮舆幸蜀归。

泉下阿蛮②应有语，这回休更怨杨妃③。

注释：

①帝幸蜀：帝，这里指唐僖宗。幸，古代帝王巡视所去的地方，这里讳指逃避黄巢农民起义军。蜀，四川地方。

②阿蛮：即"阿瞒"的通假，是唐玄宗的小名。

③杨妃：指唐玄宗的贵妃杨玉环。

【点评】

当年唐玄宗因避安史之乱入蜀，迫于形势于马嵬坡缢杀杨贵妃以堵天下人之口。唐僖宗广明年间，黄巢起义军攻入长安，唐僖宗仓皇出逃四川，至光启元年（885年）才返回京城，但这一次国内大乱不是哪位后妃的缘故，找不到新的替罪羊了。诗人故意让九泉之下的唐玄宗出来现身说法，告诫后来的帝王不要诿过于人，讽刺非常辛辣。

罗隐著作甚丰，其中有大量讽刺现实之作。《唐才子传》说他："诗文凡以讥刺为主，虽荒祠木偶，莫能免者。"罗隐有诗集《甲乙集》传世，鲁迅称其为"几乎全部是抗争和激愤之谈"。

嘲钟陵妓云英

唐·罗隐

钟陵①醉别十余春，重见云英掌上身②。

我未成名君未嫁③，可能俱是不如人。

注释：

①钟陵：县名，即今江西省进贤县。

②掌上身：形容云英体态窈窕曼妙。此用汉代赵飞燕能在掌上起舞典故。

③"我未"句：成名，指科举中式。君，此指歌妓云英。

【点评】

　　罗隐"少英敏，善属文，诗笔尤俊"（《唐才子传》），却屡次科场失意。此后转徙依托于节镇幕府，甚是潦倒。罗隐当初以寒士身份赴举，路过钟陵县，结识了当地乐营中一个颇有才思、婀娜多姿的歌妓云英。约莫十二年光景他再度落第路过钟陵，又与云英不期而遇。见她仍隶名乐籍，未脱风尘，罗隐不胜感慨。更不料云英一见面却惊诧道："怎么罗秀才还是布衣？"罗隐便写了这首诗赠她。

　　这首诗采用欲扬先抑及侧面衬托的手法，起到了跌宕起伏、言简意赅的效果。其表达手法是寓愤慨于调侃，化严肃为幽默，亦庄亦谐，耐人寻味。诗句从叙旧道起，回忆往事，历历在目。那时歌妓云英豆蔻妙龄，体态轻盈，色艺双全。但十余年过去了，作者一直老于功名，一事无成，而云英虽然还有赵飞燕"掌上舞"那样婀娜的身姿，但亦未能嫁出，令人慨叹。有感于云英的相问，诗人便委婉道出："我至今未能成名，你也还没有嫁出，大概我们两个都是不如别人吧！"抑郁不平见于言表。这是一种欲就先避、欲抑先扬，就不直致的委婉曲折、跌宕多姿的笔法，其潜台词是：即使退一万步说，"我未成名"是"不如人"的缘故，可"君未嫁"又是为什么？难道也是"不如人"么？何其荒唐！诗句之深沉悲愤，一语百情，将诗人满腔的愤懑、无奈倾泻无余，发出了不平之鸣的最强音。

　　此诗以抒作者之愤为主，引入云英为宾，以宾衬主，构思巧妙。绝句取径贵深曲，用旁衬手法，使人"睹影知竿"，最易收到言少意多的效果。诗人不直接回答自己的问题，而使对方从自身遭际中设想体会它的答案，语意简妙，启发性强。诗中赞美云英风姿绰约，实际暗况作者有过人才华。赞美中包含着对云英遭遇的不平，更连及自己，传达出一腔傲岸之气。

杏 花

唐·罗隐

暖气潜催次第春①，梅花已谢杏花新②。

半开半落闲园里，何异荣枯③世上人。

注释：

①"暖气"句：潜催，即暗中催促。次第，按照顺序一个接一个地。

②新：正开放。

③荣枯：繁盛与衰败。

【点评】

　　古代的文人雅士都比较钟情于杏花，写过很多关于这方面的作品，而罗隐这首杏花诗写得很是巧妙，他表面上看似在写杏花，其实更多的还是在写人生。

　　在这首诗中，诗人用一种极为细腻的笔触，先是写出了杏花独特的美，然后才笔锋一转，从中表达出自己的观点。即人就像杏花一样，从开始一点一点地开出细小的花朵，再到开得艳丽无比，到最后也如同杏花一样凋谢，其实这就是人生，我们与那些花儿是没有区别的，只要到了一定的时间会开放会凋谢。在这里，作者基于久试不第的人生经历，借杏花以感慨新生老谢、人生荣枯之意。

　　由于罗隐长期处于社会的最底层，感受到了生活所带给他的无奈和痛苦，让他对于现实的感知非常深刻，创作出来的作品也自然与众不同，他的很多诗都脍炙人口。譬如，"今朝有酒今朝醉，明日愁来明日愁""我未成名君未嫁，可能俱是不如人""采得百花成蜜后，为谁辛苦为谁甜"等，写得都极为深刻，充满了人生哲理。

 韦庄

　　（约836—910），字端己，京兆郡杜陵县（今陕西省西安）人，晚唐诗人、词人，五代时前蜀宰相。韦庄早年屡试不第，于唐乾宁元年（894年）才进士及第，出任校书郎。天复元年（901年），入蜀为王建掌书记，自此终身仕蜀。天佑四年（907年），韦庄劝王建称帝，任左散骑常侍等，定开国制度，次年升任宰相，去世后谥"文靖"。韦庄工诗，与温庭筠同为"花间派"代表作家，并称"温韦"。其词善用白描手法，词风清丽。所著长诗《秦妇吟》与《孔雀东南飞》《木兰诗》并称"乐府三绝"。有《浣花集》十卷，后人又辑《浣花词》。另有《菩萨蛮》五首为宋词奠基之作。

思帝乡①

唐·韦庄

春日游，杏花吹满头。陌上谁家年少、足风流②？
妾拟将身嫁与③，一生休④。纵被无情弃，不能羞⑤。

注释：

①思帝乡：词牌名，又名《万斯年曲》，本是唐玄宗时教坊曲名，后用作词牌。

②"陌（mò）上"句：陌上，指田间东西方向的道路，这里泛指野外的道路。年少：即少年，小伙子，青年人。足，很，非常。风流，风度潇洒，举止飘逸。

③"妾拟"句：妾，即古代女子对自己的谦称。拟，准备，打算，必须的意思。将身嫁与，把自己嫁给他。

④一生休：一辈子就这样罢了，意思是一生满足了。休，此处指喜悦，欢乐。

⑤"纵被"二句：即使被他无情无义地抛弃了，也不后悔，也不感到羞耻。能，感到，认为。

【点评】

　　韦庄生活在唐朝由衰落到灭亡，再到五代十国分裂割据的混乱时期，以他和温庭筠为代表的花间词派以描写古代贵族女性生活和爱情为主要内容，后人称之为"艳词"。但韦庄的这首词却以一个普通女子游春时对一个风流男子的向往和期待为主题，词中语言清新且别具风味，堪称韦庄词的代表性作品。

此词是写游春，有所遇，女遇男。经过一番铺垫之后，作者刻画了女子在融融春光中萌发了追寻意中人的春心，当她看到并不认识却风度翩翩、神采飞扬的一位少年时，生出了爱慕，内心深处产生了一种强烈愿望："妾拟将身嫁与，一生休。"口气真挚、诚实、坚定，字字斩钉截铁，表现了少女对爱情的大胆追求和对幸福生活的殷切期望。然后用"纵被无情弃，不能羞"加重了爱的力量。这种强烈的爱慕之情，不仅使她要终身相许，嫁给他，而且即使以后少年公子将她无情地遗弃，她也决不后悔，表现出她为了爱情不惜代价、终身不悔的决心。这种殉身无悔的誓言，提高和加深了小词的境界，并足以引发读者对这种坚定执着的感动。

这首词刻画的少女天真烂漫、极富个性的形象，在花间词中独具一格，别开生面，给人以耳目一新之感。该词纯用赋体，直抒胸臆，热情奔放，淋漓尽致，尤其是最后以誓言般的三字短句作结，显得十分果决干脆，志不可夺。作为一位封建时代的文人，作者敢于道出冲破封建礼教束缚的词语，写出这样明快决绝的篇章，十分难能可贵，也具有特别意义。当然，如果从客观的角度说，那种一见钟情的爱情，由于缺乏共同的思想基础和相互了解，纵使刹那间可以爆发出耀眼的火花，如果所遇非人也会转眼归于毁灭，以致产生不可设想的悲剧，这是一个钱币的另外一面，需要引起应有的重视。

实际上，韦庄是唐代文昌右相韦待价七世孙、苏州刺史韦应物四世孙，唐朝灭亡以后他做了前蜀的宰相，但他对唐朝还是很留恋的。这首小词婉转地传达了他虽被历史的车轮无情抛逐在西蜀一隅，但此心仍属故唐的情怀。这从他的身世经历、所选词牌以及后人的研究情况看，隐含这层意思是顺理成章的。

台　城①

唐·韦庄

江雨霏霏江草齐，六朝②如梦鸟空啼。

无情最是台城柳，依旧烟笼十里堤。

注释：

①台城：旧址在今江苏省南京市鸡鸣山南，本是三国时吴国的后苑城，东晋成帝时改建。从东晋到南朝结束，这里一直是朝廷台省（中央政府）和皇宫所在地，既是政治中枢，又是帝王荒淫享乐的场所。南朝陈后主在台城营造结绮、临春、望仙三座高楼，以供游玩。

②六朝：指东吴、东晋、宋、齐、梁、陈六个朝代。

【点评】

唐中和三年（883年），韦庄客游江南，写下了这首吊古伤今的七绝。诗人凭吊六朝遗迹，感叹古都景物依旧而世事沧桑巨变、王朝盛衰兴亡，倾吐出对唐王朝逐渐趋向崩溃的哀伤。诗中渲染出一种迷茫凄婉、如梦如幻的氛围，似是气息奄奄的唐王朝的象征。如果说李益的《汴河曲》在"行人莫上长堤望，风起杨花愁杀人"的强烈感喟中，还蕴含着避免重演亡隋故事的愿望，那么本篇中流露出浓重的伤怀之感，已看到重演六朝悲剧无可避免。

"无情最是台城柳，依旧烟笼十里堤"是此诗中的名句。本来，杨柳是春天的标志。六朝繁华时，十里长堤，杨柳堆烟，曾经是台城繁华的一个重要景致。但如今，台城已经是"万户千门成野草"，而柳色却"依旧烟笼十里堤"，根本不管人间兴亡，这繁茂的自然景象和荒凉破败的历史遗迹形成的鲜明对比，是多么令人触目惊心、感物伤怀啊！这首诗的一个突出特点是，从头到尾采取侧面烘托手法，着意造成一种梦幻式的情调气氛，让读者去隐约地体味作者的感慨，非常空灵蕴藉。

忆 昔

唐·韦庄

昔年曾向五陵①游，子夜②歌清月满楼。
银烛③树前长似昼，露桃④花里不知秋。

西园公子名无忌⑤，南国佳人号莫愁⑥。

今日乱离俱是梦，夕阳唯见水东流！

注释：

①五陵：汉代五座皇帝的陵墓。因当时每立一陵都把四方富豪和外戚迁至陵墓附近居住，故又指代豪贵所居之处。

②子夜：半夜。又南朝乐府民歌有《子夜歌》数十首，皆为吟咏男女爱情，歌极清丽。此处双关。

③银烛：明烛。

④露桃：《宋书·乐志》中有"桃生露井上"，杜牧《题桃花夫人庙》中有"细腰宫里露桃新，脉脉无言度几春"。此处用露桃比喻艳若桃花的美女。

⑤"西园"句：西园公子，指曹丕；西园，在今河北省临漳县西，为曹操所筑。无忌，本为战国时魏国信陵君之名，此处指代曹丕。

⑥莫愁：唐代洛阳女子名。

【点评】

韦庄是唐初宰相韦见素后人，著名诗人韦应物四世孙。韦庄本来住在长安附近，后来移居虢（guó）州（今河南省灵宝市）。黄巢起义军攻破长安时，他正来京城应试，有感于这座古都的盛衰兴替，抚今伤昔，写下了这首七律诗。

这首诗"感慨遥深，婉而多讽"，既赋色清丽，又意存鞭挞，辞意依违于美刺之间，笔法高妙。其主要特色有两个方面：

一是用典使事，诗意委婉深曲。首句的"五陵"，以泛指当时的贵族社会。次句的《子夜歌》，讽刺豪门贵族一年四季追欢逐乐的奢靡生活。颈联"西园公子名无忌，南国佳人号莫愁"，极尽委婉深曲之能事。其"西园公子"是巧妙地把曹魏之"魏"与战国之"魏"牵合在一起，由此引出"无忌"二字，取其"无所忌惮"之意，意思是指斥王孙公子肆无忌惮。下联中的"莫愁"意味同此手法，用传说中的一位美丽歌女名字，来慨叹浮华女子不解国事飘摇，深寓"隔江犹唱后庭花"的沉痛。由于巧妙地使事用典，全诗但见花月管弦，裘马脂粉，真意反而朦胧，如雾里看花，隐约缥缈。

二是借助于双关、象征、暗示等多种修辞手法，传出弦外之音和味外之味。"子夜歌"是乐府古调，含有"半夜笙歌"的微意，语意双关。"银烛树前"则暗示贵族生活的豪华奢靡。"露桃花里"象征红袖青螺；"不知秋"含有不知末日将临的深意。"无忌"和"莫愁"，均为双关。"俱是梦"，既慨叹往昔繁华，如梦如烟，又有双关"醉生梦死"之意。最后"夕阳唯见水东流"，又象征着唐末国运已如日薄西山，行将灭亡，这正是全诗的结穴之处。

菩萨蛮①

唐·韦庄

人人尽说江南好，游人只合江南老②。春水碧于天③，画船④听雨眠。

垆边⑤人似月，皓腕凝霜雪⑥。未老莫还乡，还乡须断肠⑦。

注释：

①菩萨蛮：词牌名。亦作《菩萨鬘（mán）》，又名《子夜歌》《重叠金》《花间意》《梅花句》《花溪碧》《晚云烘日》等。本为唐代教坊曲，后用为词牌，也用作曲牌。

②只合江南老：只合，即只应。江南老，在江南生活到老。这里指作者自谓。

③碧于天：一片碧绿，胜过天色。

④画船：装饰华美的游船。

⑤垆（lú）边：指酒家。垆，旧时酒店用土砌成酒瓮卖酒的地方。

⑥皓腕凝霜雪：形容双臂洁白如雪。凝霜雪，像霜雪凝聚那样洁白。

⑦"未老"二句：年尚未老，不要回家乡去。如果离开江南，会使人悲伤不已的。须，必定。肯定。

【点评】

这首词是作者避乱寓居江南时所作，描写了江南水乡的风光美和人物美，既表现了词人对江南水乡的依恋之情，也抒发了词人漂泊难归的愁苦之意。

全篇从风景与人物两方面渲染江南之美，令人神往、陶醉。上片极写江南之好："春水碧于天""画船听雨眠"，江南天蓝水绿，风景如画，故"人人尽说江南好，游人只合江南老"。下片借用司马相如和卓文君当垆卖酒之典进一步渲染江南之美：有垆边卖酒的美丽女子，还能看见她盛酒撩袖时露出的洁白双臂，这样美的地方怎能离开呢？

在这首词中，主人公其实并不是真的不愿回到家乡，而是无法回去。因为一是求取功名未得，二是家乡正在遭受黄巢农民战争之乱。词人在这里抒发的，实际上是想回故乡但欲归不得的盘桓郁结之情。这种抒情方法体现了"花间词"的特点，虽欲想抒发胸臆，却又婉转含蓄，饶有韵致。说"莫还乡"，正是由于想到了还乡。他没有用"不"字，用的是有叮嘱口吻的"莫"字，实际上表现了一种极深婉的情意。说"还乡须断肠"，也正是说"游人只合江南老"的理由，所以清代评论家陈廷焯赞美韦庄词"似直而纡，似达而郁"。

聂夷中

（837年—？），字坦之，唐末诗人，河南（今河南省洛阳市）人。唐咸通十二年（871年）登第，官华阴尉。其诗语言朴实，辞浅意哀。不少诗作把统治阶级对人民的残酷剥削进行了深刻揭露，对广大田家农户的疾苦则寄予极为深切的同情。其代表作有《咏田家》《田家二首》《短歌》等，其中以《咏田家》和《田家二首（其一）》流传最广。

杂　兴①

唐·聂夷中

两叶能蔽目②，双豆能塞聪③。
理身不知道④，将为天地聋⑤。
扰扰造化内⑥，茫茫天地中。
苟或有所愿⑦，毛发亦不容⑧。

注释：

①杂兴：有感而发，随事吟咏的诗篇。

②"两叶"句：意思是两片树叶就能遮蔽人的双眼。目，即眼睛。

③"双豆"句：意思是两粒豆子就能堵塞人的双耳。聪，即耳朵。

④"理身"句：理，即这个道理。身，即自身。不知道，即不了解社会、历史、自然、人生等的根本意义和规律。道，规律。

⑤"将为"句：意思是将成为天地间的盲人、聋人。

⑥"扰扰"句：扰扰，形容纷乱的样子。造化，即自然界的创造者。这里指自然。

⑦"苟或"句：意思是假使存有私心杂念。

⑧"毛发"句：意思是连很小的真理也无法被接受。

【点评】

　　这首诗一开始化用《鹖冠子》"一叶蔽目，不见泰山；两耳塞豆，不闻雷霆"的警句来提醒人们，一个人的主观好恶有时往往会影响人对客观事物的认识。如果不懂得这个道理，先入为主，偏听偏信，那将如同盲人、聋人。所以，要努力摆脱外来干扰，尽可能听到真实的声音，看到真切而非虚假的世界。

　　这首诗的精要在于开头两句"两叶能蔽目，双豆能塞聪"。一个人也许本来是明察秋毫、洞幽烛微的，但有时也会"一叶障目，不见泰山"；也许本来是耳听八方、灵心善感的，但有时也会"两耳塞豆，不闻雷霆"。这是什么原因呢？因为主体意识往往很容易受外部条件所制约和影响，人的心智很容易受到外物的蔽塞。有时一些微不足道的因素，意义不大的东西，往往会使一个人迷失存在的目的、忘却人生的意义，放弃对更高境界的追求，从而陷入琐屑、卑微、庸俗的无意义生存状态。所以，我们一定要高度警惕那些蜗角虚名、蝇头小利，不能因小失大。要着眼长远，立足大局，淡泊明志，如此才能成就一个美好的人生。

章碣

（836—905），字丽山，睦州桐庐（今浙江省杭州市）人。乾符三年（876年）登进士。章碣曾自创"变体诗"。在律诗中，一变通常只需偶句押韵。其变体诗要求偶句、单句平仄声各自为韵，一时赶时髦者竞起效仿。著有《章碣集》等。

焚书坑①

唐·章碣

竹帛烟销帝业虚②，关河空锁祖龙居③。
坑灰未冷山东④乱，刘项原来不读书⑤。

注释：

①焚书坑：秦始皇焚烧诗书之地，故址在今陕西省西安市临潼区东南骊山上。

②"竹帛"句：竹帛，即竹简和帛书，代指书籍。烟销，指把书籍烧光。帝业，皇帝的事业。这里指秦始皇统治天下，巩固统治地位的事业。虚，空虚。

③"关河"句：关河，代指险固的地理形势。关，函谷关。河，黄河。空锁，白白地扼守着。祖龙居，秦始皇的故居，指咸阳。祖龙，代指秦始皇。

④山东：崤山函谷关以东。即秦始皇所灭的六国旧有之地。

⑤"刘项"句：刘项，刘邦和项羽，秦末两支主要农民起义军的领袖。不读书，刘邦年青时是市井无赖，项羽年青时习武，两人都没读多少书。

【点评】

这首诗以秦始皇的焚书坑儒作为切入点，以史家之笔法，独辟蹊径，明叙暗议，把"焚书"与"亡国"看似不相关的事情联系到一起，层层推进，自然圆转，言他人所未言，巧妙地讽刺了所谓秦始皇焚书的荒唐行为，揭示了焚书与亡国之间的关系。

诗中所点到的焚书坑儒事件是这样的：秦始皇三十四年（前213年），在一次朝会时，博士齐人淳于越反对当时实行的"郡县制"，要求根据古制，分封子弟。丞相李斯加以驳斥，并主张禁止百姓以古非今，以私学诽谤朝政。秦始皇采纳李斯建议，下令焚烧《秦记》以外的列国史记，对不属于博士馆的私藏《诗》《书》等也限期交出烧毁；有敢谈论《诗》《书》的处死，以古非今的灭族；禁止私学，想学法令的人要以官吏为师。此即"焚书"。"坑儒"一事是：秦始皇三十五年（前212年），一批方士如卢生、侯生等替秦始皇寻求长生不死药，失败后，他们私下谈论秦始皇的为人、执政以及求仙等各个方面，之后携带求仙用的巨资出逃。秦始皇知道后大怒，下令在京城搜查审讯，抓到了四百六十个术士、儒生并全部活埋。诗人在这里用文学的笔法对这一事件进行了描绘，并用"帝业虚"三字将秦始皇"焚书坑儒"所酿就的后果概括出来：伴随着焚烧书籍的袅袅飞烟，秦国的基业也销毁了。

诗人认为，本来秦始皇的江山是十分牢固的，有崤函之固，黄河天险，但因为不施仁政，严刑峻法，无穷无尽的劳役征戍，人民不堪其苦，纷纷揭竿而起，不仅没能保卫万世长存，而且二世而亡，令关河空锁了。所以帝业永固绝不是靠压抑民众思想和凭借险要地理优势所能做到的。诗中对秦始皇焚书一事反复调笑，最后揶揄（yé yú）道："焚书之灰尚未冷却，而关东的农民起义就爆发了，要知道，那些起义军的首领根本就不是读书人啊！"作者依据自己掌握的材料，从自己的立场出发，虽然表面上叙事很委婉，很冷静，其实反对的态度十分鲜明，并极尽嘲讽之能事。本诗采用的是"怨而不怒"的表现手法，其笔法令人称道。

皮日休

（约838—约883），字袭美，一字逸少，复州竟陵（今湖北省天门市）人。曾居住在鹿门山，道号鹿门子，又号间气布衣、醉吟先生、醉士等。咸通八年（867年）进士及第，在唐时历任苏州军事判官、著作佐郎、太常博士、毗陵副使。后参加黄巢起义，或言"陷巢贼中"（《唐才子传》），任翰林学士，起义失败后不知所终。皮日休是晚唐著名诗人、文学家，与陆龟蒙齐名，世称"皮陆"。其诗文兼有奇、朴二态，且多为同情民间疾苦之作，被鲁迅赞誉为唐末"一塌糊涂的泥塘里的光彩和锋芒"。

汴河怀古二首

唐·皮日休

一

万艘龙舸①绿丝间，载到扬州尽不还②。

应是天教开汴水③，一千余里地无山。

二

尽道隋亡为此河，至今千里赖通波。

若无水殿龙舟事④，共禹论功⑤不较多。

注释：

①舸：大船。

②"载到"句：指隋炀帝杨广游览扬州时被部将宇文化及杀死一事。

③汴水：即汴河，指通济渠。

④"若无"句：指隋炀帝建造豪华大型龙舟船队下扬州观看琼花一事。

⑤共禹论功：指隋朝开凿的大运河从一定意义上是可以和大禹治水的功绩相比的。

【点评】

隋炀帝时，征发河南淮北诸郡民众，开掘了名为通济渠的大运河，消耗了大量民力物力，加上连年征战和大兴土木等，引起了各地人民的激烈反抗。唐诗中有不少作品是描写这个题材的，大都指称隋亡于大运河。皮日休生活在唐朝末年，这时的唐王朝已经走上了隋亡的老路，作者敏锐地觉察到了这一点，故此以诗文形式重提这一教训。

两首诗中的第一首是一个铺垫，先描述隋炀帝游览扬州的豪华船队以及大运河的地理环境，其中隐含了隋炀帝被杀死的历史事实，给人以警醒。第二首是这首诗的精华。首句从隋亡于大运河这种论调说起，接着从反面设难，予以批驳。诗中指出不少研究隋朝灭亡原因的人都归咎于大运河，然而大运河的开凿使南北交通显著改善，对经济联系与政治统一有莫大好处，历史作用非常深远。至此，该诗一反众口一词的论调，使人们耳目一新。该诗虽然为大运河翻了案，但并非为隋炀帝翻案。皮日休首先否定了"水殿龙舟事"。当年运河竣工后，隋炀帝率众二十万出游，自己乘坐高达四层的"龙舟"，还有高三层、称为浮景的"水殿"九艘，此外杂船无数，船只相衔长达三百余里，仅挽大船的人几近万数，均著彩服，水陆照亮，所谓"春风举国裁宫锦，半作障泥半作帆"（李商隐《隋宫》），其奢侈糜费史所罕闻。这是必须要否定的，所以他在这里仍是在批判隋炀帝。但大运河的功效是客观的，仅就水利工程造福后世而言，其功绩当在禹上，这也是非常有道理的。我们知道，历史和重大事件往往是复杂的，不可一概而论。要正确全面认识，就必须找到问题的实质和关键，不能不分彼此，将"孩子和洗澡水"一起泼掉。这方面，作者是很有道理的。

韩偓

（842—923），字致光，号致尧，晚年又号"玉山樵人"。陕西省万年县人。自幼聪明好学，十岁时，曾即席赋诗送其姨夫李商隐，令满座皆惊，李商隐称赞其诗"雏凤清于老凤声"。唐昭宗龙纪元年（889年），韩偓中进士，初在河中镇节度使幕府任职，后入朝历任左拾遗、左谏议大夫、度支副使、翰林学士。韩偓诗风前期与后期变化巨大，十七岁至三十七岁期间，他"所著歌诗不啻千首。其间以绮丽得意，亦数百首。往往在士大夫之口，或乐工配入声律"，到"中年以后，诗风大变，抒写唐末时事，一己遭际，及亡国悲愤，洵唐末之诗史，晚唐之正音"。他也被后人尊为"一代诗宗"。

寄 恨

唐·韩偓

秦钗①枉断长条玉，蜀纸虚留小字红②。

死恨物情难会处，莲花不肯嫁春风。

注释：

①钗：古代汉族妇女的一种首饰，由两股簪（zān）子交叉组合而成。分类有：金钗、玉钗、宝钗等。秦钗，这里泛指钗饰。长条玉，长条形的玉器，这里指玉钗。

②"蜀纸"句：蜀纸，即古代四川生产的纸，素负盛名，写情书多用此纸。小字红，指留在红笺上的小字书信。红笺小字，是古代在一种红色的质地很好的纸片或纸条上题诗、写信等所写的字。

【点评】

这首诗是韩偓（wò）青年时代的诗作，诗中引述的是东汉诗人秦嘉和他妻子徐淑的故事。

东汉桓帝时，秦嘉为郡吏，有一年年底公务出差赴洛阳，被留在洛阳任黄门郎。在他赴洛阳时，其妻子徐淑因病还家，未能面别。夫妻二人因此分居两处，只能靠书信往还，以诗词酬答，表示怀念之情。南宋姚宽《西溪丛语》卷下收录有他们夫妻互相赠答的书文四篇，其中有秦嘉寄给徐淑的书信："宝钗一双，好香四种，素琴一张，常所自弹也，明镜可以鉴形，宝钗可以耀首，芳香可以馥身，素琴可以娱耳。"也有徐淑的回信："既惠音令，兼赐诸物，厚顾殷勤，出于非望。""素琴之作，当须君归，明镜之鉴，当待君还，未奉光仪，则宝钗不列也，未侍帷帐，则芳香不发也。"不幸的是，后来秦嘉突然病死，徐淑悲痛欲绝。她兄弟要她改嫁，她断然拒绝。没过多久，徐淑也因悲伤过度而亡。

这首诗故事凄美，意境高洁，比附绝妙，即春风再好，为百花所爱，但莲花就不趋附，只到夏天开放。诗中所言的"不肯嫁春风"之意，对后代影响很大。如宋代邓肃《古意三首之三》诗："妾如傍篱菊，不肯嫁春风。"宋代贺铸《踏莎行》词："当年不肯嫁春风，无端却被秋风误。"元代元好问《定风波》词："几欲问花应有恨，休问，争教不肯嫁春风。"明代孙承宗《小园杂咏·六首》五绝诗其六中："有怀安石意，不肯嫁春风。"女诗人吴黄《孤山》五绝诗："梅妻犹抱节，不肯嫁春风。"每个引用都能令人眼前一亮。

**杜荀鹤**

（约846—约906），字彦之，自号九华山人，池州石埭（今安徽省石台县）人。杜荀鹤出身寒微，中年始中进士，仍未授官，乃返乡闲居。曾以诗颂朱温，后朱温取唐建梁，任以翰林学士，知制诰，故入《旧五代史·梁书》。杜荀鹤以"诗旨未能忘救物"自期，故而对晚唐的混乱黑暗，以及人民由此而深受的苦痛，颇多反映，如"山中寡妇"的避征无门；《旅泊遇郡中叛乱示同志》中官兵的遍搜珠宝，乱杀平民；《再经胡城县》中酷吏的残忍，县民的含冤，都是这一时期社会生活的真实写照。

泾 溪①
唐·杜荀鹤

泾溪石险人兢慎②，终岁不闻倾覆③人。
却是平流无石处，时时闻说有沉沦。

注释：

①泾溪：一作泾川，又名赏溪，在今安徽省泾县。

②兢（jīng）慎：因害怕而小心警惕。

③倾覆：翻船沉没。下文的"沉沦"与此同义。

【点评】

　　此诗字数不多，但包含着深刻的人生哲理和精妙的生命辩证。南宋诗人姜夔在总结前人诗歌创作经验时，用四个高妙来说明作品优秀："一、碍而实通曰理高妙；二、事出意外曰意高妙；三、写出幽微，如深潭见底，曰想高妙；四、非奇非怪，剥落文采，知其妙而不知其所以妙曰自然高妙。"杜荀鹤的《泾溪》诗正是第一个所谓的析理高妙作品。

　　从表面看，诗的事理是碍而不通的。因为行舟水上，遇险不倾，平流却覆，似乎不合常理。但是，透过现象看本质，我们就会发现在这不通的现象中，潜藏着大通的本质。因为舟是人驾的，舟的载沉，不取决于路的平险，而决定于人的状况。溪险石危时，人人警惕，自然安如泰山；平流无石处，容易懈怠，往往舟覆人亡。这正是杜荀鹤《泾溪》诗析理的高妙之处。推而广之，杜荀鹤在这里绝不仅仅说明行船的道理，他也在比拟人事的成败。如历史上的文王、孔子、左丘明、屈原、韩非五人遭遇困厄，发愤著书，终成大器的故事，其中的道理与《泾溪》诗是完全一致的。所以，水如此，人如此；古如此，今如此。谁也不能例外。这正是水性与人性的实质，也是杜荀鹤《泾溪》诗的真正价值。诗所寓含的哲理告诫人们，要居安思危，处盈虑亏，不可得意忘形。

山中寡妇

唐·杜荀鹤

夫因兵死守蓬茅①，麻苎衣衫鬓发焦②。

桑柘③废来犹纳税，田园荒尽尚征苗。

时挑野菜和④根煮，旋斫生柴带叶烧⑤。

任是深山更深处，也应无计避征徭⑥。

注释：

①蓬茅：茅草盖的房子。

②"麻苎"句：麻苎（zhù），即苎麻。鬓发焦，因吃不饱，身体缺乏营养而头发变成枯黄色。

③柘：树木名，叶子可以喂蚕。

④和：带着，连。

⑤"旋斫"句：旋斫（zhuó），现砍。生柴，刚从树上砍下来的湿柴。

⑥征徭：赋税、徭役。

【点评】

唐朝末年，朝廷上下，军阀之间，连年征战，贪官酷吏横行，造成了"四海十年人杀尽"（杜荀鹤《哭贝韬》）、"山中鸟雀共民愁"（杜荀鹤《山中对雪有作》）的悲惨局面，给人民带来极大灾难。此诗即创作于这种社会背景下。

这首诗用白描手法，真实生动地描写一个山中寡妇的苦难生活，反映当时农民的悲惨命运。诗人悲愤沉郁的感情，就从寡妇一个个孤苦无依、饥寒交迫的生活场景中自然流露出来。尾联"任是深山更深处，也应无计避征徭"，把山中寡妇所受的剥削和压迫描写得无以复加、入木三分。本来，深山有毒蛇猛兽，对人的威胁很大。但寡妇因不堪忍受苛敛重赋的压榨，迫不得已逃入深山。然而，苛政的魔爪无孔不入，即使逃到"深山更深处"，也难以逃脱赋税和徭役的罗网。由此使人联想，唐王朝的灭亡是多么不可避免。

全诗通过山中寡妇的悲惨命运，透视了当时的社会面貌，淋漓尽致地揭露了官府军阀以苛重的徭役赋税逼得劳动者无法生存的罪行，并把读者的视线引向一个更广阔的境界，即不但使人看到了一个山中寡妇的苦难，而且使人想象到和寡妇同命运的更多人的苦难。这就从更大的范围、更深的程度上揭露了剥削的残酷，深化了主题，使诗的蕴意更加深厚。在这首诗中，"大词小用"的修辞手法也是一个特色。"大词小用"含有夸张、比喻、双关等性质，令语言风趣幽默，以突出渲染，强化读者印象。本来山中寡妇只是本能或无奈地逃进深山躲避徭役赋税，而不是什么计谋，但作者说其"无计避征徭"，"无计"一词的运用在此是非常巧妙的。

小　松

唐·杜荀鹤

自小刺头深草里①，而今渐觉出蓬蒿②。
时人不识凌云③木，直待凌云始道高④。

注释：

①"刺头"句：指小松苗埋藏在深草里。

②蓬蒿：即蓬草、蒿草。

③凌云：高耸入云。凌，升高在空中。

④"直待"句：直待，即直等到。始道，才说。

【点评】

孔子曰："岁寒，然后知松柏之后凋也。"松柏是树木中的英雄、勇士。数九寒天，百草枯萎，万木凋零，而松树却苍翠凌云，顶风抗雪，泰然自若。然而，凌云巨松也是由刚出土的小松苗成长起来的。这首诗借松写人，托物讽喻，寓意深长。

诗中名句："时人不识凌云木，直待凌云始道高。"诗人认为，劲松凌云后再称赞它高，并不说明有眼力，谁都能够看得到，没有多大意义。关键是在小松与小草一样貌不惊人时，就能识别它是"凌云木"而加以爱护、培养，那才是有见识、有意义的。然而时俗之人缺少的正是这个见识。所以诗人说："眼光短浅的人是不会把小松看作栋梁之材的，有多少小松由于时人不识而被摧残啊！"它们不正和韩愈笔下"骈（pián）死于槽枥之间，辱没于奴隶人之手"的千里马是同样的命运吗？

作者出身寒微，虽然年青时就展露才华，但由于"帝里无相识"，以至屡试不中，报国无门。诗中埋没深草里的"小松"，就是诗人的自我写照。由于诗人观察敏锐，体验深切，诗中对小松的描写，精炼传神，富含哲理，耐人寻味。

金昌绪

唐代诗人，生平事迹不详，大中以前在世，大约为余杭（今浙江省杭州市）人，现仅存其诗《春怨》一首，广为流传。

春　怨

唐·金昌绪

打起①黄莺儿，莫教枝上啼。

啼时惊妾②梦，不得到辽西③。

注释：

①打起：敲打树枝，赶走。

②妾：古代女子的谦称或自称。

③辽西：古郡名，在今辽宁省辽河以西地方。

【点评】

这首诗平地奇峰，语出惊人。本来，黄莺是非常讨人欢喜的鸟，而诗中的女主人却要"打起"，不禁让人茫然。原来是因为黄莺会啼叫，而且啼声又特别清脆，所以必须要打走它。鸟语花香本来是春天非常美好的事物，会啼叫就非要打走它吗？原来是怕黄莺的美好啼叫声惊醒了女主人的梦境，要知道这个梦是到"辽西"与出征在外的夫婿相会，这是何等的珍贵啊！

整篇诗采用倒叙手法，层次重叠。每一句都令人产生一个疑问，下一句解答了这个疑问，而又令人产生一个新的疑问，"扫处还生"，好似抽蕉剥笋，剥去一层，还有一层，都不一一说破，而又可以不言而喻，留待读者去想象、去思索，极尽曲折之妙。通篇词意连属，环环相扣，层层递进，一气呵成。表面上是写儿女情，实际上是写征妇怨，具有深刻的时代内涵和特征，反映了当时兵役制下广大人民所承受的极大的痛苦。

对于此诗，明代王世贞在《艺苑卮（zhī）言》中极为称赏，认为其"篇法圆紧，中间增一字不得，着一意不得"。清代沈德潜在《唐诗别裁》中也说，此诗"一气蝉联而下者，以此为法"，评价之高于此可见。

吴融

（850—903），字子华，越州山阴（今浙江省绍兴市）人。他少小力学，文辞富赡，唐昭宗龙纪元年（889年）登进士第，旋为韦昭度辟为掌书记、随军讨蜀。累迁侍御史、中书舍人、礼部侍郎等职，卒于唐昭宗天复三年（903年），享年五十四岁。吴融工诗善文，其诗多记游题咏，送别酬和之作。他去世后三年，唐朝就走入历史，因此，吴融可以说是大唐帝国走向灭亡的见证者之一。

杨 花①

唐·吴融

不斗秾华不占红②，自飞晴野雪濛濛③。

百花长恨风吹落，唯有杨花独爱风。

注释：

①杨花：即柳絮，亦称柳绵，实为柳树种子所带的白色绒毛。古代诗词中"杨柳"意象不是指杨树和柳树，而是指柳树，一般指垂柳。

②"不斗"句：斗，比赛，争高低输赢。秾华，即繁花，盛开的花朵。

③"自飞"句：晴野，即晴朗的原野。雪濛（méng）濛，雪一样白茫茫一片。

【点评】

这是一首咏物诗，着重刻画了杨花随风飘荡的特征。该诗的大意是说杨花自甘寂寞，不与桃李争繁茂，也不与其他花朵争红艳。但其他花最害怕的东西——大风，她却不怕，她不但不怕反而爱风，喜欢随风而舞，这就是她的独异群花之处，令人钦佩。

这首诗的妙处在于，人们司空见惯的东西，作者却能翻出新意，即他善于逆向思维，别开生面，并且说来妙趣横生，意味深长。大凡咏物的诗，都要有所寄托，才能小中见大，平中见奇，具有广泛意义。如果只是单纯的咏物，则往往不免落入俗套。此诗中的杨花并不因比不上百花娇艳而羞愧，而是沉着自信，自由自在地飘扬在晴空碧野之上，且有其他花所不备的东西。作者赋予杨花的这个涵义，很能给人以启迪和联想。

陆龟蒙

（？—约881），字鲁望，自号天随子、江湖散人、甫里先生，长洲（今江苏省苏州市）人，唐代诗人、农学家。陆龟蒙举进士不第，曾作湖、苏二州刺史幕僚。后隐居松江甫里（今江苏省吴中区角直镇）。与皮日休齐名，人称"皮陆"，实逊于皮。其诗求博奥险怪，七绝较爽利。写景咏物为多，亦有愤慨世事、忧念生民之作。文胜于诗，小品文写闲情别致，自成一家。著有《耒耜经》《吴兴实录》《小名录》等，其中《耒耜经》是一部描写中国唐朝末期江南地区农具的专著。

吴宫①怀古
唐·陆龟蒙

香径长洲尽棘丛②，奢云艳雨③只悲风。
吴王事事须亡国，未必西施胜六宫④。

注释：

①吴宫：指春秋时吴王夫差的宫殿，故址在今江苏省苏州市西南。

②"香径"句：香径，指春秋时吴国馆娃宫美人采香处。长洲，即长洲苑，吴王游猎处。

③奢云艳雨：指当年吴王宫殿中美女们的奢华绮丽。

④六宫：古代帝王之后妃居住的地方，共六宫。这里指吴王夫差的妃子们。

【点评】

这又是一首反对"红颜祸水"之论的诗歌。前两句揭示了当年吴王宫中穷奢极欲、花天酒地的荒淫生活，如今却是断墙残垣、荆棘丛生，只留下一股悲风在吹拂，意在说荒淫腐化的生活是吴王亡国的根本原因。前车之覆，后车之鉴，怀古喻今，蕴含深远。后两句的意思是，吴王夫差亡国是因为他做的每件事都埋下了亡国的祸根，如修建富丽堂皇的馆娃宫和骄奢淫逸的长洲苑，等等，天天纸醉金迷，是他自己先昏庸无道了，并非因为西施比佳丽如云的六宫后妃更能蛊惑夫差而导致亡国。所以，亡国的罪魁祸首是帝王。这首诗从吴国亡国的因果关系上抨击了"女祸亡国"的论调，与罗隐的诗句"西施若解倾吴国，越国亡来又是谁"旨意相近。

白 莲

唐·陆龟蒙

素藕多蒙别艳欺①，此花端合在瑶池②。

无情有恨何人觉？月晓风清欲堕时③。

注释：

①藕（huā）："花"的古体字。

②"此花"句：端合，真应该。瑶池，传说中的仙境，相传为西王母所居。

③欲堕时：指白莲将要凋谢的时候。

【点评】

　　这首诗以白莲为题，看似咏莲，但实际上只是抓住颜色的特点，借题发挥。此诗起句说，素雅之花常常要被艳丽之花所欺侮。因为莲花红多而白少，人们一提到莲花，总是欣赏那红裳翠盖，又有谁注意这不事铅华的白莲，了解她的情与恨呢？所以，冰清玉洁的白莲只适合长在瑶池里面，在晓月清风的陪伴下自开自落。

　　这首诗的突出特点是，歌咏白莲一反常态，别出新意。它没有黏滞于色彩的描写，没有着意于形状的刻画，而是写出了花的精神：白莲凌波独立，不求人知，独自寂寞地开放，简直是缟袂（mèi）素巾的瑶池仙子，和俗卉凡葩有天壤之别，但似乎又有无穷幽恨。可以说，诗人从不即不离中把白莲写得若隐若现，栩栩如生，而且意态动人，意味深长，寄托了诸多感慨。

崔郊

　　（生平事迹不详），唐朝元和间秀才。《全唐诗》中收录他一首诗。唐末范摅（shū）所撰笔记《云溪友议》中记载了这个故事。

赠 婢

唐·崔郊

公子王孙逐后尘①，绿珠垂泪滴罗巾②。

侯门③一入深如海，从此萧郎④是路人。

注释：

①"公子"句：公子王孙，指旧时贵族、官僚，王公贵族的子弟。后尘，后面扬起来的尘土。指公子王孙争相追求的情景。

②"绿珠"句：绿珠，西晋富豪石崇的宠妾，非常漂亮，为报答主人的宠爱坠楼而死。这里喻指被人夺走的婢女。罗巾，丝制手巾。

③侯门：指权豪势要之家。

④萧郎：原指梁武帝萧衍，南朝梁的建立者，风流多才，在历史上很有名气。后成为诗词中男子的习惯用语，泛指女子所爱恋的男子。这里是作者自谓。

【点评】

唐朝元和年间，才子崔郊的姑母有一婢女，生得姿容秀丽，与崔郊互相爱恋，后却被卖给显贵于顿（dí）。崔郊念念不忘，思慕不已。一次寒食节，崔郊在婢女外出时得以与之邂逅，他百感交集，临别时写下了这首《赠婢》诗。

此诗首句通过对"公子王孙"争相追求的描写突出女子的美貌，次句以"垂泪滴罗巾"的细节表现出女子对崔郊爱恋不得的痛苦，后面两句说女子一进深幽如海的侯门之后，自己与原来的恋人也就成了陌路之人。全诗高度概括地写出诗人所爱者被劫夺的悲哀，表现手法含而不露，怨而不怒，委婉曲折，寓意颇深。

这首诗的突出特点是采取避重就轻、侧面烘托的手法进行表达，含蓄蕴藉。尤其是用绿珠坠楼的典故暗示女子的漂亮、自己对女子的爱怜，以及女子已进侯门而视自己为陌路之人的情况，于看似平淡的客观叙述中透露出诗人对公子王孙和所恋女子的态度，写得含蓄委婉，不露痕迹。诗中没有直斥侯门贵族、公子王孙，但流露出的弱者的哀怨、深沉的绝望，却比直斥更厚重，也更能激起读者的同情。据说，后来于頔看到此诗后，便让崔郊把婢女领了回去，并送以赀财，因此传为诗坛佳话。

李山甫

（生卒籍贯不详），唐懿宗咸通（860—874年）年间人，尽管才华横溢，却累举进士不第。为人豪侠直爽，恃才傲物，依魏博幕府为从事，过着颠沛流离、寄人篱下的日子。诗人文笔雄健，名著一方。

项羽庙

唐·李山甫

为虏为王①尽偶然，有何羞见汉江船②。
停分③天下犹嫌少，可要行人赠纸钱④。

注释：

①为虏为王：战败为俘虏，战胜为帝王。

②汉江船：渡过长江的船。汉江，此处指长江。

③停分：即中分，平分。

④赠纸钱：为烧纸钱，即祭奠。

【点评】

史载霸王项羽垓下战败后逃到乌江边上，乌江亭长亦备船接他东渡，但项羽认为自己全军覆没无脸再见江东父老，因而放弃东渡，最后自刎乌江。李山甫就此事发表议论，认为战胜为王和战败为寇都是历史的偶然，没必要如此爱面子放弃卷土重来的机会，本来有以长江为界平分天下的机会，却要为让后人因钦佩而为你烧个纸钱，实在可惜，也实不可取。在这里，核心问题是如何正确对待失败。

当然，对此事的认识见仁见智，众说纷纭，如历史上的杜牧、陈洎、王安石、吴龙翰、李清照等，他们的观点各有不同。李山甫的观点与杜牧比较一致。杜牧认为："胜败兵家事不期，包羞忍辱是男儿。江东子弟多才俊，卷土重来未可知。"清代何士颙（yóng）也说："忍辱从来事可成，英雄盖世枉伤神。但知父老重羞见，不记淮阴胯下人！"乌江亭长当时曾劝项羽说："江东虽小，地方千里，众数十万人，亦足王也。愿大王急渡。"可是死要面子的项羽就是不渡，认为这样回去无颜见江东父老。倘若项羽能够东渡乌江，认真反思，总结教训，发扬坚忍不拔、百折不挠的精神，卷土重来的机会不是没有。如当年胯下受辱的韩信，鸿门宴上逃席的刘邦等，不都最后建功立业了吗？越王勾践卧薪尝胆，"十年生聚，十年教训"，也终于报国雪耻，这才是真正的英雄好汉。而项羽"空歌拔山力，羞作渡江人"，只能让后人为之感慨伤怀，嗟叹不已。

寓　怀

唐·李山甫

万古交驰①一片尘，思量名利孰如身②。

长疑好事皆虚事，却恐闲人是贵人。

老逐少来③终不放，辱随荣后④直须匀。

劝君不用夸头角⑤，梦里输赢总未真。

注释：

①交驰：意思是交相奔走，往来不断。

②孰如身：何如保重好自己的身体和生命。

③老逐少来：意思是对于名利，年老的人还没有放弃，年少的人又来开始追逐了。

④辱随荣后：荣耀的后面往往有耻辱跟随到来。

⑤夸头角：意思是夸耀自己能崭露头角，取得了重大成就和荣华富贵。

【点评】

　　这首诗堪称醒世之作。首句囊括时空，将有史以来所有之人一网打尽，为追名逐利而竞相奔走，正所谓"天下熙熙，皆为利来；天下攘攘，皆为利往"。然而，世上没有永葆之名禄，也没有长存之富贵，时间的无情风雨，终将辉煌的一切都剥蚀成一片尘土。仔细思量，追名逐利何如保身全生呢？更何况，追名者未必得名，逐利者也未必得利，这种猛睁睡眼后的清醒与理性意识，正是人们对历史和现实世界变动不居的状态有所认识的结果。

常言说，月盈则亏，日午必昃（zè），盛极而衰，否极泰来，荣辱成败，盛衰升沉，往往是如影随形，相生相克，人们无须夸耀自己头角峥嵘，世事不过是一场大梦，梦中的输赢还未见分晓啊。这首诗是一位雄心壮志却命运多舛的士人发出的无奈但也是大彻大悟后的沉吟。

林宽

（生卒年月不详），约唐懿宗咸通末前后在世，侯官（今福建省闽侯县）人。与唐朝诗人许棠、李频等同时。举进士，久乃登第。曾入太学，又曾游边塞，尝赋诗自言。其诗多律诗、绝句，尤以七绝出色。

歌风台[①]

唐·林宽

蒿棘[②]空存百尺基，酒酣曾唱大风词[③]。
莫言马上得天下，自古英雄尽解[④]诗。

注释：

①歌风台：汉高祖刘邦歌《大风歌》之处，后人因筑台，并立碑刻歌辞，台址原在今江苏省沛县东泗水西岸。

②蒿棘：野草。

③大风词：即《大风歌》。

④解：懂得。

【点评】

常人以为，马上得天下者，必是赳赳武夫，但知舞马操戈，不谙诗歌文章。如章碣说："竹帛烟销帝业虚，关河空锁祖龙居。坑灰未冷山东乱，刘项原来不读书。"然而，林宽却一背俗念，力排众议，独树一帜，另有见地，发出了"莫言马上得天下，自古英雄尽解诗"的感叹。认为伟大的英雄人物不是只能马上得天下，而且也是文武全才，绝非凡响。

其实，历史上真正能打天下、得天下者，不但善武，也都能文，并非只是草莽武夫。如刘邦作的《大风歌》响遏行云，项羽作的《垓下歌》气壮山河，黄巢作的《咏菊》诗霸气十足，朱元璋作的《燕子矶》惊天动地。应该说，英雄有英雄的胸怀，英雄有英雄的气概，"英雄尽解诗"虽不尽然，但也不是没有道理，只是他们多不舞文弄墨。

高蟾

（生卒年月不详），约唐僖宗中和初前后在世。家贫，工诗，气势雄伟，性倜傥，然尚气节，虽人与千金，非义勿取。曾十年科举，未得一第，自伤运蹇（jiǎn），有"颜色如花命如叶"诗句。乾符三年（876年），以高侍郎力荐始登进士。乾宁中，官至御史中丞。著有诗集一卷。

金陵①晚望

唐·高蟾

曾伴浮云归晚翠②，犹陪落日泛秋声③。
世间无限丹青手④，一片伤心画不成。

注释：

①金陵：今南京。

②晚翠：傍晚苍翠的景色。

③秋声：秋天自然界的声音，如鸟虫叫声、风声等。

④丹青手：指画师。

【点评】

　　这是一篇题画之作。诗人借对六朝古都金陵的感慨，抒发对晚唐现实的忧虑。

　　此诗表面上是说残秋薄暮时候的感伤，如满目的秋风凄厉、秋叶凋零、秋虫哀鸣、秋水惨淡等，让人不愿看、不忍看、更不敢久看，这是中国文人悲秋的习惯心理。实际上从深层次上说，它更是作者对摇摇欲坠的唐王朝所触动的一种焦虑和哀痛。面对南朝六代建都之地，当年佳丽荟萃，而今唯有废墟残景。追昔抚今，宦官专权、藩镇割据、战乱不已的唐王朝已经危机四伏，它也和自然界的浮云落日一样在无可挽回地衰败下去。眼看此情此景，诗人百端交集，倍感苦恼，却又无能为力，"世间无限丹青手，一片伤心画不成"。这是作者痛苦的呐喊，也是寂寞的呐喊。

张泌（bì）

　　生卒年月不详，字子澄，淮南（今安徽省淮南市）人。唐末五代后蜀词人，是花间派的代表人物之一。其诗词用字工炼，章法巧妙，描绘细腻，用语流便。

寄　人

唐·张泌

　　别梦依依到谢家①，小廊回合曲阑斜②。

　　多情只有春庭月，犹为离人③照落花。

注释：

①谢家：泛指闺中女子。晋代谢奕之女谢道韫、唐代李德裕之妾谢秋娘等皆有盛名，故后人多以"谢家"代闺中女子。

②"小廊"句：小廊，指回廊。回合，回环、回绕。阑，栏杆。

③离人：指离别的人。

【点评】

这首诗题为《寄人》，意思是以诗代柬，来表达自己心里要说的话，这在古代是常有的事。据说，诗人张泌曾与一女子相爱，后来彼此分手了。为了倾吐不能忘怀的心曲，作者借用诗的形式进行曲折隐晦的表达。

诗从一个梦境说起。仿佛诗人飘飘荡荡进到了他的情人家里，希望与其梦中相逢。但尽管这里还是廊阑依旧，已独不见了所思之人。他的梦魂绕遍回廊，倚尽阑干，也只能失望地徘徊着、追忆着。崔护《题都城南庄》诗："人面不知何处去，桃花依旧笑春风。"周邦彦《玉楼春》词："当时相候赤阑桥，今日独寻黄叶路。"其情其景与此似无二致。所幸的是，只有天上的春月还是那样多情，仍在明亮地为离人照着这院中的落花。这首诗重在写明月有情，尽管春花已落，但它仍在为寻梦之人照耀着，从而深婉地表达了自己的不尽思念和情人的难以寻觅。

苏拯

生平事迹不详，生活年代在唐昭宗光化年前后。现存其诗一卷。

西 施

唐·苏拯

吴王从骄佚①，天产②西施出。

岂徒伐一人③，所希救群物④。

良由⑤上天意，恶盈戒奢侈⑥。

不独破⑦吴国，不独生越水⑧。

在周名褒姒⑨，在纣名妲己⑩。

变化本多涂⑪，生杀⑫亦如此。

君王政不修⑬，立地⑭生西子。

196

注释：

①骄佚：骄奢淫逸。

②天产：上天降生。

③"岂徒"句：岂徒，岂单单是。伐，惩罚。

④救群物：拯救天下的众人。

⑤良由：多来自。

⑥"恶（wù）盈"句：恶盈，憎恶那些罪恶满满的人。戒奢侈，惩戒那些奢侈腐化者。戒，惩戒，

⑦不独破：不单单毁掉。

⑧生越水：诞生在越国的江边。

⑨褒姒（bāo sì）：周幽王的第二任王后。她为周幽王生下儿子姬伯服后，倍受宠爱。史传周幽王曾为博她一笑而烽火戏诸侯，结果导致西周灭亡。

⑩妲（dá）己：苏姓，字妲，商纣王王后，美若天仙。商纣王为博她欢颜而荒淫无度，最后导致商朝灭亡。

⑪"变化"句：变化，美女出现的方式。多涂，即多种途径。涂，通途。

⑫生杀：因乱政和战争君王被杀。

⑬政不修：不修为政之德。

⑭立地：马上，随时随地。

【点评】

　　这首诗在评价西施的同类题材中是比较有见解的，尤其是其结句"君王政不修，立地生西子"堪称一篇之骨，文毕义见，意境高远。作者认为，君王只要一开始骄奢淫逸，西施这样的人就应运而生了，她不但会出生在越国，灭亡吴国，也会出生在其他地方，灭亡其他国家或王朝，历史上这样的人物比比皆是，如周朝的褒姒、商朝的妲己等。所以，如果君王政德不修，政令不行，随时随地都会出现这样的"红颜祸水"。但其之所以出现，真正原因是出自君王自身，出自君王的政德不修、荒淫无度。这个观点还是比较公允的，是高明之论，它对统治者不啻为一声重槌。

　　历朝历代咏西施的诗歌不胜枚举，对西施的评价也各不相同，甚至差异悬

殊。主要观点有三种：

第一种，认为西施是红颜薄命。此说以唐代的王维、胡幽贞、施肩吾等人为代表。如：王维《西施咏》："艳色天下重，西施宁久微？朝为越溪女，暮作吴宫妃。贱日岂殊众？贵来方悟稀……当时浣纱伴，莫得同车归。持谢邻家子，效颦安可希。"胡幽贞《题西施浣纱石》："徘徊浣纱石，想象浣纱人。碧水澄不流，红颜照之频。自恃绝世姿，岂与众女邻。一朝入紫宫，万古遗芳尘。至今溪边花，不敢娇青春。"施肩吾《越溪怀古》："忆昔西施人未求，浣纱曾向此溪头。一朝得侍君王侧，不见玉颜空水流。"

第二种，西施是越国功臣、吴国祸水。此说以唐代的鱼玄机、李绅等人为代表。如：鱼玄机《浣纱庙》："吴越相谋计策多，浣纱神女去相和。一双笑靥才回面，十万精兵尽倒戈。范蠡功成身隐遁，伍胥谏死国消磨。只今诸暨长江畔，空有青山号苎萝。"李绅《游灵岩》："越王巧破夫差国，来献黄金重雕刻。西施醉舞花艳倾，妒月娇娥恣妖惑。"

第三种，为西施鸣申不平。此说以唐代的陆龟蒙、罗隐等人为代表。如：陆龟蒙《吴宫怀古》："香径长洲尽棘丛，奢云艳雨只悲风。吴王事事堪亡国，未必西施胜六宫。"罗隐《西施》："家国兴亡自有时，吴人何苦怨西施。西施若解倾吴国，越国亡来又是谁？"

王镣

生卒年月不详，字德耀，祖籍太原（今山西省太原市），后迁江苏扬州。懿宗、僖宗朝宰相王铎之弟。富有词学，却屡试不第。后于咸通中进士及第，累官主客员外郎。僖宗乾符二年（875年），改仓部员外郎，迁左司郎中、汝州刺史，终太子宾客。

感　事

唐·王镣

击石易得火，扣①人难动心。

今日朱门^②者，曾恨朱门深。

注释：

①扣：拍打，敲击，拨动。

②朱门：指富贵人家。

【点评】

　　王镣（liáo）的这首诗虽然短小，但非常精彩。他从自然界的石头和社会上的人写起，一"易"、一"难"形成鲜明对比。后面两句更是鞭辟入里，道尽人性：当今大权在握的那些人，当年他们也曾怨恨仕途艰难、无人引荐，现在为何就忘记了昔日的不平而不予改进呢？诗句抒发了他对科举制度的不平之情，抨击了当时社会上的忘本现象。

　　正如人们所说的，"屁股决定脑袋"，人的立场会随着地位的改变而改变。陈胜、吴广种田时曾发出"苟富贵，勿相忘"的誓言，然而起义成功称王之后，却把前来投靠的昔日伙伴处死，应该是一个很好的例子。这首诗也是王镣的锥心之感。他生活于晚唐时期，很有才华，但参加科举考试多次落第，深为其恨，遂作出此诗。后来，王镣屡败屡战，皇天不负有心人，他终于在唐朝咸通年间进士及第，夙愿得偿。

唐备

　　（生平事迹不详），约唐昭宗天复初在世。龙纪元年（889年）进士。工古诗，诗多讽刺，哲理性强，如对花云："花开蝶满枝，花谢蝶来稀。惟有旧巢燕，主人贫亦归。"可见一斑。

失题二首

唐·唐备

其一

天若无雪霜，青松不如草。

地若无山川，何人重平道^①。

其二

一日天无风，四溟^②波尽息。

人心风不吹，波浪高百尺。

注释：

①平道：平坦的道路。

②四溟（míng）：四海。

【点评】

通常情况下，人们总是重视和赞美青松、高山、大海，而忽视小草、平地、心胸等事物，认为它们渺小、不起眼，岂不知什么事物都是相辅相成的。在这首诗中，作者一反常情、一反常理，认为一定条件下事物是相互衬托、相互依赖的，甚至是反衬的。可谓思维独特，命意奇警，内涵深刻。依作者的逻辑，和风微雨的春日或一派苍翠的夏日，松枝不见得比草色绿得更可人。只有在北风劲吹、严霜骤至、大雪纷飞的时候，青松才显示出它的伟岸挺拔、不同凡响。同理，有山川的出现，才知道和显示出平地的便利与重要。所以，世界上的事物既矛盾又统一，看似相反的双方实则相成，共同组成一个完整的系统。因此，世界上的事物不可一概而论，尺有所短，寸有所长，月亮有月亮的光辉，星星有星星的灿烂，都有自己的位置，谁也不能代替谁。

而另一种奇特的情况是，如果没有大风刮起，四海能很快波澜不惊；但人的内心虽不见有大风吹来，却能够汹涌澎湃，浪高百尺。通过大海和人心的对比，反衬出在人心的海洋里经常波翻浪滚，甚至一个人的外表看起来是很平静的，但实际上心灵深处惊涛拍岸、白浪滔天。因为人是社会的产物、思想的精灵，是社会关系和自然关系的总和，人对物质、精神、情感等等有着多方面的需求，所以很难如庄子所说的"心如死灰"。正确的态度应该是，面对纷繁复杂的社会和人生，我们既要达观进取，努力激发才情，贡献社会，展现价值，又要适可而止，平静如水，顺其自然。要进到像明代大儒王阳明所说的"人生三境"："有我之境""无我之境""超越之境"，做到"其出也有所为，其处也有所乐"，切忌浮躁、焦灼、颓废。

 周昙（tán）

生平事迹不详，唐末时曾任国子直讲。著有《咏史诗》八卷。

春秋战国门·孙武

唐·周昙

理国无难似理兵①，兵家法令贵遵行。

行刑不避君王宠，一笑随刀八阵成②。

注释：

①"理国"句：理国，即治理国家。理兵，训练、统率军队。

②"一笑"句：化用春秋时军事家孙武到吴国后，吴王让其用宫女操演兵法的故事。八阵，指军队队形及兵力部署。

【点评】

史载孙武到吴国后，将兵法十三篇献给吴王阖闾，阖闾看后非常欣赏，但不知是否实用。他要求孙武在宫中小试练兵之道以观效果，并以宫女为士让其操练。孙武将一百八十名宫女分为左右两队，以吴王两位宠妃为队长，宣布操练要求并设斧钺于执法台。在操练过程中，宫女们笑成一片，根本无法训练。孙武斩杀左右队长，即使吴王求情也决不宽恕，之后训练果然非常严整。吴王由此知道孙武善于用兵，任其为将军，此后吴国西破强楚，北威齐、晋，名显诸侯。

这首诗的作者认为，治理国家如同治军一样，并无什么难处。而治军的原则是有令必行、有禁必止，违反规定，军法从事，决不姑息。作者虽然赞美的是孙武，但其目的却是在纵论治国之术。训练宫女那么艰难，但在孙武的"一笑随刀"之下，也训得井井有条。所以，关键在于敢不敢"行刑不避君王宠"，能够铁面无私，大胆执法，从而形成一种良好的生态环境。

 张打油

生平事迹不详，中唐时一位姓张名打油的人，爱作不讲平仄韵律的诗，风趣幽默，从此流传下"打油诗"。

咏 雪

唐·张打油

江上一笼统，井上黑窟窿。

黄狗身上白，白狗身上肿。

【点评】

这首诗写的是一个雪景，由全貌而及特写，由颜色而及神态。通篇写雪，却不着一"雪"字，但雪的形神跃然而出。遣词用字，十分贴切、生动、传神。用语俚俗，本色拙朴，风致别然。格调诙谐幽默，轻松悦人，广为传播。据说，这是中唐时期一个叫张打油的人写的，有人说他是一般读书人，有人说他就是个农民，他因这一首《咏雪》打油诗一鸣惊人，开创了一个崭新的诗体。后世称这类出语俚俗、诙谐幽默、小巧有趣的诗为"打油诗"。打油诗不讲格律，也不注重对偶和平仄，但求风趣逗人，也一定是押韵的，通常为五字句或七字句组成。它经常被用来对社会百态作嘲弄和讥讽，也可以作为谜语。一首好的打油诗，就像充满人间烟火的生活，读后让人会心一笑，内心有所感悟。

打油诗虽说不登大雅之堂，但因其独特、活泼的表现形式，深受众多诗人的喜爱，自古以来，有名的打油诗层出不穷。如：

唐朝李白的《题黄鹤楼》："一拳捶碎黄鹤楼，一脚踢翻鹦鹉洲。眼前有景道不得，崔颢题诗在上头。"据传，有一天李白登上黄鹤楼，放眼望去，万丈豪情，诗兴大发，正要提笔写诗时，但抬头看到崔颢的《登黄鹤楼》，自愧不如，于是脱口而出这首打油诗，随后搁笔不写了。

北宋欧阳修的《猜谜诗》："大雨哗哗飘湿墙，诸葛无计找张良。关公

跑了赤兔马，刘备抡刀上战场。"据传，有一天欧阳修到一家新开张的酒家吃饭，店主询问菜的味道如何，欧阳修于是用猜谜和谐音的手法道出了饭菜的"味道"：第一句谜底为"无檐"（无盐），第二句为"无算"（无蒜），第三句为"无缰"（无姜），第四句为"无将"（无酱），意思是"缺滋少味"，十分巧妙。

南宋杨万里的《早餐诗》："船中活计只诗编，读了唐诗读半山。不是老夫朝不食，半山绝句当早餐。"因为当时杨万里每日坚持晨读，十分刻苦，不许人去打扰，也因此每每忘记吃早餐，后来他便作了这首诗以自嘲。

明朝开国皇帝朱元璋的《咏鸡诗》："鸡叫一声撅一撅，鸡叫两声撅两撅。三声唤出扶桑来，扫退残星与晓月。"当他在朝堂上咏出前两句的时候，群臣们举座皆惊，欲笑不敢，欲捧不得，面面相觑。当他咏出下面的诗句后，众臣无不扼腕叹服，齐齐伏在阶前，高呼："吾皇万岁、万岁、万万岁！"

明朝第一才子解缙的《春雨》诗："春雨贵如油，下得满街流。跌倒解学士，笑煞一群牛。"相传，解缙从小聪颖过人，八岁时已能诗能文，十八岁那年，乡试中得了第一名解元，当时天下小雨，解缙喜极不慎滑倒，村人看到后都笑话他。解缙出口成章，作了这首打油诗，大家听后笑得更欢了。

明朝大才子唐伯虎的《登山》诗："一上一上又一上，一上直到高山上。举头红日白云低，四海五湖皆一望。"据传，一次唐伯虎穿得随随便便去登山游览，见到几位秀才在山上喝酒赋诗，就走上前去凑热闹，说自己也想参加，喝四杯酒作四句诗。秀才们看他邋邋遢遢，有意要捉弄他一下就让他参加了。他喝一杯酒后，就在纸上写了"一上"两个字，喝了第二杯，又添了"又一上"三个字。秀才们气得吹胡子瞪眼睛，说："这就叫诗吗？！"唐伯虎把第四杯酒喝完后，提笔写成了这首诗，然后将笔一掷，转身就走，秀才们惊得目瞪口呆，后来他们才知道那就是大名鼎鼎的唐伯虎。

近代爱国将领冯玉祥驻防徐州时写过一首《植树》诗："老冯坐徐州，大树绿油油。谁砍我的树，我砍谁的头。"冯玉祥素有"基督将军"之称，他作的诗被时人称作"丘八体"。这首诗既反映了冯将军关心民生、爱护环境的良苦用心，也保持了其"丘八体"的惯有风格，看后令人会心一笑。

现代鲁迅先生也作过一首《南京民谣》："大家去谒陵，强盗装正经。静默十分钟，各自想拳经。"这首诗揭露了国民党的内部纷争、离心离德，对他们伪装正经的行为进行了辛辣讽刺。

解放战争后期，著名诗人袁水拍有一首《咏国民党纸币》诗："跑上茅屋去拉屎，忽然忘记带草纸，袋里掏出百万钞，擦擦屁股满合适。"这是对国统区通货膨胀的幽默讽刺，反映了当时国民党严重的经济危机和政治黑暗。

当代诗人尹才干的《浪》诗："一浪一浪又一浪，浪浪撞在石头上；明知前浪折了腰，后浪还要跟着上。"此诗追求"博采众长，且中且外，且古且今，且雅且俗，自然清新，神韵兼备，独树一帜"的特点。

文益

（885—958），五代时南唐金陵清凉院僧，系禅宗法眼宗开宗祖师，俗姓鲁，余杭（今浙江省杭州市）人。七岁时出家于新定智通院，二十岁受戒于越州开元寺。南唐开国皇帝李昪重其道，迎住金陵报恩寺，赐号"净慧禅师"。晚年定居金陵清凉院，弘扬禅宗教义，四方风从，即使日本、朝鲜来的名僧，专门向其求法者也不乏其人。他学识渊博，机锋敏捷，所作偈颂，受人赞赏。著作有《宗门十规论》等。

看牡丹

南唐·文益

拥毳对芳丛①，由来②趣不同。
发从今日白③，花是去年红④。
艳色随朝露⑤，馨香逐晚风⑥。
何须待零落⑦，然后始知空。

注释：

①"拥毳"句：毳（cuì），本意为鸟兽的细毛，引申为贵重的丝绒或皮毛衣

服。芳丛，花丛，此处指牡丹花丛。

②由来：从来。

③"发从"句：意谓头发到今天已经斑白。

④"花是"句：意谓花还是像去年一样的红。

⑤"艳色"句：意谓牡丹花鲜艳的色彩将随着朝露一同凋落。

⑥"馨香"句：意谓牡丹花温馨的香味将随着晚风一起飘散。

⑦零落：凋谢，脱落。

【点评】

　　唐代时长安人对牡丹花最为喜爱，每当春季上巳节（农历三月三）过后不久牡丹开放之时，人们纷纷赶往慈恩寺元果院看早开的牡丹；稍后，又竞相奔赴太真院看迟开的牡丹。文益的这首诗是受南唐中主李璟之邀在宫廷内园看牡丹花开之后所作的一首偈子。

　　作者从鲜花由灿烂盛开而想到枯萎凋落，认为世上万物"色即是空，空即是色"，要慧悟早开，看透世事，看破荣华富贵，不能迷恋于歌舞升平、尘世浮华，不要等木已成舟时再去后悔。诗歌富含哲理，警示性强。

花蕊夫人

　　生卒年月不详，五代时后蜀后主孟昶妃子，姓徐（一说姓费），青城（今四川省都江堰市）人。得幸于蜀主孟昶，封慧妃，赐号花蕊夫人。幼能文，尤长于宫词。另据史籍记载，在五代十国时期，有几位被称作花蕊夫人的女性，她们不仅容貌美丽，而且能诗善赋，多才多艺。有关她们的事迹，多散见于五代至两宋的各种史籍中，因其所处时代相同，且又均被称为花蕊夫人，她们的身份、事迹至今仍有许多疑谜。

述国亡诗

五代·花蕊夫人

君王①城上竖降旗，妾②在深宫那得知？

十四万人齐解甲③，更无一个是男儿④！

注释：

①君王：指五代后蜀国王孟昶（chǎng）。

②妾：指旧时男子除正妻外另娶的女子。也用作女子对自己的谦称。

③解甲：脱下作战时穿的铠甲。

④男儿：指男子汉的大丈夫气概。

【点评】

　　这是一首抒写亡国之恨的诗。五代时，后蜀皇帝孟昶的贵妃徐氏，别号花蕊夫人，因才貌双全而得幸于孟昶。后蜀亡国后，花蕊夫人一同被掳入宋。宋太祖闻其诗名，召她陈诗。花蕊夫人就吟诵了这首诗，得到宋太祖的赞赏。

　　诗句直陈"亡国之由"和"亡国之辱"："君王城上竖降旗。"史载后蜀君臣极为奢侈，荒淫误国，宋军压境时，孟昶一筹莫展，屈辱投降。首句透过一个"竖"字，写出"君王"乖乖投降的丑态。继而写自己深居宫中，对投降之事一无所知。言外之意是倘若知晓此事，或许不会轻易竖起"降旗"。后面诗句则极为痛切，写后蜀军纷纷投降的场面。一个"齐"字，含有莫大的讽刺意味，诗人的羞愤此时已无法抑制："更无一个是男儿！""十四万人"中竟没有一个死国之士，不战而亡，没有一点男子汉气概，实在可耻，让人太痛心了！一个"更"字下得极有分量，将斥责、蔑视、痛恨等多种复杂感情凝聚在一起，强烈地迸发出来，将那些男儿骂了个痛快淋漓，真可谓一字千钧。特别是在宋太祖面前陈述此事，更表现出诗人远远胜过"男儿"的胆气。本诗的特点是于"述"中藏"抒"，看似述说后蜀亡国的经过，实则是抒发被掳之羞、亡国之愤；表面轻声叹息，绵绵软软，暗地柔中带刚，力可扛鼎，表现出女诗人的不凡胆识和巾帼气概，极为精彩，历来传为名篇。

　　据宋朝吴曾《能改斋漫录》一书，花蕊夫人作此诗也是有所本的。书中云："前蜀王衍降后唐，王承旨作诗云：'蜀朝昏主出降时，衔璧牵羊倒系旗。二十万人齐拱手，更无一个是男儿。'"对照二诗，花蕊夫人应是在王诗的基础上而作，但改得很好。特别是她把此诗改用第一人称"妾"的口气来写，与原作相比顿添神采。所以，此诗得到一代雄主赵匡胤的赏识，不是偶然的。

 李煜

（937—978），南唐中主李璟第六子，字重光，号钟隐、莲峰居士，南唐最后一位国君。北宋开宝八年（975年），宋军攻破金陵，李煜被迫降宋。太平兴国三年（978年）七月七日，李煜死于汴京，世称南唐后主、李后主。李煜精书法、工绘画、通音律，诗文均有一定造诣，尤以词的成就最高。李煜的词，继承了晚唐以来温庭筠、韦庄等花间派词人的传统，又受李璟、冯延巳等人的影响，语言明快、形象生动、用情真挚，风格鲜明，其亡国后词作更是题材广阔，含意深沉，在晚唐五代词中别树一帜，对后世词坛影响深远。

破阵子①

南唐·李煜

四十年②来家国，三千里地山河。凤阁龙楼连霄汉③，玉树琼枝作烟萝④，几曾识干戈⑤？

一旦归为臣虏，沈腰潘鬓⑥消磨。最是仓皇辞庙⑦日，教坊犹奏别离歌⑧，垂泪⑨对宫娥。

注释：

①破阵子：词牌名。

②四十年：南唐自建国至李煜作此词，为38年。此处40年为概数。

③"凤阁"句：凤阁龙楼，指帝王的居所。霄汉，天河。

④"玉树"句：玉树琼枝，形容树的美好。烟萝，形容树枝叶繁茂，如同笼罩着雾气。

⑤识干戈：经历战争。识，认识，经历。干戈，武器，此处指战争。

⑥沈腰潘鬓：沈指沈约，南朝史学家、文学家。后人用"沈腰"指人日渐消

瘦。潘，指潘岳，西晋著名文学家。后以"潘鬓"指中年白发。

⑦辞庙：辞，离开。庙，宗庙，古代帝王供奉祖先牌位的地方。

⑧"教坊"句：教坊，即中国古代舞乐机构，称教坊司。犹奏，仍然在奏唱。

⑨垂泪：流眼泪。

【点评】

李煜从他做南唐国君的第一天起，就一直处在北方强大的赵宋政权威慑下。宋太祖开宝八年（975年），金陵为宋兵占领，李煜肉袒投降。这首词作于李煜投降之后，记录了当时的情景和感受。三年之后，宋太宗将他毒死在汴京，时年四十二岁。

这阕词从繁华写到亡国，由极盛转而极衰，极喜而后极悲。中间自然巧妙转折，不露痕迹，却有千钧之力，悔恨之情溢于言表。从宫殿的高大雄伟，可与天际相接；宫苑内草木茂盛，鲜花遍地，如梦如幻，何曾想到有战争这回事呢？然而，现实又如此残酷，当自己还沉浸在"四十年来家国，三千里地山河"的繁华逸乐时，已经成了别人的俘虏。尤其是当离别故国哭辞宗庙时，自己熟悉的一切都要永别了，多么悲伤欲绝啊！作者以阶下囚的身份对亡国之事作痛定思痛之想，自然不胜感慨系之。当然，这既是其不知珍惜的结果，也是其沦为阶下囚的原因。历史只能让一个亡国之君尝尽凄惨苦涩，也让后人感知一下这个亡国之君内心深处那无以言表的痛苦自白。

粗缯

生涯腹有诗

书气自华

厌伴老儒烹

瓠叶强随牌

宋

王溥

（922—982），字齐物，宋初并州（今山西省太原市）祁人。历任后周太祖、周世宗、周恭帝、宋太祖等两代四朝宰相，又为著名之史学大家，编撰《世宗实录》《唐会要》《五代会要》等三部史籍共一百七十卷。去世后谥文献。

咏牡丹①

宋·王溥

枣花至小能成实，桑叶②虽柔解吐丝。

堪笑牡丹如斗大③，不成一事又空枝。

注释：

①牡丹：多年生落叶小灌木，我国特有名贵花卉，花大色艳、雍容华贵、富丽端庄、芳香浓郁，而且品种繁多，素有"国色天香""花中之王"的美称。

②桑叶：桑树的叶子，是喂蚕的饲料。

③斗大：大如斗。对小的物体，形容其大。斗，古代市制容量单位，十升为一斗，十斗为一石。

【点评】

　　这首诗是典型的逆向思维，一反人们对牡丹异常喜爱的心态，"咏"出了讥讽和否定。诗人先说枣花虽小，但秋后结有甜美酥脆的果实；桑叶很柔弱，但能养蚕结丝，织出鲜艳的绫罗绸缎。牡丹看起来花大如斗、雍容华贵，但花期一过，花去枝空，最后什么也没有留下，只不过是一种虚妄。

　　此诗题目用"咏"，其实不过是一种反讽。诗人先从人们普遍的心理定势出发，让人乍一看是歌咏牡丹的，从而好引起人们的兴趣。但歌咏牡丹的诗篇太多了，他这里能说出什么新东西呢。在人们好奇地往下读的时候，就看到了作者对牡丹的说三道四。当然，这首诗不一定符合一般人的审美价值和心理定位，但仔细品味，诗人的审美情思落在了外表美和实用美的辩证关系上。他通过枣花和桑叶的实用价值拿出例证，让人们不得不佩服他讲的道理很有说服力，尤其是在社会生活水平还不高的时代。当然，现实中，枣有枣的价值，花有花的价值，不一定有可比性。有意义的是，这首诗在诗思上是一种别出心裁，出奇制胜，令人钦佩。

薛映

（951—1024），字景阳，华阳（今四川省成都市）人。宋太宗太平兴国中进士（《净德集》卷一四《薛文恭公尚书真像记》），通判绵州、宋州、升州，知开封县，为江南转运使，江淮、两浙茶盐制置副使，改京东转运使。知相州、杭州。入知通进、银台司兼门下封驳事，迁给事中、勾当三班院，出知河南府、升州、扬州、并州及永兴军。宋仁宗时迁礼部尚书，再为集贤院学士判院事，知营州，分司南京，卒后谥文恭。

戊申年七夕

宋·薛映

银河耿耿露溥溥①，彩缕②金针玉佩环。
天媛贪忙为灵匹③，几时留巧与人间④？

注释：

①"银河"句：银河，又称天河。耿耿，明亮，显著，鲜明。溥（pǔ）溥，散布的样子。

②彩缕：彩色的丝线。

③"天媛"句：天媛，仙女。常指神话中的织女。贪忙，异常繁忙。灵匹，神仙配偶。指牵牛、织女二星相会。

④"几时"句：几时，即何时。留巧，把（纺织、刺绣）技巧传给人间。

【点评】

乞巧是古代农历每年七月七日的一种节庆风俗活动。传说，七夕那天，天上的织女会向人间恩赐"巧"技。民间女子当然不肯错过这个机会，要向织女乞"巧"，索取纺织、刺绣技巧，所以七夕也称"巧日""巧夕"。明朝李昌祺在《剪灯余话》中说："世谓今宵天孙赐巧，小女辈未能免俗，谩设瓜果之筵。"但薛映则不以为然，他在诗中指出："七夕这天织女始终在为自己与牛郎相会之事忙得焦头烂额，哪里还有空去关注人间的事情。"意思是说要想心灵手巧还得靠自己努力学习，靠别人施舍、赐予是靠不住的。这首诗借"乞巧"一事给人以深刻警示。

 寇准

（961—1023），字平仲，华州下邽（guī）（今陕西省渭南市）人，北宋政治家、诗人。太平兴国五年（980年）进士，授大理评事、知归州巴东县，改大名府成安县。累迁殿中丞、通判郓州。召试学士院，授右正言、直史馆，为三司度支推官、转盐铁判官。历同知枢密院事、参知政事。后两度入相，一任枢密使，出为使相。乾兴元年（1022年）数被贬谪，终雷州司户参军，天圣元年（1023年）九月，病逝于雷州，后谥"忠愍（mǐn）"。寇准善诗能文，七绝尤有韵味，有《寇忠愍诗集》三卷传世。

咏华山

宋·寇准

只有天在上，更无山与齐①。
举头②红日近，回首③白云低。

注释：

①与齐："与之齐"的省略，即没有山和华山齐平。

②举头：抬起头。

③回首：低头往下看，与"举头"相对应。

这是宋朝宰相寇准七岁时所作的一首诗。据记载，寇准小时候即以聪慧过人著称。一天，其父大宴宾客，饮酒正酣，有客人想请小寇准以附近华山为题作一首诗，寇准在客人面前踱步思索，一步、二步，到第三步时便随口吟出这首五言绝句，比世人皆知的曹植七步成诗还要快，堪称才思敏捷，出口成章。

这首诗缘境构诗，诗与境谐，突出了华山的高峻陡峭，再没有任何一座山峰能与之平起平坐，可谓贴合山势，准确传神，气势不凡。此诗对仗工整、严谨，没有一丝一毫的刀斧痕迹，且炼字精准，意境宏大，托喻巧妙，反映了作者在家庭、师长的教导影响下，自小志向高远，小小年纪已得诗之真谛，且有阔大境界，堪称稀世神童。

丁谓

（966—1037），字公言，小字谓之，苏州府长洲县（今江苏省苏州市）人，北宋宰相、经济学家。淳化三年（992年）中进士，出任大理评事、饶州通判等。他机敏智谋，多才多艺，累迁工部员外郎、权三司盐铁副使、知制诰、户部侍郎、参知政事。他陷害同僚，罗织罪名，促成寇准罢相，成为朝廷首席宰相，但最终亦受到弹劾，累贬为崖州司户参军并被抄家。他在海南被流放十五年，直至景祐四年（1037年）去世。

山 居

宋·丁谓

峒口①清香彻海滨，四时芬馥四时春。

山多绿桂怜同气②，谷有幽兰让后尘③。

草解忘忧忧底事④，花能含笑笑何人⑤？

争如彼美钦天圹⑥，长荐⑦芳香奉百神。

注释：

①峒（dòng）口：少数民族聚居的地方。在隋唐以前，南方许多少数民族往往在山洞中居住，因此后来对部分地区的村寨泛称"峒"或"溪峒"。

②同气：当指志同道合、兴趣相投之辈。

③后尘：指后起之秀。

④"草解"句：忘忧，这里指忘忧草，即萱草的别名，据说这种草可以让人解忧。底事，什么事。

⑤"花能"句：花，这里指含笑花。据《植物名实图考》三十引《艺花谱》："含笑花生广东，花如兰，开时常不满，若含笑然。"海南岛过去属广东省，此花较多。笑何人，此处的笑为讥笑之意。

⑥圹（kuàng）：指旷野。

⑦荐：进献、供奉的意思。

【点评】

这首诗的大意是：崖州峒口地处海滨，四季如春，草木繁茂，芳香四溢。山中桂树常绿，互相扶持，兰花在幽谷绽放，远离尘嚣。据说忘忧草可以解忧，可是忧愁什么事呢？含笑花以笑示人，那么它在笑什么人呢？中原虽好，怎比得上我置身于海南美丽的旷野上，可以经常用鲜花奉献给天地百神。

这首诗用词双关，妙语对仗，颇有自我解嘲意味，也从侧面体现了作者的乐观豁达。可惜此人人品低劣。史载其："机敏有智谋，憸狡过人。"不过文才却是一流，诗画、音律无不洞晓。丁谓在相位七年，奸诈异常，后被抄家，累贬为崖州（今海南省三亚市）司户参军，七十二岁去世。其"草解忘忧忧底事，花能含笑笑何人？"诗句，则颇受后人青睐。宋代欧阳修在《归田录》中说："丁谓晚年诗笔尤精，在海南篇咏尤多，如'草解忘忧忧底事，花能含笑笑何人？'尤为人所传诵。"明朝诗人王佐评价丁谓这首诗时也专门写了一首《含笑》诗予以讽刺："尧草原能指佞臣，逢花休问笑何人。君看青史千年笑，奚止山花笑一春。"意思是：长于尧帝庭阶前的一种神草最能辨人善恶，逢奸必指，亦名屈草、屈轶、指佞草，而含笑花只是花开一春，微笑示人，即便是讥笑也是一时，比不上奸臣丁谓被后人讥笑千年。对其鞭笞，可谓入骨。

 范仲淹

（989—1052），字希文，苏州吴县（今江苏省苏州市）人，北宋初年政治家、文学家。范仲淹幼年丧父，随母亲改嫁到长山朱氏，更名朱说，长大后闻知自己的身世，遂独自到睢阳书院（在今河南省商丘市）潜心苦读，并改回范姓。大中祥符八年（1015年），范仲淹进士及第，先后历任兴化县令、秘阁校理、陈州通判、苏州知州等职。庆历三年（1043年），出任参知政事，发起"庆历新政"改革。不久后，新政受挫，范仲淹自请出京，历知邠州、邓州、杭州、青州、颍州。去世后累赠太师、中书令兼尚书令、楚国公，谥号"文正"。他倡导的"先天下之忧而忧，后天下之乐而乐"思想和仁人志士节操，对后世影响深远。有《范文正公文集》传世。

江上渔者

宋·范仲淹

江上往来人①，但爱鲈鱼美②。
君看一叶舟②，出没风波里④。

注释：

①往来人：来往行旅之人。

②"但爱"句：但，只。鲈鱼，一种头大口大、体扁鳞细、背青腹白、味道鲜美的鱼。

③一叶舟：像漂浮在水上的一片树叶似的小船。

④"出没"句：出没，指一会儿看得见，一会儿看不见，若隐若现。风波，大的风浪。

【点评】

这首小诗的作者看到江上来来往往的人，觉得人们都是只知道品尝鲈鱼味道的鲜美，却不一定知道要捕到这种好吃的鱼很不容易，需要打鱼人驾着一叶扁舟，在惊涛骇浪中出生入死地进行搏斗，非常辛苦和艰险。这首诗既揭示了

鲈鱼的味美、捕捉的不易、捕鱼者的艰辛，又揭示了一种更深刻的道理，即任何事情不要光看它表面的光鲜，还要看它历经的艰难困苦，付出的巨大努力。正所谓"没有一番寒彻骨，哪得梅花扑鼻香"。所以，要想成功就得奋斗，要想收获就得耕耘，不劳而获永远是靠不住的。

这首诗在表现手法上，无华丽词藻，无艰字僻典，无斧迹凿痕，以平常的语言，平常的人物、事物，表达不平常的思想、情感，产生了很强的艺术和思想效果。

柳永

（约984—约1053），原名三变，字景庄，后改名柳永，字耆卿，崇安（今福建省武夷山市）人，婉约派代表人物。柳永出身官宦世家，少时学习诗词，有功名用世之志。咸平五年（1002年），柳永离开家乡，流寓杭州、苏州，沉醉于听歌买笑的浪漫生活之中。大中祥符元年（1008年），柳永进京参加科举，屡试不中，遂一心填词。景祐元年（1034年），柳永暮年及第，历任睦州团练推官、余杭县令、晓峰盐碱、泗州判官等职，以屯田员外郎致仕。柳永是第一位对宋词进行全面革新的词人，也是两宋词坛上创用词调最多的词人。他大力创作慢词，将敷陈其事的赋法移植于词，同时充分运用俚词俗语，以适俗的意象、淋漓尽致的铺叙、平淡无华的白描等独特的艺术个性，对宋词的发展产生了深远影响。

雨霖铃①

宋·柳永

寒蝉凄切②，对长亭③晚，骤雨④初歇。都门帐饮无绪⑤，留恋处，兰舟⑥催发。执手相看泪眼，竟无语凝噎⑦。念去去⑧，千里烟波，暮霭沉沉楚天阔⑨。

多情自古伤离别，更那堪，冷落清秋节！今宵酒醒何处？杨柳岸，晓风残月。此去经年⑩，应是良辰好景虚设。便纵有千种风情⑪，更与何人说？

注释：

①雨霖铃：词牌名，也写作《雨淋铃》。相传唐玄宗入蜀时在雨中听到铃声而想起杨贵妃，故作此曲，有哀伤成分。柳永的《雨霖铃》最为有名。

②凄切：凄凉急促。

③长亭：古代在交通要道边每隔十里修建一座长亭供行人休息，又称"十里长亭"。靠近城市的长亭往往是古人送别的地方。

④骤雨：急猛的阵雨。

⑤"都门"句：都门，即国都之门。这里指北宋的首都汴京。帐饮，在郊外设帐饯行。无绪，没有情绪，没有心情。

⑥兰舟：古代传说鲁班曾刻木兰树为舟。这里是对船的美称。

⑦凝噎：喉咙哽塞，欲语不出的样子。

⑧去去：重复"去"字，表示行程遥远。

⑨"暮霭"句：暮霭，指傍晚的云雾。沉沉，深厚的样子。楚天，指南方楚地的天空。

⑩经年：年复一年。

⑪"便纵有"句：纵，即使。风情，男女相爱之情、思念之意。

【点评】

　　这首词是柳永著名的代表作之一。柳永才华横溢，曾经因作词忤犯宋仁宗，屡试不第，心中失意忧愤，常常流连秦楼楚馆为歌伶乐伎撰写曲子词。此词即柳永与一位歌妓恋人的惜别之作。

　　词的上阕写一对恋人饯行时难分难舍的别情，下阕写想象中别后的凄楚情景，其表现手法：先写离别之前，重在勾勒环境；次写离别时刻，重在描写情态；再写别后想象，重在刻画心理。不论勾勒环境，描写情态，想象未来，词人都注意了前后照应，虚实相生，做到层层深入，尽情描绘，情景交融，读起来如行云流水，起伏跌宕中不见痕迹。这首词把作者宦途的失意和与恋人的离别两种痛苦交织在一起，其情调极其伤感、低沉，但也将其痛苦心情刻画得淋漓尽致，使人一读就会产生强烈的共鸣。

　　此词的最精彩之处有两点：一是"念去去，千里烟波，暮霭沉沉楚天阔"。"去去"二字用得极好，不愿去而又不得不去，包含了离人无限凄楚。只要兰舟一开，就会越去越远，最后漂泊到广阔无边的南方。离愁之深，别恨之苦，溢于言表。二是"今宵酒醒何处？杨柳岸，晓风残月"。这两句其妙无穷，主要妙在用景写情，真正做到了"景语即情语"。"柳""留"谐音，写难留的离情；晓风凄冷，写别后的寒心；残月破碎，写此后难圆之意。这几句景语，将离人凄楚惆怅、孤独忧伤的感情表达得十分充分、真切，创造出一种特有的意境，成为柳永词的最经典代表。

望海潮①

宋·柳永

东南形胜，三吴②都会，钱塘③自古繁华。烟柳画桥④，风帘翠幕⑤，参差⑥十万人家。云树⑦绕堤沙，怒涛卷霜雪⑧，天堑⑨无涯。市列珠玑⑩，户盈罗绮，竞豪奢。

重湖叠巘清嘉⑪，有三秋⑫桂子，十里荷花。羌管弄晴⑬，菱歌泛夜⑭，嬉嬉钓叟莲娃。千骑拥高牙⑮，乘醉听箫鼓，吟赏烟霞⑯。异日图将好景⑰，归去凤池⑱夸。

注释：

①望海潮：词牌名，以柳永的这首词为正体。

②三吴：即吴兴（今浙江省湖州市）、吴郡（今江苏省苏州市）、会稽（今浙江省绍兴市）三郡，在这里泛指今江苏南部和浙江的部分地区。

③钱塘：即今浙江省杭州市，古时候吴国的一个郡。

④"烟柳"句：烟柳，即柳树如雾气笼罩着。画桥，装饰华美的桥。

⑤"风帘"句：风帘，即挡风用的帘子。翠幕，青绿色的帷幕。

⑥参差：高高低低，高下不齐貌。

⑦云树：树木如云，极言其高且多。

⑧怒涛卷霜雪：指钱塘江的潮头又高又急地冲过来，如霜雪般浪花在滚动。

⑨天堑：天然又深又宽的沟壑，这里指钱塘江。

⑩珠玑：珠是珍珠，玑是一种不圆的珠子。这里泛指珍贵的商品。

⑪"重湖"句：重湖，指以白堤为界，分为里湖和外湖，所以也叫重湖。叠巘（yǎn），层层叠叠的山峦。巘，大山上的小山。清嘉，清秀佳丽。

⑫三秋：一般指秋季的第三个月，即农历九月。

⑬羌（qiāng）管弄晴：羌管，即羌笛，羌族之簧管乐器。这里泛指乐器。弄，吹奏。

⑭菱歌泛夜：采菱夜归船上的歌声。菱，菱角。泛，漂流。

⑮千骑拥高牙：意谓成群的马队簇拥着高高的牙旗，缓缓而来。高牙，古代行军有牙旗在前引导，旗很高，故称"高牙"。

⑯吟赏烟霞：歌咏和观赏湖光山色。烟霞，此指山水林泉等自然景色。

⑰"异日"句：有朝一日把这番景致画出来。异日，他日，指日后。图，描绘。

⑱凤池：即凤凰池，原指皇宫禁苑中的池沼，此处指朝廷中书省。

【点评】

此词是柳永在杭州时，为得到杭州知府孙沔（miǎn）举荐而夸耀其治下政绩所作的晋见词。

这首词为柳永所创的新声，是写杭州的富庶与美丽。艺术构思上一反柳永词婉约的惯常风格，匠心独运。上片写杭州，下片写西湖，以点带面，明暗交叉，浓墨重彩地铺叙展现了杭州的繁荣、壮丽景象。其写景之壮伟、声调之激越，几乎可以与苏轼媲美。而词中由数字组成的词组，如"三吴都会""十万人家""三秋桂子""十里荷花""千骑拥高牙"等，或为实写，或为虚指，均带有显著的夸张成分，体现了柳永词亦能豪放的一面。前代词话家喜欢把柳永描述成一个只知低吟"杨柳岸，晓风残月"的婉约词人和喜好"针线闲拈伴伊坐"的风流浪子，实际上柳永作词题材宽广，风格多样。

此词起笔便大开大阖，直起直落，极尽华丽铺张之能事。词人以雄健之笔，铺张扬厉地描绘了杭州城的繁盛、钱塘江的壮观和西子湖的秀美，全景式地再现了北宋承平时代这个天堂般的美丽城市的独特风貌。柳词号称"俚俗"，但本篇实属宋代雅词中不可多得的精品。

这首词后来影响极大。据说，"此词流播，金主（完颜）亮闻歌，欣然有慕于'三秋桂子，十里荷花'，遂起投鞭渡江之志。近时谢处厚诗云：'谁把杭州曲子讴？荷花十里桂三秋。那知卉木无情物，牵动长江万里愁！'"（罗大经《鹤林玉露》）当然，这只是一种说法。诱使金兵入侵，导致北宋灭亡的原因非常复杂，主要是由于统治阶级的醉生梦死造成的，与柳词关系不大。不过，从传说可知，此词的写作非常成功，读后使人会不由得对杭州异常羡慕。

八声甘州①

宋·柳永

对潇潇②暮雨洒江天，一番洗清秋③。渐霜风凄紧④，关河冷落⑤，残照当楼⑥。是处红衰翠减⑦，苒苒⑧物华休。惟有长江水，无语东流。

不忍登高临远，望故乡渺邈⑨，归思难收。叹年来踪迹，何事苦淹留⑩。想佳人、妆楼颙望⑪，误几回、天际识归舟⑫。争⑬知我，倚阑杆⑭处，正恁凝愁⑮！

注释：

①八声甘州：词牌名，又名《甘州》《潇潇雨》《宴瑶池》，源于唐代边塞曲。《词谱》以柳永的这首词为正体。

②潇潇：风雨之声。

③一番洗清秋：一番风雨，洗出一个凄清的秋天。

④霜风凄紧：秋风凄凉紧迫。霜风，秋风。

⑤关河冷落：关山江河一片冷清萧条。

⑥残照当楼：落日的余晖照耀在高楼上。

⑦是处红衰翠减：到处花草凋零。是处，到处。红，翠，指代花草树木。

⑧苒（rǎn）苒：渐渐。

⑨渺邈（miǎo miǎo）：广远，遥远。

⑩淹留：久留。

⑪颙（yóng）望：抬头远望。

⑫误几回、天际识归舟：多少次错把远处驶来的船当作心上人回家的船。

⑬争：怎。

⑭阑杆：即栏杆。

⑮正恁凝愁：恁（nèn），如此。凝愁，忧愁凝结不解。

【点评】

柳永出身书香门第，不乏求仕入世之志。但早年屡试不第，他便与伶工、歌妓为伍，谱写俗曲歌词，这样一来更遭当权者挫辱。他于是浪迹天涯，用词曲抒写羁旅之志和怀才不遇的痛苦愤懑。这首词即是他游宦江浙时的代表作，表达了他的那种羁旅异乡之苦和怀人念远之思。

此词上片于壮丽的秋景中含凄凉伤感之柔情，种种意象组接，把眼前秋景写得苍茫辽阔，渲染出一种凄凉悲慨的抒情氛围。下片于缠绵的离情中带伤感之景，但写自己是实，写"佳人"是虚，虚实相应，两面着墨，突显了离情之深和乡愁之切。全篇以健笔写柔情，兴象高远，风格苍凉，音节悲亢，而且把写景与抒情融为一体，景中有情，情中带景，情景交相辉映。其章法结构之细密，笔法之高妙，使作者不愧为慢词的奠基人，这首词也不愧为词史上的丰碑。

词中的精彩之处比比皆是。如词一开头写雨后江天，澄澈如洗，其中的"雨""洒""洗"三个字，把素秋清爽的境况表达得无与伦比。之后自"渐霜风"起，用一"渐"字，一"紧"字，一"冷"字，层层紧逼，似宇宙的悲秋之气一起袭来。接着，"是处红衰翠减，苒苒物华休"，词意由苍莽悲壮，而转入细致沉思，由仰观而转至俯察。到"惟有长江水，无语东流"，则写短暂与永恒、改变与不变之间的宇宙人生哲理，似寓有无穷感慨与愁恨。下片中，妙处主要体现在词人善于推己及人，本是自己登高远眺，却偏想故园之闺中人也在登楼望远，伫盼游子归来，"误几回"几个字运用得灵动飘逸。结句篇末点题：她哪会知道我，倚着栏杆，愁思正如此深重。怀人之情表达得极为曲折动人。苏轼平常是不喜欢柳词的，却十分赏识这一首，特别称赞"霜风凄紧"三句"于诗句不减唐人高处"（赵令畤《侯鲭（qīng）录》卷七）。

晏殊

（991—1055），字同叔，抚州临川（今江西省进贤县）人。北宋著名文学家、政治家。十四岁以神童入试，赐进士出身，命为秘书省正字，官至右谏议大夫、集贤殿学士、同平章事兼枢密使、礼部刑部尚书、观文殿大学士知永兴军、兵部尚书，去世后封临淄公，谥号"元献"。晏殊以词著于文坛，尤擅小令，风格含蓄婉丽，与其子晏几道，被称为"大晏"和"小晏"，又与欧阳修并称"晏欧"。亦工诗善文，存世有《珠玉词》《晏元献遗文》《类要》残本。

浣溪沙①
宋·晏殊

一曲新词酒一杯②，去年天气旧亭台③。夕阳西下几时回④？

无可奈何花落去⑤，似曾相识燕归来⑥。小园香径独徘徊⑦。

注释：

①浣溪沙：唐代教坊曲名，后用为词调。

②"一曲"句：一曲，即一首，因为词是配合音乐唱的，故称"曲"。新词，刚填好的词，意指新歌。酒一杯，一杯酒。

③"去年"句：是说天气、亭台都和去年一样。去年天气，跟去年此日相同的天气。旧亭台，曾经到过的或熟悉的亭台楼阁。旧，旧时。

④"夕阳"句：夕阳，即落日。西下，向西方地平线落下。几时回，什么时候回来。

⑤"无可"句：没有办法，花已经凋谢了。无可奈何，不得已，没有办法。

⑥"似曾"句：似曾相识，即好像曾经认识，形容见过的事物再度出现。燕归来，燕子从南方飞回来。

⑦"小园"句：在花草芳香的小径上独自徘徊。香径，带着幽香的园中小径。独，表示"独自"的意思。徘徊，来回走。

【点评】

这是晏殊词中最为脍炙（wǎn）人口的篇章。上片绾（wǎn）合今昔，叠印时空，潇洒安闲，重在思昔。下片巧借眼前景物，寓意深婉，巧思深情，重在伤今。词的主旨是：花儿总要凋落让人无可奈何，似曾相识的春燕又要归来。一切必然要消逝的美好事物都无法阻止其消逝，但消逝的同时仍然有美好事物的再现，生活不会因消逝而变得一片虚无。其中，"无可奈何花落去，似曾相识燕归来"两句，是传诵千古的名句。

这首词清丽自然，意蕴深沉，启人神智，耐人寻味。词中对宇宙人生的深思，给人以哲理性的启迪和美的享受；词中无意间描写的现象，往往含有深刻哲理，启迪人们从更高层次思索宇宙和人生问题；词中所涉及到的时间永恒而人生有限的意念，又表现得十分含蓄。

踏莎行①

宋·晏殊

小径红稀②，芳郊③绿遍，高台树色阴阴见④。春风不解禁杨花⑤，蒙蒙⑥乱扑行人面。

翠叶藏莺，朱帘隔燕⑦，炉香静逐游丝转⑧。一场愁梦酒醒时，斜阳却⑨照深深院。

注释：

①踏莎行：词牌名。

②红稀：花儿稀少。红，指花。

③芳郊：清香弥漫的郊外。

④阴阴见：暗暗显露。

⑤不解禁杨花：不懂得约束杨花。

⑥蒙蒙：形容柳絮飘飞，令人满眼迷蒙。

⑦翠叶藏莺，朱帘隔燕：意谓莺燕都深藏不见。这里的莺燕暗喻"伊人"。

223

⑧"炉香"句：香炉中冒出的袅袅香烟旋转着向上飘升。游丝，指蜘蛛等昆虫吐出的丝，因其多在空中飘荡，故称，此处用来形容香烟飘飞。

⑨却：正。

【点评】

这首词描绘的是晚春景象，表达了词人面对时光匆匆逝去的无奈和哀伤。但全词清幽委婉，平而不淡，含而不露，意境深远。

词的上片层次分明地勾勒了一幅春天的图景。其中，"红稀""绿遍""树色阴阴"以及"杨花"扑人等景色的描绘，暗示着春天将暮。下片写身边的春景。其中的"藏""隔"两个字用得很妙，尽现树木之茂盛和庭院的幽寂。词人正是通过诸多景物的动态描写，来反衬此时屋里的寂静，同时也是在写自己的愁闷心情。

"春风不解禁杨花，蒙蒙乱扑行人面"是词中名句，意思是：暮春时节春风不懂得约束杨花（即柳絮），以致让它漫天飞舞，乱扑行人之面。这里作者化用唐代韩愈"杨花榆荚无才思，惟解漫天作雪飞"诗句，暗示春天已经无计可留，只好听任杨花飘舞送春归去。但词人在这里并没有表现出常见的颓废之情，而是用"蒙蒙""乱扑"字句，生趣盎然，极富动态之感。

全词之写景手法极为高妙，达到了不露痕迹的程度，前人对其评价非常高。如明代戏曲理论家沈际飞在《草堂诗余正集》中说："结'深深'妙，着不得实字。"明末清初韵学家沈谦在《填词杂说》中进一步指出，结句"更自神到"，充分道出了晏殊词写景流丽、重其精神的特点。

陈洎（jì）

（？—1049），彭城（今江苏省徐州市）人，字亚之。历知怀州，审刑院。仁宗宝元间，自屯田员外郎为御史中丞，出为京西、淮南、京东转运使。庆历六年（1046年），入为度支副使，寻转盐铁副使。工诗，风格秀古。

过项羽庙

宋·陈洎

八千子弟①已投戈，夜帐犹闻怨楚歌②。

学敌万人成底事③，不思一个范增④多。

注释：

①八千子弟：最初跟随项梁、项羽起兵击秦的江都旧部。

②"夜帐"句：项羽被围垓下，夜间营帐中闻汉军四面皆楚歌，乃大惊道："汉皆已得楚乎，是何楚人之多也？"怨，指楚歌中对项羽的怨恨之声。

③"学敌"句：项羽少时，曾言："剑一人敌，不足学，学万人敌。"万人敌即军事韬略。底事，何事。

④范增：项羽谋士，年七十辅佐项羽称霸，屡劝羽杀刘邦，羽不听。后羽中刘邦反间计，怀疑范增有二心，增愤而离去，途中疽发于背而死。

【点评】

项羽，又名西楚霸王，是秦朝末年的诸侯王之一。他"力拔山兮气盖世"，勇猛无敌，反秦起义后，力克秦军，与秦末众多起义军一起推翻了秦朝。但有勇无谋、刚愎自用，不知依靠智囊人士，只逞匹夫之勇，结果招致垓下之败，自刎乌江。这首咏史诗从八千子弟投戈、夜帐四面楚歌落笔，既叙史事，又展现出形象感人的画面，继而以唱叹之笔，生发议论，具有强烈的讥刺意味。

千百年来，人们对于项羽总是感慨良多，赞扬他的，讽刺他的，比比皆是，不一而足。现代学者金性尧指出："范增是项羽的智囊，成大事就须依靠智囊。项羽却疑范增而信项伯，最后乌江自刎，难道真像他说的是'天亡我也'吗？曾巩《垓下》云：'泫（xuàn）然垓下真儿女，不悟当从一范增。'亦以项羽不听范增之言为失著。"

 欧阳修

（1007—1072），字永叔，号醉翁、六一居士，吉州永丰（今江西省吉安市永丰县）人。欧阳修官至翰林学士、枢密副使、参知政事，谥号"文忠"。后人又将其与韩愈、柳宗元和苏轼合称"千古文章四大家"。与韩愈、柳宗元、苏轼、苏洵、苏辙、王安石、曾巩被世人称为"唐宋散文八大家"。欧阳修是宋代文学史上的文坛领袖，领导了北宋诗文革新运动，继承并发展了韩愈的古文理论。他的散文创作高度成就与其正确的古文理论相辅相成，从而开创了一代文风。

画眉鸟

宋·欧阳修

百啭千声随意移①，山花红紫树高低②。
始知锁向金笼听③，不及④林间自在啼。

注释：

①"百啭"句：百啭千声，形容画眉叫声婉转，富于变化。啭，鸟婉转地啼叫。随意，意谓自由自在。

②树高低：树林中的高处或低处。

③"始知"句：始知，现在才知道。金笼，贵重的鸟笼，喻指不愁吃喝、生活条件优越的居所。

④不及：远远比不上。

【点评】

画眉鸟又称百舌，是声音婉转的鸣禽。本诗借咏画眉鸟以抒发自己的性灵。此诗前两句写景：看到鸟儿在开满红红紫紫的山花枝头上欢呼雀跃，翩翩起舞，听到它们在高高低低的树梢上尽情歌唱，百啭千啼，令人何其赏心悦目。继而抒情：由此联想到那些关在笼中的画眉鸟，即使金笼又能如何？远远不如在林间的无拘无束、自由自在。

这首诗是大有寄托的，写画眉鸟其实是在写自己。诗人本来在朝为官，却因党争牵连，被贬出朝廷。但到滁州后，看到自然界山花烂漫、叶木葱茏，尤其是这里的自由、美好环境，让他感到无限欣喜与快慰。管他什么金带紫袍啊，不过是身外之物、囚笼而已，何如现在的山间清流、悦耳天籁。诗人在《啼鸟》诗中也写过同样的意境："南窗睡多春正美，百舌未晓催天明。黄鹂颜色已可爱，舌端哑咤如娇婴。"可见他对"林间自在啼"是多么欣赏。由此也反映了诗人此时归隐山林、挣脱羁绊、向往自由的心理和愿望。

梦中作

宋·欧阳修

夜凉吹笛千山①月，路暗迷人百种花。
棋罢不知人换世②，酒阑③无奈客思家。

注释：

①千山：极言山多。

②"棋罢"句：暗用王质的故事。南朝梁任昉在《述异记》中说：晋时王质入山采樵，见两童子对弈，就置斧旁观。童子给王质一个像枣核似的东西，他含在嘴里，就不觉得饥饿。等一盘棋结束，童子催他回去，王质一看，自己的斧柄已经朽烂。回家后，亲故都已去世，早已换了人间。

③酒阑：谓酒筵已尽。

【点评】

这首诗作于宋仁宗皇祐元年（1049年），作者因支持范仲淹庆历新政而被贬谪到颍州。此诗写梦，梦境恍惚朦胧，扑朔迷离，表达了诗人曲折而复杂的一种情怀，暗寓其既想超凡出世又留恋人间的思想矛盾。

诗人写了四种意境：月光映照着千山，清凉寂静，是秋夜；路上一片昏暗，千百种花儿散落满地，是春宵；沉迷在棋局中，下完棋后，一点也不知道外面世界已经变了样，是棋罢；喝醉酒后，异乡作客的人思念起家园，是酒阑。作者描绘的这四种不同的意境，一句一截，如同四幅单轴画，各自独立，又浑然天成，且对仗工巧，天衣无缝。

明代杨慎在《升庵诗话》中对此曾作过分析。他认为古人绝句诗一般有两种特点：一种是"一句一绝"，四句诗是四个不同的独立意境。如晋代陶渊明《四时咏》："春水满四泽，夏云多奇峰。秋月扬明辉，冬岭秀孤松。"唐代杜甫《绝句六首》之一："日出篱东水，云生舍北泥。竹高鸣翡翠，沙僻舞鹍（kūn）鸡。"以及欧阳修的这首诗都属此类。另一种是"意连句圆"，四句意思前后相承，紧密相关。如金昌绪《春怨》："打起黄莺儿，莫教枝上啼。啼时惊妾梦，不得到辽西。"这首诗所抒发的心中感慨，其妙处是没有把他的感慨直接说出，而是意在言外，须仔细体察才能明其究竟。可谓是大家手笔，神来之作。

蝶恋花①

宋·欧阳修

庭院深深深几许②，杨柳堆烟③，帘幕无重数。玉勒雕鞍游冶处④，楼高不见章台⑤路。

雨横风狂三月暮，门掩黄昏，无计留春住。泪眼问花花不语，乱红⑥飞过秋千去。

注释：

①蝶恋花：词牌名，原是唐教坊曲，后用作词牌，本名《鹊踏枝》，又名《黄金缕》《卷珠帘》《凤栖梧》《明月生南浦》《细雨吹池沼》《一箩金》《鱼水同欢》《转调蝶恋花》等。

②几许：多少。

③堆烟：形容杨柳浓密。

④"玉勒"句：玉勒，即玉制的马嚼子。雕鞍，精雕的马鞍。游冶处，指歌楼妓院。

⑤章台：秦朝宫殿、汉朝长安街名。唐代许尧佐《章台柳传》，记妓女柳氏事。后因以章台为歌妓聚居之地。

⑥乱红：凌乱的落花。

【点评】

　　这首词上片写女主人所处的环境，下片写女主人内心引发的感伤。词中以"庭院深深深几许"起句，非常形象生动地描绘出女主人所处环境之深幽和内心之孤寂。而"泪眼问花花不语，乱红飞过秋千去"是女主人内心升起无限的寂寥、感伤和无奈的表现，最后只能寄情于"落红"了。

　　此词写闺怨极有特点。全词词风深稳婉雅，景写得深，情写得深，意境也写得深，内容含蓄蕴藉，耐人寻味。首句"深深深"三个字，前人盛赞其叠字之妙，亦是此词之最大特色。宋代李清照在《临江仙》词序中说："欧阳公作《蝶恋花》，有'深深深几许'之句，予酷爱之，用其语作'庭院深深'数阕。"其过片三句，现代俞平伯评价说："'三月暮'点季节，'风雨'点气候，'黄昏'点时刻，三层渲染，才逼出'无计'句来。"（《唐宋词选释》）其词中意境，仿佛是诗、是画，但诗不能写其貌，画不能传其神，唯有通过这种婉曲的词笔才能恰到好处地勾画出来。尤其是结句更臻妙境："一若关情，一若不关情，而情思举荡漾无边。"（沈际飞《草堂诗余正集》）王国维则认为这首词达到了一种"有我之境"，即"以我观物，故物皆著我之色彩"（《人间词话》），表现在词中，花儿含悲不语，反映了词中女子难言的苦痛；乱红飞过秋千，烘托了女子怅然若失的神态。而情思之绵邈，意境之深远，尤为令人神往。

踏莎行①

宋·欧阳修

　　候馆②梅残，溪桥柳细。草薰风暖摇征辔③。离愁渐远渐无穷，迢迢④不断如春水。

　　寸寸柔肠⑤，盈盈粉泪⑥。楼高莫近危阑倚⑦。平芜⑧尽处是春山，行人更在春山外。

注释：

①踏莎行：词牌名。

②候馆：迎候宾客之馆舍。

③"草薰"句：草薰，指小草散发的清香。薰，香气侵袭。征辔（pèi），行人坐骑的缰绳。辔，缰绳。

④迢迢：形容遥远的样子。

⑤寸寸柔肠：形容愁苦到极点，柔肠寸断。

⑥"盈盈"句：盈盈，形容泪水充溢眼眶之状。粉泪，泪水流到脸上，与粉妆和在一起。

⑦"楼高"句：登上高楼凭栏远望也难解心中愁情。危阑（lán），指高楼上的栏杆，也作"危栏"。

⑧平芜：平坦地向前延伸的草地。芜，草地。

【点评】

这首词写的是旅人途中相思之情。词的上片写行人在旅途中忆家，下片写思妇在闺中忆行人，两地相思，一种情怀。此词是欧阳修深婉词风的代表作。

小令上下片层层递进，以发散式结构将离愁别恨表达得荡气回肠、意味隽永。其表达手法有四个特点：一是以乐写忧，托物兴怀。词的开头是一位孤独的行人走在远方的路上，迎着东风，伴着残梅、细柳、薰草，这是在南方初春的季节，景色优美。这种以乐景写离愁，从而得到烦恼倍增的效果。二是寓虚于实，富于联想。词中梅、柳、草的描写，是一种实景虚用、虚实结合的办法，不仅表现了春天的美好景色，而且寄寓了行人的离情别绪，并且采用从对面而写的手法，来加重对离情的渲染。三是化虚为实，巧于设喻。词中"愁"的表达非常巧妙。"愁"是一种无形无影的感情，在这里"虚"的离愁，化为了"实"的春水；无可感的情绪，化为了可感的形象，大大增强了艺术效果。四是逐层深化，委曲尽情。通过不同类型的"更进一层"手法，使抒情意境的营造有层深之妙：平芜已远，春山更远，而行人又在春山之外，人去之远，使人无法目睹，只能心存想象而已。

此词最精彩之处是上片的"离愁渐远渐无穷，迢迢不断如春水"两句，堪称全词之眼，以不断之春水状无穷之离愁，化抽象为具象，比喻贴切。渐行渐远，离愁上心，渐远渐无穷，信如迢迢不断的春流水，自然真实地刻画了行者离情别绪萌生渐深的过程。下片的"平芜尽处是春山，行人更在春山外"两句，是行人想象闺中人凭高望远而不见所思之人的情景，不但写出了楼头思妇凝目远望、神驰天外的情景，而且透出了她的一往情深，正越过春山的阻隔，一直伴随着渐行渐远的征人飞向天涯，是一种深入心灵的追踪。整首词通过作者生花妙笔，把离愁别绪表现得淋漓尽致，产生了巨大的艺术魅力，成为了人们传诵千古的名篇。

玉楼春①

宋·欧阳修

尊前②拟把归期说，欲语春容③先惨咽。人生自是有情痴，此恨不关风与月。
离歌且莫翻新阕④，一曲能教肠寸结。直须看尽洛城花⑤，始共春风容易别。

注释：

①玉楼春：词牌名。

②尊前：即樽前，饯行的酒席前。

③春容：如春风妩媚般的容颜，此指别离的佳人。

④"离歌"句：指饯别宴前唱的送别曲。翻新阕，按旧曲填新词。阕，乐曲终止。

⑤洛城花：即牡丹花。

【点评】

这首词咏叹离别，于伤别中蕴含了平易而深刻的人生体验。上片，樽前伤别，芳容惨咽，而转入人生的沉思："人生自是有情痴，此恨不关风与月。"下片，离歌一曲，愁肠寸结，离别的忧伤极哀极沉，却于结处扬起："直须看

231

尽洛城花，始共春风容易别。"只有饱尝爱恋的欢娱，分别才没有遗憾，正如同赏看尽洛阳牡丹，才容易送别春风归去，将人生别离的深情痴绝推宕放怀到遣性的疏放豪兴中去。

此词先放后收，收放自如。中天明月、楼台清风原本无情，与人事了无关涉，只因情痴人眼中观之，遂成伤心断肠之物，所谓"情之所钟，正在我辈"。即明明蕴含有很深重的离别哀伤与春归惆怅，然而词人却偏偏在结尾写出了豪宕的句子。然而，毕竟花有"尽"，人终"别"，因此在豪宕之中又隐含着悲慨。巧妙的是，词人却以遣玩的意兴又暂时挣脱了伤别的沉重。此词感情深挚，深得后人激赏。王国维在《人间词话》中论及此词时，谓其"于豪放之中有沉着之致，所以尤高"。

邵雍

（1011—1077），字尧夫，北宋著名理学家、数学家、道士、诗人，林县（今河南林州市）人，与周敦颐、张载、程颢、程颐并称"北宋五子"。随父徙卫州共城（今河南省辉县市），刻苦为学。出游河、汾、淮、汉，少有志，喜刻苦读书并游历天下，并悟到"道在是矣"，而后师从李之才学《河图》《洛书》与伏羲八卦，学有大成，并著有《皇极经世》《观物内外篇》《先天图》《渔樵问对》《伊川击壤集》《梅花诗》等。皇祐元年（1049年）定居洛阳，以教授为生。仁宗嘉祐与神宗熙宁初，两度被举，均称疾不赴。去世后谥康节。

山村咏怀

宋·邵雍

一去二三里，烟村四五家。
亭台六七座，八九十枝花。

【点评】

这是诗人在阳春三月去共城（今河南省辉县市）游玩时，看到了乡间野外的骀（dài）荡春光和迷人的乡村风物，诗兴大发而作的一首诗。

此诗巧妙地嵌入从一到十的数字，描绘了一幅郊外的美景：在不远的地方，有一个小山村，炊烟袅袅，住着几户人家，有几座亭台，村边路边盛开着鲜艳的花朵。表达了诗人的闲适心绪、对大自然的喜爱和享受生活的积极人生态度。此诗是一首古代童谣，是邵雍的诗歌代表作。

这类数字诗历史上还有很多，它们不但幽默风趣，而且还有不少含有较深的内涵。如：

汉代卓文君的《怨郎诗》："一别之后，二地相悬。都说是三四月，谁又知五六年。七弦琴无心弹，八行书不可传。九连环从中折断，十里长亭望眼欲穿！百思想，千系念。万般无奈，把郎怨。万语千言说不完，百无聊赖十依栏。重九登高看孤雁，八月中秋月圆人不圆。七月半，烧香秉烛问苍天，六月伏天，人人摇扇我心寒。五月石榴如火，偏遇阵阵冷雨浇花端。四月枇杷未黄，我与对镜，心欲乱。急匆匆，三月桃花随水转；飘零零，二月风筝线儿断，巴不得下一世，你为女来，我为男。"卓文君是历史上著名的才女。据说，其丈夫司马相如在事业上取得少许成就之后，就产生了纳妾之意。卓文君知道后，就回了这首《怨郎诗》（一说《白头吟》）旁敲侧击，倾诉衷肠，最后终使司马相如回心转意。

南宋朱淑贞的《断肠迷》诗："下楼来，金簪卜落；问苍天，人在何方？恨王孙，一直去了；罥（ní）冤家，言去难留。悔当初，吾错失口；有上交，无下交；皂白何须问，分开不用刀。从今莫把仇人靠，千里相思一撇消。"朱淑贞是一个著名女词人，她的丈夫是个文法小吏，经常吃喝嫖赌，权钱至上；朱淑贞气不过，写下这首词，与丈夫分开了，不知所终。全词十句话，句句分道扬镳（biāo），悲切与愤懑交织在一起，既抒发了自己怨恨决绝之情，又对薄情寡义的丈夫进行谴责。更有趣的是，她将每句话作为"拆字格"修辞的谜面，谜底正好顺次为"一、二、三……九、十"这十个数字。

明代方孝孺的《闻鹃》诗："不如归去，不如归去。一声动我愁，二声伤我虑；三声思逐白云飞，四声梦绕荆花树；五声落月照疏棂，想见当年弄机杼；六声泣血溅花枝，恐污阶前兰苗紫；七八九声不忍闻，起坐无言泪如雨。忆昔在家未远游，每听鹃声无点愁。今日身在金陵土，始信鹃声能白头。”方孝孺是明代大臣、著名文学家、思想家，燕王朱棣发动"靖难之役"时，讨伐燕王的诏书檄文都出自方孝孺之手。建文四年五月，燕王进京后，文武百官多见风转舵，投降燕王，方孝孺拒不投降，拒绝为其草拟即位诏书，后被诛十族。写这首诗的时候，前线战事节节失利，朝廷的失败只是早晚的事了，这首诗就是他当时心境的表达。

清代李调元的《咏月》诗："十九月亮八分圆，七个才子六个颠。五更四点鸡三唱，怀抱二月一枕眠。"李调元是当时蜀中三才子之一，很有才气，但有很多人不服。据说有一次，有六位才子邀李调元饮酒作诗，想为难一下他，要求把数字的排列顺序颠倒过来，用在诗中。于是，李调元很随意地吟出了这首诗，还顺便把这六个才子奚落了一顿，"七个才子六个癫"后来成了老百姓常说的一句俗语。

近代黄侃的《一二三四五六七八九十百千万半双两》诗："一丈红蔷荫碧溪，柳丝千尺六阑西。二情难学双巢燕，半枕常憎五夜鸡。九日身心百梦杳，万重云水四边齐。十中七八成虚象，赢得三春两泪啼。"黄侃是我国近代民主革命家、辛亥革命先驱之一，语言文字学家。这首诗直接将诗中所用到的全部数字组成诗名，一气呵成，堪称趣谈。

曾巩

（1019—1083），字子固，抚州南丰（今江西省南丰县）人。北宋政治家、文学家、散文家，"唐宋八大家"之一。宋嘉祐二年（1057）登进士第，被任为太平州司法参军。翌年，奉召回京，编校史馆书籍，迁馆阁校勘、集贤校理。熙宁二年（1069年）先后在齐、襄、洪、福、明、亳等州任知州，颇有政声。元丰三年（1080年），徙知沧州，神宗召见时，他提出节约为理财之要，颇得神宗赏识，留三班院供事。元丰四年（1081年），神宗以其精于史学，委任史馆修撰，编纂五朝史纲。次年拜中书舍人，后卒于江宁府。理宗时追谥"文定"。曾巩在政治上的表现并不很出色，其更大贡献在于学术思想和文学事业。有《元丰类稿》《隆平集》等著述传世。

城南二首（其一）

宋·曾巩

雨过横塘①水满堤，乱山高下路东西②。
一番桃李花开尽，惟有青青草色齐。

注释：

①横塘：古塘名，在今江苏省南京市城南秦淮河南岸。

②"乱山"句：乱山高下，指群山高低起伏。路东西，分东西两路奔流而去。

【点评】

这首诗描写了暮春时节大雨过后的山野景象，笔调流畅优美，读来琅琅上口，且富含哲理：桃花、李花虽然美丽，生命力却很脆弱、短暂；青草虽然朴素无华，生命力却很顽强、长久。其中"惟有青青草色齐"一句是神来之笔，意境深邃，表明雨后的大自然充满生机与活力。此诗寓情于景，情景交融，格调超逸，清新隽永。

王安石

（1021—1086），字介甫，号半山，谥文，封荆国公，世人又称王荆公。北宋抚州临川（今江西省抚州市临川区邓家巷）人，中国古代著名政治家、思想家、文学家、改革家，"唐宋八大家"之一。欧阳修称赞王安石："翰林风月三千首，吏部文章二百年。老去自怜心尚在，后来谁与子争先。"传世文集有《王临川集》《临川集拾遗》等，其诗文各体兼擅，词虽不多，但亦擅长，且有名作《桂枝香》等。

乌江亭

宋·王安石

百战疲劳壮士哀①，中原一败势难回。

江东子弟今虽在，肯与君王卷土来②？

注释：

①"百战"句：项羽自公元前209年起兵反秦开始，到公元前206年至公元前202年的楚汉战争，其军队连年打仗不下百战，将士们长期为战争所苦。在垓下之战中约八万楚军在失败形势下士气低落，当听到四面楚歌后纷纷逃亡或者投降，可以说斗志已失，根本不是"破釜沉舟"时的"八千子弟兵"了。

②"肯与"句：由于项羽有勇无谋、刚愎自用，智能之士如韩信、陈平、范增、钟离眜（mò）等都不能为其所用，而且政治主张和分封功臣也有问题，人心已失，即使他渡过江去，人们也很难再信任他了，也未必会跟他卷土重来。

【点评】

王安石诗中与杜牧的观点恰好相反，也很有趣。王安石素以敢撑逆风船著称，他的咏史诗评价历史人物自有其独特的历史观点，如对伊尹、吕尚、项羽、王昭君等的评价。王安石之所以有不同寻常的观点，当然有他的理由、角度和依据，并非信手写来。王安石很有政治头脑，善于作深层次的分析。

据历史记载，在四年多的楚汉战争中，项羽由于战略错误，没有一天的休整时间。他的军队四处征战，疲于奔命。除掉平时的消耗不说，在几场大仗中损失了大半精锐，如潍水之战、成皋之战等。如此一来，楚军越战越弱，兵力日少。同时，项羽还面临着军士疲惫、粮草短缺、士气低迷、军心涣散等困难，加上刘邦联军人多势众，万众一心。垓下之战时刘邦的军队已达到六十多万，尤其是韩信、彭越、英布等进退有据、攻守有度，而项羽的军队只有约八万人，所以霸王此时也只能是强弩之末了。而对这样缺乏雄才大略、有勇无谋、刚愎自用的统帅，江东子弟还愿意跟他从头再来吗？

读 史

宋·王安石

自古功名亦苦辛，行藏①终欲付何人？

当时黮暗犹承误②，末俗③纷纭更乱真。

糟粕所传非粹美④，丹青⑤难写是精神。

区区⑥岂尽高贤意，独守千秋纸上尘⑦。

注释：

①行藏：行止，指事迹。

②"当时"句：黮（dàn）暗，昏暗，不清楚。犹承误，还以误传误，以讹传讹。

③末俗：后世的习俗。

④粹美：指精华。

⑤丹青：中国古代绘画的材料，这里指绘画艺术。

⑥区区：形容很少，指一点点历史记载。

⑦尘：尘土，这里指糟粕。

【点评】

这首《读史》作于元丰八年（1085年）。这年三月，宋神宗赵顼（xū）去世后，旧党得势，新法渐废，王安石心中十分痛苦，这首《读史》就是在这种满怀忧愤的情况下写成的。

在这首诗中，王安石表达了对身后历史他人如何评价的担忧。他认为，历史从来都是难以说清的，即便是在当时也有很多是非难辨，何况在遥远的后世呢？古代流传下来的很多都是糟粕，正如《庄子·天道》中所说："古之人与其不可传者死矣，然则君之所读者，古人之糟粕已夫。"真正美好的东西可能会无法流传下来。即便是最出色的画师，也无法描绘出人的精神。因而史书不过是故纸堆而已，哪里能够真正表达出历代高贤之意呢？王安石不只是替古人感慨，也是在为自己担忧。他已经预感到那些守旧势力不可能轻易放过他，后世强加于他的污泥脏水肯定不会少。这首诗也是在提醒后世，不要轻易相信那些所谓的"历史"对他的评价，应当透过层层迷雾追寻历史的真相。

王安石在这首诗中所表现出来的思想有些过于悲观，其历史观也有一定的局限性，实际上历史上流传下来的并非都是"糟粕"，人的功过是非，后人自有基本的判断标准，让历史去评说基本上是可信的。但王安石在这首诗中所写的"丹青难写是精神"一句，思想精辟，内涵也很深刻，成为代代传诵的千古佳句。

明妃曲二首

宋·王安石

其一

明妃①初出汉宫时，泪湿春风鬓脚垂②。

低徊顾影无颜色③，尚得君王不自持④。

归来却怪丹青手，入眼平生几曾有⑤；

意态由来画不成，当时枉杀毛延寿⑥。

一去心知更不归，可怜着尽汉宫衣⑦；

寄声欲问塞南事，只有年年鸿雁飞⑧。

家人万里传消息，好在毡城⑨莫相忆；

君不见咫尺长门闭阿娇⑩，人生失意无南北。

其二

明妃初嫁与胡儿，毡车百两皆胡姬⑪。

含情欲语独无处，传与琵琶心自知⑫。

黄金杆拨春风手，弹看飞鸿劝胡酒⑬。

汉宫侍女暗垂泪，沙上行人却回首⑭。

汉恩自浅胡恩深，人生乐在相知心⑮。

可怜青冢已芜没，尚有哀弦留至今⑯。

注释:

①明妃:即王昭君,汉元帝宫女,容貌美丽,品行正直。晋人避司马昭讳,改昭为明,后人沿用。

②"泪湿"句:春风,比喻面容之美,意为如春风之面容。鬓脚垂,头上扎的发髻低垂。鬓脚,发髻。

③"低徊"句:意为因哭的眼泪太多已经不漂亮了。低徊,意为留恋地回顾。无颜色,没有脂粉颜色。

④"尚得"句:意为即使如此,昭君已经漂亮得让君王不能控制自己。君王,指汉元帝。不自持,难以控制自己。

⑤"归来"二句:意为回到皇宫后,元帝就怪罪画师毛延寿。说自己一眼看上去从来没见过这么漂亮的美女。归来,指回到皇宫。怪,怪罪。丹青手,指画师毛延寿。

⑥"意态"二句:意为一个人的精神风貌画师是从来画不出的,把画师毛延寿杀了也有些冤枉。意态,精神风貌。由来,从来。

⑦"一去"二句:意为一离开汉宫心里就知道肯定不会再回到汉朝了,值得怜悯的是昭君仍全身穿着汉服。去,离开。可怜,值得怜悯。

⑧"寄声"二句:意为想要寄信询问塞南遥远家乡的事,只有年年看着鸿雁南飞。塞南,指长城以南的汉朝。塞,关塞,这里指长城。鸿雁飞,传说鸿雁能传带家信。

⑨毡城:此指匈奴王宫。游牧民族以毡为帐篷。

⑩"君不见"句:咫尺,极言其近。长门闭阿娇,汉武帝曾将极宠爱的皇后陈阿娇幽禁在长门宫。长门,汉宫名。阿娇,陈皇后小名。

⑪"毡车"句:写匈奴派了大队胡姬来接昭君。古代贵族女子出嫁,陪从很多。两,同辆。

⑫"欲语"二句:意为思念家乡时想找人说说而无处可说,只有弹着带去的琵琶把心事传达给它。

⑬"黄金"二句:意为巧手能在琵琶上弹出美妙的声音,边弹琵琶边看飞鸿边劝胡人饮酒。杆拨,弹琵琶的工具。春风手,形容巧手。

239

⑭ "汉宫" 二句：意为汉宫陪嫁来的侍女们听得暗暗流泪，沙漠上的行人也回头观看。汉宫侍女，陪昭君远嫁的汉宫女。

⑮ "汉恩" 二句：意为汉朝给昭君的恩情很少，而胡人给昭君的恩情很深，但昭君还能够思念故乡难能可贵，人生的快乐在于能够相互知心。

⑯ "可怜" 二句：意为值得怜悯的昭君墓已经被荒草埋没，但是还有她悲哀的乐曲流传至今。青冢，王昭君之墓。相传昭君墓上的草常青，故名 "青冢"，在今呼和浩特市南。

【点评】

北宋中期，辽国、西夏 "交侵，岁币百万"。自景祐年间（1034—1038）以来，"西（夏）事尤棘"。当时朝中大臣施宜生和屡试不第书生张元之流，就因在宋不得志而投向辽、夏，造成宋的严重边患。文人们对昭君和亲一事，各抒己见，借汉言宋。王安石的这两首诗就是在这种背景下写出的。

昭君出塞，历来引人关注，但争议也很大。王安石根据他对历史事件以及是非曲直的认识，提出了自己的观点。他认为，昭君容貌绝代，"帝见大惊"，因去国离乡而 "泪湿春风"，表现了眷恋故国的无限柔情。汉元帝送走昭君后杀了宫廷画工毛延寿，怪罪他没有把昭君的美貌画出来。其实是冤枉他了，要知道天仙般的神韵是画不出来的。昭君去后，心里明知绝无回到汉宫之望，但仍然眷眷于汉，不改汉服。以此表现昭君爱乡爱国的真挚深厚感情，而且还 "寄声欲问塞南事，只有年年鸿雁飞"，把昭君一心向汉、历久不渝的心声写得镂心刻骨。其实，即使还在汉宫又能如何？人们谁不知道汉武帝那么受宠的皇后阿娇也被打入长门里冷宫的故事？胡人来迎娶昭君时，是以迎接王姬之礼来的。礼仪非常隆重，反映了恩义深厚。虽然她与胡人言语不通，哀而不乐，但有随身带来的琵琶相伴，其心也能自慰。在胡地，她一面弹着琵琶 "劝胡" 饮酒，一面眼 "看飞鸿"，心向 "塞南"，说明其内心的矛盾与痛苦。她所弹的故乡琵琶音调，感动得 "汉宫侍女暗垂泪，沙上行人却回首"，可见其情之深。虽然她在汉仅为禁闭于长门里的宫女，并被当作礼物送去 "和番"，此 "恩" 何浅；而胡人对她以百车相迎，此 "恩" 又何深，但昭君依然 "哀弦" 尚留，这说明她是深明大义的，不以个人恩怨得失而改变。但可怜的昭君青冢已经荒没，只有她悲哀的乐曲流传至今。

王安石这两首诗在历史上反响很大，有不少颇受注意之处，如他对昭君形象的刻画。关于昭君的美貌，他的描绘不在面容、体态上尽力，而是着重写昭君的风度、情态之美，以及这种美的感染力，并从中宣泄她内心的悲苦之情。关于昭君的内心情感，他一反前人以抒写其哀情、怨情和渲染悲剧气氛为主，着重揭示她对故国、亲人的挚爱之情与推己及人的善良心肠。这样昭君的形象，就不唯可悲，而且可敬了。

对于昭君出塞的评价，历史上肯定的有，否定的也有，看法各不相同。人们对于王安石的这两首诗也很有争议。如梅尧臣、欧阳修对《明妃曲》都予以批评，认为是"汉计拙"才有此屈辱之举，从而也对宋王朝的对外政策提出批评。但不少人也认为，王安石针对当时的社会背景，通过"泪湿春风""寄声欲问""弹看飞鸿""尚有哀弦"等的描写，极意刻画了昭君爱国思乡的感情，并把这种感情与个人恩怨区别开来，堪称卓见。王安石当时这样描写，委曲深入地刻画昭君心事，用以突出民族大义，恰恰是可以"正人心，厚风俗"的，对后人也有教育意义。诗中"意态由来画不成"的观点，即丹青难写是精神的见解，非常独到，也深受人们赞赏。

后代人们在昭君墓周围留下了很多诗碣，其中一首曰："闺阁堪垂世，明妃冠汉宫。一身归朔汉，万里靖兵戎。若以功名论，几与卫霍同。人皆悲远嫁，我独羡遭逢。纵使承恩宠，焉能保始终。至今青冢在，绝域赋秋风。""卫霍"即汉朝的名将卫青和霍去病，诗人在这里把王昭君与"卫霍"相提并论，对她可说是高度赞扬了。近人郁达夫也有一首咏昭君诗，命意与此相类，诗曰："马上琵琶出塞吟，和戎端的爱君深。当年若赂毛延寿，哪得诗人说到今。"近代学者陈寅恪曾经指出，中国古代所言胡汉之分，实质不在血统而在文化。孔子修《春秋》，就是"夷而进于中国则中国之"的。在中国历史上，用为文化标志的常常是"衣冠文物"。《左传》上讲"南冠"，《论语》中讲"左衽（rèn）"，后来一直用为文学典故。杜甫写昭君也是突出写"环佩空归月夜魂"，这与王安石写的"着尽汉宫衣"实际是同一手法。此事见仁见智，仍不妨继续由后人评说。

登飞来峰①

宋·王安石

飞来山上千寻塔②，闻说鸡鸣见日升③。
不畏浮云遮望眼④，自缘⑤身在最高层。

注释：

①飞来峰：一说在浙江省绍兴市城外的林山，传说其峰是从琅琊郡东武县飞来的，故名"飞来峰"，上有应天塔。一说在今浙江省杭州市西湖灵隐寺前。

②千寻塔：很高的塔。寻，古代八尺为一寻。

③"闻说"句：闻说，即听说。鸡鸣见日升，据《玄中记》中"桃都山有大树，曰桃都，枝相去三千里。上有天鸡，日初出照此木，天鸡即鸣，天下鸡皆随之"，故有"闻说鸡鸣见日升"一说。

④望眼：眺望远方的视线。

⑤缘：因为。

【点评】

宋仁宗皇祐二年（1050年）夏，诗人王安石在浙江鄞县知县任满回江西临川故里时，途经杭州，写下此诗。此时诗人只有三十岁，正值壮年，抱负不凡，正好借登飞来峰一抒胸臆，表达宽阔情怀。

这首诗与一般的登高诗不同，没有过多地描写眼前之景，只写了塔之高耸，重点是写自己的感受，寄寓"站得高才能望得远"的哲理。同时表现了诗人作为即将大展宏图的政治家的主体意识：胸怀大志、朝气蓬勃、对前途充满信心，具有远大的政治理想和抱负，不怕前进道路上的"浮云"遮挡视线。

"不畏浮云遮望眼，自缘身在最高层。"古人常有浮云蔽日、邪臣蔽贤的忧虑，西汉人就常用浮云比喻奸邪小人，如《新语·慎微篇》："故邪臣之蔽贤，犹浮云之障日也。"王句即用此意。诗人在这里加上"不畏"二字，表现了他在政治上高瞻远瞩，不畏奸邪的勇气和决心。在哲理上，此诗与苏轼的"不识庐山真面目，只缘身在此山中"诗意非常相似。两诗都极具哲理性，都经常被用作观察事物的座右铭。

题张司业^①诗

宋·王安石

苏州司业诗名老^②，乐府^③皆言妙入神。

看似寻常最奇崛^④，成如容易却艰辛。

注释：

①张司业：即唐代张籍，历任水部员外郎、国子司业等职，故世称"张水部"或"张司业"。

②"苏州"句：苏州司业，张籍原籍苏州，故称。诗名老，谓诗名历时长久，诗作精微。

③乐府：本指汉代音乐机关乐府官署所采集、创作的乐歌，也用以称魏晋至唐代可以入乐的诗歌和后人仿效乐府古题的作品，这里指张籍所作的新乐府诗。

④奇崛：奇特挺拔，独特不凡，谓笔墨新奇刚健。

【点评】

  南唐末年张洎（jì）收集张籍诗四百多首。宋代诗人钱公辅定稿刊印，命名为《木铎集》，出书后送给王安石一套。王安石读后作出此诗，对张籍诗作给予了高度评价。王安石认为，越是看上去平淡无奇、无华丽辞藻、无艰字僻典、无斧凿痕的诗歌，越是奇崛无比、淡而有味，这是一种很高的艺术境界，一般人难以达到。这既是对张籍创作水平的评价，也是对自己创作经验的总结。

  对于诗歌风格和高下的评价，金代元好问在评论陶渊明诗句时说："一语天然万古新，豪华落尽见真淳。"宋代葛立方认为："大抵欲造平淡，当自绮丽中来，落其华芬，然后可造平淡之境。"（《韵语阳秋》）宋代梅尧臣则说："作诗无古今，唯造平淡难。"（《读邵不疑学士诗卷杜庭之忽来因出示之且伏至辄书一时之语以奉呈》）由此可知，那些看上去平淡无奇的诗，好像很容易作，其实写的时候非常不易，要煞费苦心。可以说，从"豪华"到"真淳"，从"绮丽"到"平淡"，注定是一条漫长的路，不走完这条路是很难写出激动人心的作品来的。

"看似寻常最奇崛，成如容易却艰辛。"不仅适用于诗歌创作，也适合于其他事物。对于看似"寻常"的东西，不能轻视它，忽视它，其实平常的背后，往往都隐藏着"奇崛"的东西。只有付出"艰辛"的劳动，才能做出看似寻常但实际上很不寻常的事情来。

北陂①杏花

宋·王安石

一陂春水绕花身，花影②妖娆各占春。
纵③被春风吹作雪，绝胜南陌碾成尘④。

注释：

①陂（bēi）：池塘。

②花影：花枝在水中的倒影。

③纵：即使。

④"绝胜"句：绝胜，远远胜过。南陌，指道路边上。

【点评】

这首诗写于王安石退居江宁之后，是他晚年心境的写照。诗中前两句写了北陂杏花的娇媚之美，后两句表现了北陂杏花高洁的品性之美。作者寄情于物，体现出王安石刚强耿介的个性和孤芳自赏的人生追求。

诗中的后两句为全诗点睛之笔。在这首诗的意境中，"南陌"繁华、热闹，"北陂"僻静、空寂。而南陌杏花是对邀功请赏、党同伐异的得势权臣的影射，北陂杏花则是诗人刚强耿介、不遂流俗的自我人格的象征。南陌的杏花可以炫耀于一时，但最后不免凋零路面、任人践踏；北陂的杏花即使零落了，尚可在一泓清波中保持素洁，远远胜过被碾成尘土的结局。王安石曾两次拜相，又两次罢相，最后退居江宁，寄情于半山。罢相之后，他虽然被迫退出政治舞台，但仍坚持自己原有的改革信念与立场，积极倡言"天命不足畏，人言不足恤，祖宗之法不足守"，掷地有声地表明了他的政治立场与人格操守。

这首诗为绝句，由于篇幅短小，很忌一气直下，没有波折。在写法上，此诗句句写临水杏花，第三句却宕开一层，使全诗跌宕有致，富于曲折变化。这样布局，有直写，有侧写，有描绘，有议论，诗人自己爱好高洁的品格也就贯注其中了。所以后人评价说，王安石晚年的绝句有不少是直追唐人的。

刘攽（bān）

（1023—1089），北宋史学家，字贡夫，号公非，临江新喻（今江西省新余市）人。庆历进士，历任曹州、兖州、亳州、蔡州知州，官至中书舍人。一生潜心史学，治学严谨。助司马光纂修《资治通鉴》，充任副主编，负责汉史部分，著有《东汉刊误》等。

新 晴

宋·刘攽

青苔①满地初晴后，绿树无人昼梦余②。
唯有南风旧相识，偷③开门户又翻书。

注释：

①青苔：绿色苔藓，生长在背阴潮湿的地方。

②"绿树"句：昼梦，白天睡觉做梦，这里指白天睡觉。余，之后，以后。

③偷：悄悄，使人不知不觉。

【点评】

这首诗说的是，雨过天晴，地上长满了青苔；白天睡了一觉，醒来之后只有绿树在同"我"作伴。"我"的老朋友南风怕"我"寂寞，偷偷地打开门和窗进来在翻看"我"的书。

历史上写春风的诗很多，但意思各不相同。如唐代李白的《春思》句"春风不相识，何事入罗帷"，薛能的《老圃堂》"昨日春风欺不在，就床吹落读残书"。这首《新晴》诗与他们的诗有异也有同。与李白是相反的，李诗说"春风不相识"，此诗说南风是我的老朋友。与薛诗是相近的，薛诗埋怨春风吹落他正在阅读的书，此诗称南风"老朋友"连招呼都不打一声，推门而入又翻书，比薛诗更见机趣活泼。后代也有不少类似的诗。

这首诗的妙处在于后两句。诗人把南风写成是一个十分诙谐而又善于戏谑的老朋友，它偷偷地推开门闯了进来，还装作爱读书的样子，正不停地翻书呢。诗人为读者种了一株诗苑"惹笑树"，令人读后忍俊不禁。虽然这样的写法并非诗人首创，但诗人能融薛、李诗句于一炉，经锤炼锻造，又添上绝妙的"偷"字，其表达效果还高于原作，非常有创新意味。

清风翻书固然有趣，但也曾"翻"出莫大的悲剧。据传，清代中前期，翰林院官员徐骏（抗清志士顾炎武甥孙）在一次给皇帝的奏章里把"陛下"的"陛"字，错写成"狴"字，于是皇上把徐骏革职，并下令查抄徐家。在查抄时还查出了"清风诗"等问题。据传，徐骏自幼民族思想浓厚，对清统治十分不满。一次，他在自己画的一幅紫牡丹画上题诗说："夺朱非正色，异种也称王。"还有一次，在朋友聚会喝酒时，他看到杯底有明代万历年号，就随口吟道："覆杯又见明天子，且把壶儿搁一边。"这里的"壶儿"就是"胡儿"的隐语，讽刺胡人即满族人。一次，晚上他听到老鼠咬衣服的声音，就吟诗说："毁我衣冠皆鼠辈，捣尔巢穴是明朝。"还有一次，他要到京城去，动身前就写诗说："明朝期振翮（hé），一举去清都。"而最有名的还是"清风诗"，说的是有一天他在晒书，看到风吹动了书页，随口吟道："莫道萤光小，犹怀照夜心。清风不识字，何故乱翻书。"意思是别看萤火虫散发的光亮非常暗淡，但它依旧有照亮夜晚的雄心壮志。清风又不识字，为何要翻动我的书本？即非常蔑视清王朝，讽刺清朝统治者没有文化。徐骏还写了"明月有情还顾我，清风无意不留人"等诗句，用"明月"来怀恋明朝，用"清风"来影射大清。清廷以"蓄意诽谤朝廷"和大逆不道罪把他判处死刑，并株连上百人，成为清朝"文字狱"的重要案例。当然这是后话，故事也可能是综合而来的。

徐积

（1028—1103），北宋聋人教官，字仲车，楚州山阳（今江苏省淮安市）人。因晚年居楚州南门外，故自号南郭翁。徐积事母至孝，去世后赐谥节孝处士。

长春花①（其二）

宋·徐积

一从春色入花来，便把春阳不放回。

雪圃②未容梅独占，霜篱③初约菊同开。

长生洞里神仙种④，万岁楼前锦绣堆⑤。

过尽白驹⑥都不管，绿杨红杏自相催。

注释：

①长春花：即月季花。因月季花四季常开，无时不春，故又称"长春花"。

②雪圃：落雪的花园，即冬园。

③霜篱：结霜的竹篱，指秋圃。

④"长生洞"句：喻仙家之花，非俗世之花。

⑤"万岁楼"句：喻皇家之花，非普通花卉。

⑥过尽白驹：喻时光飞逝。

【点评】

这首诗以盛赞月季花长开不衰而著名。首联"一从春色入花来，便把阳春不放回"说得十分巧妙。作者对月季花一旦开放便花开不断的特点不直接点明，却说是春色一旦入花，花就不把阳春放走了，表达极为传神。继而，诗歌将月季花与傲霜斗雪的梅花、菊花相比较也毫不逊色，也能在它们开放的时间开放，堪称花中奇葩，这是在借梅、菊的名气与地位来颂扬月季。由此可知，此花既长开不败，又娇艳无比，应该是神仙所种，皇家之花，非人世间俗花可比。而且，不管时光如何飞逝，杨柳、桃杏如何催促，此花只管自己开来开去，好像要永远把春光留住。在作者笔下，月季花不仅是花容秀美、仪态万方的美女，而且具有无所畏惧的巾帼气概，既豪迈潇洒，又绝美动人。

刘挚

（1030—1098），字莘老，永静东光（今河北省沧州市）人。宋嘉祐四年（1059年）中进士甲科，能力出众，政绩卓越。因刘挚一生刚直不阿，正气森严，忠贞爱国，命运多舛，宋哲宗死后，韩忠彦为右丞相，为刘挚翻案，并给予"忠肃"称号，后被追赠为"元祐忠贤"。刘挚平生酷爱学习，治学严谨，才华横溢，他撰写的《忠肃集》广为流传。

湖上口号

宋·刘挚

绿荷深不见湖光，万柄①清风动晓凉。
莫恨红蕖犹未烂②，叶香元自③胜花香。

注释：

①万柄：意为荷叶万柄。

②"莫恨"句：莫恨，即不要埋怨、怨恨。红蕖，即粉红色的荷花，意思是荷花。犹未烂：即荷花还没有开放。烂，熟的意思，即花蕾绽放，灿烂。

③元自：本来。

【点评】

人们爱荷，一般爱荷花之美，爱花之娇艳。但刘挚却有惊人之论，认为"叶香元自胜花香"。其实，这是一种豁达和充满自信的心态。看到荷叶在晚风中摇曳多姿，于炎炎夏日生出阵阵凉意，已令人心旷神怡，虽然荷花尚未绽放，但也不要埋怨，不要沮丧，如果爱荷，这已经就够了，荷花开不开放又有什么关系呢！如何看待花开放，不过是审美方式不同的问题。实际上，红花有红花之美，绿叶有绿叶之美，花美不可能也不应当代替叶美，叶美也不应当只做陪衬。为花自然可喜，为叶也须自信。况且，有时过程比结果更重要。

苏轼

（1037—1101），字子瞻、和仲，号东坡居士，眉州眉山（今四川省眉山市）人。北宋著名文学家、书法家、画家。苏轼是北宋中期文坛领袖，在诗、词、散文、书、画等方面取得很高成就。与黄庭坚并称"苏黄"；词开豪放一派，与辛弃疾并称"苏辛"；散文著述宏富，豪放自如，与欧阳修并称"欧苏"，为"唐宋八大家"之一。苏轼善书，"宋四家"之一；擅长文人画，尤擅墨竹、怪石、枯木等。作品有《东坡七集》《东坡易传》《东坡乐府》《潇湘竹石图卷》《古木怪石图卷》等。

浣溪沙①·游蕲水②清泉寺

宋·苏轼

游蕲水清泉寺，寺临兰溪，溪水西流。

山下兰芽短浸③溪，松间沙路净无泥。萧萧暮雨子规啼④。
谁道人生无再少⑤？门前流水尚能西！休将白发唱黄鸡⑥。

注释：

①浣溪沙：词牌名。

②蕲（qí）水：县名，今湖北省浠水县。

③浸：泡在水中。

④"萧萧"句：萧萧，形容雨声。子规，又叫杜宇、杜鹃、催归，这种鸟总是朝着北方鸣叫，发出的声音非常哀切，犹如盼子回归，所以叫杜鹃啼归，因而也叫子规。

⑤无再少：不能再回到少年时代。

⑥"休将"句：白发，代指老年。唱黄鸡，感慨时光的流逝。因黄鸡报晓，表

示时光的流逝，意思是不要再感叹人生易老、时光易逝了。

【点评】

北宋元丰三年（1080年）二月，苏轼因"乌台诗案"被罗织罪名入狱，几乎被杀头，后来在多方呼吁下被贬黄州，这对苏轼是一个重大的政治打击。但一个伟大人物之所以伟大，并不是因为他身上没有人类所固有的弱点，而是因为他能够克服并超越这些弱点。苏轼为人胸襟坦荡旷达，善于因缘自适，没有因此一蹶不振。

这首词是他在黄州时游览蕲水清泉寺的所见所感。我国地势西高东低，河流通常都是由西向东奔流，一去不返，如同时光流逝，永不再来。但站在清泉寺前，面对这少见的西去流水，苏轼生发了别人难以想到的意境："谁道人生无再少？门前流水尚能西！休将白发唱黄鸡。"水既然可以倒流，难道人生就不能从白发老年重新恢复到青春少年吗？这种思想深刻表达了作者虽处身困境而不屈不挠的精神，洋溢着一种积极向上的人生态度。这首词即景抒慨，既描写了兰溪暮春静谧（mì）而幽雅的风光和环境，又抒发了使人感奋的议论，即景取喻，表达了自己的人生感悟，昂扬振拔，启人心智。

蝶恋花·春景①

宋·苏轼

花褪②残红青杏小。燕子飞时，绿水人家绕。枝上柳绵③吹又少，天涯何处无芳草④！

墙里秋千墙外道。墙外行人，墙里佳人笑。笑渐不闻声渐悄，多情却被无情恼⑤。

注释：

①蝶恋花·春景：蝶恋花，即词牌名。春景，原本无题，传本存目缺词。

②褪：脱去。

③柳绵：即柳絮。

④"天涯"句：谓已是晚春，芳草长遍天涯。

⑤"墙里秋千"五句：张相《诗词曲语辞汇释》卷五："恼，犹撩也。……，言墙里佳人之笑，本出于无心情，而墙外行人闻之，枉自多情，却如被其撩拨也。"又卷一："却，犹倒也；谨也。"却被，反被。多情，这里代指墙外的行人。无情，这里代指墙内的佳人。

【点评】

这首词当为苏轼被贬任密州（今山东省诸城市）太守时所作。此词将伤春之情表达得既深情缠绵又空灵蕴藉，情景交融，哀婉动人。

词的上片写暮春景色。视线从一棵杏树开始，所见是"残红褪尽""青杏尚小"，燕子绕舍而飞，绿水绕舍而流，行人绕舍而走，原来天涯处处有芳草啊！下片写人，描述了墙外行人对墙内佳人的眷顾及佳人自己的淡漠，让行人更加惆怅。在这里，"佳人"代表作者所追求的"芳草"，"行人"则是词人的化身。此词通过这些意象，以表达其抑郁不得排解的心绪。

此词的精彩之处：一是"枝上柳绵吹又少，天涯何处无芳草"，这是人们非常称道的两句。枝头上的柳絮虽然随风远去了，愈来愈少；但普天之下，哪里没有青青的芳草呢！二是小词最忌词语重复，但苏轼却把重复运用到了极致。下片过片中的三句总共十六个字，"墙里""墙外"分别重复，竟占去一半。然而读来依然错落有致，耐人寻味。三是"笑渐不闻声渐悄，多情却被无情恼"，内涵也极为丰富。墙院里女子的笑声渐渐地消失了，而墙外的行人听到笑声后却心绪难平。他听到女子甜美的笑声，心情跌宕起伏，而女子也并不知道墙外有个男子正因她而苦恼。男子多情，女子无情。当然，这里的"多情"与"无情"，不仅有爱情之义，也有感怀身世之情、思乡之情、报国之情等含义。作者因那"无情"之人而撩拨起他对这些情意的联想。具体是什么情？结合当时作者的处境，应该还是他在政治上不认同王安石变法一事。

在这首词中，作者写了春天的景、春天的人，尤其是后者是一种特殊景观。作者意欲奋发有为，但终究未能如愿。全词真实地反映了词人当时的一段心理历程，意境朦胧，令人回味无穷。清代王士禛在《花草蒙拾》中对其词风称赞道："'枝上柳绵'，恐屯田（柳永）缘情绮靡未必能过。孰谓坡但解作

'大江东去'耶？"即苏轼除写豪放风格的词以外，还写了大量的婉约词；写婉约词他也是高手，可是却总被"无情"所恼。这正说明他对待生活的态度：不忘情于现实世界。他在这首词中所流露出的伤感，正是基于对现实人生的热爱。

十二月二十八日，蒙恩责授检校水部员外郎黄州团练副使，复用韵二首

宋·苏轼

其一

百日归期恰及春，余年乐事最关身。

出门便旋风吹面，走马联翩鹊啅人①。

却对酒杯浑是梦，试拈诗笔已如神。

此灾何必深追咎，窃禄②从来岂有因。

其二

平生文字为吾累，此去声名不厌低。

塞上纵归他日马③，城东不斗少年鸡④。

休官彭泽贫无酒⑤，隐几维摩病有妻⑥。

堪笑睢阳老从事⑦，为余投檄⑧向江西。

注释：

①"走马"句：联翩，是鸟飞翔时的一种姿态，比喻断续而迅疾。啅（zhuó）人，指鸟叫声聒（guō）噪人。

②窃禄：犹言无功受禄，多用于自谦。

③"塞上"句：用《淮南子》"塞翁失马"典故，说明祸福相倚，以"归马"喻出狱。

④"城东"句：用唐陈鸿《东城父老传》故事，玄宗好斗鸡，长安城中的斗鸡

252

少年贾昌，最得宠荣。当时流传着这样的话："生儿不用识文字，斗鸡走马胜读书。"斗鸡之徒是皇帝的弄臣，士大夫以文字歌功阿世就如同斗鸡小儿以斗鸡取媚邀宠，作者表示所不愿为。

⑤"休官"句：休官，即辞去官职。彭泽，县名，在今江西省九江市，是当年陶渊明辞官处。

⑥"隐几"句：隐几，即靠着几案，伏在几案上。维摩，维摩诘的省称，意思是佛教居士、在家菩萨，这里指佛教徒。典自唐李商隐《酬崔八早梅有赠兼示之作》："维摩一室虽多病，亦要天花作道场。"

⑦睢阳老从事：这里指苏辙，当时苏辙在睢阳做官。这里亦用了"睢阳五老"的典故。

⑧投檄：意思是放弃征召的文书，这里指弃官。

【点评】

苏轼以作诗"谤讪朝廷"罪于元丰二年（1079年）八月十八日被捕入狱，至十二月二十九日被特赦，共在监狱里待了一百三十天。在监狱中时，政敌决心置他于死地，他经常被严酷地提审侮辱。这首诗是苏轼在"乌台诗案"获释后所写的，表达了他对"乌台诗案"经历的感受。

"乌台诗案"对苏轼打击极大，他在监狱的四个多月时间里受尽折磨。为了他的案子，朝中大臣纷纷上书营救，曹太皇太后也努力施加影响予以开脱，就连苏轼反对的人——当时已闲居金陵的王安石也上书宋神宗："安有盛世而杀才士乎？"以至对神宗的态度都起了根本性影响。为了能保住苏轼，其弟弟苏辙上书请求以自己的官职为兄赎罪，不但没有被批准，而且还因为受到牵连被贬为监筠州（今江西省高安市）盐酒税。在监狱里，苏轼惶惶不可终日，真不知还能不能活着出去，甚至给弟弟苏辙连遗书都写好了："其一：圣主如天万物春，小臣愚暗自亡身。百年未满先偿债，十口无归更累人。是处青山可埋骨，他年夜雨独伤神。与君世世为兄弟，更结来生未了因。其二：柏台霜气夜凄凄，风动琅珰月向低。梦绕云山心似鹿，魂飞汤火命如鸡。额中犀角真吾子，身后牛衣愧老妻。百岁神游定何处，桐乡知葬浙江西。"出狱后苏轼所写的这两首诗，正是步狱中遗书诗之韵所写的。

在出狱后所写的这两首诗中，第一首诗是说他出狱后的心情和所历所思所感。第二首借一种戏谑反讽的笔法写出了自己"道大不容，才高为忌"的处境，语含激愤。其中，最著名的是"塞上纵归他日马，城东不斗少年鸡"两句。诗中以"塞翁失马，焉知非福"的典故，说明祸福相倚、苦尽甘来，其中尤其以唐代贾昌斗鸡故事含蓄而又鲜明地表达了对阿世取容的宵小的蔑视，并表明不会改变自己刚正不屈的气节。"乌台诗案"完全是因言获罪，故很多朋友劝他以后不要再写诗了。但当这首诗写出后，苏轼就掷笔而笑：我真是不可救药！

定风波①

宋·苏轼

三月七日，沙湖②道中遇雨。雨具先去③，同行皆狼狈，余独不觉，已而④遂晴，故作此词。

莫听穿林打叶声⑤，何妨吟啸⑥且徐行。竹杖芒鞋⑦轻胜马，谁怕？一蓑烟雨任平生⑧。

料峭⑨春风吹酒醒，微冷，山头斜照⑩却相迎。回首向来萧瑟处⑪，归去，也无风雨也无晴⑫。

注释：

①定风波：词牌名。

②沙湖：在今湖北省黄冈东南三十里处。

③雨具先去：雨伞之类的遮雨用具先被大风刮跑了。

④已而：过了一会儿。

⑤穿林打叶声：指大雨点打在树叶上的声音。

⑥吟啸：打着呼哨，放声吟唱。

⑦芒鞋：草鞋。

⑧"一蓑"句：披着蓑衣在风雨里过一辈子也处之泰然。一蓑，蓑衣，用棕树皮制成的雨披。

⑨料峭：微寒的样子。

⑩斜照：偏西的阳光。

⑪"回首"句：向来，方才。萧瑟，风雨吹打树叶声。

⑫"也无"句：既无所谓下雨，也无所谓天晴。

【点评】

"乌台诗案"后，苏轼被贬黄州，他也准备在这里买田置产，把家安在黄州。一天，他在几位朋友陪伴下，到离黄州东南方向约三十里的沙湖相看田地，途中突然遇雨，眨眼间被淋成了落汤鸡，非常狼狈。但苏轼毫不介意，他认为，大雨既然已经下来了，一时又没有躲雨的地方，缩成一团或东奔西窜也不免会淋得透湿，还不如坦然面对。所以他脚穿草鞋，手持竹杖，和着雨打疏林的沙沙声响，打着呼哨，唱着歌，照样安步徐行。

这首词是作者坦荡旷达的人生态度的自我表白。当肆虐的风雨扑面而来时，他自有"泰山崩于前而色不变"的勇气；当风雨骤去，斜照相迎时，他也不会欢喜忘形，暗自庆幸。阴晴晦明，进退得失，皆本不足道，他完全超越于外部影响之上，履险如夷，宠辱不惊。在这首词中，"莫听穿林打叶声，何妨吟啸且徐行"是全篇的枢纽，以下词情都是由此生发，这一意境也体现了作者在疾风骤雨面前的那种镇定与从容。"竹杖芒鞋轻胜马，谁怕？一蓑烟雨任平生"中的"谁怕"一词，更是表达了作者虽处逆境屡遭挫折却毫不畏惧的倔强性格：让该来的都来吧。"料峭春风吹酒醒，微冷，山头斜照却相迎"这几句中，既有料峭春风、丝丝冷意，也有山头斜照、微微暖意。既是写景，也表达了人情寒温和人生哲理。

此词是苏轼对生活的一种积极观照，也是一种灵魂升华。清代郑文焯（zhuō）对这首词评价说："此足证是翁坦荡之怀，任天而动。琢句亦瘦逸，能道眼前景，以曲笔直写胸臆，倚声能事尽之矣。"（《手批东坡乐府》）对于苏轼词的风格特点，金代元好问评价说："唐歌词多宫体，又皆极力为之。自东坡一出，情性之外，不知有文字，真有'一洗万古凡马空'气象。"由此词可见一斑。

卜算子①·黄州定慧院②寓居作

宋·苏轼

缺月挂疏桐，漏断③人初静。时见幽人④独往来，缥缈孤鸿影⑤。
惊起却回头，有恨无人省⑥。拣尽寒枝不肯栖，寂寞沙洲冷⑦。

注释：

①卜算子：词牌名，又名《百尺楼》《眉峰碧》《楚天遥》《缺月挂疏桐》
等。

②定慧院：寺院名，在湖北省黄冈市东南。

③漏断：漏壶水滴尽了，指此时夜已深。漏，古代盛水滴漏计时之器。

④幽人：幽居之人，即隐士。这里是苏轼自谓。

⑤"缥缈"句：缥缈，隐隐约约、若有若无的样子。孤鸿影，孤独的大雁影
子。鸿，大雁，鸿雁。

⑥省：明白。

⑦"拣尽"二句：意思是讲孤鸿遭遇不幸，心怀幽恨，惊恐不已，挑选遍寒冷
的树枝不肯栖息，只好落宿于寂寞荒冷的沙洲。表达了作者的孤寂处境和高洁
自许、不愿随波逐流的心境。拣尽，挑选遍。寒枝，秋冬季寒冷的树枝。不肯
栖，不愿栖息。

【点评】

　　这首词作于宋神宗元丰六年（1083年）。苏轼被贬黄州，初到时寓居在定
慧寺院，精神伤感，生活亦甚是艰难。一天夜里，苏轼不知不觉间走到了远离
定慧院的长江岸边。屹立江畔，静听潮声起落。夜深人静，一轮残月挂在稀疏
的梧桐树梢。忽然，一只受惊的孤鸿从云中掠出，在江岸树丛盘旋良久，但终
究不肯敛翅栖息，最后悲鸣一声，飞越江水，轻轻地落在了江心那片寂寞的沙
洲上。苏轼被深深地触动了。这孤傲的鸿雁与自己何其相似啊！想到这里，一

首托物自喻的《卜算子》自然流出了。

此词上片写鸿见人，下片写人见鸿。其中的幽人寂寞如孤鸿，孤鸿惊惶如幽人。通篇借物比兴，意境高妙，超凡脱俗。在这首词中，人似飞鸿，飞鸿似人，非鸿非人，亦鸿亦人，人不掩鸿，鸿不掩人，人与鸿凝为一体，托鸿以见人，具有深刻的人格、思想和政治寄托。这是一首抒发愤懑、孤寂、苦闷、凄凉之情，深刻表达作者不屈不挠、蔑视流俗的词作。

词中那只"孤鸿"，独来独往，心事浩茫，缥缈若仙，正是作者那孤高的心境和不屈的人格形象。它"惊起却回头，有恨无人省"，正是作者心怀幽恨，惊恐不已，孤寂难耐的心境写照。然而，无论环境多么艰难，他都"拣尽寒枝不肯栖"，任凭"寂寞沙洲冷"。这正是作者那高洁自许、绝尘去俗、决不随波逐流的坚强意志。其中蕴涵的，既有苦痛悲恨无人领会，也有品格清高不肯随世浮沉。这首词的境界，正如黄庭坚所说："语意高妙，似非吃烟火食人语。非胸中有万卷书，笔下无一点尘俗气，孰能至此！"（《山谷题跋》）此词取神题外，设境意中，托物寓人，含蓄蕴藉，高旷洒脱，空灵飞动，是苏词的一个代表性作品。

和①董传留别

宋·苏轼

粗缯大布裹生涯②，腹有诗书气自华③。
厌伴老儒烹瓠叶④，强随举子踏槐花⑤。
囊空不办寻春马⑥，眼乱行看择婿车⑦。
得意⑧犹堪夸世俗，诏黄新湿字如鸦⑨。

注释：

①和：即附和之意，诗词中指唱和、和答。唱和有两种方式：一是甲方赠乙方的诗词，乙方根据甲方所赠诗词的原韵写来回答。二是乙方回答甲方所赠时，只根据原作的意思另自用韵。

②"粗缯（zēng）"句：粗缯，指粗制的丝织品。大布，古指麻制粗布。

③"腹有"句：腹有，即胸中有。诗书，原指《诗经》和《尚书》，此指学问。气，指气质，气度。华，即华美，光彩照人。

④"厌伴"句：厌伴，意为不甘心伴随。老儒，旧谓老年学人。烹瓠（hù）叶，典自《诗经·小雅·瓠叶》"幡（fān）幡瓠叶，采之亨之"，瓠叶味苦，主人"采之亨之"（"亨"同"烹"），真挚待客。

⑤"强随"句：强随，意为坚持不懈。举子，科举时代被推荐参加进士科考试的读书人。踏槐花，唐代有"槐花黄，举子忙"的俗语，槐花落时，就是举子应试的时间了，后来因此称参加科举考试为"踏槐花"。

⑥"囊空"句：囊空不办，引自《南史·虞玩之传》中虞玩之因贫困而将一双木屐穿了三十年的事典，意谓因贫困穿戴用品非常简陋。寻春马，引用孟郊《登科后》诗"春风得意马蹄疾，一日看尽长安花"，意谓科举入仕。这里把两个典故融合起来，语多转折。

⑦择婿车：唐代进士放榜，朝廷于曲江亭设宴。其日，公卿家倾城纵观，高车宝马，于此选取佳婿。

⑧得意：即"春风得意"，意谓得中皇榜。

⑨"诏黄"句：诏黄，即诏书，诏书用黄纸书写，故称。字如鸦，诏书上是黑字。语出唐人卢仝《示添丁》"忽来案上翻墨汁，涂抹诗书如老鸦"。

【点评】

　　苏轼在凤翔府任职时，诗中人物董传曾与其相从，当时董传生活穷困潦倒，衣衫简陋，但饱读诗书，满腹经纶，朴素的衣着掩盖不住他蓬勃向上的精神风貌，苏轼甚为嘉许。这首诗的特点是巧于用典，蕴藉含蓄。其中最让人称道的是"腹有诗书气自华"一句，千百年来它激励、鞭策、启发了无数人。现实生活中，人可以贫穷，可以落魄，可以孤寂，但如果你有志向，爱读书，一心向学，你就能知识丰富，满腹经纶，志趣高雅，你的谈吐风度、精神面貌、思想境界就会迥然不同，就能产生巨变，是令人钦羡的。

　　清代学者梁章钜说："人无书气，即为粗俗气，市井气，而不可列于士大夫之林。"苏轼在这首诗中揭示的道理，让普天下的读书人倍受鼓舞，因而也倍加勤奋地读书上进，以提升自己，达到新的高度和境界。所以，读书是摆脱平庸的过程。当你的才华撑不起你的梦想时，唯有读书。让读书，成为我们的一种生活方式；让生命，在阅读中厚重；让灵魂，在书香中丰盈。

题西林壁①

宋·苏轼

横看成岭侧成峰②，远近高低各不同。
不识庐山真面目③，只缘身在此山中④。

注释：

①题西林壁：写在西林寺的墙壁上。西林寺在庐山西麓。题，书写，题写。西林，西林寺，在江西省庐山。

②"横看"句：横看，即从正面看。庐山是南北走向，横看就是从东面和西面去看。侧，侧面。即从侧面去看。

③"不识"句：不识，即不能认识，辨别。真面目，指庐山真实的景色、形状。

④缘：因为，由于。

【点评】

苏轼贬黄州五年后，得到诏书赴汝州任团练副使，经过九江时游览了庐山。一天，他在东林寺长老常总和尚的陪同下游览了西林寺。半个多月的游览，使苏轼依然觉得庐山千变万化，神秘莫测，心中时时有一种奇妙的感觉：同一座山峰，同一种景物，从不同的距离、不同的角度来观察，得到的印象竟截然不同，庐山是一部读不完、看不倦的好书，它引人深思，给人启迪。临下山之前，他在西林寺壁上题诗一首，写下了游观庐山后的总结性诗句。

这首诗的前两句实写游山所见。庐山的特点是丘壑纵横、峰峦起伏，游人所处的位置不同，看到的景物也各不相同。概括而形象地写出了移步换形、千姿万态的庐山风景。后两句是借景说理。他从庐山奇妙的景物特点中，引出一个认识事物的道理：身在其中，不一定认识事物的全貌和本质。从不同的角度只能看到山的局部，局中人反而看不清事物的真相和全貌，所谓"当局者迷，旁观者清"。只有跳出一己的局限，摆脱自我的成分，才能获得客观全面的圆融观照。

在这首诗中，诗人不是抽象地发表议论，而是借助庐山形象，紧紧扣住游山时的感受，用通俗易懂的语言，深入浅出地表达哲理。因此，此诗成为苏轼哲理诗中的名篇，"不识庐山真面目，只缘身在此山中"也成为苏诗中的千古佳句。

题沈君琴

宋·苏轼

若言^①琴上有琴声，放在匣中何不鸣？
若言声在指头上，何不^②于君指上听？

注释：

①若言：若，如果。言，说。

②何不：为什么不。指，指头。

【点评】

这首诗是宋元丰六年（1083年）闰八月苏轼被贬黄州时，一位姓吴的武昌主簿找到他，请其为友人沈君的一本琴书作序、题诗，苏轼与沈君很熟，也见过其琴，便欣然为之而作。

此诗虽然非常短小，但哲理性很强，且富有禅机，给人提出了诸多思考。从哲理上说，它意在揭示美妙的琴声既来自于琴，也来自于演奏者熟练的弹奏技巧，是琴与演奏者的有机结合，两者相互作用，不可缺一。琴声是琴与手指的高度统一，没有琴的客观存在，就不会有美妙的琴声；没有弹琴者对音乐的精通与演奏技艺的高超，同样也不会有精美的音乐出现。

从禅理上说，单就琴与指而言，都是"有"；但琴与指都无法独自产生美妙的音乐来，这就是"无"。同时，精妙绝伦的琴声却又的的确确是从琴和手指上发出来的，琴声是潜存于琴与手指上的，这就是"有"。缺少了琴与指中的任何一个，也不能发出优美的琴声来，这又是"无"。正是这种"无中生有""有来自无""有无相生""有无结合"才会产生美妙无比的琴声来，因而它揭示了"有"与"无"结合、"有"与"无"统一才能生成万物的道理。

望江南·超然台作①

宋·苏轼

春未老，风细柳斜斜。试上超然台上看，半壕②春水一城花。烟雨暗千家。

寒食③后，酒醒却咨嗟④。休对故人思故国⑤，且将新火试新茶⑥。诗酒趁年华。

注释：

①望江南·超然台作：望江南，原唐教坊曲名，后用为词牌名，又名《忆江南》。超然台，筑在密州（今山东省诸城市）北城上，登台可眺望全城。

②壕：护城河。

③寒食：节令，旧时清明前一天为寒食节。

④咨嗟：叹息、慨叹。

⑤故国：这里指故乡、故园。

⑥"且将"句：新火，唐宋习俗，清明前两天起，禁火三日。节后另取榆柳之火称"新火"。新茶，指清明前采摘的"明前茶"。

【点评】

宋神宗熙宁七年（1074年）秋，苏轼由杭州移守密州。次年八月，他命人修葺城北旧台，并由其弟苏辙题名"超然"，取《老子》"虽有荣观，燕处超然"之义。熙宁九年（1076年）暮春，苏轼登超然台，眺望春色烟雨，触动乡思，写下此作。

这首词从"春未老"说起，上片写景，下片抒情，是典型的借景抒情。上片之景，有"以乐景衬哀情"的成分，寄寓作者对有家难回、有志难酬的无奈与怅惘。下片之情，乃触景所生，写词人为摆脱思乡之苦，借煮茶来作为对故乡思念之情的自我排遣。整首词既是针对时令，谓春风、春柳、春水、春花尚未老去，仍然充满春意，生机勃勃，同时也是针对自己仕途蹉跎而发的，更是针对当时王安石的"新政"不满而发的，因无法阻挡而想追求超然世外。其实，这时苏轼的内心是不太自在的，他也并未完全超然。这种似是非是的境界，正是苏轼精神世界的真实体现。

"诗酒趁年华"是整首词的精华和升华。面对上述的苦闷境况，词人强调，此时此刻必须超然物外，忘却尘世间的一切，抓紧时机，借诗酒以自娱。全词所写，紧紧围绕着"超然"二字，而且，词人此时已确实进入了"超然"境界。这首词在整体风格上是豪迈与婉约相兼，通过春日景象和作者感情、神态的复杂变化，既隐含着词人难以解脱的苦闷，又反映了词人解脱苦闷的自我心理调适，尤其是最终表达了他豁达超脱的襟怀，和"用之则行，舍之则藏"的人生态度。

六月二十日夜渡海

宋·苏轼

参横斗转①欲三更，苦雨终风②也解晴。
云散月明谁点缀？天容海色本澄清③。
空余鲁叟乘桴意④，粗识轩辕奏乐声⑤。
九死南荒吾不恨⑥，兹游⑦奇绝冠平生。

注释：

①参（shēn）横斗转：参星横斜，北斗星转向，说明时值夜深。参，斗，两星宿名，皆属二十八星宿。横，转，指星座位置的移动。
②苦雨终风：连绵不断地下雨，终日刮风不停。

③"天容"句：青天碧海本来就是澄清明净的。比喻自己本来清白，正如诬陷如蔽月的浮云，终会消散。

④"空余"句：鲁叟，鲁国的一位老者，这里指孔子。乘桴（fú），乘船。桴，木筏子。典自《论语·公冶长》，上载孔子曾说："道不行，乘桴浮于海。"

⑤"粗识"句：粗识，即粗略大概地知道、懂得。轩辕，即黄帝。奏乐声，隐指玄理，这里形容涛声。典自《庄子·天运》，上说黄帝在洞庭湖边演奏《咸池》乐曲，并借音乐说了一番玄理。

⑥"九死"句：九死，即死过多次。九，意思是多。南荒，指僻远荒凉的南方。恨，怨恨。

⑦兹游：这次海南游历，这里指贬谪海南。

【点评】

绍圣元年（1094年），宋哲宗亲政后，苏轼因不赞成变法被一贬再贬，由英州至惠州，最后远放儋州，前后共七年。直到哲宗病死，徽宗继位，他才遇赦北还。这首诗就是元符三年（1100年）六月，他遇赦后自海南岛返回时所作的。

这首诗回顾了诗人被流放到南方的经历，视艰难困苦的流放生涯为"奇绝"的游历，表现了他北归时的兴奋之情，宠辱不惊、九死不悔的兀傲性格，以及他对待困境和坦途都处之泰然的清通旷达的生活态度。诗的前半首全用比喻体，以自然物象喻指人事，寓意贴切，深刻而无牵强痕迹。连用四个排句，一气呵成，雄厚而流转，豪士达人的心胸因而历历在目。后半首转入议论，这种议论并不枯燥乏味，因为作者并不直说干巴巴的道理，而是饱含感情，以典故见意，贴切而生动地表达出自己的所感与所思。

此诗中的精彩之处是，首联既写景，更写人。天上半夜三更，黑夜已过去了一大半；连绵不断的淫雨狂风，也即将停止了。寓政治气候于自然天象之中，非常自然巧妙。颔联看似写景，实在抒情，且含议论。景是雨止风息，云散月明。然而，有"谁点缀"？"天容海色"本来就是"澄清"的。言外之意，它们是被淫雨狂风搅坏的。而且在不知不觉中用了典，即其"点缀"一词来自《晋书·谢重传》（上载：谢重陪会稽王司马道子夜坐，"于时月夜明净，道子叹以为佳。重率尔曰：'意谓乃不如微云点缀。'道子戏曰：'卿居心不净，乃复强欲滓秽太清耶？'"），因而仔细寻味，堪称"字字有来历"。颈联说自己空有孔子乘桴行道的想法却没有什么实绩，看来行道不易。略闻轩辕黄帝奏乐之声并讲老庄玄理，亦似有归隐之意。尾联讲虽然这次出游九死一生，但看到了海内的"奇绝"景色，他毫不怨恨。当然这里亦有幽默和调侃的意味。全诗多次运用"反比"，其手法非常值得玩味。

减字木兰花①

宋·苏轼

秘阁古《笑林》云："晋元帝生子，宴百官、赐束帛，殷羡谢曰：'臣等无功受赏。'帝曰：'此事岂容卿有功乎！'同舍每以为笑。"余过吴兴，而李公择适生子，三日会客，求歌辞，乃为作此戏之，举座皆绝倒。

　　惟熊佳梦②，释氏老君③亲抱送。壮气横秋，未满三朝已食牛④。
　　犀钱玉果⑤，利市⑥平分沾四座。多谢无功，此事如何着得侬⑦。

注释：

①减字木兰花：词牌名，又名"减兰""木兰香""天下乐令""玉楼春""偷声木兰花""木兰花慢"等。定格为欧阳修《减字木兰花·歌檀敛袂》。

②惟熊佳梦：《诗经·小雅·斯干》："大人占之，维熊佳梦，男子之祥。"此用来指李常因得好梦而生子。

③释氏老君：释氏，即释迦牟尼。老君，指老子。民间有生子为神佛抱送的说法。

④未满三朝已食牛：这里指婴儿健壮，虎头虎脑。三朝，出生三天。

⑤犀钱玉果：此指为洗儿钱、洗儿瓜果。宋时育子满月的习俗。

⑥利市：欢庆节日的喜钱，此指洗儿发的喜钱。

⑦侬（nóng）：江浙上海等地方言，即"你"的意思。

【点评】

这首词作于宋神宗熙宁七年（1074年）九月，苏轼于赴密州知州任途中经过湖州，当时湖州知州李常喜得贵子，做三日洗儿宴。苏轼与李常是好朋友，当然肯定要出席。在筵席上，苏轼嬉戏写下了这首词。

此词的大意是，一个佳梦之后，佛祖和太上老君亲自抱着小儿给你送来了。这孩子长得多么结实，未满三天就好像能吞下一头牛。筵席上散发了洗儿的瓜果喜钱，四座宾客每个人手中都有。多谢多谢，我这是无功受赏了。你家生孩子的事情，怎么会有我的功劳呢？

由于苏轼为人诙谐豪放，爱开玩笑，与李常又是密友，他们的交谊已达到"忘形到尔汝"的程度，所以他就开了这个玩笑。词中化用秘阁古《笑林》中晋元帝生子宴客的典故。典故说晋元帝生子后喜宴百官，宴会上每个人都得到了赏赐，大臣殷羡感激地说："我们这是无功受赏啊。"晋元帝说："这样的事岂容你们有功！"同僚们听后大笑不止。苏轼借此作词以取乐，果然让大家笑得前仰后合。

这首词的精彩之处，一是反应非常机敏，善于用典，出人意料。二是安排巧妙，前面一番铺垫之后，文毕意现，"多谢无功，此事如何着得侬"，最后让人忍俊不禁，尽显高人手段。

洗 儿①

宋·苏轼

人皆养子望聪明，我被聪明误一生。

惟愿孩儿愚且鲁②，无灾无难到公卿③。

注释：

①洗儿：也叫洗"三朝"，是我国古代的习俗，指婴儿出生的第三天要给他洗

澡。

②愚且鲁：愚，愚昧、愚笨，愚昧无知。鲁，迟钝、笨拙，反应迟钝。

③公卿：古代指三公九卿。这里泛指高官。

【点评】

　　苏轼在黄州贬谪期间，得了一个小儿子，起名苏遁，小名幹儿，时年苏轼已经四十九岁，老年得子，苏轼十分欢喜，"三朝"那天，他特意大摆宴席，邀请乡邻朋友喝酒庆贺。席上，苏轼作了这首诗。

　　这首诗一波三折。一开始用一个"望"字，写尽了人们对孩子的期待；继而一个"误"字，道尽了自己长期的遭遇。诗中几处转折，情味全在其中。如第一转，世人望子聪明，我却望子愚蠢；第二转，人聪明就该一生顺利，我却因聪明误了一生；第三转，愚鲁的人该无所作为，但却能"无灾无难到公卿"。苏轼要表达的意思都在这些转折中了。

　　这首诗语气戏谑，基调却是反讽的，蕴涵着诸多反思和牢骚。苏轼因反对王安石新法，曾在诗文中讥讽"新进"官僚，被对方构陷入狱。一场"乌台诗案"，震惊朝野，幸有元老重臣极力营救，加上太皇太后干预，苏轼才免得一死，贬谪黄州。在黄州期间，侍妾朝云为他生下一个男孩儿，苏轼自然欣喜无比。此诗既是为孩儿所写，表达了对孩子的无限希望；也是对自己的一些反思，因与当权者屡屡不合，处处受到排挤打击，痛定思痛；还是借对小孩儿的期望，以抒发自己的满腔激愤，借希望孩儿"无灾无难到公卿"，讽刺当时"愚且鲁"的朝廷公卿们。

　　然而可悲的是，苏轼写罢《洗儿》诗不到一年，这个小儿便夭折了。苏轼悲痛难抑，写诗痛悼："吾年四十九，羁旅失幼子。……归来怀抱空，老泪如泻水。"纪昀品评苏诗时，曾诘难《洗儿》诗"此种岂可入集？"，当他读到"归来怀抱空，老泪如泻水"诗句时，也不由得感叹："住得沉痛。"

浣溪沙①

宋·苏轼

元丰七年十二月二十四日，从泗州刘倩叔游南山②。

细雨斜风作晓寒，淡烟疏柳媚晴滩③。入淮清洛渐漫漫④。
雪沫乳花浮午盏⑤，蓼茸蒿笋试春盘⑥。人间有味是清欢。

注释：

①浣溪沙：本唐教坊曲名，后用作词牌。一作《浣溪纱》，又名《浣沙溪》《小庭花》等。

②"从泗州"句：刘倩叔，名士彦，时任泗州知州，生平不详。南山，在泗州（安徽省宿州市泗县）东南，景色清旷。

③媚晴滩：媚，美好。滩，即十里滩，在南山附近。

④"入淮"句：洛，即泗州洛河。源出安徽定远西北，北至怀远入淮河。漫漫，水势浩大。

⑤"雪沫"句：谓午间喝茶。雪沫乳花，形容煎茶时上浮的白泡。午盏，午茶。

⑥"蓼茸"句：蓼茸（liǎo róng），蓼菜嫩芽。春盘，旧俗，立春时用蔬菜水果、糕饼等装盘馈赠亲友。

【点评】

宋神宗元丰七年（1084年），苏轼得到圣旨，结束了在黄州的五年贬谪生涯，赴汝州（今河南省汝州市）任团练副使。途中路经泗州（今安徽省泗县）时，受到泗州知州刘士彦的热情接待，他们在同游南山时，苏轼写作了这首词。词中充满了春天的气息，洋溢着生命的活力，反映了此时苏轼愉快心情和进取精神。

此词上片写沿途景观、早春景象，下片写作者与同游者游山时品尝清茶和野餐的欢快心情。作者从摇曳于淡云晴日中的疏柳，觉察到萌发中的春潮，要于残冬岁暮之中把握住物象的新机，这是其独到敏锐的眼光、良好的心情和阔大的精神境界之体现。从"入淮清洛渐漫漫"可知，他认为眼前的清清洛水入淮以后就变得混沌一片了，寓意着"在山泉水清，出山泉水浊"，世事皆是如此。然而，以茶代餐、品茗尝鲜又何尝不是极好的享受，充分显示出词人旷达的人生态度和高雅的审美意趣。尤其是结尾的"人间有味是清欢"一句，自然浑成，寄寓着作者清旷、闲雅的审美情趣和生活态度，有照彻全篇之妙。它是一种没有功利、没有机心的纯粹之欢，也是一种对平静、疏淡、简朴生活的真诚热爱，更是一个具有深刻哲理的命题，给人以诸多思考。

自题金山画像①

宋·苏轼

心似已灰②之木，身如不系之舟。

问汝平生功业，黄州惠州儋州③。

注释：

①金山画像：指金山寺苏轼画像。

②心似已灰：即心如死灰。

③黄州惠州儋州：苏轼反对王安石新法，以作诗"谤讪朝庭"罪贬谪黄州，后又因故贬谪惠州、儋州。在这三个地方，作者度过了长期的贬谪生活。

【点评】

建中靖国元年（1101年）五月，苏轼病逝前两个月，在海南儋州遇赦北返的苏轼与朋友程德孺、钱济明一起游览镇江金山寺。寺里，苏轼看着那幅李公麟当年给自己所画的像，挥笔写下了这首诗。

这是一幅苏轼非常满意的作品，地点是在驸马都尉王诜（shēn）王晋卿的西园。当时，北宋最杰出的文学家、艺术家几乎都来了。苏轼坐在王家花园的一块石头上，头上戴着乌黑色"子瞻帽"，一身黑色的道服，轻松地斜坐在石头上，左手拿一根藤杖，横置膝前，右手自然地下垂，放在一块黑色的石头上。眉目细长，神情疏朗，右颊几颗黑痣清晰可数，黄庭坚说："极似子瞻醉时状态。"

对于这首小诗，历来有多种解读。一般的解释是：画上的人，心已经像成了灰的木头，身体就像一只没有缆绳的小舟到处飘荡。问问画中的苏轼，这一生中最大的功德和业绩如何呢？画中的人回答说，就在黄州、惠州、儋州那三个地方，即心如死灰，四处游荡，把一生中跌大跟斗受难最深的三个地方，说成是平生获得最大功德的地方。真是百感交集，无奈自嘲，透出一种无可名状的牢骚与颓唐。

还有一种解读说，这是苏轼在此回首自己的一生，几起几落，蹉跎坎坷，纵然有忠义填骨髓的浩瀚之气，也不得不化为壮志未酬的长长叹息。作者只能慷慨悲歌，自叹飘零。但如果仅限于"入乎其内"的抒写人生苦闷，苏轼也就不会成为令人发出会心微笑的"东坡老"了。他不会，也不屑在哀愁中沉沦。其最后两句"问汝平生功业，黄州惠州儋州"，就一反忧伤情调，以久惯世路的旷达来取代人生失意的哀愁，苏轼的自我解脱力是惊人的。他认为自己一生的功业，不在做礼部尚书或祠部员外郎时，更不在杭州、徐州、密州作知府时，恰恰在这被贬谪的三州，真是"满纸荒唐言"。然而这位"东坡老"最能够"白首忘机"，失意也罢，坎坷也罢，丝毫不减豪放本色，真是不可救药的浪漫。

还有一种解读认为，以上两种都不一定符合苏轼秉性和一贯的豁达。苏轼对庄子思想极为服膺，具有独到认识。诗中的前两句"心似已灰之木，身如不系之舟"，都典出于《庄子》。意思是有技巧的人操劳，有智慧的人忧虑，无所能而能的人无所追求，吃饱饭的人不受外物拘束地漂流不定，飘飘然像没有拴住的船只，内心空虚而四处游荡。苏轼在这里说的是，自己已经从身如槁木、心如死灰之中，获得了大自在、大快乐，体悟了自身的本真。后面的"问汝平生功业，黄州惠州儋州"两句，表达的是他通过历经三处蛮荒和十多年炼狱生活，其内心已达到性静情逸、物我两忘的境界，对于尘世之争斗、是非之争论，过往的一切都成了烟云，他对什么都没有计较了。

 **晏几道**

（1038—1110），字叔原，号小山，抚州临川（今江西省进贤县）人。晏殊第七子。历任颍昌府许田镇监、乾宁军通判、开封府判官等。性孤傲，中年家境中落。与其父晏殊合称"二晏"。词风似父而造诣过之。工于言情，其小令语言清丽，感情深挚，尤负盛名。表达情感直率。多写爱情生活，是婉约派的重要作家。有《小山词》留世。

临江仙①

宋·晏几道

梦后楼台高锁，酒醒帘幕低垂②。去年春恨却来③时。落花人独立，微雨燕双飞。

记得小蘋④初见，两重心字罗衣⑤。琵琶弦上说相思。当时明月在，曾照彩云⑥归。

注释：

①临江仙：双调小令，唐教坊曲名，后用为词牌。

②"梦后"两句：眼前实景。"梦后""酒醒"互文。"楼台高锁"，从外面看。"帘幕低垂"，从里面说。

③却来：又来，再来。

④小蘋：当时歌女名。蘋，通"苹"。

⑤心字罗衣：心字香熏过的罗衣。或说衣领做成心字形的上衣。

⑥彩云：比喻美人。

【点评】

这首词含蓄真挚，字字关情。词的上阕"去年春恨却来时"表示时间，是词中的一枚时针，表达了词人处于痛苦和迷惘之中，其原因是他和小苹有过一段甜蜜幸福的爱情。其余内容为四个相对独立的镜头：梦后、酒醒、人独立、燕双飞，每个镜头都渲染着词人内心的痛苦，句句景中有情。下阕写词人的回忆。词人想到的是两重心字的罗衣和曾照彩云归的地方，还有那倾诉相思之情的琵琶声。小苹的形象不仅在词人的心目中再现，就是今天的读者也不能不受到强烈的感染。全词字字情中有景，整篇结构严谨，情景交融，堪称我国古典诗词中的珍品。

此词的独到之处是：作者首先用的是一种曲折含蓄、诗意很浓的修辞格调。从其笔下进出来的"梦后楼台高锁，酒醒帘幕低垂"的意境，是经过甜蜜梦境之后，含恨望着高楼，门是锁着的，门窗是关着的，人已远去，出句便别开生面。接下来的追忆更加空灵，"落花人独立，微雨燕双飞"，"落花""微雨"本是极清美的景色，在本词中，却象征着芳春过尽，美好的事物即将消逝，怎能不令人黯然神伤？燕子双飞，反衬愁人独立，因而引起了绵长的春恨，以致在梦后酒醒回忆起来，仍惆怅不已。这种韵外之致，令人荡气回肠。而结句"当时明月在，曾照彩云归"，是说如今之明月，犹当时之明月，可是如今的"彩云"安在？这种执着到"痴"的境地，正是小晏词艺术的深度和独特之处。

黄庭坚

（1045—1105），字鲁直，号山谷道人，晚号涪翁，洪州分宁（今江西省修水县）人。进士出身，神宗朝历叶县尉、大名府国子监教授、知太和县、德平镇监，元祐初召为秘书省校书郎、《神宗实录》检讨官、擢起居舍人。绍圣初，新党谓其修史"多诬"，贬涪州别驾，安置黔州等地。北宋著名文学家、书法家，为盛极一时的江西诗派开山之祖，与杜甫、陈师道和陈与义素有"一祖三宗"（黄庭坚为其中一宗）之称。与张耒、晁补之、秦观都游学于苏轼门下，合称为"苏门四学士"。生前与苏轼齐名，世称"苏黄"。著有《山谷词》，且黄庭坚书法亦能独树一格，为"宋四家"之一。

牧童诗

宋·黄庭坚

骑牛远远过前村，短笛横吹隔陇①闻。

多少长安名利客②，机关③用尽不如君。

注释：

①陇：同"垄"，田垄。

②"多少"句：长安，唐代京城。名利客，官场上追逐名位与利禄的人。

③机关：周密、巧妙的计谋，比喻用尽心机。

【点评】

这首诗是黄庭坚七岁时，其父亲黄庶邀请几位诗友一起在家饮酒赋诗，其中一位朋友说："久闻令郎少年聪慧，何不让他也来吟一首。"这时，黄庭坚便以牧童为题，作出了这首诗。

此诗立意清奇。本来小小牧童无官无职、无权无势，不过牵牛放牧而已，没有多少令人羡慕之处，唯有无拘无束、自由自在是其天性。但作者谐趣于理、借题发挥，通过描写牧童短笛横歌、悠然自得的场景，画出了一幅闲适、自在的田园牧歌图。而那些在官场上争名逐利之辈，"朝扣富儿门，暮随肥马尘"，费尽心机，蝇营狗苟，何如牧童自在快乐啊！在这一贬一褒之中，表露出作者高洁自赏、不与俗流合污的心志。

登快阁①

宋·黄庭坚

痴儿了却公家事②，快阁东西倚晚晴③。

落木④千山天远大，澄江⑤一道月分明。

朱弦已为佳人绝⑥，青眼聊因美酒横⑦。

万里归船弄⑧长笛，此心吾与白鸥盟⑨。

注释：

①快阁：在吉州太和县（今江西省泰和县）东澄江（今赣江）之上，以江山广远、景物清华著称。

②"痴儿"句：意思是说，自己并非大器，只会敷衍官事。痴儿，作者自指。《晋书·傅咸传》载夏侯济之语："生子痴，了官事，官事未易了也，了事正作痴，复为快耳。"这是当时的清谈家崇尚清谈，反对务实的观点，认为一心想把官事办好的人是"痴"，作者反用其意，以"痴儿"自许。了却，完成。

③"快阁东西"句：东西，指阁的东边和西边，意思是倚在阁边欣赏四处的美景。晚晴，傍晚的阳光。

④落木：落叶。

⑤澄江：指赣江。澄，澄澈，清澈。

⑥"朱弦"句：《吕氏春秋·本味篇》中有"钟子期死，伯牙破琴绝弦，终身不复鼓琴，以为世无足复为鼓琴者"。朱弦，这里指琴。佳人，美人，引申为知己、知音。

⑦"青眼"句：《晋书·阮籍传》中有"（阮）籍又能为青白眼，见礼俗之士，以白眼对之。及嵇喜来吊，籍作白眼，喜不怿而退。喜弟康闻之，乃赍酒挟琴造焉，籍大悦，乃见青眼"。青眼，黑色的眼珠在眼眶中间，青眼看人则是表示对人的喜爱或重视、尊重，指正眼看人。白眼指露出眼白，表示轻蔑。聊，姑且。

⑧弄：演奏。

⑨与白鸥盟：《列子·黄帝》中有"海上之人有好沤（鸥）鸟者，每旦之海上从沤鸟游，沤鸟之至者，百住而不止。其父曰：'吾闻沤鸟皆从汝游，汝取来吾玩之。'明日之海上，沤鸟舞而不下也"。后人以与鸥鸟盟誓表示毫无机心，这里是指无利禄之心，借指归隐。

【点评】

　　此诗作于宋神宗元丰五年（1082年）作者任吉州太和县（今江西省泰和县）县令时。首联点题，颔联写景，颈联写游宦生活的寂寞无聊和知音难寻的苦闷，尾联发回乡归隐之愿。全篇语言明畅，用字精致简洁，形象鲜明生动，体现了黄诗晴朗和平易的一面。其中，颔联"落木千山天远大，澄江一道月分明"两句，对仗工稳，境界壮阔，景中见情，动人遐思，是黄诗名句。

黄庭坚作诗坚持以学杜甫为宗旨，提倡"无一字无来处"并且能"点铁成金"，这首诗即是代表。其最突出特点是既处处用典，又"夺胎换骨"。如首联用《晋书·傅咸传》关于"痴儿"的故事；颔联化杜甫"无边落木萧萧下，不尽长江滚滚来"和谢朓"余霞散成绮，澄江净如练"的句意；颈联前句用《吕氏春秋·本味篇》钟子期、俞伯牙的故事，后句用《晋书·阮籍传》阮籍青白眼事；尾联用《列子·黄帝》中白鸥与"机心"的故事，内涵极为丰富。黄庭坚认为："老杜作诗，退之作文，无一字无来处，盖后人读书少，故谓韩、杜自作此语耳。古之能为文章者，真能陶冶万物，虽取古人之陈言入于翰墨，如灵丹一粒，点铁成金也。"（《答洪驹父书》）应该说，这首诗中的典故均是夺前人的诗意，但都转生出了自己的诗意，是旧瓶装新酒，作者非常善于演绎发挥而自成一家。

当然，这首诗中也体现了作者抱负无法实现和自己胸怀无人理解的痛苦，透露出对官场生涯的厌倦和对登快阁亭欣赏自然景色的渴望，表现了诗人对官场生活的厌倦和投身自然的愉悦。全诗具有突出的"山谷体"风格，后人对此极为称赏。清代张宗泰说：黄山谷这首诗"其意境天开，则实能劈古今未泄之奥妙。"（《鲁斋所学集》）。姚鼐（nài）称此诗"豪而有韵，此移太白歌行于七律内者"。翁方纲说："坡公之外又出此一种绝高之风骨，绝大之境界，造化元气发泄透矣。"细味此诗，当知无愧上赞。

寄黄几复

宋·黄庭坚

我居北海君南海①，寄雁传书谢不能②。

桃李春风一杯酒，江湖夜雨十年灯。

持家但有四立壁③，治病不蕲三折肱④。

想得读书头已白，隔溪猿哭瘴溪⑤藤。

274

注释：

①"我居"句：《左传·僖公四年》中有"君处北海，寡人处南海，惟是风马牛不相及也"。作者在"跋"中说："几复在广州四会，予在德州德平镇，皆海滨也。"

②"寄雁"句：传说雁南飞时不过衡阳回雁峰，更不用说岭南了，所以鸿雁说"谢不能"。谢，谢罪，抱歉。

③四立壁：《史记·司马相如传》中有"文君夜奔相如，相如驰归成都，家徒四壁立"。意谓一贫如洗。

④"治病"句：蕲（qí），祈求。肱（gōng），上臂，手臂由肘到肩的部分，古代有三折肱而为良医的说法。

⑤瘴溪：旧传岭南边远之地多瘴气。

【点评】

　　这首诗作于宋神宗元丰八年（1085年）。此时黄庭坚任德州（今山东省德州市）德平镇监，他的好友黄介（字几复）时任广东四会县知县。黄庭坚与黄几复少年交游，交情很深。当时两人分处天南海北，黄庭坚遥想友人，便写下了这首诗。

　　此诗因黄庭坚不满新政，与当时的新党人物、德州通判赵挺之等人合不来，因此就格外思念远方的友人。诗中曾四用先秦汉代典籍中成语典故入诗，写与友人南北分离、音信难通之苦，突显古朴苍劲。全诗哀友人实亦自哀，赞友人实亦自赞，是反映黄庭坚耿介兀傲个性和其瘦硬奇峭诗歌风格的一篇佳作。其中，颔联用日常语连缀成句，而且全以名词造句，追忆少年相聚之乐，叙写别后十年漂泊之哀，以乐景衬哀景，以乐情衬哀情，感人至深，成为黄诗名句。

　　黄诗风格极为独特。他在《题意可诗后》中说："宁律不谐，而不使句弱。用字不工，不使语俗。"即他坚持杜甫的拗律之法，于当用平字处往往易以仄字。如在这首诗中，后半部分他故意用拗句，状写友人的清贫（四立壁）和精于政务（不蕲三折肱），借以表现其兀傲不俗的刚直性格。其"持家"句两平五仄，"治病"句也顺中带拗，其兀傲的句法与奇峭的音响可见一斑。在他的其他诗中，此类句法也经常见到。如"只今满坐且尊酒，后夜此堂空月明""黄流不解浣（wǎn）明月，碧树为我生凉秋""清谈落笔一万字，白眼举觞三百杯"等，都是句法拗峭而音响新异，这也是黄庭坚诗作的一种独特风格。

对此，清代方东树评价说：黄庭坚"于音节尤别创一种兀傲奇崛之响，其神气即随此以见"。"一起浩然，一气涌出。……山谷兀傲纵横，一气涌现。然专学之，恐流入空滑，须慎之"（《昭昧詹言》）。现代学者霍松林说："此诗善用典实，内蕴丰富，以故为新，运古于律，拗折波峭，很能表现出黄诗的特色。"（《宋诗鉴赏辞典》）

雨中登岳阳楼望君山二首①（其一）

宋·黄庭坚

投荒②万死鬓毛斑，生出瞿塘滟滪关③。
未到江南④先一笑，岳阳楼上对君山。

注释：

①"雨中……"：岳阳楼，在湖南省岳阳城西门，面临洞庭湖。唐张说谪岳州时所建，宋庆历五年（1045年）滕宗谅重修，范仲淹为撰《岳阳楼记》。君山，洞庭湖中的一座小岛。

②投荒：被流放到荒远边地。

③"生出"句：瞿塘，瞿塘峡，长江三峡之首。滟滪（yàn yù）关，滟滪堆是矗立在瞿塘峡口江中的一块大石头，突兀江心，形势险峻。附近水流湍急，是航行很危险的地带。因其险要，故称之为关。

④江南：这里泛指长江下游南岸，包括作者的故乡分宁在内。

【点评】

黄庭坚曾被贬蜀地四川达六年之久，被放还之时，他已五十七岁高龄。离开四川后，奔赴家乡分宁（今江西省修水县），从湖北沿江东而下，途经岳阳，冒雨登上了岳阳楼，写下了这首诗。

此诗描写了作者被贬四川后的坎坷经历。诗人在贬谪之地，环境非常恶劣，处处被打击迫害，几乎九死一生。诗人此时遇赦已是白发苍苍，本以为命不久矣，谁料想还能活着出瞿塘峡和滟滪关，真是劫后重生，自是欣喜，他登名楼，览佳景，自然觉得轻松愉快，"未到江南先一笑"。当然，这"一笑"也是惨然一笑，既有庆幸生还、重见光明的喜悦，又有余痛未消、追怀往事的凄楚，表现了诗人坚强乐观的情怀和痛定思痛的复杂心情。通观黄庭坚一生的性格，他与苏轼的"九死南荒吾不恨，兹游奇绝冠平生"非常契合，即早已将一切忧患置之度外，并不害怕更不屈服，很像关汉卿在《南吕·一枝花·不伏老》所说："我却是蒸不烂、煮不熟、槌不匾、炒不爆，响当当一粒铜豌豆。"

清　明

宋·黄庭坚

佳节清明桃李笑①，野田荒冢②只生愁。
雷惊天地龙蛇蛰③，雨足郊原草木柔。
人乞祭余骄妾妇④，士甘焚死不公侯⑤。
贤愚千载知谁是，满眼蓬蒿共一丘⑥。

注释：

①桃李笑：形容桃花、李花盛开。

②冢：坟墓。

③蛰（zhé）：动物冬眠。

④"人乞"句：《孟子》中有一则寓言，说齐国有一人每天出外向扫墓者乞讨祭祀后留下的酒饭，回家后却向妻妾夸耀是别人请自己吃饭。这是一个贪鄙愚蠢的形象。

⑤"士甘"句：用春秋时介子推宁愿被烧死也不肯下山做官的典故。

⑥ "满眼"句：蓬蒿，杂草。丘，指坟墓。

【点评】

这首诗运用拟人化手法，描绘出清明时节桃李争艳与荒冢生愁两种景象，流露出对世事无情的叹息。诗人巧妙运用"齐人乞余骄妻妾"的典故，表达了对朝中小人卑劣行径的鄙夷；运用"介子推烧死绵山"的典故，表达了对高洁志士品行的坚守和赞扬。最后以"知谁是"的反问，以及蓬蒿荒丘的描述，以貌似通达之语，表达了对贤愚混杂、是非不分世道的愤慨与无奈。

此诗的突出特点是以乐景写哀情。如春暖花开，桃李绽放，生机勃勃。然而面对的却是荒野中埋在地底那长眠的人们。运用乐景写哀情，则愈见其哀。同时，此诗善于运用强烈对比的手法，甚至是截然相反的意象或典故进行描写。如诗中既有桃李含笑、荒冢生愁的自然景象，又有"人乞祭余""士甘焚死"的操行进行对照，表达了作者对人生意义的拷问。诗人意在说明，虽然人生无论贤愚，最后都变成了一蓬蒿草、一抔（póu）黄土，但人生的意义却是不同的，有的遗臭万年，有的却千古不朽。抒发了自己在权臣当道、政治混乱下不屑与小人为伍的郁勃、愤懑之情。

秦观

（1049—1100），字太虚，又字少游，高邮（今江苏省高邮市）人，宋神宗元丰八年（1085年）进士，曾任太学博士（即国立大学的教官）、秘书省正字、国史院编修。秦观一生坎坷，所写诗词，高古沉重，寄托身世，感人至深，被尊为婉约派一代词宗。秦观生性豪爽，洒脱不拘，溢于文辞。他与黄庭坚、晁补之、张耒号称为"苏门四学士"，颇得苏轼赏识。绍圣初（1094年），坐元祐党籍，出任杭州通判，又被贬监处州、郴州、横州、雷州等地，徽宗即位后秦观被任命为复宣德郎，之后在放还北归途中卒于滕州。代表作有《鹊桥仙》《淮海集》《淮海居士长短句》等。

鹊桥仙①

宋·秦观

纤云弄巧②，飞星③传恨，银汉迢迢暗度④。金风玉露⑤一相逢，便胜却人间无数。

柔情似水，佳期如梦，忍顾⑥鹊桥归路！两情若是久长时，又岂在朝朝暮暮⑦。

注释：

①鹊桥仙：词牌名，又名《鹊桥仙令》《忆人人》《金风玉露相逢曲》《广寒秋》等。

②纤云弄巧：纤云，轻盈的云彩。弄巧，指云彩在空中幻化成各种巧妙的花样。

③飞星：流星。一说指牵牛、织女二星。

④"银汉"句：银汉，即银河。迢迢，遥远的样子。暗度，悄悄渡过。

⑤金风玉露：指秋风白露。

⑥忍顾：怎忍回视。

⑦朝朝暮暮：指朝夕相处，语出宋玉《高唐赋》。

【点评】

这是一首咏叹七夕的节序词，内容借牛郎织女悲欢离合的故事，歌颂坚贞诚挚的爱情。词中不但描绘了七夕幽美的夜空景色，生动地反映了牛郎织女悲欢离合的复杂感情，赋予这对神仙伴侣以浓厚的人间男女情味，而且巧妙地将议论、说理融入情景之中，创造了新的意境，歌颂了深挚不移的爱情。其中结尾"两情若是久长时，又岂在朝朝暮暮"两句，既指牛郎、织女爱情的特点，又一反人们题咏这个故事"会少别多"的伤感常情，表达了作者的爱情观，是高度凝练的千古佳句，这首词也因此具有了跨时代、跨国度的审美价值和艺术品位。

此词在写法上，明写天上双星，暗写人间情侣。其抒情，以乐景写哀，以哀景写乐，且能融写景、抒情与议论于一炉，读来荡气回肠，感人肺腑。尤其是词中在回顾佳期幽会，恋恋之情已达极致之时，笔锋陡然一转，爆发出高亢的绝响。这首词深刻揭示了爱情的真谛：真正的爱情是经得起时间和距离考验的，只要彼此真诚相爱，即使终年天各一方，也不比朝夕相伴者差。这样的恋爱观，这样的精神境界，远远超过古代同类作品，十分难得。

八六子①（倚危亭）

宋·秦观

倚危亭。恨如芳草②，萋萋刬③尽还生。念柳外青骢④别后，水边红袂⑤分时，怆然暗惊。

无端天与娉婷⑥。夜月一帘幽梦，春风十里柔情⑦。怎奈向⑧、欢娱渐随流水，素弦声断，翠绡香减，那堪片片飞花弄晚，蒙蒙残雨笼晴。正销凝⑨。黄鹂⑩又啼数声。

注释：

①八六子：杜牧始创此调，又名《感黄鹂》。通常以秦观的词作为定格。

②恨如芳草：李煜《清平乐》中有"离恨恰如芳草，更行更远还生"。

③刬（chǎn）：同"铲"。

④青骢（cōng）：毛色青白相间的马。

⑤红袂：红袖，指女子、情人。

⑥娉（pīng）婷：美貌，指美人。

⑦"春风"句：杜牧《赠别》诗中有"春风十里扬州路，卷上珠帘总不如"。

⑧怎奈向：即怎奈、如何。宋人方言，"向"字为语尾助词。

⑨销凝：销魂凝恨。

⑩黄鹂：又名黄莺。

【点评】

此词写于元丰三年（1080年），适时秦观三十二岁，还未登进士第，更未谋得一官半职。在这种处境下，他忆起以往与佳人欢娱的美好时光，展望着今后的路程，对自己的身世有所慨叹。

宋神宗元丰年间，秦观在扬州意外遇上一位多情的女子。一帘幽梦，十里柔情，时时萦绕在他的心头。归来途中，独倚危亭，回头一望，芳草连天，好似无边的离恨。以芳草喻愁，是诗词常用的手法，这里秦观却用"刬尽还生"四字把它强化到极点，因此前人称之为"神来之笔"。恋人分别了。往日的欢娱，变成了流水；断了的琴弦，何时能续上？面对片片飞花、蒙蒙残雨，他几乎失魂落魄。正在此时，恼人的黄鹂又在耳边叫了起来。"打起黄鹂儿，莫教枝上啼。"他的心真是烦极了！

秦观词最大的特色是"专主情致"。词的上片临亭远眺，回忆与佳人分手，以情直入，点出词眼在于一个"恨"字。以"芳草"隐喻离恨，又是眼前的景物。忆及"柳外""水边"分手之时词人以"怆然暗惊"抒发感受，落到现实，无限凄楚。词的下片则设情境写"恨"，用"怎奈""那堪""黄鹂又啼数声"等词句进一步把与佳人分手之后的离愁别绪与仕途不顺、有才得不到施展的身世之"恨"融于一处，并使之具体化、形象化，达到融情于景、情景交融的境界。

同时，词中处处妙语连珠，意境蕴藉含蓄，情致悠长，且寄凝重之思于轻灵笔触之中。洪迈《容斋四笔》卷十三中有"秦少游《八六子》词云：'片片飞花弄晚，蒙蒙残雨笼晴。正销凝，黄鹂又啼数声。'语句清峭，为名流推激"。此词中的对句，尤以"夜月"和"飞花"两联为佳，不仅语言工丽，而且各具意境。全词情景交融，景语情语难分，可谓感人至深，独具匠心。宋人蔡伯世曾这样评论说："子瞻（苏轼）辞胜乎情，耆卿（柳永）情胜乎辞，辞情相称者，惟少游（秦观）而已。"

贺铸

（1052—1125），字方回，又名贺三愁，人称贺梅子，自号庆湖遗老，卫州（今河南省卫辉市）人。出身贵族，宋太祖贺皇后族孙，自称贺知章后裔。贺铸长身耸目，面色铁青，人称"贺鬼头"，曾任右班殿直，元祐中曾任泗州、太平州通判。晚年退居苏州，杜门校书。不附权贵，喜论天下事。能诗文，尤长于词。其词内容、风格较为丰富多样，兼有豪放、婉约二派之长，长于锤炼语言并善融化前人成句。用韵特严，富有节奏感和音乐美。部分描绘春花秋月之作，意境高旷，语言清丽哀婉，近秦观、晏几道。其爱国忧时之作，悲壮激昂，又近苏轼。南宋爱国词人辛弃疾等对其词均有续作，足见其影响。

踏莎行①

宋·贺铸

杨柳回塘②，鸳鸯别浦③。绿萍涨断莲舟路④。断无蜂蝶慕幽香，红衣脱尽芳心苦⑤。

返照迎潮⑥，行云⑦带雨。依依似与骚人语⑧。当年不肯嫁春风⑨，无端却被秋风误。

注释：

①踏莎行：词牌名，又名《柳长春》《喜朝天》等。

②回塘：环曲的水塘。

③别浦：江河的支流入水口。小水流入大水的地方叫作"浦"。另外的所在谓之"别"，如别墅、别业、别馆。

④"绿萍"句：这句话是说，水面布满了绿萍，采莲船难以前行。莲舟，采莲的船。

⑤"红衣"句：红衣，形容荷花的红色花瓣。芳心苦，指莲心有苦味。以上两句说，虽然荷花散发出清香，可是蜂蝶都断然不来，它只得在秋光中独自憔悴。

⑥返照迎潮：夕阳的回光。潮，指晚潮。

⑦行云：流动的云。

⑧"依依"句：形容荷花随风摇摆的样子。骚人，诗人。

⑨不肯嫁春风：语出韩偓《寄恨》诗"莲花不肯嫁春风"。这里似有"美人迟

暮"之感。

【点评】

　　这首词的作者贺铸出身高贵却长期屈居下僚，心中有一般人难以体会到的苦楚。这首词的荷花美丽清高，却结局凄凉，作者应是在对自己早年过于清高孤傲个性进行的一种反思。

　　此词表面上是咏荷花，实际上寄寓了作者的身世之感。词的上片描画了一个祥和而恬静的池塘，而荷花却生长在池塘僻静处，只能寂寞地凋落。就像一位美女，无人欣赏，无人爱慕，饱含零落的凄苦。下片借美人之口言志：即使无人赏识，我仍然不在百花争艳的春天开放，宁愿盛开在炎炎的夏日。在这里，荷花、美人、君子，形成了完美和谐的统一。

　　在此词中，上片的"红衣脱尽芳心苦"结句写得巧妙。"红衣脱尽"，是指花瓣飘零；"芳心苦"，是指莲心有苦味。将花比人，处处双关，并且毫无牵强之迹。下片的"当年不肯嫁春风，无端却被秋风误"两句更是千古名句。词中以文言，是想象中荷花对骚人所倾吐的言语；以意言，是作者的"夫子自道"。行文至此，花即是人，人即是花，合而为一了。"当年不肯嫁春风"句，是反用张先的《一丛花令》"沉恨细思，不如桃杏，犹解嫁东风"，因为荷花在夏天开放，与春风无关，所以这里运用得非常巧妙。作者说荷花"不肯嫁春风"，既是在写荷花，也是在写自己，含有一种高洁、孤傲的意味。由于当年不肯"嫁"，因而红衣脱尽，芳心独苦，当是为秋风所误。作者在这里反映了自己由于与社会习俗的矛盾，故此仕路崎岖，沉沦下僚。《宋史·文苑传》载，贺铸"喜谈当世事，可否不少假借。虽贵要权倾一时，少不中意，极口诋之无遗辞。人以为近侠。……竟以尚气使酒，不得美官，悒悒不得志"。由此我们可以对贺铸作更深一层的理解。

青玉案[①]

宋·贺铸

　　凌波不过横塘路[②]，但目送、芳尘去[③]。锦瑟华年[④]谁与度？月桥花院[⑤]，琐窗朱户⑥，只有春知处。

　　飞云冉冉蘅皋暮⑦，彩笔新题断肠句⑧。试问闲愁都几许⑨？一川⑩烟草，满城风絮，梅子黄时雨⑪。

注释：

①青玉案：词牌名。汉张衡《四愁诗》中有"美人赠我锦绣段，何以报之青玉案"。因取以为调名，又名《横塘路》。

②"凌波"句：凌波，形容女子步态轻盈。横塘，在苏州城外，是作者隐居之所。

③芳尘去：指美人已去。

④锦瑟华年：指美好的青春时期。锦瑟，饰有彩纹的瑟。

⑤月桥花院：一作"月台花榭"。月桥，像月亮似的小拱桥。花院，花木环绕的庭院。

⑥琐窗朱户：琐窗，指雕绘连琐花纹的窗子。朱户，朱红的大门。

⑦"飞云"句：冉冉，指云彩缓缓流动。蘅皋（héng gāo），长着香草的沼泽中的高地。

⑧"彩笔"句：彩笔，比喻有写作的才华。断肠句，伤感的诗句。

⑨"试问"句：试问，一说"若问"。闲愁，一说"闲情"。都几许，总计为多少。

⑩一川：遍地，一片。

⑪梅子黄时雨：江南一带初夏梅子熟时多连绵之雨，俗称"梅雨"。

【点评】

　　本篇为相思怀人之词，是作者晚年退隐苏州期间所作。上片写路遇佳人而不知所往的怅惘情景，也含蓄地流露出其沉沦下僚、怀才不遇的感慨；下片写因思慕而引起的无限愁思，表现了其幽居寂寞积郁难抒之情绪。全词虚写相思之情，实抒悒悒不得志的"闲愁"，造景极为幽寂凄婉，笔墨清丽飞动，构思新奇，韵味深长，被誉为咏愁的"绝唱"，作者因此得了个"贺梅子"的绰号。

词中上片先用《洛神赋》句子和李商隐诗，流露出惆怅之情和孤寂之怀。下片连用"一川烟草""满城风絮""梅子黄时雨"三组意象，以喻自己愁情之多、愁思之广。古人描写闲愁的名句很多，但能这样巧妙地援因博喻的，还没有先例。词人妙笔一点，将无形变有形，抽象变形象，变不可捉摸为有形有质，显示了其高超的艺术才华和艺术表现力。

贺铸一生沉抑下僚，怀才不遇，只做过些右班殿臣、监军器库门、临城酒税之类的小官，最后以承仪郎致仕。将政治上的不得志隐曲地表达在诗文里，是封建文人的惯用手法。结合贺铸的生平来看，这首词可能就是这种寄托。它之所以受到历代文人的盛赞，"同病相怜"恐怕也是一个重要原因。

陈师道

（1053—1102），字履常，一字无己，号后山居士，彭城（今江苏省徐州市）人。元祐初苏轼等荐其文行，起为徐州教授，历仕太学博士、颍州教授、秘书省正字。一生安贫乐道，闭门苦读，以苦吟著称。陈师道为"苏门六君子"之一，江西诗派重要作家。亦能词，其词风与诗相近，以拗峭奇警见长。著有《后山先生集》，词有《后山词》。

绝　句

宋·陈师道

书当快意①读易尽，客有可人②期不来。
世事相违每如此，好怀③百岁几回开？

注释：

①快意：称心满意。

②可人：志趣相投的好友。

③好怀：好的心情，意谓开心痛快的事。

【点评】

这首诗表达了作者异乎寻常的心境和状况：好花不常开。好像一切都不顺，合口味的好书，很快就读完了，而意气相投的朋友，却偏偏杳无音信。世界上不如意的事情太多了，一个人一生中很难有几次开怀大笑的时光啊。作者之所以会有这种感受，是和他当时的生活情况密切相关的。宋哲宗元符二年（1099年），诗人困居徐州，生计维艰。而此时诗人的知心朋友尽在远方，如黄庭坚被逐斥戎州（今四川省宜宾市），苏轼被贬谪海南，魏衍自徐州移沛州，张耒任宣州，皆无从相见。而诗人十分盼望能同这些好友一起交流自己诸多的读书心得和甘苦。由于他思友心切，整日恍惚，因此发出了"客有可人期不来"的慨叹。然而，诗人在怅然、失望之余，又转以旷达：人生本来就难得有舒畅欢快之时，何必自寻烦恼呢？此诗的特点是从日常生活感受上升到理性的高度，使得所抒发的情感具备了理趣，能引发读者共鸣。它也启示人们，既要豁达大度，以平常心看待一切，即使遇到不顺心事也不要怨天尤人，又要珍惜机会，抓住机遇，享受生活，超越梦想。

周邦彦

（1056—1121），字美成，号清真居士，钱塘（今浙江省杭州市）人。官历太学正、庐州教授、知溧水县等。少年时期个性比较疏散，但相当喜欢读书，宋神宗时，写《汴都赋》赞扬新法，徽宗时为徽猷（yóu）阁待制，提举大晟府（最高音乐机关）。周邦彦精通音律，曾创作不少新词调。作品多写闺情、羁旅，也有咏物之作。格律谨严，语言曲丽精雅，长调尤善铺叙。为后来格律词派词人所宗。作品在婉约词人中长期被尊为"正宗"。旧时词论称他为"词家之冠"或"词中老杜"，是公认"负一代词名"的词人，在宋代影响甚大，有《片玉集》存世。

苏幕遮①

宋·周邦彦

燎沉香②，消溽暑③。鸟雀呼晴④，侵晓⑤窥檐语。叶上初阳干宿雨⑥，水面清圆⑦，一一风荷举⑧。

故乡遥，何日去？家住吴门⑨，久作长安旅⑩。五月渔郎相忆否？小楫⑪轻舟，梦入芙蓉浦⑫。

注释：

①苏幕遮：词牌名。

②燎（liáo）沉香：燎，即烧。沉香，一种名贵香料，置水中则下沉，故又名"沉水香"，其香味可辟恶气。

③溽（rù）暑：潮湿的暑气。溽，湿润，潮湿。

④呼晴：唤晴。旧有鸟鸣可占晴雨之说。

⑤侵晓：快天亮的时候。侵，渐近。

⑥宿雨：昨夜下的雨。

⑦清圆：清润圆正。

⑧风荷举：风在水面上把荷叶擎起。举，擎起。

⑨吴门：古吴县城，即今江苏省苏州市。此处以吴门泛指江南一带。

⑩长安旅：长安，原指今西安，唐以前此地久作都城，故后世每借指京都。词中借指汴京，即今河南省开封市。旅，客居。

⑪楫（jí）：划船用具，短桨。

⑫芙蓉浦：有荷花的水边。芙蓉，荷花的别称。浦，水湾、河流。

【点评】

读书求仕，是古代文人普遍的人生选择，一旦踏入仕途，便游宦四方，长期远离家乡，难免不思念故乡的亲人与风物，因此，思乡成为古代诗词中的永恒主题。这首词上片主要描绘荷花姿态，下片由荷花生发开去，梦回故乡。即由眼前的荷花想到故乡的荷花，构思异常巧妙。

此词写景写人写情写梦皆语出天然，不加雕饰而又风情万种，语言质朴无华又生动准确，呈现出一种从容雅淡、自然清新的风韵。在构成境界上，此词"上阕，若有意，若无意，使人神眩"（周济《宋四家词选》）。当然，这也正是词人的心胸使然。词中"叶上初阳干宿雨，水面清圆，一一风荷举"三句，将荷的摇曳多姿、神清骨秀描写得尤其活灵活现，营造出一种极为安逸恬静的境界，被誉为千古写荷名句。王国维在《人间词话》中称赞此语"真能得荷之神理"。清代词评家陈廷焯也称赞此词"风致绝佳，亦见先生胸襟恬淡"。周邦彦词素以典雅著称，由此可见一斑。

玉楼春①

宋·周邦彦

桃溪②不作从容住，秋藕绝来无续处③。当时相候赤阑桥④，今日独寻黄叶路。烟中列岫⑤青无数，雁背夕阳红欲暮⑥。人如风后入江云，情似雨余粘地絮⑦。

注释：

①玉楼春：词牌名，亦称《木兰花》《春晓曲》《西湖曲》《惜春容》《归朝欢令》《呈纤手》《归风便》《东邻妙》《梦乡亲》《续渔歌》等。

②桃溪：传说东汉时刘晨、阮肇入天台山采药，于桃溪边遇二女子，姿容甚美，遂相慕悦，留居半年，怀乡思归，女遂相送，指示还路。及归家，子孙已历七世。后重访天台，不复见二女。

③"秋藕"句：意思是说藕断而丝不连。俗语所谓"藕断丝连"，这里反其意而用之。藕，谐"偶"。

④赤阑桥：传说中人、仙相会的那座桥。

⑤列岫（xiù）：排列耸立的山岫。

⑥"雁背"句：归雁背对夕阳，红霞满天，正值欲暮之时。

⑦"情似"句：离别的情绪好比雨后粘在地上的花絮。

【点评】

这首词以一个仙凡恋爱的故事起头，写词人与情人分别之后，旧地重游而引起的怅惘之情。首句用东汉刘、阮遇仙事典，暗示词人曾有过一段刘、阮入天台式的爱情遇合，但却没有从容地长久居留，很快就分别了。继而譬喻彼此的关系就此断绝，正像秋藕断后，再也不能重新连接一起了。人们常用藕断丝连喻旧情难忘，这里却反其语而用其意，突显意新语奇，不落俗套。后面两句"赤阑桥"与"黄叶路"是一种象征，暗指春、秋二景。因赤阑桥常与杨柳、春水相连，"黄叶路明点秋景，赤阑桥未言杨柳，是春景却不说破"（俞平伯《唐宋词选释》）。春秋二景即烘托出往日情人相候时的温馨旖旎和今日独寻时的寂寞悲凉。换头两句化用谢朓诗句"窗中列远岫"与温庭筠诗句"鸦背夕阳多"，但比原句更富深远的神韵，妙在于情与景之间，存着一种若有若无、若即若离的联系，使人读来有一种难以言传的感受，突显了环境的空旷与自身的孤孑。结拍收转抒情，其取譬虽刻意搜求，但并不感到它有雕琢刻画之迹，且读来沉厚有力。最后的"情似雨余粘地絮"，是全词词眼，此词所抒写的，正是这种执着胶固、无法解脱的痴顽之情。

此词通篇对偶，凝重而流丽，情深而意长，且于排偶中仍具动荡笔墨，凝重之外更兼飘逸风姿。清代陈廷焯在《白雨斋词话》中评价说："美成词有似拙实工者，如玉楼春结句云：'人如风后入江云，情似雨余粘地絮。'上言人不能留，下言情不能已。呆作两臂，别饶姿态，都不病其板，不病其纤，此中消息难言。"可谓品评剀切。

高翥（zhù）

（1170—1241），初名公弼，后改名翥，字九万，号菊磵（古同"涧"），余姚（今浙江省余姚市）人，江南诗派中的重要人物，有"江湖游士"之称。高翥少有奇志，不屑举业，以布衣终身。他游荡江湖，专力于诗，画亦极为出名。晚年贫困潦倒，无一椽半亩，在上林湖畔搭了个简陋的草屋，小仅容身，自署"信天巢"。后逝于杭州西湖。

清明日对酒

宋·高翥

南北山头多墓田，清明祭扫各纷然[①]。

纸灰飞作白蝴蝶，泪血染成红杜鹃[②]。

日落狐狸眠冢上，夜归儿女笑灯前。

人生有酒须当醉，一滴何曾到九泉[③]。

注释：

①纷然：众多繁忙的意思。

②杜鹃：鸟名，这里引用杜鹃啼血的典故。传说周朝末年蜀地四川有一个名叫杜宇的君主，后来禅位退隐，不幸国亡身死，其魂化为一种鸟，名为杜鹃。该鸟暮春啼苦，直至口中流血，其声哀怨凄悲，动人肺腑。

③九泉：犹黄泉，指人死后埋葬的地方，即在阴间。

【点评】

这首诗的大意是，南北山上有很多墓地，清明时节到处都是忙于上坟祭扫的人群。焚烧的纸灰像白色的蝴蝶一样到处飞舞，悼念哀思的泪水直欲化为血水，如同杜鹃啼血一样。黄昏时，静寂的坟苑只成为狐狸睡觉的地方，夜归的儿女们在家里的灯前欢声笑语。人生本来就是如此，今朝有酒就应今朝醉吧，百年之后一滴也带不到地下去。

此诗的独特之处是下半阕，描写急转直下，与上半阕形成鲜明对照，即前边还在说祭扫人在坟上伤心得流泪不止甚至要出血，但到晚上时坟苑里只有狐狸在陪着逝者安眠，回到家里又是孩子们在灯前嬉戏打闹，上坟时的那种伤心还有多少意义？因此结论是："人生有酒须当醉，一滴何曾到九泉。"还是及时行乐吧。正如《古诗十九首》里说的："人生不满百，常怀千岁忧。昼短苦夜长，何不秉烛游？"既有无奈的愁苦之意，亦有疏放旷达之情。其实，人生本来如此，何必纠结于怀。对待家中老人，最重要的是生前要好好孝顺奉养，不要等去世以后才到坟前去抢天呼地。此诗可谓一反常情常理，发人深思。

 赵师秀

生卒年月不详，宋太祖八世孙。南宋光宗绍熙元年（1190年）进士，与徐照、徐玑、翁卷并称"永嘉四灵"，人称"鬼才"，开创了"江湖诗派"一代诗风。宁宗庆元元年（1195年）任上元主簿，后为筠（yún）州（今江西省高安市）推官。仕途不佳，自言"官是三年满，身无一事忙"。

绝 句

宋·赵师秀

数日秋风欺病夫①，尽吹黄叶下庭芜②。
林疏放得遥山③出，又被云遮一半无④。

注释：

①病夫：生病的人，这里指作者本人。

②庭芜：庭园中丛生的草。

③遥山：远方的山。

④一半无：一半看不见。

【点评】

这首诗一咏三叹，一波三折。先说秋风连吹数日，把树叶都纷纷地吹落了，令人不快。但因为树叶被吹得稀疏了，远处大山的景象就露了出来，正好可以观赏秋山的美景。然而可惜的是，这时候云雾又起来了，又把山遮住了一半，令人扫兴。此诗可以说讲了一种回环往复的缺憾之美。实际上世界上任何事都是如此，有一利也会有一弊，十全十美的事非常少见。针对这种情况，我们要正确认识，辩证看待，善于把握，不能为其左右，更不能意气用事。应该说，"全貌"固然可爱，但"半山"也未必不美。关键是我们要有一种发现美的眼睛，欣赏美的情趣，享受美的心态。

（1081—1159），字希真，河南洛阳人。历兵部郎中、临安府通判、秘书郎、都官员外郎、两浙东路提点刑狱，致仕，居嘉禾。绍兴二十九年（1159年）卒。有词三卷，名《樵歌》。朱敦儒获得"词俊"之名，与"诗俊"陈与义等并称为"洛中八俊"。宋代南渡之初，朱敦儒站在主战派一边，所写的词比较具有现实意义，多忧时愤乱之作，到了晚年，过着闲适生活，词中充满了浮生若梦的消极思想与诗酒自放的颓废情调。

鹧鸪天·西都作
宋·朱敦儒

我是清都山水郎①，天教分付与疏狂②。曾批给雨支风券③，累上留云借月章④。

诗万首，酒千觞⑤。几曾着眼看侯王？玉楼金阙慵归去⑥，且插梅花醉洛阳。

注释：

①清都山水郎：意谓在天上掌管山水的官员。清都，指与红尘相对的仙境。

②疏狂：狂放，不受礼法约束。

③支风券：支配风雨的手令。

④章：写给帝王的奏章。

⑤觞（shāng）：酒器。

⑥"玉楼金阙"句：不愿到那琼楼玉宇之中，表示作者不愿到朝廷里做官。

【点评】

此词系作者从京师返回洛阳后所作，故题为"西都作"。该词是北宋末年脍炙人口的一首小令，曾风行汴洛。词中，作者以"斜插梅花，傲视侯王"的山水郎自居。据《宋史·文苑传》载，朱敦儒"志行高洁，虽为布衣而有朝野之望"，靖康年间，宋钦宗召他至京师，欲授以学官，他固辞道："麋鹿之性，自乐闲旷，爵禄非所愿也。"终究拂衣还山。这首《鹧鸪天》可以说是他前期词的代表作，也是他前半生人生态度和襟怀抱负的反映。

这首词上片主要写作者在洛阳时纵情于山水，豪放不羁的生活。下片用巧妙的方法表现作者赛神仙的淡泊胸怀。词中"诗万首，酒千觞。几曾著眼看侯王"与"玉楼金阙慵归去，且插梅花醉洛阳"几句，充分表现出词人对功名富贵的鄙夷和面对王侯的傲骨铮铮。词人不愿意返回京城官场，只想纵诗饮酒，与山水为伴，隐逸归老。一般地说，玉楼金阙，本是人人羡慕向往的荣华富贵，但词人在这里用一"慵"字，十分准确地表现了他鄙薄名利的态度。全词清隽婉丽，自然流畅，前后呼应，章法谨严，充分体现了作者蔑视权贵、傲视王侯、潇洒狂放的性格特征。

李纲

（1083—1140），字伯纪，号梁溪先生，常州无锡（今江苏省无锡市）人，两宋之际抗金名臣，民族英雄。宋徽宗政和二年（1112年），李纲登进士第，历官至太常少卿。宋钦宗时，授兵部侍郎、尚书右丞。他多次上疏陈诉抗金大计，均未被采纳。去世后追赠少师，特赠陇西郡开国公，谥号"忠定"。李纲能诗文，写有不少爱国篇章。亦能词，其咏史之作，形象鲜明生动，风格沉雄劲健。著有《梁溪先生文集》《靖康传信录》《梁溪词》。

病 牛

宋·李纲

耕犁千亩实千箱^①，力尽筋疲谁复伤^②？
但得众生皆得饱^③，不辞羸病卧残阳^④。

注释：

① "耕犁"句：实千箱，即生产的粮食很多。实，果实，粮食。箱，装粮的容器。此指装粮食的仓房。

②"力尽"句：复，即又，再。伤，哀怜，同情。

③"但得"句：但得，只要能让。众生，大众百姓。

④"不辞"句：不辞，不推脱，不惜。羸（léi）病，瘦弱有病。残阳，夕阳，即快要下山的太阳。

【点评】

宋建炎二年（1128年），李纲被罢相流放武昌。四年后，太学生陈东等向朝廷上书请命，要求让李纲官复原职，事情失败，陈东也因此被杀，这时的李纲处境更加艰险。此首诗即写于这一时期。

这首诗将牛人格化，惟妙惟肖地刻画了一个"病牛"的形象，既绘出其身体病弱之形，更传出了其不辞羸病、志在众生之神，赞扬了牛为百姓甘于自我牺牲的精神。诗中最精华的句子是"但得众生皆得饱，不辞羸病卧残阳"。"病牛"虽然劳苦功高，筋疲力尽，却无人怜惜，但它并没有怨天尤人，更未消极沉沦。为了众生的温饱，它还心甘情愿地不顾羸病之身，力耕负重、死而后已，这是一种多么伟大的奉献精神，历来为人们所敬仰！因而，这首诗也一直为后世所传诵。

李清照

（1084—1155），号易安居士，济南章丘（今山东省济南市章丘区）人。宋代（南北宋之交）女词人，有"千古第一才女"之称。所作词，前期多写其悠闲生活，后期多悲叹身世，情调感伤。形式上善用白描手法，自辟途径，语言清丽。论词强调协律，崇尚典雅，提出词"别是一家"之说，反对以作诗文之法作词。能诗，留存不多，部分篇章感时咏史，情辞慷慨，与其词风不同。有《易安居士文集》《易安词》，已散佚，后人有《漱玉词》辑本。今有《李清照集校注》。

声声慢①

宋·李清照

寻寻觅觅②，冷冷清清，凄凄惨惨戚戚③。乍暖还寒④时候，最难将息⑤。三杯两盏淡酒，怎敌他⑥、晚来风急！雁过也，正伤心，却是旧时相识。

满地黄花堆积，憔悴损⑦，如今有谁堪⑧摘？守着窗儿，独自怎生得黑⑨！梧桐更兼细雨⑩，到黄昏、点点滴滴。这次第⑪，怎一个愁字了得⑫！

注释：

①声声慢：词牌名，又名《胜胜慢》《人在楼上》《寒松叹》《凤求凰》等。

②寻寻觅觅：意谓想把失去的一切都找回来，表现非常空虚怅惘、迷茫失落的心态。

③凄凄惨惨戚戚：忧愁苦闷的样子。

④乍暖还（hái）寒：指深秋的天气，忽然变暖，又转寒冷。

⑤将息：旧时方言，休养调理之意。

⑥怎敌他：怎么对付、抵挡。

⑦损：不堪；极了。

⑧堪：可。

⑨怎生得黑：怎么才能熬到天黑。怎生，怎么样的。得，熬到。黑，天黑。

⑩"梧桐"句：暗用白居易《长恨歌》"秋雨梧桐叶落时"诗意，以及温庭筠《更漏子》"梧桐树，三更雨，不道离情正苦；一叶叶，一声声，空阶滴到明"词意。

⑪这次第：这光景，这情形。

⑫"怎一个"句：一个"愁"字怎么能概括得尽呢？

【点评】

靖康之变后，北宋灭亡，李清照丈夫南渡后不久又去世，一连串的打击使她尝尽了国破家亡、颠沛流离之苦，亡国之恨，丧夫之哀，孀居之苦，凝集心头，无法排遣，于是便写下了这首词。

在这首词中，既吐露了一位孤苦无依的寡妇晚年的哀愁，也显示了词人炉火纯青的抒情艺术才能。她巧妙而自然地运用铺叙和白描手法，通过描写秋天的景色和日常生活的细节，将内心的愁绪与哀情具象化地表现出来。此词起句即奇崛异常，一连用七组叠词。不但在填词方面，即使在诗赋曲中也绝无仅有，且极富音乐之美，有一种"大珠小珠落玉盘"的感觉。词中从写主人公一起床即百无聊赖，若有所失，因而"寻寻觅觅"，结果是"冷冷清清""凄凄惨惨戚戚"，不但没有收获，反被一种孤寂清冷的气氛所包围，使读者不禁为之屏息凝神。自家的花园中虽然开满了菊花，秋意正浓。但自己无心看花，再没有当年那种"东篱把酒黄昏后，有暗香盈袖"的雅致了。"守着窗儿"以下，写独坐无聊，内心苦闷之极，怎么才能熬到天黑呢？感觉天老是黑不下来。"梧桐"一句与温庭筠《更漏子》"梧桐树，三更雨，不道离情正苦；一叶叶，一声声，空阶滴到明"词意相近。最后以"怎一个愁字了得"句作收，更是独辟蹊径。以前词人言愁如江海等，是极言其多。而这里却化多为少，仅用一个"愁"便戛然而止，仿佛不了了之，实际上已倾泻无遗。

这首词是李清照晚年最凄凉的一首词，写出了"愁"的最高境界，读来令人肝肠寸断。后世对其评价极高，罗大经在《鹤林玉露》中说："以一妇人，乃能创意出奇如此。"梁启超先生则说这"一字一泪，都是咬着牙根咽下"的。

醉花阴①

宋·李清照

薄雾浓云愁永昼②，瑞脑销金兽③。佳节又重阳④，玉枕纱厨⑤，半夜凉初透。

东篱⑦把酒黄昏后，有暗香盈袖⑧。莫道不销魂⑨，帘卷西风⑩，人比黄花⑪瘦。

注释：

①醉花阴：词牌名，又名《九日》。一般以李清照《醉花阴·薄雾浓云愁永昼》为正格。

②愁永昼：在郁闷愁烦中度过漫长的白天。

③"瑞脑"句：瑞脑，是一种薰香名。又称龙脑，即冰片。销，缭绕，消散。金兽，兽形的铜香炉。

④重阳：农历九月九日为重阳节。

⑥纱厨：即防蚊蝇的纱帐。厨，同"橱"。

⑦东篱：借用陶渊明的诗句"采菊东篱下"，泛指采菊之地。

⑧"有暗香"句：暗香，这里指菊花的幽香。盈袖，充满衣袖。盈，充满。

⑨销魂：夺走魂魄。形容极度忧愁、悲伤。

⑩西风：秋风。

⑪黄花：指菊花。

【点评】

这首词是李清照的怀夫之作。宋徽宗建中靖国元年（1101年），李清照与赵明诚婚后不久，赵明诚便"负笈远游"，深闺寂寞，她深深思念着远行的丈夫。崇宁二年（1103年），时届重九，人逢佳节倍思亲，李清照便写了这首词寄给赵明诚，表达了自己思念丈夫的孤独与寂寞心情。

此词的一个突出特点是"物皆著我之色彩"，从天气到瑞脑金兽、玉枕纱厨、帘外菊花，词人用她愁苦的心情来看这一切，使她眼中的所有事物无不涂上落寞的色彩。而词中的最精彩之处是"莫道不消魂，帘卷西风，人比黄花瘦"三句，它使结拍成了全篇高峰。以前，人们以花木之"瘦"比人之瘦，诗词中不乏这样的句子，但此词是通过三句共同创造出一个凄清寂寥的境界，使得氛围更加浓厚，意境更加深远，也使得"人比黄花瘦"成为千古佳句。

全词似明白如话，又含蓄委婉。从表面上看，这首词没有写离别之苦，相思之情，但仔细寻味，它的每个字都浸透了这一点。从她不时去看香炉里的瑞脑燃烧了多少，时间过去了多久，每一个动作都让人感到她简直度日如年。白天好不容易挨过去了，晚上又更加难挨。词人不直接写"每逢佳节倍思亲"，而是写失眠，写一直到半夜都没有睡着。看来她不只是身体感到凉，主要的还是内心感到凉。于是她对赵明诚的苦苦思念之情便从字里行间溢出。读罢全词，一位不堪忍受离别之苦的少妇形象生动地呈现在读者眼前。唐代司空图认为，含蓄的主要特征是："不著一字，尽得风流。语不涉及，若不堪忧。"（《诗品·含蓄》）而畅达与含蓄深沉相结合，正是李清照词风的一个显著特点。

鹧鸪天^①·桂花

宋·李清照

暗淡轻黄体性柔，情疏迹远只香留。何须浅碧深红色，自是花中第一流。
梅定妒，菊应羞，画阑开处冠中秋^②。骚人可煞无情思，何事当年不见收^③。

注释：

①鹧鸪天：词牌名。

②"画阑"句：化用李贺《金铜仙人辞汉歌》的"画栏桂树悬秋香"之句意，谓桂花为中秋时节首屈一指的花木。阑，同"栏"。冠中秋，意谓中秋之冠。

③"骚人"二句：取意于陈与义《清平乐·木犀》的"楚人未识孤妍，《离骚》遗恨千年"之句意。"骚人""楚人"均指屈原。可煞，疑问词，犹可是。情思，情意。何事，为何。此二句意谓《离骚》多载花木名称为何未包括桂花。

【点评】

此词作于宋建中靖国年间，李清照与丈夫赵明诚居住在青州之时。由于北宋末年党争的牵累，李清照的公公赵挺之去世后，她随丈夫屏居乡里约一年。他们攻读而忘名，自乐而远利，双双沉醉于美好、和谐的艺术天地中。此词就是在这一时期创作的。

这首词上片重在赋"色"，兼及体性；下片重在咏怀，突出"香"字。开头"暗淡轻黄体性柔，情疏迹远只香留"两句形神兼备，写出了桂花的独特风韵：颜色并不艳丽，外表与很多名花相比也逊色得多，更不会有人给她热捧恭维。但她体性温柔，香留天地之间。所以，"何须浅碧深红色，自是花中第一流"。作者认为，内在美比外在美更为重要。"何须"二字，把各种名花一笔荡开，断定她是"花中第一流"。对于桂花的品性，作者认为"梅定妒，菊应羞"。这就是说，连凌寒傲霜的梅花和菊花都自叹不如。

　　一般咏物诗词以咏物抒情为主，绝少议论。李清照这首词一反传统，以议论入词，托物抒怀。词中或以群花作比，或以梅菊陪衬，或评骘古人，从多层次展开，形象地展现了她那超尘脱俗的美学观点和对桂花的由衷赞美，既不乏形象，也能充满诗意，可谓别开生面。全词自始至终都在为桂花鸣不平，反映了作者具有非凡艺术家的胆量和勇气，她既为桂花"正"了"名"，又抒发了自己的一怀幽情，更幽默地突出了自己对桂花的偏爱，这正是她傲视尘俗、乱世挺拔的性格写照。

永遇乐^①

宋·李清照

　　落日熔金^②，暮云合璧，人在何处。染柳烟浓，吹梅笛怨^③，春意知几许。元宵佳节，融和天气，次第^④岂无风雨。来相召、香车宝马^⑤，谢他酒朋诗侣。

　　中州^⑥盛日，闺门多暇，记得偏重三五^⑦。铺翠冠儿^⑧，捻金雪柳^⑨，簇带争济楚^⑩。如今憔悴，风鬟霜鬓，怕见夜间出去。不如向、帘儿底下，听人笑语。

注释：

①永遇乐：词牌名，又名《永遇乐慢》《消息》。

②落日熔金：落日金光灿灿，像熔化的金水一般。

③吹梅笛怨：梅，指乐曲《梅花落》，用笛子吹奏此曲，其声哀怨。

④次第：这里是转眼的意思。

⑤香车宝马：这里指贵族妇女所乘坐的、装饰华美的车驾。

⑥中州：即中土、中原。这里指北宋的都城汴京，今河南省开封市。

⑦三五：十五日。此处指元宵节。

⑧铺翠冠儿：以翠羽装饰的帽子。

⑨雪柳：以素绢和银纸做成的头饰。

⑩"簇带"句：簇，聚集之意。带，即戴，加在头上谓之戴。济楚，整齐、漂亮。簇带、济楚均为宋时方言，意谓头上所插戴的各种饰物。

【点评】

这首词是李清照晚年伤今追昔之作，写于临安（今浙江省杭州市），时间约在绍兴二十年（1150年）间。主要写了北宋京城汴京和南宋京城临安元宵节的情景，借以抒发自己的故国之思，也隐含着对时势的不满。

这首词的突出特点是运用丽景衬托哀情。如，上片起始二句"落日熔金，暮云合璧"，写晚晴，意境开阔，色彩绚丽。紧接着"人在何处"四字，则点出漂泊异乡，无家可归，同吉日良辰形成鲜明对照。接下来，"染柳烟浓，吹梅笛怨"，写早春时节，四处充满春意，景色宜人。但国事的变化，身世的坎坷，使得词人又产生了物是人非、好景不常之感。虽然也有"酒朋诗侣"邀她去观灯赏月，但她婉言谢绝了，自己早已失去了这样的心情。下片用南渡前在汴京过元宵佳节的欢乐心情，同当前的凄凉景象作对比。如当年汴京的元宵佳节是家家灯火，处处管弦，作者的女伴们"铺翠冠儿，捻金雪柳，簇带争济楚"，均是盛装出游。但金兵入侵，中原沦陷，自己只落得异地飘零。如今人老了，憔悴了，白发蓬乱，虽又值元宵佳节，还哪有心思外出游赏呢？"不如向、帘儿底下，听人笑语"，衬托出词人极其伤感孤凄的心境。

这首词还有意识地将浅显平易而富表现力的口语与锤炼工致的书面语交错融合，以极富表现力的语言写出了浓厚的今昔盛衰之感和个人身世之悲。语似平淡而实沉痛已极，以至于南宋著名词人刘辰翁会每诵此词必为之涕下。

一剪梅①

宋·李清照

红藕香残玉簟秋②。轻解罗裳③，独上兰舟④。云中谁寄锦书⑤来？雁字⑥回时，月满西楼⑦。

花自飘零水自流。一种相思，两处闲愁⑧。此情无计可消除，才下眉头，却上心头⑨。

注释：

①一剪梅：词牌名，又名《一枝花》《腊前梅》《腊梅香》《腊梅春》《玉簟秋》《醉中》等。以周邦彦《一剪梅·一剪梅花万样娇》为正体。

②"红藕"句：红藕，即红色的荷花。玉簟，光滑似玉的精美竹席。

③裳（cháng）：古人穿的下衣，这里泛指衣服。

④兰舟：木兰木制造的船。这里泛指小船。

⑤锦书：前秦苏惠曾织锦作《璇玑图诗》，寄其夫窦滔，计840字，纵横反复，皆可诵读，文辞凄婉。后人因称妻寄夫为锦字，或称锦书。亦泛为书信的美称。

⑥雁字：群雁飞时常排成"一"字或"人"字，诗文中因以雁字称群飞的大雁。

⑦月满西楼：意思是鸿雁飞回之时，西楼洒满了月光。

⑧"一种相思"二句：意思是彼此都在思念对方，可又不能互相倾诉，只好各在一方独自愁闷。

⑨"才下眉头"二句：意思是眉上愁云刚消，心里又愁了起来。

【点评】

李清照与赵明诚结婚后感情很好。一次，丈夫离家远行，李清照不堪忍受分离之苦，写下了这首相思词，这也是李清照前期作品的代表。在此词中，作者以女性特有的敏感捕捉稍纵即逝的真切感受，将抽象而不易捉摸的思想感情，以素淡的语言表现出具体可感、为人理解、耐人寻味的东西，是脍炙人口的写愁情的名句。

这首词的突出特点是处处移情入景，借景抒情，感人肺腑。如"红藕香残玉簟秋"一句，表面上写荷花残、竹席凉这些寻常事情，实际上却暗含青春易逝，红颜易老，人去席冷之意。对此意境，清代梁绍壬在《两般秋雨盦随笔》中说，此句"有吞梅嚼雪，不食人间烟火气象"。"云中谁寄锦书来？雁字回时，月满西楼"三句，词人因惦念游子行踪，盼望锦书到达，遂从遥望云空引出雁足传书的遐想。而这一望断天涯、神驰象外的情思和遐想，不分白日或月夜，也无论在舟上或楼中，都萦绕在词人心头。"花自飘零水自流"一句，既是即景，又兼比兴。其所托喻的人生、年华、爱情、离别，则给人以"无可奈何花落去"（晏殊《浣溪沙》）之感，以及"水流无限似侬愁"（刘禹锡《竹枝词》）之恨。"一种相思，两处闲愁"两句，由己及人，互相思念，这是有情人的心灵感应。这种独特的构思体现了李清照与赵明诚夫妇二人心心相印、情笃爱深，相思却又不能相见的无奈思绪。

此词最精彩、最经典的是结拍三句："此情无计可消除，才下眉头，却上心头。"历来最是为人称道。清代王士禛在《花草蒙拾》中指出，这三句从范仲淹《御街行》"都来此事，眉间心上，无计相回避"脱胎而来，但点化之后，青出于蓝而胜于蓝，给人以耳目一新之感。这里，"眉头"与"心头"相对应，"才下"与"却上"成起伏，表现手法十分轻灵。与李煜的"剪不断，理还乱，是离愁，别是一般滋味在心头"，有异曲同工之妙，堪称千古绝唱。

胡宪

（1085—1162），字原仲，崇安县籍溪（今福建省武夷山市上梅乡）人，南宋理学家、教育家。胡宪于绍兴中以乡贡入太学，当时查禁伊洛之学，他与乡人刘勉之暗地传抄背诵。绍兴六年（1136年）诏赐进士，授左迪功郎、建州教授。后以亲老请准回乡，奉祠南岳庙。胡宪诲人不倦，吕祖谦等都是他的学生。著有《论语合议》《南华真经解》。

答朱元晦^①

宋·胡宪

幽人^②偏爱青山好，为是青山青不老^③。

山中出云雨太虚^④，一洗尘埃山更好。

注释：

①朱元晦：即朱熹。朱熹，字元晦。

②幽人：即幽静之人，此指朱熹。

③"为是"句：为是，即为的是。整句之意：为的是青山长青不老。

④雨太虚：雨，动词，即下雨清洗。太虚，即太空、天空。

【点评】

　　胡宪此诗的含义是：幽静之人最喜爱青山，因为青山美景能使人怡情悦性，不会衰老。但如果山中之云能带来一场冲洗天空的大雨，那么雨洗尘埃之后的青山会显得更加美好。其主旨是敦请朱熹入世教化风俗。因为当前世事有诸多尘埃，需要朱熹这样的人出来清洗。除去了尘埃，青山将会更青，人世将会更好。

　　据《濂洛风雅》一书记载：南宋绍兴庚辰（1160）时，朱熹卧病，在山里休养。当时一些在朝为官的亲友，纷纷致书请他入仕。朱熹写了两首诗作为回答。其一云："先生去上芸香阁，阁老新峨豸（zhì）角冠。留取幽人卧空谷，一川风月要人看。"其二云："瓮牖（yǒu）前头翠作屏，晚来相对静仪刑。浮云一任闲舒卷，万古青山祇么青。"诗中多有要隐居之意。这两首诗传到胡宪处，胡宪对其朋友张钦夫说："我不认识朱元晦，但看他写的诗，知道此人将来必有大用，所以要写首诗劝劝他，或许对他有些用处。"朱熹后来得知其诗并深深感动，但此时胡宪已逝去多年。

 岳飞

（1103—1142），字鹏举，相州汤阴（今河南省汤阴县）人。南宋时期抗金名将、军事家、战略家、民族英雄，位列南宋"中兴四将"之首。岳飞从二十岁起，曾先后四次从军。自建炎二年（1128年）遇宗泽至绍兴十一年（1141年）止，先后参与、指挥大小战斗数百次。宋绍兴十年（1140年），金国完颜宗弼攻宋，岳飞挥师北伐，先后收复郑州、洛阳等地，在郾城、颍昌大败金军，进军朱仙镇。宋高宗赵构和宰相秦桧却一意求和，以十二道"金字牌"催令班师。在宋金议和过程中，岳飞遭受秦桧、张浚等人诬陷入狱。宋绍兴十二（1142年）年一月，以莫须有的罪名，与长子岳云、部将张宪一同被害，时年三十九岁。宋孝宗时平反昭雪，追谥武穆，后又追谥忠武，封鄂王。岳飞文才同样卓越，其代表词作《满江红·写怀》，是千古传诵的爱国名篇。现代掌故大师郑逸梅先生说："文人如范仲淹，始足以讲武；武将如岳鹏举，始足以谈文。"

满江红·写怀

宋·岳飞

怒发冲冠①，凭栏处、潇潇②雨歇。抬望眼，仰天长啸③，壮怀激烈。三十功名尘与土④，八千里路云和月⑤。莫等闲⑥，白了少年头，空悲切！

靖康耻⑦，犹未雪。臣子恨，何时灭！驾长车，踏破贺兰山⑧缺。壮志饥餐胡虏⑨肉，笑谈渴饮匈奴血。待从头、收拾旧山河，朝天阙⑩。

注释：

①怒发冲冠：意谓愤怒得头发都竖了起来，以至于将帽子顶起，形容愤怒至极。发，指头发。冠，帽子。

②潇潇：形容雨势急骤。

③长啸：感情激动时撮口发出清而长的声音，为古人的一种抒情举动。

④"三十功名"句：意谓年已三十岁，也建了一些功名，但功名对自己来说不过像尘土一样，微不足道。

⑤"八千里路"句：形容南征北战、路途遥远、披星戴月，极为艰辛。

⑥等闲：轻易，随便。

⑦靖康耻：宋钦宗靖康二年（1127年），金兵攻陷汴京，虏走徽宗、钦宗二帝。

⑧贺兰山：贺兰山脉位于宁夏回族自治区与内蒙古自治区交界处，意谓金国的后方基地。

⑨胡虏：秦汉时称匈奴为胡虏，后世用为与中原敌对的北方部族之通称。

⑩朝天阙：朝见皇帝。天阙，本指宫殿前的楼观，此指朝廷。

【点评】

岳飞少年时代，其家乡河南汤阴等地就被金兵占领了，他很有民族气节，毅然从军。他指挥的军队，英勇善战，屡立战功，敌人非常害怕，称为"岳家军"，并传言："撼山易，撼岳家军难！"然而，南宋初年已被金兵吓破胆子的宋高宗和秦桧等人，一心偏安江南，害怕真的打败金兵，迎回了被俘虏的徽、钦二帝，自己将地位不保，因此对主战派岳飞不予支持。有一次宋军北伐，岳飞率领的军队长驱直入，进展神速，但他很快发现其他大军并没有配合行动，自己既无援兵，又无粮草，最后不得不撤了回来。此次北伐，岳飞壮志未酬，写下了这首千古绝唱。

这首词上片从外貌到动作再到心理活动的层层描写，突现了一位顶天立地的热血男儿的形象。"三十功名"等五句，自勉自励，使这位英雄的胸襟气度得到进一步深化和升华。下片纵意抒写报仇雪耻、收复国土的雄心壮志，这是从当时国家民族所受的奇耻大辱中激发出来的，体现了中华儿女无所畏惧、不可欺侮的豪气。这首词气壮山河，如虹贯日，响遏行云，具有极其强烈的感染力和冲击力，充分地反映了岳飞精忠报国、无私无畏的英雄气概，充分表现了中华民族不甘屈辱、奋起抗争、雪耻若渴的坚强决心，是我国古典诗词中不可多得的爱国主义名篇，是历史上伟大的爱国主义和英雄主义精神最典型的代表。

小重山①

宋·岳飞

昨夜寒蛩②不住鸣。惊回千里梦③，已三更④。起来独自绕阶行。人悄悄，帘外月胧明⑤。

白首为功名⑥。旧山⑦松竹老，阻归程。欲将心事付瑶琴⑧。知音⑨少，弦断有谁听？

注释：

①小重山：词牌名，一名《小冲山》《柳色新》《小重山令》。

②寒蛩：秋天的蟋蟀。

③千里梦：指赴千里外杀敌报国的梦。

④三更：指半夜十一时至凌晨一时。

⑤月胧明：月光不明。胧，朦胧。

⑥功名：此指为驱逐金兵的入侵，收复失地而建功立业。

⑦旧山：家乡的山。

⑧瑶琴：饰以美玉的琴。

⑨知音：比喻知己。这一词来源于春秋时俞伯牙与钟子期的故事。相传俞伯牙善鼓琴，钟子期善听琴，伯牙每次弹到什么，子期都能从琴声中领会到他所想表达的思想。子期死后，伯牙再也不弹琴了。人们常用知音来形容知心、知己、朋友。

【点评】

宋绍兴六年（1136年）至绍兴七年（1137年）岳飞准备大举收复中原，北上灭金。但宋高宗赵构及朝内主和派对其大加干涉和阻挠，迫害主战派，多人被罢免和杀害，大好的抗金复国形势，有付诸东流的危险。岳飞的这首词即写于这种情况下。

此词上片即景抒情，寓情于景，用简洁的语言和平淡的叙述，展现出一代英雄孤独寂寞、心事无法向人诉说的真性情和其所面临的困境。下片写他收复失地受阻、心事无人理解的苦闷。由于当时朝中统治者和投降派对坚持抗金的主战派进行无情打击，作者内心焦急郁闷，但也只能隐忧时事，吞吐曲折，含蓄委婉地流露出这种悲凉悱恻之思。词中的"知音少，弦断有谁听？"发人深省，充分表现了当时岳飞壮志难酬的痛苦与无奈。

有人认为，岳飞的这首词情调低沉，不如他的《满江红》创意高，其实也未必。据研究认为，岳飞《满江红》与《小重山》词均表达了抗金、收复中原的雄心壮志，只因作词的时间与心境不同，因此在作法上有些差异，效果上则异曲同工、各有千秋。现代学者詹安泰在《词学讲义》中云："岳鹏举《满江红》，悲愤之怀，壮烈之志，和盘托出，绝无隐蓄，此不关乎寄托也。至其《小重山》词，则真有寄托之作也。故国怕回首，而托诸惊梦；所愿不得偿，则托诸空阶明月；咎忠贞不见谅于当轴，致坐失机宜，而托诸瑶琴独奏，赏音无人。……顾其（《满江红》）耐人寻味之程度，殊不若其《小重山》也，故从词之本身论，则以《小重山》为高格。"此说颇有见地。

林升

　　生卒年月不详，字云友，又字梦屏，温州横阳亲仁乡（今浙江省苍南县）人，大约生活在南宋孝宗朝（1106—1170年），是一位擅长诗文的士人。事见《东瓯诗存》卷四。

题临安邸①

宋·林升

山外青山楼外楼②，西湖③歌舞几时休？
暖风熏④得游人醉，直把杭州作汴州⑤。

注释：

①题临安邸（dǐ）：这是一首写在临安城一家旅店墙壁上的诗。题，在墙壁上题诗。临安，即现在的浙江省杭州市。邸，旅店。

②"山外"句：远处青山叠翠，近处楼台重重。

③西湖：杭州著名风景区。

④熏：吹，用于温暖馥郁的风。

⑤"直把"句：直，即简直。汴州，汴京，今河南省开封市。

【点评】

　　北宋靖康元年（1126年），金人攻陷北宋首都汴梁，赵构逃到江南，在临安即位，是为高宗。但当政者不思奋发图强收复失地，只顾在湖山胜地没完没了地寻欢作乐。这首诗就是针对这种纵情声色、醉生梦死的黑暗现实而作的，是一首著名的政治讽刺诗。

　　此诗前两句写临安城的特征：重重叠叠的青山，鳞次栉比的楼台和无休止的轻歌曼舞。这不禁使诗人触景伤情，喟然长叹：这些消磨人们抗金斗志的浮靡之风，什么时候才能罢休啊。后两句通过"杭州"与"汴州"的对照，不露声色地揭露了"游人们"的腐朽堕落，表现了作者对当政者不思收复失地的愤激，以及对国家命运的担忧。全诗愤慨极深，含蓄极富。

　　诗句"西湖歌舞几时休"中的一个"休"字，不但暗示了诗人对现实社会处境的心痛，更表现了诗人对当政者不思收复中原失地、一味寻欢作乐的愤慨之情。"暖风熏得游人醉"，一个"醉"字用得尤其精妙，把那些只醉心歌舞的"游人们"的丑态刻画得惟妙惟肖。在这一对照中，不但引出"汴州"这一特殊的、富有政治意义的名称，而且揭露了那些"游人们"的卑劣行径。

　　北宋的灭亡，原因固然很多，但统治者的荒淫奢侈必为其中重要的原因。林升的这首诗，正是南宋统治者延续了过去那种奢靡的社会风气，是南渡以后公然的、常见的、谁都毫不注意的社会现象，经他这么一写，便觉触目惊心。全诗构思巧妙，措辞精当，冷言冷语的讽刺，偏从热闹的场面写起；愤慨已极，却不作谩骂之语，确实是讽喻诗中的杰作。

 丁世昌

　　生平事迹不详，字少明，号竹坡老人，南宋时黄岩（今浙江省台州市）人。隐居，很少与外人交。

次虞仲房司马送秋韵①

宋·丁世昌

自入秋光②能几时，无端③又赋别秋诗。

夜长月冷虫鸣急，天阔风高雁过迟。

三径④黄花存旧节，半栏红叶堕残枝。

往来毕竟乘除法⑤，何用年年宋玉悲⑥。

注释：

①"次……韵"句：次韵，是古体诗写作的一种方式，即按照原诗的韵和用韵的次序来和诗，也叫步韵。虞仲房，人名，南宋时的一名官员。司马，官职，宋时为闲散官，无实权。

②秋光：秋天的时光，即秋天。

③无端：无理由，无缘无故。

④三径：指归隐者的家园。语出东汉赵岐《三辅决录·逃名》，说的是西汉末年，王莽篡政，兖州刺史蒋诩（xǔ）告病辞官，隐居乡里，在院内开辟了三条小路，即三径，只和求仲、羊仲来往。后人遂以"三径"指代隐者的家园。

⑤乘除法：即乘法、除法的运算法则，也是自然规律。

⑥宋玉悲：宋玉，战国时楚国著名辞赋家。他曾写过著名的《九辩》赋，其文开篇的第一句即为"悲哉秋之为气也"，唱出了悲秋之声，自此以后，悲秋成为中国文人最常见的主题之一。

【点评】

悲秋是中国历代文人的常见话题，自战国宋玉始绵延不绝，后来虽有刘禹锡的《秋词》、杜牧的《山行》等赞美秋天之词章，但悲秋伤时之音仍不绝于耳，甚或是主调。在这首诗中，作者没有沿用那种悲秋的思维方式，认为天行有常，寒来暑往，四季轮替，是大自然运行的规律，哪里用文人年年抒发悲秋之感呢！这种独拔于流俗之外的诗思，表现了诗人豁达大度的人生态度。其实，对那些自然规律或不可改变之事，不管是节序之变、迟暮之变，抑或生命代谢之变，都要顺其自然，宠辱不惊，不要受其无谓之困。

吴龙翰

吴龙翰（1229—？），字式贤，号古梅，歙（shè）县（今安徽省歙县）人，约宋度宗成淳中前后在世，卒年不详。于咸淳中贡于乡，以荐授编校国史院实录。德佑二年（1276年）乡校请充教授，旋弃去。家有老梅，因以古梅为号，尝为之赋。

乌江项羽庙
宋·吴龙翰

盖世英雄只恁休①，千年遗恨大江流。
汉提义帝作张本②，当日君输第一筹。

注释：

① "盖世英雄"句：盖世英雄，指项羽。只恁休，就这么完了。恁，代词，这么，如此。

② "汉提"句：义帝，秦末时，各路诸侯起兵反秦，项梁听从范增的建议，将楚怀王熊槐之后熊心立为楚怀王，即义帝。后项羽不满义帝而杀之。张本，缘由。此句意为刘邦拿项羽杀义帝为由头，打着为义帝复仇的旗号，联合诸侯进攻项羽。

【点评】

项羽本是盖世英雄，叱咤风云，战无不胜。但谢幕之时，极为悲怆，自刎乌江而亡，令人遗憾千古。什么原因？吴龙翰认为，这是因为他诛杀义帝，先输了第一步，给刘邦起兵提供了完美借口。刘邦得知义帝死讯后，令三军发丧，缟素三日。发檄文布告全国，指斥项羽弑君，大逆不道，天下诸侯群起响应，刘邦得各路大军，共计五十多万人，杀奔彭城（今江苏省徐州市），讨伐项羽。

这首诗强调了占领道义、道德制高点的极端重要性，即谁占据和拥有了它，谁就能凝聚人心，号召众人，动员天下为之所用。谁失去了它，谁就容易被攻击，被孤立，从而埋下失败的种子，哪怕是力能扛鼎的盖世英雄。

释守璋

生卒年月不详，俗姓王，盐官（今浙江省海宁市）人，七岁试经得度，宋高宗绍兴初住临安天申万寿圆觉寺，赐号文慧。

晚 春

宋·释守璋

草深烟景①重，林茂夕阳微。

不雨花犹落，无风絮自飞。

注释：

①烟景：指春天的景色。

【点评】

这是一首诗僧的偈语诗，看似寻常，却匠心独运，禅趣深妙。诗句以草木起兴，铺陈之后，引申出花落并非一定因为雨打，絮飞也并非都是因为风吹，花开必有花落，絮长必有絮飞。不独花木如此，古今人事亦然。暗示人的生死跟花草枯荣一样，都是大自然不可违背的规律，人活一世只需积极过活，不必强求结果。

据传，此诗是一位有修行的弟子在秋天问禅师："槿花带露，桐叶舞秋风，如何从这些现象中了悟人生的真实？"禅师答道："不雨花犹落，无风絮自飞。"意思是花落不因雨下，絮飞不因风吹。人们要注重内省，要洞穿"花开自会落，人生必然死"的自然法则，抱持着超越态度，努力为生，也努力为死。

（1125—1210），字务观，号放翁，汉族，越州山阴（今浙江省绍兴市）人，南宋著名诗人。少时受家庭爱国思想熏陶，高宗时应礼部试，为秦桧所黜。孝宗时赐进士出身。中年入蜀，投身军旅生活，官至宝章阁待制。晚年退居家乡。他创作的诗歌今存九千多首，内容极为丰富。著有《剑南诗稿》《渭南文集》《南唐书》《老学庵笔记》等。

闲居自述

宋·陆游

自许山翁懒①是真，纷纷外物②岂关身。

花如解语③还多事，石不能言最可人④。

净扫明窗凭素几⑤，闲穿密竹岸乌巾⑥。

残年自有青天管，便是无锥⑦也未贫。

注释：

①懒（lǎn）：怠惰。

②外物：自身之外的一切事物。

③解语：会说话，能解读人的心意。

④可人：合乎人的心意。

⑤素几：不加雕饰的小几。

⑥岸乌巾：岸，即头戴。乌巾，乌角巾，多指古代隐居不仕者的帽子。

⑦无锥：无立锥之地。

【点评】

陆游少年时深受家庭爱国思想熏陶，从政后因坚持抗金，屡遭主和派排斥打击，北伐中原之志一直未能如愿，心中充满了郁闷和愤慨。这首诗是说：自己作为一个赋闲的山翁唯有懒惰恐怕是真的，其他种种外部事物和自己毫无关系。花如果能够解读人的心意就会生出很多闲事，招惹是非，而石头因不能讲话却最能让人喜爱。坐在明亮的窗边和素净的茶几旁，高高地戴着隐者所戴的乌角巾，闲散地在茂密的竹林中信步。年纪大了自然会有老天来收留，即便到了无立锥之地也未必就是贫穷。此诗看似闲淡无谓，实则处处反话正说。如："岂关身""还多事""最可人"等，意思是：外边的"议和"或"北伐"与自己没有什么关系，如果了解了朝廷的意图又说了出来肯定就是"多事"了，只有像石头那样沉默不语才会让人满意。可谓一肚子的愤懑与难以言说的无奈。"花如解语还多事，石不能言最可人"一句，是人们传诵千古的名句。

长歌行①

宋·陆游

人生不作安期生②，醉入东海骑长鲸；
犹当出作李西平③，手枭逆贼清旧京④。
金印煌煌未入手，白发种种来无情⑤。
成都古寺卧秋晚⑥，落日偏傍僧窗明。
岂其⑦马上破贼手，哦诗长作寒螿⑧鸣？
兴来买尽市桥⑨酒，大车磊落⑩堆长瓶；
哀丝豪竹助剧饮⑪，如巨野⑫受黄河倾。
平时一滴不入口，意气顿⑬使千人惊。
国仇未报壮士老，匣中宝剑夜有声⑭。
何当凯旋宴将士⑮，三更雪压飞狐城⑯！

注释：

①长歌行：汉乐府曲调名。

②安期生：传说是秦始皇时的仙人。

③"犹当"句：犹当，即应当。李西平，唐朝名将李晟（shèng），因平定叛乱有功，封为西平王。

④"手枭（xiāo）"句：枭，即杀。旧京，指唐朝京城长安。唐德宗兴元元年

（784年）六月，李晟从叛将朱泚（cǐ）手中收复长安城。

⑤"金印"二句：金印煌煌，这里指建立赫赫功业获得较高官职。未入手，没有得到。种种，指头发短的样子。来无情，无情地生长。

⑥"成都"句：成都，今四川省成都市。陆游当时在成都，寄寓在多福院。

⑦岂其：难道。

⑧寒螀（jiāng）：寒蝉；似蝉，体较小。

⑨市桥：桥名，在成都市石牛门。

⑩磊落：酒瓶堆叠的样子。

⑪"哀丝"句：哀丝豪竹，指悲壮的音乐。丝，弦乐器。竹，管乐器。剧饮，放量喝酒。

⑫巨野：古代大泽名，旧址在今山东省巨野县附近，临近黄河。

⑬顿：立刻。

⑭"匣中"句：匣，即剑鞘。宝剑夜有声，这是表示壮志难酬的不平之鸣。

⑮"何当"句：何当，哪时能够。凯旋，胜利归来。

⑯飞狐城：在今河北省涞源县，当时被金人侵占。

【点评】

这首"七古"作于淳熙元年（1174年），当时陆游五十岁，离任蜀州通判，闲居成都，住安福院僧寮。回想以前走过的路程，想到自己被从前方调回，杀敌的希望落空，心中甚是苦闷，借此诗以抒发胸中抱负。

这首诗前四句谈自己的生平抱负：要么做个安期生那样的仙人，优哉游哉；要么做个李西平那样的名将，杀敌立功。在这里其诗风与李白《将进酒》一样气势雄壮，给人以强烈的震撼。实际上，前边诗句的意思只是后者的陪衬，诗人说想做神仙其实是幻想，想做名将才是要努力的方向。因为国家正需要像李西平那样扫平逆贼、收复旧京的将领。

然而，现实又是残酷的，其愿望竟是那么地虚无缥缈。作者只得面对现实，把前四句放出的狂澜一下子倒挽回来，无奈地慨叹自己年龄老大，功业无成，眼下只能闲居僧寮，默送着夕阳西下。但他又不甘心，这绝不是自己所能接受的。于是他在沉重的压抑中再度放开，任思绪豪放驰骋，先写自己放浪于酒，意气风发，从而在吐露心中郁结时又表现自己的豪情和对未来的向往，这就是收复失地，饮酒庆功。诗中结尾两句非常巧妙，既承上饮酒而来，又与起首要做李西平遥相呼应。

此诗抒写了诗人的平生理想和抱负，以及理想无从实现的悲愤；同时对驱逐金人，尽复失地的令人神往的情景作了热切憧憬。全诗感情热烈充沛，气势豪迈奔放，一如长江出峡、骏马奔驰，是陆诗中独具风格的抒情佳作。对于这首诗后代评价极高，清代方东树称之为陆诗的"压卷"之作（《昭昧詹言》卷十二）。马星翼则在《东泉诗话》说："放翁《长歌行》最善，虽未知与李、杜何如，要已突过元、白。集中似此亦不多见。"

项 羽

宋·陆游

八尺将军千里骓①，拔山扛鼎②不妨奇。
范增力尽无施处③，路到乌江君自知④。

注释：

①"八尺"句：八尺将军，指项羽身高八尺，非常魁伟。千里骓（zhuī），指项羽的坐骑乌骓马。

②拔山扛鼎：谓力大无穷，能拔山、举鼎。

③"范增"句：意谓对范增的计谋、忠告不予采纳，范增无处用力。

④"路到"句：意谓项羽到兵败垓下、自刎乌江时才知道没有任用贤人的危害。

【点评】

项羽本来勇冠三军、力大无比，又有乌骓千里马为坐骑，几乎战无不胜，且富豪情壮志，不愧为绝世英雄。但面对天下大乱、群雄四起的局面，要想削平群雄、安邦定国，只逞匹夫之勇是不行的，必须任用一批智士贤人为之出谋划策。刘邦在这方面就略胜一筹，如楚汉战争前期与项羽的战争中，刘邦几乎是屡战屡败，很少能打胜仗，但他手下有张良、萧何、陈平、韩信等一批能臣良将，每次都能帮刘邦化险为夷、东山再起，到垓下之战时一战而定乾坤。而项羽则刚愎自用、心胸狭隘，只知道一味地"霸王硬上弓"，使用蛮力，不能任用贤能之士靠智慧取胜。像陈平、韩信本来就是他的人，他因不识人、不能任用而让其归了刘邦；范增、钟离眜等对他忠心不二，但他也每每言不听、计不从，丧失了很多大好时机，甚至最后为敌人所离间而疑忌、疏远他们，结果自己成了孤家寡人，把一手好牌打得稀烂，造成了不可挽回的错误。诗人认为到了乌江末路之时，项羽心里才知道没有智谋结局是多么的凄惨。其实直到这个时候，项羽嘴上还在说是天在亡他而非他的错误造成的，实在太可悲了。

陆游是南宋著名的爱国诗人，他一心报国，但当朝统治者甘愿偏安一隅，不思北上收复失地，他报国无门，就像范增一样空有抱负而无处施用。

卜算子①·咏梅

宋·陆游

驿外②断桥边，寂寞开无主③。已是黄昏独自愁，更着④风和雨。
无意⑤苦争春，一任⑥群芳妒。零落⑦成泥碾作尘，只有香如故。

注释：

①卜算子：词牌名，又名《百尺楼》《眉峰碧》《楚天遥》《缺月挂疏桐》等。

②驿外：指荒僻、冷清之地。驿，驿站，供驿马或官吏中途休息的专用建筑。

③无主：没有主人，自生自灭，无人照管和玩赏。

④更着：又遭到。着，同"著"。

⑤无意：不想，没有心思。

⑥一任：完全听凭。

⑦零落：凋谢，陨落。

　　这是一首传诵很广的咏物词。咏物，是为了寓志和寄情，因此，高明的咏物之作往往遗其貌而取其神，然后就其神而传达创作主体特定的思想情感和精神气度。陆游这首词之所以会打动人心，流传百代，成为古今多如牛毛的咏梅诗词中知名度最高的杰作之一，原因就在于它对梅花作了高度拟人化的赞美，以梅象征自己的孤高与劲节，表现了创作主体坚毅、独立不倚、虽死无悔的心态。明人卓人月《古今词统》评价此词云："末句想见劲节。"

　　陆游毕生以爱国主义著称，始终主张坚决抗金、收复中原，他很早就立下了"上马击狂胡，下马草军书"的志愿，但一直为朝廷中求和派所压制。他早年参加科举考试被荐送第一，因被秦桧所嫉而落榜；宋孝宗时又受到龙大渊、曾觌（dí）等一群小人的排斥；在四川王炎幕府时曾经发奋经略中原，不幸又见扼于统治集团内部倾轧，难遂其志；晚年赞成韩侂胄北伐，然而此次北伐失败他又受到诬陷和牵连。创作本词时，陆游正处在人生的低谷，主战派被排挤压迫，士气低落，这首咏梅词正是他身世的缩影。诗人一生虽累遭投降派的打击但其志向不衰，词中所写的梅花正是他高洁品性的化身。

　　唐宋以后文人高士非常尊崇梅花的品格。有林逋"疏影横斜水清浅，暗香浮动月黄昏"的隐士情怀；有王安石"遥知不是雪，为有暗香来"的志士品格；有陆游"零落成泥碾作尘，只有香如故"的战士精神；有陈亮"欲传春信息，不怕雪埋藏"的高洁品性；更有现代毛泽东主席那样"俏也不争春，只把春来报。待到山花烂漫时，她在丛中笑"的伟人气魄。凌寒红梅，令人有无限遐想，无限寄托。

山茶一树自冬至清明后著花不已

宋·陆游

东园三月雨兼风，桃李飘零扫地空。
唯有山茶偏耐久，绿丛又放数枝红。

【点评】

山茶花曾经是中国四大名花之一，后来在全国"十大名花"中排名第七，亦是世界名贵花木之一。此花开放于冬春之际，花姿绰约，花色艳丽，以耐寒长寿、花繁叶茂著称，从小寒一直到清明之后，屡开不败，风韵别致，深受人们喜爱。

在这首诗中，作者看到阳春三月来了，但连续几日刮风下雨，东园盛开的桃李花被吹得七零八落，只有山茶花依然故我。几枝新花还在一片绿丛中迎风绽放，鲜艳夺目。山茶花的这种"偏耐久"品性，与一遭刮风下雨便飘落净尽的桃李花相比，更显得可爱可贵。文如其人，托物言志，而这种花正是诗人执着追求理想、爱国主义精神永不衰退、不屈不挠的生动写照，故诗人盛赞茶花。

郭沫若先生也曾盛赞山茶花："茶花一树早桃红，百朵彤云啸傲中。"一次，他在云南还留下诗作："艳说茶花是省花，今来始见满城霞。人人都道牡丹好，我道牡丹不及茶。"亦是一段趣话。

病起①书怀

宋·陆游

病骨支离纱帽宽②，孤臣万里客江干③。
位卑未敢忘忧④国，事定犹须待阖棺⑤。
天地神灵扶庙社⑥，京华父老望和銮⑦。
出师一表⑧通今古，夜半挑灯⑨更细看。

注释：

①病起：病愈。
②"病骨"句：病骨，指多病瘦损的身躯。支离，憔悴、衰疲。
③"孤臣"句：孤臣，孤立无助或不受重用的远臣。江干，江边、江岸。
④忘忧：忘却忧虑。

⑤阖棺：指死亡，诗中意指盖棺定论。

⑥庙社：宗庙和社稷，以喻国家。

⑦"京华"句：京华，京城之美称。因京城是文物、人才汇集之地，故称。和銮，同"和鸾"。古代车上的铃铛；挂在车前横木上称"和"，挂在轭（è）首或车架上称"銮"。此处代指"君主御驾亲征，收复祖国河山"的意思。

⑧出师一表：指三国时期诸葛亮所作的《出师表》。

⑨挑灯：拨动灯火，点灯，亦指在灯下。

【点评】

　　这首诗作于宋孝宗淳熙三年（1176年）四月，当时陆游已是五十二岁。被免官后病了二十多天，移居成都西南的浣花村，病愈之后仍为国担忧，为了表示要效法诸葛亮北伐、统一中国的决心，他挑灯夜读《出师表》，挥笔写下此诗。

　　这首诗从衰病起笔，以挑灯夜读《出师表》结束，所表现的是百折不挠的精神和永不磨灭的意志。诗中作者感叹自己一生屡遭挫折，壮志难酬；但他光明磊落、心地坦荡，对暂时遭遇的挫折并不介意，还相信历史是公正的。最后仍大声呼吁早日北伐，重返故都，以慰中原父老之望。其中"位卑未敢忘忧国"一句，同后来顾炎武的"天下兴亡，匹夫有责"意思相近，主旨就是热爱祖国，不但使诗歌思想生辉，而且令这首七律警策精粹、灵光独具，艺术境界高人一等，历来为人们所称颂。

书　愤①

宋·陆游

早岁那知世事艰②，中原北望气如山③。
楼船夜雪瓜洲渡④，铁马秋风大散关⑤。
塞上长城空自许⑥，镜中衰鬓已先斑⑦。
出师一表真名世⑧，千载谁堪伯仲间⑨！

注释：

①书愤：书写自己的愤恨之情。书，写。

②"早岁"句：早岁，即早年，年轻时。那，即"哪"。世事艰，指收复中原大业如此艰难。

③"中原"句：意谓收复故土中原的气势豪迈如山。中原北望"北望中原"的倒装句。气，气势、气概。

④"楼船"句：此时作者三十七岁，任镇江府通判。宋孝宗隆兴元年（1163年），张浚以右丞相都督江淮诸路军马，率水军乘楼船往来于建康、镇江之间，但不久兵败安徽符离集，北伐失败。楼船，指采石之战中宋军使用的车船，又名明轮船、车轮柯。这种战船高大有楼，故称之为楼船。

⑤"铁马"句：宋孝宗乾道八年（1172年），王炎以枢密使出任四川宣抚使，谋划恢复中原之事。陆游入其军幕，并任干办公事兼检法官赴南郑（今陕西省汉中市）。其间，他曾亲临大散关前线，研究抗敌策略。但不久王炎调回京城。收复故土的愿望又一次落空。铁马，披着铁甲的战马。大散关，在今陕西省宝鸡西南，是当时宋金的西部边界。

⑥"塞上"句：意谓作者徒然自许为"塞上长城"。塞上长城，比喻能守边的将领。《南史·檀道济传》载，宋文帝要杀大将檀道济，临刑前檀怒叱道："乃坏汝万里长城！"

⑦"衰鬓"句：衰鬓，指因年老而稀疏斑白的头发。斑，即黑发中夹杂了白发。

⑧"出师"句：蜀汉后主建兴五年（227年）三月，诸葛亮出兵伐魏前曾写了一篇《出师表》，表达了自己"兴复汉室"的坚强决心。名世，名传后世。

⑨"千载"句：堪，即堪比、能够。伯仲，原指兄弟间的次序，这里指谁能与之匹敌。

【点评】

这首诗系宋孝宗淳熙十三年（1186年）春陆游居家乡山阴时所作。陆游时年六十二岁，不久前因韩侂胄北伐失败事被劾赋闲在乡，眼看山河破碎，中原未收，于是郁愤之情喷薄而出，故有此诗。

此诗是陆游七律的代表作。全诗紧紧扣住一个"愤"字，前半部分写杀敌报国、收复失地的壮年之志；后半部分写世事间阻、大业难成的暮年之悲，可谓句句是愤，字字是愤。但是诗人悲愤感慨而不消极颓废，仍以坚持北伐、死而后已的诸葛亮自期，于此可见陆游不是一般的诗人，而是英雄豪杰。这首诗风格沉郁，气韵浑厚，与杜甫的伤时名篇相比毫无逊色。中间两联属对工稳，寓意鲜明，含蕴丰富，尤以"楼船夜雪瓜洲渡，铁马秋风大散关"两句，雄放豪迈，高度感慨地表现了诗人的生活经历和英雄形象，是脍炙人口的宋诗佳句。清代李慈铭在《越缦堂诗话》中评价此诗说："全首浑成，风格高健，置之老杜集中，直无愧色。"

后人认为，陆游诗风既继承了浪漫主义作家屈原、李白、岑参的传统，又继承了现实主义诗人杜甫的传统，能够"重寻子美行程旧，尽拾灵均怨句新"（杨万里《跋陆务观剑南诗稿》）。尤其是，陆游作为著名的爱国主义诗人，"其感激悲愤、忠君爱国之诚，一寓以诗，酒酣耳热，跌荡淋漓。"（《唐宋诗醇》卷四二）由此诗我们可见一斑。

游山西村

宋·陆游

莫笑农家腊酒①浑，丰年留客足鸡豚②。
山重水复③疑无路，柳暗花明④又一村。
箫鼓追随春社近⑤，衣冠简朴古风存⑥。
从今若许闲乘月⑦，拄杖无时夜叩门。

注释：

①腊酒：腊月里酿造的酒。

②足鸡豚：意思是准备了丰盛的菜肴。豚，小猪，诗中代指猪肉。

③山重水复：一座座山、一道道水，重重叠叠。

④柳暗花明：柳色深绿，花色红艳。

⑤"箫鼓"句：箫鼓，即吹箫打鼓。春社，古代把立春后第五个戊日作为春社日，拜祭社公（土地神）和五谷神，祈求丰收。

⑥古风存：保留着古代淳朴的风俗。

⑦"从今"句：若许，即如果这样。闲乘月，有空闲时趁着月光前来。

【点评】

　　此诗作于宋孝宗乾道三年（1167年）初春，当时陆游正罢官闲居在家。这首诗紧扣诗题"游"字，但又不具体描写游村的过程，而是剪取游中见闻，以体现浓郁的游兴。诗中生动记述了浙东农村的迷人景物和淳朴敦厚的风土人情，并把它们和谐统一在一个完整的画面上，构成了优美的意境和恬淡、隽永的格调。此诗虽然题材普通，但立意新巧，通过曲折而有层次的描写，展现出不断变换的新境界，尤其是颔联的"山重水复疑无路，柳暗花明又一村"两句，写尽山水穷通之理，启人心智。读过此联之后，人们会感到，在人生某种境遇中，与诗句所写有着惊人的契合之处，因而更觉亲切。它既反映了诗人对前途所抱的希望，也道出了世间事物消长变化的哲理，诗句已越出了对自然景色的描写。同时这首诗对仗工整，意境高妙，善写难状之景，如珠落玉盘，圆润流转，因而具有很强的思想和艺术生命力。也有研究者认为，此诗中"山重水复、柳暗花明"两句是受王安石《江上》诗句"青山缭绕疑无路，忽见千帆隐映来"的启发，揆情度理，应是化用，但含意又进了一层，故比原句更广为人知。

冬夜读书示子聿①

宋·陆游

古人学问无遗力②，少壮工夫老始成③。
纸上得来终觉浅④，绝知此事要躬行⑤。

注释：

①示子聿：示，训示、指示。子聿（yù），陆游的小儿子。

②"古人"句：学问，指读书学习。无遗力，用出全部力量。遗，保留。

③"少壮"句：少壮，指青少年时代。工夫，做事所耗费的时间和力量。始，才。

④"纸上"句：纸，这里指书本。终，到底，毕竟。觉，觉得。浅，肤浅，有限。

⑤"绝知"句：绝知，指深入、透彻地理解。躬行，亲身实践。

【点评】

陆游在宋宁宗庆元五年（1199年）年底写了这首诗，用以教育小儿子子聿。

这首诗中用"无遗力"三字形容古人做学问孜孜不倦的程度，阐述了学习应当持之以恒的道理，同时强调"少壮工夫"的重要性，告诫儿子要趁着年少精力旺盛，抓住美好时光奋力拼搏，莫让青春付之东流。"诗眼"是"纸上得来终觉浅，绝知此事要躬行"。作者认为，从书本上得来的东西终究是比较浅薄的，只有经过亲身实践，才能变成自己的东西，他在这里突出强调了实践的重要性，强调了理论与实践的结合。"要躬行"包含几层意思：一是学习中要做到"口到、手到、嘴到"，二是要通过亲身实践将知识化为己有，转为己用。

此诗旨在激励儿子不要片面满足于书本知识，而应在实践中夯实和进一步获得升华。这种见解在当时是独到的，不仅在古代对做学问、求知识的人是宝贵的经验之谈，在现代仍然具有很强的启迪和借鉴意义。现实中人们一定要牢记：实践是检验真理的唯一标准。一个既有书本知识，又有实践精神的人，才是真正有学问的人。

钗头凤①

宋·陆游

红酥手，黄縢②酒。满城春色宫墙③柳；东风恶，欢情薄，一怀愁绪，几年离索④，错，错，错！

春如旧，人空瘦。泪痕红浥鲛绡透⑤；桃花落，闲池阁⑥，山盟⑦虽在，锦书⑧难托，莫，莫，莫！

注释：

①钗头凤：词牌名，原名《撷芳词》，又名《折红英》《摘红英》《惜分钗》等。

②黄縢（téng）：酒名，或作"黄藤"。

③宫墙：南宋以绍兴为陪都，因此有宫墙。

④离索：离群索居的简括。

⑤"泪痕"句：浥（yì），即湿润。鲛绡（jiāo xiāo），神话传说鲛人所织的绡，极薄，后用以泛指薄纱，这里指手帕。绡，生丝，生丝织物。

⑥池阁：池上的楼阁。

⑦山盟：旧时常用山盟海誓，指对山立盟，指海起誓。

⑧锦书：前秦苏惠作《璇玑图诗》，典故详见李清照《一剪梅》注释，这里指书信。

【点评】

　　陆游的原配夫人唐琬是一个大家闺秀，结婚以后，他们二人"伉俪相得"，是一对情投意合的恩爱夫妻。不料，陆母与儿媳不和并逼迫陆游休妻。二人被逼分离后，唐氏改嫁"同郡宗子"赵士程，彼此之间也就音讯全无。几年以后的一个春日，陆游在家乡山阴（今浙江省绍兴市）城南禹迹寺附近的沈园，邂逅了偕夫同游的唐氏。唐氏安排酒肴，聊表相见之情。陆游见人感事，沉痛无比，遂乘醉吟赋这首词，信笔题于园壁之上。

　　这首词上片追叙今昔相聚之异，下片直书别后相思之苦，抒发了作者怨恨愁苦而又难以言状。上片中"东风恶"三字一语双关，含蕴丰富，是全词的关键，意谓他们夫妻美好的婚姻被本是和煦的"东风"拆散了。这里的"东风恶"，既有陆游母亲的因素，也有其他种种习惯势力的因素。下片收笔，"山盟虽在，锦书难托，莫，莫，莫"几句，表达了陆游欲爱不能、欲罢不止、万箭穿心般的痛苦。

这首词多用对比手法，如词中把往昔夫妻共同生活时的美好情景写得逼切如现，如此就使得他们离异后的凄楚心境深切可感，也就更显出"东风"的无情和可憎，从而形成感情的强烈对比，令人刻骨铭心。全词节奏急促，声情凄紧，再加上"错，错，错"和"莫，莫，莫"的两次感叹，摧人肝肺，大有恸不忍言、恸不能言的情致。据说唐琬在此次相会后不久便郁郁而死，令人唏嘘。这首词也是陆游为数不多的言情之词。

沈园①二首

宋·陆游

城上斜阳画角哀②，沈园非复旧池台，
伤心桥下春波绿，曾是惊鸿③照影来。

梦断香消四十年④，沈园柳老不吹绵⑤。
此身行作稽山土⑥，犹吊遗踪一泫然⑦。

注释：

①沈园：即沈氏园，故址在今浙江省绍兴市禹迹寺南。

②"城上"句：斜阳，即偏西的太阳。画角，涂有色彩的军乐器，发声凄厉哀怨。

③惊鸿：语出三国魏曹植《洛神赋》句"翩若惊鸿"，以喻美人体态之轻盈。这里指唐琬。

④"梦断"句：作者在禹迹寺遇到唐琬是在宋高宗绍兴二十五年（1155年），其后不久，唐琬便郁郁而死。作此诗时距那次会面已四十四年，这里的"四十"是举其成数。香消，指唐琬亡故。

⑤不吹绵：柳絮不飞。

⑥"此身"句：行，意谓即将。稽山，即会稽山，在今浙江省绍兴市东南。

⑦"犹吊"句：吊，即凭吊。泫（xuàn）然，泪流不止貌。

陆游一生最大的个人不幸就是与结发妻唐琬的爱情悲剧。据《齐东野语》知,陆游创作这两首诗是宋宁宗庆元五年(1199年),是年陆游七十五岁。此时距沈园邂逅唐氏已四十余年,但其缠绵之情丝毫未减,反而随岁月之增而加深。

第一首回忆作者与唐氏当年沈园相逢,旧事历历,如在眼前,字里行间充溢着悲伤之情。诗人在绍熙三年(1192年)所写的《禹迹寺南有沈氏小园序》曰:"禹迹寺南有沈氏小园,四十年前尝题小词壁间,偶复一到,园已三易主,读之怅然。"那时沈园已有很大变化;而现在又过了七年,更是面目全非。诗人渴望旧事重现,或希望沈园池台保持当年的情景。但现实异常残酷,不仅当年心上人早已作古,而且连景物也非复旧观了。然而诗人并不就此作罢,仍竭力寻找可以引起回忆的景物,于是看到了"伤心桥下春波绿",只有这个地方一如往昔,而它"曾是惊鸿照影来"。他宁愿相信,只要此心不死,此"影"就将永存心中。

第二首写诗人对前妻的爱情坚贞不渝。虽然唐氏已溘然长逝四十多年,但诗人的感情依然炽烈。正如园中的老树,自己虽然已无所作为,甚至也将不久于人世,但对唐氏的眷念之情永不泯灭、历久弥新。所以他对沈园遗踪还要凭吊一番而泫然涕下。这里的"泫然"二字,饱含着无比复杂的感情,其中有爱,有恨,有悔,让人不胜凄楚。

这两首撕心裂肺般的爱情悲剧诗,以其至真至爱感动了历代无数读者。近人陈衍在《宋诗精华录》中评论说:"无此绝等伤心事,亦无此绝等伤心之诗。就百年论,谁愿有此事?就千秋论,不可无此诗。"

范成大

(1126—1193),字至能,一字幼元,号石湖居士,平江府吴县(今江苏省苏州市)人。宋绍兴二十四年(1154年),登进士第,后历任官礼部员外郎兼崇政殿说书、处州知州、中书舍人、静江知府、参知政事等职,累赠少师、崇国公,谥号"文穆"。范成大素有文名,尤工于诗,与杨万里、陆游、尤袤合称南宋"中兴四大诗人"。有《石湖集》《揽辔录》等著作传世。

晚步西园

宋·范成大

料峭轻寒结晚阴^①，飞花院落怨春深^②。
吹开红紫^③还吹落，一种东风两样心。

注释：

①"料峭"句：料峭，指略带寒意，形容微寒。结，和着，或结成于。晚阴，傍晚时的阴霾。

②"飞花"句：院落，指房屋前后用墙或栅栏围起来的空地，泛指院子。春深，春意浓郁。意谓春快到尽头了。

③红紫：红花和紫花，此处泛指春花。

【点评】

这首诗运用拟人手法，描绘了暮春时节落花飘散的景象。其大意是：微微的寒意和着傍晚的阴霾，院中飘落的花抱怨着春的即将离去。东风吹开了春花又将吹落春花，一种东风却有两种不同的心肠。

此诗语言平易浅显，清新妩媚，但富含哲理，意蕴深刻。其所要表达的主要内涵是，东风既能吹开百花，又要吹落百花，既有情，也无情。犹如一个人或一件事，有可能既成为成就者、也成为毁灭者，正所谓"成也萧何，败也萧何"，这也是一种规律。人们要多角度、多方面思考和看待问题。

杨万里

（1127—1206），字廷秀，号诚斋。吉州吉水（今江西省吉水县）人。南宋著名诗人，与陆游、尤袤、范成大并称为南宋"中兴四大诗人"。因宋光宗曾为其亲书"诚斋"二字，故学者称其为"诚斋先生"。杨万里一生作诗二万多首，传世作品有四千二百首，被誉为一代诗宗。他创造了语言浅近明白、清新自然、富有幽默情趣的"诚斋体"。杨万里的诗歌大多描写自然景物，且以此见长。他也有不少篇章反映民间疾苦、抒发爱国感情。著有《诚斋集》等。

过松源，晨炊漆公店①

宋·杨万里

莫言②下岭便无难，赚得③行人空喜欢④。

正入万山圈子里，一山放过一山拦⑤。

注释：

①松源、漆公店：地名，在今皖南山区。

②莫言：不要说。

③赚得：骗得。

④空喜欢：白白的喜欢。

⑤拦：阻拦，阻挡。

【点评】

这首诗作于南宋绍熙三年（1192年），是诗人在建康江东转运副使任上外出的一次纪行。杨万里一生力主抗战，反对屈膝投降，但一直得不到重用，宋孝宗登基后，他被外放做官。诗人途经松源时，见群山环绕感慨不已，于是写下了这首诗。这个时候，诗人已六十五岁，经历了人生无尽的坎坎坷坷，因此得出此悟。

诗歌的内容看似很平常，实际上却深蕴哲理。"莫言下岭便无难"，诗句当头便是棒喝。一般人认为，上山艰难，把下山往往看得比较轻松容易，但实际上未必如此。一方面，你上山要攀登多少道山岭，下山也会相应遇到多少道山岭。另一方面，下山的时候，因为体力、时间、气候等诸多因素，说不定还会有额外麻烦，"万山"会时刻考验你。登自然的山是如此，"登"社会的"山"比这不知又艰难多少倍，诗人的人生道路让他备尝艰辛。

诗人正是以自己艰难、丰富的人生经历，借助登山这种惯常的生活现象，告诫人们一个深刻的道理：无论做什么事，都要对前进道路上的困难作好充分估计，不要被一时的成功所陶醉。人生路上可能有千万座"山头"在等着，你要时刻准备着不断攀登，意志要坚强，不要有侥幸心理。反面的道理也是如此，一个人一旦做了坏事，往往会一发而不可收，即使后来你想"金盆洗手"，也会有无数的纠缠让你脱不了身，直至身败名裂。此诗以通俗生动而又富于理趣的语言表达出来，读后给人以特别的感触，让人能产生诸多联想与启示。

腊①前月季

宋·杨万里

只道花无十日红，此花无日不春风②。

一尖已剥胭脂笔③，四破犹包翡翠茸④。

别有香超桃李外，更同梅斗雪霜中。

折来喜作新年看，忘却今晨是季冬⑤。

注释：

①腊：指腊月，古代在农历十二月里合祭众神叫作腊，因此农历十二月叫腊月。

②"此花"句：月季花月月开放，花期长达二百余天，故云。春风，喻月季春意盎然。

③"一尖"句：尖，即月季花蓓蕾的顶端，此指月季花苞。剥，犹言绽开。胭脂笔，形容胭脂色的毛笔，是诗人为形容月季花蓓蕾初绽而作的比喻。

④"四破"句：四破，形容月季花完全展开时的形态。翡翠茸，翡翠般的细茸。翡翠，一种绿色、蓝绿色或白色中带绿色斑纹的玉石，这里是取其颜色形容花蕊。

⑤季冬：冬季的第三个月，犹言深冬、隆冬。

这首诗作者慧眼独具，于腊前看到月季还在开放，其感受自然非同一般。人们常说"花无十日红"，现实也确实如此，但诗人却有非同寻常的发现："此花无日不春风。"自从春天开放以来，到隆冬时节，月季还在凌寒开放。在这里，其芳香非但能同桃李媲美，其精神更是同腊梅一样傲霜斗雪，岂不令人惊异、敬佩。于此诗的新意陡出。诗的结尾亦甚独特："折来喜作新年看，忘却今晨是季冬"。本来是要折下来作春花观赏的，却忘了现在已是隆冬腊月，只是月季与梅花同开雪围罢了，真是令人钦佩的月季。其"喜作"与"忘却"两词用得非常妙，更增添了诗句的活泼性、幽默性。

此诗语言优美活泼，造境极佳，把月季写得神韵俱优，既有对月季花的精勾细摹，又有诗人的感情抒发，且二者紧密结合，具有良好的艺术效果。

宿潮州海阳馆独夜不寐二首（其一）

宋·杨万里

腊前蚊子已能歌①，挥去还来耐尔何②。
一只搅人终夕睡③，此声元自不须多④。

注释：

①"腊前"句：腊前，即进入腊月之前，意思是还在严冬季节。能歌，唱歌，指蚊子的嗡嗡叫声。

②耐尔何：意思是不能奈何你。

③"一只"句：搅人，即搅扰人。终夕睡，整夜睡不好觉。

④"此声"句：此声，即蚊子的叫声。元自，原本，本来。

【点评】

这首诗是当时作者奉命外出查办一个案子，当走到潮州时夜宿海阳馆中，因当时天气比较暖和，蚊子已经出现，杨万里晚上因蚊子叮咬而没有睡好觉，遂浮想联翩作成此诗。

诗的表面上是说，夜里蚊子的骚扰非常讨厌，赶走还来，挥之不去，让人终晚难睡，而且一只蚊子就这么搅扰。其深一层的含义则是，他要调查的那些贪官污吏如同蚊子一样，是为祸社会的害人虫。让人们喜欢这个社会，可以有无数种方法；但要让人们讨厌这个社会，可能只有一只"蚊子"就够了。他因此便下决心要严查那些贪官污吏，除恶务尽，还社会以安宁。

晓行望云山

宋·杨万里

霁天^①欲晓未明间，满目奇峰总可观^②。
却有一峰忽然长，方知不动是真山。

注释：

①霁（jì）天：雨后晴朗的天空。
②可观：优美好看。

【点评】

这首诗把作者晓行所见静与动的景致写得变幻神奇，把云误当山峰，写得新颖、活泼，很有情趣。诗中描写的虽是他的新鲜感觉，展现的却是他的心灵世界。该诗的精彩之处在于，作者以自己由错觉到获得真知的体会告诉人们：生活中，常有以假乱真的现象发生，但假象终究不能掩盖真实。我们想要不被假象所迷惑，就应全面深入地观察事物，以明辨真伪。

有 叹

宋·杨万里

饱喜饥嗔笑杀侬^①，凤皇未可笑狙公^②。
尽逃暮四朝三^③外，犹在桐花竹实^④中。

①侬（nóng）：方言，你。

②"凤皇"句：凤皇，即凤凰，古代传说中的百鸟之王。雄的叫"凤"，雌的叫"凰"，总称为凤凰。常用来象征祥瑞，是吉祥和谐的象征。狙（jū）公，养猴子的人。狙，猴子。

③暮四朝三：此处指狙公喂猴子时蒙骗猴子的故事。《庄子·齐物论》载："狙公赋芧。曰：'朝三而暮四。'众狙皆怒。曰：'然则朝四而暮三。'众狙皆悦。"

④桐花竹实：传说中的凤凰非梧桐不栖，非竹实不食。《韩诗外传》载："凤乃止帝东国，集帝梧桐，食帝竹实，没身不去。"

【点评】

　　人们一般认为朝三暮四或朝四暮三是很不堪的行为，猴子貌似聪明也很可笑。但即使如此，高贵的凤凰也不可嘲笑狙公和猴子的行为。因为，凤凰固然可以不吃猴子的食物，摆脱朝三暮四的困境，但它也不是万能的，也离不开需要栖居的梧桐树和所食用的竹实。世界上万事万物各有各的局限，群猴需要狙公的喂养，"凤凰"也有待于"桐花竹实"的供养，只是内容、方式不同而已。人在大千世界中，彻底的无待与完全的逍遥是不可能的，如果"凤凰"只看到猴子的局限而看不到自己的局限，那就需要警惕和自省了。

初入淮河四绝句

宋·杨万里

船离洪泽①岸头沙，人到淮河意不佳。
何必桑乾②方是远，中流③以北即天涯！

刘岳张韩④宣国威，赵张⑤二相筑皇基。
长淮咫尺⑥分南北，泪湿秋风欲怨谁？

两岸舟船各背驰，波浪交涉亦难为^⑦。

只余鸥鹭无拘管，北去南来自在飞。

中原父老莫空谈，逢着王人^⑧诉不堪。

却是归鸿不能语，一年一度到江南。

【点评】

　　宋淳熙十六年（1189年）冬十二月，金国派遣使来南宋贺岁，杨万里奉命去迎接金人派来的"贺正使"（互贺新年的使者）。这组诗是他来到当时已成为宋金国界的淮河后触景伤怀所写的一组诗。

　　其一，写诗人入淮时的痛苦心情。因昔日的淮河是国中之流水，而今日已成为宋金边境的界线。"桑乾"即永定河上游的桑干河，在今山西省北部与河北省的西北部，汉唐时候这里是汉族与北方少数民族的交接处。北宋时，苏辙于元祐五年（1090年）出使契丹回国时所写的《渡桑乾》一诗中说："胡人送客不忍去，久安和好依中原。年年相送桑乾上，欲话白沟一惆怅。"即那时这里还是国境线，而此时大宋只剩半壁江山了。"天涯"原指极远的地方，而这里的淮河以北就是金国，那还不如同天涯吗？虽近在咫尺，亦如同天涯之远。这里作者的指代和心理认同非常巧妙。

其二，对造成山河破碎的南宋朝廷予以谴责。南宋初年有名将刘锜、岳飞、张浚、韩世忠，力主抗金，屡建功勋。当时的宰相赵鼎、张浚也力主北伐，是他们奠定了南宋基业。但后来"长淮咫尺分南北"的局面是什么原因造成的？该由谁来负责？眼前的这个情景不能不让人"泪湿秋风"。

其三，采取虚实相生、相反相成写法，含思婉转，匠心独具。此诗一方面实写淮河两岸两国舟船背驰，另一方面虚写作者对国家南北分离的痛苦与无奈。一方面实写鸥鹭可以南北自由飞翔，另一方面虚写作者对国家统一的强烈愿望。其中，"波痕交涉亦难为"一句，凝聚了作者极为深沉的感喟。

其四，从中原父老不堪忍受金朝统治之苦，以及他们对南宋朝廷的向往角度而写，感慨更是沉痛。诗中说中原父老一见到宋朝派过来的使者就像遇到了久别的亲人一样，滔滔不绝地诉说如何不堪忍受金朝的压迫。这当然是想象中的情景。其弦外之音是对南宋朝廷的强烈谴责。诗中还借羡慕能南飞的鸿雁来表达遗民对故国的向往，其不尽之意更是含于言外。

这组诗寓悲愤于和婉，风格沉郁。诗中既有"长淮咫尺分南北""中流以北即天涯"的沉痛感喟；也有"北去南来自在飞""一年一度到江南"的向往和痛苦。语言平易，时用口语，突出体现了"诚斋体"的特色。对于杨万里的文风和诗风，南宋周必大在《跋杨廷秀石人峰长篇》中说，其有"归千军、倒三峡、穿天心、透月窟"的雄风，同时亦能随手拈来，平易自然，曲尽其妙，具有很强的艺术感染力。

桂源铺

宋·杨万里

万山不许一溪奔，拦得溪声日夜喧。
到得前头山脚尽，堂堂①溪水出前村。

注释：

①堂堂：形容阵容或力量强大。

【点评】

这首诗的大意是，群山万岭中有一条溪，山岭阻着溪水不许往前奔，拦得那溪水在山间日夜不停地喧闹。然而，水流到底是拦不住的，在山间穿梭迂回，蓄积力量，待让它流到山脚尽处时，小小的溪水已变作盛大的河流，涌出前村来了。

此诗给人们的启示是，奔腾向前的东西不要阻挡，要顺其自然，给它出路。潮流是挡不住的，一切违反潮流的行为不但没有用，而且会带来麻烦与问题，要有科学判断，因势利导，顺势而为。

尤袤（mào）

（1127—1194），字延之，号遂初居士，晚号乐溪、木石老逸民，常州无锡（今江苏省无锡市）人。绍兴十八年（1148年），登进士第。初为泰兴令。孝宗朝为大宗正丞，累迁至太常少卿，权充礼部侍郎兼修国史，又曾权中书舍人兼直学士。光宗朝为焕章阁侍制、给事中，后授礼部尚书兼侍读。尤袤与杨万里、范成大、陆游并称为南宋"中兴四大诗人"。

落 梅

宋·尤袤

清溪西畔小桥东，落叶纷纷水映红。
五夜①客愁花片里，一年春事角声中②。
歌残玉树③人何在？舞破山香④曲未终。
却忆孤山⑤醉归路，马蹄香雪衬东风。

注释：

①五夜：即五更。

②"一年"句：春事，指农民春耕生产。角声中，指在战争的鼓角之声中进行。

335

③玉树：即南朝陈后主所创的《玉树后庭花》，是亡国之音。

④山香：羯（jié）鼓曲名。唐玄宗好羯鼓，荒于声色，结果导致"安史之乱"。

⑤孤山：杭州西湖北面的天然岛屿，也是西湖人文景观最集中的地方。

【点评】

　　这首诗描绘了一幅在月色照耀下，红梅纷纷扬扬，飘落在清溪西边小桥东面水中的月夜落梅映水图。全诗渲染了一种悲凉的氛围，表达了作者对国事的忧虑，对南宋朝廷偏安一隅、陶醉于歌舞升平的忧愤。

　　尤袤诗风平淡清新，苍老瘦劲，没有华丽的辞藻，也没有生僻的典故，晓畅自然。由其代表作《青山寺》可见一斑，其诗云："峥嵘楼阁插天开，门外湖山翠作堆。荡漾烟波迷泽国，空蒙云气认蓬莱。香销龙象辉金碧，雨过麒麟剥翠苔。二十九年三到此，一生知有几回来。"杨万里称赏他"诗瘦如山瘦，人遐室更遐"（《题尤延之遂初右司堂》）。

朱熹

（1130—1200），字元晦，一字仲晦，号晦（huì）庵，晚称晦翁，又称紫阳先生等，祖籍婺（wù）源（今江西省婺源县）人，出生于南剑州尤溪（今福建省三明市）。朱熹是南宋著名的理学家、思想家、哲学家、教育家、诗人、闽学学派的代表人物，世称朱子，是孔子、孟子以来最杰出的弘扬儒学的大师，去世后谥文。

观书有感（其一）

宋·朱熹

半亩方塘一鉴开①，天光云影共徘徊②。
问渠那得清如许③？为有源头活水来④。

注释：

① "半亩"句：方塘，又称半亩塘，在福建尤溪城南郑义斋馆舍（后为南溪书院）内。鉴，即镜子。

② "天光"句：是说天的光和云的影子反映在塘水之中，不停变动，犹如人在来回移动。

③ "问渠"句：渠，即它，非沟渠。那，同"哪"，怎么的意思。清如许，这样清澈啊；许，语气助词，这样、如此的意思。

④ "为有"句：因为有源源不断的源头活水流淌而来。其意是说，要想学问有所长进，就必须不断学习新的知识，进行新的探索，汲取新的营养。

【点评】

这是一首著名的借景喻理诗。作者的意图，是谈"观书"的体会，在这个问题上发议论、讲道理。但作者并不干巴巴地直说，而是从自然界和社会生活中捕捉形象，让形象来显示哲理。小诗以方塘作喻，把人们司空见惯的池塘与读书、做学问相联系：池塘为什么能像明镜一样清澈见底，映照着天光云影？是因为有源源不断的活水输送而来，它有因和果的关系。这首诗所表现的读书有所悟、有所得的感受寓意深刻，内涵丰富，可以做多方面的理解。如，池塘为什么如此清澈澄明？就是因为它有源头活水不断注入。只有不断吸取新知识，有了充足的学识之后，才能触类旁通，遇到疑难问题时一加思索，便豁然开朗，心明眼亮。它还告诉人们，读书是这样，人的道德修养和艺术修养也是这样。只有坚持不懈，才能达到豁然开朗、出神入化的境界。

偶题三首

宋·朱熹

一

门外青山翠紫堆，幅巾终日面崔嵬①。

只看云断成飞雨，不道云从底处来②。

二

擘开苍峡吼奔雷②，万斛④飞泉涌出来。

断梗枯槎无泊处⑤，一川寒碧自萦回⑥。

三

步随流水觅溪源，行到源头却惘然。

始信真源⑦行不到，倚筇随处弄潺湲⑧。

注释：

① "幅巾"句：幅巾，古代文士用绢一幅束发，称为幅巾，是一种表示儒雅的装束。这里指如幅巾一样的云。崔嵬（wéi），山高大不平，这里指山。

② "不道"句：不道，犹不知。底处，何处。

③ "擘（bò）开"句：擘开，即冲开。苍峡，苍灰色的峡谷。奔雷，奔走着的雷声。

④万斛：古代容量单位，一斛初为十斗，后来改为五斗。万斛表示数量极多。

⑤ "断梗"句：断梗枯槎（chá），即残败的树木枝杈。无泊处，水流湍急，没地方停下来。

⑥ "一川"句：一川，即一条河。寒碧，给人以清冷感觉的碧色。萦回，徘徊荡漾。

⑦真源：溪流真正的源头。

⑧ "倚筇"句：筇（qióng），竹名，宜制杖，故又用指手杖。潺湲（chán yuán），水慢慢流动的样子。

【点评】

　　朱熹善于观察生活，深入思考。他往往从平常生活现象中悟出做人治学、修身养性的道理。作者在这首诗中独具慧眼，小中见大，平中见奇，从探寻溪水之源中悟出一番道理：真正的溪水之源其实就是万千涓滴。溪水之初不过是万千小的泉眼之水，很多细小泉水慢慢汇成涓涓细流，细流也时断时续，只有当很多细流汇在一起时，才最终形成了一条真正的溪流，甚至大江大河。

　　这首诗告诉我们，每做一件事情，都要持之以恒，锲而不舍，集腋成裘，聚沙成塔，一开始可能成绩很不起眼，但如果能长期坚持下去，最终必然会取得成果，获得胜利。

（1132—1169），字安国，号于湖居士，生于明州鄞县（今浙江省宁波市鄞州区）。自幼资质过人，十六岁中举，二十三岁中状元，同榜进士有范成大、杨万里、虞允文等。张孝祥性格"谈笑翰墨，如风无踪""当其得意，诗酒淋漓，醉墨纵横，思飘月外"。登上政治舞台后属主战派，曾先后任中书舍人，知抚州、建康、潭州等六郡，每能创出佳绩，受到人们敬重。张孝祥词豪放爽朗，风格与苏轼相近，著有《于湖集》《于湖词》等。

六州歌头①

宋·张孝祥

长淮②望断，关塞莽然平③。征尘暗，霜风劲，悄边声④。黯销凝⑤。追想当年事⑥，殆天数⑦，非人力，洙泗上，弦歌地，亦膻腥⑧。隔水毡乡⑨，落日牛羊下⑩，区脱纵横⑪。看名王宵猎，骑火一川明⑫。笳鼓悲鸣。遣人惊。

念腰间箭，匣中剑，空埃蠹⑬，竟何成。时易失，心徒壮，岁将零⑭。渺神京⑮。干羽方怀远⑯，静烽燧⑰，且休兵。冠盖使，纷驰骛，若为情⑱。闻道中原遗老，常南望、翠葆霓旌⑲。使行人到此，忠愤气填膺⑳。有泪如倾。

注释：

①六州歌头：词牌名。

②长淮：指淮河。宋绍兴十一年（1141年）与金和议，以淮河为宋金分界线。此句为远望边界之意。

③关塞莽然平：草木茂盛，齐及关塞。谓边备松弛。莽然，草木茂盛貌。

④"征尘暗"三句：意谓飞尘阴暗，寒风猛烈，边声悄然。此处暗示对敌人放弃抵抗。

⑤黯销凝：感伤出神之状。黯，精神颓丧貌。

⑥当年事：指靖康二年（1127年）中原沦陷的靖康之变。

⑦殆天数：大概是天意。殆，大概是。

⑧ "洙泗上"三句：意谓连孔子故乡的礼乐之邦亦陷于敌手。洙、泗，鲁国二水名，流经曲阜（春秋时鲁国国都），孔子曾在此讲学。弦歌地，指礼乐文化之邦。《论语·阳货》，"子之武城，闻弦歌之声。"膻（shān）腥，牛羊的腥臊气味。

⑨ 毡乡：指金国。北方少数民族住在毡帐里，故称为毡乡。

⑩ 落日牛羊下：远望中所见金人牛羊进圈的晚景。

⑪ 区（ōu）脱纵横：土堡很多。区脱，匈奴语称边境屯戍或守望之处。

⑫ "看名王"二句：写敌军威势。名王，此指敌方将帅。宵猎，夜间打猎。骑火，举着火把的马队。

⑬ 埃蠹（ɑù）：尘掩虫蛀。

⑭ 零：尽。

⑮ 渺神京：收复京都更为渺茫。神京，指北宋都城汴京。

⑯ 干羽方怀远：用文德以怀柔远人，谓朝廷正在向敌人求和。干羽，干盾和翟羽，都是舞蹈乐具。

⑰ 静烽燧（suì）：边境上平静无战争。烽燧，即烽烟。

⑱ "冠盖"三句：冠盖，冠服求和的使者。驰骛（wù），奔走忙碌，往来不绝。若为情，何以为情，犹今之"怎么好意思"。

⑲ 翠葆霓旌（ní jīng）：指皇帝的仪仗。翠葆，以翠鸟羽毛为饰的车盖。霓旌，像虹霓似的彩色旌旗。

⑳ 填膺：塞满胸膛。

【点评】

　　这首词作于宋孝宗隆兴二年（1164年）。此前一年，张浚领导的南宋北伐军在符离（今安徽省宿县北）溃败，主和派得势，将淮河前线边防撤尽，向金国遣使乞和。此时张孝祥任建康留守，既痛边备空虚，尤恨南宋王朝投降媚敌求和的可耻，在一次宴会上，他写下了这首词。

　　此词上阕描写江淮区域宋金对峙的态势。昔日曾是宋朝动脉的淮河，如今变成边境，大宋只剩下半壁江山，且烈火照野，笳鼓可闻，令人惊心动魄。下阕抒写复国壮志难酬。面对敌寇入侵，朝廷当政者苟安一隅，中原人民空盼光复，自己也空有杀敌武器，只落得尘封虫蛀而无用武之地。就是路上的使者、行人见到此景，也都是一腔悲愤，令人怒气填膺、热泪倾洒。

这首词通过描写沦陷区的荒凉景象和敌人的骄横残暴，深刻抒发了反对议和的激昂情绪，表达了抗敌御侮"如惊涛出壑"的宏大气魄，弘扬了"扫开河洛之氛祲（jìn），荡洙泗之膻腥者，未尝一日而忘胸中"的爱国主义精神。其特色是格局阔大，语句短促，构成激越紧张的节奏，声情悲壮。此词巧于借喻和睿思，把宋金双方的对峙局面、朝廷与人民之间的尖锐矛盾加以鲜明对比，多层次、多角度地展示了那个时代的历史画卷，强有力地表达出人民心声。如同杜甫诗被称为史诗一样，这首词也堪称史词。

辛弃疾

（1140—1207），原字坦夫，后改字幼安，号稼轩，济南府历城县（今山东省济南市历城区）人，南宋豪放派词人、将领，有"词中之龙"的美誉。与苏轼合称"苏辛"，与李清照并称"济南二安"。辛弃疾生于金国，少年抗金归宋，曾任江西安抚使、福建安抚使等职，著有《美芹十论》《九议》，条陈战守之策。由于与当政的主和派政见不合，被弹劾落职，退隐山居。开禧北伐前后，相继被起用为绍兴知府、镇江知府、枢密都承旨等职，去世后赠少师，谥号"忠敏"。辛弃疾一生以恢复统一国家为志，以功业自勉，却命运多舛、备受排挤、壮志难酬。他把满腔激情和对国家兴亡、民族命运的关切、忧虑，全部寄寓于词作之中。其词艺术风格多样，以豪放为主，风格沉雄豪迈又不乏细腻柔媚之处；题材广阔又善化用典故入词，抒写力图恢复国家统一的爱国热情，倾诉壮志难酬的悲愤，对当时执政者的屈辱求和颇多谴责。有词集《稼轩长短句》等传世。

永遇乐·京口①北固亭怀古

宋·辛弃疾

千古江山，英雄无觅，孙仲谋②处。舞榭歌台，风流总被，雨打风吹去。斜阳草树，寻常巷陌。人道寄奴③曾住。想当年，金戈铁马，气吞万里如虎④。

元嘉草草，封狼居胥，赢得仓皇北顾⑤。四十三年⑥，望中犹记，烽火扬州路。可堪回首，佛狸祠⑦下，一片神鸦社鼓⑧。凭谁问：廉颇⑨老矣，尚能饭否？

注释：

①京口：在今江苏省镇江市，因临京岘山、长江口而得名。

②孙仲谋：即三国时的东吴皇帝孙权，字仲谋，曾建都京口。

③寄奴：南朝宋武帝刘裕小名，中国历史上杰出的政治家、卓越的军事家、统帅。

④"想当年"三句：刘裕为东晋大臣时曾两次率晋军北伐，收复洛阳、长安等地。

⑤"元嘉"三句：元嘉是刘裕的儿子刘义隆年号。草草，轻率。刘义隆即位后好大喜功，仓促北伐，反而遭到对手重创。封狼居胥（xū），汉武帝元狩四年（前119年）霍去病远征匈奴，歼敌七万余，筑坛祭祀封狼居胥山而还。

⑥四十三年：作者于宋高宗绍兴三十二年（1162年）南归，到写该词时正好为四十三年。

⑦佛（bì）狸祠：北魏太武帝拓跋焘小名佛狸。北魏太平真君十一年（450年），他曾反击刘宋，两个月时间里，兵锋南下，五路远征军分道并进，从黄河北岸一路穿插到长江北岸。在长江北岸瓜步山建立行宫，即后来的佛狸祠。

⑧"一片"句：神鸦，指在庙里吃祭品的乌鸦。社鼓，祭祀时的鼓声。这句话的意思是，到了南宋时期，当地老百姓只把佛狸祠当作一位神祇来供奉，而不知道它过去曾是北魏皇帝的行宫。

⑨廉颇：战国时赵国名将。

【点评】

这首词写于宋宁宗开禧元年（1205年），辛弃疾已六十六岁。当时韩侂胄把持朝政，正极力筹划北伐，赋闲已久的辛弃疾于前一年被起用为浙东安抚使，这年春初，又受命担任镇江知府。辛弃疾支持北伐抗金的决策，但是又对独揽朝政的韩侂胄轻敌冒进的做法感到忧心忡忡。他认为应当做好充分准备，绝不能草率从事，否则难免重蹈覆辙。辛弃疾的意见没有引起南宋当权者的重视。一次，他来到京口北固亭，登高眺望，怀古忆昔，感慨万千，于是写下了这首佳作。

此词用典精当，有怀古、忧世、抒志的多重主题。上片先写镇江的风光和历史人物，写孙权流风余韵不可寻，实是叹息当时已无杰出人才可以抵抗外侮，担负起国家兴亡的重任。赞扬刘裕的北伐，是向往古代英雄之声威，以见自己抗金心情之迫切。下片转写历史上轻敌误国的教训。引"元嘉北伐"的往事，既是影射四十三年前"隆兴北伐"的失败，又是忧虑即将开启的"开禧北伐"会重蹈前代覆辙。词中"元嘉草草，封狼居胥"两句，反话正说，甚是高妙。言好大喜功者，必然"赢得仓皇北顾"。后来事实果然被其不幸言中。

此词通篇用典，却都贴切地寄寓着作者的现实政治情感，风格沉郁苍凉，思想性、艺术性极高。明代杨慎在《词品》中说："辛词当以京口北固亭怀古《永遇乐》为第一。"评价非常高。

水龙吟①·登建康②赏心亭

宋·辛弃疾

楚天千里清秋，水随天去秋无际。遥岑③远目，献愁供恨，玉簪螺髻④。落日楼头，断鸿⑤声里，江南游子。把吴钩⑥看了，栏杆拍遍，无人会、登临意。

休说鲈鱼堪脍⑦，尽西风，季鹰⑧归未？求田问舍，怕应羞见，刘郎才气⑨。可惜流年⑩，忧愁风雨⑪，树犹如此⑫。倩⑬何人、唤取红巾翠袖⑭，揾⑮英雄泪！

343

注释：

①水龙吟：词牌名，又名《水龙吟令》《水龙吟慢》《鼓笛慢》《小楼连苑》《海天阔处》《庄椿岁》《丰年瑞》。

②建康：今江苏省南京市。

③遥岑：远山。岑，小而高的山。

④玉簪（zān）螺髻（jì）：像玉做的簪子，像海螺形状的发髻，比喻高矮和形状各不相同的山岭。

⑤断鸿：失群的孤雁。

⑥吴钩：古代吴地制造的一种宝刀。

⑦鲈鱼堪脍（kuài）：用西晋张翰典。张翰在洛阳做官，见秋风起，想到家乡苏州味美的鲈鱼，便弃官回乡（见《晋书·张翰传》）。

⑧季鹰：即张翰，字季鹰。

⑨"求田问舍"三句：用三国时许汜（sì）典。三国时许汜去看望陈登，询问购买田地、建造房舍之事。陈登对他很冷淡，独自睡在大床上，叫他睡下床。许汜非常不满，跑到刘备处诉说委屈。刘备说："天下大乱，你忘却国事，求田问舍，陈登当然瞧不起你。如果是我，我将睡在百尺高楼，叫你睡在地下，岂止相差上下床呢？"求田问舍，置地买房。刘郎，这里指刘备。才气，胸怀、气魄。

⑩流年：流逝的时光。

⑪风雨：比喻飘摇的国势。

⑫树犹如此：用东晋桓温典。据《世说新语》载，桓温北征，经过金城，见自己过去种的柳树已长到几围粗，便感叹地说："木犹如此，人何以堪？"意思是树已长得这么高大了，国家还未统一，人的脸面怎么能过得去呢？

⑬倩（qìng）：请托。

⑭红巾翠袖：女子装饰，代指女子。

⑮揾（wèn）：擦拭。

【点评】

　　宋孝宗淳熙元年（1174年），辛弃疾将任东安抚司参议官。这时作者南

344

归已十二年了，却一直沉沦下僚，未受重用，虚度光阴，无法施展抱负，去实现北伐统一报国的理想。一次，他登上建康的赏心亭，极目远望祖国的山川风物，百感交集，更加痛惜自己满怀壮志而老大无成，于是写下了这首词。

此词是辛弃疾早期词中最负盛名的一篇，艺术风格上豪而不放，壮中见悲，力主沉郁顿挫。词中上片写景极为悲凉，而又融情入景，袒露不得志的愁怀，满腔沉郁全吐于纸上，堂堂正正，浩气袭人。下片三次用典，以张翰、刘备、桓温三事来传达自己的宏图远志与伤感之意，豪气浓情一时并集。全篇笔势浩荡，而又以潜气内转之法蓄势造境，深刻揭示了英雄豪杰有志难酬、报国无门、抑郁悲愤的苦闷心情，极大地表现了词人诚挚无私的爱国情怀。清代词评家陈洵在《海绡说词》中赞此词："纵横豪宕，而笔笔能留，字字有脉络如此。"

青玉案①·元夕②
宋·辛弃疾

东风夜放花千树③，更吹落，星如雨④。宝马雕车⑤香满路。凤箫声动⑥，玉壶⑦光转，一夜鱼龙舞⑧。

蛾儿雪柳黄金缕⑨，笑语盈盈暗香去⑩。众里寻他千百度⑪，蓦然⑫回首，那人却在，灯火阑珊⑬处。

注释：

①青玉案（wǎn）：词牌名。

②元夕：即元宵节之夜，古称元夕、元夜或上元节。

③花千树：花灯之多如千树开花。

④星如雨：指焰火纷纷，乱落如雨。星，指焰火，形容满天的烟花。

⑤宝马雕车：豪华的马车。

⑥"凤箫"句：指笙、箫等乐器演奏。凤箫：箫的美称。

⑦玉壶：比喻明月，亦可解释为灯。

⑧鱼龙舞：指舞动鱼形、龙形的彩灯，如鱼龙闹海一样。

⑨蛾儿雪柳黄金缕：皆古代妇女元宵节时头上佩戴的各种装饰品。这里指盛装的妇女。

⑩"笑语"句：盈盈，指声音轻盈悦耳，亦指仪态娇美的样子。暗香，本指花香，此指女性们身上散发出来的香气。

⑪"众里"句：他，泛指第三人称，也包括"她"。千百度，千百遍。

⑫蓦（mò）然：突然，猛然。

⑬阑珊：零落稀疏的样子。

【点评】

　　这首词作于南宋淳熙元年（1174年）或淳熙二年（1175年）。当时，强敌压境，国势日衰，而南宋统治者却沉湎于歌舞享乐。洞察形势的辛弃疾，欲补苍穹，却恨无路请缨。他满腔激情、怨恨，交织成了这幅元夕求索图。

　　此词上片用夸张的笔法，极力渲染都城元夜灯月交辉的绮丽风光。词中所用的"宝""雕""凤""玉"等字，只是为了给那元夜灯宵的气氛来传神地写境。下片先写盛妆上街观灯的众女郎，以此作为反衬，接下来写在罗绮如云的热闹场地之外一位自怜幽独者的凄冷行踪，实是作者自寓怀抱，暗示自己在现实生活中知音稀少，落落寡合的处境，词境幽婉含蓄，被公认是宋词中咏节令的上乘佳作。

　　在这首词中，其真正要表达的内涵至少有四点：一是形象鲜明地描绘出当时大都市里庆贺元宵佳节的热闹景象；二是反映南宋统治者只热衷于偏安一隅、歌舞享乐；三是反映作者请缨无路，心怀愤懑；四是他希望能够找到一条匡扶社稷、拯救民众的道路，哪怕"千百度"寻觅，也在所不辞。词中名句"众里寻他千百度，蓦然回首，那人却在，灯火阑珊处"，极受后人推崇。王国维把其称为成就大事业、大学问的第三种境界，又赋予其新的内涵，堪称借枝生花。

丑奴儿①·书博山②道中壁

宋·辛弃疾

少年不识愁滋味③，爱上层楼。爱上层楼，为赋新词强说愁④。

而今识尽⑤愁滋味，欲说还休⑥。欲说还休，却道"天凉好个秋"！

注释：

①丑奴儿：词牌名，又名《采桑子》《丑奴儿令》《罗敷媚》《罗敷艳歌》。

②博山：在今江西省上饶市广丰区西南。因状如庐山香炉峰，故名。淳熙八年（1181年）辛弃疾罢职退居上饶，常过博山。

③"少年"句：指年轻的时候。不识，不懂，不知道什么是。

④"为赋"句：为了写出新词，没有愁而硬要说有愁。强（qiǎng），勉强地，硬要。

⑤识尽：尝够，深深懂得。

⑥欲说还休：意思是指男女之间难于启齿的感情，或内心有所顾虑而不敢表达。休，停止。

【点评】

　　这是辛弃疾被参劾去职、闲居带湖时所作的一首词。他在带湖居住期间，闲游于博山道中，却无心赏玩当地风光。眼看国事日非，自己无能为力，一腔愁绪无法排遣，遂在博山道中一壁上题了这首词。

　　在这首词中，作者运用对比手法，突出地渲染了一个"愁"字，以此作为贯穿全篇的线索，感情真率而又委婉，言浅意深，令人玩味无穷。词的上片，辛弃疾着重回忆少年时代自己不知愁苦，所以喜欢登上高楼，凭栏远眺，无愁找愁。词的下片，表现自己随着年岁的增长，处世阅历渐深，对于这个"愁"字有了真切体验。过去作者是无愁而硬要说愁，如今却愁到极点而无话可说。因为在当时主和派把持朝政的情况下，抒发关于恢复中原的忧愁是犯大忌的，因此作者只能调侃地说"天凉好个秋"，顾左右而言他。

　　此词构思巧妙，写少年时无愁"强说愁"和谙练世故后满怀是愁却又故意避而不谈，生动真切。此词上下片里的"愁"含义是不尽相同的。上片中"强说"的是春花秋月无病呻吟的闲愁；下片说的是关怀国事、怀才不遇的哀愁。在平易浅近的语句中，表现出作者内心深处的痛楚和矛盾，包含着深沉、忧郁、激愤的感情，说明辛词具有意境阔大、内容含量丰富的特色。

品令·更休说①

宋·辛弃疾

更休说。便是个、住世②观音菩萨。甚③今年、容貌八十岁，见底④道、才十八。莫献寿星香烛⑤。莫祝灵龟椿鹤⑥。只消得⑦、把笔轻轻去，十字上、添一撇⑧。

注释：

①更休说：别的什么也不要说。

②住世：生活在人世间。

③甚：为什么，怎么。

④见底：见的（人）。底，同"的"。

⑤"寿星"句：寿星，此指族姑。香烛，香和蜡烛。

⑥"灵龟"句：椿，古代传说中的长寿之树。《庄子·逍遥游》："楚之南有冥灵者，以五百岁为春，五百岁为秋；上古有大椿者，以八千岁为春，八千岁为秋。"龟、鹤，古人以为长寿之物。葛洪《抱朴子·对俗》："知龟鹤之遐寿，故效其道引以增年。"

⑦只消得：只需要。

⑧"十字"二句："十"字上添一撇为"千"字。

【点评】

这是一首祝寿的小令。原词首注："族姑庆八十，来索俳语。"俳语即韵文、诗歌。这首小令用戏谑的口吻打趣他八十寿辰的同族姑姑道，说什么八十岁了，分明只有十八岁嘛。不用给你这个寿星献什么祝寿的香和蜡烛，也无须祝你如椿如鹤如灵龟般地长寿无疆，只需在"十"字上添一撇，变成"千岁"

就可以了。语句十分诙谐轻巧。尤其是最后一句，吉言隽语，信口拈出，构思独出心裁，且是文毕义现，极显大方风采。

鹧鸪天①·寻菊花无有，戏作

宋·辛弃疾

掩鼻人间臭腐场，古来惟有酒偏香。自从来住云烟畔②，直到而今歌舞忙。

呼老伴，共秋光。黄花何处避重阳③？要知烂熳④开时节，直待西风一夜霜。

注释：

①鹧鸪天：词牌名，又名《思佳客》《思越人》《醉梅花》《半死梧》《剪朝霞》等。

②云烟畔：词人闲居的铅山乡间别墅。

③"黄花"句：黄花，即菊花。重阳，农历九月初九，古人常在这天登高赏菊。

④烂熳（màn）：同"烂漫"。

【点评】

　　这首词是辛弃疾南归之后本希望能得到南宋朝廷的重用，报效国家，恢复中原，但没想到他的这些志向不仅未能实现，反遭奸臣谗害，胸中满怀愤愤不平之气。此词虽题为"寻菊花"，但内容几乎很少接触题目，也只是点到而已，主要是抒发愤世嫉俗之情，堪称骂遍古今。

　　此词中的精彩之处：上片开头两句"掩鼻人间臭腐场，古今惟有酒偏香"如凌空而降，这是作者目睹官场丑恶后的痛苦总结和极端厌恶心态，故其斥之为"臭腐场"。在这里，正人君子遭受打击，狗苟蝇营小人志得意满。何以解忧呢？"惟有酒偏香"，只能借酒浇愁了。下片结尾两句"要知烂熳开时节，直待秋风一夜霜"表面上是说菊花的开放还得等待刮一阵秋风，落一夜严霜，实际上是赞美菊花不趋炎附势而傲霜凌寒的品格，这才是作者要表达的真正意蕴。

通观全篇，这首词虽然写法不合常规，但作者本意不在按题作文，而在借题发挥，幽默隐晦地表达了他痛恨官场腐败无能的心情和自己高洁如菊的品格。

摸鱼儿①

宋·辛弃疾

淳熙己亥，自湖北漕②移湖南，同官王正之③置酒小山亭，为赋。

更能消④、几番风雨，匆匆春又归去。惜春长怕花开早，何况落红⑤无数。春且住，见说道、天涯芳草无归路。怨春不语。算只有殷勤⑥，画檐蛛网，尽日惹飞絮。

长门⑦事，准拟佳期又误。蛾眉曾有人妒。千金纵买相如赋，脉脉⑧此情谁诉？君⑨莫舞，君不见、玉环飞燕⑩皆尘土！闲愁最苦！休去倚危栏⑪，斜阳正在，烟柳断肠处。

注释：

①摸鱼儿：词牌名。

②漕：漕司的简称，指转运使。

③同官王正之：作者调离湖北转运副使后，由王正之接任原来职务，故称"同官"。王正之，作者旧交。

④消：经受。

⑤落红：落花。

⑥算只有殷勤：想来只有檐下蛛网还殷勤地沾惹飞絮，留住春色。

⑦长门：汉代宫殿名，汉武帝皇后陈阿娇失宠后被幽闭于此。

⑧脉脉：绵长深厚。

⑨君：这里指善妒之人。

⑩玉环飞燕：即杨玉环、赵飞燕，皆古代美女，传说亦善妒。

⑪危栏：高楼上的栏杆。

【点评】

    这首词为惜春抒怀之作，作于淳熙六年（1179年）春，是辛弃疾最负盛名的代表作之一。时年辛弃疾四十岁，南归已十七年。在这漫长的岁月中，作者满以为扶危救亡的壮志能得施展，收复失地的策略将被采纳。然而，事与愿违。作者处处遭到排挤打击，不被重用，接连四年，改官六次。这次，他由湖北转运副使调官湖南，仍然是去担任主管钱粮的小官。现实与他恢复失地的志愿愈来愈遥远了。行前，同僚王正之在山亭摆下酒席为他送别，作者触景生情，借这首词抒发了他长期积郁于胸的苦闷之情。

    此词通篇借春天的衰残来寄托作者的哀时怨世情怀，表示了对南宋偏安政局的深切忧虑和悲愤。上片以春天即将逝去的花残叶败的景象，喻示宋朝南渡后不能有所作为的危弱局势；下片用借喻手法侧重描写偏安小朝廷里还有许多妒宠争妍的丑态，感叹南方士大夫茫茫然不知劫后湖山已成残局，弄不好则无论此时得意失意都将同归于尽。全词托物起兴，借古伤今，融身世之悲和家国之痛于一炉，沉郁顿挫，寄托遥深。同时，词中对南宋朝廷昏庸腐朽，对投降派得意猖獗也都表示了强烈不满。有论者指出，"此词颇似屈子《离骚》，盖谗谄害明，贤人失志，为古今所同慨也"（刘永济《唐五代两宋词简析》）。它与《离骚》却有相似之处，即用"香草美人"的比兴手法抒写政治牢骚。此词风格偏向柔美一路，但它与一般写儿女情和风月愁的婉约词不同，而是一种"摧刚为柔"的特殊风格。

陈亮

    （1143—1194），字同甫，号龙川，婺州永康（今浙江省永康市）人。陈亮"为人才气超迈，喜谈兵，议论风生，下笔数千言立就"。乾道五年（1169年），朝廷与金人媾和，陈亮以布衣身份，连上五疏，时称《中兴五论》，朝廷置之不理。淳熙五年（1178年），陈亮又连续三次上书，批判自秦桧以来朝廷苟安东南一隅的国策和儒生、学士拱手端坐空言性命的不良风气，后遭到当政者的忌恨打击，先后三次下狱。绍熙四年（1193年），陈亮五十一岁时参加科举考试，中状元，被授签书建康军判官厅公事，未及至官而逝，后追谥"文毅"。陈亮所作政论气势纵横，词作风格豪迈，痛快淋漓，有《龙川文集》《龙川词》传世。

水调歌头①·送章德茂大卿使虏②
宋·陈亮

不见南师久，漫说北群空③。当场只手④，毕竟还我万夫雄⑤。自笑堂堂汉使，得似洋洋河水，依旧只流东⑥？且复穹庐拜，会向藁街逢⑦！

尧之都，舜之壤，禹之封⑧。于中应有，一个半个耻臣戎⑨！万里腥膻如许⑩，千古英灵安在⑪，磅礴几时通⑫？胡运何须问，赫日自当中⑬！

注释：

①水调歌头：词牌名，又名《元会曲》《台城游》《凯歌》《江南好》《花犯念奴》等。"歌头"，就是大曲中的开头部分。

②送章德茂大卿使虏：陈亮的友人章森，字德茂，当时是大理少卿，试户部尚书，奉命使金，贺金主完颜雍生辰。大卿，对章德茂官衔的尊称。使虏，指出使到金国去。虏是宋人对金人的蔑称。

③北群空：韩愈《送温处士赴河阳军序》中有"伯乐一过冀北之野而马群遂空"，意思是天下良马已经没有了。这里借喻没有国之良才。

④当场只手：当场大事，只手可了。

⑤"毕竟"句：毕竟我还是万夫之雄。我，指章德茂。

⑥"自笑"三句：我们堂堂汉使哪肯年年去朝见金廷。得似，哪得能像。

⑦"且复"二句：且去再拜你一次，将来必将把你抓到我们国家来。穹庐，北方少数民族居住的圆顶毡房，这里借指金廷。藁（gǎo）街，汉朝长安城南门内给少数民族居住的地方。汉将陈汤曾斩匈奴郅（zhì）支单于之首悬于藁街。

⑧"尧之都"三句：那本就是我汉族所有的国土。尧、舜、禹那些先祖都曾经生活的土地。都，都城。壤，土地。封，疆界。

⑨"于中应有"二句：总有几个硬骨头，以向异族俯首称臣为耻！耻臣戎，指以投降敌人为耻辱的爱国志士。戎，指戎狄，这里指金人。

⑩"万里"句：腥膻（shān），代指游牧的金人。如许，如此的意思。

⑪"千古"句：千年以来英雄们的冲天豪气在哪里？

⑫"磅礴"句：英雄豪杰们的浩然正气，什么时候才有人能和他们的精神相通呢？磅礴，形容气势浩大，这里指浩然之气。

⑬"胡运"二句：胡运，指金国的命运。赫日自当中，指宋王朝的国运如日在中天，前途光明。赫，光明的样子。

【点评】

自宋孝宗即位之初张浚北伐失败，南宋与金签订屈辱的"隆兴和议"以后，二十多年双方无战事，恢复中原的大计早已束之高阁。淳熙十二年（1185年）十二月，宋孝宗以大理少卿试户部尚书章森为正使，赴金国为金主完颜雍贺生辰，陈亮作了这首词为章森（字德茂）送行。词中对章德茂寄予厚望，同时借题发挥，宣泄作者心中反对议和、力主北伐的思想情绪。

这首词上片写章德茂"使虏"所引起作者感到屈辱的愤慨，指斥南宋当局偏安江南不图恢复的错误政策，认为堂堂大宋并非没有人才，只是受到压抑，报国无门，才导致万马齐喑的沉闷局面。下片侧重于对英雄豪杰之士发出呼吁，意在唤起国人，伸张民族正气，去完成收复失地、统一祖国的大业。此词写得慷慨激昂，痛快淋漓，洋溢着民族自豪感和抗战必胜的信心，具有和岳飞《满江红》一样的感染力。

这首词以论入词且形象感人是一大特色。整篇立意深远，章法整饬，充分体现了南宋抗金派词风充满强烈民族自豪感和抗战必胜坚定信念的特点。陈亮在《上孝宗皇帝第一书》中说："南师之不出，于今几年矣！河洛腥膻，而天地之正气抑郁而不得泄，岂以堂堂中国，而五十年之间无一豪杰之能自奋哉？"在《与章德茂侍郎》信中说："主上有北向争天下之志，而群臣不足以望清光。使此恨磊魄（kuǐ）而未释，庸非天下士之耻乎！世之知此耻者少矣。愿侍郎为君父自厚，为四海自振！"此词即是他这些政治言论的艺术概括，也是他鲜明个性的化身和自我形象的表现。梁启超指出："（这类作品）都是情感突变，一烧烧到白热度，便一毫不隐瞒，一毫不修饰，照那情感的原样子，迸裂到字句上。我们既承认情感越发真，越发神圣；讲真，没有真得过这一类了。这类文学，真是和那作者的生命分劈不开！"（《中国韵文里头所表现的情感》）

念奴娇①·登多景楼②

宋·陈亮

危楼③还望，叹此意、今古几人曾会？鬼设神施，浑认作、天限南疆北界④。一水横陈，连岗三面，做出争雄势⑤。六朝⑥何事，只成门户私计⑦？

因笑王谢诸人⑧，登高怀远，也学英雄涕⑨。凭却长江，管不到，河洛腥膻⑩无际。正好长驱，不须反顾，寻取中流誓⑪。小儿破贼⑫，势成宁问强对⑬！

注释：

①念奴娇：词牌名。

②多景楼：在江苏省镇江市北固山甘露寺内。

③危楼：高楼。这里指多景楼。

④"鬼设神施"三句：形容镇江一带的山川形势极其险要，简直是鬼斧神工，非人力所能致。然而这样险要的江山却不被当作进取的凭借，而是看成了天设的南北疆界。

⑤"一水横陈"三句：形容镇江北面横贯着波涛汹涌的长江，东、西、南三面都连接着起伏的山岗。这样的地理形势，正是进可以攻，退可以守，足以与北方强敌争雄的形胜之地。

⑥六朝：指历史上三国至隋朝南方的六个朝代。即孙吴（或称东吴）、东晋、南朝宋（或称刘宋）、南朝齐（或称萧齐）、南朝梁（或称萧梁）、南朝陈这六个朝代，其京师均是南京。

⑦只成门户私计：原来这一切全不过是为少数世家大族的狭隘利益打算。

⑧王谢诸人：王指东晋初的宰相王导，谢指东晋中期的宰相谢安。泛指当时有

声望地位的士大夫。

⑨也学英雄涕：空学英雄洒泪。

⑩河洛腥膻：河洛，指以洛阳为代表的中原地区。腥膻，指占据北宋国土的少数民族金国人。

⑪寻取中流誓：东晋祖逖率部北伐，北渡长江。当船至中流之时，他眼望面前滚滚东去的江水，热血涌动，豪气干云，敲着船楫朗声发誓："祖逖不能清中原而复济者，有如大江！"意思是若不能平定中原，收复失地，自己就像这大江一样有去无回！后人便用"中流击楫"比喻立志奋发图强。这里用祖逖统兵北伐，渡江击楫而誓的故实。

⑫小儿破贼：《通鉴》记淝水之战、谢安得驿书，知前秦兵已破，时方与客围棋，摄书置床上，围棋如故。客问之，谢安徐答："小儿辈遂已破贼。"当时率军作战的是其弟侄谢石、谢玄，故称"小儿辈"。

⑬强对：即强大的对手，强敌。

【点评】

　　这首词是借古论今之作，写作于宋孝宗淳熙十五年（1188年）春天，作者到建康（今南京）和镇江考察形势，准备向朝廷陈述北伐策略。词的上片借分析镇江北面长江，东、西、南三面连接山岗，是进可攻，退可守的形胜地势，谴责东晋统治者等偏安江左，实际上是批判南宋统治者不图恢复中原。词中"一水"三句，指出镇江地形对南宋有利，应当北上争雄。但是，南宋朝廷颓靡不振，紧步六朝后尘，"只成门户私计"，一味苟安一隅。下片抨击空论清谈。作者认为，真正的爱国者应当像东晋名将祖逖那样，中流击楫，义无反顾，收复北方山河。全词议论精辟，笔力挺拔，大有雄视一世的英雄气概。刘熙载在《艺概》中将陈亮与辛弃疾相提并论："陈同甫与稼轩为友，其人才相若，词亦相似。"

　　此词的突出特色是以政论家的纵横气势，借批判六朝统治者，以讽刺现世当权者苟且偏安的思想实质。指出他们的划江自守政策，只不过是为少数世家大族的狭隘利益而打算，词锋犀利，入木三分。说他们"也学英雄涕"，是讽刺南宋统治者中有些人空有慷慨激昂的言辞，而无北伐的实际行动。尤其"管不到"三个字，对当权者的揭露批判已达极致，可谓诛心之论。同时作者也认为，南方朝廷并不缺乏运筹帷幄、决胜千里的统帅，也不乏披坚执锐、冲锋陷阵的猛将，完全可以像往日的谢安那样，对打败北方强敌有充足的信心，不须畏首畏尾，顾虑对方强大。

姜夔（kuí）

（1155—1221），字尧章，号白石道人，饶州鄱阳（今江西省鄱阳县）人。少年孤贫，屡试不第，终生未仕，靠卖字和朋友接济为生。姜夔多才多艺，精通音律，能自度曲，其词格律严密。其作品素以空灵含蓄著称，姜夔对诗词、散文、书法、音乐，无不精善，是继苏轼之后又一难得的艺术全才。其词题材广泛，有感时、抒怀、咏物、恋情、写景、记游、节序、交游、酬赠等，常在词中抒发自己虽然流落江湖，但不忘君国的感时伤世的思想。具有超凡脱俗，飘然不群，孤云野鹤般的个性。有《白石道人诗集》《白石道人歌曲》《续书谱》《绛帖平》等传世。

扬州慢①

宋·姜夔

淳熙丙申至日②，予过维扬③。夜雪初霁，荠麦弥望④。入其城，则四顾萧条，寒水自碧，暮色渐起，戍角⑤悲吟。予怀怆然，感慨今昔，因自度此曲。千岩老人以为有《黍离》之悲也⑥。

淮左名都⑦，竹西佳处⑧，解鞍少驻初程⑨。过春风十里⑩，尽荠麦青青。自胡马窥江⑪去后，废池乔木⑫，犹厌言兵⑬。渐⑭黄昏，清角⑮吹寒，都在空城。

杜郎俊赏⑯，算而今重到须惊。纵豆蔻⑰词工，青楼⑱梦好，难赋深情。二十四桥⑲仍在，波心荡，冷月无声。念桥边红药⑳，年年知为谁生？

注释：

①扬州慢：词牌名，又名《郎州慢》。此调为姜夔自度曲，后人多用以抒发怀古之思。

②"淳熙"句：淳熙丙申，即宋淳熙三年（1176年）。至日，冬至。

③维扬：即扬州市（今属江苏省）。

④"荞麦"句：荞麦，即荠菜和野生的麦。弥望，满眼。

⑤戍角：军营中发出的号角声。

⑥"千岩"句：千岩老人，指南宋诗人萧德藻，号千岩老人。姜夔曾跟他学诗，又是他的侄女婿。黍离，《诗经·王风》篇名。据说周平王东迁后，周大夫经过西周故都，看见宗庙毁坏，尽为禾黍，彷徨不忍离去，就做了此诗。后以"黍离"表示故国之思。

⑦淮左名都：指扬州。宋朝的行政区设有淮南东路和淮南西路，扬州是淮南东路的首府，故称淮左名都。左，古人方位名，面朝南时，东为左，西为右。名都，著名的都会。

⑧竹西佳处：扬州城著名的游览胜地。

⑨少驻初程：少驻，稍作停留；初程，初段行程。

⑩春风十里：唐朝杜牧《赠别》诗中有"春风十里扬州路，卷上珠帘总不如"，这里用以借指扬州。

⑪胡马窥江：指金兵侵略长江流域地区，洗劫扬州。这里指第二次洗劫扬州。

⑫废池乔木：废池，废毁的池台。乔木，残存的古树。二者都是乱后余物，表明城中荒芜，人烟萧条。

⑬犹厌言兵：还不愿意谈论那场血腥的战争。

⑭渐：向，到。

⑮清角：凄清的号角声。

⑯杜郎俊赏：杜郎，即杜牧。唐文宗大和七年到九年（833—835），杜牧在扬州任淮南节度使掌书记。俊赏，俊逸清赏。

⑰豆蔻：形容少女美艳。

⑱青楼：妓院。

⑲二十四桥：扬州城内古桥，即吴家砖桥，也叫红药桥。

⑳红药：红芍药花，是扬州繁华时期的名花。

【点评】

这首词作于宋孝宗淳熙三年（1176年）冬至日，当时作者初次到扬州。这是经过南宋初年金兵两次侵犯的扬州，作者见到虽然战乱已经过去若干年，城内仍是一片萧条景象，联想起古时繁华的扬州，尤其是唐代诗人杜牧笔下的无比风流的扬州，怀古伤今之情油然而生。

词的上片用"以少总多"的手法，描绘经过金兵铁蹄蹂躏之后，当年极度繁华的扬州至今仍是满目疮痍，就连十五年之后，这里的人民还"犹厌言兵"，痛恨金人发动的这场残酷战争。下片通过怀古，写扬州古时的繁华和风流，反衬今日的凄冷荒凉，为读者拓展了感发联想的时间与空间，圆满地完成了预想的怀古伤今的抒情境界。这首词是姜夔词中关怀国家政局、反映社会现实较为深刻动人的一篇作品，全词以哀音修句，极力渲染兵乱之后名都的荒寒之状，抒发了自己的忧伤之情。

此词的突出特点是从反面着手，运用典型的反衬手法，描写了那场战争带给扬州的灭顶之灾。全词声调低婉，凸显了清刚峭拔之势、冷僻幽独之情。在表现手法上，作者移情入景，情景交融，用"犹厌言兵"表现扬州兵燹（xiǎn）之后的残破景象；用杜牧名句表现扬州昔日的繁华；用"二十四桥""波心荡""冷月无声"表现清幽伤感的气氛；用"桥边红药"表现"寂寞开无主"的荒凉，意境清雅空灵，寄寓深长。充分体现了作者认为的诗歌要"含蓄"和"句中有余味，篇中有余意"（《白石道人诗说》）的主张，是历代词人抒发"黍离之悲"的罕有佳作。清代陈廷焯在《白雨斋词话》中评论说，此词中从"自胡马"至"都在空城"数句，"写兵燹后情景逼真，'犹厌言兵'四字，包括无限伤乱语。他人累千百言，亦无此韵味"。

史达祖

（1163—1220），字邦卿，号梅溪，汴梁（今河南省开封市）人。一生未中第，早年任过幕僚。韩侂胄当国时，他是最亲信的堂吏，负责撰拟文书。

韩败，史牵连受黥刑，死于贫困中。史达祖的词以咏物见长，其中不乏身世之感。他还在宋宁宗时北行使金，所作的北行词，充满了沉痛的家国之感。今传有《梅溪词》。

双双燕·咏燕
宋·史达祖

　　过春社①了，度帘幕中间②，去年尘冷。差池③欲住，试入旧巢相并。还相雕梁藻井④。又软语⑤、商量不定。飘然快拂花梢，翠尾分开红影⑥。

　　芳径⑦。芹泥⑧雨润。爱贴地争飞，竞夸轻俊。红楼⑨归晚，看足柳昏花暝⑩。应自栖香⑪正稳。便忘了、天涯芳信⑫。愁损翠黛双蛾⑬，日日画阑独凭⑭。

注释：

①春社：古代春天的社日，以祭祀土神。在立春后第五个戊日。

②"度帘幕"句：度，指穿过的意思。帘幕，古时富贵人家多张挂于庭院。

③差（cī）池：燕子飞行时，有先有后，尾翼舒张貌。

④"还相"句：相，即端详，仔细看。雕梁，雕有或绘有图案的屋梁。藻（zǎo）井，用彩色图案装饰的天花板，形状似井栏，故称藻井。

⑤软语：燕子的呢喃声。

⑥"翠尾"句：翠尾，指翠色的燕尾。红影，花影。

⑦芳径：长着花草的小径。

⑧芹泥：水边长芹草的泥土。

⑨红楼：富贵人家所居处。

⑩柳昏花暝（míng）：柳色昏暗，花影迷蒙。暝，天色昏暗貌。

⑪栖（qī）香：栖息得很香甜，睡得很好。

⑫天涯芳信：给闺中人传递从远方带来的书信。古有双燕传书之说。

⑬翠黛双蛾：指闺中少妇。黛蛾，螺子黛，古女子涂眉颜料，其色青黑，或以代眉毛。眉细如蛾须，乃谓蛾眉。更有以眉代指美人者。

⑭ "日日"句：画阑，指雕花的栏杆。凭，倚靠。

【点评】

　　作者史达祖是宋代词人中的咏物高手，他的咏物词，善用白描手法，不写形而写神，不取事而取意，能够做到不粘不脱，形神兼具。这首词对燕子的描写极为精彩，通篇不出"燕"字，而句句写燕，极妍尽态，神形毕肖，是他咏物词的代表作。

　　古代人们咏燕的作品，早就有借咏燕子的双飞双宿喻指恩爱夫妻的，如《诗经》中的《燕燕》篇、南朝梁沈君攸的《双离燕》诗等。史达祖继承了这个母题，化用古诗之意而自度此曲，对"双双燕"的形象进行更细致的刻画渲染。词以清丽圆润的笔触，描绘春社过后，春燕归来，成双成对地戏弄春光的种种神态，进而由双双燕的欢乐，反衬闺中人的孤单寂寞，升华出相思离别的抒情主题。

　　这首词素来以妙著称。起句所写的"过春社了"，蕴含着正是春暖花开时节，燕子开始从南方北归。词人在这里只点明节候，让读者自然联想到燕子归来了。继而所写的"差池欲住，试入旧巢相并"，因犹豫未决，"又软语""商量不定"，这样就一层又一层地把双燕的心理变化栩栩如生地传达出来。而其中的"软语""商量不定"，尤为传神。结尾两句"愁损翠黛双蛾，日日画栏独凭"，看似离题而转写红楼思妇了，其实这正是词人的匠心独到之处。即直到最后，作者才将意思推开一层，把写燕子与写人对照互喻粘连相接，达到了余韵悠长的效果，堪称咏燕词的绝境。宋代词论家张炎在《词源》中称赞它："全章精粹，所咏了然在目，且不留滞于物。"清代王士祯在《花草蒙拾》中称赞它："咏物至此，人巧极天工错矣！"

戴复古

　　（1167—？），字式之，常居南塘石屏山，故自号石屏、石屏樵隐，天台黄岩（今属浙江台州）人。一生不仕，浪游江湖，后归家隐居，卒年八十余。曾从陆游学诗，属南宋江湖派诗人，作品受晚唐诗风影响，兼具江西诗派风格。部分作品抒发爱国思想，反映人民疾苦，具有现实意义。

寄兴①二首（其二）

宋·戴复古

黄金无足色②，白璧有微瑕。
求人不求备③，妾愿老君家④。

注释：

①寄兴：寄，即寄托之意；兴，兴致。指作品中寄托了作者的兴致与情怀。

②"黄金"句：意思是"金无足赤，人无完人"。

③"求人"句：意谓用人不能求全责备。

④"妾愿"句：我愿意在您的家里终老。老，生活一辈子。

【点评】

这首诗的意思比较浅白，它以民歌的曲调、女子的口吻，倾吐了一个女子对丈夫坚贞不渝的爱情，并显示了深刻的哲理。全诗立意为"金无足赤，人无完人"。黄金再好，也没有十足的成色；白璧再美，总有些微小的瑕疵。黄金、白璧尚且如此，那作为社会的人，岂能没有一点缺点、弱点？如果要求人完美无缺，那是不现实的。因而诗中提出了"求人不求备"的观点。

这首诗给人的启示是多方面的。一是要看对方是不是黄金和白璧，即要看他的本质和主流；二是对"微瑕"要采取宽容的态度，不能因有不足而全盘否定；三是在交友、用人等方面都不要对人家求全责备，不能以一眚（shěng）而掩大德。戴复古在此诗中是以"妾"的口吻说出，而其真实的用意则是在此处。

刘克庄

（1187—1269），字潜夫，号后村，福建莆田人。宋末文坛领袖，辛派词人的重要代表，词风豪迈慷慨。他早年与四灵派翁卷、赵师秀等人交往，诗歌创作受他们影响，学晚唐，刻琢精丽。后与江湖派戴复古、敖陶孙等交往，自言"江湖吟人亦或谓余能诗"（《跋赵崇安诗卷》）。他的《南岳稿》曾被陈起刻入《江湖诗集》。但他晚年不满于永嘉四灵的"寒俭刻削"之态，也厌倦了江湖派的肤廓浮滥，而致力于独辟蹊径，以诗讴歌现实，提出了许多革新理论。

一剪梅①·余赴广东②实之③夜饯于风亭

宋·刘克庄

束缊宵行十里强④。挑得诗囊⑤，抛了衣囊。天寒路滑马蹄僵，元是王郎⑥，来送刘郎⑦。

酒酣耳热说文章。惊倒邻墙，推倒胡床⑧。　旁观拍手笑疏狂⑨。疏又何妨，狂又何妨？

注释：

①一剪梅：词牌名。

②余赴广东：指作者到广东潮州做通判。

③实之：即王迈，字实之，和刘克庄唱和之作很多。

④"束缊"句：束缊，用乱麻搓成火把。宵行，由《诗经·召南·小星》"肃肃宵征，夙夜在公"转化而来，意为远行劳苦之意。

⑤诗囊：装诗书的袋子。

⑥元是王郎：元，同"原"。王郎，指王实之。

⑦刘郎：指作者自己。唐代刘禹锡多次被贬，自称"刘郎"，此暗用其意。

⑧胡床：坐具，即交椅，可以转缩，便于携带。

⑨疏狂：意为不受拘束，纵情任性。

【点评】

此词作于宋理宗嘉熙三年（1239年）冬，为刘克庄被贬广东时所作。刘克庄以锐意改革而屡受打击的刘禹锡自比。在作此诗之前，他已被三次削职。其愤慨怅然之情，及其清品傲骨，表现得非常清楚，与唐代的诗豪刘禹锡相比，亦觉类似。

词的上片写临行前的情景——刘克庄连夜起程，王迈为其送行。为行路方便，作者把衣囊抛弃，只挑着诗囊上路。其豪爽的性格与嗜诗如命的心情于此可见。下片写饯别情景。二人分手痛饮，豪情满怀，谈文论诗，睥睨世俗，狂放不羁。其高谈阔论，以致惊动了东邻西舍。这首与友饯别的小令，充分表达了词人傲视世俗的耿介个性，是他主动向社会发动"攻击"的狂放表现。语极夸张，情极大胆，豪爽、超迈、淋漓酣畅。

词中妙语连珠，"挑得诗囊，抛了衣囊"充分表现了他的书生本色。诗囊里既装着他的诗篇，也装着他的一腔豪情、满腹抑郁。词中的"王郎"送"刘郎"，用典巧妙。"王郎"暗指友人系"王谢"望族之后，"刘郎"则为被贬谪者的代称。"酒酣耳热说文章"表现了他们酒逢知己的欢乐与热情奋发。"说文章"则含蓄地暗示他们对时事的评论、理想的抒发，以及对忧愤的倾泻。"惊倒邻墙，推倒胡床"两句，则淋漓尽致地夸饰了二人雄放恣肆的一腔豪气。总体上说，这首词突出体现了刘克庄词风雄伟豪放的一面，也反映出他继承了辛弃疾的革新精神，同时又发展了词的散文化、议论化的特点。

贺新郎①·九日②

宋·刘克庄

湛湛③长空黑。更那堪、斜风细雨，乱愁如织。老眼平生空四海④，赖有高楼百尺。看浩荡、千崖秋色。白发书生⑤神州泪，尽凄凉、不向牛山⑥滴。追往事，去无迹。

少年自负凌云笔⑦。到而今、春华落尽，满怀萧瑟。常恨世人新意少，爱说南朝狂客⑧。把破帽、年年拈出⑨。若对黄花孤负酒，怕黄花、也笑人岑寂⑩。鸿北去，日西匿⑪。

注释：

①贺新郎：词牌名，初见于苏轼词，原名《贺新凉》。

②九日：指农历九月九日重阳节。

③湛湛：深远的样子。

④空四海：望尽了五湖四海。

⑤白发书生：指词人自己。

⑥牛山：在山东省临淄市南。

⑦凌云笔：意谓笔端纵横，气势干云。

⑧南朝狂客：指孟嘉。晋代孟嘉为桓温参军，尝于重阳节共登龙山，风吹帽落而不觉。

⑨拚出：搬出来。

⑩岑寂：高而静。

⑪匿：隐藏。

【点评】

　　这首词上片写重阳节登高望远所引起的感喟，下片批评当时的文人面对着中原沦陷、家国之恨，只知搬弄那些重阳节登山风吹帽落而不觉的典故等浮泛文风，反映了词人为神州残破而伤心洒泪，为恢复中原而孜孜以求的焦急心态。全词写景寓情，叙事感怀，借题发挥，意象凄瑟苍凉，既豪放，又深婉，抒发了英雄失路的家国之恨，是一曲沉痛的慷慨悲歌。近代词学家龙榆生对其评价说："克庄词于豪迈中具有家国之感，足予销沉放任之士习以极大教训。"清代文学家纪昀评价说："文体雅洁，较胜其诗，题跋诸篇，尤为独擅。"晚清词家陈廷焯评价说："悲而壮。南宋有些将才，如此官方、如此士气，而卒不能恢复者，谁之过耶。"

王琪

　　生卒年月不详，字君玉，华阳（今四川省成都市）人。进士及第后，曾任江都主簿。北宋天圣三年（1025年），上时务十事，得仁宗嘉许，命试学士院，调入京城任馆阁校勘，授大理评事、馆阁校勘、集贤校理，知制诰。嘉祐中，授平江府，数临东南诸州。任姑苏郡守时，政尚简静。

暮春游小园

宋·王琪

一丛梅粉^①褪残妆，涂抹新红上海棠^②。
开到荼醾^③花事了，丝丝天棘出莓墙^④。

注释：

①梅粉：意谓梅花的装扮。

②海棠：即海棠花。

③荼醾（mí）：又名酴醾、荼蘼、佛见笑，是蔷薇科悬钩子属空心泡的变种，直立或攀缘灌木。

④"丝丝"句：天棘，即天门冬花，其苗蔓生，好缠竹木上，叶细如青丝。莓墙，因潮湿而长满青苔的墙体。

【点评】

此诗大意是春天到来，梅花凋谢，海棠花开，等到荼蘼花开时，一春的花事已告结束了。此时，唯有丝丝天棘草探出长满青苔的墙头。

在中国古代，荼蘼花是一种充满神秘色彩的传统名花，宋代曾辉煌一时，位居花中"一品"，但宋以后又突然沉寂了。一般而言，人们看到荼蘼花开就会有伤春之感，因为这意味春天要结束了。在这首诗中，"涂抹新红"一词拟人摹事，用得活灵活现，极为巧妙。而"开到荼蘼花事了"一句，则是全诗的核心，意谓胜极之后就开始走向衰败了。此诗曾因被《红楼梦》所用而流传甚广，暗寓贾家盛极而衰，其中故事亦令人唏嘘。这首诗也从一个侧面给人以启示：要遵循事物发展规律，善于把握自己，谦受益，满招损，不骄不躁，才能永立不败之地。

蒋捷

（约1245—1305），字胜欲，号竹山，南宋词人，阳羡（今江苏省宜兴市）人。南宋咸淳十年（1274年）进士。南宋覆灭，深怀亡国之痛，隐居不仕，人称"竹山先生""樱桃进士"，其气节为时人所重。长于词，与周密、王沂孙、张炎并称"宋末四大家"。其词多抒发故国之思、山河之恸、风格多样，而以悲凉清俊、萧寥疏爽为主。尤以造语奇巧之作，在宋季词坛上独标一格。

虞美人①·听雨

宋·蒋捷

少年听雨歌楼上，红烛昏罗帐②。壮年听雨客舟中，江阔云低、断雁③叫西风。

而今听雨僧庐④下，鬓已星星⑤也。悲欢离合总无情⑥，一任⑦阶前、点滴到天明。

注释：

①虞美人：著名词牌之一，唐教坊曲。

②"红烛"句：昏，即昏暗。罗帐，古代床上的纱幔。

③断雁：失群孤雁。

④僧庐：僧寺，僧舍。

⑤星星：白发点点如星，形容白发很多。

⑥无情：无动于衷。

⑦一任：听凭。

【点评】

这首词以"听雨"为线索，选取作者一生三个典型片段，凸显词人晚年悲苦凄凉的境遇和心情。同是听雨，不同的年龄，不同的环境，不同的际遇，有着迥然不同的感受。

此词以作者一生的遭遇为主线，由少年歌楼听雨，壮年客舟听雨，写到寄居僧庐、鬓发苍苍，内容包含较广，感情蕴藏较深。结尾两句更是暗藏悲愤，展现了一种"欲说还休"的境界。"一任"两个字，表达了听雨人在冷漠和决绝中透出的痛苦，可谓字字千钧。虽然一任"点滴到天明"，却也难掩听雨人心中的不平和悲慨。

　　此词中，三个方位词的运用相当巧妙。"少年听雨"，追欢逐乐，无忧无虑，这是作者一生中最美好、最快乐的时光，其中一个"上"字，正好暗合作者当时的生活情境。"壮年听雨"，此时作者进士及第，但不久南宋灭亡，他不肯仕元，开始了漂泊生涯，心境是何其的悲凉！但这时虽然生活离乱、孤雁失群，还未达极端境地，用一"中"字是贴切的。"而今听雨"，家国沦丧，两鬓斑白的他只能在僧庐下去听，其孤寂愁苦无以言表，这时用一个"下"字，与作者风烛残年、万念俱灰的境遇是高度一致的。因此，方位词的巧妙运用是这首词的一大特色。

周密

　　（1232—1298），字公谨，号草窗，又号四水潜夫、弁阳老人、华不注山人，南宋词人、文学家。祖籍济南，流寓吴兴（今浙江省湖州市）。德右间为义乌县令。入元隐居不仕。他的诗文都有成就，又能诗画音律，一生著述较丰。著有《齐东野语》《武林旧事》《癸辛杂识》《志雅堂要杂钞》等数十种。

瑶花慢①

宋·周密

　　后土②之花，天下无二本。方其初开，帅臣以金瓶飞骑，进之天上③，间亦分致贵邸。余客辇下，有以一枝已下共缺十八行。

　　朱钿宝玦④，天上飞琼⑤，比人间春别。江南江北曾未见，漫拟梨云梅雪。淮山⑥春晚，问谁识、芳心高洁？消几番、花落花开，老了玉关⑦豪杰！

　　金壶⑧翦送琼枝，看一骑红尘，香度瑶阙⑨。韶华⑩正好，应自喜、初乱长安蜂蝶。杜郎⑪老矣，想旧事、花须能说。记少年，一梦扬州⑫，二十四桥明月。

367

注释：

①瑶花慢：词牌名，一名《瑶华》，双调。

②后土：扬州后土祠。

③天上：皇宫、皇帝。

④"朱钿（diàn）"句：朱钿，即嵌金花的首饰。宝玦（jué），珍贵的佩玉。

⑤飞琼：许飞琼，仙女，传说中西王母的侍女。

⑥淮山：指盱眙（xū yí）军所在的都梁山，在南宋北界之淮水旁。

⑦玉关：玉门关。此处代指边关。

⑧金壶：酒壶之美称。

⑨瑶阙（què）：传说中的仙宫。此处代指皇家宫中。

⑩韶华：指美好的时光。

⑪杜郎：指杜牧。此是作者自比。

⑫"记少年"二句：化用杜牧《遣怀》和《寄扬州韩绰判官》诗中的意思。

【点评】

这首词约作于南宋度宗咸淳年间。南宋开庆元年（1259年），宋军败于蒙古军。此时，南宋权臣贾似道暗中与蒙古屈膝议和，答应割地纳款。度宗皇帝日日沉湎于酒色之中，对前方战事不闻不问，贾似道将告急边书匿而不报，日日声歌纵酒。《瑶花慢》词就是针对这样一个社会现实而作的。

这是一首政治讽刺性词作。起句以赞美琼花的特异资质开头，喻其为花中极品，自是有别于人间春色，故人们亦不能辨识。但琼花生长的江淮地区，此时已是胡尘弥漫，兵戈扰攘，丝毫没有了春天的气息。琼花开放、凋零，年复一年，而边塞将士疲惫不堪。然而南宋朝廷仍是醉生梦死，每逢琼花盛开即以飞骑传送到临安皇宫中，供皇帝妃嫔们观赏。"金壶翦送琼枝"，"看一骑红尘，香度瑶阙"。这里的"一骑红尘"，化用杜牧"一骑红尘妃子笑，无人知是荔枝来"，将度宗飞骑传琼花与唐明皇飞骑传荔枝作比。还有那些"想旧事"，即隋炀帝扬州观花、荒淫无度等的故事，最终是落得身死国亡。所以作者感到痛心疾首，讽刺统治者不要再沉湎声色了，否则很快将重蹈历史的覆辙。

这首词意在言外，表面上是说扬州花事，词人借杜牧之口、当年旧事，暗自翻出唐玄宗纵情误国、隋炀帝声色亡国的教训，于淡淡中一提发人深省，令人扼腕。

卢梅坡

（生卒年月、事迹不详），别名卢钺，南宋末年人。卢梅坡与刘过是朋友，以两首《雪梅》诗而流芳。他自号梅坡，其原名和原字都散佚了，只留下一个卢梅坡的名字。

雪 梅

宋·卢梅坡

梅雪争春未肯降①，骚人阁笔费评章②。

梅须逊雪三分白，雪却输梅一段香。

注释：

①降（xiáng）：服输。

②"骚人"句：骚人，即文人，诗人。阁笔，放下笔。阁，同"搁"，放下。评章，评议诗词骚人文章，这里指评议梅与雪的高下。

【点评】

这首诗的大意是：梅景和雪景都太美了，都认为各自占尽春色，谁都不肯输给对方。弄得文人骚客也不知道该夸谁才好，只得搁笔好好思量。其实，梅花须逊让雪花三分晶莹洁白，雪花却输给梅花一段清香。

本来，雪因梅透露出春的信息，梅因雪更显出高尚的品格，雪和梅都成了报春的使者、冬去春来的象征。但在卢梅坡的笔下，二者却为争春而发生了"磨擦"，谁都不肯相让。这种写法新颖别致，出人意料。诗的后两句"梅须逊雪三分白，雪却输梅一段香"，巧妙地答出二者的长处与不足：梅不如雪白，雪没有梅香。对此公案做出了判决。其实，作者这首诗意在言外，借雪、梅争春告诉我们：人各有所长，也各有所短，都要有自知之明。要善于取人之长，补己之短，方能不断完善自己。这首诗写得妙趣横生，既有情致，也有理趣，很值得咏思。

夏元鼎

生卒年月不详，字宗禹，号西城真人，永嘉（今浙江省永嘉县）人。尝入仕为官，奔走燕齐间，年届五十，方弃官学道。精于《崔公入药镜》《黄帝阴符经》《悟真篇》等书，著《紫阳真人悟真篇讲义》七卷、《黄帝阴符经讲义》四卷及《崔公入药镜笺》等，甚有灼见。

绝 句

宋·夏元鼎

崆峒访道至湘湖①，万卷诗书看转愚②。
踏破铁鞋无觅处，得来全不费工夫。

注释：

①"崆峒"（kōng tóng）句：崆峒，即崆峒山，位于甘肃省平凉市，道教文化圣地。湘湖，今湖南省。

②看转愚：越看越糊涂。

【点评】

此诗写道家炼丹修性之道，强调在悟。诗中认为修道仅仅靠"访"不行，尽管可以千里迢迢从崆峒到湘湖遍访各个道观；光靠看书也不行，尽管可以读万卷书，但会越看越糊涂。修道的方法恐怕主要在"兴悟"，在"灵感"的闪现。此诗语言通俗流畅，但境界扑朔迷离。诗的最后两句"踏破铁鞋无觅处，得来全不费工夫"影响很大，流传很广，既有极难，又有极易。实际上，修道也好，做事也好，做与悟是相辅相成、相得益彰的，既需要读万卷书，也需要行万里路，还需要勤思善悟，这样才能悟出大道，修得正果，否则都是片面的，都难以很好地达到目的。它有时也启示人们，当处理一件事情时，一开始无论如何都无头绪、难以解决，当你不去管它，让大脑去干别的事时，忽然灵光一闪，事情就顺利解决了。

郑思肖

（1241—1318），南宋末诗人、画家，连江（今福建省连江县）人，字忆翁，号所南，原名不详，宋亡后改名"思肖"。因"肖"是宋朝国姓"赵"的组成部分；"忆翁"表示不忘故国，"所南"表示日常坐卧要向南背北。元军南侵时，郑思肖曾向朝廷献抵御之策，未被采纳。后客居吴下，寄食报国寺。他擅长作墨兰，花叶萧疏而不画根土，意寓宋土地已被掠夺。有诗集《心史》《郑所南先生文集》《所南翁一百二十图诗集》等。

题画菊

宋·郑思肖

花开不并①百花丛，独立疏篱②趣未穷。

宁可枝头抱香死，何曾吹落北风中。

注释：

①花开不并：花，即菊花；不并，不同时开放。

②疏篱：稀疏的篱笆。

【点评】

　　这是一首题画诗。此诗是借菊言志，是民族气节的写照，也是坚毅不屈的表达。菊花的性格是不与百花同时开放，表现出孤傲、清高的气节，也是不随俗不媚时的高士形象，宁肯在枝头抱香而死，也坚决不向凌厉的北风屈服。郑思肖的这首画菊诗与一般诗歌不同，深隐诗人的人生遭际和理想追求，是一首具有特定内涵的诗歌，赞颂了菊花坚韧不拔的品格，也表达了诗人不屈如菊的情怀。

宋代诗人对菊花枯死枝头的咏叹，已成不解情结，这与当时南宋偏安的隐痛有关。如陆游在《枯菊》中说"空余残蕊抱枝干"，朱淑贞在《黄花》中说"宁可抱香枝上老，不随黄叶舞秋风"。而"宁可枝头抱香死，何曾吹落北风中"的诗句，进一步描绘了菊花傲骨凌霜、孤傲绝俗的高尚节操，这是诗人独特的感悟，是他宁死不肯向元朝投降的决心与不屈不移、忠于故国的誓言。

元好（hào）问

（1190—1257），字裕之，号遗山，太原秀容（今山西省忻州市）人。金末至蒙古国时期著名文学家、历史学家。元好问是宋金对峙时期北方文学的主要代表、文坛盟主，又是金元之际在文学上承前启后的桥梁，被尊为"北方文雄""一代文宗"。他擅作诗、文、词、曲，其中以诗作成就最高。有《元遗山先生全集》《中州集》。

杨　柳

金·元好问

杨柳青青沟水流，莺儿调舌弄娇柔①。
桃花记得题诗客②，斜倚③春风笑不休。

注释：

①"莺儿"句：调（tiǎo）舌，意为耍嘴皮子。娇柔，娇媚轻柔。
②题诗客：此处暗用唐代崔护《题都城南庄》的故事。
③斜倚：轻轻地从直立位置移到倾斜的位置。

【点评】

唐代孟棨（qǐ）在《本事诗·情感第一》中，记述了崔护题诗长安城南庄的故事。一年，崔护进士不第，于清明节那一天独游城南，来到一处花木掩映的庄院，但见花木丛萃，寂寂无人，他路行口渴，找一户人家寻水，叩门久之，有一妙龄女子开门赠以杯水，该女妖姿媚态，绰有余妍。"崔辞去，送至门，如不胜情而入"。第二年清明日，崔护情不可抑，径往寻之，旧地重游，门墙如故，大门紧锁。他失望之余，题诗于左扉曰："去年今日此门中，人面桃花相映红。人面不知何处去？桃花依旧笑春风。"

在这首诗中，作者一句"桃花记得题诗客"，一下子就把读者从时间隧道里拉到了昔年那个令人难忘的镜头前。可惜，那一次"人面桃花相映红"的怦然心动，并未续写一段缠绵悱恻的故事，而是迎来了一个"人面不知何处去"的怅然结局。这依旧笑春风的桃花见证了昔年的种种，今日，它依旧"斜倚春风笑不休"。它笑题诗客的机缘错失，笑他题诗的徒劳无功，都"人面不知何处去"了，再悔恨叹息又有何用！世间事，有多少人可以等待？有多少事可以重来？转身就是天涯，错过就是一辈子，"花开堪折直须折，莫待无花空折枝"。

虽然这首诗的意蕴与崔护《题都城南庄》差不多，但意境已经大变。崔护诗中突现眼前的是一位"人面桃花相映红"的女子，而此诗中让人们看到的却是男主角"题诗客"，这样的变换表明今日的"题诗客"已不同于那时的崔护，他更多的是在思考人生，有更多的觉醒与自责，因而在心灵深处也就有了一种更深沉的遗恨。因为，时不我待，机不再来。其实这也是作者在为自己生命里的错过而终生遗憾，其意境比崔护更胜一筹。

论诗三十首（其十一）

金·元好问

眼处心生①句自神，暗中摸索②总非真。
画图临出秦川景③，亲到长安有几人④？

注释：

①眼处心生：意谓亲自看到听到，由此而心中所感。

②暗中摸索：意谓自己凭想象揣摩。

③"画图"句：临出，即临摹出。秦川，即关中地区。

④ "亲到"句：意谓亲自到长安采风体验后而画出秦川风景的有几个人。

【点评】

　　这首诗尖锐批评了当时不注重现实实践的模拟文风。指出一些人的文学作品仅仅满足于凭借资料、凭借想象而作，不愿意或没有深入实地进行考察。作者认为，诗歌等文学创作的源泉是客观现实，真情必然来自诗人对现实生活的切身感受，文学作品不能是作家头脑中虚构的，而是客观现实在人头脑中的反映，只有像杜甫那样"亲到长安"，对客观对象有了实际的接触和体验，才能激发内心的感受，写出出神入化的诗句。如果只满足于临摹前人的作品，是永远不可能写出生动鲜活的诗篇的。这首诗强调实践对创作的决定性作用，其思想观点对于今天我们强调的文学艺术工作者要深入基层、深入群众、深入生活，具有很好的借鉴意义。

摸鱼儿①·雁丘词

金·元好问

　　乙丑岁赴试并州②，道逢捕雁者云："今旦获一雁，杀之矣。其脱网者悲鸣不能去，竟自投于地而死。"予因买得之，葬之汾水之上，垒石为识③，号曰"雁丘"④。同行者多为赋诗，予亦有《雁丘词》。旧所作无宫商⑤，今改定之。

　　问世间，情是何物，直教生死相许⑥？天南地北双飞客⑦，老翅几回寒暑。欢乐趣，离别苦，就中更有痴儿女⑧。君应有语：渺万里层云，千山暮雪，只影向谁去⑨？

　　横汾路，寂寞当年箫鼓⑩，荒烟依旧平楚⑪。招魂楚些何嗟及，山鬼暗啼风雨⑫。天也妒，未信与⑬，莺儿燕子俱黄土。千秋万古，为留待骚人⑭，狂歌痛饮，来访雁丘处。

注释：

①摸鱼儿：词牌名，又名《摸鱼子》《买陂塘》《迈陂塘》《双蕖怨》等。

②"乙丑岁"句：乙丑岁，金章宗泰和五年（1205年），以天干地支纪年为乙丑年。赴试并州：《金史·选举志》载，金代选举之制，由乡至府，由府至省及殿试，凡四试。明昌元年罢免乡试。府试试期在秋八月。

③识（zhì）：标志。

④雁丘：在今山西省阳曲县西汾水旁。

⑤无宫商：不协音律。

⑥"直教"句：直教，竟使。许，随从。

⑦双飞客：大雁双宿双飞，秋去春来，故云。

⑧"就中"句：这雁群中更有痴迷于爱情的。

⑨"君应"四句：万里长途，层云迷漫，千山暮景，处境凄凉，形影孤单为谁奔波呢？

⑩"横汾"二句：这葬雁的汾水，当年汉武帝在这里横渡时何等热闹，如今寂寞凄凉。

⑪平楚：远望树梢齐平，故称平楚。楚，丛木。

⑫"招魂"二句：我欲为死雁招魂又有何用，雁魂也在风雨中啼哭。招魂楚些（suò），《楚辞·招魂》句尾皆有"些"字。何嗟及，悲叹无济于事。山鬼，《楚辞·九歌·山鬼》篇指山神，此指雁魂。

⑬"天也"二句：不信殉情的大雁与普通莺燕一样都寂灭无闻变为黄土，它将声名远播，使天地忌妒。

⑭骚人：诗人。

【点评】

　　金章宗泰和五年（1205年），年仅十六岁的元好问在赴并州应试途中，听一位捕雁者说，天空中一对比翼双飞的大雁，其中一只被捕杀后，另一只大雁从天上一头栽了下来，殉情而死。年轻的诗人便买下这一对大雁，把它们合葬在汾水旁，建了一个小小的坟墓，叫"雁丘"，并写词一阕，遂成这首著名的《摸鱼儿·雁丘词》。

作者为大雁的生死至情所震撼，他将自己的震惊、同情、感动，化为有力的诘问："问世间，情为何物，直教生死相许？"问自己、问世人、问苍天，其发问如雷霆万钧，破空而来，似熔岩沸腾，奔涌而出。作者的诘问引起读者深深的思索，引发出对世间生死不渝真情的热情讴歌。继而，作者用高度的艺术概括，写出了大雁的双宿双飞、相依为命，历经"万里""千山"之遥，有"欢乐趣"，有"离别苦"，当网罗惊破双栖梦之后，孤雁最终毅然选择了殉情而死。词人认为，这对殉情的大雁决不会和一般的莺儿燕子一样化为黄土，而是会"留得生前身后名"。词中，作者还用当年汉武帝巡幸，煊赫一时，但转瞬间烟消云散的典故，反衬了真情的万古长存。"为留待骚人，狂歌痛饮，来访雁丘处"，全词结尾处，寄寓了词人对殉情者的深切哀思，延伸了全词的历史跨度，使得主题进一步升华。

这首词紧紧围绕"情"字而写，以雁拟人，谱写了一曲凄恻动人的恋情悲歌，表达了词人对殉情大雁的礼赞，对殉情者的哀思，对至情至爱的讴歌。正如其后的汤显祖所说："情之所至，生可以死，死可以复生，生不可以死，死不可以生者，皆非情之至也。"（《牡丹亭·题词》）

月黑

灯孤光一

点萤微微

风簸浪散

作满河星

陈孚

（1259—1309），字刚中，号勿庵，石唐里（今浙江省临海县）人。至元年间，上《大一统赋》，后讲学于河南上蔡书院，为山长，曾任国史院编修、礼部郎中，官至天台路总管府治中。诗文不事雕琢，纪行诗多描摹风土人情，著有《观光集》《交州集》等。

博浪沙

元·陈孚

一击车中胆气豪，祖龙社稷已惊摇①；
如何十二金人②外，犹有人间铁未销？

注释：

①"祖龙"句：祖龙，指秦始皇。社稷，"社"指土神；"稷"指谷神。古代君主都祭社稷，后来就用"社稷"代表国家。惊摇，震惊，动摇。

②十二金人：指秦始皇统一中国后，销毁天下兵器而铸成的12个铜人。事见《史记·秦始皇本纪》。

【点评】

秦始皇统一天下后，"收天下之兵（兵器），聚之咸阳，销锋镝，铸以为金人十二"。秦始皇错误地认为，百姓手中没有了铁器，也就失去了造反的工具。但秦始皇二十九年（前218年）春天，当秦始皇巡游天下途经河南原阳博浪沙时，被张良与一大力士用大铁椎（chuí）伏击，只是不巧误中副车，秦始皇才逃过一劫，但这次刺杀对秦王朝无异是一次巨大的政治"地震"。诗的后两句故意设问，讽刺之意不言而喻。它说明：统治者如果仁义不施，不消除社会矛盾，只靠严刑峻法、高压统治，不管你防控得多么严密，最后也是要被人民推翻，被历史抛弃的。

张养浩

（1270—1329），字希孟，号云庄，又称齐东野人，济南（今山东省济南市）人，元代著名政治家，文学家。历经元世祖、成宗、武宗、英宗、泰定帝和文宗数朝，历仕礼部、御史台掾属、太子文学、监察御史、官翰林侍读、右司都事、礼部侍郎、礼部尚书、中书省参知政事等。张养浩是元代重要的政治、文化人物，其个人品行、政事、文章皆为当代及后世称扬，是元代名臣之一，与清河元明善、汶上曹元用并称为"三俊"。

山坡羊①·潼关怀古

元·张养浩

峰峦如聚，波涛如怒，山河表里潼关路②。望西都③，意踌躇④。

伤心秦汉经行处⑤，宫阙⑥万间都做了土。兴，百姓苦；亡，百姓苦。

注释：

①山坡羊：曲牌名，又名《山坡里羊》《苏武持节》。

②"山河"句：山河表里，外面是山，里面是河，形容潼关一带地势险要。潼关，古关口名，关城建在华山山腰，下临黄河，非常险要。

③西都：指长安（今陕西省西安市），这是泛指秦汉以来在长安附近所建的都城。古称长安为西都，洛阳为东都。

④踌躇：犹豫、徘徊不定，此处形容思潮起伏，心里不平静。

⑤"伤心"句：伤心，令人伤心的是，形容词作动词。秦汉，秦朝（前221—前206年）都城咸阳和西汉（前206—25年）的都城长安都在陕西省境内潼关的西面；经行处，经过的地方。

⑥宫阙（què）：宫殿。阙，皇宫大门前面两边的楼观。

【点评】

　　这首小令是作者在赴陕西救灾的途中所作。吊古伤今，感叹兴亡，是古代文人笔下常见的主题，但像这首小令这样，着眼老百姓的命运，简明透彻地道出了历史的真相，却不多见。

张养浩这首散曲的独特之处是，在前面回环往复、浓墨重彩的历史兴亡铺垫之后，得出了一个振聋发聩的结论："兴，百姓苦；亡，百姓苦。"即封建盛世，帝王大兴土木，营造奢华宫殿，百姓不堪奴役之苦；王朝衰亡，豪强争霸，百姓饱受战乱之苦；兴盛也好，衰败也罢，带给人民的都是无尽的苦难。所以作者在这里不只是一般地抒发兴亡之感，而是一针见血揭示出兴亡后面的历史真谛。小令题为"怀古"，但作者跳出一般的兴亡之感、身世之叹，以更开阔的视野反观历史，道出了朝代兴替的实质。因此，这首小令成为元代散曲的名作。

山坡羊①·骊山②怀古

元·张养浩

骊山四顾，阿房一炬③，当时奢侈今何处？只见草萧疏，水萦纡④。
至今遗恨迷烟树。列国⑤周齐秦汉楚。赢，都变做了土；输，都变做了土。

注释：

①山坡羊：曲牌名。

②骊山：在今陕西省西安市临潼区东南。

③阿房一炬：阿房，阿房宫，秦宫殿名，故址在今陕西省西安市西南。一炬，指公元前206年十二月，项羽引兵屠咸阳，"烧秦宫室，火三月不灭"。

④萦纡（yíng yū）：旋绕弯曲，形容水流回旋迂曲的样子。

⑤列国：各国，指周、齐、秦、汉、楚等。

【点评】

秦始皇统一六国后，大兴土木，建起了规模浩大、富丽堂皇的阿房宫，公元前206年秦朝灭亡，阿房宫被付之一炬。张养浩有感于秦王朝因奢侈、残暴而亡国，但这种亡国的教训后代王朝并没有吸取，结果是输掉政权的王朝湮（yān）没在了历史的烟尘中；而赢得政权的王朝重蹈覆辙，最后仍然避免不了灰飞烟灭的结局。这首散曲结尾句式相同，看似寻常，实则大有意趣。它是对封建王朝社会历史规律的一种概括，思想深刻，入木三分。

张可久

（约1270—约1350），字可久，号小山，庆元（今浙江省宁波市鄞州区）人，元代著名散曲家、剧作家。张可久仕途失意，诗酒消磨，徜徉山水，作品大多记游怀古、赠答唱和。擅长写景状物，刻意于炼字断句。讲求对仗协律，作品形成了清丽典雅风格。人们认为，元曲到张可久，已经完成了文人化的历程。张可久现存小令八百余首，为元曲作家之最，与乔吉并称"双璧"，与张养浩合称"二张"。

人月圆①·山中书事

元·张可久

兴亡千古繁华梦，诗眼②倦天涯。孔林③乔木，吴宫④蔓草，楚庙⑤寒鸦。
数间茅舍，藏书万卷，投老⑥村家。山中何时，松花酿酒，春水煎茶。

注释：

①人月圆：曲牌名。

②诗眼：诗人的洞察力。

③孔林：指孔丘的墓地，在今山东省曲阜市。古人称帝王墓为"陵"，圣人墓为"林"。

④吴宫：指古代吴国的王宫。

⑤楚庙：指古代楚国的宗庙。

⑥投老：临老，到老。

【点评】

这首小令当是作者寓居西湖山下时所作。通过感慨历史兴亡盛衰，表现了作者勘破世情、厌倦风尘的人生态度和放情烟霞、诗酒自娱的恬淡情怀。

小令名曰《人月圆》，实为反讽，令中所列事例均非"月圆"之属。全曲上片咏史，下片抒怀。咏史以孔林、吴宫与楚庙为例，说明往昔繁华，如今只剩下一片凄凉。抒怀则借古叹今，通过古今兴亡盛衰的巨大变化，表达自己参破世情、厌倦尘世、隐居山野的生活态度。作者不图发达显赫，只希望喝着自酿的松花酒，品着自煎的春水茶，悠闲宁静地读着书，吟着诗，饮着酒，自由自在。

这首曲语言委婉，结构严谨，虚实结合，意境阔大。曲首以历史盛衰来表达作者对历代王朝的繁华只是瞬间一梦的感慨。而"诗眼倦天涯"中的"倦"字用得尤好，既包括了作者风尘奔波之苦，落拓不遇之怨，世态炎凉之酸，又为后文归隐山村，诗酒自娱作了伏笔，全曲余韵耐人寻味。

[双调]庆东原①·次马致远先辈②韵

元·张可久

诗情放，剑气豪，英雄不把穷通较③。江中斩蛟④，云间射雕⑤，席上挥毫⑥。他得志笑闲人⑦，他失脚⑧闲人笑。

注释：

①庆东原：双调曲牌，又名《庆东园》《郓城春》。

②先辈：已故的前辈。

③穷通较：穷通，指人生际遇的困厄与显达。较，计较。

④江中斩蛟：传晋代时勇士周处曾入水斩蛟，为民除害。

⑤云间射雕：北齐时的斛律光在随齐世宗狩猎时，曾射落大雕，被赞为云中射雕手。

⑥席上挥毫：指酒席上即兴作诗，才思敏捷。

⑦闲人：食客，即所谓帮闲者。

⑧失脚：此指失意，遭受挫折。

　　张可久的作品中常有与贯云石、马致远等曲作家唱和的曲子，并且尊马致远为自己的先辈，因此这首曲子的题目就叫《次马致远先辈韵》，"次……韵"，就是按照马致远散曲"韵"的"次序"而写的散曲。马致远曾以"[双调]庆东原"创作了小令数首，皆为咏史之作，且皆题为《叹世》。张可久对马致远十分崇敬，于是也次其韵和作了九首。这首小令便是其中之一。

　　这首曲子着意刻画了一位性格豪放、不计穷通得失的旷达之士，他武功超凡，文才出众，能够像威猛的周处那样，毫无畏地在江上斩杀蛟龙，和北齐的斛律光一样箭法高强，射中云中的大雕，更有超凡的文才，能在大庭广众下挥毫写诗作文。这个高大的英雄形象，与张可久经常描写的隐士稍有不同，这说明作者心中的理想人物，并非都是纵情诗酒、放浪山水的隐逸之士。同时，作者还在曲子的末尾反衬性地写道，一些世俗小人，他们得志时嘲笑别人，但等他失脚了别人也全都讥笑他。而这种世俗小人与英雄相比，真是天渊之别。讽刺之意力透纸背。

　　此曲表现了作者对人情世态的认识：不计较穷通得失，不理会世人褒贬，心怀坦荡，行事磊落，只求实现抱负，有所作为，不会沉溺于对得失恩怨的盘算计较。曲子写得豪迈奔放，思维奇特，认识独到，是元曲中的佳作。著名词曲学家任中敏对其评价说："酷似马致远声吻。便是模拟，小山亦自是斫轮高手。"（《元曲三百首注评》）

张鸣善

　　生卒年月不详，名择，号顽老子，平阳（今山西省临汾市）人，后迁居湖南，流寓扬州，元曲作家。曾官淮东道宣慰司令、江浙提学。元灭后称病辞官，隐居吴江。作曲颇负盛名，《玉和正音谱》将其列为元曲家第九位，誉之为"诚一代之作手"。

[双调]^①·落梅风^②·咏雪

元·张鸣善

漫天坠，扑地飞，白占^③许多田地。冻杀吴民^④都是你！难道是国家祥瑞^⑤？

注释：

①双调：元明以来，人们常把两叠的词称为"双调"。

②落梅风：曲牌名，又名《寿阳曲》《落梅引》，入双调。

③白占：强取豪夺。

④吴民：吴地百姓，指春秋时吴国疆域的百姓。大致在今天的苏南太湖流域、浙北地区和皖南地区。

⑤祥瑞：指吉祥的征兆。

【点评】

大雪铺天盖地，纷纷扬扬。民间历来有"瑞雪兆丰年"的俗语，但此曲作者想到的不是雪兆丰年，而是忧虑大雪给穷苦人带来的威胁：它白占了田地，冻死了吴民。实际上这不是在说雪，而是在借雪斥责那些欺压百姓的豪强恶霸和统治者，为百姓鸣冤叫屈。

据明朝蒋一葵《尧山堂外纪》卷七十六载："张士诚据苏时，其弟张士德掠夺民田以广园囿（yòu），侈肆宴乐。一日雪大作，士德设盛宴，张女乐，邀明善咏雪，明善倚笔题云……"近代曲评家任讷指出："此词锋利无匹，足令奸邪寒胆，自是快事。尤好在咏雪甚工，无一语蹈空也。"（《曲谐》）作者为失地农民喊出了抗议的声音。此曲对雪大声斥责，指出其冻杀人的罪恶行径，沉痛严峻，寓意深刻。

唐珙

生卒年月不详，字温如，会稽山阴（今浙江省绍兴市）人。其父为南宋义士、词人唐珏，元朝至元年间，曾与林景熙等收拾宋陵遗骨，重新安葬，并在上面移植南宋故宫冬青树为标志。唐珙是元末明初诗人，豪于诗，其生平仅略见于《御选元诗》卷首《姓名爵里》《元诗选补遗》小传。

题龙阳县青草湖①

元·唐珙

西风②吹老洞庭波，一夜湘君③白发多。

醉后不知天在水④，满船清梦压星河。

注释：

①"题……湖"句：龙阳县，即今湖南省汉寿县。青草湖，位于洞庭湖的东南部，因湖的南面有青草山而得名。"青草湖"与洞庭湖一脉相连，所以诗中写成了"洞庭湖"。

②西风：即秋风。

③湘君：帝舜死于苍梧，葬于九嶷山。他的两个妃子，帝尧的女儿娥皇、女英闻讯，便去奔丧，亦死于湘江。帝舜死后，天帝封其为湘水之神，号湘君，封二妃为湘水女神，号湘夫人。

④天在水：天上的银河映在水中。

【点评】

　　这首诗写景记梦，虚实相间，构思新颖独特，诗境缥缈奇幻，笔调轻灵飘逸，充满了浪漫主义色彩，是诗人唐珙（gǒng）的传世之作。历史上作者没有片言只语的记载。然而，就是这一首诗让人们深深地记住了他。

　　此诗境界由一"老"字带起："西风吹老洞庭波，一夜湘君白发多。"秋风飒飒，洞庭湖水波涛浩渺。作者把对历史的追忆与对眼前壮阔的自然景色描绘巧妙地结合在一起，以虚幻的神话，传递出真实的感情。此时，诗人营造的景象，悲秋之情已隐隐而出，给人一种深沉的逝川之感。但诗人故意不说，只是塑造了一个白发湘君形象，引人去深思。继而诗歌把人们引入了作者的梦乡："醉后不知天在水，满船清梦压星河。"他觉得自己不是在洞庭湖中泊舟，而是在银河之上荡桨，船舷周围见到的是一片星光。这种对梦境的描写，有如童话般的诱人。同时，梦境切合实境，船在天上与天在水中正相关合；梦无形体，却说清梦满船；梦无重量，却用"压"字来表现。在这里，境中心中，亦真亦幻，物我无碍，陶然自在，真人生之佳境。古代写梦的诗不少，但像这首诗如此清新奇丽而又含蓄丰富，暗中传神，却是不多见的。

 王冕

（1310—1359），字元章，号煮石山农，亦号食中翁、梅花屋主等，浙江省绍兴市诸暨枫桥人，元朝著名画家、诗人、篆刻家。他出身贫寒，幼年替人放牛，靠自学成才。有《竹斋集》三卷，续集二卷。一生爱好梅花，种梅、咏梅，又攻画梅。所画梅花花密枝繁，生意盎然，劲健有力，对后世影响较大。存世画迹有《南枝春早图》《墨梅图》《三君子图》等。能治印，创用花乳石刻印章，篆法绝妙。

白 梅

元·王冕

冰雪林中著①此身，不同桃李混②芳尘。
忽然一夜清香发③，散作乾坤④万里春。

注释：

①著：放进，置入。

②混：混杂，混同。

③清香发：指梅花开放，香气传播。

④乾坤：天地。

【点评】

王冕出身贫寒，靠自学成为诗人、画家，是一个品格高洁的文人。因鄙薄污浊的官宦阶层，他不求仕进，以布衣终老。

这首诗托物以言志。前两句写梅花冰清玉洁，傲霜斗雪，不与众芳争艳。

后两句借梅喻人，写自己的志趣、品格与抱负。诗歌的突出之处是反衬对比，巧妙生动，即将混世芳尘的普通桃李与冰雪林中的白梅对比。夭桃秾李，花中之艳，但争春太苦，未能一尘不染。而白梅著身冰雪林中，坚忍耐寒，不会与流俗"和其光，同其尘"，并可忽然在一夜之中，齐齐绽放，清香四溢，弥漫整个大地，迎来万里新春。这里的白梅如同王冕的"墨梅"（《墨梅》："吾家洗砚池头树，朵朵花开淡墨痕。不要人夸好颜色，只留清气满乾坤。"）一样，它不想用鲜艳的色彩去吸引人，讨好人，求得人们的夸奖，只愿散发一股清香，长留天地之间。这首诗作者以梅自况，借梅花的高洁来表达自己决不与世俗同流合污的高尚情操与坚守。

于谦

（1398—1457），字廷益，号节庵，官至少保，世称于少保，浙江钱塘县人。因参与平定汉王朱高煦谋反有功，得到明宣宗器重，担任明朝山西河南巡抚。明英宗时期，因得罪宦官王振下狱，后释放，起为兵部侍郎。土木堡之变后，英宗被俘，郕（chéng）王朱祁钰监国，擢兵部尚书。于谦力排南迁之议，决策守京师，与诸大臣请郕王即位。瓦剌兵逼京师，于谦督战并击退之。明英宗得归后，天顺元年因"谋逆"罪被冤杀。后谥曰忠肃。于谦与岳飞、张煌言并称"西湖三杰"。

石灰吟①

明·于谦

千锤万凿②出深山，烈火焚烧若等闲③。
粉骨碎身浑④不怕，要留清白⑤在人间。

注释：

①石灰吟：赞颂石灰。吟，吟诵，为古代诗歌体裁的一种形式。

②千锤万凿：意为无数次的锤击开凿。

③若等闲：好像很平常的事情。等闲，平常，轻松。

④浑：全。

⑤清白：指石灰洁白的本色，比喻高尚的节操。

【点评】

　　这是一首托物言志诗。相传有一天，十七岁的于谦走到一座石灰窑前，观看师傅煅烧石灰。只见一堆堆青黑色的山石，经过烈火焚烧之后，都变成了白色的石灰。于谦深有感触，便吟出了此诗。

　　这首诗以咏石灰抒发怀抱，立志保持高尚的情操，达到崇高的人生境界，不惜经受折磨，粉身碎骨。作者的一生，实践了他的人生追求。这首诗数百年流传不衰，说明历代读者认同作者所赞美的品格，也反映了后人对诗中体现出来的凛然浩气的景仰之情。

　　于谦为官廉洁正直，曾平反冤狱，救灾赈荒，深受百姓爱戴。明英宗时，蒙古族瓦剌大军入侵，明英宗被俘。于谦根据时势议立明景帝，并亲自率兵固守北京，击退瓦剌，使人民免遭瓦剌大军的蹂躏。但英宗复辟后却以"谋逆罪"冤杀了这位民族英雄。《石灰吟》这首诗正是于谦生平和人格的写照。

唐寅

　　（1470—1524），字伯虎，后改字子畏，号六如居士、桃花庵主、鲁国唐生、逃禅仙吏等，明代画家、书法家、诗人。三十岁时进京会试，涉会试泄题案而被革黜，妻子改嫁，一生坎坷。后游历名山大川，以卖文鬻（yù）画闻名天下。诗文上，与祝允明、文徵（zhēng）明、徐祯卿并称"吴中四才子"。绘画上与沈周、文徵明、仇英并称"吴门四家"，又称"明四家"。

桃花庵歌

明·唐寅

桃花坞里桃花庵①，桃花庵下桃花仙。

桃花仙人种桃树，又折花枝当酒钱。

酒醒只在花前坐，酒醉还须花下眠。

花前花后日复日，酒醉酒醒年复年。

不愿鞠躬②车马前，但愿老死花酒间。

车尘马足贵者趣，酒盏花枝贫者缘。

若将富贵比贫贱，一在平地一在天。

若将贫贱比车马，他得驱驰我得闲。

世人笑我忒③风颠，我笑世人看不穿。

记得五陵豪杰墓④，无酒无花锄作田⑤。

注释:

①"桃花坞"句：桃花坞，即一个名叫"桃花坞"的地方，今江苏省苏州市有此地名。坞，四面高、中间低的地方。庵，简单的屋舍。

②鞠躬：恭敬谨慎的样子，表示屈从，屈服。

③忒（tuī）：太。

④"记得"句：五陵，即汉代五个皇帝的陵墓，后人也用"五陵"指富贵人家聚居长安的地方。

⑤"无酒"句：无酒无花，指没有人摆花设酒前来祭祀。

【点评】

这首诗写于明弘治十八年（1505年）。于此六年前，唐寅考举人时曾中过解元，聪明异常，后来进士科考试时受科场舞弊案牵连，功名被革，生活颠沛流离，唐寅彻底失望，不再与统治者合作。他的这首诗即表达乐于归隐、淡泊功名的态度。

全诗画面亮丽清雅，风格秀逸清俊，音律回风舞雪，意蕴淳厚深远。虽然满眼都是花、桃、酒、醉等香艳字眼，却毫无低俗之气，反而笔力直透纸背，让人猛然一醒，是唐寅诗歌的代表作。全诗近乎民谣式的自言自语，不仅不显俗套，却蕴涵着无限的艺术张力，给人以绵延的审美享受和强烈认同感。正如韩愈当年所说的："和平之音淡薄，而愁思之音要妙；欢愉之辞难工，而穷苦之言易好。"（《荆潭唱和诗序》）

诗中最突出的意象是"花"和"酒"。其花即桃花，它是一种深刻的蕴涵和象征。如《诗经·周南》之《桃夭》篇，表达的是一种自由奔放的情感。至晋代陶渊明《桃花源记》一出，桃花便用来表达隐逸情怀了。古代，桃还有驱鬼辟邪的意思，而"桃"与"逃"谐音，也有避世之意。在唐寅的诗中，"桃花"这一意象频频出现，主要是表达闲居和隐逸的情怀。"酒"是用来表达慷慨悲壮的，往往与世事苍凉、傲岸不羁、独行特立结缘，在中国古代文化和古代士人中占有极为重要的地位。如晋有刘伶、嵇康，唐有"饮中八仙"，宋有东坡"把酒问青天"等，故唐寅也要醉酒花下眠。

这首诗的核心价值是通过富贵与贫穷的比较，深刻揭示贫与富的辩证关系。表面上看，富贵在天上，贫穷在地下，但实际上其价值各不相同。富者虽然光鲜优越，但与富贵相连的必然是车马劳顿，钱固然可以买来享受，但却买不来闲适自在，如果以车马劳顿的富贵来换取贫者的闲适自在，作者认为是不可取的。这种蔑视功名富贵的价值观在人人追求功名富贵的年代无异于石破天惊，体现了作者对人生的深刻洞察和超脱豁达的境界，当然这也是古代失意文人贫穷而不失人生乐趣、闲淡而追求精神富足的人生写照。

王守仁

（1472—1529），字伯安，别号阳明，绍兴府余姚县（今浙江省宁波市余姚）人，明代著名的思想家、文学家、哲学家和军事家，陆王心学之集大成者，精通儒家、道家、佛家。弘治十二年（1499年）进士，历任刑部主事、贵州龙场驿丞、庐陵知县、右佥都御史、南赣巡抚、两广总督等职，晚年官至南京兵部尚书、都察院左都御史。因平定朱宸濠之乱而被封为新建伯，隆庆年间追赠新建侯，谥文成，故后人又称王文成公。王守仁文章博大昌达，行墨间有俊爽之气，其学术思想后来传至日本、朝鲜半岛以及东南亚，有《王文成公全书》传世。

蔽月山房

明·王守仁

山近月远觉月小，便道此山大于月。

若有人眼大如天，当见山高月更阔。

【点评】

明宪宗成化十六年（1480年），王守仁（即王阳明）的父亲王华考中状元，名满天下。这一年，王守仁才九岁。第二年，王华将他父亲竹轩翁王伦和儿子王守仁接到京城去住。赴京途中，竹轩翁带着孙子顺便游览了江苏镇江的金山寺。金山寺设宴赏月，招待他们，竹轩翁在觥（gōng）筹交错间，陶然而醉，诗兴大发，但一时未有佳句。王守仁却说："祖父，给我笔。"竹轩翁非常惊讶，问他："小孩子也能写诗？"王守仁立即作诗一首："金山一点大如拳，打破维扬水底天。醉倚妙高台上月，玉箫吹彻洞龙眠。"意思是：金山如拳头大小映在江里，打破了水中映在天上的扬州画面。倚着妙高台乘醉观月，悠扬的箫声让洞里的龙王静静安眠。这首诗气势很大，意境很美。人们顿时举座皆惊，啧啧称奇。但也有人认为这是提前准备好的，还想再试一试，就以"蔽月山房"为题，让他再做一首。王守仁便很快写下了这首诗。

此诗的大意是：山与月，孰大孰小，孰近孰远，在于一个人的格局和高度。身在山中，山大月小，若身如巨人，自然山小月近。同样一个问题，修行到不同层次领悟会有所不同，关键是能否清楚看到自己的位置和局限，从而突破和提升。应该说年仅九岁的少年竟有如此意识，令人惊奇。在这首诗中，山和月因为观赏者心境的不同而呈现出大小之别。诗歌的境界也超越了世俗，达到了悟道之人的水平，且颇有一番禅意。

答人问道

明·王守仁

饥来吃饭倦来眠，只此修行玄更玄①。

说与世人浑②不信，却从身外觅神仙③。

注释：

①"只此"句：修行，即修养德行。此处指出家学佛或学道。玄，深奥的。

②浑：糊涂，或只是。

③觅神仙：寻找长生不老的办法。

【点评】

　　王守仁善于对弟子、友人、同道等用诗的形式表达他对一些事物、思想的认识，这是他的一个特点。这首诗是他的一个朋友多次向他请教世上有没有神仙，能不能炼出长生不老药而王阳明给他的答复。诗歌和谐有趣，如打油诗一般，但仔细品味又极富哲理。

　　王守仁认为，人把握好饥饿了就吃饭、困倦了就睡觉的道理就好了，它既是一个常识，又是一个最玄奥的修行，绝对不要看轻了这一点。现实中，有很多人并不是饥饿了才吃饭的，而是饮食无度，要么胡吃海喝、没有节制，要么挑食偏食，喜欢的吃个死、不喜欢的死不吃，造成大量营养过剩。在口味上，人们也是多喜欢高糖、高盐、高脂肪食物，大量食用不健康食品。医学研究证明，病从口入，很多病都是吃出来的，尤其是富贵病全是吃出来的。所以，能做到饥饿了才吃饭，而且科学合理地吃是非常重要的。同时，很多人也并不是困倦了就睡觉的，而是晚上熬夜、白天睡觉，经常黑白颠倒，弄得精疲力尽。古人尚知道"日出而作，日入而息"，但后人却做不到这一点，不遵循自然规律，还欲求长生不老，这是何其谬误啊。

　　王守仁的哲学思想有三大支柱：一是心外无物，即心学；二是致良知；三是知行合一。其中，心学是基石，并统摄一切。其著名论断是："破山中贼易，破心中贼难。"所以，王守仁强调，人的修行要从修心开始，而且重在修心，做到"念念守得定，事事看得轻"，只要把心修好了，就解决了根本问题。吃饭睡觉虽然平常，但它是心理的反映，什么样的习惯一旦形成就有强大的心理惯性，改变很不容易，再加上有美味的诱惑，个人的偏好，非有深刻的领悟、坚强的意志很难解决。要想健康长寿，就要从一点一滴开始，从吃饭睡觉等生活习惯修炼起来，最终把心修好，有了强大的内心，就能无往而不胜。但把"饥来吃饭倦来眠"作为一种健康长寿的修行说给普通人，人们还总是不相信，总想要寻找自身以外的山中神仙，炼制出长生不老药，这不但不能成功，反而会伤害自己。

边贡

（1476—1532），字廷实，道号华泉子，历城（今山东省济南市）人，明代著名诗人、文学家。弘治九年（1496年）丙辰科进士，官至太常丞。与李梦阳、何景明、徐祯卿并称"弘治四杰"。后来又加上康海、王九思、王廷相，合称为明代文学"前七子"。

嫦 娥①

明·边贡

月宫清冷桂团团②，岁岁花开只自攀③。
共在人间说天上，不知天上忆人间。

注释：

①嫦娥：本称姮娥，因西汉时为避汉文帝刘恒的忌讳而改称嫦娥，又作常娥。

②桂团团：月宫寒冷，桂树冻得凝聚成一团。

③只自攀：月宫寂寞，桂树开花时只有嫦娥自己攀折桂花。攀，折取。

【点评】

关于嫦娥的神话故事，最早出现在《归藏》中，后来民间进一步发挥，衍化出多个版本。流行最广的"嫦娥奔月"故事出自西汉著作《淮南子》，上面说因为嫦娥偷吃了她丈夫后羿从西王母那里要来的长生不死药，就升仙飞进了月宫，但月宫太冷清了，嫦娥十分寂寞，故非常后悔。

这首诗的精华之处在后面二句："共在人间说天上，不知天上忆人间。"意思是当人们仰望天上的明月时，都是向往天上的美好，对嫦娥能够住在月宫里感到非常羡慕。但实际上却不知，月宫里的嫦娥也如地上的人们一样，还时常思念着人间的美好。这首诗语意浅显而含义深刻，耐人寻味。它告诫人们不要"这山望着那山高"，要立足本职，把握当下，做好自己才最为重要，否则往往会适得其反，后悔不尽。

杨慎

（1488—1559），字用修，初号月溪、升庵，又号逸史氏、博南山人、洞天真逸、滇南戍史、金马碧鸡老兵等，新都（今四川省成都市）人，明朝著名文学家、官员，明代三才子之首。正德六年（1511年）状元及第，官翰林院修撰，参与编修《武宗实录》。明世宗继位，任经筵讲官。嘉靖三年（1524年），因"大礼议"受廷杖，谪戍于云南永昌卫。曾率家奴助平寻甸安铨、武定凤朝文叛乱，去世后追谥"文宪"。杨慎博学多识，善能文、词及散曲，论古考证之作范围亦颇广。其诗沉酣六朝，揽采晚唐，创为渊博靡丽之词，造诣深厚，独立于当时风气之外。著作达四百余种，后人辑为《升庵集》。

临江仙①
明·杨慎

滚滚长江东逝水②，浪花淘尽③英雄。是非成败转头空。青山依旧在，几度④夕阳红。

白发渔樵江渚上⑤，惯看秋月春风⑥。一壶浊酒⑦喜相逢。古今多少事，都付笑谈中。

注释：

①临江仙：唐教坊曲，后用作词牌，为双调小令，又名《谢新恩》《雁后归》《画屏春》《庭院深深》《采莲回》《想娉婷》《瑞鹤仙令》《鸳鸯梦》《玉连环》。

②东逝水：江水向东流逝而去，这里比喻时光。

③淘尽：荡涤一空。

④几度：虚指，几次、好多次之意。

⑤"白发"句：渔樵，本意指渔翁、樵夫，此处应指隐居不问世事的人。渚，原意为水中的小块陆地，此处意为江岸边。

⑥秋月春风：指良辰美景，也指美好的岁月。

⑦浊酒：用糯米、黄米等酿制的酒，较混浊。

【点评】

　　明朝正德六年（1511年），杨慎科考获殿试第一、状元及第。后来因为得罪明世宗嘉靖皇帝朱厚熜（cōng），被发配到云南充军。二十多年间，他经常四处游历，观察民风民情。每到一地都要与当地的读书人谈诗论道，留下了大量描写云南的诗篇。此词即为其中的一篇。

　　这首词借叙述历史兴亡抒发人生感慨，基调慷慨悲壮，读来令人荡气回肠。词中的大江裹挟着浪花奔腾而去，历史上的英雄人物随着流逝的江水消失得不见踪影。"是非成败转头空"，豪迈、悲壮，既有大英雄功成名就后的失落、孤独感，又暗含着高山隐士对名利的淡泊、轻视。既是消沉的又是愤慨的，只是这愤慨已经渐渐没了火气。面对似血的残阳，历史仿佛也凝固了。

　　在这首词中，作者因平生抱负未展，横遭政治打击。他看透了朝廷的腐败，不愿屈从、阿附权贵，宁肯终老边荒也要保持自己的节操。既然不论留也好，去也罢，四季照样变化，朝代照样更迭，生命照样老去，又何必斤斤计较、耿耿于怀，强求些什么呢？可以寄情山水，托趣渔樵，与秋月春风为伴，自在自得。因此，作者以与知己相逢为乐事，把历代兴亡作为谈资笑料以助酒兴，表现出鄙夷世俗、淡泊洒脱的情怀。

　　此词作者还试图在历史长河的奔腾与沉淀中探索永恒的价值，在成败得失之间寻找深刻的人生哲理，有历史兴衰之感，更有人生沉浮之慨，体现出一种高洁的情操、旷达的胸怀。品味这首词，使人仿佛感到那奔腾而去的不是滚滚长江之水，而是无情的历史；仿佛倾听到一声历史的叹息，于是在叹息中寻找生命永恒的价值。

文嘉

（1501—1583），字休承，号文水，湖广衡山（今湖南省衡山市）人，文徵明次子，吴门派代表画家。初为乌程训导，后为和州学正。能诗，工书，小楷清劲，亦善行书。精于鉴别古书画，工石刻，为有明一代之冠。画得徵明一体，善画山水，兼作花卉。

明日歌

明·文嘉

明日复明日，明日何其多？

我生待明日，万事成蹉跎①。

世人苦被明日累②，春去秋来老将至。

朝看水东流，暮看日西坠。

百年明日能几何？请君听我明日歌。

注释：

①蹉跎：虚度光阴。

②累（lěi）：带累，使受害。

【点评】

这首诗七次提到"明日"，反复告诫人们要珍惜时间，今日的事情今日做，不要拖到明天，不要虚掷光阴。因为世界上许多东西都能尽力争取和失而复得，但只有时间难以挽留。人的生命只有一次，时间永不回头。诗歌意思浅显，语言回环往复，说理通俗易懂，却很有教育意义。作者还有与此相辅相成的《今日歌》，理趣相同。

今 日 歌

明·文嘉

今日复^①今日，今日何其少！
今日又不为^②，此事何时了？
人生百年几^③今日，今日不为真可惜！
若言姑待^④明朝至，明朝又有明朝事。
为君聊^⑤赋今日诗，努力请从今日始。

注释：

①复：又。

②为：做。

③几：多少个。

④姑待：姑且等到。

⑤聊：姑且，勉强。

【点评】

　　这首诗的大意是，总是今日又今日地推脱，今日能有多少呢？今天又没有做事情，那么这件事情何时才能完成呢？人这一生能有几个今日，今日不做事情，真是可惜啊！假如说姑且等到明天再去做，但是明天还有明天的事情！现在为诸位写这首《今日》诗，从今日就开始努力学习工作吧！

　　此诗形式上回环反复，趣味横生；内容上明白如话，容易理解。但价值却是先辈百曲千折、历经生活磨难和体验的结晶。古人有感于时光之短暂，便有了"白驹过隙""光阴似箭""韶华易逝"的感叹，便有了"头悬梁、锥刺股""囊萤映雪""凿壁偷光"的发奋。现在我们的环境好了，条件优越了，不是更应该珍惜、抓紧今天的分分秒秒吗？抓住了今天，就是抓住了学习知识的机会，抓住了发明创造的机会。虚度光阴，就是在折损生命的光；及时努力，就是在开辟通往理想的路。我们不要沉湎于昨天，不要无谓地观望明天，要一切从今天开始，从现在开始，从脚下开始。

李开先

（1502—1568），章丘（今山东省章丘市）人，字伯华，号中麓。明嘉靖八年（1530年）进士，授户部主事，官至太常寺少卿，提督四夷馆。罢归后，治田产，蓄声伎，家居近三十年。征歌度曲，为新声小令，诗歌豪放，尤工词曲，不循格律，诙谐调笑，信手放笔。自谓藏曲最富，有"词山曲海"之目。曾刻元乔梦符、张小山小令。作传奇《宝剑记》，又有《登坛记》，今佚。又有《词谑》《闲居集》等。

夜 奔

明·李开先

登高欲穷千里目[①]，愁云低锁衡阳路。

鱼书不至雁无凭，几番空作悲愁赋。

回首西山月又斜，天涯孤客真难渡。

丈夫有泪不轻弹，只因未到伤心处。

注释：

①"登高"句：欲，即想要得到某种东西或达到某种目的的愿望，但也有希望、想要的意思。穷，尽，使达到极点。千里目，眼界宽阔。

【点评】

此诗是李开先《宝剑记》传奇第三十七出中的一段韵白。这部剧演的是豹子头林冲受高俅父子迫害，被逼上梁山的故事，其情节和小说《水浒传》大致相同。第三十七出是此剧的高潮戏，写林冲奔逃途中的心理活动，故称"林冲夜奔"，是舞台上经常演唱的剧目。

在剧中，林冲身上本来有较为浓厚的忠孝节义思想。他忠君爱国，疾恶如仇，刚正不阿，敢于同权奸作斗争，但从来没有想到过要揭竿而起，占山为王。直到高俅逼得他走投无路，到了生命垂危的关头，他才忍无可忍地奋起反抗。"夜奔"中，作者紧紧抓住林冲这一性格特征，淋漓尽致地刻画了他激烈的内心冲突。想到自己本欲为国家竭尽忠诚，却招来杀身之祸，半世功名毁于一旦，满怀抱负化为泡影，报国无门，犹如猛士失去了战场；又想到骨肉分离，有家难归，老母娇妻失去依托，不禁忧心如焚，正所谓"故国徒劳梦，思归未得归。此身无所托，空有泪沾衣"。这位顶天立地的大丈夫，再也止不住那冲决而出的泪水了！

"丈夫有泪不轻弹，只因未到伤心处。"这两句诗集中概括了林冲此刻的悲愤心情。又因其高度概括，使得这两句诗突破特定的情景，而带有普遍性。在人类社会中，男性和女性充担了不同的社会角色，历史文化又塑造了男性和女性不同的理想人格。社会心理将沉着坚毅、勇敢果断作为成熟男性的性格标志，并得到普遍的认同。"丈夫有泪不轻弹"正是这种理想人格的形象写照。男子汉大丈夫立身处世，就是要有责任心和使命感。世事艰难，人生旅程不可能是一马平川，在困难和挫折面前，需要有百折不挠的意志。但是，英雄也是血肉之躯，正如鲁迅先生所说的："无情未必真豪杰，怜子如何不丈夫！"男子汉既应该动心忍性，也不妨真情坦露。到了真正的"伤心处"，英雄落泪，不仅无损形象，而且震撼人心！因此，"丈夫有泪不轻弹，只因未到伤心处"既刻画了理想人格，又反映了一种人生境况。人们有时用"丈夫有泪不轻弹"或"男儿有泪不轻弹"来激励意志，有时则二句连用，来形容极度悲伤。两者都不害其义，尽可以各取所需。由此可见，这两句形象的诗句不仅凝练，而且意蕴丰厚，耐人寻味。

戚继光

（1528—1588），字元敬，号南塘，晚号孟诸，山东蓬莱人，官至左都督、太子太保加少保，卒谥武毅。戚继光在东南沿海抗击倭寇十余年，扫平了多年为虐沿海的倭患，确保了沿海人民的生命财产安全；后又在北方抗击蒙古部族内犯十余年，保卫了北部疆域的安全，促进了蒙汉民族的和平发展。同时，戚继光还改造、发明了各种火攻武器，建造了大小战船、战车，在长城上修建了进可攻、退可守的空心敌台，写下了著名的《纪效新书》《练兵实纪》等兵书战策，推出了一套令人称道的军事理论，是我国杰出的军事家、兵器专家、军事工程家和民族英雄。

韬钤①深处
明·戚继光

小筑②暂高枕，忧时旧有盟。
呼樽来揖客，挥麈③坐谈兵。
云护牙签④满，星含宝剑横⑤。
封侯⑥非我意，但愿海波⑦平。

注释：

①韬钤（qián）：即《六韬》和《玉钤》，皆是兵书。后称用兵谋略为"韬钤"。

②小筑：小楼。

③挥麈（zhǔ）：挥动麈尾。麈，古书上指鹿一类的动物，尾巴可以制拂尘，故称拂尘为麈尾。古人常挥动麈尾以谈助，后称谈论为挥麈。

④云护牙签：云护，云层遮掩，即天黑。牙签，即书签，代指书籍。

⑤"星含"句：意谓练武到很晚的时候。星含，指星光闪亮。

⑥封侯：指加官晋爵、封侯拜相。

⑦海波：即海上波浪，这里指倭寇对我国东南沿海的袭扰抢掠。

【点评】

封侯拜相、追求荣华富贵是古代人们的普遍愿望，"千里去做官，为的吃和穿"。但本诗作者却一改传统的价值观念，当他看到我国沿海防御废弛，倭寇横行，烧杀抢掠，无恶不作，当地人民生灵涂炭时，为了扫清倭患、保卫海防，他顶着朝廷文官集团对武官的不信任和牵制，树下了"封侯非我意，但愿海波平"的雄心壮志，立志改革腐朽军制，拯百姓于水火。在戚继光坚持不懈的努力下，费尽周折终于训练出了战无不胜的"戚家军"，先后在浙江台州等地九战九捷，基本平定了浙江沿海的倭寇。之后又开赴福建、广东，相继与福建总兵俞大猷、广东总兵刘显等一起，彻底荡平了闽、粤沿海的倭寇之患，成为我国历史上著名的军事家和民族英雄。戚继光这种志在国家河清海晏，并非为追求个人功名利禄的高尚境界，令人十分钦敬。

朱载堉

（1536—1611），字伯勤，号句曲山人、九峰山人，怀庆府河内县（今河南省沁阳）人。朱载堉是明太祖九世孙，受父亲郑恭王修德讲学、布衣蔬食、能书能文、折节下士的影响，他自幼俭朴敦本，聪颖好学。早年从外舅祖何瑭学习天文、算术等学问。他在长期的落寞岁月里，以追逐日月的精神，专心攻读音律、历算，共完成《乐律全书》《算学新说》等八部，因此被中外学者尊称为"东方文艺复兴式的圣人"。

山坡羊① · 十不足

明 · 朱载堉

逐日②奔忙只为饥，才得有食又思衣。

置下绫罗身上穿，抬头却嫌房屋低。

盖了高楼并大厦，床前缺少美貌妻。

娇妻美妾都娶下，又虑③出门没马骑。

将钱买下高头马，马前马后少跟随。

家人招下十数个，有钱没势被人欺。

一铨铨④到知县位，又说官小职位卑。

一攀攀到阁老⑤位，每日思想要登基⑥。

一朝南面⑦坐天下，又想神仙下象棋。

洞宾⑧陪他把棋下，又问哪是上天梯？

401

上天梯子未做下，阎王发牌⑨鬼来催。

若非此人大限⑩到，上到天上还嫌低。

注释：

①山坡羊：词牌名。

②逐日：每日，整日。

③虑：思考，担忧的意思。

④铨（quán）：指铨选，即由吏部按规定选补官缺。此处指捐纳。

⑤阁老：一般指内阁首辅，也是对宰相的称呼。

⑥登基：古代当上皇帝称登基。

⑦南面：皇帝的座位是面南背北，意谓当上了皇帝。

⑧洞宾：指吕洞宾，传说中的八仙之一，这里指神仙。

⑨牌：指传说中的生死牌。

⑩大限：死期。

【点评】

朱载堉是皇家宗室，明代著名的律学家、历学家、音乐家，有"律圣"之称。但后因皇族内讧，其父获罪禁于凤阳，便筑土屋于宫门外独居十九年，故他对统治阶级内部的腐朽黑暗和世事炎凉有深刻体会。这首诗即是此类作品的代表作。

这首曲采用步步递进、环环相扣的手法，把一些人无止境地贪婪地求富贵功名的心理和丑态，如剥蚕抽丝般地层层剥开，使之逐一展露，无以复加，充分表达了作者对他们贪得无厌的讽刺和鄙夷。语言通俗而不失诙谐，描摹情状生动形象而又讽刺深刻，实是一篇用轻松笔调来写大主题的佳作。此曲把贪婪者的心理状态刻画得淋漓尽致，同时也深刻地揭示了过分的放纵是要付出代价的，贪婪必将导致堕落毁灭。

 顾起元

（1565—1628），应天府江宁（今江苏省南京市）人，字太初，一作璘

初、瞒初，号遁园居士，明代官员、金石家、书法家。万历二十六年（1598年）会试第一、殿试第三授翰林院编修，历任左谕德、右庶子、任南京国子监司业、国子监祭酒、詹事府詹事，官至吏部左侍郎，兼翰林院侍读学。后来三次上疏辞官，获准后告老还乡，在朝为官仅五载。乞退后，筑遁园，闭门潜心著述。朝廷曾七次诏命为相，均婉辞之。著有《金陵古金石考》《客座赘语》《说略》等。

相逢狭路宜回身

明·顾起元

相逢狭路宜回身，野渡宽平好问津①。
底事排挤同踬扑②，往来俱是暂时人。

注释：
①问津：询问渡口。
②"底事"句：底事，即何事，什么事。踬（zhì）扑，被东西绊倒。

【点评】

这首诗针对当时官场上一些人热衷于尔虞我诈的社会现象，鲜明提出了自己的观点：在狭窄的胡同里相遇，大家都走不了，应该主动回身给对方让路；在宽阔的河面相逢，可以相互询问，共同渡河。有什么事过不去非要互相排挤，斗得你死我活？其实大家无非都是这个世界的无涯过客，谁能万寿无疆？顾起元为人通达，此诗既是对当时社会的批判，也是劝告：人生不过百年，斗得乌眼鸡似的，什么也带不走。当然这也是无奈。明朝最后在某种意义上就是被党争葬送的。

邱云霄

生卒年月不详，字凌汉，号止山，崇安（今福建省武夷山市）人，约明世宗嘉靖中前后在世。官柳城县知县。著有《南行集》四卷，《东游集》四卷，

《北观集》四卷，《山中集》十卷。

残 花

明·邱云霄

昨日看花花满枝，今朝烂漫点清池①。

无情②莫怨东风恨，作意③开时是谢时。

注释：

①"今朝"句：烂漫，色彩鲜艳美丽。点，形容花瓣陨落飘洒的状态。

②无情：不留情面。

③作意：决意，拿定主意。

【点评】

这首诗通过从花盛到花谢的形象描写，述说了一番有开必有落的道理。俗话说，人无千日好，花无百日红。这是自然现象，人们一般习以为常。但也有人抱怨造物无情，见殒花而落泪。针对有些人的抱怨，诗人达观地指出："无情莫怨东风恨，作意开时是谢时。"也就是说，"开"时就意味着"谢"时，这是辩证法，不必怨恨东风无情。当然，如果以为既然要谢那就不必开了，走向无为，那也是不对的。要知道，任何事物都是一个过程，人也是宇宙的无涯过客，从很大意义上说，有时候过程比结果更重要，或者说过程就是结果。而且，"前花落子后花开，枣火更新榆火续"（魏源《观物吟》）。

由于残花很容易让人伤感，惜春叹花，但本诗却一改人们怨恨春风不驻的惯常情愫，从新的角度认为春花在下定决心绽放的时刻就不怕凋谢，非是春风无情，这是花开花落的自然现象、自然规律，要辩证地看待世间万事万物。

邓汉仪

（1617—1689），字孝威，号旧山，别号旧山梅农、钵叟。明末吴县诸生。汉仪少颖悟，博洽通敏，贯穿经史百家之籍，尤工于诗。早年从海宁举人查继佐（字伊璜）习举业，明末加入复社，曾参与虎丘大会，为社中的青年才俊。清顺治元年（1644年）为避身远祸，举家迁居泰州，放弃博士弟子员的身份，从此绝意仕进。康熙十八年（1679年），召试博学鸿儒，不第，以年老授中书舍人。著有《淮阴集》《官梅集》《过岭集》《青帘词》等。

题息夫人①庙

清·邓汉仪

楚宫慵扫眉黛新②，只自无言对暮春。

千古艰难惟一死，伤心岂独息夫人。

注释：

①息夫人：春秋时息国息侯夫人。公元前680年，楚王灭了息国，将她据为己有。息夫人虽在楚宫里生了两个孩子——熊艰与熊恽，但默默无言，始终不和楚王说一句话。一日，楚王出游，息夫人见其夫守城门，自杀而死。桃花夫人庙，在武汉市黄陂区东三十里。

②慵（yōng）扫眉黛新：慵懒而淡淡地描眉化妆。

【点评】

　　世上流传的关于桃花夫人的故事有多个版本，其中流传最广的一个是：息国亡国后，息侯被俘成了楚国都城的守门小吏，美丽的息夫人被强纳为楚文王妃，备受宠爱，三年间为楚王生下两个儿子，但她却始终沉默寡言。楚王十分纳闷，问她到底是为什么不开心。息夫人泪流满面地说："吾一妇人而事二夫，纵不能死，其又奚言！"一次，楚王外出打猎，息夫人趁此到城门处与原来丈夫相会，两人见面后，息夫人边哭边说："妾在楚宫，忍辱偷生，初则为保全大王性命，继则为想见大王一面，如今心愿已了，死也瞑目。"息侯安慰她说："苍天见怜，必有重聚之日，我甘任守城小吏，还不是等待团圆机会嘛！"息夫人认为与其痛苦地活着，不如一了百了，于是撞墙而死。息侯大恸，为报答夫人也撞死在城下。楚王打猎回来听说此事，黯然神伤，有感于二人感情，竟以诸侯之礼将息侯与息夫人合葬在桃花山上。后人在山麓建祠，四时奉祀，称为"桃花夫人庙"，又称桃花庙。

这首诗作者依据传说故事，针对杜牧《题桃花夫人庙》诗等的观点，提出了新的不同认识。作者认为，千古以来，人最难面对的是一个"死"字，而息夫人却能够殉情而死。其实，有时候真正能够忍辱负重地活下来则是更加痛苦的，如历史上的"程婴救孤"。息夫人在三年之中，每天都是慵懒的淡妆轻抹，常常一个人默默无言，这种痛苦的挣扎是让人难以想象的。然而，世上面对如此伤心艰难处境的，又岂止息夫人一个？此诗以"千古""岂独"句式，彰显了息夫人的坚忍决绝。在这里，作者的咏史是有所寄托的，因而其诗也是比较隐晦的。清朝初年，邓汉仪怀念明朝，很难与清朝统治者合作，但又迫于现实和统治者的高压，反抗无望，他只好把自己的心思借助历史和典故予以曲折表达，蕴含着无奈与愤懑。

关于对息夫人的评价，历代诗人众说纷纭，观点莫衷一是。

如，唐代有李白的《望夫石》："仿佛古容仪，含愁带曙辉。露如今日泪，苔似昔年衣。有恨同湘女，无言类楚妃。寂然芳霭内，犹若待夫归。"宋之问的《息夫人》："可怜楚破息，肠断息夫人。仍为泉下骨，不作楚王嫔。楚王宠莫盛，息君情更亲。情亲怨生别，一朝俱杀身。"刘长卿的《过桃花夫人庙》："寂寞应千岁，桃花想一枝。路人看古木，江月向空祠。云雨飞何处，山川是旧时。独怜春草色，犹似忆佳期。"施肩吾的《经桃花夫人庙》："谁能枉驾入荒榛，随例形相土木身。不及连山种桃树，花开犹得识夫人。"胡曾的《息城》："息亡身入楚王家，回首春风一面花。感旧不言长掩泪，只应翻恨有容华。"罗隐的《息夫人庙》："百雉摧残连野青，庙门犹见昔朝廷。一生虽抱楚王恨，千载终为息地灵。虫网翠环终缥缈，风吹宝瑟助微冥。玉颜浑似羞来客，依旧无言照画屏。"韦庄的《庭前桃》："曾向桃源烂漫游，也同渔父泛仙舟。皆言洞里千株好，未胜庭前一树幽。带露似垂湘女泪，无言如伴息妫愁。五陵公子饶春恨，莫引香风上酒楼。"

宋代有徐照的《题桃花夫人庙》："一树桃花发，桃花即是君。空祠临野水，何处觅行云。事迹樵人说，炉香过客焚。雨添碑上藓，难读古时文。"

明代有袁中道的《汉阳感旧》："泊天白浪净无尘，惟有孤峦塞去津。芳草偏怜衡处士，桃花不梦息夫人。江头鼓枻机全息，汉上题襟迹已陈。屈指光阴今二纪，无情痴泪漫沾襟。"

清代有吴天章的《桃花夫人》："桃花夫人好颜色，月中飞出云中得。新感恩仍旧感恩，一倾城矣再倾国。"袁枚的《息夫人》："人生一死谈何易，看得分明胜丈夫。闻得息姬归楚日，下楼还要侍儿扶。"张九钺（yuè）的《桃花夫人庙》："佳人难再得，一笑已倾城。江水不言去，桃花春又生。烟霞古洞闾（bì），粉黛满湖晴。楚国茫茫大，仍然以息名。"

对于描写、评价息夫人故事的诗歌，诗评家们也各有评论，各有观点。如：南宋许顗（yǐ）在《彦周诗话》中说杜牧的《题桃花夫人庙》诗"仆谓此诗为二十八字史论"。清代潘德舆在《养一斋诗话》中说："大义责责，词色凛凛。真西山谓牧之《息妫》作能汀千古是非，信然。余尤爱其掉尾一波，生气远出，绝无酸腐态也。王（维）虽不著议论，究无深味可耐咀含，鄙意转舍盛唐而取晚唐矣。"清代王世禛在《渔洋诗话》中说："益都孙文定公（廷铨）《咏息夫人》云：'无言空有恨，儿女粲（càn）成行。'谐语令人解颐。杜牧之'至竟息亡缘底事，可怜金谷坠楼人'，则正言以大义责之。王摩诘（jié）'看花满眼泪，不共楚王言'，更不著判断一语，此盛唐所以为高。"文阳在《南窗琐记》中说："孙诗轻薄尖刻，读之未感解颐，但觉可厌；杜诗未免苛责；王诗虽不失敦厚，然亦非'不著判断一语'。"且认为："清初邓汉仪之《息夫人庙》，才真正是富人情，兼教化之作，诗云：……千古艰难之事，不能为之者多矣，但有伤心，已是难能，较之乐不思蜀辈，不啻云泥之别。况伤心者之痛，不必旁人触及，已是自难平复。"并指出："反观息妫，国破家亡，降志辱身，区区一柔弱女子，其悲苦可想而知，何忍再加嘲讽且责以大义哉！"

吴嘉纪

（1613—1684），字宾贤，号野人，明末清初诗人。明亡后绝意仕途，隐居家乡，以布衣终身。

落　叶

清·吴嘉纪

枝上曾^①几日，夜来秋已终。

又随天地意，乱下户庭中。

不静月斜处，偏惊白头翁^②。

何须怨摇落，多事是春风。

注释：

①曾：竟。

②白头翁：白发老人。

【点评】

　　这首诗的最后两句"何须怨摇落，多事是春风"最为奇警。落叶不必怨恨秋风将其吹落，如果怨恨的话，则要怨恨春风不该将你吹开，是春风多事了。本来，春风送暖，新叶出芽，这是树叶的生命之始，但是生命的开始之中就已经包含了生命的结束。作者由叶落追溯到叶生，与其怨秋风无情，不如怪春风多事，与其怨死，不如怨生。其实，我们要尊重自然，顺应自然，正确看待人生，不要无谓地执着于生死，有始必有终，这是生命的规律，也是一切事物的规律。

屈大均

　　（1630—1696），番禺（今广东省广州市番禺区）人，明末清初著名学者、诗人，与陈恭尹、梁佩兰并称"岭南三大家"，有"广东徐霞客"之称，曾与魏耕等进行反清活动。诗有李白、屈原之遗风，著作多毁于雍正、乾隆朝，后人辑有《翁山诗外》《翁山文外》《翁山易外》《广东新语》及《四朝成仁录》，合称"屈沱五书"。

鲁连台①

清·屈大均

一笑无秦帝②，飘然向海东③。

谁能排大难④？不屑计奇功⑤。

古戍三秋雁⑥，高台万木风⑦。

从来天下士⑧，只在布衣⑨中。

注释：

①鲁连台：鲁连，又名鲁仲连，战国末期齐国人，生卒年不详，尊称"鲁仲连子"或"鲁连子"，后来归隐于东海。鲁连台在今山东省聊城市故城中。

②"一笑"句：一笑，指鲁仲连笑斥秦国游说之士新垣衍。无秦帝，没有出现屈服秦国、尊秦称帝的事情。

③海东：即东海。

④排大难：史载鲁仲连性格豪爽侠义，常为人排忧解难。

⑤"不屑"句：指鲁仲连不屑于考虑为建什么大功而接受封赏。

⑥"古戍"句：古戍，古代营垒。三秋，也称深秋、晚秋，是指农历九月秋季的第三个月。

⑦"高台"句：高台，指鲁连台。万木，众多树木。

⑧天下士：指天下有见识有本领的人。

⑨布衣：平民。

【点评】

鲁连即鲁仲连，战国时齐国高士，"鲁仲连义不帝秦"是战国时一个享誉天下的壮举，说的是鲁仲连面对暴秦，大义凛然，却秦救赵，义不帝秦，虽厥功至伟而不屑封赏，最后隐居以终，其精神深为后人所景仰。

这首诗从瞻仰鲁仲连古迹说起，写得轻灵中透出雄健、沉雄中富含哲理。诗歌的结尾两句尤为精彩，不但赞颂了鲁仲连的侠士义举、高风亮节，讴歌了下层人士的高尚品格，而且揭示了伟大出自平凡、英雄来自人民这一深刻内涵。鲁连台台址相传为鲁仲连射书劝燕将撤守处。作者身处明清之际，积极投身抗清斗争，对鲁仲连的为人品格有着不同一般的独特体会。

陈恭尹

（1631—1700），字元孝，初号半峰，晚号独漉（lù）子，又号罗浮布衣，广东顺德县（今广东省佛山市顺德区）龙山乡人，著名抗清志士陈邦彦之子。其父当年抗击清军被当街肢解，族人也全部被杀，只有他一人幸免于难，后来他决不仕清。陈恭尹与屈大均、梁佩兰并称"岭南三大家"。又工书法，时称清初广东第一隶书高手。著有《独漉堂全集》。

读秦纪①

清·陈恭尹

谤声易弭②怨难除，秦法③虽严亦甚疏。
夜半桥边呼孺子④，人间犹有未烧书。

注释：

①秦纪：即秦史，有关秦朝的史书。

②谤声易弭（mǐ）：历史上周厉王暴虐无道，残酷镇压人民以防止说对他不利的话，虽然人们一时不敢说了，但人民的怨恨没消，最后周厉王终于被放逐。

③秦法：即秦朝颁布的除"医药卜筮（shì）种树之书"之外其他一切书都要焚毁的法令，也就是人们所谓的"焚书坑儒"法令。

④呼孺（rú）子：当年张良在下邳（pī）桥上散步，一位老人故意将鞋子掉落桥下叫张良去取。几次反复，最后一次夜里当张良按约定时间到来后，老人赠予他一部兵书，即《太公兵法》，助其灭秦。

【点评】

这首诗是作者关于司马迁《史记·秦始皇本纪》的读后感，实质也是一首咏史诗。诗人从秦纪中看到圯（yí）上老人授张良《太公兵法》一事，敏锐地联想和意识到秦朝的焚书令尽管严苛却并未能烧毁世上的一切书籍，所以再严苛的法令也会有疏漏，任何严刑峻法都不可能完全消除百姓的反抗意识，哪里有压迫哪里就有反抗。

其实，咏史往往关合现实。这首诗表面上写的是秦朝，实际上写的是清朝。它针对焚书抨击、讽刺秦朝的暴政，抒发"以古非今"的感慨，对清王朝大兴"文字狱"、实行文化专制、思想禁锢等高压政策表示极大不满。特别是它有意拈出张良所读《太公兵法》未被焚毁一事，更曲折地表达了诗人矢志推翻清朝、匡复故国的思想和意志。

张英

（1637—1708），字敦复，又字梦敦，号乐圃，又号倦圃翁，安徽省桐城市人，名相张廷玉之父。康熙六年（1667年）中进士，选为庶吉士，官至文华殿大学士、礼部尚书。先后充任纂修《国史》《一统志》《渊鉴类函》《政治典训》《平定朔漠方略》总裁官，去世后谥"文端"。他们一家祖孙三代为相，成为中国历史的美谈。

让墙诗

清·张英

千里修书只为墙，让他三尺又何妨？
万里长城今犹在，不见当年秦始皇。

【点评】

这首诗是一个关于"六尺巷"的故事。清朝康熙年间，张英担任文华殿大学士兼礼部尚书。他老家桐城的宅院与另一户人家为邻，两家院落之间有条巷子，供双方出入使用。后来邻家要建新房，想要占用这条公用的巷子，张家人不同意。邻家和张家争执不下，将官司打到了当地县衙。县官考虑到两家都是名门望族，不敢轻易了断。张家人便给张英写信，要他过问解决。张英看信之后，挥笔给家人写了一封信并附了这首诗。家人看后，明白了其中的含义，主动让出三尺空地。邻家见状深受感动，也主动让出三尺房基地，"六尺巷"由此得名。后来，这件事被广为传颂，人们说："争一争，行不通；让一让，六尺巷。"此诗诙谐幽默，表达的意思宽容大度，比喻深切明白，令人信服。

吴绛雪

（1650—1674），女，名宗爱，永康县（今浙江省金华市永康县）人。父士骐，曾任仙居、嘉善、嵊县教谕，绛雪自幼秉承家学，聪颖多能。九岁通音律，闻琵琶曲，即能随声唱和。十一岁作七绝《题晴湖春泛图》，情景交融，见者赞赏。十二岁时以诗入画，设色精绝，书法不同凡响，名噪一时。绘画擅长花卉、人物，兼善写生，传世画作有《梅鹊图》《落英》等。姿容秀丽，有国色之誉。

春夏秋冬诗

清·吴绛雪

《春》诗：莺啼岸柳弄春晴夜月明。
《夏》诗：香莲碧水动风凉夏日长。
《秋》诗：秋江楚雁宿沙洲浅水流。
《冬》诗：红炉透炭炙寒风御隆冬。

此诗的读法是：

《春》诗：莺啼岸柳弄春晴，柳弄春晴夜月明；明月夜晴春弄柳，晴春弄柳岸啼莺。

《夏》诗：香莲碧水动风凉，水动风凉夏日长；长日夏凉风动水，凉风动水碧莲香。

《秋》诗：秋江楚雁宿沙洲，雁宿沙洲浅水流；流水浅洲沙宿雁，洲沙宿雁楚江秋。

《冬》诗：红炉透炭炙寒风，炭炙寒风御隆冬；冬隆御风寒炙炭，风寒炙炭透炉红。

【点评】

回文诗创作由来已久，可见到的回文诗，以苏伯玉妻《盘中诗》为最早。有人曾以为温峤和苏蕙诗最早，其实不然。温峤为东晋元帝（317—320年）时人；苏蕙为苻秦时人（公元351年苻秦建国）。苏伯玉妻为西晋初年人。故应以苏伯玉妻诗为最早。据称世界纪录协会收录的中国最早回文诗是《盘中诗》。

自西晋以来，历代诗家争相仿效，在回文诗的创作上各领风骚。如庾信、白居易、王安石、苏轼、黄庭坚、秦观、高启、汤显祖等，均有回文诗传世。经过历代诗人的开发与创新，回文诗出现了千姿百态的形式：有连环回文体、藏头拆字体、叠字回文体、借字回文体、诗词双回文体等。

纳兰性德

（1655—1685），叶赫那拉氏，字容若，号楞伽山人，满洲正黄旗人，原名纳兰成德，一度因避讳太子保成而改名纳兰性德。大学士明珠长子。纳兰性德自幼饱读诗书，文武兼修，十七岁入国子监，十八岁考中举人，次年成为贡士。康熙十二年（1673年）因病错过殿试。康熙十五年（1676年）补殿试，考中第二甲第七名，赐进士出身。康熙二十四年（1685年）去世，年仅三十岁。纳兰性德的词以"真"取胜，写景逼真传神，词风"清丽婉约，哀感顽艳，格高韵远，独具特色"。著有《通志堂集》《侧帽集》《饮水词》等。

采桑子①
清·纳兰性德

非关癖爱轻模样②，冷处偏佳。别有根芽③，不是人间富贵花④。
谢娘⑤别后谁能惜，飘泊天涯。寒月悲笳⑥，万里西风瀚海⑦沙。

注释：

①采桑子：词牌名，又名《丑奴儿》《丑奴儿令》《罗敷艳歌》《罗敷媚》，双调。

②"非关"句：癖爱，即癖好，特别喜爱。轻模样，雪花轻轻飞扬的样子。

③根芽：比喻事物的根源、根由。

④富贵花：指牡丹或者海棠之类的花。周敦颐《爱莲说》中有"牡丹，花之富贵者也"，陆游《留樊亭三日王觉民检详日携酒来饮海棠下比去花亦衰矣》诗云"何妨海内功名士，共赏人间富贵花"。

⑤谢娘：东晋王凝之的妻子谢道韫文采斐然，后人因称才女为"谢娘"。《世说新语·言语》载：谢安见雪因风而起，问子侄辈何物可比。侄儿谢朗答："撒盐空中差可拟。"侄女谢道韫答："未若柳絮因风起。"世称谢道韫有"咏絮之才"。

⑥悲笳（jiā）：悲凉的笳声。笳，古代军中号角，其声悲壮。

⑦瀚（hàn）海：沙漠，此指塞外之地。

【点评】

这首词抛开咏雪的成规，把雪花当作跟牡丹一样的"花儿"来歌咏，营造出一种新奇的错位，表现了词人天马行空、自由挥洒而独出机杼的高超才调。

此词上片以异乎寻常的审美观点来看待雪花，指出他所喜欢的并不只是雪花轻舞飞扬的姿态，还有它那不惧寒冷的精神。无根却似有根，有着人间富贵之花不可比拟的高洁之姿。反映出某种对于富贵门阀的逆反心态。下片从咏雪转到谢娘，以谢娘关合雪花。从雪花的轻盈妩媚、莹洁玲珑，联想到词人，并从雪花的飘飞联想到自己和某一女子的纯洁、朦胧的轻怜蜜爱，以及现在的漂泊天涯。

这首词意境构思非常别致。"冷处偏佳。别有根芽，不是人间富贵花"，超逸了历来咏雪诗词曾经有过的意象格局，神韵天纵。词中对于塞外的茫茫飞雪，别具视角眼界，其中隐含着词人自己的意态情怀：深切的身世心性之慨，在其中若隐若现，一种浓郁的凄楚苍凉，回荡其间。此词景象阔大，气韵沉厚，情境深邃，是纳兰性德边塞词的卓异之作。

浣溪沙①

清·纳兰性德

谁念西风独自凉？萧萧黄叶闭疏窗②。沉思往事立残阳。

被酒③莫惊春睡重，赌书消得泼茶香④。当时只道是寻常。

注释：

①浣溪沙：词牌名。

②"萧萧"句：萧萧，风吹叶落发出的声音。疏窗，刻有花纹的窗户。

③被酒：酒醉。

④"赌书"句：赌书，此处为李清照和赵明诚的典故（事见李清照《金石录后序》）。此句以此为喻说明往日与亡妻有着像李清照一样的美满夫妻生活。消得，消受，享受。

【点评】

　　这首词是纳兰性德为悼念亡妻卢氏所做。卢氏当年多才多艺，与纳兰性德感情笃深，可惜成婚三年后亡故。每念及亡妻往事，纳兰悲伤往往不能自已。

　　"当时只道是寻常"，似轻轻道出，实则沉重千钧：原来之寻常游戏，现在已绝无可能，物是人非，再也回不去了。此句典出李清照的《金石录后序》，文中写宋朝才女李清照和赵明诚的故事。典中李清照说："余性偶强记，每饭罢，坐归来堂烹茶，指堆积书史，言某事在某书某卷第几页第几行，以中否角胜负，为饮茶先后。中，即举杯大笑，至茶倾覆怀中，反不得饮而起。甘心老是乡矣！"说的是李清照回忆和丈夫赵明诚在青州时以茶赌书，互相指出某事出在某书某页某行，谁说得准就举杯饮茶为乐，以至乐得茶泼了地，满室洋溢着茶香。纳兰用此典故，以赵明诚、李清照夫妇比自己与卢氏，意在表明自己对卢氏的深深爱恋，以及丧失这么一位才情并茂的妻子的无限哀伤和无尽思念。

　　纳兰性德是痴情之人，虽然已与夫人阴阳两隔，但他仍割舍不下。他知道一切已无法挽回，因而只好把所有哀思都化为最后一句"当时只道是寻常"，这七个字可谓字字血泪。卢氏生前，作者沉浸在人生最大的幸福之中，但他丝毫没有觉察，只道理应如此，平平常常。其言外之意，也蕴有作者深深的追悔之情。在艺术表达方面，这首词景情互相生发，互相映衬，一层紧接一层，虽是平常之景之事，但却极其生动地表达了作者沉重的哀伤，故此动人心魄。

木兰花①·拟古决绝词柬②友

清·纳兰性德

人生若只如初见，何事秋风悲画扇③。
等闲变却故人心，却道故人心易变④。
骊山语罢清宵半，泪雨霖铃终不怨⑤。
何如薄幸锦衣郎，比翼连枝当日愿⑥。

注释：

①木兰花：词牌名，唐教坊曲。

②柬：给……信札。

③"何事"句：化用汉朝班婕妤被弃的典故。班婕妤为汉成帝妃，被赵飞燕谗害，退居冷宫，后有诗《怨歌行》，以秋扇闲置为喻抒发被弃之怨情。南北朝梁刘孝绰《班婕妤怨》诗又点明"妾身似秋扇"，后遂以秋扇见捐喻女子被弃。这里是说本应当相亲相爱，但却成了相离相弃。

④"等闲"二句：如今你轻易地变了心，却反而说情人间就是容易变心。等闲，轻易，随便。变却，改变。故人，指情人。却道，反而说。

⑤"骊山"二句：化用唐明皇与杨玉环爱情典故。《太真外传》载，唐明皇与杨玉环曾于七月七日夜，在骊山华清宫长生殿里盟誓，愿世世为夫妻。白居易《长恨歌》对此也作了生动描写。这里借此典说即使是最后作决绝之别，也不生怨。

⑥"何如"二句：你又怎比得上当年的唐明皇呢，他总算还与杨玉环有过比翼鸟、连理枝的誓愿。薄幸，薄情。锦衣郎，指唐明皇。

【点评】

纳兰性德与卢氏结婚后感情笃深，但三年后卢氏病故，这给纳兰性德造成了极大痛苦，他每每睹物思人，满含悲戚地写下了这首词。

此词借用班婕妤被弃及唐玄宗与杨贵妃爱情悲剧的典故，通过"秋扇""骊山语""雨霖铃""比翼连枝"等意象，营造了一种幽怨、凄楚、悲凉的意境，抒写了一个人被自己所深爱的人"抛弃"的幽怨之情。

此词皆是正说反话，这既是爱之深、痛之切的缘故，也与纳兰性德的个性特点有关。纳兰性德出身相门，是纳兰明珠之子，家庭极为显赫，但他偏偏是"虽履盛处丰，抑然不自多。于世无所芬华，若戚戚于富贵而以贫贱为可安者。身在高门广厦，常有山泽鱼鸟之思"。他的内心深处非常厌恶庸俗污浊的官场争斗，向往温馨自在、吟咏风雅的平淡生活。他将李白、陶潜奉为楷模，自嘲"别有根芽，不是人间富贵花"。爱妻去世后，他不胜悲伤，常常回忆当年夫妻间美好的"赌书泼茶满室香"情景，虽知已经于事无补，但仍然念念不忘，苦苦追思。词中"人生若只如初见，何事秋风悲画扇"两句非常有名，广为后人传诵。

在现实中，有很多的人，很多的事，很多的境遇，如果只是如初见那样，可能一切美好都不会遗失，人生就不会有多少遗憾了。但是，也正是因为有了遗憾才知道什么是幸福，什么是珍贵。佛说，没有遗憾，给你再多的幸福你也无法体会。这是辩证法，也是一个问题的两个方面。

赵执信（shēn）

（1662—1744），字伸符，号秋谷，晚号饴山老人、知如老人，博山（今山东省淄博市）人，清代诗人、诗论家、书法家。十四岁中秀才，十七岁中举人，十八岁中进士，后任右春坊右赞善兼翰林院检讨。二十八岁时因佟皇后丧葬期间观看洪升所作《长生殿》戏剧，被劾革职。此后五十年间，终身不仕，徜徉林壑。赵执信为清代著名诗人、文学评论家王士禛的甥婿，然论诗与其异趣，强调"文意为主，言语为役"。所作诗文深沉峭拔，亦不乏反映民生疾苦篇目。

萤　火①

清·赵执信

和雨还穿户，经风忽过墙②。

虽缘草成质③，不借月为光。

解识幽人意④，请今聊处囊⑤。

君看落空阔⑥，何异大星芒⑦。

注释：

①萤火：即萤火虫，身体黄褐色，腹部末端有发光器官，能发出带绿色的光，白天伏于草丛中，夜晚飞出。

②"和雨"二句：萤火虫在风雨中穿户过墙的情形。

③"虽缘"句：古人误认为萤火虫是由腐草化成的，故称草成质。崔豹《古今注鱼虫》："萤火，腐草为之，食蚊蚋（ruì）。"缘，原故。质，性质，本质。

④"解识"句：解识，即懂得。幽人，幽居之人，指隐士。

⑤聊处囊：聊，即姑且。处囊，放在袋子里。相传晋人车胤（yìn）家贫，时常无油点灯，夏日里用白布囊盛数十萤火虫以照书，以夜继日焉。

⑥空阔：指天地之间。

⑦"何异"句：何异，即有什么不同。大星，形容天空广阔，星宿众多。芒，光芒。

【点评】

　　这是一首咏物诗。它通过对萤火的描写和歌颂，寄托了深刻的含义：一个人只要品格端正，襟怀坦白地处世，即使地位低微，也能够发出光和热。

　　此诗以托物言志手法，说明为人必须独立自主，要有不肯随人俯仰的孤高兀傲品性，以及必将脱颖而出的坚定信心。诗中赞扬萤火虫能自己发光引路，遨游夜空，而不至于求助月亮照明。并引用晋代车胤"囊萤照读"的典故，写出了萤火虫曾经给读书人带来的方便。最后赞美萤火虫，告诉人们别小看了这些点点萤火，其光亮虽小却是自身所发，其身世卑微，却不趋炎附势，这就使人从渺小之中见出它的伟大。这首诗启示人们：有志之士要有安于清贫而不自卑的独立精神，要有正直不阿、自强不息的伟大人格，要坚定信心，胸怀大志，奋发有为，乐于奉献，力求为社会做出有益的贡献。

王图炳

（生卒年月不详），清代江苏华亭（今上海市松江区）人，字麟照，号澄川。康熙五十一年（1712年）进士，授编修。官至礼部侍郎，降侍读，加詹事衔。著有《棕香书屋诗》。

鹦 鹉

清·王图炳

文采擅江东①，陇山短梦通②。

有时寻稻粒③，无计脱绦笼④。

侵晓梳翎惯⑤，当窗学语工。

聪明真误汝，天际看冥鸿⑥。

注释：

①"文采"句：文采，错杂艳丽的颜色。擅江东，独领江南。

②"陇山"句：陇山，今甘肃平凉到陕西陇县一带，古代有鹦鹉出自陇山之说。短梦通，即使梦中能到达也时间非常短暂。

③"有时"句：有时，有条件。稻粒，喂鹦鹉的主要食物。

④"无计"句：无计，没办法。绦笼，丝带编织的鸟笼。

⑤"侵晓"句：侵晓，拂晓。梳翎（líng），梳理羽毛。

⑥冥鸿：高飞的大雁。

【点评】

《易·丰》云："日中则昃，月盈则食，天地盈虚，与时消息，而况乎人乎！"鹦鹉善于学舌，于人可谓鸟中一绝，但也因此被人捉住而困于笼中。此时的鹦鹉与一翔碧空、自由自在的鸿雁相比，委居囚笼，窘境毕现，虽然表面光鲜，但已天性尽失，可悲可叹。诗歌意在警示人们，不要"聪明反被聪明误"。

 许廷鑅（héng）

（1675—1760），字子逊，号竹素，甫里（今江苏省苏州市吴中区甪直镇）人。康熙五十九年（1720年）中举人，后授官福建汀州武平知县，为官公正廉洁。他先后执教于粤秀书院、潮阳韩山书院、三山鳌峰书院、江阴澄江书院、太仓娄东书院，培养出一批优秀人才。著有《竹素园诗钞》《竹素园集》等。诗歌严于唐宋之限，五律近李白，七绝近杜牧。

题 画 菊

清·许廷鑅

芳菲①过眼已成空，寂寞篱边见几丛。

颜色只从霜后好，不知人世有春风②。

注释：

①"芳菲"句：芳菲，花草，此处指春天的百花。过眼，喻花期之短如眼前一过。

②春风：代指春天。

【点评】

这是一首题画诗。此诗不循常理，赞美菊花坚贞，耐得住寂寞，不同凡响。诗中所要表达的是，普通的花草都在春天开放，但如过眼烟云都消逝了，独菊花在寒冷的深秋开放，而且愈经霜打开得愈好。尽管它没有受过春风的煦育，可能不知也不屑于知道世上还有春天。但那些曾经在春风中摇曳的"芳菲"如今还有吗？它们可都是经不起风吹霜打的。

蒋深

（1668—1737），清江南长洲（今江苏省苏州市）人，字树存，号绣谷，又号苏斋。以太学生纂修《佩文斋书画谱》，官朔州知州。善画兰，兼善画竹，墨气浓厚。工分、隶。有《绣谷诗钞》《雁门馀草》。

麻阳船口号①

清·蒋深

逆流好用船头力，下水偏将船尾行。

一叶②不妨危地过，此心平处水皆平。

注释：

①口号：古体诗的一种，表示随口吟成。

②"一叶"句：一叶，一叶扁舟，即一只小船。危地，危险的水面。

【点评】

　　这首诗借行舟讲处世之心。逆水行舟，阻力很大，故而用阻力较小的船头破浪求进；顺水行船，舟借水势，故而用阻力较大的船尾排浪而前。即使一叶扁舟，也不妨在最危险的水面上穿行，因为只要心地平和，激流险滩也能够安全掌控、顺利渡过。作者认为：以平心应世，世路皆平；以不平心应世，坦路也是危地。此言不虚，此意深刻。

王懋竑（mào hóng）

　　（1668—1741），宝应（今江苏省扬州市）人，字子中，又字与中，康熙五十七年（1718年）进士。官安庆府教授。雍正初应召特授翰林院编修，上书房行走，以精邃经史称。后乞病归，杜门著述，校定《朱子年谱》，考订《朱子文集》《语类》。另有《白田杂著》《读史记疑》等著作。

书座右二章（其一）

清·王懋竑

长堤溃[1]蚁穴，君子慎其微[2]。

生平操持力[3]，不敌一念非[4]。

波浪浮天阔[5]，潺潺决四围[6]。

内省增叹息[7]，已往安可追[8]。

注释：

[1]溃：溃于，毁坏在。

[2]慎其微：注意防止微小的过错。

[3]"生平"句：生平，即平生，一辈子。操持力，兢兢业业的努力做事。

[4]"不敌"句：不敌，敌不过。非，过错。

[5]"波浪"句：波浪滔天，一望无际。

[6]"潺潺"句：潺潺，形容水势广阔无边。决，冲垮。四围，四周的堤坝。

[7]"内省"句：内自省察。增叹息，增加后悔的叹息声。

[8]"已往"句：已经造成的损失怎么还能弥补回来。

【点评】

这首诗以蚁穴能够溃堤为喻，警示人们一定要注重"慎微"，"不以恶小而为之，不以善小而不为"。因为微与显、小与大是可以转化的，积少成多，由小到大，从量变到质变，如果不注意防微杜渐往往会铸成大错。因此，为人从政务要慎始，慎独，以德为本，清正廉洁，不可放纵、随意。

 屈复

（1668—1745），初名北雄，后改复，字见心，号晦翁，晚号逃翁、金粟老人，世称"关西夫子"，陕西蒲城县罕井镇人。十九岁童子试第一名，后出游晋、豫、苏、浙各地，又历经闽、粤等处，并四至京师。乾隆元年被举博学鸿词科，不肯应试。七十二岁时尚在北京蒲城会馆撰书，著有《弱水集》等。

偶 然 作

清·屈复

百金买骏马，千金买美人；
万金买高爵，何处买青春？

【点评】

此诗近乎谚语，通俗明白，但层层递进，文毕义现，发人深思。其诗大意
是：百金能买到一匹好马，千金能买到美丽的女子，万金能买到高官厚爵，但
多少钱什么地方能买得到人永远青春年少呢？它富含哲理，说明骏马、美人、
官爵，都可以用金钱买到，唯独人的青春是无法用金钱买到的，说明青春是人
生最宝贵的，要十分珍惜。现代李大钊先生在《青春》一文中指出：青春"岂
惟无处购买，邓氏铜山，郭家金穴，愈有以障繁青春之路，俾无由达于其境
也"。意思是说，金钱不但买不到青春，有时甚至还会贻误青春，因此人们要
保持清醒的头脑。

汤准

（1671—1735），睢州（今河南省睢县）人，字稚平，号介亭。继承家
学，务实践，不讲学名。雍正元年（1723年），举贤良方正，不就。有《赘
言》《临漪园类稿》等著作。

桃 源①

清·汤准

柴桑便是羲皇世②，智慧相忘息众喧③。
能使此心无魏晋④，寰中⑤处处是桃源。

注释：

①桃源：世外桃花源，这里指净土。

②"柴桑"句：柴桑，今江西省九江市西南一带，古代陶渊明的家乡。羲皇，指伏羲氏，上古三皇之首。世，时代。

③"智慧"句：智慧相忘，老庄思想——"弃圣绝智""返璞归真""相忘于江湖"。息众喧，使大众扰攘平息。喧，喧闹。

④无魏晋：陶渊明桃花源中有"不知有汉，无论魏晋"。

⑤寰中：宇内，天下。

【点评】

作者此咏，深得老庄和陶渊明思想底蕴。老庄认为，弃绝聪明才智，返归天真纯朴。"相濡以沫，不如相忘于江湖。"陶渊明认为："结庐在人境，而无车马喧。问君何能尔？心远地自偏。"只要能心中做到这些，便"不知有汉，无论魏晋"了，不一定要远离尘世只到深山中才能修行，其实世上哪里都有"桃花源"。

刘师恕

（1678—1756），宝应（今江苏省扬州市）人，字艾堂。康熙三十九年（1700年）进士，授检讨。雍正间以礼部侍郎协理直隶总督事。后以内阁学士出任福建观风整俗使，不久乞病归。

护 花

清·刘师恕

花开笑春风，却被风吹落。

自无坚贞性，但怨风轻薄①。

赖有护花幡②，众芳得所托③。

恐此亦偶然，莫使矜灼灼④。

注释：

①轻薄：轻浅薄情。

②护花幡：保护花的旗幡。幡：旗。

③"众芳"句：众芳，百花。托，被庇护。

④矜（jīn）灼灼：矜，即矜持、自大；灼灼，骄傲、招摇。

【点评】

　　世间有一个传说，一个叫崔玄微的人在游园时碰到几位美人，美人们说她们怕恶风，原来经常乞求风神"十八姨"予以庇护，后来因为得罪了"十八姨"，不能再得到庇护了。因此请求崔氏在每年农历二月初一做一个红幡挂于花枝，上面画日月星辰等，如此她们即可免灾。崔氏如法照办，到那天，暴风把树都拔了起来，唯独苑中的繁花安然无恙。后来这种红幡就被称作护花幡。

　　然而，这首诗作者并不认同这种生存方式。他认为，花开花落，要一任自然。花朵不要等春季来了就笑傲春风，得意忘形，等被风吹落了又怨恨春风，心灰意冷。其实能不能如期绽放，会不会被风吹落，主要取决于自己坚贞与否，靠护花幡保护只是一时的，不能长久，花朵不要自矜自身鲜艳夺目而骄傲自大，也不要光靠别人的保护，要有自知之明，自立自强，磨炼自身品性，提高自我价值，这样才能常立不败之地。

张梁

　　生卒年月不详，娄县（今江苏省昆山市）人，字大木，一字奕山，自号幻花居士。康熙五十二年（1713年）进士，充武英殿纂修官。后乞假归，不再仕进。与友朋以诗酒为乐，工琴。著有《澹吟楼诗钞》《幻花庵词钞》。

弹琴杂诗（其二）

清·张梁

束发①好鼓琴，自谓甚易工。

初得一声似，旷若②意已通。

学之既十年，兹理弥无穷③。

吾未忘吾手，焉令诸有空④。

乳泉滴幽洞⑤，箐木⑥含远风。

至音⑦非可求，只在天然中。

注释：

①束发：即少年儿童，古代男孩成童，将头发束成一髻，故曰束发。

②旷若：好像眼前已经开阔明朗起来。

③兹理弥无穷：兹理，这方面的道理。弥，更加。

④焉令诸有空：焉，怎能。空，空灵的自然之音。

⑤乳泉滴幽洞：乳泉，细小的泉水。幽洞，幽深的山洞。

⑥箐（jīng）木：竹林。

⑦至音：最美妙的音乐。

【点评】

　　这首诗从少年儿童学琴谈起，悟出了许多道理。初学琴者以为很容易，实不知要想学好还非常不易。但学的时间长了又觉得很难，甚至越学越觉得难，以至都不想再坚持了。殊不知这时候"容易"可能很快就会到来，离成功已经不远了。这就是视易者得难，视难者得易，难易的转化，全在持之以恒，坚持不懈。同时，空灵美妙的自然之音，亦是在技法纯熟的人工之音基础上获得的，熟能生巧，巧在自然，相辅相成，不可或缺。

郑板桥

　　（1693—1766），原名郑燮，字克柔，号理庵，又号板桥，江苏省兴化人。清代著名书画家、文学家。康熙年间秀才，雍正十年（1732年）举人，乾隆元年（1736年）进士。官山东范县、潍县县令，政绩显著。因故罢官后客居扬州，以卖画为生，为"扬州八怪"重要代表人物。郑板桥一生只画兰、竹、石，自称"四时不谢之兰，百节长青之竹，万古不败之石，千秋不变之人"。其诗书画，世称"三绝"，是清代有代表性的文人画家，著有《郑板桥集》。

题画兰

清·郑燮

身在千山顶①上头，突岩深缝妙香稠②。

非无脚下浮云闹③，来不相知去不留。

注释：

①顶：山的最高处。

②"突岩"句：突岩，即突出周围的岩石。深缝，岩石中深深的裂缝。

③闹：喧闹。

【点评】

这是一首题画诗，题在一幅兰石图上。全诗借咏物表达高人隐士的情操和孤芳自赏而不为世俗纷扰所打动的品格。作者赞美了兰花在艰苦恶劣的环境里卓尔独立的品行，歌咏了兰花淡泊的心态，借此表白自己坚持操守、淡薄自足、追求个性自由的情怀，同时也抒发了作者淡泊名利、不随波逐流的高尚情操。

郑板桥为人耿直狷介，就像他笔下的兰竹菊石，傲骨迎风，不为世俗所扰，有一种倔强不驯之气。他在一幅《题牡丹梅花图》中说："牡丹花下一枝梅，富贵穷酸共一堆。莫道牡丹真富贵，不如梅占百花魁。"在山东范县、潍县任知县时，他深谙民间疾苦，为官清廉，后因赈济灾民惹怒上司，被强加罪名而罢官。他离开时，专门画竹写诗与潍县人民告别："乌纱掷去不为官，囊橐（náng tuó）萧萧两袖寒。写取一枝清瘦竹，秋风江上作渔竿。"回到扬州后他靠卖字画为生，过着十分清苦的生活，以至于女儿出嫁而难以置办嫁妆，只得作画写诗以贺："官罢囊空两袖寒，聊凭卖画佐朝餐。最惭吴隐奁妆薄，赠尔春风几笔兰。"诗中的典故是晋朝时广州刺史吴隐之嫁女时无力置办嫁妆，只能让"婢牵犬卖之，此外萧然无办"。郑板桥画兰嫁女，认为这还远好于吴隐之卖犬嫁女，其实也只是一种无奈的幽默。

竹 石①

清·郑燮

咬定②青山不放松，立根原在破岩中③。

千磨万击还坚劲④，任尔⑤东西南北风。

注释：

①竹石：扎根在石缝中的竹子。诗人是著名画家，这是他题写在竹石画上的一首诗。

②咬定：比喻根扎得结实，像咬着青山不松口一样。

③"立根"句：立根，即扎根，生根。原，本来，原本。破岩，裂开的山岩，即岩石的缝隙。

④"千磨"句：磨，即折磨，挫折。击，打击。

⑤任尔：任凭你。

【点评】

这是一首题画咏物诗，表现了画中竹子顽强而执着的品格。诗歌写几棵扎根于岩缝中的竹子，紧紧咬住青山死不放松，尽管历经无数的磨难和打击，但仍然坚强不屈。它表面上写的是竹子，实际上是在写人，写作者决不向任何邪恶势力低头的那种刚正不阿、坚强不屈的性格。

这首诗的特点有二：一是炼字，二是炼意。从炼字说，这些竹子立根破岩，但意志坚定，"咬定青山不放松"。一个"咬"字，写出了竹子顽强的生命力和坚定的信念。继而一个"任"字，又写出竹子无所畏惧、坚韧不拔的精神风貌。从炼意说，诗人笔下的竹子不怕千磨万击，是高尚品行和顽强意志的象征。他用"千""万"两字写出了竹子不畏艰险、从容自若的精神，使全诗意境顿然而出。此时的竹子已不再是竹子，而是一种顽强不息的生命力、意志力，是作者的高风亮节。

新 竹

清·郑燮

新竹高于旧竹枝，全凭老干①为扶持。

明年再有新生者，十丈龙孙绕凤池②。

注释：

①老干：指高大的竹子。

②"十丈"句：龙孙，指竹子的根部如龙一般虬曲盘旋，所以称竹笋或竹子为龙孙。凤池，凤凰池，古时指中书省或宰相衙门的所在地，这里指周围生长竹子的池塘。

【点评】

这首诗表达的是：青出于蓝而胜于蓝，而新生力量的成长还须老一代积极扶持。即诗人既承认"长江后浪推前浪，一代新人胜旧人"的规律，又强调后辈不忘前辈扶持教导之恩，尤其相信新生力量后来一定会更好更强大。

郑板桥自号康熙秀才、雍正举人、乾隆进士，虽生活清苦，但为人狂放，不落俗套，是清代著名的"扬州八怪"之一。他以画竹闻名，辞官后诗酒自娱，狂放不羁，同时也非常乐于帮助弱者，扶持后人。此诗的前两句"新竹高于旧竹枝，全凭老干为扶持"，成为人们广为传诵的名言佳句。

爱新觉罗·弘历

（1711—1799），清朝第六位皇帝，入关后的第四位皇帝。年号"乾隆"，寓意"天道昌隆"。二十五岁登基，在位六十年，禅位后又任三年零四个月太上皇，是中国历史上实际执掌国家最高权力时间最长的皇帝，也是中国历史上最长寿的皇帝。弘历在康熙、雍正两朝文治武功的基础上，进一步完成了多民族国家的统一，经济社会文化有了进一步发展，达到了康乾盛世以来的最高峰。如他在平定边疆地区叛乱方面做出了巨大成绩，维护了国家统一并拓广了领土，完善了对西藏的统治，并正式将新疆纳入中国版图，清朝的版图由此达到最大化。弘历在诗词、书法、绘画等很多方面都有所贡献，据说他一生曾写了四万多首诗词，可以算得上一个全能、全才皇帝。但他在位后期比较奢靡，吏治有所败坏，多地爆发起义。卒后庙号高宗，葬于清东陵之裕陵。

翁仲①诗

清·爱新觉罗·弘历

翁仲缘何作仲翁？十年窗下欠夫工②。
从今不许房书③走，去到江南作判通④。

注释：

①翁仲：原是秦始皇时的一名大力士，名阮翁仲，传说他力大无穷、武力过人，秦始皇令阮翁仲兵守临洮，威震匈奴。阮翁仲死后，秦始皇为其铸铜像，置于咸阳宫司马门外。匈奴人来咸阳朝拜，远远地看到这铜像，还以为是真的阮翁仲，不敢靠近。于是后人就把翁仲铸成铜人或者雕刻成石人，立于宫阙庙宇和陵墓前用以辟邪。

②"十年"句：十年窗下，古代指学子们用十年时间闭门苦读，求取科举功名，俗称"十年寒窗"。夫工，即"工夫"一词的倒装。

③房书：即"书房"的倒装，指南书房。它是清代皇帝文学侍从值班之所，设于康熙十六年（1677年），康熙帝为了与翰林院词臣们研讨学问，吟诗作画，在乾清宫西南角特辟房舍以待，名南书房，位于乾清宫西南。清代士人视之为清要之地，能入则以为荣。翰林入值南书房，初为文学侍从，随时应召侍读、侍讲。常侍皇帝左右，备顾问、论经史、谈诗文。皇帝每外出巡幸亦随扈。皇帝即兴作诗、发表议论等皆记注。进而常代皇帝撰拟诏令谕旨，参与机务。

④判通：即"通判"的倒装。通判是古代官名，官制始于宋，多指州府的长官，掌管粮运、家田、水利和诉讼等事项，对州府的长官有监察的责任，又名同判。清朝时，此官职功能为辅助知府政务，分掌粮盐都辅，品等为正六品。通判多半设立在边陲之地，以弥补知府管辖不足之处。

【点评】

过去，宫廷门外或帝王陵寝之前，常立有许多威武的石人，名曰翁仲。清乾隆皇帝有一次到十三陵游览，见陵道石人，随口问道："这叫什么？"有一翰林匆忙脱口而出："这叫仲翁。"乾隆见他将"翁仲"说成"仲翁"，认为此人学风不严谨，学问功底不扎实，便写下了这首打油诗，这位在"南书房入值"或"上书房行走"的翰林，因此被赶出宫廷，到外地"历练"去了。

在这首诗中，乾隆故意把"工夫"说成"夫工"，把"书房"说成"房书"，把"通判"说成"判通"，用的是换位手法。换位就是把句中词语的位置加以对换以适应某种需要，这在古诗词中是允许的，而且用得好会有特殊效果。如乾隆在这里的用法就既是一种幽默，也是一种讽刺，因而显得妙趣横生。所以这首诗虽为打油诗，但还是为人们所津津乐道。

万邦荣

（?—1739），襄城（今河南省襄城县）人，字仁伯，号西田。康熙五十九年（1720年）举人。博学能文，尤长于诗。雍正间授明史馆纂修，乾隆间官山东莘（shēn）县知县。著有《红崖草堂诗集》等。

偶　感（其二）

清·万邦荣

成败何足校①，英雄自有真②。
据迹③鼓唇舌，千秋一酸辛④。
不见屠狗辈⑤，乘时灭强秦。
卧龙⑥思复汉，赍⑦志何曾申。

注释：

①校：计较。

②真：辨别的标准。

③迹：足迹，结果，指成败之事。

④酸辛：憾事。

⑤屠狗辈：指汉代樊哙、灌婴之流。樊哙（kuài）是汉高祖刘邦的同乡，初年以屠狗为业，后来跟随刘邦成就大业。灌婴当初是贩卖丝绸品的小贩，因为追随刘邦而封颍阴侯，在汉文帝时还担任过丞相。

⑥卧龙：指诸葛亮。

⑦赍（jī）：带着、抱着。

【点评】

常言说，成王败寇。普通人都崇尚成功，于是就导致了大多数人都以成败去衡量一个人是否为英雄。但这首诗的作者则不以为然，认为衡量一个人的要素很多，但主要标准是才华、志向、人品和职业等，如诸葛亮曾经励精图治，奠定了蜀汉三分天下的局面，但天不作美，直到其殁（mò）世，匡扶汉室的志向也未能如愿。而屠狗之辈的樊哙、灌婴却取得了灭掉强秦的功绩，两相对照，无疑是值得人们深思的。作者不以成败论英雄，也体现了他独特的历史眼光。大千世界，事业的成败有诸多因素，并不能完全归咎于个人素质。有人以血肉之躯，践行自己的誓言，虽然没有成功，却值得敬佩。但如秦朝的赵高、汉代的王莽之流，虽然身处高位，看似非常成功，其实遗臭万年，为人们所不齿。

曹雪芹

（1715—1763或1724—1764），大约生活在康熙末至乾隆中叶，满族正白旗人，名沾，字梦阮，号雪芹、芹圃、芹溪。他先世原是汉人，祖籍河北唐山，后移居辽宁辽阳，约明末被编入满洲籍，身份是"包衣"（家奴）。他出身于一个"百年望族"的大官僚地主家庭，从曾祖父起三代世袭江宁织造一职达六十年，后来父亲因事受株连，被革职抄家，他因此饱尝人生辛酸。他创作的《红楼梦》（前八十回稿子）内容丰富、情节曲折、思想认识深刻、艺术手法精湛，是中国古典小说中最伟大的现实主义作品。

好 了 歌

清·曹雪芹

世人都晓神仙好，惟有功名忘不了！

古今将相在何方？荒冢一堆草没了，

世人都晓神仙好，只有金银忘不了！

终朝只恨聚无多，及到多时眼闭了，

世人都晓神仙好，只有娇妻忘不了！

君生日日说恩情，君死又随人去了，

世人都晓神仙好，只有儿孙忘不了！

痴心父母古来多，孝顺儿孙谁见了？

附：《好了歌注》

陋室①空堂，当年笏满床②。衰草枯杨，曾为歌舞场。

蛛丝儿结满雕梁③，绿纱今又糊在蓬窗上。

说甚么脂正浓、粉正香，如何两鬓又成霜？

昨日黄土陇头送白骨，今宵红灯帐底卧鸳鸯。

金满箱，银满箱，展眼乞丐人皆谤④。

正叹他人命不长，那知自己归来丧！

训有方，保不定日后作强梁⑤。

择膏粱⑥，谁承望流落在烟花巷⑦！

因嫌纱帽⑧小，致使锁枷⑨杠，

昨怜破袄寒，今嫌紫蟒⑩长。

乱哄哄你方唱罢我登场，反认他乡是故乡⑪。

甚荒唐，到头来都是为他人作嫁衣裳⑫。

注释：

①陋室：简陋的屋子。

②笏满床：形容家里人做大官的多。笏，古时礼制，君臣朝见时臣子拿的用以指画或记事的板子。"满床笏"是一个典故，说的是唐朝名将汾阳王郭子仪六十大寿时，七子八婿皆来祝寿，由于他们都是朝廷里的高官，手中皆有笏板，拜寿时把笏板放满床头。这一典故被用来借喻家门福禄昌盛、富贵寿考。实际上，这一典故原出于《旧唐书·崔义元传》："开元中，神庆子琳等，皆至大官，每岁时家宴，组佩辉映，以一榻置笏，重叠于其上。"是后来俗传误为郭子仪事。

③雕梁：雕过花的屋梁，指豪华的房屋。

④谤：指责、毁谤，奚落、辱骂。

⑤强梁：强是强盗，梁指梁上君子，即小偷。

⑥择膏粱：选择富贵人家子弟为婚姻对象。膏粱，本指精美的食品。膏，肥肉；粱，美谷。引申为富贵之家。

⑦烟花巷：妓院。烟花，旧时娼妓的代称。

⑧纱帽：古时候的官吏所戴的帽子，这里是官职的代称。

⑨锁枷：旧时囚系罪人的刑具。

⑩紫蟒：紫色的蟒袍，古代高官所穿的公服。

⑪反认他乡是故乡：比喻把功名富贵、妻妾儿孙等等误当作人生的根本。

⑫为他人作嫁衣裳：比喻为别人做事自己没得到好处。唐代秦韬玉《贫女》诗有"苦恨年年压金线，为他人作嫁衣裳"。

【点评】

这首《好了歌》及《好了歌注》是中国古代文学名著《红楼梦》中的经典诗词。出现在小说第一回中，说的是书中人物甄士隐家业破败后，夫妻俩到乡下田庄里生活，又赶上"水旱不收，鼠盗蜂起"，不得安身，只好变卖了田产，投奔到岳父家。其岳父又是个卑鄙贪财的人，把他仅剩的一点银子也半哄半赚地弄到自己手里。甄士隐"急忿怨痛""贫病交攻"，走投无路。一天，他突然遇见一个"疯癫落脱、麻履鹑衣"的跛足道人走过来，念出了这首歌。为了让甄士隐明白他的意思以被其点化，跛足道人又说出了《好了歌注》。

《好了歌》是用通俗浅近的语言来说明人们活在世上，祈求建功立业，发财致富，贪恋妻妾，顾念儿孙等都是靠不住的，只有斩断和这个世界的一切联系，达到彻底的"了"，那才是彻底的"好"。它宣扬的是佛教的"万事到头都成空，及早抽身了尘缘"的思想和现实虚无主义。

《好了歌》既有其消极色彩，也有其自身价值，是作者对他所厌恶的社会现实的一种批判。作者出身于一个上层的世家大族，亲自观察了这个阶级的腐朽、堕落，亲身体验了贵族阶级由兴盛到衰败的苦痛，进行了半生深沉的思索，激起他强烈的愤感，他要痛骂，要诅咒，《好了歌》便是痛骂的歌、诅咒的歌。

《好了歌》和《好了歌注》，形象地刻画了人类社会的人情冷暖，世事无常。封建社会后期，由于统治阶级权力的高度集中、膨胀，从而使社会变得物欲横流，人性恶劣的方面开始扩张，社会伦理道德变得虚伪、败坏，因此导致封建统治秩序混乱不堪，无法正常维系。正是由于这些现象的出现和泛滥，使得曹雪芹有了深切体会，因而给世人留下一幅极其生动的封建末世讽刺图，同时也表达了他对现实社会的失望和对彼岸世界的向往。

袁枚

（1716—1797），清代诗人、散文家。字子才，号简斋，晚年自号仓山居士、随园主人、随园老人，钱塘（今浙江省杭州市）人。乾隆四年（1739年）进士，选庶吉士；曾外放江南地区任县令，先后在江苏省历任溧水、江宁、江浦、沭阳任县令达七年，为官勤于政事，颇有名声，奈仕途不顺，于乾隆十四年（1749年）辞官隐居于南京小仓山随园，时年四十岁。他广收诗弟子，女弟子尤众。袁枚是乾嘉时期代表诗人之一，与赵翼、蒋士铨合称"乾隆三大家"。代表作品有《小仓山房诗文集》《随园诗话》《随园随笔》等。

马　嵬①（其四）

清·袁枚

莫唱当年长恨歌②，人间亦自有银河③。

石壕村④里夫妻别，泪比长生殿⑤上多。

注释：

①马嵬：即马嵬坡，在陕西省兴平市西。安史之乱时，唐玄宗逃到这里，在随军将士的胁迫下，缢死杨贵妃。

②长恨歌：唐代白居易所作，内容是唐玄宗与杨贵妃的爱情悲剧故事。

③银河：天河。神话传说中，牛郎织女被银河隔开，不得聚会。

④石壕村：唐代杜甫在《石壕吏》中写的一对老年夫妻惨别的情形。石壕村代表的是劳动人民的生活。

⑤长生殿：旧址在陕西省骊山华清宫内。当年唐玄宗与杨贵妃的爱情故事多发生在这里。长生殿是皇帝皇后的寝殿，代表的是皇家生活。

【点评】

　　当年白居易的《长恨歌》，意在揭示唐玄宗与杨贵妃的政治和爱情悲剧；杜甫的《石壕吏》着意描写石壕村里一对老年夫妻因战争惨别的情形。以上两部作品均以安史之乱为背景，但一是帝王家，一是百姓家，构成了鲜明对照。长生殿上帝妃的眼泪固然是可悲的，但不过是二人而已；而石壕村中老年夫妻的惨别形象是普天下穷苦人的真实写照，有千千万万，更加让人伤心。所以，广大民众的苦难远非帝妃可比。尤其是，唐玄宗误国不仅给自身更给广大人民、给整个国家带来了难以挽回的灾难，无数人在战乱中生离死别、家破人亡，这才是马嵬坡给后人最大的警示意义。

　　这首诗借咏马嵬坡唐玄宗与杨贵妃悲欢离合的故事，反思了白居易《长恨歌》的主题思想，大胆地提出了新的、不同的论点，即突出了人间的牛郎织女才是更值得同情的。此诗虽然论点和论据材料都是旧的，但作者善于化陈腐为新奇，使其为自己提出新的观点服务，旧的也变为新的，颇有点铁成金之妙。

无　题

清·袁枚

不问苍生问鬼神，玉溪生笑汉文君^①。
请看宣室无才子^②，巫蛊纷纷死万人^③。

注释：

①"玉溪生"句：玉溪生，即李商隐，号玉溪生。笑汉文君，讥笑汉文帝。笑，讥笑。汉文君，即汉文帝。

②"请看"句：宣室，指汉代长安城中未央宫前殿的正室。无才子，再没有像贾谊那样精通鬼神问题的大才子了。

③"巫蛊"句：巫蛊，是一种巫术，这里指巫蛊之祸。它是汉武帝在位后期发生的一次重大政治事件。当时人认为使巫师祠祭或以桐木偶人埋于地下，诅咒所怨者，被诅咒者即有灾难而死。事件发生在汉征和二年（前91年），丞相公孙贺之子公孙敬声被人告发与阳石公主通奸，用巫蛊咒武帝等，公孙贺父子因此下狱而死。武帝宠臣江充奉命查巫蛊案，用酷刑和栽赃迫使人认罪，大臣百姓惊恐之下胡乱指认他人，数万人因此而死，史称巫蛊之祸。

【点评】

清代诗人袁枚的这首诗是针对李商隐的《贾生》而来的，思维方式也颇有相同之处。只是袁枚在这里不是专门评价历史，而是强调作诗要诀：须另辟蹊径，不能陈陈相因，只有善于创新的诗作才有价值。

对于汉武帝时"巫蛊事件"的发生，袁枚在《随园诗话》中说，文帝在宣室召见贾谊，"义山讥汉文：召贾生问'鬼神'，不问'苍生'。此言是也。然鬼神之理不明，亦是苍生之累。嗣后武帝巫蛊祸起，父子不保，其时无前席之问故耳。余故反其意题云：……"在这里，袁枚是用汉朝的另一重大事件去否定李商隐诗中的结论，既有趣味，也不尽然。实际上，巫蛊之祸的发生，其原因和李商隐批判汉文帝的问题差不多，没有那么简单，并非只是汉武帝不问鬼神之故。

但袁枚的说法也颇有道理，其逻辑是汉武帝没有贾谊的陪伴，没有对鬼神之事"问明白"，所以他才痴迷求仙问药，对方士的满口胡诌深信不疑，最后终于酿成了"巫蛊之祸"，以至鲜血染红了整个长安城。因此"鬼神"之事没有问明白，也会因此引发灾祸。所以，汉文帝不仅应该"问鬼神"，而且还应该问得明白，问得有所成就。从诗歌角度讲，这也是一种妙解。

箴①作诗者

清·袁枚

倚马休夸速藻佳②，相如终竟压邹枚③。

物须见少方为贵，诗到能迟④转是才。

清角⑤声高非易奏，优昙花⑥好不轻开。

须知极乐神仙境，修炼多从苦处来。

注释：

①箴：劝告、规诫。

②"倚马"句：即倚马可待，比喻文章写得快。藻，这里指文章、诗篇等。

③"相如"句：相如，即司马相如，汉代著名辞赋作家。邹枚，指汉赋作家邹阳和枚乘。这句意思是说，邹、枚二人不但作赋极为迅速，而且辞藻华美，但是相如的写作能力还是力压他们的。

④能迟：能够缓慢一点，不要匆匆忙忙。

⑤清角：角是古代五音之一，古人认为角音较清，故曰清角。

⑥优昙（tán）花：即优昙婆罗花，一般称昙花。

【点评】

袁枚一生勤于创作，更善于总结，这首七律就是作者以切身的经验，规诫作诗之人。

一般人认为，作诗快就是才气大，做出来的诗就是好诗。但袁枚并不这么看。他认为，历史上以倚马可待著称且辞藻华丽的汉赋作家邹阳和枚乘，与司马相如相比，相如的写作虽然迟缓一些，但水平还是力压他们的。世间是物以稀为贵，慢工出细活，精雕细琢的作品才更有价值。贾岛就曾说："两句三年得，一吟双泪流。"所以他主张作诗要不急不躁、才能推出精品。如同自然界一样，清角音调很高，因而很不容易吹奏；昙花非常美好，却不轻易开放。即使那些神仙们，看似悠闲自在，其实大多数都是从苦难中修炼得来。其言下之意是，要想成为一流诗人，就不要急于求成，要下足功夫，不断提升，通过"百炼钢"，化为"绕指柔"。

袁枚是一位著名的诗人和评论家，不仅写了大量作品，也深知好的作品大多不能信手拈来。那些所谓的高手，表面上风光无限、令人敬仰，其实背地里不知下了多少苦功夫。比如杜甫、陆游、苏轼等，他们的勤奋也是人所共知的。正所谓，千里之行，始于足下，不要还没学会爬，就想快速跑。

苔①

清·袁枚

白日②不到处，青春恰自来③。
苔花如米小，亦学牡丹开。

注释：

①苔：即苔藓，喜阴湿。

②白日：这里指太阳。

③"青春"句：青春，这里指生命萌动，苔藓长出了绿色。恰，刚好。

【点评】

苔藓是一种低级植物，多寄生于阴暗潮湿之处，一般人根本不注意它，也看不上它。但袁枚看到了并予以歌颂，可谓眼光独到！

这首诗以小见大、立意深刻。生命有大有小，生活有苦有甜。人生的进程中，有完美，也有残缺。无名的花，悄然开着，不引人注目，更无人喝彩。就算这样，它仍然执着地开放，认真地把自己最美的瞬间，毫无保留地给了这个世界。所以，牡丹有牡丹的热闹，苔花有苔花的安然，我们虽然不知道将来的结局怎样，但仍要如这花儿一样，尽可能把自身那微弱的能量，全部给释放出来。

袁枚还另有一首咏苔五绝："各有心情在，随渠爱暖凉。青苔问红叶，何物是斜阳？"即青苔从来没有见识过斜阳之美，但这又何妨它的存在？无名花不会因为别人不在意，就不敢拨开初艳的花蕊；蒲公英也不会因为历程的艰险，就不离开那安全的母体，去走进漂萍的流浪。所以，人们不必太在乎外部环境，就算你真的是一无所有，但是你还拥有你自己，你也一样可以骄傲地绽放自己。

湖上杂诗（二十首选二）

清·袁枚

其一

凤岭①高登演武台，排衙石②上大风来。

钱王英武康王弱③，一样江山两样才。

其二

葛岭④花开二月天，游人来往说神仙。

老夫心与游人异，不羡⑤神仙羡少年。

注释：

①凤岭：即凤凰山，在今浙江省杭州市南郊，山上有演武台。

②排衙石：排列整齐的石头如同官府衙署的仪仗。

③"钱王"句：钱王，指唐末五代时建立吴越国的国王钱镠，深明大义。康王，指南宋高宗皇帝赵构，北宋末年时被封为康王，在金国面前卑躬屈膝，偏安一隅。

④葛岭：道教名山胜地，位于浙江省杭州市西湖之北宝石山东面，相传东晋时著名道士葛洪曾于此结庐修道炼丹，故得名。

⑤羡：羡慕。

【点评】

在第一首诗中，作者对历史上同样称帝杭州，同样拥有半壁江山，但国力、声望却大有不同的吴越王钱镠和南宋高宗皇帝赵构进行对比，实际上是称赞钱镠而贬低赵构，让人深有同感与诸多遐思。在第二首诗中，作者在游玩风景名胜时，完全异于常人之思，当别人都想着如果做神仙多么逍遥自在的时候，他却只羡慕那些活蹦乱跳、朝气蓬勃的少年，言外之意是只希望青春常驻，不追求长生不老，这种意趣和境界实实在在，又超凡脱俗。

纸　鸢①

清·袁枚

纸鸢风骨假崚嶒②，蹑惯青云自觉能③。
一日风停落泥滓，低飞还不及苍蝇。

注释：

①纸鸢（yuān）：即风筝，指用纸作的老鹰形状的风筝。

②崚嶒（léng céng）：形容山石等突兀、重叠，指才气、品格等卓越超群。

③"蹑惯"句：蹑（niè），踩，踩踏。能，有能耐。

【点评】

诗人袁枚喜欢也善于在咏物诗中别寄寓意。他在《随园诗话》中说："诗无言外之意，便同嚼蜡。"又说："咏物诗无寄托，便是儿童猜谜。"如其《偶作》云："晴太温和雨太凉，江南春事费商量。杨花不倚东风势，怎好漫天独自狂。"这首《纸鸢》也是言内见物、言外见人之作，该诗借"纸鸢"之翔落，嘲笑了徒有其表而无其才能的社会现象，启示人们观其表，更要重其实，透过假象，洞悉本质。如风筝看似有棱有角，但不过是假貌，其飞于天空自我感觉良好，实际上是借助于风力，一旦风停，落在泥水之中，连低飞的苍蝇都不如，因为苍蝇虽不能高飞，但其飞动尚凭己翅之力。

此诗下原有自注说："余前有《憎蝇》之作。"其《憎蝇》诗云："深秋丑扇尚纷纷，偶据高柯自道真。枭（xiāo）腹可曾餐墨水？恶声偏欲扰诗人。神昏不附追风骥，暑退能留几日身？辜负天教生羽翼，枉钻窗纸费精神。"显然，这里的蝇是指凭炙手可热的背景获取一定地位的人，他们不学无术、天资愚钝却又要附庸风雅，干扰、指责真正有才华的人作诗干事。诗中预料这些人好景不长，必将随着环境、条件的变化而失去声势。而《纸鸢》诗中作者说掉地的纸鸢比苍蝇都不如，是因为他对纸鸢式的人物尤为鄙视、厌恶，这些人全仗他人才得高飞，然而还不自知，显出一副高峻威严的样子，如果他们栽下来，将比苍蝇入秋更惨。可以说，此诗借物喻人，出语奇警，讽刺辛辣。

赵翼

（1727—1814），字云崧（sōng），号瓯（ōu）北，常州府阳湖县（今江苏省常州市）人，清中期著名的史学家、诗人、文学家。他与同时代的袁枚、蒋士铨并称为"乾隆三大家"。乾隆二十六年（1761年）进士，历任军机处内阁中书、翰林编修、广西镇安知府、广州知府等职，官至贵州贵西兵备道。后辞官，主讲于安定书院。赵翼是清代著名学者，论诗主"独创"，反模拟。与袁枚、张问陶并称清代"性灵派"三大家。长于史学，考据精赅，所著《廿二史札记》与王鸣盛《十七史商榷》、钱大昕《二十二史考异》合称"清代三大史学名著"。

论　诗（其二）

清·赵翼

李杜[①]诗篇万口传，至今已觉不新鲜。
江山代有才人出[②]，各领风骚[③]数百年。

注释：

①李杜：即李白、杜甫。

②"江山"句：江山，这里指朝代、国家、社会。代，每一个时代。才人，指在文学上有重大成就和深远影响的人。

③风骚：在中国文学史上，代表《诗经》的《国风》和代表楚辞的《离骚》并称"风骚"，是中国优秀文学作品的代称。

【点评】

这首诗以诗歌体裁论述诗歌的创作，见解卓异，说理畅达。李白、杜甫被称为诗仙、诗圣，在唐代即受到推崇，如韩愈有"李杜文章在，光芒万丈长"等语，对其敬佩得五体投地。而后世特别是明清两代，对李杜的崇拜更是前所未有，并且普遍地认为自唐以来诗道不振，一代不如一代。甚至有人还提出了从《诗经》以来每况愈下、自宋元以来无诗的论调，这种看法在明清诗歌理论中占有主导地位。

赵翼却不认同这一观点。他认为，以李杜为代表的诗作固然光耀千秋，流传万古，其崇高地位与普及程度也是脍炙人口、家传户诵。但同时他们也有其历史局限性，并指出了由这种情况带来的弊端：熟极而流，不仅令人觉得从内容到形式都没有新意，而且还在一定程度上阻碍了后世诗人的创新之意。赵翼认为，诗歌创作应随着时代前进不断发展，不能一味崇拜先贤、模仿古人，诗人在创作上应注意求新求变，在变化中求生存、求发展，并非只有古人的作品才是最好的，每个时代都有每个时代的特征，每个时代也应该都有属于自己风格的诗人和诗作，不能因循守旧、泥古不变、停滞不前，要敢于推陈出新，如此才能推动诗歌健康发展。其见解之深刻，笔触之老辣，思虑之周到，有如雷霆之重，振聋发聩。

赵翼的这组《论诗》共五首，这是第二首。还有四首也都颇有见地或意趣。如，其一："满眼生机转化钧，天工人巧日争新。预支五百年新意，到了千年又觉陈。"意思是天地自然和社会万象都如钧台上的制陶转轮那样快速发展变化，新事物、新思想层出不穷。即使能写出五百年后仍不过时的作品，但到了千年之后又会觉得陈旧了。其三："只眼须凭自主张，纷纷艺苑漫雌黄。矮人看戏何曾见，都是随人说短长。"意思是纷纷扰扰的艺苑里各种评论鱼龙混杂，对同一事情的看法也五花八门。这时需要的是独具慧眼，有自己独到的视角和观点。如果自己见识低下，就像矮人看戏似的，什么也没看见，对戏的好坏只是随声附和而已。其四："少时学语苦难圆，只道工夫半未全。到老始知非力取，三分人事七分天。"其五："诗解穷人我未空，想因诗尚不曾工。熊鱼自笑贪心甚，既要工诗又怕穷。"

题遗山①诗

清·赵翼

身阅兴亡浩劫空②，两朝文献一衰翁③。
无官未害餐周粟④，有史深愁失楚弓⑤。
行殿幽兰悲夜火，故都乔木泣秋风⑥。
国家不幸诗家幸，赋到沧桑句便工⑦。

注释：

①遗山：即元好问，字裕之，号遗山，金代著名文学家、诗人。

②"身阅"句：身阅兴亡，言元好问曾经历金元易代之变。浩劫空，大灾难，破坏严重。佛家谓世界有成、住、坏、空四劫，空指世界毁灭。劫，即灾难。

③"两朝"句：谓元好问集金元两朝文献于一身。

④"无官"句：元好问在金朝为尚书省左司员外郎，入元不仕，无损大节。周粟，周武王灭商后，殷商贵族伯夷、叔齐隐居首阳山，采薇而食，不食周粟，最后饿死。元好问虽未如伯夷、叔齐之饿死，亦未仕元，故曰"未害"。

⑤"有史"句：谓元好问担心金朝遗留下来的文献亡轶。《孔子家语》中记录这样一事——楚共王出游，遗失一良弓，从人要寻找，说"楚人失弓，楚人得之，又何求焉！"孔子认为楚共王心胸还不够大，说"人遗之，人得之，何楚也"。这里以"楚弓"喻金朝文献。

⑥"行殿"二句：拟想金国灭亡后宫殿凄凉，以抒亡国之悲。行殿，即行宫，这里指金之南京汴梁。夜火，鬼火。故都，指金中都燕京，金迁汴梁前之京都。乔木，高大树木，多用以喻故国、故里。《文选》颜延之《还至梁城

作》："故国多乔木。"李善注："《论衡》曰：'观乔木，知旧都。'"

⑦"国家"二句：赵翼《瓯北诗话》卷八评元好问："值金源亡国，以社稷丘墟之感。发为慷慨悲歌，有不求工而自工者。此固地为之也，时为之也。"这里即用其意。赋，吟咏、描写。沧桑，沧海桑田之省文，此指金元易代。工，意谓深刻、精辟、独到。

【点评】

这首诗的大意是，元好问历经金元易代之变，可谓大灾大难，这位集两朝文献于一身的衰弱老翁，金朝时为朝中官员，入元后决不出仕，无损大节。他经常担心金朝的文献亡轶，想象金亡后的宫殿是一片凄凉，树木在秋风中哭泣。一个国家灭亡是非常不幸的，但对一个诗人来说则可以深切感受亡国之痛，也更能激发其写出不朽诗句，以致"不求工而自工"，应该说也是一种"幸运"。

此诗评论了元好问在金灭入元后辑存金代文献之志节与诗作之成功，知人论世，切中肯綮，表达了作者对国家兴亡的感叹。亡国之痛对诗人创作有特殊之作用。诗中"国家不幸诗家幸，赋到沧桑句便工"两句非常经典，可谓一反常理常情，在极端对比中翻出新意，也揭示了所谓"愤怒出诗人"的道理，堪称诗歌"反常合道"创作中的典范之作。

敦诚

（1734—1791），字敬亭，号松堂，努尔哈赤第十二子阿济格之五世孙，敦敏之弟。曾先后在喜峰口松亭关管税务，任宗人府笔帖式、太庙献爵等。他与曹雪芹友情深厚，在宗室诗人中地位较高。著作有《四松堂集》等。

寄怀曹雪芹

清·敦诚

少陵昔赠曹将军①，曾曰魏武②之子孙。

君又无乃将军后③，于今环堵蓬蒿屯④。

445

扬州旧梦久以绝⑤，且著临邛犊鼻裈⑥。

爱君诗笔有奇气，直追昌谷破篱樊⑦。

当时虎门数晨夕⑧，西窗剪烛风雨昏⑨。

接篱倒着容君傲⑩，高谈雄辩虱手扪⑪。

感时思君不相见⑫，蓟门落日松亭樽⑬。

劝君莫弹食客铗⑭，劝君莫扣富儿⑮门。

残羹冷炙有德色⑯，不如著书黄叶村⑰。

注释：

①"少陵"句：少陵，即杜甫、杜少陵。曹将军，指唐玄宗时画家曹霸，乃曹操后裔，擅画马，亦工肖像，曾修补"凌烟阁功臣像"，晚年免官流落四川，困顿而死。杜甫曾作《丹青引》等诗赞其画艺。

②魏武：曹操死后，被追为"太祖武皇帝"。

③"君又"句：君，指曹雪芹。曹雪芹亦工诗擅画。无乃，莫不是、或许是。

④"于今"句：环堵，原意是围墙，这里是困顿之意。蓬蒿屯，即北京西郊曹雪芹旧居。

⑤"扬州"句：扬州旧梦，用唐代诗人杜牧《遣怀》"十年一觉扬州梦"诗意。"扬州旧梦"亦即"秦淮旧梦"，即曹雪芹以前曾经常回忆往日在南京的繁华旧事。

⑥"且著"句：著，即穿着。临邛（qióng）犊鼻裈（kūn），指汉朝司马相如在临邛卖酒、干粗活时所穿的短裤。临邛，地名，在今四川境内。犊鼻裈，干粗活穿的短裤，状如牛犊之鼻。

⑦"直追"句：昌谷，唐代诗人李贺，是河南福昌县（今河南省宜阳县）昌谷人。篱樊，篱笆。比喻限制范围。

⑧"当时"句：虎门，既指敦诚与曹雪芹读书的右翼宗室学，又兼指宗学的所在地石虎胡同。《八旗文经·宗学记》中有"立学于虎门之外以教国子弟之义也"。石虎胡同，位于北京西单牌楼以北街东，胡同东口原有白石雕虎。数晨夕，出自陶渊明《移居》之"闻多素心人，乐与数晨夕"。

446

⑨"西窗"句：脱化于李商隐《夜雨寄北》诗句。此指作者追忆与曹雪芹在宗学探讨问题的时光和旧事。

⑩接篱倒着：接篱，以白鹭羽为饰的帽子，意为倒戴着帽子。篱，头巾，帽子。

⑪"高谈"句：《晋书·王猛传》中有"桓温入关，猛被褐而诣之，一面，谈当世之事，扪虱而言，旁若无人"。后人常用"扪虱而谈"来形容人谈吐从容，无所畏忌。

⑫不相见：作者时在古北口松亭关任职，距离遥远，相见不易，故称。

⑬"蓟（jì）门"句：蓟门，这里指位于北京城西北的元大都肃清门遗址。登城西望，便是曹雪芹所居住的西山一带。松亭樽，作者只好在松亭关上遥望蓟门，独自把盏。松亭，今河北省平泉境内，喜峰口北面。樽，酒杯。

⑭弹食客铗（jiá）：指弹铗而歌的孟尝君门客冯谖（xuān）。铗，剑。

⑮富儿：在这里是一语双关，即指富家子弟，又暗指敦惠伯富良。敦惠伯府亦在石虎胡同，与右翼宗学为邻。雪芹曾在敦惠伯府做西宾，后被诬为"有文无行"，予以辞退。

⑯德色：自以为对人有恩德而表现出来的神色。

⑰黄叶村：指曹雪芹隐居的北京西郊正白旗村。明清时期这里称"金山脚下黄叶村"。

【点评】

敦诚与曹雪芹曾经朝夕相处，交谊颇深。清乾隆二十二年（1757年），敦诚受其父之命在松亭关分管税务。此时两地暌离，敦诚对曹雪芹思念甚切，于是在这年秋天写下了这首寄怀诗。

这首诗感时抚事，念别怀人，笔笔雄深，句句雅健，以大方而沉着的线条，替曹雪芹勾勒出一幅"画传"。他从曹雪芹的源流谱系、家世生平写起，展现了曹雪芹的性格才情、胸襟气度，以及艰苦的家庭生活和异常艰难的写作环境。全诗共分三层。第一层为前六句，叙述曹雪芹出身名门，但遭到不幸，家境穷困。这层中用曹霸、司马相如作比，表现了作者对友人的深切同情。第二层为中间六句，赞扬曹雪芹的才华、品德、风度及他们之间的友谊，指出其诗文风格渊源于李贺的奇诡，但又能冲破其"篱樊"，自有创造。其中用山简、王猛作比，反映了曹雪芹的傲岸不屈、才华出众。第三层为最后六句，写对朋友的思念和希望，劝勉朋友不要寄食权门，希望曹雪芹发挥天才，安心著述，不能在贫穷中倒下。全诗用典虽多，但贴切而自然，没有枯燥、生僻之感，尤其是能紧紧切合曹雪芹的身世和性格，读来有一种雄奇奔放的气势，令人颇生感慨。

黄景仁

（1749—1783），字汉镛，一字仲则，号鹿菲子，阳湖（今江苏省常州市）人。四岁而孤，家境清贫，少年时即负诗名，为谋生计，曾四方奔波。一生怀才不遇，穷困潦倒，后授县丞，未及补官即在贫病交加中客死他乡，年仅三十五岁。诗负盛名，为"毗陵七子"之一。诗学李白，所作多抒发穷愁不遇、寂寞凄怆之情怀，也有愤世嫉俗的篇章。七言诗极有特色，亦能词。著有《两当轩全集》。

癸巳除夕偶成

清·黄景仁

千家笑语漏迟迟①，忧患潜从物外知②。
悄立市桥③人不识，一星如月看多时。

注释：

① "千家"句：漏，指漏壶，古代计时器具。迟迟，指时间过得很慢。

② "忧患"句：潜，指暗中，悄悄地。物外知，从时间流逝、外物变化中感觉出来。

③市桥：指诗人家乡市镇中的桥。

【点评】

　　这首诗作于清乾隆三十八年（1773年），时作者二十四岁。当时社会开始贫富对立，两极分化，各种矛盾互相交织。此时诗人在安徽督学朱筠幕中，除夕归家过年，他对社会即将发生的乱象已有预感，心中惆怅忧虑，有感而作。

诗人身处乾隆盛世，但自己经历坎坷，生活困顿。在一个除夕之夜，当千家万户洋溢着欢声笑语时，诗人却从喧闹中走了出来，独自体味着内心深处的寂寞和忧郁。诗中既反映了几家欢乐几家愁的景象，也体现了作者"众人皆醉吾独醒"的隐忧意识。诗的表面上看起来比较平淡，但实际上含蓄深厚，把社会问题、诗人忧愁表达得异常深沉，异常强烈。其突出特色是言近旨远，意象鲜明，诗意含蓄，寄情远大，故能以其幽深意境和哲理引人入胜。

陈沆

（1785—1826），原名学濂，字太初，号秋舫，室名简学斋，白石山馆，蕲（qí）水（今湖北省浠水县）人。著名诗人，文学家，清代古赋七大家之一，被魏源称为"一代文宗"。陈沆于嘉庆十八年（1813年）中举，二十四年（1819年）中状元，其策论文章，气势雄浑，论述精辟，笔力奇健，授翰林院修撰，清道光二年（1822年），任广东省大主考（学政），次年，任礼部会试同考官。后官至四川道监察御史。

一字诗

清·陈沆

一帆一桨一渔舟，一个渔翁一钓钩。

一俯一仰一场笑，一江明月一江秋。

【点评】

"一字诗"是指一种含有某种文字游戏成分的诗歌。"一"字笔画最少，可是经诗人巧妙安排，能化平淡为神奇。"一字诗"中能用多个"一"字，错落有致，构思巧妙，含义不俗，有"独""一""满""全"等多种意思。

这首诗是陈沆在去黄州赶考的途中所作。那天，他刚行至巴河岸边，不巧渡船已经离岸，船上早坐满了各乡秀才。陈沆恳求艄公行个方便，将船开回岸边，渡他一道过河。艄公一看书生文质彬彬，便有意逗他，说："相公前往赶考，必是满腹文才。如果你能作一首包括十个'一'字的诗，老夫即刻拨转船头，渡你同往彼岸。如若不能，那就请相公耐心等待，待老夫先将此船才子送往黄州，上岸喝上二两老酒之后，再来接你。"陈沆听后作了这首诗。艄公和满船秀才一听无不拍掌称赞，高兴地让出座位让陈沆坐下。

此诗用了十个"一"字，描写了在烟波浩渺的碧波之上，远远只见一渔舟荡桨而来，渔翁手持钓钩，钓得鱼来满心欢喜。而天上是碧空如洗，皓月当头，秋色满江。这里的每个"一"字都具有鲜明形象，写人状物，绘声绘色，充满诗情画意，令人回味无穷。

历史上，文人雅士作"一字诗"的屡见不鲜，每每留下一段佳话。如：

唐代王建《古谣》："一东一西垄头水，一聚一散天边路。一去一来道上客，一颠一倒池中树。"一连用了八个"一"字，富含思想和哲理。此诗说明，世上的事物可东可西，可聚可散，可来可往，可正可倒，没有一成不变的，看后让人有诸多遐想。

元代无名氏《雁儿落带过得胜令》："一年老一年，一日没一日，一秋又一秋，一辈催一辈，一聚一离别，一苦一伤悲。一榻一身卧，一生一梦里，寻一伙相识，他一会咱一会，都一般相知，吹一回唱一回。"整首曲子含二十二个"一"字，堪称一绝。

清代王士祯《题秋江独钓图》："一蓑一笠一扁舟，一丈丝纶一寸钩。一曲高歌一樽酒，一人独钓一江秋。"一连用了九个"一"字，把渔人一边歌唱、一边喝酒、一边钓鱼的潇洒之态刻画得活灵活现，如在眼前。后来仿他的很多，包括纪晓岚、宋绩臣等。

清代郑燮《咏雪》："一片两片三四片，五六七八九十片。千片万片无数片，飞入梅花都不见。"这首诗起句信手拈来，貌似俗语打油，让人哂笑。且前三句皆在低谷徘徊，然而到了结尾的第四句，却以动静相宜的深邃意境，虚实相映地熔铸出了清新意境，一下子将全诗从低谷推向奇峰。全诗几乎都是在用数字堆砌，从一至十至千至万至无数，却丝毫没有累赘之嫌，通篇下来，尽显奇趣、奇意、奇景，读之使人宛如置身于广袤天地大雪纷飞之中，让人感佩。

清代才女何佩玉描绘寺庙场景的《一字诗》："一花一柳一鱼矶，一抹斜阳一鸟飞。一山一水中一寺，一林黄叶一僧归。"一首诗中十个"一"字循环往复，非但没有给人以冗长杂乱之感，还很有意境，让人的脑海中不由浮现出诗中描绘的景象，堪称文学佳作。

清代易顺鼎《天童山中月夜独坐》："青山无一尘，青天无一云。天上唯一月，山中唯一人。"前后相连的四句诗的相同位置使用了同一个数字"一"。

还有无名氏的《咏四大美人》。《西施》："一颦一笑一捧心，一国倾废一霎间。一船一桨一生伴，一日归来一湖烟。"《王昭君》："一车一马一路尘，一鸣秋鸿一缕魂。一曲一唱一声怨，一月空照一丘坟。"《貂蝉》："一计一献一连环，一朝兴亡一唏嘘。一笔一纸一方砚，一段风流一段书。"《杨玉环》："一喜一悲一相对，一串荔枝一串泪。一诗一吟一梦里，一朝酒醒一朝醉。"

如此等等，不胜枚举。

龚自珍

（1792—1841），字璱（sè）人，号定庵，仁和（今浙江省杭州）人。龚自珍曾任内阁中书、宗人府主事和礼部主事等官职。主张革除弊政，抵制外国侵略，曾全力支持林则徐禁除鸦片。四十八岁辞官南归，后卒于江苏丹阳云阳书院。他的诗文如《病梅馆记》等主张"更法""改图"，揭露清朝统治者的腐朽，洋溢着爱国热情，被柳亚子誉为"三百年来第一流"。著有《定庵文集》，留存文章三百余篇，诗词近八百首，今人辑为《龚自珍全集》。

己亥杂诗①（其五）

清·龚自珍

浩荡离愁②白日斜，吟鞭东指即天涯③。

落红④不是无情物，化作春泥更护花⑤。

注释：

①己亥杂诗：清代著名思想家、诗人、文学家和改良主义先驱者龚自珍于道光十九年（1839，为农历己亥年）的诗作集子，共三百五十首，多咏怀和讽喻之作。

②浩荡离愁：离别京都的愁思浩如水波，也指作者心潮不平。浩荡，无限。

③"吟鞭"句：吟鞭，即诗人的马鞭。东指，东方故里。天涯，指离京都遥远。

④落红：落花。花朵以红色者为尊贵，因此落花又称为落红。

⑤花：比喻国家。

【点评】

这首诗是龚自珍的代表作，作于清道光十九年（1839年）。是年，诗人辞官南归故里，后又北取眷属，就在往返途中创作了一部堪称绝唱的大型七绝组诗。此诗是其中的第五首。

这组诗记述见闻、回忆往事、抒发感慨，艺术地再现与反映了自己生平、思想、交游、宦迹、著述的丰富阅历，标志着诗人认识社会和批判现实的能力，在晚年已臻新的境界，是一部感时忧国的力作。

作者在此篇中指出，离别京都的愁思浩如水波向着日落西斜的远处延伸，马鞭向东一挥，感觉就是人在天涯一般。从枝头上掉下来的落花不是无情之物，它即使化作春泥，也甘愿培育美丽的春花成长。其中的"落红不是无情物，化作春泥更护花"是人们常吟不衰的名句。这个时候正值鸦片战争爆发前夜，诗人一方面辞官了，但同时又表现出不忘报效国家的信念与使命，以及献身改革理想的崇高精神。作品语气乐观，形象生动，极富艺术魅力。

李密庵

　　生平、籍贯不详，清代诗人。湖南长沙岳麓山有一半山亭，为半云庵旧址。据传原庵内有一烧火僧，曾作《半半诗》，对仗工整、自然流畅，为名山胜迹留下一个趣谈。李密庵作《半半歌》，也为世人留下一段佳话。

半半歌

清·李密庵

　　看破浮生①过半，半之受用无边。半中岁月尽幽闲，半里乾坤宽展。

　　半郭半乡村舍，半山半水田园。半耕半读半经廛②，半士半民姻眷。

　　半雅半粗器具，半华半实庭轩③。衾裳④半素半轻鲜，肴馔⑤半丰半俭。

　　童仆半能半拙，妻儿半朴半贤。心情半佛半神仙，姓字半藏半显。

　　一半还之天地，让将一半人间，半思后代与沧田，半想阎罗怎见。

　　酒饮半酣正好，花开半时偏妍⑥。帆张半扇免翻颠，马放半缰稳便。

　　半少却饶滋味，半多反厌纠缠。百年苦乐半相参，会占便宜只半。

注释：

①浮生：以人生在世，虚浮不定，因称人生为"浮生"。语本《庄子·刻意》中有"其生若浮，其死若休"。

②经廛（chán）：意思是管理属于自己的一小块地方。

③庭轩：即庭院。

④衾裳（qīn cháng）：原是灵筵被裳，这里指铺盖服饰。

⑤肴馔（yáo zhuàn）：即饭菜。

⑥妍：美丽。

【点评】

　　这首诗气韵贯通，文笔流畅，颂田园，写人伦，叙情趣，论时弊，读来令人耳目一新。"半"是一种生活态度，一种心灵状态，一种人生智慧，一种处世哲学。林语堂说："生活的最高典型应属子思（孔子之孙）所倡导的中庸生活。一首二十八行的小诗，把这种理想很美妙地表达了出来。"

人生不足百年，酸甜苦辣咸，各种滋味都有。人生追求完美，但总会留下无尽遗憾。古人说："天下事不如人意者，十之八九。"世界上有走不完的路，也有过不了的河。过不了就掉头而回，这是一种智慧。"心和则百体皆和"，只有平心静气胸无太多杂念，才能及时把握机遇，化险为夷，这才是改变命运的最大财富。

万事只求"半称心"，是不设置太玄的目标，不盲目攀比。人生不存在十全十美，有遗憾才显出生活本色。哲人王雨生说："刻意追求辉煌的人，一生中有一万个不如意；乐于过平常生活的人，一生中则有一万个满足。"在激烈竞争的今天，只有"万事只求半称心"，才能坦然地面对人生，淡泊地看待荣辱得失。

万事只求"半称心"，是胸襟宽广、淡定从容的处世哲学。季羡林曾说："每个人都争取一个完满的人生。然而自古至今，海内海外，一个百分之百完满的人生是没有的。"在这不完满的人生里，一个人的胸襟如果能够宽广一些，定会处变不惊、临事不乱、临危不惧，只有以这样的心态去生活，人才能活得从容、豁达，才能活得快意、活得坦荡、活得健康。

 俞苍石

浙江省杭州人，清代秀才，生平、事迹不详。

观绳伎

清·俞苍石

一线腾身险复安，往来不厌几回看。
笑他着脚宽平者，行路如何尚说难。

【点评】

这首诗明白如话，但构思奇妙，含义深远，能给人很多启示和联想。从

诗歌创作方面说，作诗要出奇制胜，别出心裁，别有寄托，有意义可供玩味才能作出好诗。正如清代严长明所说："凭君眼力知多少，看到红尘尽处无。"（《韦曲看桃花》）作出的诗要想让读者产生种种联想，看到想到风景之外的东西，就得像从看空中走绳索表演联想到在路上行走一样，能达到言有尽而意无穷的效果。而要达到这样的效果，就非得下一番真功夫、硬功夫，多读、多写、多琢磨不可。当然，人们做其他任何事情也都是这个道理。

计元坊

生卒年月不详，字维严，江南吴江（今江苏省苏州市）人，清代文学家，诗有源流，已臻古淡，代表作有《述兴》等。

励志诗（其二）

清·计元坊

士人^①乏奇才，动辄咎^②贫贱。
岂^③处贫贱中，抱负遂难见？
曲逆方宰肉^④，一乡已称善。
诸葛当躬耕^⑤，三分定佐汉^⑥。
内反无足凭^⑦，气馁徒炫乱^⑧。
不见玉韫^⑨山，与石自有辨^⑩。

注释：

①士人：古代的读书人，知识分子。

②咎：诿过，归罪。

③岂：难道。

④"曲逆"句：曲逆，指汉代曲逆侯陈平。宰肉，为乡里分肉。

⑤"诸葛"句：诸葛，指诸葛亮。当，正在。

⑥"三分"句：三分，三分天下。这里指诸葛亮《隆中对》中的三分天下之

说。佐，辅佐。

⑦"内反"句：内反，反躬自身，内省。足凭，真正可以凭借的才能。

⑧"气馁"句：气馁，勇气不足。徒炫乱，白白地炫耀一番。

⑨韫（yùn）：蕴藏。

⑩辨：区别。

【点评】

　　这首诗针对一些人常常抱怨社会不给机会而不从自己身上找原因的习惯和风气，一反常情生发议论。作者认为一些读书人往往把不能施展抱负归结为自己出身贫贱，没有好的条件和机会，但其实是缺乏真才实学。如果真有"奇才"，有远大的抱负，虽然身处贫贱之中，也一定不会被埋没。作者列举了陈平、诸葛亮等一系列身处贫贱后来却大展宏图的例子，以此来激励人们奋发图强。从这个角度说他谈的道理是对的，有其积极意义；但也有相当的局限性，现实中的情况很复杂，环境、条件、机遇等在人才成长和才能发挥中非常重要，是多种因素作用的结果，人才的作用和价值也有多种标准，不可简单化、一概而论。

翁格

　　生卒年月不详，字去非，吴县（今江苏省苏州市）人，诸生，清代诗人。家族在明代隆庆、万历年间因经营棉花、布匹及染料而致百万，但到了他父亲翁澍（shù）手中家道中落。翁格与其弟翁栻（shì）皆以能诗喜藏书而知名。

暮 春①

清·翁格

　　莫怨春归早，花余几点红。

　　留将根蒂在②，岁岁有东风③。

注释：

①暮春：指春季的末尾阶段。春季有三个月，农历正月称孟春，二月称仲春，三月称季春。季春即是暮春。

②"留将"句：将，得。蒂，花与枝茎相连的部分。

③"岁岁"句：岁岁，即年年。东风，春风。

【点评】

  面对暮春时节的一片惨红愁绿，诗人没有沮丧，没有黯然神伤，没有责怪东风的无情，而是坦然面对、豁达乐观。诗人认为，只要"留得青山在"，就"不怕没柴烧"，虽然今天的花已经无可奈何地落去，但只要花根不死，花茎还在，到了来年，在东风的吹拂下，照样会萌发新芽，开出新花，重新展现出大好春光。作者乐天知命，从不对未来失去希望，从不怨天尤人，其意境和心态令人钦佩。

谭嗣同

  （1865—1898），字复生，号壮飞，湖南浏阳人，中国近代著名政治家、思想家，维新派人士。其所著的《仁学》，是维新派的第一部哲学著作，也是中国近代思想史中的重要著作。谭嗣同早年在家乡湖南曾倡办时务学堂、南学会等，主办《湘报》，又倡导开矿山、修铁路，宣传变法维新，推行新政。光绪二十四年（1898年），谭嗣同参加领导戊戌变法，失败后被杀，年仅三十三岁，为"戊戌六君子"之一。

狱中题壁

清·谭嗣同

望门投止思张俭①，忍死须臾待杜根②。

我自横刀③向天笑，去留肝胆两昆仑④。

注释：

① "望门"句：东汉末年，清官张俭因弹劾宦官侯览被反诬"结党"，罪名当诛，张被迫逃亡。当时天下人都不畏受牵连而乐于接待张俭的投宿。望门投止，看到哪一家去投宿而没有不接纳的。

② "忍死"句：忍死，指在死前勉力从事。此处意谓装死。须臾，不长的时间。杜根，东汉安帝时邓太后摄政、宦官专权，大臣杜根上书要求太后还政，太后怒，命人以袋装之而摔死，行刑者慕杜根为人，不用力摔，欲待其出宫而释之。太后疑，派人查之，见杜根眼中生蛆，乃信其死。杜根终得以脱。

③ 横刀：指砍刀，屠刀。意谓敢于牺牲、不怕死。

④ 两昆仑：有两种说法，其一是指康有为和浏阳侠客大刀王五，其二是指已"去"之康有为（康有为在戊戌政变前潜逃出京，后逃往日本），和所"留"之自己。

【点评】

　　清光绪二十四年（1898年）为农历戊戌年，是年六月，光绪帝实行变法，八月，谭嗣同奉诏进京，参与新政。九月中旬，慈禧太后发动政变，囚禁光绪帝，并开始大肆捕杀维新党人。谭嗣同与杨深秀、刘光第、康广仁、杨锐、林旭同时被捕，史称"戊戌六君子"。被捕后，谭嗣同在狱中用煤屑在墙上写下了此诗。

　　这首诗前两句运用张俭和杜根的典故，揭露朝中慈禧太后等守旧派的狠毒，表达了对维新派人士的思念和期待。后两句抒发作者大义凛然，视死如归的雄心壮志。全诗表达了对避祸出亡的变法领袖的褒扬祝福，对阻挠变法的顽固势力的憎恶蔑视，同时也抒发了诗人愿为自己的理想而献身的壮烈情怀。

　　全诗用典贴切精妙，出语凛然决绝，豪气干云。诗中寄托深广，多处运用比喻手法，将胸中意气凌云倾出。其实，对于生死谭嗣同早有准备。当政变发生时，同志们曾再三苦劝他避居日本使馆，他断然拒绝。他说："不有行者，无以图将来；不有死者，无以酬圣主。今南海（康有为）之生死未可卜，程婴、杵臼、月照、西乡，吾与足下分任之。"他甘愿效法《赵氏孤儿》中的公孙杵臼和日本德川幕府末期月照和尚好友西乡的行节，以个人的牺牲来成全心目中的变法事业，以自己的挺身赴难来酬报光绪皇帝的知遇之恩。同时，他也期望用自己的一腔热血惊醒世上麻木不仁的众生，激起变法图强的狂澜。他慷慨指出："各国变法，无不从流血而成，今日中国未闻有因变法而流血者，此国之所以不昌也。有之，请自嗣同始。"他还认为，这伟大的身后事业，就全靠出奔在逃的康、梁们的推动和领导。所以他对分任去留两职的同仁，给予了崇高评价：去者，留者，路途虽殊，目标则同，价值同高，正像昆仑山的两座奇峰一样，比肩并秀，各领千秋风骚。可以说，这首诗是一曲不惜横刀而死、矢志变法图强的冲锋号。

梁启超

（1873—1929），字卓如，一字任甫，号任公，又号饮冰室主人、饮冰子、哀时客、中国之新民、自由斋主人。清朝光绪年间举人，中国近代思想家、政治家、教育家、史学家、文学家。梁启超十七岁中举，后师从康有为。维新变法前，他与康有为等发动"公车上书"，后领导北京和上海的强学会，并与黄遵宪一起办《时务报》等，为变法做宣传。戊戌变法失败后，他与康有为一起流亡日本。辛亥革命后一度入袁世凯政府，担任司法总长；之后对袁世凯称帝、张勋复辟等严词抨击，并加入段祺瑞政府。他倡导新文化运动，支持五四运动。其著作为《饮冰室合集》。

读陆放翁①集

清·梁启超

诗界千年靡靡②风，兵魂销尽国魂空③。
集中什九④从军乐，亘古⑤男儿一放翁。

注释：

①陆放翁：即陆游，南宋著名爱国诗人。
②靡靡：柔弱不振。

③"兵魂"句：兵魂，指勇猛刚健的血性和战斗性。国魂，指赤心报国的献身精神和爱国主义。

④什九：十分之九。

⑤亘古：从古至今。

【点评】

这首诗作于清光绪二十九年（1899年）。戊戌变法失败后梁启超被迫出走日本，这期间他读陆游诗集引发诸多感慨，这首诗就是其中的一首。

作者身处晚清国势衰颓之时，感时忧国，与陆游诗作产生了深刻的共鸣。梁启超在这首诗中认为，千百年来诗坛多花前月下、羁旅感伤之作，一派柔弱不振的风气。在这种柔媚纤弱风气的笼罩下，普天之下那种勇猛刚健的战斗性和赤心报国的献身精神消亡了，令人沮丧和压抑。唯有陆游的诗集里，十分之九都是抒写卫国从军的渴望与欣慰的，真是从古至今的一个男子汉大丈夫。

鉴于清朝末年中国屡遭列强欺凌，被目为"东亚病夫"，梁启超激愤满腔。他非常推崇爱国主义和为国而战的"尚武精神"，由于长期败在帝国主义面前，他认为中国人"无尚武精神"，所以号召振作民气，以达到救国拯民的目的。在这首诗中，梁启超不惜贬低"千年诗界"，目的就是为了突出"一放翁"的豪放爱国，是一种极为鲜明的艺术对比。他在这首诗的结尾自注说："中国诗家无不言从军苦者，惟放翁则慕为国殇，至老不衰。"由此可以看出他对陆游爱国精神的推崇。这首诗写得概括凝练，雄直警策，是对诗界浮靡风气的不满，也吹响了热血报国的嘹亮号角。

后 记

　　中华优秀传统文化是中华民族的精神命脉，是凝聚人心、汇聚民力的强大精神力量，为民族克服困难、生生不息提供了强大精神支撑。习近平总书记在党的十九大报告中指出："深入挖掘中华优秀传统文化蕴含的思想观念、人文精神、道德规范，结合时代要求继承创新，让中华文化展现出永久魅力和时代风采。"

　　古典诗歌是中华优秀传统文化的重要组成部分，在中华传统文化中占有极为重要的地位，而古典诗歌中的奇趣哲理诗，又是古典诗歌中的精华和奇葩。学习和传承古典诗歌这一中华优秀传统文化，我们责无旁贷。当前，全社会弘扬中华优秀传统文化的活动，形式多种多样，声浪此起彼伏，中央电视台每年举办的《中国诗词大会》堪称突出代表。作为一个古典诗歌爱好者，为了在学习、弘扬中华优秀传统文化中尽一份绵薄之力，几年来我们从浩如烟海的文献中遴选了一批富含奇趣哲理意味、精美绝妙的古典诗歌，为了方便更多的人学习、理解，我们对其加以精准注释和精要点评，以力图揭示其精妙之处、独特之处、奇异之处，给人以启示、以思考、以美的享受。

　　本书按历史时代分为四个板块，每个板块按诗歌作者所处朝代顺序进行排列，一人收录多首的排在一起，作者简介放在篇首。参加本书编写、评注的有：河南省社科联原副主席、研究员、郑州工商学院特聘教授王喜成，中国电影资料馆博士后王笑楠，河南日报报业集团网络中心主任李二梅。

　　本书虽经努力，但限于时间、资料、水平等因素，尚存不足之处，如蒙指正，不胜盼祷。

编　者

2021 年 11 月